湘潭大学学者文库
XIANGTAN DAXUE XUEZHE WENKU

张铁夫文集

ZHANG TIEFU WENJI

张铁夫 著

湘潭大學出版社
XIANGTAN UNIVERSITY PRESS

图书在版编目（CIP）数据

张铁夫文集 / 张铁夫著 . -- 湘潭 : 湘潭大学出版社, 2024.5
ISBN 978-7-5687-1447-1

Ⅰ. ①张… Ⅱ. ①张… Ⅲ. ①普希金（Pushkin, Alexander Sergeyevich 1799-1837）—文学研究—文集②比较文学—文学研究—文集③散文集—中国—当代 Ⅳ. ① I512.064-53 ② I0-03 ③ I267

中国国家版本馆 CIP 数据核字（2024）第 110153 号

张铁夫文集
张铁夫　著

责任编辑：王利剑
装帧设计：李　平
出版发行：湘潭大学出版社
社　　址：湖南省湘潭大学工程训练大楼
电　　话：0731-58298960 0731-58298966（传真）
邮　　编：411105
网　　址：http://press.xtu.edu.cn/
印　　刷：长沙超峰印刷有限公司
经　　销：湖南省新华书店
开　　本：710 mm×1000 mm 1/16
印　　张：30.25
字　　数：463 千字
版　　次：2024 年 5 月第 1 版
印　　次：2024 年 5 月第 1 次印刷
书　　号：ISBN 978-7-5687-1447-1
定　　价：158.00 元

ISBN 978-7-5687-1447-1
9 787568 714471

张铁夫（1938.06—2012.11），湘潭大学文学与新闻学院二级教授，学者、翻译家、教育家。主要从事俄罗斯文学和比较文学研究，我国“普希金学”的代表性学者。出版了《普希金的生活与创作》《普希金新论——文化视域中的俄罗斯诗圣》《普希金：经典的传播与阐释》《普希金学术史》《群星灿烂的文学——俄罗斯文学论集》等专著，以及《面向秋野》《金蔷薇》《弗拉基米尔州的乡间小路》《普希金论文学》《俄罗斯的夜莺——普希金书信选》《普希金情人的回忆》《玫瑰——屠格涅夫散文诗集》《父与子》等译著。1999 年 10 月获俄罗斯联邦政府颁发的普希金纪念奖章，2001 年获“全国优秀教师”称号，2003 年获“第二届湖南省优秀社会科学专家”称号。

总　序

“一位伟人，一纸校名，一句嘱托”，高度凝练并生动诠释了湘潭大学的创办历史。1958年，毛泽东主席亲自倡办、亲笔题写校名并亲切嘱托“一定要把湘潭大学办好”。1959年学校因故停办，1974年恢复建校。复校初期，学校荒山一片、楼无一栋、房无一间。一声号召，来自清华大学、北京大学等92所高校、科研院所的622名教师奔赴湘大，边劳动建校边教学科研。著名诗人彭燕郊、流变力学专家袁龙蔚、消费经济学创始人尹世杰、古文献专家韩长耕等名家大师先后来到这里教书育人。在这一批湘大人心中，都有一个共同的信念——艰苦创业，扎根伟人故里。没有电灯，就点煤油灯；没有自来水，就到池塘挑水喝；没有教工宿舍，就住农民家中；没有教学楼，就一起搬砖建设……在极其艰苦的条件下，老一辈创业者怀着“一定要把湘潭大学办好”的初心和科教兴国的满腔热情，在贫瘠的荒山土坡上建起了一座大学城。

岁月流转，年轮不息。经过几代湘大人矢志不渝的奋斗，学校发生了翻天覆地的变化。特别是2018年习近平总书记对学校作出重要批示以来，学校全力推动“双一流”建设，2022年成功入选国家“双一流”建设高校。一路走来，风雨兼程，虽创业维艰，然历久弥坚。在这片热土上，孕育着一批又一批才华横溢的名师和学子，不断产生着丰硕卓越的学术成果，模糊的概念在这里澄明，假设的命题在这里证实，现实的困惑在这里破解，新知识、新技术、新理论在这里不断孕育、产生。

大学因学术而生，亦因学术而兴。学术始终是一所大学的立校之基、兴校之本，是学者的一种追求、一种境界、一种精神。就湘大而言，无论是复校初期的名家云集、各抒己见、推陈出新，还是改革开放后融入科教兴国的时代大潮，湘大学人始终坚守初心，笃志问学，传承文脉，成就了独具风格的学术品质和精神风貌。一代又一代的湘大学人在这里探究真理、创造新知，以学术立身、以著作立言、以品德立魂，用自己的毕生心血，汇集而成了一篇篇富有思想的学术成果。

大学之大，大师之谓也。为汇集湘大学人学术成果，展示湘大学人学术品格，2014 年，在复校四十周年之际，学校精心策划“湘潭大学学者文库”丛书，出版了《沧南自选集》《袁龙蔚文集》。入选文集经过了广泛征集和论证，无一不是湘大学人呕心沥血之佳作、高深学问之精髓、学术思想之独见、品性修养之映照。文库收录的学术成果，都有着清晰的问题意识、科学的研究方法、严谨的逻辑结构，既有源自哲学思辨的理性探究，也有基于生产实践的资料佐证，充分展示了湘大学人独有的学术品格，体现了湘大学人的厚积薄发和卓越追求。这是湘大学人智慧的结晶，更是推动学校高质量发展的宝贵精神财富。

甲辰龙年，学校迎来复校五十周年。值此之际，第二批“湘潭大学学者文库”丛书，包括《尹世杰文集》《刘桂斌文集》《羊春秋文集》《宋世杰文集》《张铁夫文集》《陈仲沪文集》《罗铸楷文集》《姜书阁文集》《萧艾文集》《曹木清文集》《彭燕郊文集》《韩长耕文集》12 部学者文集付梓出版，这既是记录湘大学人敢于挑战与奋斗、饱含智慧与激情的光辉岁月，展现湘大学人精学苦研的具象载体，又是湘大学人牢记办学历史，坚持知行合一，弘扬学术精神，接续优良传统的价值传承和推动学术创新的具体行动。

伟人故里逢盛世，一路高歌向前行。丛书的出版，将让我们再一次触摸和感受老一辈湘大学人的独特学术品格和精神品质，也将鼓舞新一代湘大学人深入贯彻落实习近平总书记对学校的重要批示精神，弘扬“牢记嘱托、艰苦创业、追求卓越”的湘大精神，扎根伟人故里，厚植家国情怀，坚持守正创新，为建成科技教育强国，以中国式现代化全面推进中华民族伟大复兴作出新的更大的贡献！

湘潭大学　党委书记　刘起军
　　　　　校　　长　潘碧灵

目　录

第一辑　普希金研究

第二辑　比较文学研究

第三辑　散　文

第四辑　书　序

第一辑　普希金研究

再论普希金的文学人民性思想

普希金曾经写过一篇短论，标题为《О народности в литературе》，通常译为《论文学中的人民性》。20 世纪 80 年代初期，我在译《普希金论文学》一书时，就是这样译的；后来为人民文学出版社译《普希金文集》第七卷时，仍然是这样译的。《俄罗斯文艺》1999 年第 2 期（纪念普希金诞辰二百周年专刊）还选载了我的这篇译文。不过，从 20 世纪 80 年代中期起，我就注意到了译界的不同译法。例如，《俄国作家论民间文学》一书所收满涛的译文就为《论文学中的民族性》①，《俄国文艺学史》中译本②和上海译文出版社出版的冯春译《普希金文集·文学论文卷》，也将该文中的“народность”译为“民族性”。陈训明先生在《普希金完整形象的传达者——冯春与普希金》一文中肯定了冯春先生的译法：“在听取同行的意见并细细咀嚼原文之后，他发现此文的全部 народность，包括标题中者在内，都应当译成‘民族性’，从而首次向国人提供了普希金这篇重要文章的正确中译本。”③ 我虽然对这种译法持保留态度，但我在主编《普希金与中国》一书时，并未向作者提出异议，而是原文照录。最近又读到

---

① ［俄］普希金：《论文学中的民族性》，满涛译，见刘锡诚编：《俄国作家论民间文学》，中国民间文艺出版社 1986 年版，第 3—4 页。

② ［俄］尼古拉耶夫、库里洛夫、格利舒宁：《俄国文艺学史》，刘保端译，生活·读书·新知三联书店 1987 年版，第 72 页。

③ 陈训明：《普希金完整形象的传达者——冯春与普希金》，见张铁夫主编：《普希金与中国》，岳麓书社 2000 年版，第 217 页。

陈先生的《普希金关于文学民族性与人民性的论述》一文[①]，他在该文中重申了自己的观点，并且把《普希金文集》北京1995年版和《普希金全集》杭州1997年版作为“误解与误译”的例子在一个注释中点了出来。学界的人都知道，所谓“《普希金文集》北京1995年版”即人民文学出版社于1995年12月推出的七卷本《普希金文集》（卢永选编），我曾参与该书文学论文的翻译，而《论文学中的人民性》一文正是由我执译的。陈先生是我的挚友，也是我很尊敬的普希金研究专家。既然问题已经提了出来，我觉得有必要谈谈自己的一些看法。因为这个问题已不限于一个词的译法，而是涉及对普希金一个重要文艺思想——文学人民性的理解问题。1982年，我和黄弗同先生在《普希金论文学》一书的译本前言中对这一问题作了初步探讨，现在我想在译本前言的基础上对普希金文学人民性思想的来龙去脉和涵义作进一步的阐述，以就教于陈先生以及关心这一问题的读者和专家。

一、普希金文学人民性思想的形成

普希金的文艺思想是与他的文学创作一起诞生、同步发展的。早在皇村学校求学时期，他的文艺思想在诗歌创作中就有所反映。随着他的文学创作逐渐丰富成熟，他的许多重要文艺思想（如关于文艺的社会功能，艺术与社会和现实的关系，作家的任务，文学的人民性，浪漫主义和现实主义，人民口头创作，典型和个性，形式和内容，语言和风格，批评的意义等）也开始形成，并构筑了一个较为完整的体系。文学人民性思想就是这个体系的重要组成部分。

关于普希金文学人民性思想形成的历史背景，苏联著名普希金研究专家Б. В. 托马舍夫斯基在《普希金与人民性》（《Пушкин и народность》）一文中作了相当充分的阐述。这篇文章在他生前曾收入《普希金——俄罗斯新文学的奠基者》（1941）和《普希金与法国》（1960）等书，在他去世之后，又收入《普希金：历年文选》（1990）。托氏认为，普希金的文学

① 陈训明：《普希金关于文学民族性与人民性的论述》，《国外文学》2002年第2期。

人民性思想有两个来源。第一个来源是法国民族文学问题的历史命运，第二个来源是俄国围绕人民性问题的争论。

在谈到第一个来源时，托马舍夫斯基指出，普希金的文学教育是以法国古典主义作家的创作为基础的，而且一生都非常关注法国文学的发展和文学流派的更替。不过，17 世纪法国古典主义压根儿不知道民族艺术问题，他们在任何情况下总是把古希腊罗马的文学作品奉为典范。到了 18 世纪，作家们开始尝试民族史诗的创作，伏尔泰的《亨利亚特》就是一个明显的例子，而他的《扎伊尔》则成为民族题材悲剧的第一个尝试。后来，迪贝卢瓦写了几部爱国主义的民族悲剧，其中《加来的围困》(1765)被作为一种官方爱国主义体裁而得到政府的庇护。1789 年，约瑟·谢尼耶的悲剧《查理第九》问世。革命的爆发使民族题材概念发生了很大的变化，被宣布为真正的民族题材的是革命的题材，亦即反映人民利益的题材。随着法国浪漫主义思潮的兴起，这一问题又获得了新的意义，斯达尔夫人把它与浪漫主义相提并论，并把问题直接推到了普希金面前。①

斯达尔夫人是普希金最尊敬的法国作家之一。她的《十年流亡》《德意志论》《法国革命一瞥》《黛尔菲娜》《柯丽娜》等作品受到普希金的喜爱，并对他的政治观点和文学观点产生了重大的影响。在《叶甫盖尼·奥涅金》第三章中，女主人公达吉雅娜就曾经把自己想象成黛尔菲娜；第四章的题词“道德在事物的本性中”就是引自斯达尔夫人的《法国革命一瞥》一书；第八章第三十五节提到的奥涅金“不加选择”地阅读的作者名单中，也有斯达尔夫人；至于他对德国文学的了解，也是源于斯达尔夫人的《德意志论》一书。正是在这本书里，斯达尔夫人批判了法国古典主义，提出了文学中的人民性问题：“法国诗歌在一切现代诗歌中最富于古典色彩，但却是唯一没有在民间普及的。威尼斯的‘共渡乐’船工能吟唱塔索的诗篇；西、葡人民不论高低贵贱，莫不熟读牢记卡尔德隆与卡蒙斯的诗句。莎士比亚在英国更是雅俗共赏。歌德和毕尔格尔的诗谱成了曲，从莱茵河畔到波罗的海海岸，随处可以听到反复唱诵。法国诗人的作品受

① Б. В. Томашевский, *Пушкин: Работы разных лет*, Москва: Книга, 1990, стр. 79–86.

到法国和欧洲一切有教养的人的欣赏；但普通民众甚至城市的市民却一无所知，因为法国艺术同其他国家不同，它不是诞生在得以繁荣滋长的本国土地上。”[①] 斯达尔夫人的书出版于1813年，普希金读到它大概是1817—1819年，这是他创作《鲁斯兰和柳德米拉》的时期。斯达尔夫人的论述对他与古典主义的彻底决裂和文学人民性思想的形成起了不可忽视的作用。

除了斯达尔夫人以外，德国—法国学者安西里昂也不能不提及。他在《民族文学概念分析》（巴黎，1877）一书中说：“在一个民族占主导地位的思想、习惯、爱好，构成它的民族性格，一部艺术作品只有在符合其民族性格时，在它看来才是美的。”[②] 在《新的政治和哲学随笔》一书中，他认为“美的主要特征是朴实”，“任何民族的哲学都有其真理的一面。它能找到与本民族的性格和精神具有最大程度亲和性的种种联系，这就说明和证实了它的生命力。任何民族的文学都有其美的一面。它能在由想象所驾驭的艺术中找到那种最强有力地作用于自己民族的精神与性格的东西”[③]。安西里昂的这些观点对普希金文学人民性思想的形成显然也是有影响的。

关于普希金文学人民性思想的第二个来源，应该追溯到普希金的童年和学生时代。在俄国，关于文学人民性的争论，最初表现为新旧语体之争。卡拉姆津主张采用口语进行文学创作。尽管他所说的口语是贵族的口语，但这毕竟是俄罗斯的民族语言，是一种活的语言，相对于当时普遍使用的法语和死的教会斯拉夫语，这无疑是一场革命，是在语言问题上朝文学人民性迈出的一大步。至于文学，他把它视为“民族智慧和感情的镜子”，认为在文学作品中应该有“俄国心灵的声音”和“俄国智慧的闪光”。作为卡拉姆津的劲敌的希什科夫于1803年写了《论俄罗斯语言的新

① Б. В. Томашевский, *Пушкин: Работы разных лет*, Москва: Книга, 1990, стр. 85. 中译文见德·斯太尔夫人：《德国的文学与艺术》，丁世中译，人民文学出版社1981年版第49—50页。

② ［苏］尤·奥克斯曼：《各篇题解》，卢永译，见卢永选编：《普希金文集》第7卷，人民文学出版社1995年版，第577页。译文略有改动。

③ ［苏］尤·奥克斯曼：《各篇题解》，卢永译，见卢永选编：《普希金文集》第7卷，人民文学出版社1995年版，第577页。译文略有改动。

旧语体》一文，反对卡拉姆津的语言改革和文学主张，认为文学语言的口语化就意味着文学创作的革命化。他坚决主张采用教会斯拉夫语，认为俄语只不过是教会斯拉夫语的一种变体。为了有组织地同卡拉姆津派进行斗争，他于1811年，也就是普希金进入皇村学校的那一年，创立了文学团体“俄罗斯语言爱好者座谈会”。

1812年，在抗击拿破仑入侵的卫国战争爆发以后，人民性的问题变得更加突出了，这场斗争主要表现在政治方面，即表现为“爱国主义”之争。希什科夫在“俄罗斯语言爱好者座谈会”朗读了《论爱国》一文。文章说：“祖国（我们一位可敬的女士对我说）要求我们的爱甚至是一种偏爱，是一种出于本性的异性之爱。”在他看来，这种爱是偏心的、盲目的、封闭的，即封闭于民族传统之内，而民族传统本身则归结为东正教和爱沙皇。① 这就是希什科夫倡导的官方爱国主义，是他对人民性的新的阐释。

1815年，卡拉姆津的追随者们发起成立了文学团体“阿尔扎马斯社”，它的主要成员有茹科夫斯基、巴丘什科夫、维亚泽姆斯基等，还在皇村学校读书的普希金也加入了这个团体。“阿尔扎马斯社”的成员在聚会时经常嘲笑“俄罗斯语言爱好者座谈会”的成员，普希金也写过一首讽刺诗（《三个闷闷不乐的歌手》），把希什科夫、希赫马托夫、沙霍夫斯科伊讥为愚蠢的“恶人”和智慧的敌人。不过，“阿尔扎马斯社”成员对希什科夫等人的讽刺主要是针对后者创作中的古典主义倾向，而不是官方爱国主义。普希金对希什科夫的思想体系持极端否定的态度，而与“阿尔扎马斯社”的分歧也越来越大。他开始接近一些由具有政治倾向的文学青年组成的文学团体，如卡杰宁、格里鲍耶多夫、丘赫尔别凯小组。他们摒弃了保守的官方爱国主义，赋予文学中的人民性以革命的内容。后来普希金与一个由十二月党人领导的文学团体“俄罗斯文学爱好者自由协会”有着更密切的接触。这个协会的主席是格林卡，重要成员有雷列耶夫、亚·别斯土舍夫、戴尔维格、巴拉登斯基、丘赫尔别凯、格涅吉奇等人。格涅

① Б. В. Томашевский，*Пушкин：Работы разных лет*，Москва：Книга，1990，стр. 82.

吉奇非常关注人民艺术问题和文学民族形式问题，可以说，人民性思想就是他这一时期创作的基础。他力图塑造出勤劳、和谐的人的典范，对充满激情和热爱自由的英雄尤有兴趣。他从 1807 年起开始翻译荷马的史诗《伊利亚特》，历时二十年才告竣。此外，他还翻译过莎士比亚的《李尔王》、苏格兰诗人麦克菲森假托 3 世纪弹唱诗人莪相之名出版的《莪相作品集》；对普希金的童话诗《波瓦》和《鲁斯兰和柳德米拉》，他也十分赞赏。普希金在《文学报》上发表过一篇题为《荷马的〈伊利亚特〉》的短评，力荐格涅吉奇的这部译作。在《给格涅吉奇》一诗中，他把格涅吉奇的这部译作誉为“丰碑”，把格涅吉奇本人誉为“先知”。诗的最后几行颂扬格涅吉奇“对于广场上的杂耍和简陋舞台上随意的表演，他也笑逐颜开；……而且，他追随波瓦或鲁斯兰翱翔，是那样令人惊诧地轻快。”而这些正是格涅吉奇思想中的人民性因素。

毫无疑问，格涅吉奇等人思想和创作中的人民性因素对普希金文学人民性思想的形成起到了很大的促进作用。普希金本人的遭遇也使他对这一问题不能不予以关注。我们知道，正是在这一时期，普希金发表了童话诗《鲁斯兰和柳德米拉》，它那浓郁的民族特色、强烈的民主意识和地道的人民语言赢得了广泛的赞誉，但也遭到保守派的猛烈攻击。一位自称“布特尔镇老叟”的批评家（A. Г. 格拉戈列夫）在《欧罗巴通报》1820 年第 11 期发表文章，对《鲁斯兰和柳德米拉》的民歌色彩、戏谑倾向和平民风格大加指责。文章说：“如果莫斯科的贵族俱乐部混入（假设这种不可能的事是可能的）一个蓄着一部大胡子、身穿一件农民粗呢上衣、脚蹬一双树皮鞋的客人，并且高声大叫道：‘你们好、伙计们！’难道人们对这样的调皮佬会加以欣赏吗？……”① 这段话正好从反面说明了《鲁斯兰和柳德米拉》的人民性倾向。不过到此时为止，普希金的人民性思想主要表现在创作上，还没有用较系统的理论语言来进行表述。

1824—1825 年，十二月党人一方面准备采用武装起义的方式推翻沙皇专制制度，另一方面他们作为浪漫主义的捍卫者在杂志上向古典主义发起

---

① В. В. Кунин, *Жизнь Пушкина*, том 1, Москва: Правда, 1988, стр. 308.

了进攻，文学中的人民性再次成为热门话题。北社成员、“俄罗斯文学爱好者自由协会”领导人之一的亚·别斯土舍夫在他与雷列耶夫合办的《北极星》杂志上先后发表了《俄国新旧文学一瞥》（1823）、《1823年俄国文学一瞥》（1824）、《1824年和1825年初俄国文学一瞥》（1825）等文。后面这篇文章谈到，俄国只有批评而无文学，俄国人是完全靠法国文学哺育成人的，而法国文学与俄国人民的性格截然不同，与俄罗斯语言的精神也毫无相同之处。[①] 1824年，丘赫尔别凯在文学丛刊《摩涅莫绪涅》上发表了《论近十年我国诗歌，特别是抒情诗的倾向》一文。作者写道：“祖先的信仰、祖国的习俗、编年史、民间歌谣和民间传说是我国文学最优秀、最纯洁、最可靠的源泉。但愿我们的作家，特别是其中富有才华的青年作家，最终抛弃自己身上屈辱的德国锁链，下决心做一个俄罗斯人。在这里我是特指普希金。他的三部叙事诗，特别是第一部，是大有希望的。”[②] 普希金并不完全同意上述文章中的一些观点，如他在《论亚·别斯土舍夫的论文〈1824年和1825年初俄国文学一瞥〉》一文中和1825年5月底至6月初给亚·别斯土舍夫的信中，对后者关于“各国文学都遵守自然的普遍规律”“我们有批评，但却没有文学”“为什么我们没有天才，而且有才能的人也很少”等观点进行了驳斥，而在《论〈摩涅莫绪涅〉丛刊所载丘赫尔别凯的几篇文章》一文中，对丘赫尔别凯的关于“力量、自由、灵感是一切诗歌的三个必要的条件”等观点也进行了辩驳，但正是亚·别斯土舍夫和丘赫尔别凯的上述文章以及奥·索莫夫、维亚泽姆斯基、布尔加林等人的有关文章激起了他对文学人民性问题的集中思考和撰文参与论战的强烈愿望，于是就产生了《论文学中的人民性》一文。

二、普希金文学人民性思想的涵义和影响

在普希金时代，俄国的文艺学还处于形成阶段，现代文艺学的许多概念要么尚未出现，要么很不明确。就拿“浪漫主义”这一概念来说吧，在

① Б. В. Томашевский, *Пушкин: Работы разных лет*, Москва: Книга, 1990, стр. 87–88.

② Б. В. Томашевский, *Пушкин: Работы разных лет*, Москва: Книга, 1990, стр. 88.

19世纪初期的俄国，它的涵义就是相当混乱的。至于普希金本人，他所说的“浪漫主义”有时是现实主义之意。例如，他在谈到自己的历史悲剧《鲍里斯·戈都诺夫》时说：“我自愿放弃了为经验所证实、为习惯所确认的艺术体系向我提供的许多好处，力求用对人物和时代的忠实描绘，用历史性格和事件的发展来弥补这个明显的缺点，——总之，我写了一部真正浪漫主义的悲剧。”① 这里所说的“对人物和时代的忠实描绘，用历史性格和事件的发展”来进行创作，实际上是典型的现实主义的特点。

“人民性”概念的情况也颇为相似：有的人认为人民性在于从祖国历史中选取题材，有的人则认为人民性在于遣词造句，也就是用俄语进行阐述和使用俄国成语。总之，人民性当时也没有一个明确的定义。因此，普希金首先面临一个正名问题。尽管《论文学中的人民性》只是一篇类似提纲的草稿，但观点却是很明确的。联系他在其他短论、书信和诗歌中的论述，我们可以清楚地看出他的文学人民性思想的两层涵义。

普希金的人民性思想的第一层涵义是民族性。他说：“作家的人民性是一种只能为本国同胞赏识的优点，——对于别人来说，它要么就不存在，要么可能是一种缺陷。”② 这种人民性是由各个不同民族的不同气候、不同政体、不同信仰所造成的，它既包括某一民族的风俗、迷信和习惯，也包括某一民族的思想和感情的方式。因此，文艺作品要反映每个民族的“特殊的容貌”。

那么，如何反映“特殊的容貌”呢？

普希金认为，首先，俄国作家应该用俄语进行创作。18世纪和19世纪初期，“法语病”像瘟疫一样肆虐于俄国文坛。法语不仅是上流社会的交际语言，而且也是贵族作家们进行文学创作的基本语言。人们从小获得的一切知识、一切概念都来自法国书籍，作家们习惯于用法语思考，用法语写作。除了诗歌以外，科学、政治、哲学方面的书籍，几乎全是用法语

① ［俄］普希金：《致〈莫斯科通报〉出版人的信》，张铁夫译，见卢永选编：《普希金文集》第7卷，人民文学出版社1995年版，第163页。

② ［俄］普希金：《论文学中的人民性》，张铁夫译，见卢永选编：《普希金文集》第7卷，人民文学出版社1995年版，第151页。

写的，有时连一些普通概念都无法用俄语表达。法语的普遍使用和对俄语的鄙视，成为阻碍俄国文学发展的重要原因之一。

针对这种情况，普希金呼吁俄国作家应当在俄罗斯和用俄罗斯语言进行创作，他说："我们有自己的语言；鼓起勇气吧！——我们有自己的风俗、历史、歌谣、童话等。"[①] 他号召青年作家倾听民间的语言，认为去听听莫斯科烤圣饼的女人谈话不是什么坏事，因为她们所说的话非常纯正。他表示，他不喜欢在古朴的俄罗斯语言中看到欧罗巴的矫揉造作和法兰西的精雅细腻的痕迹。他认为，粗犷和纯朴对它更为相宜。

但必须指出，普希金并不赞成那种"人民性在于遣词造句"的观点。他认为，即使是用俄语写的作品，但如果迷恋古语、方言土话、职业用语和行会隐语，那只能使语言变得晦涩难懂，也谈不上什么人民性。他既反对"俄罗斯语言爱好者座谈会"的守旧派捍卫教会斯拉夫语的主张，也不赞成卡拉姆津派对上流社会贵族知识分子语言的偏爱，而主张向民间口语学习，用民间口语来丰富书面语言。正是在民间语言的基础上，他创立了俄罗斯文学语言。

其次，俄国作家应该从祖国历史中选取题材。这一观点首先是布尔加林提出来的。他在谈到"俄国的人民悲剧"时，要剧作家们注意那些"俄国历史上非常丰富"的"史诗性和戏剧性题材"，如瓦兰人的到来，诺夫戈罗德和普斯科夫的独立，诸侯的敌对，鞑靼人的入侵等。他认为这些历史事件比异国传说的吸引力要大得多。"所有这些事件所期待的仅仅是一位天才用诗歌和虚构的鲜花加以装饰，以民族形式出现在俄国的舞台上。"[②] 应该说，普希金对布尔加林的这一观点并未完全否认。他自己也认为，作家必须掌握自己的题材，遵循本国文学中的传统习惯。俄国的现代史还是一片未开垦的处女地，有无数的历史事件值得作家去描绘。除了俄国作家，谁也无法从事这一工作。1825 年，他在给格涅吉奇的信中，希望

---

① ［俄］普希金：《论法国文学》，张铁夫译，见卢永选编：《普希金文集》第 7 卷，人民文学出版社 1995 年版，第 137 页。

② А. С. Пушкин, *Собрание сочинений в десяти томах*, том 6, Москва: Государственноеиздательство художественной литературы, 1962, стр. 525.

能够出现描绘俄国历史人物的史诗，如斯维雅托斯拉夫、弗拉基米尔、姆斯季斯拉夫、顿斯科伊、叶尔玛克、波扎尔斯基等。

再次，俄国作家应该反映本民族的风俗和精神。普希金虽然赞成从祖国历史中选取题材，但并不赞成人民性仅仅“在于从祖国历史选取题材”的观点。在他看来，“民族的风俗、迷信和习惯”，以及“思想和感情的方式”（精神）比题材更重要。他援引大量事实来说明自己的看法。英国戏剧家莎士比亚的《奥赛罗》《哈姆莱特》《请君入瓮》取材于异国生活，西班牙戏剧家维加、卡尔德隆从意大利小说和法国民间抒情诗中汲取悲剧题材，法国作家拉辛的悲剧从古希腊史中取材，但由于这些作品都“打上了人民性的烙印”，反映了一定的社会生活，因而不能否认它们有着“伟大的人民性的优点”。普希金为了证明自己的观点，还举出一些俄国作家的作品加以反衬，如赫拉斯科夫的《俄罗斯颂》、奥泽罗夫的《德米特里·顿斯科伊》、克留科夫斯基的《波扎尔斯基》、霍米亚科夫的《叶尔玛克》等悲剧作品虽然取材于本国历史，但普希金认为，它们与俄国的风俗和精神水火不相容，也就是没有任何民族的、俄国的东西，因而根本谈不上人民性。

普希金的人民性思想的第二层涵义是民众性。在《论民众戏剧和波果津的〈玛尔法女市长〉》一文中，他写道：“在悲剧中展开的是什么呢？它的目的是什么呢？人和民众——人的命运和民众的命运。”① 在这里，他把反映人的命运和民众的命运作为悲剧的首要任务。然而，法国古典主义悲剧却不是如此。在法国，戏剧艺术本来诞生于广场，它是民众的一种娱乐，为民众所喜闻乐见，与民众有着密切的联系，可是拉辛却把它从广场和集市搬进了宫廷，于是逼真成了“戏剧艺术的主要条件和基础”，即“严格遵守服装、色调、时间和地点”，与此同时，“戏剧抛弃了通俗易懂的语言，采用了时髦的、精选的、非常文雅的语言”。由于观众在教养方面高于作家，因此后者“不敢放任自己进行自由和大胆的虚构”，“竭力揣

① ［俄］普希金：《论民众戏剧和波果津的〈玛尔法女市长〉》，张铁夫译，见卢永选编：《普希金文集》第7卷，人民文学出版社1995年版，第234页。

摩地位与他迥然不同的人们的各种雅趣”。[①] 凡此种种，就是普希金所说的“拉辛式的宫廷戏剧”的主要特点。俄国戏剧的情况也是如此。普希金认为，俄国的戏剧也不是出于民众的需要。罗斯托夫斯基的宗教神秘剧、索菲娅·阿列克谢耶夫娜公主的悲剧，只不过是一种宫廷娱乐。古典主义的悲剧用拙劣生硬、矫揉造作的语言写成，充满违悖情理的内容，死气沉沉、平淡无奇，对民众的爱好未能产生任何影响。它与拉辛式的宫廷戏剧的区别在于，人们“想把苏马罗科夫式的宫廷悲剧下放到广场上去，——然而却障碍重重！”[②]

1824—1825年，普希金在米哈伊洛夫斯科耶创作历史悲剧《鲍里斯·戈都诺夫》时，开始思考戏剧改革问题。这时，他对莎士比亚的戏剧已经做过系统的研究，并且极为赞赏，对古典主义戏剧则感到极其厌恶，认为它已经不适应时代发展的需要。在这年夏天写的《论古典主义悲剧》一文中，他对古典主义的“三一律”中的情节的一律作了肯定，认为“引人入胜是戏剧艺术的首要规则”，但对地点一律和时间一律却予以否定，认为“情节发生的地点受到限制”，“事件过分迅速”。文章最后提出了他的悲剧三原则：“喜剧和悲剧二者的混合，情节的紧张，严格选用有时必须使用的平民用语。”[③] 这三项原则是他以莎士比亚为师，在创作实践中总结出来的，并具体地运用到了《鲍里斯·戈都诺夫》的创作中去，而最后那项原则便是语言运用上的民众性。1829—1830年，他写了《悲剧〈鲍里斯·戈都诺夫〉序言草稿》一文，明确地宣称：“我坚信，对我国戏剧最适合的是莎士比亚戏剧的人民性原则，而不是拉辛悲剧的宫廷习气。”[④] 文中的“народные законы”（人民性原则，或译民众性原则）这一词组中的

① ［俄］普希金：《论民众戏剧和波果津的〈玛尔法女市长〉》，张铁夫译，见卢永选编：《普希金文集》第7卷，人民文学出版社1995年版，第235—238页。

② ［俄］普希金：《论民众戏剧和波果津的〈玛尔法女市长〉》，张铁夫译，见卢永选编：《普希金文集》第7卷，人民文学出版社1995年版，第240页。

③ ［俄］普希金：《论古典主义悲剧》，张铁夫译，见卢永选编：《普希金文集》第7卷，人民文学出版社1995年版，第150页。

④ ［俄］普希金：《悲剧〈鲍里斯·戈都诺夫〉序言草稿》，张铁夫译，见卢永选编：《普希金文集》第7卷，人民文学出版社1995年版，第178页。

"народные"一词，其意义恰恰是我们所说的该词的第二层涵义。此后不久，在《论民众戏剧和波果津的〈玛尔法女市长〉》一文中，他正式提出了建立俄国民众悲剧的任务。他写道："我们的悲剧是仿效拉辛的悲剧而形成的，它能否抛弃自己的贵族习气呢？它怎样才能从自己节奏鲜明、一本正经、彬彬有礼的对话，转变为民众激情的粗野流露和街谈巷议的自由抒发呢？它怎样才能一下子甩掉卑躬屈节的习气，怎样才能摆脱那些习以为常的规则和强使俄国的一切适合欧洲的一切的作法呢？在欧洲，从谁那里可以学会民众懂得的语言呢？这些民众究竟有着什么样的激情？他们有着什么样的心弦？悲剧在哪儿能找到共鸣？——总之，观众何在？公众何在？"① 这一连串的问题是对俄国古典主义戏剧的排炮轰击，也是建立俄国民众悲剧的宣言和纲领。

普希金是他本人的人民性思想的实践者。他创作了俄罗斯第一部民众悲剧《鲍里斯·戈都诺夫》，悲剧的主题就是"人民的公意决定一切"；他创作了第一部现实主义诗体小说《叶甫盖尼·奥涅金》，广泛而又真实地描绘了19世纪初期的俄罗斯社会生活；在《别尔金小说集》中，他把"小人物"主题引进俄罗斯文学，扩大了文学的表现范围，使文学在现实主义和民主主义的道路上前进了一大步；在长篇小说《上尉的女儿》中；他生动地描绘了17世纪农民运动领袖普加乔夫的形象和他所领导的那场波澜壮阔的人民斗争。总之，普希金在自己的创作中表现了人民对祖国的热爱，对自由的渴望，对沙皇的憎恨，对未来的憧憬，反映了他们的思想感情和历史使命，并塑造了维林、普加乔夫等人民性格典型。因此，他当之无愧地被后人称为"现实生活的诗人""民族的诗人""人民的诗人"。

文学的人民性是一个不断发展的概念。在普希金时代，人们通常是在人种学而不是社会学意义上使用这一术语，亦即在"民族性"意义层面上去进行理解和阐释，而且特别强调从本民族历史中选材、使用本民族语言和描绘本民族的风俗习惯。普希金试图给人民性一个科学的定义，但他所

---

① ［俄］普希金：《论民众戏剧和波果津的〈玛尔法女市长〉》，张铁夫译，见卢永选编：《普希金文集》第7卷，人民文学出版社1995年版，第240—241页。

说的人民性也主要是指民族性。不过他认为，当每个民族的“特殊的容貌”在诗歌的镜子中得到反映时，这副“特殊的容貌”不仅包括“风俗、迷信和习惯”，而且包括“思想和感情的方式”，从而丰富了人民性的内涵，这是他的一个重要贡献。此外，普希金在许多文章特别是在一组关于戏剧的文章中谈到了文学的民众性问题，这是他的文学人民性思想的一个重要方面，为人民性概念的科学化打下了基础。

在普希金之后，人民性问题成了俄国文学中头等重要的问题。正如别林斯基所说：“普希金是第一个又伟大又具有民族性的俄国诗人，在他之后，所有的人都开始倾向人民性，所有的人都在追求人民性……”[①] “目前，人民性成了文学的首要优点和诗人的最高功勋。现在，把一个诗人称为人民的，就意味着对他进行赞扬。”[②] 不过，别林斯基早年对人民性的理解也没有超出民族性的范围。他在1835年写的《论俄国的中篇小说和果戈理君的中篇小说》一文中说：“果戈理君的中篇小说具有极高的人民性；然而，我不想对它们的人民性过多议论，因为人民性并非什么优点，而是一部真正艺术作品的必要条件，如果应该把人民性理解为对某一民族、某一国家的风俗、习惯和天性的忠实描绘的话。”[③] 到了1844年，亦即他逝世前四年，他仍然只承认普希金是“民族的诗人”（национальный поэт），而不承认普希金是“人民的诗人”（народный поэт），“连谈论把‘人民的’这个形容词用到普希金或任何一个俄国诗人身上，都是一件可笑的事”。[④] 尽管如此，他毕竟开始把民族性和人民性这两个不同的概念区分开来。在他逝世前一年写的《1847年俄国文学一瞥》一文中，他针对某派贵族“何必让文学中充斥着这么多庄稼汉”的叫嚣，旗帜鲜明地回答道：“大自然是艺术的永恒的典范，而大自然中最伟大和最高尚的对象乃是人。难道庄稼汉不是人吗？‘可是，在一个粗鲁的、没有受过教育的人身上，能有什么令人感兴趣的东西呢？’怎么没有呢？他的灵魂、智慧、

---

① В. Белинский, *Сочинения в одном томе*, Москва: Молодая гвардия, 1950, стр. 355.

② В. Белинский, *Сочинения в одном томе*, Москва: Молодая гвардия, 1950, стр. 355.

③ В. Белинский, *Сочинения в одном томе*, Москва: Молодая гвардия, 1950, стр. 80.

④ В. Белинский, *Сочинения в одном томе*, Москва: Молодая гвардия, 1950, стр. 540.

内心、激情、爱好，总之，也就是一个受过教育的人身上所具有的一切。”① 这是作为革命民主主义者的别林斯基对文学人民性的新的阐释。

在19世纪，文学人民性理论的进一步完善是由杜勃罗留波夫实现的。按照Г. Н. 波斯彼洛夫的观点，杜勃罗留波夫的《俄国文学发展中人民性渗透的程度》（1858）一文，使人们对文学人民性的理解产生了决定性的转变。② 他在谈到普希金时写道：“我们说：人民性的形式，是因为它的内容，就连普希金自己也还没有理解。我们［不仅］把人民性了解为一种描写当地自然的美丽，运用从民众那里听到的鞭辟入里的语汇，忠实地表现其仪式、风习等的本领……在普希金的作品里，这一切都有：他的《水仙》是最好的证据。可是要真正成为人民的诗人，还需要更多的东西：必须渗透着人民的精神，体验他们的生活，跟他们站在同一的水平，丢弃等级的一切偏见，丢弃脱离实际的学识等，去感受人民所拥有的一切质朴的感情，——这在普希金却是不够的。”③ 在谈到果戈理的时候他又写道：“要是我们的文学发展进程，以果戈理为结束，那么可以说，我们的文学到现在为止，还几乎从来就没有完成过使命：表现人民的生活，人民的愿望。”④ 上述引文中杜勃罗留波夫对普希金的评价是否正确，我们姑且不去管它，需要肯定的是，杜勃罗留波夫关于“人民的诗人”所需的条件和文学的使命的论述，已经具备了现代意义的文学人民性概念的基本因素。

结语

上面我们对普希金的文学人民性思想的形成、涵义和影响作了一个粗略的回顾和阐述，现在再回到文章开头提到的“народность”一词的翻译问题。上文谈到，在普希金的《О народности в литературе》一文中，

---

① В. Белинский, *Сочинения в одном томе*, Москва: Молодая гвардия, 1950, стр. 739.

② ［苏］Г. Н. 波斯彼洛夫主编：《文艺学引论》，邱榆若、陈宝维、王先进译，湖南文艺出版社1987年版，第560页。

③ ［俄］杜勃罗留波夫：《俄国文学发展中人民性渗透的程度》，见《杜勃罗留波夫选集》第2卷，辛未艾译，上海译文出版社1983年版，第184页。

④ ［俄］杜勃罗留波夫：《俄国文学发展中人民性渗透的程度》，见《杜勃罗留波夫选集》第2卷，辛未艾译，上海译文出版社1983年版，第187页。

“народность”一词的原初意义的确为“民族性”，但他本人又在其他文章中多次谈到文学的民众性问题，丰富了“народность”一词的涵义。后来经过别林斯基、杜勃罗留波夫等人以及20世纪苏联学者们的进一步阐释，它的涵义更趋完善和科学，成为文艺学和美学的一个重要范畴。因此，若将普希金这篇文章中的“народность”一词译为“民族性”，那么“人民性”这一概念及其发展过程就将无从体现，别林斯基、杜勃罗留波夫等人著作中以及现代文艺学和美学中的“人民性”范畴也就成了无源之水，无本之木。笔者认为，普希金这篇文章中的“народность”一词，包括标题中者在内，还是译为“人民性”为好。当然，如果译者再作一个背景性注释，那就更好了。

（原载《外国文学评论》2003年第1期）

论普希金的世界性

普希金的世界性并不是一个新的命题，而是一个在世界上并未完全达成共识且存在某些分歧的老问题。

在俄国本土，这基本上是一个不成问题的问题。早在 1838 年，别林斯基就在《文学纪事》一文中说：“作为诗人，普希金无疑是一位世界性的（虽然不是首屈一指的）天才。”① 两年后，他在《一八四〇年的俄国文学》一文中谈到普希金的《巴赫契萨拉伊的喷泉》《茨冈人》《莫扎特和沙莱里》《吝啬的骑士》《埃及之夜》等作品时，又说：“这些都是伟大的、世界性的、纯粹欧洲的作品；可是，他们是属于什么民族，什么时代的呢？……它们是属于人类的，属于永恒的！”② 后来他还不止一次将普希金与歌德或莎士比亚相提并论。在别林斯基之后，奥加辽夫、陀思妥耶夫斯基、德鲁日宁、И. С. 阿克萨科夫等人都谈到过普希金的世界意义。苏维埃时代的学者们继承了 19 世纪学者们的观点。在这方面，卢那察尔斯基和利哈乔夫是很有代表性的。前者说普希金的作品“全是一片浩瀚的海洋，一个摄魂震魄的深坑，一处只有但丁和莎士比亚们的神翼才能勉强飞

---

① ［俄］别林斯基：《文学纪事》，见《别林斯基选集》第 1 卷，满涛译，上海译文出版社 1979 年版，第 587 页。

② ［俄］别林斯基：《一八四〇年的俄国文学》，见《别林斯基选集》第 2 卷，满涛译，上海译文出版社 1979 年版，第 405 页。

到的高峰的奇景”[①]。而后者则提出了“普希金的全欧性”的概念。[②] 他所说的“全欧性”实际上就是世界性。此外，М. П. 阿列克谢耶夫撰写过不少有关普希金与世界文学关系的论文，还写过一篇题为《论普希金创作的世界意义》的专文，Д. Д. 布拉戈伊出版过一本名为《普希金的世界意义》的小册子。

在俄国本土以外，对普希金的世界性存在两种不同的观点。一些学者对此持肯定态度（本文第四部分将会具体谈到），然而在世界的普希金研究中，特别是在西方的普希金研究中，这种观点并不起主导作用。在西方国家（主要是法、英、美三国），人们一般都承认普希金是俄国最伟大的民族诗人，但对他的世界性则持保留甚至否定的态度。在法国，由于 19 世纪初期俄法关系的极度紧张和普希金在波兰问题上的沙文主义立场，以及读者对散文的兴趣超过诗歌，因此，他的创作的传播不能不受到影响；在英国，普希金一直被拜伦的阴影所笼罩，被认为是“拜伦的模仿者”或“俄国的拜伦”。J. 贝利（J. Bayley）在《普希金 · 比较评论》（*Pushkin: A comparative comment*）一书中还认为，诗歌在翻译时所受的损失比散文大得多，因此普希金不如散文作家受欢迎。[③] 2002 年，英国学者兼作家 T. J. 比尼恩（T. J. Binyon）出版了一部新作 *Alexandr Sergeevich Pushkin*（中译本名为《为荣誉而生 · 普希金传》）。该书在前言中引用了 1880 年 6 月 7 日屠格涅夫在莫斯科普希金纪念碑揭幕典礼期间所作的演说中的几段话，说“他非常勉强地否认了普希金是‘一位普世性意义上的民族诗人’的称号”[④]，接着又引用了第二天陀思妥耶夫斯基的题为《普希金》的演说中关于普希金胜过莎士比亚们、塞万提斯们、席勒们，以及普希金具有“全

① ［俄］卢那察尔斯基：《亚历山大 · 谢尔盖耶维奇 · 普希金（摘录）（1925）》，蒋路译，见冯春编选：《普希金评论集》，上海译文出版社 1993 年版，第 583 页。

② ［德］德 · 谢 · 利哈乔夫：《解读俄罗斯》，吴晓都、王焕生、季志业等译，北京大学出版社 2003 年版，第 286 页。

③ T. H. 克拉萨夫琴科：《英国普希金评论一瞥》，见苏联科学院情报研究所编：《国外普希金创作研究新成果》，莫斯科，1986 年版，第 116 页。

④ ［英］T. J. 比尼恩：《为荣誉而生 · 普希金传》（上），刘汉生、陈静译，国际文化出版公司 2005 年版，第 2 页。

世界性共鸣能力”（该中译本译为“普世性的观察力”）等言论，然后说，“实际上，陀思妥耶夫斯基的慷慨陈词和普希金的文学作品本身并没有多少联系”，“这种论调的产生，似乎是那两天集会狂欢的合理延伸”[①]。很明显，比尼恩对普希金的世界性是持否定态度的，而这在今天的西方有着相当的代表性。“该书（指比尼恩的《普希金传》——引者）在欧美学界引起不小的反应，《纽约时报》《华盛顿时报》以及多家网上杂志纷纷发表书评，这些书评显然传递了西方学界对俄罗斯文学以及诗人普希金的一种与俄罗斯学者不甚相同的看法。”[②] 应该承认，比尼恩的《普希金传》的确是一部有特点的书，但他对普希金世界性的否定却是值得商榷的。

总之，关于普希金的世界性，肯定者或语焉不详，或主要从普希金作品在国外的翻译、传播着眼；而西方学者的观点又难以令人赞同。下面，我们就自己的认识和理解来谈谈对这一问题的看法。

一、阅读视野的普世性

普希金从小就养成了“阅读的嗜好”。“孩童的普希金开始熟识了俄国文学。他贪婪地阅读着从罗蒙诺索夫起直到茹科夫斯基和巴丘什科夫为止的当时所写过的一切东西。”[③] 不仅如此，在父亲的藏书室里，在皇村学校的图书馆里，他同样贪婪地阅读着从古希腊罗马文学起直到当时为止的世界文学作品。

我们知道，普希金童年时期受过良好的家庭教育。在欧洲语言方面，他就学过英语、德语、法语和拉丁语，其中法语学得最好，在报考皇村学校时，法语的成绩为“良”。进皇村学校后，他又继续学习拉丁语、法语、德语，还学了俄译法、翻译等课程，其中仍以法语学得最好，甚至被同学们戏称为“法国佬”。流放南俄期间，普希金曾向拉耶夫斯基将军的儿子

---

① ［英］T. J. 比尼恩：《为荣誉而生·普希金传》（上），刘汉生、陈静译，国际文化出版公司2005年版，第4页。

② 宁：《西方学人眼中的普希金》，《外国文学评论》2004年第2期。

③ ［俄］别林斯基：《一八四一年的俄国文学》，见《别林斯基选集》第3卷，满涛译，上海译文出版社1980年版，第276页。

尼古拉和长女叶卡捷琳娜学过英语。此外，普希金还通晓意大利语、西班牙语、希腊语和一些斯拉夫语。正是由于普希金懂得多种语言，使他从小就能用原文阅读欧洲许多国家的文学作品。笔者在俄罗斯访学期间，在圣彼得堡参观过“普希金之家”（俄罗斯科学院俄罗斯文学研究所）的普希金藏书室和莫伊卡河畔普希金故居博物馆的诗人的书房。这两处的藏书，前者为原件，后者为复本，均为三千册，均用十五种文字印刷。

有学者统计，“普希金翻译和模仿的作品涉及六十多位外国作家和翻译家，例如：古希腊、罗马的阿那克里翁、色诺芬、奥索尼乌斯、卡图卢斯、贺拉斯、奥维德，法国的卢梭、伏尔泰、帕尔尼、谢尼耶、梅里美，英国的莎士比亚、约翰·班扬、司各特、拜伦、柯尔律治、骚塞、华兹华斯、白瑞·康瓦尔，苏格兰的麦克菲森，德国的歌德，意大利的但丁、阿里奥斯托、阿尔菲耶里，波兰的密茨凯维奇、波托茨基，美国的华盛顿·欧文，巴西的冈扎加，塞尔维亚的卡拉吉奇，波斯的萨迪，荷兰的塞昆德及传教士西林等，至于其所译《圣经》和《古兰经》故事以及佚名民歌，则无法指明原著作者”[①]。普希金的阅读范围，肯定大于他的翻译和模仿的作品所涉及的范围。笔者也做过一个统计，仅《叶甫盖尼·奥涅金》一部作品就提到了五十余位外国作家和学者，他们是：古希腊的荷马、费奥克利特，古罗马的鲁维纳尔、维吉尔、奥维德、贺拉斯、伊壁鸠鲁、阿普列依、西塞罗，法国的库弗莱、格里姆、高乃依、卢梭、玛尔菲拉特、戈旦夫人、克留德拉男爵夫人、斯太尔夫人、查理·诺第埃、帕尔尼、沙伊、内克、夏多布里安、普拉特、马尔蒙特尔、贡斯当、尚福尔、毕夏、培尔、冯泰纳尔、波瓦洛、庇隆、莫里哀，英国的莎士比亚、拜伦、理查逊、亚当·斯密、边沁、波利托里、梅图林、梅丘·路易斯、司各特、吉本、斯泰恩、莫尔，意大利的塔索、彼特拉克、孟佐尼，德国的歌德、席勒、康德、赫德尔，波兰的密茨凯维奇，瑞士的狄索，波斯的萨迪等。此外，作品中还提到不少希腊神话和罗马神话。

上面两个名单的人数已经超过了一百人。实际上，普希金阅读过的外

① 胡世雄：《普希金与翻译》，《四川外语学院学报》2003 年第 3 期。

国作家和学者的人数比这要多得多，可以说，他对欧洲文学乃至世界文学是熟透了。

二、对世界的多元观照

作为俄国新文学的奠基人，普希金冲破了古典主义的题材禁区，大大拓宽了文学的表现范围，其中一个很重要的方面就是写了不少世界题材作品。就类型来说，它们大体上可分为世界政治题材和世界文化题材；就创作时间来说，不同时期有所侧重，但又是交叉的，而且时间跨度很大。下面，我们对他各个时期的世界题材作品作一粗略的考察。

普希金是在皇村学校求学时踏上诗歌创作之路的，他的早期创作受到杰尔查文、茹科夫斯基和巴丘什科夫的影响。比较而言，后者的影响似乎更大。别林斯基曾将巴丘什科夫称为“无忧无虑的幻想家的诗人，伊壁鸠鲁派的哲学家，爱情、心满意足与享乐的祭司”[①]，他还说：“在诗歌方面巴丘什科夫是普希金的导师，他对普希金有这样一种强烈的影响，他将几乎是现成的诗传授给了普希金”[②]。别林斯基所说的“几乎是现成的诗”应该是指巴丘什科夫的古希腊罗马风格的诗。普希金的早期创作不仅洋溢着古希腊罗马精神，而且有些诗作是直接以古希腊罗马文学和神话为题材的，如《勒达》（1814）、《阿那克里翁之墓》（1815）、《真理》（1816）、《致莫尔甫斯》（1816）、《牧神与牧女》（1814—1816）、《阿那克里翁的酒杯》（1816）、《阿摩尔和许门》（1816）、《巴克斯的庆典》（1818）、《缪斯》（1821）、《短剑》（1821）、《致恰阿达耶夫》（1824）、《酒神祭歌》（1825）等。这些诗作的基本主题为美酒加爱情，充满着伊壁鸠鲁式的享乐主义精神。它们是诗人对生命的热烈追求，也是向压制情感的古典主义诗歌的宣战。

19世纪20年代是国际上风云变幻的时代。普希金的视野从古希腊罗

① ［俄］别林斯基：《亚历山大·普希金作品集》（第三篇），见《别林斯基选集》第4卷，满涛、辛未艾译，上海译文出版社1991年版，第221页。

② ［俄］别林斯基：《亚历山大·普希金作品集》（第三篇），见《别林斯基选集》第4卷，满涛、辛未艾译，上海译文出版社1991年版，第222页。

马文化转向了世界政治斗争。20 年代初期，西班牙、意大利和希腊相继爆发反对本国统治者或土耳其奴役者的革命。当时普希金正作为流刑犯身处南俄的基什尼奥夫。这是一个民族杂居之地，堪称国际城市，加以它离东欧、西南欧和小亚细亚距离较近，关于欧洲革命的消息在这里得到迅速、及时地传播。这些革命在失去自由的普希金身上引起了强烈的共鸣，何况希腊起义的领导者——“独臂公爵”亚历山大·伊普西兰季还是他在基什尼奥夫认识的朋友。他用诗歌作武器，积极参与了欧洲的革命运动。《战争》(1821)、《短剑》(1821)、《致瓦·里·达维多夫》(1821)、《忠诚的希腊女儿呀！不要哭……》(1821)、《我是荒原上自由的播种者》(1823)、《皇宫前肃立的卫兵》(1824)、《我们又一次赢得了荣誉》(1829) 等诗，歌颂了革命者的英勇斗争，表达了诗人亲自参加希腊民族解放斗争的强烈愿望。他把个人的命运融入了反对沙皇专制制度的斗争，又把这种斗争与欧洲的革命运动联系了起来。可以看出，他在政治上变得较成熟了。

19 世纪 20 年代前后，普希金还写了一组关于拿破仑的诗。在世界政治人物中，普希金写给他的诗是最多的。直接献给他的诗有：《拿破仑在厄尔巴岛》(1815)、《拿破仑》(1821)、《你肩负着什么使命》(1824)、《英雄》(1830)，涉及拿破仑的诗有：《皇村回忆》(1814)、《自由颂》(1817)、《皇宫前肃立的卫兵》(1824)、《致大海》(1824)、《安德列·谢尼耶》(1825)、《回首往昔，我们青春的节庆》(1836)。这些诗的跨度长达二十年，其间世界历史（特别是欧洲历史）发生了很大的变化，普希金个人的命运和思想也发生了很大的变化，拿破仑也从普希金早期诗作中的“暴君”和“灾星”变成自由的旗手和历史的巨人。《拿破仑》一诗写道：

> 谁要是心胸狭窄，今天/还要以无理的指摘惊扰/这个被推翻的帝王的幽灵，/他将受到羞辱，自找苦恼！/赞扬吧，他给俄罗斯人民/指出了光辉灿烂的前程，/在痛苦的流放中给世界留下/永恒的自由，结束这一生。

应该说，普希金对拿破仑的认识有了巨大的飞跃，反映了他那博大的政治胸怀。

除上面提到的两组诗外，普希金在各个时期还写过一些诗，反映他对某一世界政治人物或某一世界政治事件的态度。《致李锡尼》（1815）对古罗马护民官李锡尼的大臣维杜里的骄奢淫逸进行了谴责，实际上是对亚历山大一世的宠臣阿拉克切耶夫的隐射；《致奥维德》（1821）通过对曾被罗马皇帝屋大维流放至黑海之滨的罗马诗人奥维德的凭吊，表达了诗人对自由的怀念；《今天异教徒把伊斯坦布尔赞美》（1830）谴责了土耳其统治者“只在罪恶的生活恣意放浪”。应该指出的是，普希金的某些世界政治题材诗歌由于受到所谓“爱国主义”的蒙蔽，流露出明显的错误倾向。如19世纪30年代初期普希金写的《致诽谤俄罗斯的人》（1831）、《波罗金诺纪念日》（1831）、《他曾生活在我们当中》（1834），即所谓“反波兰三部曲”，就歌颂了沙俄军队镇压华沙起义的战功，并对支持起义的波兰诗人密茨凯维奇进行指责。普希金这样做，显然是沙文主义思想在作怪。

在创作的中后期，普希金还把他的视野从西方转向了东方，写了不少东方文化主题诗歌，其中一类为宗教经典题材诗歌，如《我是荒原上自由的播种者》（1823）、《先知》（1826）、《诗人》（1827）、《诗人与群氓》（1828）、《统帅》（1835）、《香客》（1835），以及《仿古兰经》（1824）等。普希金虽然写过反基督教的诗歌（如《加百列颂》），但总的来说，他的创作植根于宗教文化的土壤之中，渗透着基督教精神。至于《仿古兰经》，则显示了他对伊斯兰教经典和伊斯兰文化的熟悉与尊敬。另一类是东方风情诗歌，重要作品有抒情诗《致巴赫契萨拉伊的喷泉》（1824）、《埃及女王》（1824）、《夜莺与玫瑰》（1827）、《译自哈菲兹的诗》（1829）、《夜幕笼罩着格鲁吉亚的山岗》（1829）、《高加索》（1829）、《雪崩》（1829）、《卡兹别克山上的寺院》（1829），以及叙事诗《高加索的俘虏》（1822）、《巴赫契萨拉伊的喷泉》（1823）、《茨冈人》（1824）等。这些诗不仅丰富了普希金本人的创作，而且给俄罗斯文坛带来了一股清新的气息。

值得特别注意的是，普希金还对一些外国文学作品进行移植和改写。在前面提到的陀思妥耶夫斯基于1880年6月8日所作的题为《普希金》的演说中，陀氏列举了普希金的《浮士德》（即《浮士德中的一场》）、《吝啬的骑士》《世上有个穷骑士》《唐璜》（即《石雕客人》）、《瘟疫流行时的宴会》《仿古兰经》《埃及之夜》等作品，并说：“的确，欧洲文学中出现过许许多多艺术天才——莎士比亚们、塞万提斯们、席勒们。然而，从这些伟大天才中，能指出一个像我们的普希金这样具有全世界性共鸣能力的人来吗?”① 所谓“全世界性共鸣能力”，就是充分地、完美地再现其他民族的天赋的能力，就是呼应世界的能力。陀氏认为，莎士比亚笔下的意大利人“几乎完全成了英国人”，而在普希金的《瘟疫流行时的宴会》的形象中，“可以听到一个英国天才的声音；可以听到长诗主人公吟唱瘟疫的美妙歌声；可以听到梅丽的诗句……这是英国歌曲，这是不列颠天才的忧愁，他的痛哭，他对未来的痛苦的预感”②。其实，《安哲鲁》也属于这类作品。它是根据莎士比亚的喜剧《量罪记》（又译《一报还一报》或《请君入瓮》）移植的。虽然在情节和结构上有所变化，但却充满着异国精神。

综上所述，普希金是一个具有多元文化倾向的作家，他的视野是非常宽广的，他的题材是非常丰富的。他的世界题材创作不仅反映了他从一个不幸的个人反抗者到关注世界命运的伟大诗人的思想成长过程，也反映了他的创作从模仿到独创的转变过程。

三、普遍价值观与普遍人性的颂歌

莎士比亚在一首十四行诗中曾这样谈到自己的创作：

“真、善、美”，就是我全部的题材，
“美、善和真”，用不同的词句表现；
我的创造就在这变化上演才，
三题一体，它的境界可真无限。③

---

① 这段话的原文中的“способность всемирной отзывчивости”，有人译为“使全世界与之共鸣的能力”，有人译为“同情世界的能力”，有人译为“与全世界同声相应”。这里采用陈训明的译文，见陈训明：《俄罗斯普希金崇拜的形成与影响》，《贵州社会科学》2001 年第 3 期。

② ［俄］陀思妥耶夫斯基：《普希金（六月八日在俄国文学爱好者协会大会上的演讲）(1880)》，冯春译，见冯春编选《普希金评论集》，上海译文出版社 1993 年版，第 443 页。

③ ［英］莎士比亚：《莎士比亚十四行诗》，梁宗岱译，见《莎士比亚全集》第 11 卷，人民文学出版社 1978 年版，第 263 页。

按照西方古代哲学家们的说法，“美是善的父亲”①，“真实就是美，与真实对立的东西就是丑”②，“真、善、美是些十分相近的品质”③。它们不仅是莎士比亚的全部题材和艺术魅力所在，也是世界上一切优秀作家创作的基调。它们既是普遍价值观的体现，也是普遍人性的体现。

普希金在被害前一年（1836）写的一首题为《纪念碑》的诗中也谈到了自己的创作：

我将长久地受到人民喜爱，
因为我用诗歌唤醒善良的感情，
在我这残酷的时代，我曾歌颂自由，
并且为牺牲者呼吁过宽容。

这首诗是普希金一生创作的总结。诗中所说的自由、善良、宽容，与莎士比亚所说的“真、善、美”是完全一致的，它们是普希金整个创作的灵魂，同样是普遍价值观和普遍人性的体现。

关于普希金的自由诗，人们已经谈论得够多了。人们不仅从总体上，而且一篇篇地（从早期的《自由颂》《致恰阿达耶夫》《乡村》到解除流放后的《阿里翁》《在西伯利亚矿井的深处……》《毒树》）分析过它们的意义和价值，以及创作的缘起和影响。近年来，有论者将普希金的自由理念置于欧洲自由主义的大历史背景中，对它的渊源，它与现代自由理念的关联及其实质作了探讨，指出拉吉舍夫是普希金效法的思想先驱，而邦·贡斯当乃是普希金自由思想的直接渊源。近代以来，自由有了更丰富的内涵，不再局限于个人，而是放眼全人类。自由成为一种信仰，它与进步、与人类对未来美好社会的憧憬交织在一起，对自由的追求成为人类的终极目标之一。自由既是批判一切束缚人类自身的社会制度的思想武器，

---

① ［古希腊］柏拉图：《大希庇阿斯篇》，见柏拉图《文艺对话集》，朱光潜译，人民文学出版社1980年版，第197页。

② ［古罗马］普洛丁：《九卷书》，朱光潜译，见北京大学哲学系美学教研室编：《西方美学家论美和美感》，商务印书馆1980年版，第58页。

③ ［法］狄德罗：《绘画论》，宋国枢译，见中国社会科学院文学研究所编：《文艺理论译丛》，人民文学出版社1958年版，第70页。

也是激励人类追求美好未来的动力。而对普希金来说，自由不仅仅是一种政治信仰，它更是一种个性生命意识。诗人对自由的追求不仅是对俄国专制制度的批判，也是对俄国文化精神的反思，因此他所表达的自由与现代自由理念是一致的。这些观点从深度和广度上把原有的研究向前推进了一步。笔者在这里想补充的是，除了那些歌颂自由的诗篇，普希金还刻画了一系列追求个性自由的青年人形象，如《高加索的俘虏》中的俘虏、《茨冈人》中的阿列哥、《叶甫盖尼·奥涅金》的同名主人公。他们既是俄国人，也是欧洲人。

20 世纪 30 年代初期，高尔基和维诺格拉多夫编辑过一套名为《十九世纪青年人的故事》的丛书，其中包括下列作品：夏多布里安的《勒奈》，贡斯当的《阿道尔夫》，司汤达的《红与黑》，阿·缪塞的《一个世纪儿的忏悔》，莱蒙托夫的《当代英雄》，屠格涅夫的《罗亭》和《父与子》，波米亚洛夫斯基的《小市民的幸福》，斯列普佐夫的《艰难时期》，蒲尔哲的《弟子》，显克微奇的《没有教条》，布尔维·李顿的《基尼尔姆·齐连格利》，巴尔扎克的《驴皮记》，歌德的《少年维特之烦恼》，瓦里拉的《浮士德博士的幻想》，福斯可洛的《德若可波·奥尔契斯的最后书信》，奥西波维奇-诺沃德沃尔斯基的《既非孔雀又非乌鸦者的手记》，维尼的《斯泰洛和黑医生》，雨果的《克劳德·格的死刑》。“这些长篇小说都是自传性质的，在这些作品里，作者叙述自己和现实发生纠纷的个人悲剧，叙述自己和本阶级的分裂。”[①] 至于作品中的那些主人公，高尔基统称之为“十九世纪的青年人”。在那套丛书里，没有收入普希金的《高加索的俘虏》《茨冈人》和《叶甫盖尼·奥涅金》，这可能因为前两部作品是叙事诗，而后一部作品是诗体长篇小说（拜伦的同类作品也未收入），但这三部作品的主人公与那些“十九世纪的青年人”是“同一个母亲的儿子”，得的是同一种“世纪病”。三部作品的完成虽然晚于夏多布里安的《勒奈》（1802）、贡斯当的《阿道尔夫》（1816）、歌德的《少年维特之烦

① ［苏］高尔基：《论文学（续集）》，冰夷、满涛、孟昌等译，人民文学出版社 1979 年版，第 378—379 页。

恼》（1774）、福斯可洛的《德若可波·奥尔契斯的最后书信》（1798），但却早于丛书中的其他著作（《叶甫盖尼·奥涅金》与《红与黑》都完成于1830年）。它们与19世纪欧洲文学描写的是同一个主题，同一个主人公，因此具有全欧性的意义。以普希金的作品为标志的俄国文学已经赶上曾经远远地走在前面的欧洲文学。“这已经不是介绍俄国认识欧洲，而是介绍欧洲认识俄国了。”①

善良，是人类最美好的品质之一。《纪念碑》一诗中“добрые”一词既有“善良的”之意，也有“美好的”之意。因此，有的译者在翻译普希金的《纪念碑》一诗时，索性将“добрые чувства”译成“美好而善良的情感”。在普希金的作品中，善是无处不在的。普希金笔下的善的具体形态有两种：一是对爱情的执著和忠诚，如鲁斯兰对柳德米拉的爱（《鲁斯兰与柳德米拉》）、叶利赛对公主的爱（《死公主和七勇士的故事》），以及玛丽亚对身陷囹圄的安德烈的爱（《上尉的女儿》）；二是知恩图报，如天鹅为有救命之恩的王子找回失去的父爱（《沙皇萨尔坦、他的儿子光荣而有力的勇士格维东·萨尔坦诺维奇公爵和美丽的天鹅公主的故事》），普加乔夫对曾在暴风雪之夜送他兔皮袄的安德烈的报答。笔者在这里想补充的是，普希金笔下的善的具体形态还应包括乐观主义精神。瞿秋白说：“普希金虽有忧伤，却绝不悲观，对于生活总是有无限的‘光明之将来’的希望；生活的希望维持他的情绪——乐观的无畏的人生观；生活于他是‘思想和苦难’的过程。他并不忘记现实生活的黑暗，往往自觉精神上的孤寂，他忏悔他的绮年。无论怎样黑暗，怎样困苦，我们的诗人决不颓丧。‘光明的将来’维持着他的创造力。”② 其实，普希金不仅自己心中有一个“光明的将来”，而且也用“光明的将来”去鼓舞别人。他通过恰阿达耶夫向所有的年轻人呼吁：“同志，相信吧：它就会升起，/那迷人的幸福的星辰，/俄罗斯将从睡梦中苏醒，/而在专制暴政的废墟上/将会

---

① ［俄］别林斯基：《一八四〇年的俄国文学》，见《别林斯基选集》第2卷，满涛译，上海译文出版社1979年版，第404页。

② 瞿秋白：《俄国文学史》，见《瞿秋白文集·文学编》第2卷，人民文学出版社1986年版，第157页。

写上我们的姓名。”（《致恰阿达耶夫》）他告诉那些在西伯利亚矿井深处服苦役的十二月党人：“希望，这灾难的忠实姐妹，/正隐藏在阴暗的矿山底层，/……沉重的镣铐会落下，/监狱会轰然倒塌——而自由/会在门口欢快地把你们迎接，/弟兄们也会把利剑送到你们手中。”（《在西伯利亚的矿井深处……》）他还通过少女叶芙普拉克西娅告诫人们：“假如生活欺骗了你，/不要忧郁，也不要愤慨！/不顺心的时候暂且容忍：/相信吧，快乐的日子就会到来。”（《假如生活欺骗了你》）这些诗句给无数的人带来了心灵的慰藉，使他们增添了生活的勇气，树立起胜利的信心。

宽容，其实也是善的一种形态，它也是人性中最美好的一种感情。普希金不仅为牺牲者呼吁宽容，而且为所有的小人物呼吁宽容。他的同情总是在弱者一边的。

总之，自由、善良和宽容是普希金创作的基本内容，它们赋予他的作品一种内在美和人道精神。他的作品的主题是俄国的，而所表达的思想和感情则是普世性的。从这个意义上说，他的作品是普遍价值观与普遍人性的颂歌。

四、从俄罗斯的“初恋”到全世界的爱恋

在前面提到的《纪念碑》一诗中，普希金对自己身后的名声曾做过这样的预测：

> 我的名声将传遍整个伟大的俄罗斯，
> 她的一切语言都会呼唤我的姓名：
> 骄傲的斯拉夫人的子孙、芬兰人，至今尚未开发的
> 通古斯人，还有草原的朋友卡尔梅克人。

诚如普希金本人所言，他的名声早已传遍整个俄罗斯，丘特切夫曾把他称为俄罗斯的“初恋”①。看来，普希金的这个预测还是相当保守的。他

① ［俄］丘特切夫：《一八三七年一月二十九日》，见《丘特切夫诗选》，查良铮译，外国文学出版社 1985 年版，第 69 页。

不仅是俄罗斯的“初恋”，而且成了全世界的爱恋。

早在普希金生前，当他的《鲁斯兰与柳德米拉》刚刚出版之时，法国的《百科全书评论》就介绍过这部作品，一些到过俄国的英国人和法国人也在游记中提到过他的名字和《自由颂》等诗。普希金逝世后，他的作品被逐渐翻译传播到德、法、英、意等西欧国家和波兰等东欧国家。19世纪末叶和20世纪初叶，他的作品越出欧洲的范围，开始在亚洲和美洲得到传播。1883年，日本的高须治助从俄文直接翻译了普希金的长篇小说《上尉的女儿》。1903年，中国留日学生戢翼翚从日文转译了这部作品（书名为《俄国情史 斯密士玛丽传》，一名《花心蝶梦录》）。此后在中国便开始了高潮迭起的普希金作品的翻译工作，迄今已出版了四部大型文集或全集。波斯、土耳其也翻译了普氏的部分诗歌、戏剧和小说。从30年代起，美国开始系统介绍普氏作品。二战以后，普氏作品的传播范围扩展到了非洲和拉丁美洲。现在普氏的作品已经译成了一百五十多种文字，拥有约二百个国家的读者。此外，很多国家还建造了普希金纪念碑，到20世纪80年代末期为止，共有十二处。它们是意大利的罗马市、保加利亚的布加斯市、匈牙利的桑博特黑伊市、德国的魏玛市、西班牙的马德里市、中国的上海市、波兰的波拉尼察-兹德鲁伊市、美国的新泽西州的杰克逊市和纽约州的门罗市、捷克游击队城近郊的布雷江村、古巴的哈瓦那市和印度的德里市。1999年普希金诞辰二百周年之际，他的纪念碑又耸立在法国的巴黎、奥地利的维也纳和美国的华盛顿的上空。中国、美国、以色列、法国、意大利、希腊、日本等国家举行了纪念普希金诞辰二百周年学术讨论会，法国、以色列、意大利和美国还出版了会议论文集。至于根据普希金的作品改编的歌剧《叶甫盖尼·奥涅金》《鲍里斯·戈都诺夫》和《黑桃皇后》更是响彻世界许多国家的舞台。在北京举行的“中俄国家年”开幕式上，俄罗斯的艺术家们就演出了《鲍里斯·戈都诺夫》的片断。

前面我们已经谈到俄国作家和学者对普希金的世界性的一系列论述，其实在俄国本土以外，也有不少人持同样的看法。例如，德国批评家法恩哈根·封·恩塞就在1838年11月写的一篇关于普希金的长文中，认为普希金是世界文学的经典作家之一，他的创作具有全人类意义[①]。他的这些提法与别林斯基在《文学纪事》一文中的提法几乎是同时的。1937年，美国出版了由埃内斯特·西蒙斯和谢缪埃里·克罗斯编辑的普希金逝世一百周年纪念文集，前言中说："作为俄国新文学的缔造者，他（普希金）的意义正在越出民族和语言的界限。"[②] 法国小说家、学者亨利·特罗亚在其《普希金传》（中译本名为《天才诗人普希金》）中对普希金作出了崇高的评价。他说："在俄国版图上，普希金是第一位在自己国土上创建了世界性文学的作家。……他应同但丁、塞万提斯、莎士比亚、拉辛、高乃依、雪莱、歌德、拜伦齐名。"[③] 匈牙利著名马克思主义文艺理论家乔治·卢卡契写过一篇题为《普希金在世界文学中的地位》的专文。文章一开头就指出："普希金就是在俄国以外也是一位著名的、有巨大影响的、为人民所喜爱的诗人。"他认为，"由果戈理、别林斯基起，直至托尔斯泰和陀思妥耶夫斯基，虽然他们对普希金是那么崇拜，但他们都在不同程度上低估了普希金的世界历史意义"[④]。《简明不列颠百科全书》的"普希金"词条说："他的创作富有崇高的思想，强调公民的责任，充满肯定生活的气势，深信理智必能战胜偏见，光明必能战胜黑暗，人类的博爱必能战胜奴役和压迫，因而在全世界引起共鸣。他的作品被译成世界所有主要的语言，不但最完满地表达了俄国人民的意识，而且具有超越民族障碍的力量和鼓舞作用。"[⑤]

至于怀疑或否定普希金具有世界性的那些观点，也不是没有遇到反对

---

① A. Л. 格利戈里耶夫：《国外文艺研究中的普希金》，见《普希金·研究与资料》第7卷，列宁格勒：科学出版社列宁格勒分社1974年版，第222—223页。

② A. Л. 格利戈里耶夫：《国外文艺研究中的普希金》，见《普希金·研究与资料》第7卷，列宁格勒：科学出版社列宁格勒分社1974年版，第228页。

③ ［法］亨利·特罗亚：《天才诗人普希金》，张继双、李树立、董爱春译，世界知识出版社2000年版，第763页。

④ ［匈牙利］卢卡契：《普希金在世界文学中的地位》，李翟译，见中国社会科学院外国文学研究所外国文学研究资料丛刊编辑委员会编：《卢卡契文学论文集》（二），中国社会科学出版社1981年版，第492页。

⑤ 中国大百科全书出版社《简明不列颠百科全书》编辑部编：《简明不列颠百科全书》第6卷，中国大百科全书出版社1986年版，第567页。

意见的。就拿普希金与拜伦的关系来说吧，密茨凯维奇就认为，普希金起初的确受到过拜伦的影响，《叶甫盖尼·奥涅金》也是如此，但“过了不久，他便试着独自走路了，最后终于达到了独创的境界”①。勃兰兑斯则认为，“他（普希金）的形象化的描绘能力超过拜伦”②，而卢卡契则认为，他“超越了拜伦主义，直接从人民性中吸取力量。普希金并没有像那位英国诗人那样，把自己同他塑造的‘拜伦式’的形象等同起来，相反，他恰恰站在从人民生活中吸取的道德立场上，十分尖锐地批判了这些形象”③。我们在《普希金的生活与创作》一书中，曾专门写了一节，论述普希金与拜伦的关系，并把这种关系概括为“从模仿到超越”。我想，如果“模仿论者”能够客观地、不怀偏见地将两人的创作作一认真的比较，是不难得出同样的结论的。

关于诗歌内涵在翻译过程中的损失比散文大的观点，我们认为是有一定的道理的，但诗歌并不是不可译的，也不是译不好的。俄罗斯著名诗人马尔夏克翻译的《莎士比亚十四行诗》就译得相当完美，曾获1949年度斯大林奖金。为什么英国的诗人就不能用同样的精神去翻译普希金的诗歌呢？

关于法国读者对散文的兴趣超过诗歌的观点，也应进行具体分析。据亨利·特罗亚说，法国读者希望在俄罗斯作家的作品中寻找神秘、古怪的“地方色彩”和违反人之常情的情绪，而这些在普希金的诗歌中却无法找到，因此只有到陀思妥耶夫斯基和果戈理等小说家的作品中去找。而所谓俄罗斯的“地方色彩”就是“赌场遍布全国；监狱一座又一座；破旧的小屋比比皆是，里面住着醉鬼和疯子，屋顶上终年覆盖着白雪”④。其实，并

① ［波兰］密茨凯维支：《普希金与俄罗斯文学运动（1837）》，林洪亮译，见冯春编选：《普希金评论集》，上海译文出版社1993年版，第702页。

② ［丹麦］勃兰兑斯：《论普希金（1889）》，邵殿生译，见冯春编选：《普希金评论集》，上海译文出版社1993年版，第768页。

③ ［匈牙利］卢卡契：《〈鲍里斯·戈东诺夫〉（1947）》，韩耀成译，见冯春编选：《普希金评论集》，上海译文出版社1993年版，第772页。

④ ［法］亨利·特罗亚：《天才诗人普希金》，张继双、李树立、董爱春译，世界知识出版社2000年版，第762页。

不是所有的法国读者都醉心于这样的“地方色彩”。法国著名作家梅里美说：“谁也比不上普希金将故事叙述得更加风趣，谁也比不上他更出色地寓大胆而严正的讽刺于准确细腻的风俗描画和性格描画中；最后，谁也不如他更审慎地接触某些场景，换了不那么灵巧的手笔，连大胆的读者也会感到惊骇的。”[①] 法国作家和文学史家、法国科学院院士沃盖也说：“研究普希金其人必须与他的作品联系起来。那生命的洪流浩浩荡荡！他观察的角度千变万化！这一切又是何等自然！对，那无疑是他的主要特征。他总是那样率真地自然！正因为如此，所以他的‘诗意的忧郁’和‘热情的激浪’从不使我们感到腻味。他的一颗受到伤害的心灵发出的呼号是真情实感，几乎不由自主。不过，他很快就能恢复常态，回到他从中找到乐趣的那种精神醉乡。我们一些‘长歌当哭’的大作家及其模仿者总是以一身黑服出现在人前，而把他们的真相藏在关紧的门后；这种无穷尽的伤逝因其虚假和做作而令人生厌。”[②] 梅里美和沃盖的话仿佛就是针对亨利·特罗亚所提到的现象说的，而且说得极其精辟，我们就不在此饶舌了。

结语

普希金是一个具有世界性的作家。他通晓多种语言，其阅读视野是普世性的；他创作过不少政治题材和世界文化题材作品，对世界的观照是多元的；自由、善良、宽容是他创作的基本主题，这是普遍价值观和普遍人性的体现；他的作品已被翻译成一百五十多种文字，拥有近两百个国家的读者，他从俄罗斯的“初恋”变成了全世界的爱恋。总之，他的作品已经成了普世性的经典，随着时间的推移，它们在世界上将会拥有越来越多的读者，受到越来越多的人喜爱。

（原载《外国文学研究》2007 年第 4 期）

---

① ［法］梅里美：《亚历山大·普希金（1868）》，郑克鲁译，见冯春编选：《普希金评论集》，上海译文出版社 1993 年版，第 722 页。

② ［法］沃盖：《论俄国小说（摘录）（1886）》，郑大民译，见冯春编选：《普希金评论集》，上海译文出版社 1993 年版，第 748—749 页。

论普希金的文化归属

作为伟大的浪漫主义诗人和现实主义文学的奠基者，普希金在俄国文学史上的地位是早已确定和世所公认的。近年来，随着文化研究的兴起和升温，不少学者试图从文化层面（宗教观、历史观、哲学观等）对普希金进行解读，拓宽了普希金研究的领域，促进了我国的普希金学的发展。笔者和几位青年学者合著的《普希金新论——文化视域中的俄罗斯诗圣》（中国社会科学出版社 2004 年），从普希金的文学人民性思想、自由理念、死亡意识、伦理指向、女性观念、圣经情结、叙事艺术等七个方面，对普希金的思想和艺术世界作了新的探索，也可以说是文化研究的一个尝试。我们高兴地看到，有的学者还撰文对普希金进行文化定位[①]，这引起了我们浓厚的兴趣。该文首先谈到从俄国文化的角度对普希金进行考察和分析的必要性，接着对俄国文化的特征作了阐述："俄罗斯民族长期以来一直处在两大矛盾之中，一是古老的东方文化和发达的西方文化在这块横跨欧亚大陆的国土上进行着不断的碰撞；二是文明的上层贵族同相对落后的社会下层在社会构成上所形成的悬殊的文化差异。这一东一西，一上一下的两对矛盾是制约着俄罗斯文化发展的决定性因素。"该文把上述两对矛盾比作一个十字坐标，认为它"既表现出了俄罗斯文化的整体特征，又可以

① 祖淑珍：《试论普希金在俄国文化中的定位》，见森华编：《回眸与前瞻：中国俄罗斯文学研究二十年（1979—1999）会议论文集》，外语教学与研究出版社 2001 年版，第 334—341 页。以下该文简称《定位》，引文不再一一注明页码。

根据它来分析重要文学现象产生的原因……当然我们也可以将它作为参照系数，以此来确定和标出俄罗斯的每一位大作家在俄国文化全景图中的定位……”那么，如何定位呢？该文的结论是：在这个十字坐标中，西欧派的位置靠西，斯拉夫派的位置偏东，杰尔查文和高尔基“绝对是一个在上北，一个在下南”。“而对于‘普希金的方位在哪里？’的回答是：他的定位应当是在俄罗斯文化十字坐标的交叉处。”为了更“直观形象”地理解上述观点，我们不妨做一图示：

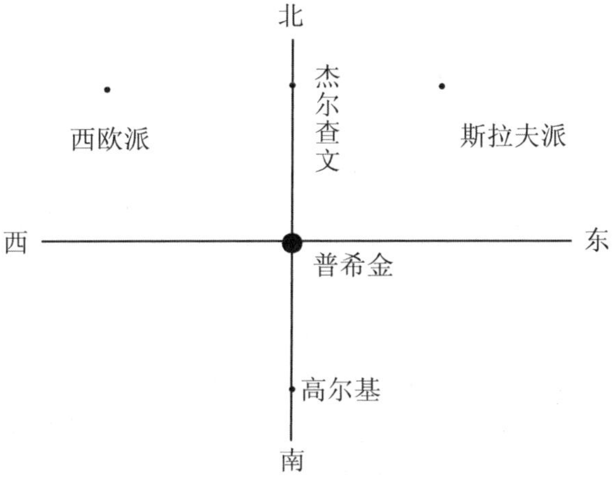

关于西欧派和斯拉夫派，还有杰尔查文和高尔基，由于不在我们的论述范围之内，姑且不作评价。在这里，我们只想对普希金的定位问题谈一些看法，因为这个问题的实质是普希金的文化归属问题，它关乎俄国民族和俄国文化的归属，很值得加以讨论。

一、是“等距离”接触和反映，还是距离不等？

《定位》之所以将普希金置于“俄罗斯文化十字坐标的交叉处”，一个重要的论据是，他“多方位、等距离的接触和反映俄国社会的各个阶层”。这里涉及两个问题，第一个问题是普希金本人与社会各个阶层的关系，第二个问题是他的创作对社会各个阶层的描绘。我们认为，这种“等距离接触说”与“等距离反映说”是与事实不符的，它们夸大了普希金与社会下层的接近和对社会下层的描绘。

先看第一个问题。不容否认，作为一位具有自由主义倾向的贵族阶级的优秀代表，普希金曾经试图更多地去接近包括下层在内的社会各个阶层。众所周知，他从小就受到农奴出身而又擅长讲民间故事的奶娘在生活上和精神上的双重哺育；青年时代他在米哈伊洛夫斯科耶及其周围的乡村耳闻目睹了农奴制下的残酷现实；流放期间，他到过高加索、顿河草原和南俄的一些城镇，与形形色色的人打过交道，对下层人民的贫困生活和被奴役的处境有了更深切的感受；被解除流放后，他曾奔赴高加索前线，接触过士兵和山民；结婚后，他虽然身居京城，但却十分怀念乡村生活；为了撰写《普加乔夫史》，他还沿着普加乔夫的足迹，前往尼日尼·诺夫戈罗德、喀山、奥伦堡等地搜集素材，并在当年普加乔夫的“京城”贝尔德村面对面地采访过七十五岁的哥萨克老妪邦托娃……

然而，这一切并不能说明，普希金“等距离的接触”了社会的各个阶层。同样众所周知的是，他自幼生长在一个贵族家庭，在皇村学校受的是典型的贵族教育；在外交部工作期间，他徜徉于贵族青年的政治沙龙和贵族作家的文艺沙龙；流放南俄期间，他的主要生活圈子仍然是贵族阶层。1826 年以后，他大多数时间住在京城，后来还被封为宫廷侍从。即使在《定位》作者认为“更加接近和深入俄国人民的实际生活”的幽禁米哈伊洛夫斯科耶的两年里，他仍然过的是一种贵族式的生活。诚然，在这两年里，他最亲密的人是他的奶娘，他跟马车夫彼得和花匠阿尔希普也关系不错，他还去圣山镇的集市逛过几次，有时甚至坐在草地上，把一些乞丐和盲人召到身边，听他们唱民歌和宗教诗，自己也跟他们一起唱。在这两年里，他从奶娘那里记录了不少民间故事，还搜集了数十首民间婚礼歌和民间仪式歌。然而也不应该忘记，在有着二十九名农奴的米哈伊洛夫斯科耶村，他虽然身为流刑犯，却仍然是主人，而他的主要社交场所则是邻村三山村五等文官夫人奥西波娃的庄园。他经常跟女主人及其子女一起读书，一起玩牌，还给他们朗诵新作，甚至给他们写了不少赠诗。他们之间的关系，可说是亲密无间，如同家人。从以上这些事实可以看出，普希金与社会各个阶层的接触并不是“等距离的”，而是距离不等的。

再看第二个问题。《定位》作者认为，普希金在创作中对俄国社会各个阶层的“反映”也是“等距离的”。为了说明自己的观点，作者在文章中还作了一个非常形象的阐释：“我们看到俄国社会两大矛盾的对立面不正是在普希金本人和他的文学创作中进行着这样的交汇和融合吗？仔细想想他一些作品的名字：《驿站长》——是官非官，《上尉的女儿》——不富不穷，《村姑小姐》——土洋结合，《瘟疫流行时的宴会》——悲喜交加，还有他曾计划写的《彼得大帝的黑奴》——上下兼顾。”而为了支持自己的观点，作者还引用了两位俄国大批评家的话：“普希金能‘以惊人的正确性和深刻性来描写俄罗斯社会、俄罗斯气质和俄罗斯人民各阶层的生活’（车尔尼雪夫斯基），‘写到了而且暗示了那么多纯粹属于俄罗斯大自然和俄罗斯社会的东西’（别林斯基）。”

从上面引述的话来看，《定位》作者的“等距离反映说”是以普希金的创作题材为基础建构的。普希金的创作题材果然是像作者所断言的那样吗？我们只要对其作一粗略的考察，问题就会很清楚了。（《定位》只涉及诗体小说《叶甫盖尼·奥涅金》和叙事诗、戏剧、小说中的几部重要作品，我们也只对这四类作品择其要者而考察之）

诗体小说《叶甫盖尼·奥涅金》：主要描写对象为贵族（城市贵族与乡村贵族）。

叙事诗：完成的诗稿共十一部，而以君王、公爵、贵族、上帝、天使长等上层人物为主要描写对象的诗稿就有《鲁斯兰和柳德米拉》《高加索的俘虏》《加百列颂》《巴赫契萨拉伊的喷泉》《茨冈人》《努林伯爵》《波尔塔瓦》《安哲鲁》《铜骑士》等九部，只有《强盗兄弟》《科洛姆纳的小屋》以描写囚犯和平民为主（《高加索的俘虏》《茨冈人》《安哲鲁》《铜骑士》等对社会下层人物或多或少有所描绘）。

戏剧：大型历史悲剧《鲍里斯·戈都诺夫》的主要描写对象为沙皇和大臣；四个小悲剧中《吝啬的骑士》的主人公为男爵，《莫扎特和沙莱里》的主人公为贵族音乐家，《石雕客人》和《瘟疫流行时的宴会》的主人公均为贵族青年。

小说：长篇小说《上尉的女儿》、中篇小说《黑桃皇后》和《别尔金小说集》中《射击》的中心人物为贵族军官，而中篇小说《杜布罗夫斯基》与《别尔金小说集》中《暴风雪》和《村姑小姐》的主人公为乡村贵族，只有《别尔金小说集》中《驿站长》和《棺材店老板》的主人公分别为小官吏和小市民（《上尉的女儿》同时描写了农民起义领袖普加乔夫）。

从以上的题材考察可以看出，普希金对社会各个阶层的“反映”以上层为主，因而不是“等距离的”，而是距离不等的。至于《定位》作者对某些作品所做的概括，也是难以令人信服的。“《驿站长》——是官非官”。十四品文官也是官，只不过官阶最低罢了，怎么能说是“非官”呢？“《上尉的女儿》——不富不穷”。这里显然是指主人公格里尼奥夫。他的父亲是一位乡村贵族，家里奴仆成群；他本人是军官，带着仆人服役，应该属于“富”的一类，而不是“不富不穷”。“《村姑小姐》——土洋结合”。小姐和“村姑”都是同一个人——丽莎，“村姑”只是小姐的化身，并非真正的村姑，怎么会是“土洋结合”呢？“《彼得大帝的黑奴》——上下兼顾”。在这篇小说中，主人公伊勃拉基姆并非以前的那个黑孩子，而是一名已在巴黎军事学校毕业的炮兵上尉。“伊勃拉基姆的出现，他的仪表、教养和天赋的聪慧，在巴黎引起了普遍注意。”① 当然，对于他的教父彼得大帝来说，他仍然是一个“下属”，但却不属于社会的下层。至此，我们再回头看看《定位》作者所引用的两位俄国大批评家的话。他们在谈到普希金对俄罗斯社会和俄罗斯人民各阶层的生活的描绘时，都没有使用“等距离反映”这样的字眼，而是说“以惊人的正确性和深刻性”，“写到了而且暗示了那么多”，这是何等准确，何等生动啊！

二、是“介于东西方文化之间”，还是以西为主的西东融合？

《定位》之所以将普希金置于“俄罗斯文化十字坐标的交叉处”，另一个重要的论据是，他曾受到“东方民间文学的营养滋润”，有的作品

① ［俄］普希金：《彼得大帝的黑人》，迎秀译，见卢永选编：《普希金文集》第6卷，人民文学出版社1995年版，第5页。

“取材于神秘而古老的东方传说”；俄国社会是由“西方化了的上层与东方化了的下层”构成的，而普希金则“介于东西方文化之间，身居上层，亲近下层，不高不低，不左不右的立足点使他得以广采博收，汇聚东西方文化中的精华于一身，充分体现出俄罗斯文化兼收并蓄的特点。”从以上所引言论来看，东方显然有两层含义：一层含义是指“下层”，另一层含义显然是指亚洲。这样，人们自然而然地会提出两个问题：第一个问题是，下层是否就是东方；第二个问题是，在普希金的创作中，东方文化因素究竟占有多大的比重。

先看第一个问题。《定位》作者在文章中说：“俄国西方化的改革主要发生在社会的上层，即贵族等级中。与此同时，俄国社会的下层，即占人口绝大多数的农民则随着农奴制的建立和完善，逐渐失去了最基本的人身自由，不但与上层社会的文明生活无缘，而且越来越接近东方专制国家下层被奴役阶级的境遇。”据说，这就是“俄国社会上下层在不同文化方向上的发展”。我们认为，这种观点是站不住脚的。因为这是从制度层面和阶级地位而不是从真正的文化层面上来说的。如果由于下层“越来越接近东方专制国家下层被奴役阶级的境遇”而得出俄国下层东方化的结论，那么世界其他地方的类似情况，如非洲的奴隶制，美国的蓄奴制，是否也可以得出类似的结论呢？

毫无疑问，“俄国社会上下层在不同文化方向上的发展”是存在的，这就是列宁所说的“两种民族文化”。列宁说：“**每个**民族文化，都有一些民主主义的和社会主义的即使是不发达的文化**成分**，因为**每个**民族都有被剥削劳动群众，他们的生活条件必然会产生民主主义的和社会主义的意识形态。但是**每个**民族也都有资产阶级的文化（大多数还是黑帮的和教权派的），而且这不仅表现为一些‘成分’，而表现为**占统治地位的**文化。”[①] 在普希金时代，所谓“不同文化方向”就是劳动群众和被剥削群众（下层）的民主主义的文化成分和贵族阶级的文化，而不是什么“西方化了的

① ［苏］列宁：《关于民族问题的批评意见》，见中共中央马克思、恩格斯、列宁、斯大林著作编译局编译：《列宁全集》第 24 卷，人民出版社 1990 年版，第 125—126 页。

上层与东方化了的下层”的文化。

当然，作为一个统一的民族，俄国社会上下层在文化上也必然有很多共同的东西。首先，俄罗斯民族的文化共同性表现为共同的语言，俄语就是俄罗斯民族的统一语言。它虽然有书面语言和口头语言、上流社会语言和人民大众语言的差别，但它们在基本词汇和语法结构上却是统一的。即使在异族入侵和统治的时期，俄语作为俄罗斯民族的统一语言也未受到太大的损害。普希金曾在一篇文章中说：“勒蒙先生毫无根据地认为，鞑靼人的统治给俄语留下了斑斑锈痕。异族语言不是靠剑与火，而是靠语言本身的丰富和优越才得到推广的。一个既无文学，又无贸易，亦无法制的野蛮游牧民族，究竟能给我们带来一些什么样的、需要新词表达的新概念呢？他们的入侵在有教养的中国人的语言中没有留下任何痕迹。我们的祖先在鞑靼人的桎梏下呻吟了两个世纪，他们用祖国的语言祈祷俄罗斯的上帝，诅咒残暴的统治者和互相诉怨。……不管怎样，变成俄语词汇的鞑靼词汇未必有五十个。”[①] 在同一篇文章中，普希金还谈到：“在彼得一世统治时期，由于必须引进荷兰、德国和法国的词语，俄语明显地被弄得不伦不类。”[②] 但是罗蒙诺索夫在《论宗教书籍的益处》一书中，提出了三种体裁的理论，限制使用教会斯拉夫语词和外来语，对俄语进行了净化和改革，而普希金本人则进一步提出把大众语言引进文学语言，并且在创作中身体力行，从而为新的俄罗斯文学语言奠定了基础。可见，在语言问题上，并不存在什么“西方化了的上层和东方化了的下层”。

其次，俄罗斯民族的文化共同性表现为共同的宗教信仰，东正教就是俄罗斯民族的统一的宗教，也可以说是俄罗斯的国教。无论是上层还是下层，他们在共同的教堂，遵循共同的仪式，用共同的祷词，祈祷着同一个上帝。无论是上层还是下层，对他们来说，上帝和耶稣都是最神圣的。赫克曾经这样描述在被与秘密警察结盟的国家教会禁止自由公开地讨论宗教

① ［俄］普希金：《论勒蒙先生作〈克雷洛夫寓言译本序〉》，刘文娟译，见卢永选编：《普希金文集》第 7 卷，人民文学出版社 1995 年版，第 10 页。

② ［俄］普希金：《论勒蒙先生作〈克雷洛夫寓言译本序〉》，刘文娟译，见卢永选编：《普希金文集》第 7 卷，人民文学出版社 1995 年版，第 10 页。

问题的沙皇俄国，人们对宗教的那种热情：“在有钱人和贵族的客厅里，一小群一小群的人聚集起来听取一个知识分子，或者到俄国旅游的外国人对宗教的哲学解释。一般老百姓呢，则在墓地、森林、火车站、市集、小酒馆，以及农民简陋的小屋里无拘无束地谈论宗教。在大路上，成千上万的朝圣者长途跋涉去参观宗教圣地和修道院。他们的谈话不可避免地会涉及有关上帝、拯救和永生这些永恒的问题。”[①] 而且有时，下层比上层更懂得基督教的真理，与基督更接近。德·谢·利哈乔夫院士说，农民是“居民中最基督教化的阶层”[②]。C. H. 布尔加科夫也说：“在基督教中，经济人或经济活动者受他的信仰决定。这完全不是说，人应当通过基督教信仰而摆脱经济必然性的外部负担——因为即便是基督的使徒也要打鱼，正如使徒保罗也要做帐篷一样，但基督教的经济人接受这一负担是从内部、为了主，为了基督教的职分。”说到这里，作者专门作了一个注释：“奇妙的是，在俄语中，对农业劳动者的称呼‘农民’一词，所标记的不是别的，正是‘基督徒’。”[③] 在列夫·托尔斯泰的长篇小说《安娜·卡列尼娜》中，贵族列文就是从费多尔关于农民普拉东的两句话（“他活着是为了灵魂，他记得上帝。”）中得到启示而达到精神上的复活的[④]。屠格涅夫的散文诗《基督》中那个在乡村教堂里跟他站在一排的“普通老百姓”却长着一张“跟所有人的脸酷似的脸”，而“跟所有人的脸酷似的脸，才是基督的脸呢”[⑤]。至于勃洛克的长诗《十二个》中的十二个赤卫军战士都是穿军装的农民，他们是新时代的十二个使徒，而耶稣·基督“拿着血红的旗子”，“带着白色的玫瑰花环”，走在队伍的前面。可见，在宗教问题上，也并不存在什么“西方化了的上层和东方化了的下层”，何

---

① ［俄］赫克：《俄国革命前后的宗教》，高骅、杨缤译，学林出版社 1999 年版，第 5—6 页。

② ［德］德·谢·利哈乔夫：《解读俄罗斯》，吴晓都、王焕生、季志业等译，北京大学出版社 2003 年版，第 54 页。

③ ［俄］C. H. 布尔加科夫：《东正教——教会学说概要》，徐凤林译，商务印书馆 2001 年版，第 209 页。

④ ［俄］列夫·托尔斯泰：《安娜·卡列尼娜》下册，草婴译，上海译文出版社 1982 年版，第 973 页。

⑤ ［俄］屠格涅夫：《玫瑰——屠格涅夫散文诗集》，张铁夫译，湖南文艺出版社 2002 年版，第 91—92 页。

况基督教显然更具有欧洲文化属性，它“使罗斯脱离了伊斯兰和多神教的亚洲”[①]。

再看第二个问题。毫无疑问，普希金是一个受到多元文化影响并且具有多元文化倾向的作家。一方面，他在创作中大量借鉴西方文学（特别是古希腊文学、法国文学和英国文学）的精华，另一方面，他也吸收了某些东方文化因素。前流放时期（1820 年 5 月以前），在普希金的创作中可以说没有东方题材作品，只有《致娜塔利娅》（1813）、《致奥尔洛夫》（1819）、《鲁斯兰和柳德米拉》（1817—1820）多少具有某种东方色彩。С. Л. 弗兰克在谈到早期的普希金时说：“按其直接的意向而言，按其所作的评价而言，普希金无疑是个‘西欧派’，就是说，他高度评价西方文化，坚信它对于俄国是必需的。在将俄国与西方进行比较时，他为俄国文化的落后而痛心疾首。”[②] 流放时期和被解除流放后的一段时间（1820 年至 1830 年），是普希金寻求东方文化并在创作中将西东文化加以融合的时期。这一方面是由于他在南俄的生活和经历，他在这里看到和体验了一个活生生的东方，另一方面是由于受到拜伦的“东方叙事诗”、伏尔泰的“东方戏剧”、歌德的《西东合集》[③]，以及波斯诗人哈菲兹的诗歌和古兰经等的直接或间接的影响。19 世纪 20 年代初期这种影响和融合，既体现在叙事诗《高加索的俘虏》《巴赫契萨拉伊的喷泉》中，也体现在抒情诗《白昼的巨星已经黯淡……》（1820）、《我是荒原上自由的播种者》（1823）、《你是受谁的派遣？为什么把你派来……》（1824）、《仿古兰经》（1824）中。Б. В. 托马舍夫斯基认为，《仿古兰经》“是普希金诗歌中表现东方主题的终结”，而 И. С. 勃拉金斯基却认为，它“是普希金抒情诗中西东融

---

① ［德］德·谢·利哈乔夫：《解读俄罗斯》，吴晓都、王焕生、季志亚等译，北京大学出版社 2003 年版，第 58—59 页。

② С. Л. 弗兰克：《普希金论欧俄关系》，载《俄国哲学批评中的普希金》，莫斯科：科学出版社 1990 年版，第 435 页。

③ 歌德的《西东合集》的最早的俄译者是 М. А. 季米特里耶夫，后来有 А. А. 别斯土舍夫-马尔林斯基和 Ф. И. 丘特切夫。它也受到诗人 И. М. 雅泽科夫、А. А. 费特和丘赫尔别凯等人的关注。到目前为止，俄罗斯学术界尚未发现普希金对这部作品的任何评论，但学者们认为，普希金作品中的西东融合与歌德作品中的西东融合非常相似。普希金开始西东融合之日，正是歌德结束西东融合之时。

合的开端”[①]。E. П. 切雷舍夫也认为，1824 年以后，有三组诗直接继承和发展了《仿古兰经》的主题：第一组诗是《先知》《给朋友们》《诗人与群氓》《给诗人》，第二组诗是《我姐姐的花园……》《欲望之火在血液中燃烧》《今天异教徒把伊斯坦布尔赞美》，以及具有哈菲兹情调的《呵，我戴上了枷锁，玫瑰姑娘……》《致巴赫契萨拉伊的喷泉》《夜莺和玫瑰》《译自哈菲兹的诗》，第三组诗是几首高加索题材的诗：《夜幕笼罩着格鲁吉亚的山岗……》《高加索》《雪崩》《卡兹别克山上的寺院》[②]。至于 1830 年以后，普希金作品中的西东融合现象就基本上消失了。可见，在他的创作中，东方文化因素所占的比重是较小的，相对于西方文化因素来说是次要的。

总之，在普希金二十四年的创作生涯中，只有约十年的时间，在为数不多的作品中，可以看到东方文化的影响和东方文化因素。他不是像《定位》作者所说的“介于东西方文化之间”，更不是《定位》作者所比喻的俄国文化中的“欧亚界碑”，而只是一度在作品中呈现出一种以西为主的西东融合特色。

结语

自古以来，俄罗斯人就一直在寻求自己的民族归属和文化归属。在基辅罗斯时代，俄罗斯民族选择基督教作为国教，从而开始了它的基督教化和西方化的进程。到 13 世纪上半叶，这种进程被鞑靼人的入侵所打断，俄罗斯在约两个半世纪的时间里几乎脱离了欧洲，并且与在欧洲蓬勃开展的文艺复兴运动失之交臂。以后，随着俄罗斯统一国家的形成和领土向东西两面的不断扩张，俄罗斯人开始把目光同时投向西方和东方，然而几百年来的历史事实说明，俄罗斯的战略重点主要是在欧洲，而不是在东方国家。

---

① E. П. 切雷舍夫：《普希金与东方世界》，载《普希金与东方世界》，莫斯科：科学出版社 1999 年版，第 24 页。

② E. П. 切雷舍夫：《普希金与东方世界》，载《普希金与东方世界》，莫斯科：科学出版社 1999 年版，第 26—27 页。

普希金在俄国文化中的定位问题不仅是他个人的思想倾向和创作倾向的问题，而且是与俄罗斯人寻求民族归属和文化归属的进程紧密相连的。在普希金之前，关于俄国文化的属性的争论就已经开始；在普希金时代和以后的年代，西欧派和斯拉夫派，还有欧亚派之间的争论变得越来越激烈，至今也未曾偃旗息鼓。在这种争论中，各方都会以普希金为例来支持自己的观点。应该承认，俄国文化是一种具有综合性特点的文化，东方在俄国文化的发展中具有不可忽视的作用，反映在普希金的创作中，就是我们在上文所谈的西东融合倾向，但这种融合是西为主，东为次。因此，如果硬要画一个十字坐标（利哈乔夫曾将此类作法讥为“地理学的观点”，甚至是“地图学的”[①]），那么普希金的方位不应该是在这个十字坐标的交叉处，而应该是在十字坐标的西北部。

前面谈到，文化研究对于拓宽我国的普希金研究领域，促进我国的普希金学的发展是有积极意义的，但是这种研究应该以文学为中心，应该尊重文本，尊重历史。在二十世纪三四十年代和新中国成立后一段时间内，我国的普希金研究曾出现过将普希金偶像化和英雄化的倾向。对于当时正在进行民族革命、民主革命和社会主义革命的中国人民来说，这是可以理解的，也是不足为怪的。今天，当我国各条战线都在提倡和落实科学发展观的时候，我们在普希金研究中要尽可能还读者以诗人的本来面目，使我国的普希金研究逐渐走向成熟。

（原载《外国文学研究》2006年第2期）

① ［德］德·谢·利哈乔夫：《解读俄罗斯》，吴晓都、王焕生、季志亚等译，北京大学出版社2003年版，第474页。

普希金生前俄国的普希金研究

亚历山大·谢尔盖耶维奇·普希金（1799—1837）是俄国伟大的浪漫主义诗人和现实主义文学的奠基者。他不仅是诗人，而且是杰出的小说家、戏剧家和批评家。高尔基说："他立下文学创作一切（样式）形式的典范——戏剧、小说、诗歌、童话、十四行诗体等。"[①] 并认为"普希金之于俄国文学，正如达·芬奇之于欧洲艺术，同样是巨人"[②]。

从普希金生前起，他和他的创作就得到不少俄国作家和学者的关注和评论。约两个世纪以来，普希金研究逐渐演变成一个专门的学科——普希金学（пушкинизм 或 пушкиноведение），在俄国和世界产生了巨大的影响。

俄国普希金学之滥觞可以追溯到普希金生前。别林斯基说："他刚一跃登诗坛，就遇到了充满不假思索的、热忱的而又无条件的赞美，和一些人的刻毒的辱骂，这些人在他诗名的增长中看到了陈旧的文学概念的死亡以及与此伴随而来的自己精神的死亡，——赞美与谴责的急躁的喊声，无论在他生前的整段时期中，或者在他死后，一刻也没有停息过，他的每一部新作品，不论对公众或者对享有特权的文学法官们，都曾经是引起纷争

---

① ［苏］高尔基：《俄国文学史》，缪灵珠译，上海译文出版社 1979 年版，第 180 页。

② ［苏］高尔基：《俄国文学史》，缪灵珠译，上海译文出版社 1979 年版，第 176 页。

的苹果。”[1] 十九世纪二三十年代，正是俄国民族文学形成的时期。作为俄国文坛的盟主，普希金的每一部大型作品几乎都引起巨大的反响和论战。这是普希金的同时代人对他的评论，是一种近距离的评论。尽管这些评论还比较粗糙，很不成熟，甚至有不少谬误，但却为后来的普希金研究开了先河。

一、《鲁斯兰和柳德米拉》：引起纷争的第一个“苹果”

《鲁斯兰和柳德米拉》动笔于诗人皇村学校毕业前夕，完成于1820年3月26日。这部长诗本身就具有论战性，它是针对茹科夫斯基的《十二个睡美人》的第二部《瓦吉姆》中的宗教幻想和神秘色彩而作。它直接取材于俄国历史，塑造了一个神奇的俄罗斯古代勇士——鲁斯兰的形象，并且在诗中广泛借鉴了民间文学形式和手法，是一部明朗、清新、乐观的浪漫主义叙事诗，极富俄罗斯情调。

长诗在创作过程中就在文学团体“阿尔扎马斯社”一支歌一支歌地朗诵过，而且在报刊上发表过，因此在正式出版之前就引起了文坛和社会的关注。茹科夫斯基对长诗给予了高度的赞扬。尽管普希金在长诗中把他称为“神秘的幻影、爱情、梦想和魔鬼的歌手，坟墓和天堂的忠实居民”，并且声称：“我要揭露那任性的缪斯，/她的诗歌固然美妙，/却充满了骗人的故事。”[2] 但当普希金完成最后一支歌——第六歌，并在他家里给他朗诵之后，他当即把自己的一帧石印画像送给普希金，并在画像上的题词中称普希金为“胜利的学生”，而称自己为“失败的老师”。翻译家瓦·安·埃尔捷利在长诗尚未脱稿时听过普希金的朗诵。他写道：“它的的确确是一部绝妙的作品。……多么新颖的创作！多么有诗才！多么灿烂的画图！多么灵巧动听的语言！……这是他青春时代幻想的美妙产物……”[3]

---

① ［俄］别林斯基：《亚历山大·普希金作品集》（第一篇），见《别林斯基选集》第4卷，满涛、辛未艾译，上海译文出版社1991年版，第6页。

② ［俄］普希金：《鲁斯兰和柳德米拉》，冯春译，见《普希金童话诗》，上海译文出版社1979年版，第181页。

③ ［俄］果戈理：《回忆普希金》，刘伦振译，天津人民出版社1986年版，第105页。

亚·费·沃耶伊科夫在《评长诗〈鲁斯兰和柳德米拉〉》一文中，对长诗的人物描写给予了高度的肯定："他（普希金）在描绘他们的肖像和侧影时，就像塔西佗在历史著作中、伏尔泰在长诗中所做的一样。他记得，不管是荷马还是维吉尔，都未曾描绘过他们，于是他沿着自己伟大的导师们的足迹，巧妙地把主人公们展示在情节中，用语言描绘他们的思想形象，赋予每个人一副特殊的、仅仅与他相适应的面貌，这副面貌在危险、不幸和激情澎湃的决定性时刻往往会不由自主地显现出来。"[①] 文章还认为，长诗中"没有任何模糊的、不确定的、杂乱的、沉重的东西。几乎到处都是严谨、准确的词语；诗句是那么轻快、新颖、朴素和甜美，简直令人心醉，仿佛它们没有花费任何笔墨，而是自己从我们的诗人的羽毛笔下流出来的"[②]。

长诗尽管受到"温和幸福的朋友们"的赞扬，但也遭到了许多人的攻击，它是普希金引起纷争的第一个"苹果"。当然，普希金早就预见到了长诗的坎坷命运。他在第三歌开头写道：

在温和幸福的朋友们面前，
你无须躲避，我的诗行！
但你却逃不过
那充满妒忌的愤怒的双眼。
一个批评家苍白无力，
已经由于内心的妒忌，
向我提出一个灾难性问题：
为什么你把鲁斯兰的爱妻，
称作姑娘和公主，
是不是存心取笑她的夫婿？[③]

① 见《普希金的一生》第1卷，莫斯科：真理出版社1988年版，第309页。
② 见《普希金的一生》第1卷，莫斯科：真理出版社1988年版，第310页。
③ ［俄］普希金：《鲁斯兰和柳德米拉》，冯春译，见《普希金童话诗》，上海译文出版社1979年版，第159页。

当然，批评家们提出的问题决不像诗人所说的那么简单和温和，而是复杂和尖锐得多。1820 年 6 月《欧罗巴通报》刊登了一位署名“布特尔镇一居民”（“布特尔镇老叟”）的文章。作者写道：

> 一个有教养的人，或者哪怕一个稍有知识的人，当他面对一部模仿《叶鲁斯兰·拉扎列维奇》[①] 写成的新的叙事诗时，他能否忍受呢？请你们看看《祖国之子》第 15 期和第 16 期吧。在那里，一位无名诗人从自己的《柳德米拉和鲁斯兰》中（不就是叶鲁斯兰吗？）给我们提供了一个片断作为样品。我不知道全诗的内容如何；但那个样品就会使任何人都无法忍受。诗人生动地描写一个男子只有丁点儿大，但胡子却到了肘部，还让他的胡须长得无尽，诗人还给我们描绘了女妖、隐身帽等。不过最可贵的是：鲁斯兰骑马来到一片战场，看到了一个勇士的巨头，在这个巨头下面有一柄宝剑；巨头对他侃侃而谈，还跟他进行了一场鏖战……我清楚地记得，这一切我过去都从我的奶娘那里听到过；现在到了耄耋之年，又有幸从当代的诗人们那里听到同样的故事！……为了更准确地或者更好地表现我们的古歌的全部魅力，诗人就连在词句的运用方面也类似叶鲁斯兰的演唱者，例如：
>
> 要是胆敢和我开玩笑，
> 我用胡子把你们大伙都绞杀！
> 怎么样？
> 骑着马绕着巨头走了一遭；
> 他默默地站在鼻子前面，
> 用长矛把他的鼻孔轻搔。
>
> 不愧是基尔沙·达尼洛夫式的图画！接下来是：巨头打了个喷嚏，在巨头后面传来了喷嚏的回声……
>
> 我东奔西走，并不打唿哨，

① 一首流行的俄罗斯古事歌。

要是碰到谁，也绝不轻饶！

然后勇士用沉重的手套打在巨头的脸上……不过，恕我不详细举例了，并且请允许我提一个问题：如果莫斯科的贵族俱乐部混入（假设这种不可能的事是可能的）一个蓄着一部大胡子、身穿一件农民粗呢上衣、脚蹬一双树皮鞋的客人，并且高声大叫道："你们好，伙计们！"难道人们对这样的调皮佬会加以欣赏吗？……①

《祖国之子》杂志第38期也发表了一篇文章《致长诗〈鲁斯兰和柳德米拉〉评论者的信》（作者署名NN.）。这封信针对长诗提出了一连串的问题：

为什么芬兰人要等候鲁斯兰？为什么他要给鲁斯兰讲述自己的故事，而鲁斯兰在这种不幸的情况下怎么能够"专心地听着老人的故事"？

为什么鲁斯兰出发的时候，"嘴里打着唿哨"；难道这可以表现一个人的悲伤？为什么法尔拉夫怯生生地骑着马去寻找柳德米拉？有人会说，是为了以后跌入泥泞的山沟。……

为什么长着一部大胡子的小矮人（顺便说说，一点都不逗人发笑）经常去找柳德米拉？柳德米拉怎么会想出一个奇怪的主意——抓起魔王的帽子？（其实在惊慌之中什么事做不出来呢？）而魔王又怎么会容许她这样做呢？鲁斯兰是怎样把罗格达伊像摔婴儿一样摔入水中的呢，当

他们在马上抱得紧紧；

…………

恨得四肢抽搐像发狂；

紧紧抱成一团，全身发僵，等等。

我不知道，奥尔洛夫斯基②会怎样描绘这种情景。……

① 见《普希金的一生》第1卷，莫斯科：真理出版社1988年版，第307—308页。

② A. O. 奥尔洛夫斯基（1777—1832），波兰和俄国画家。1802年移居俄国。

为什么黑海魔王弄到神奇的宝剑后，把它放在野地里哥哥的头颅下面；把它带回家去不是更好吗？——为什么唤醒十二个睡美人，并把她们置于拉特米尔前往的某处草原（我不知道他是怎样去的）？他在那儿是否待得很久呢？他去了何方？为什么成了渔夫？他的新的女友是什么人？鲁斯兰打败黑海魔王后，由于没有找到柳德米拉，而陷入了绝望之中，他挥舞着宝剑，直到打掉躺在地下的爱妻的帽子，这是可能的吗？为什么小矮人没有从被打死的鲁斯兰的背囊里爬出来？鲁斯兰的梦预兆着什么？……

为什么在评论鲁斯兰和柳德米拉时要提到《伊利昂纪》和《埃涅阿斯纪》？它们之间有什么共同之处？怎么能在文章中说（而且似乎是认真的），弗拉基米尔、鲁斯兰和芬兰老人等人的语言不能与荷马们的语言相提并论呢？这就是我不明白和其他很多人也不明白的东西。①

此外，对长诗多少有所肯定的亚·费·沃耶伊科夫也指责“长诗中的人物性格是用这个温情脉脉、多愁善感的卡拉瓦乔的阴暗色彩和那位不用画笔，而且只画三驾邮车和吉尔吉斯骏马的奥尔洛夫斯基的放肆笔触描绘的”②。《涅瓦观察家》1820 年第 17 期也发表文章，指责《鲁斯兰和柳德米拉》把“诗行的极端的轻快和从容”与“低级的比喻、不成体统的魔法、淫荡的画面和玷污高尚趣味的词语混在一起”，还说黑海魔王等形象“只能博得比较粗鲁的、没有教养的人的喜欢”③。

总之，对《鲁斯兰和柳德米拉》的指责可说是铺天盖地而来，正如《驳〈致长诗鲁斯兰和柳德米拉评论者的信〉》的作者 K. 格利戈里 Б–в. 所说，普希金“还未来得及摆脱沃先生的沉重的打击，稍稍歇一口气，NN. 又带着一大堆问题上场了，这些问题一个比一个狡黠！……他几乎在向帕尔纳斯山迈出第一步的时候，就遇到了这样一些法官！……有人会以

① 见《普希金的一生》第 1 卷，莫斯科：真理出版社 1988 年版，第 310—311 页。

② 见［俄］普希金：《俄罗斯的夜莺——普希金书信选》，张铁夫译，经济日报出版社 2001 年版，第 14 页。

③ 见《普希金的一生》第 1 卷，莫斯科：真理出版社 1988 年版，第 313 页。

为，问题涉及的不是一部长诗，而是涉及刑事罪行”[①]。

其实，“法官”们提出的问题，并不是什么新鲜货色，只不过是古典主义者攻击浪漫主义的老调重弹。他们无法容忍《鲁斯兰和柳德米拉》的民歌色彩、童话因素、口语成分、戏谑倾向和平民风格，因为这是对古典主义诗学的彻底颠覆。正如别林斯基所说：“文学的旧教徒们对普希金的长诗满怀着敌意，也是有理由的：它里面一点也没有他们习惯于认作是诗歌的东西；在他们看来，这部长诗是对于文学的《古兰经》的狂暴否定。所谓古典主义（对于业已确定的形式的死气沉沉的模仿）和浪漫主义（对于形式的自由和独创的追求）之间的战斗，在我们这里，是欧洲方面的同样的战斗的回声，普希金的第一部长诗就成了普希金所经历的这一场战斗的导火线。”[②]

围绕长诗展开的那场论战实质上是俄国浪漫主义者和古典主义者斗争的继续。通过长诗第一版的出版，这场论战以普希金为代表的浪漫主义者的胜利和古典主义者的失败而告终。

二、围绕其他大型作品展开的论战

《鲁斯兰和柳德米拉》出版之后，文坛上依然硝烟弥漫，鏖战正酣，并且贯穿普希金中后期的创作生涯。这些论战主要是围绕《高加索的俘虏》《努林伯爵》《鲍里斯·戈都诺夫》《叶甫盖尼·奥涅金》《波尔塔瓦》等作品进行的。

《高加索的俘虏》（1820—1821）是普希金的“南方叙事诗”的第一部，它一出现就引起了评论界的注意。普列特尼奥夫和维亚泽姆斯基等人纷纷在《教育竞赛者》和《祖国之子》等刊物发表评论。其中最有代表性的一篇是维亚泽姆斯基的《论亚·普希金的中篇小说〈高加索的俘虏〉》一文。该文不是就长诗谈长诗，而是旗帜鲜明地阐述了自己的浪漫主义文学主张，肯定长诗是浪漫主义诗歌的突出成就：首先，它热情地赞

---

① 见《普希金的一生》第1卷，莫斯科：真理出版社1988年版，第311—312页。

② ［俄］别林斯基：《亚历山大·普希金作品集》（第一篇），见《别林斯基选集》第4卷，满涛、辛未艾译，上海译文出版社1991年版，第8页。

扬了长诗对高加索自然风光和民俗民情的描绘："当普希金观察优美的高加索群峰时，他为充满野性、宏伟壮丽的大自然的诗意，为粗野而又勇敢、尚武、美丽的人民的风俗习惯的诗意所倾倒；因此，作为诗人，当一切都用一种新的、强有力的语言向他的想象力、向他的心灵和感觉进行诉说时，他是无法保持沉默的。"① 其次，该文还分析了主人公的性格，指出它的特点是"精力和内心生活过剩"，"无目的的激动"，俘虏的希望从来没有实现过，但却是带着新的追求，产生新的希望，它们"必然会在心灵中播下苦闷、甜腻、厌倦的无法遏止的幼芽"。文章作者认为，"俘虏的性格在我们的诗歌中是一种创新"。尽管它与拜伦的《恰尔德·哈罗尔德游记》的主人公的性格有某种类似，但它的价值不会因此降低。② 维亚泽姆斯基在这里提出的问题，实际上是主人公的现代性和典型性问题，因为"在现代的社会状况下，类似的人物经常会进入观察家的视线"③。

在肯定长诗成就的同时，维亚泽姆斯基也指出了长诗存在的问题。他对"作者把自己的主人公描绘成一个无动于衷的、冷漠的人"感到很不满意。切尔克斯姑娘不仅解救了"俘虏"，而且为他慷慨殉情，可是"俘虏"对她"既无一丝感激之念，也无一丝怜悯之情"④。这就是说，俘虏过于理智，在他身上缺乏崇高的英雄主义精神。这实际上仍然是古典主义诗学的残余观念。普希金的朋友 В. П. 戈尔恰科夫在给他的信中也提出了类似的意见。

普希金肯定了维亚泽姆斯基"关于浪漫主义诗歌的所有言论"都很精辟，赞扬他"第一个提高了它的声望，——要不然，法国病就会扼杀我们年幼的文学"⑤。关于"俘虏"的性格，他也承认："作为一个人，他的行为是很有理智的，但在长诗的主人公身上并不要求理智。——'俘虏'的

① 见《普希金的一生》第 1 卷，莫斯科：真理出版社 1988 年版，第 451 页。

② 见《普希金的一生》第 1 卷，莫斯科：真理出版社 1988 年版，第 451 页。

③ 见《普希金的一生》第 1 卷，莫斯科：真理出版社 1988 年版，第 451 页。

④ 见《普希金的一生》第 1 卷，莫斯科：真理出版社 1988 年版，第 452 页。

⑤ ［俄］普希金：《俄罗斯的夜莺——普希金书信选》，张铁夫译，经济日报出版社 2001 年版，第 44 页。

性格是不成功的；这件事证明，我不适于描写浪漫主义诗歌的英雄。”① 可见，他也还没有完全摆脱古典主义诗学的观念。不过后来，他又在给维亚泽姆斯基的信中作了辩驳：“关于《高加索的俘虏》，我还要说几句话。亲爱的，你骂他作狗崽子，因为他不为那个切尔克斯姑娘感到悲伤，然而他该说什么呢——‘他什么都看透了’这句话就说明了一切：对她的怀念应该占据他的心灵，并且和他所有的念头融成一片，这是不言而喻的，否则就不行；没有必要把话说尽——这是引人入胜的一个秘诀。别的人感到遗憾的是，俘虏没有跳进河中把我的切尔克斯姑娘捞起来——可不，你试试看吧；我在高加索的许多河流里游过泳，——你自己会在里面淹死，却连鬼都找不到一个；我的俘虏是一个聪明人，非常精明，他不迷恋那个切尔克斯姑娘——他不投河是对的。”②

《努林伯爵》是普希金的第一部现实主义叙事诗，完成于 1825 年 12 月。关于它的论战是在以《北方蜜蜂》和《欧罗巴通报》为代表的评论界同作者之间进行的。评论界对长诗的批评主要集中在两个问题上：一是长诗的道德问题，二是长诗的风格问题。其中以尼·伊·纳杰日金的文章最为尖锐。

纳杰日金是 19 世纪前期俄国现实主义文艺理论家，也是普希金研究家。他曾撰文高度赞扬普希金的悲剧《鲍里斯·戈都诺夫》，但对《叶甫盖尼·奥涅金》却持否定态度。在关于《努林伯爵》的文章中，他指责长诗“内容”空洞、“无中生有”、不尊重礼节和不道德；至于长诗的风格，他认为它是一幅讽刺画或一部讽刺性仿作（карикатура），其特点是画面和描写的“佛来芒式”手法，低级鄙俗的自然风光和鄙俗不堪的“努林式”主人公，这是一个用轻松、戏谑的调子讲述的逗趣的笑话。③

普希金向来“懒于”“羞于”和不屑于对批评进行反驳，但是关于这

① ［俄］普希金：《俄罗斯的夜莺——普希金书信选》，张铁夫译，经济日报出版社 2001 年版，第 39 页。

② ［俄］普希金：《俄罗斯的夜莺——普希金书信选》，张铁夫译，经济日报出版社 2001 年版，第 48—50 页。

③ 见《普希金·研究总结与问题》，莫斯科·列宁格勒：科学出版社 1966 年版，第 27—28 页。

部长诗，他先后写过《关于长诗〈努林伯爵〉的札记》和短诗《鞋匠》。前者叙述了长诗的创作过程，说明它是对莎士比亚的长诗《鲁克丽丝受辱记》的讽刺性模拟，同时也是来自现实——诺沃尔热夫县发生的一件类似的事，并非无中生有；后者则把纳杰日金比作一个对画家指手画脚的鞋匠，要他“对鞋子以外的事情别妄加评讲”。此外，他还在《试驳某些非文学性指责》一文中作了辩驳。针对所谓不体面和所谓戏谑性的批评，诗人写道：“谈起体面之类的问题，何需提到古代文学作品呢？难道他们对戏谑小说作者阿里奥斯托、薄伽丘、拉封丹、卡斯蒂、斯宾塞、乔叟、维兰德、拜伦等人只知其名么？难道他们最低限度连波格丹诺维奇和德米特里耶夫的作品都没有读过么？哪一个倒霉的学究胆敢指责《杜申卡》不道德和不体面呢？哪一个愁眉苦脸的傻瓜会一本正经地指责《摩登妻子》这部轻松、戏谑的小说的绝妙典范呢？还有纯真、伟大的杰尔查文的情诗呢？”[①] 针对所谓“不道德”的指责，诗人写道：“不道德的作品就是那些将动摇社会幸福或人类尊严赖以依存的法则作为目标或效用的作品。以色情描写刺激想象力为目的的诗篇，有损于诗歌的尊严，把它的玉液琼浆变成了一种富于刺激性的混合剂，把缪斯变成了令人厌恶的卡尼狄亚。然而，只有那些对道德持幼稚或愚昧观念的人，才会把内心的欢愉和瞬间的幻想所激起的戏谑视为不道德，他们把道德和说教混为一谈，并且认为文学只是一种教育工作。”[②] 普希金的文章可说是有理有据，对那些“不公正的”“下流的”批评是有力的驳斥。

《鲍里斯·戈都诺夫》是普希金于1825年在米哈伊洛夫斯科耶完成的一部历史悲剧。在正式出版之前，它的一个片断曾先期在刊物上登载，引起了极大的反响。那些自称浪漫主义者的人大喊大叫，说这部悲剧会压倒莎士比亚和席勒的名声；而那些所谓古典主义者则三缄其口，暗中冷笑；

① ［俄］普希金：《试驳某些非文学性指责》，张铁夫译，见卢永选编：《普希金文集》第7卷，人民文学出版社1995年版，第196页。

② ［俄］普希金：《试驳某些非文学性指责》，张铁夫译，见卢永选编：《普希金文集》第7卷，人民文学出版社1995年版，第198页。

至于那些不属于上述两派中的任何一派的温和派则对这部作品寄予厚望。[①] 1831 年悲剧正式出版后，普希金的朋友戴尔维格和基列耶夫斯基分别在《文学报》和《欧洲人》上发表了内容扎实的书评。在评论文章中，纳杰日金的文章对悲剧作了善意的肯定，说明他对普希金的意图和构想是理解的；然而尼·阿·波列沃依却显然不理解悲剧的构思，他仍然用原来那些关于浪漫主义戏剧的概念去衡量这部悲剧，并且把悲剧中的观念与卡拉姆津的《俄国史》中事件的观念混为一谈。他一向主张依据作家的传记材料分析作家的创作，在评论悲剧《鲍里斯·戈都诺夫》的文章中，他也采用了这一方法，认为"童年时代所受的世俗教育及卡拉姆津式的教育，继而在青年时代所受到的拜伦的影响——这是反映在普希金的全部诗歌中，在他迄今几乎所有作品中的两个桎梏，而卡拉姆津主义甚至使他最完美的一部作品——《鲍里斯·戈都诺夫》受到损害"[②]。

在这里，不能不特别提一提一本匿名小册子——《论亚历山大·普希金的作品〈鲍里斯·戈都诺夫〉·一个来自莫斯科、路过一个小县城的地主与一个在该城讲授俄国文学的教师的谈话》。这本小册子指责《鲍里斯·戈都诺夫》"东拉西扯，毫无联系，……情节常常从莫斯科跳到波兰，从波兰跳到莫斯科，从净室跳到小酒店"，说作品中没有什么"悲剧性的东西"，它是一出"地地道道的中国皮影戏"，只有在莎士比亚的戏剧作品中才有"某种类似的东西"[③]。小册子的作者显然是一位古典主义批评家，他所指责的东西正是普希金对古典主义时空限制的重大突破，这是一部莎士比亚化的新型悲剧。小册子还指责悲剧中的"激进的思想"。它在援引巴斯曼诺夫的"理睬百姓做什么？/百姓总是偷偷地倾向叛乱"这两句话后，怒不可遏地说："这简直是胡说八道！"并且质问道："难道一个俄国大臣会这样评论信奉东正教的俄国人民吗？"[④] 如果说，前面的指责还停留

---

① 《快讯》(Листок) 1831 年第 45 期，见《普希金的一生》第 2 卷，莫斯科：真理出版社 1988 年版，第 394 页。

② 《普希金：研究总结与问题》，莫斯科·列宁格勒：科学出版社 1966 年版，第 30 页。

③ 见《普希金的一生》第 2 卷，莫斯科：真理出版社 1988 年版，第 395 页。

④ 见《普希金的一生》第 2 卷，莫斯科：真理出版社 1988 年版，第 395 页。

在艺术层面的话，那么后面的指责则显然已经在暗示普希金鼓吹叛乱了。

《叶甫盖尼·奥涅金》是1823年5月开始动笔的，1825年初十二月党人批评家别斯土舍夫和雷列耶夫就撰文对第一章的发表稿进行了评论。作为浪漫主义的批评家，别斯土舍夫和雷列耶夫等人倡导文学创作要表现崇高的爱国主义、英雄主义和公民自觉性，可是《叶甫盖尼·奥涅金》第一章却舍弃了惊险的情节和崇高的英雄，展示给读者的是现代社会普普通通的日常生活和一个普普通通的年轻人，这对他们来说是不可接受的。因此别斯土舍夫极力称赞的不是《叶甫盖尼·奥涅金》，而是《茨冈人》；雷列耶夫也认为《叶甫盖尼·奥涅金》第一章既低于《巴赫契萨拉伊的喷泉》，也低于《高加索的俘虏》，普希金才华成长的真正标志是《茨冈人》，而不是《叶甫盖尼·奥涅金》。[①] 可见，普希金的朋友们对他的新的现实主义创作方法的尝试和创作风格的转型还不完全理解。

《叶甫盖尼·奥涅金》第一章的发表还引起了尼·阿·波列沃依和韦涅维季诺夫之间的论战。这场论战的最重要的内容之一是关于人民性问题的讨论。尼·阿·波列沃依在他的《亚历山大·普希金的诗体长篇小说〈叶甫盖尼·奥涅金〉》一文中说："人民的（nationale）文学要求想象力更有力地对人民的头脑和性格说话，而这种人民性，这种现代风俗描写的适应性，普希金表现得是很巧妙的。奥涅金并非法国或英国的复制品；我们看到的是自己的东西，听到的是家乡的俗语，望着的是自己的怪癖，对这些怪癖我们大家从不感到陌生。"[②] 在另一篇题为《闲话〈叶甫盖尼·奥涅金〉》的文章中，他进一步写道："普希金将自己的主人公置于其中的社会，只有很少的俄国人民日常生活的痕迹，但所有这些痕迹却是以一种惊人的艺术技巧发现和表达出来的。例如，对彼得堡剧院的描写、奥涅金的教育情况、泰隆饭店之行、伯父的葬礼，更不用说其他许多人民性的特点了。"[③] 韦涅维季诺夫在《答波列沃依先生》一文中，阐述了自己对人民性的理解。他认为，"人民性并非反映在属于某一特定地域的画面中，

① 见《普希金：研究总结与问题》，莫斯科·列宁格勒：科学出版社1966年版，第19页。
② 见《普希金：研究总结与问题》，莫斯科·列宁格勒：科学出版社1966年版，第20页。
③ 见《普希金：研究总结与问题》，莫斯科·列宁格勒：科学出版社1966年版，第20页。

而是反映在诗人的感情本身中，他浸透着一国人民的精神，生活在其性格的所谓发展、成就和独立中。”[①] 在这场关于《叶甫盖尼·奥涅金》的人民性的讨论中，双方的观点虽然都不够成熟，但却为后来普希金本人和其他批评家关于人民性的论述打下了良好的基础。

《叶甫盖尼·奥涅金》的其他各章也受到一些人的曲解。例如，第七章问世后，布尔加林在《北方蜜蜂》上发表文章，指责长诗“满纸歪诗和笑话”，“内容空泛”，“没有一点思想，没有一点感情，没有一幅值得一看的图画”[②]，波列沃依也在《莫斯科电讯》上撰文，说：“第七章毫无成就可言，因为时代和俄国在向前迈进，而诗人却在原地踏步。”[③] 普希金在《〈叶甫盖尼·奥涅金〉序言》中对此进行了驳斥：“如果说时代会有所前进，科学、哲学和文明会有所改进，有所变化——那么诗歌则仍将留在原地，不会变得衰老，也不会发生变化……而真正的诗人的作品却万古常新，永葆青春。”[④]

长诗《波尔塔瓦》发表后，遭到了排炮般的攻击。在最初评论《波尔塔瓦》的二十篇文章中，有一半指责长诗不符合历史，是反历史主义的。御用文人布尔加林站在官方爱国主义立场上，在《祖国之子》杂志上撰文批评长诗“既没有正确理解历史性格，也没有忠实描绘历史事件”，还说马塞帕在任何情况下的行为都是出于爱国主义动机。[⑤] 纳杰日金和一位佚名作者也分别在《欧罗巴通报》和《祖国之子》上撰文，向普希金“解释”他“遭到失败的原因”。普希金写了《驳〈波尔塔瓦〉的批评者们》一文，对他们的攻击进行了反击。

针对“任何人从未见过一个女人爱上一个老头，因而马利亚对老盖特

① 见《普希金：研究总结与问题》，莫斯科·列宁格勒：科学出版社1966年版，第20页。

② ［俄］普希金：《〈叶甫盖尼·奥涅金〉序言》，张铁夫译，见卢永选编：《普希金文集》第7卷，人民文学出版社1995年版，第231—232页。

③ ［俄］普希金：《〈叶甫盖尼·奥涅金〉序言》，张铁夫译，见卢永选编：《普希金文集》第7卷，人民文学出版社1995年版，第232页。

④ ［俄］普希金：《〈叶甫盖尼·奥涅金〉序言》，张铁夫译，见卢永选编：《普希金文集》第7卷，人民文学出版社1995年版，第232—233页。

⑤ 见《普希金：研究总结与问题》，莫斯科·列宁格勒：科学出版社1966年版，第25—26页。

曼的爱情是不可能存在的”观点，普希金回答道：“我对这种解释是不能满意的：爱情是一种最任性的情欲。且不说每天都有人认为丑陋和愚蠢比青春、智慧和美要好得多。请回忆一下一些神话传说、奥维德的《变形记》、勒达、菲利拉、巴齐法雅、皮格玛利翁吧——请相信，所有这些虚构的故事和诗歌并不是格格不入的。而奥瑟罗，那个用自己的历险和战斗故事来俘虏苔丝狄蒙娜的老黑人呢？还有促使一位意大利诗人写出一部优秀悲剧的密拉呢……”①

针对普希金把马塞帕写成“一个凶恶而愚蠢的小老头儿”的指责，普希金回答道：“我把马塞帕写得很凶恶，这我完全承认，因为我并不认为他是一个善良的人，特别是当他处心积虑要处死被他勾引的少女的父亲的时候。至于一个人的愚蠢，要么表现为行动，要么表现为语言：马塞帕在长诗中的行为与在历史上的行为一模一样，他的言语就说明了他的历史性格。”②

针对“马塞帕太爱记仇，说什么小俄罗斯的盖特曼不是一个大学生，不会因为挨了一记耳光或被扯了一下胡子就伺机报复”的观点，普希金回答道：“马塞帕是正当贵族荣誉观念特别强烈之时在欧洲培养成人的，他会长期记住莫斯科沙皇的欺凌，并且伺机复仇。这个特点包含了他的整个性格，隐秘、残忍而且始终如一。扯波兰人或哥萨克人的胡子无异于抓俄罗斯人的长须。记得赫米尔尼茨基多次受到恰普利茨基的欺凌，后来根据波兰王国的判决，得到仇人一撮剃掉的胡子作为报偿（见科尼斯基的编年史）。”③

针对那种暗示《波尔塔瓦》受到拜伦的《马塞帕》影响的观点，普希金回答道：“拜伦不过是根据伏尔泰的《查理十二世史》才知道马塞帕的。使他感到惊讶的仅仅是一个绑在一匹野马上、沿着草原飞驰的人的图

① ［俄］普希金：《驳〈波尔塔瓦〉的批评者们》，张铁夫译，见卢永选编：《普希金文集》第7卷，人民文学出版社1995年版，第46页。

② ［俄］普希金：《驳〈波尔塔瓦〉的批评者们》，张铁夫译，见卢永选编：《普希金文集》第7卷，人民文学出版社1995年版，第46页。

③ ［俄］普希金：《驳〈波尔塔瓦〉的批评者们》，张铁夫译，见卢永选编：《普希金文集》第7卷，人民文学出版社1995年版，第47页。

画。这幅画自然富于诗意，然而请看他根据这幅画做了些什么吧。您既不要在这儿寻找马塞帕和查理，也不要在这儿寻找那副阴沉、可恨和令人痛苦的面孔，它几乎出现在拜伦所有的作品中，但在《马塞帕》中却恰恰没有（这未免使我的一个批评家感到扫兴）。拜伦连想都没有想到他，而是展现出一系列一幅比一幅惊人的图画，如此而已”。[1]

此外，还有人指责普希金不该在长诗中使用“胡子、尖叫、起来吧、马塞帕、哎呀、是时候了”这些所谓“低级的、纤夫的语言”，普希金感到哭笑不得，只能用“有什么办法呢”这几个字作为回答。其实，不管是作品中的历史事件、人物性格还是作品的语言，普希金都是有依据的。“在事件发展的清晰方面我仿效卡拉姆津，并且竭力从编年史中揣摩当时的思想方式和语言。”[2] 卡拉姆津的历史著作和俄国的编年史，就是普希金的历史题材创作的丰富的源泉。

在普希金生前，普希金的几乎每一部大型作品都受到沙皇政府的刁难和御用文人的攻击。长诗《加百列颂》和抒情诗《安德列·谢尼耶》就曾经被扯进政治官司；悲剧《鲍里斯·戈都诺夫》由第三厅厅长卞肯多尔夫将军交给第三厅间谍布尔加林审查。后者对剧本予以全盘否定，而又剽窃其内容，写成历史小说《自称为皇者季米特里》。他们的行为已经超出了文学评论的范围，而是赤裸裸的政治迫害了。

三、高屋建瓴的总体性评论

如果说，前面提到的评论文章主要是针对普希金的单篇作品有感而发，那么普希金后期出现的一些文章就具有某种宏观性和综合性，属于总体性的评论了。

1828 年，伊·瓦·基列耶夫斯基在《莫斯科通报》第 6 期发表《略论普希金诗歌的性质》（以下简称《略论》）一文，这是关于普希金创作

① ［俄］普希金：《驳〈波尔塔瓦〉的批评者们》，张铁夫译，见卢永选编：《普希金文集》第 7 卷，人民文学出版社 1995 年版，第 48 页。

② ［俄］普希金：《悲剧〈鲍里斯·戈都诺夫〉序言草稿》，张铁夫译，见卢永选编：《普希金文集》第 7 卷，人民文学出版社 1995 年版，第 177 页。

的第一篇概评。针对评论界那种关于普希金作品出版的一般报道或表达对其作品的第一印象的文章，《略论》首先提出当前最重要的任务是“从总体上确定他的诗歌的性质，评价它的优点和缺点，指出我们的诗人在当代第一流诗人中间已经占有的位置”①。当然，这是一项相当困难的任务，因为普希金的诗歌具有丰富性、多样性和复杂性。但也正因为如此，《略论》在对诗人不同作品的不同特点进行研究的基础上，把诗人的创作看作一个过程，系统地论述了诗人创作个性的形成，把他的诗歌发展分为三个时期：第一个时期是“意大利—法国学派”时期，普希金仅仅是一个一般的诗人，而不像他在后来的长诗中那样表现为一个哲学家诗人。在《鲁斯兰和柳德米拉》中，他“并不打算向我们表达自己对世界、命运、生活和人类的特殊看法，而只是给我们创造一种新的命运、新的生活、一个自己的新的世界，让这个世界充满着他的那些新的、优秀的、仅仅属于他的创造性想象力的生命”②。第二个时期是“拜伦影响”时期，基列耶夫斯基列入这一时期的作品有《高加索的俘虏》《巴赫契萨拉伊的喷泉》《茨冈人》和《叶甫盖尼·奥涅金》的头几章。在这个时期，普希金的作品充满了主观性，但他对诗歌的使命也有了新的理解，其诗歌的客体不再是一个幻想世界，而是一个现实世界。“现实生活和当代人及其空虚、渺小、平庸成了他诗歌的对象”。③ 他已经是一个哲学家诗人。特别是《茨冈人》和《叶甫盖尼·奥涅金》第四、五两章具有明显的独创性，标志着一个新的时期的开端。第三个时期是“俄罗斯—普希金”诗歌时期，基列耶夫斯基认为这一时期最重要的作品是《茨冈人》《叶甫盖尼·奥涅金》和《鲍里斯·戈都诺夫》，并根据这些作品确立了他的创作的基本特点——戏剧性问题、客观地描绘性格的能力问题和诗歌的人民性问题。他提出了“人民的诗人”这一概念，并对它作了阐释：“要想成为人民的诗人，仅仅作一个诗人是不够的，还必须作一个在所谓本国人民生活的中心受过教育的人，必须分担自己祖国的希望，它的向往、它的损失——一句话，与它同

① 见《俄国批评家论普希金》，莫斯科：莫斯科大学出版社、科学出版社 2005 年版，第 19 页。
② 见《俄国批评家论普希金》，莫斯科：莫斯科大学出版社、科学出版社 2005 年版，第 21 页。
③ 见《俄国批评家论普希金》，莫斯科：莫斯科大学出版社、科学出版社 2005 年版，第 22 页。

呼吸共命运，并在表现自己时情不自禁地去表现它。”[①] 基列耶夫斯基的这段话丰富和发展了普希金的文学人民性理论，也为后来的文学人民性理论的发展和完善作出了贡献。他的《略论普希金诗歌的性质》一文在评论界产生了很大的影响，1829 年《莫斯科电讯》第 27 卷第 10 期发表的克·阿·波列沃依（尼·阿·波列沃依之弟）关于《波尔塔瓦》的文章，在对普希金以前的创作进行概述时，就是以基列耶夫斯基的分期法为基础的。

19 世纪 30 年代初期，果戈理开始对普希金的创作进行深入地思考，1835 年他发表了《关于普希金的几句话》一文。它虽然篇幅很短，但却是普希金生前最有分量的一篇评论文章。作者在文章的开头就对普希金作为“俄罗斯民族诗人”做了定性，指出：“我们的诗人中没有人比他高，也不可能比他更有资格被称为民族诗人。这个权利无论如何是属于他的。在他身上，就像在一部辞典里一样，包含着我国语言的一切财富、力量和灵活性。他比任何人都更多更远地扩大了我国语言的疆界，更多地显示了它的全部疆域。”[②] 接着，作者对普希金作为“一个特殊的现象，也许是俄国精神的唯一现象”在未来的两个世纪做了定位：“他是一个高度发展的俄国人，说不定这样的俄国人要在两百年以后才能够出现。在他身上，俄国大自然、俄国灵魂、俄国语言、俄国性格反映得如此明晰，如此纯美，就像景物反映在凸镜的镜面上一样。”[③]

果戈理对普希金的定性和定位绝非凭空虚构，而是以诗人的经历和创作为前提的。在文章中，他虽然没有像基列耶夫斯基那样对普希金的创作进行分期，但纵观全文，还是可以看出果戈理把诗人的创作划分为两个时期。第一个时期，也就是“他进入社交生活的初年”，“命运好像故意把他抛往那些地方，在那里，俄国的边陲显出它的鲜明而雄伟的特色；在那

① 见《俄国批评家论普希金》，莫斯科：莫斯科大学出版社、科学出版社 2005 年版，第 30 页。

② ［俄］果戈理：《关于普希金的几句话（1834）》，冯春译，见冯春编选：《普希金评论集》，上海译文出版社 1993 年版，第 6 页。

③ ［俄］果戈理：《关于普希金的几句话（1834）》，冯春译，见冯春编选：《普希金评论集》，上海译文出版社 1993 年版，第 6 页。

里，俄国无边无际的平川被高入云霄的山峦所截断，并且吹拂着南风。在暑热的盆地里，硕大无朋、终年积雪的高加索使他惊叹不已；可以说，高加索唤起了他心灵里的力量，粉碎了束缚住他的自由思想的残余锁链。剽悍山民自由而富有诗意的生活、他们的格斗、他们那迅雷不及掩耳的无法抵抗的袭击都把他迷住了。从这个时候起，他的画笔便具有那种广阔的规模，那种速度和勇气，使刚刚形成的俄国读书界为之惊奇和感动。他描写车臣人和哥萨克的格斗——其笔法有如闪电，像闪闪发光的马刀一样光芒四射，比战斗本身还要迅疾。只有他才是高加索的歌者：他以整个心灵和全部感情爱着高加索；高加索奇异的郊野、南方的天空、绮丽的格鲁吉亚溪谷和美妙绝伦的克里米亚夜晚和花园都渗透和浸润了他的全身。也许是由于这个原因，当他的心灵接触到南方的时候，他在作品中便表现得更加热情和炽烈。在这些作品中，他不由自主地倾注了自己所有的力量。因此，他那些描写高加索、切尔克斯人的自由生活以及克里米亚之夜的作品便具有一种神奇的魔法般的力量"①。果戈理在这里所描绘的普希金创作的魅力就是我们通常所谓诗人浪漫主义时期的特色。而"当高加索连同它那全部威严壮丽的景象、巍然耸立云端的山峰从他眼前消失，他深入到俄国的心脏，深入到它普通的平原，潜心研究本国同胞的生活和习俗，想要成为一个完全的民族诗人的时候，他在这时写下的最后几首长诗已经不能以那些出现厄尔布鲁士山、山民、克里米亚和格鲁吉亚的作品所特有的鲜明和使人瞠目以视的大胆而感动大家了"②。这就是说，他的创作已经进入第二个时期，即我们通常所谓现实主义时期。在这个时期里，诗人"只忠于真实，对象崇高时就表现为崇高，真正强烈和大胆的，就表现为强烈和大胆，对于并不沸腾的事件，就表现为宁静和平和"③。当时，许多读者和评论家对诗人创作的这种变化并不理解，甚至有人还说这是诗人才能衰落的

① ［俄］果戈理：《关于普希金的几句话（1834）》，冯春译，见冯春编选：《普希金评论集》，上海译文出版社 1993 年版，第 6—7 页。

② ［俄］果戈理：《关于普希金的几句话（1834）》，冯春译，见冯春编选：《普希金评论集》，上海译文出版社 1993 年版，第 8 页。

③ ［俄］果戈理：《关于普希金的几句话（1834）》，冯春译，见冯春编选：《普希金评论集》，上海译文出版社 1993 年版，第 9 页。

表现。只有果戈理等少数人对诗人的美学观念和创作风格的变化给予了高度评价。果戈理的文章告诉人们，对普希金的创作，不能再用旧的眼光看待，而是要用新的美学标准去进行衡量。一个现实主义的批评时代正在来临。

（原载《俄罗斯文艺》2009 年第 2 期，发表时题为《普希金生前俄国的普希金评论》）

俄国学院派的普希金研究

学院派是19世纪后期俄国文艺学中的重要流派，在普希金学术史上占有重要地位。其中最活跃的是历史文化学派、历史比较学派和心理学派。

一

历史文化学派是在二十世纪三四十年代的文艺学基础上形成的，同时受到西欧历史文化学派及其创始人丹纳很大的影响。丹纳曾经宣布："我们的美学是现代的，和旧美学不同的地方是从历史出发而不从主义出发，不提出一套法则叫人接受，只是证明一些规律。"① 在他看来，艺术品不是孤立的，而是隶属于总体：第一个总体是艺术家的全部作品，第二个总体是艺术家所隶属的派别，第三个总体是与艺术家同时同乡的人，即它周围的、同它趣味一致的社会。要评价一件艺术品，必须考察种族、环境和时代三大因素。同丹纳一样，俄国历史文化学派认为文学是历史生活与社会发展的反映，具有鲜明的社会学、民族志学的性质，它的思想基础是实证主义。它有时被称为"社会政治"学派，其研究方法被称为"社会历史方法"，其主要代表人物是亚历山大·佩平，属于这一派的有尼古拉·吉洪拉沃夫、亚历山大·维谢洛夫斯基、A. 基尔皮奇尼科夫、H. 达什凯维奇、И. 日丹诺夫、Д. 奥夫夏尼科-库利科夫斯基、A. 文格罗夫等人。

---

① ［法］丹纳：《艺术哲学》，傅雷译，人民文学出版社1963年版，第10页。

亚历山大·佩平（1833—1904）毕业于彼得堡大学语文系，1860年任该校教授，翌年因抗议大学当局镇压学潮，愤而辞去教授职务，以后专门从事著述。1898年当选彼得堡科学院院士。他的研究领域十分广泛，涉及文艺学、文学史、俄国史、宗教史、社会思想史，以及民族志学、民俗学等，著作达一千二百种之多。代表作有：《亚历山大一世时期的俄国社会运动概述》（1871）、《二十至五十年代的文学观述评》（1873）、《别林斯基生平及通信集》（1876）、《俄国民族志学史》（1890—1892）、《斯拉夫各族文学史》（1879）、《俄国文学史》（1898—1899）。

《俄国文学史》是一部长达两千页的四卷本巨著。该书把俄国文学分为三个主要的阶段，即鞑靼人入侵以前、17世纪中叶以前和以后的几个世纪。在这部著作中，"佩平处处都把文学仅仅理解为总的精神文化的一部分，几乎处处都把文学看作历史文化实例的辅助角色"①。他本人在第四卷的前言中也说，他的任务是"在文学现象的连续的历史发展中，在其内部关系的对比中，在其与国家、人民和社会的生活事件的联系中来弄清它们"②。

在《俄国文学史》第四卷中，佩平用了整整一章（总第四十二章）共六十页的篇幅来介绍普希金（卡拉姆津和茹科夫斯基合为一章；克雷洛夫和奥泽罗夫、格涅吉奇、巴丘什科夫合为一章；莱蒙托夫和柯尔卓夫合为一章；格利鲍耶多夫和果戈理虽然分别单设一章，但其篇幅都不大）。在这一章里，他首先肯定了普希金在俄国文学发展中的地位及其非凡的艺术创作力。他指出："普希金在俄国文学发展中的历史作用是革新性和创造性的——其范围是如此之广，以至他的活动的影响以各种方式延续至今。我们的新文学从起步到今天，没有一个作家在创作才能方面，以及对文学生活影响之大，能与普希金相提并论：可以说，他是第一个独树一帜的作家，俄罗斯文学的确是伴随着他发端的。"③ 这段话与别林斯基对普希

① ［俄］尼古拉耶夫、库里洛夫、格利舒宁：《俄国文艺学史》，刘保端译，生活·读书·新知三联书店1987年版，第133页。

② 亚·佩平：《俄国文学史》第4卷，圣彼得堡：M. 斯塔秀列维奇印刷厂印，1899年版，前言第3页。

③ 亚·佩平：《俄国文学史》第4卷，圣彼得堡：M. 斯塔秀列维奇印刷厂印，1899年版，第336页。

金的评价是一脉相承的。

其次，佩平非常强调普希金与过去（历史）的联系。他认为，为了评价普希金的创作，最重要的是要用历史的观点指出他从最初的习作到成熟期的文学创作的源泉，同时指出他们对旧文学和他的同时代人的看法，还要考察他的艺术观是怎样逐渐形成的。① 在他看来，普希金与过去的联系主要表现在以下两个方面：一是俄国作家对他的影响。在19世纪以前的作家中，佩平列举了罗蒙诺索夫、特列佳科夫斯基、苏马罗科夫、杰尔查文、拉吉舍夫，在老一代的当代作家中，佩平列举了卡拉姆津、德米特里耶夫、茹科夫斯基、巴丘什科夫，并逐个分析了上述作家对普希金创作的影响和普希金对他们的态度。二是西欧作家的影响，特别是拜伦、莎士比亚和瓦尔特·司各特的影响。在关于普希金的“拜伦主义”的论述中，佩平谈道，俄国浪漫主义的产生不是源于本身，而是源于西方文学。在《鲁斯兰和柳德米拉》之后，紧接着出现了几部无疑具有浪漫主义性质的作品：《高加索的俘虏》《强盗兄弟》《巴赫契萨拉伊的喷泉》《茨冈人》，它们是普希金流放南俄期间在拜伦的影响下创作的。不过，普希金虽然一度被拜伦弄得“神魂颠倒”，满脑子都是拜伦作品中的主人公，但他还是在俄国生活中寻找自己的浪漫主义典型和情节，并且不久就跟拜伦永远分道扬镳了。在拜伦之后，普希金转向了莎士比亚。后者对《鲍里斯·戈都诺夫》的创作产生了很大的影响，甚至该剧的某些情节也与莎士比亚的悲剧相似。至于瓦尔特·司各特的影响，看来要更早一些。佩平援引了普希金1824年10月给弟弟的信、1825年的札记，以及关于波列沃依的《俄国人民史》的文章（载1830年的《文学报》）、关于《尤里·米洛斯拉夫斯基》的文章、1834年的一封信和1835年的一封信。在这些文章和书信中，普希金不仅提到瓦尔特·司各特，而且对他作出了很高的评价。例如，在上面提到的一篇札记（《论瓦尔特·司各特的长篇小说》）中，普希金写道：“瓦尔特·司各特的长篇小说的主要魅力，在于展现给我们的过去的

① 亚·佩平：《俄国文学史》第4卷，圣彼得堡：M. 斯塔秀列维奇印刷厂印，1899年版，第337页。

时代没有法国悲剧的夸张，——没有多愁善感的长篇小说的拘谨，也没有历史的尊严，而是写得宛如现代，让人仿佛身临其境。”又如他在关于《尤里·米洛斯拉夫斯基》的文章中说：“现在，我们往往把长篇小说这个词理解为在虚构的故事中展开的一个历史时代。瓦尔特·司各特吸引了一大批模仿者。但他们所有的人与这个苏格兰魔法师相距多远啊！”普希金的一些密友们认为，他似乎没有意识到瓦尔特·司各特的影响，但这种影响是不容置疑的，它为他的俄国古代题材创作展现了一个新的世界。①

再次，佩平非常强调普希金对社会的关注。他认为，普希金在皇村学校学习期间，在库尼岑的课堂上，在与恰阿达耶夫的谈话中，就接受了许多新的思想，这就是对现实的谴责和对自由的追求，而当他后来从皇村学校的狭小的环境走进广阔的社会生活时，这些思想对他的影响就变得更强烈了，他站到了秘密的社会运动一边。于是普希金诗歌的一种新的倾向——对社会的关注、热爱自由的理想、对人民奴隶地位的悲悯、对自由的讴歌就逐渐形成了。②

佩平的《俄国文学史》虽然也涉及普希金的许多诗歌，但主要是涉及那些表现自由的诗歌；在大型作品中也只重点提到《鲁斯兰和柳德米拉》《鲍里斯·戈都诺夫》等作品，更没有进行细致的文本分析，就像后来的文学史通常所做的那样，人们当然是有理由感到不满足的。不过，他对普希金的历史作用的肯定和提出的许多问题，却是富于启发性的。

二

历史比较学派倡导研究各国文学关系的历史，揭示各国文学的异同。在普希金研究中，他们将普氏的创作同俄国和其他国家的各种文学现象（包括民间创作现象）进行比较，形成了自己的特色，为普希金研究开辟了一个新的方向。这个学派的主要成员有 Φ. 巴丘什科夫、A. 维谢洛夫斯

① 亚·佩平：《俄国文学史》第 4 卷，圣彼得堡：M. 斯塔秀列维奇印刷厂印，1899 年版，第 365—375 页。

② 亚·佩平：《俄国文学史》第 4 卷，圣彼得堡：M. 斯塔秀列维奇印刷厂印，1899 年版，第 345 页。

基、Н. 达什凯维奇、И. 日丹诺夫、П. 莫罗佐夫、Н. 苏姆佐夫等。

亚历山大·维谢洛夫斯基（1838—1906），俄国著名文学史家和文学理论家、科学院院士（1881）。1859 年毕业于莫斯科大学语文系，曾在欧洲多国游学。回国后在彼得堡大学任教，并在该校首次讲授总体文学史课程。他既是历史文化学派的重要代表，又被誉为“俄国历史比较学派之父”，还被认为是俄国形式主义的首倡者。代表作为《历史诗学》，这是他的美学观、文艺观和方法论的集大成之作。他认为，文学史就是社会思想史，但它体现于哲学、宗教和诗歌的运动中，并且用语言固定下来，而且文学史应当特别关注诗歌。① 这就是说，文学史既是社会思想史，又不等同于社会思想史，而是社会思想史与诗歌运动的有机统一。

维谢洛夫斯基曾打算撰写一部关于普希金的大型著作，并已开始搜集资料，遗憾的是，他的这一愿望未能实现。1899 年，他在科学院纪念普希金一百周年诞辰大会上作了题为《普希金——民族的诗人》的演讲，该文首次刊于《科学院俄罗斯语言与文学部通报》1899 年第 4 卷第 3 册，同时收入《皇家科学院隆重纪念普希金一百周年诞辰文集》。在文章中，作者首先论述了普希金作为“民族的诗人”的意义。他认为，随着普希金的诞生，“我们的新的诗歌”也诞生了。“我们把那种诗歌视为自己的诗歌，在那种诗歌里我们感觉到了我们生活的涌动，我们的优美的语言至今仍沿着它的轨道向前发展。”② 然后，作者采用历史比较的视角和方法，阐述了普希金作为“民族的诗人”诞生的国际国内背景和过程。这个背景可以追溯到 18 世纪，因为从那时起俄罗斯跟西方建立了一种更加紧密的关系，从西方引进了科学技术和风俗习惯，还有诗歌的形式、文学的类型和典型。颂诗使诗人能够用庄严的诗句表达自己朴素的爱国主义感情，但却使他们习惯了虚假的狂喜；法国式的悲剧安上了俄国的历史人物和故事，但却不了解俄国历史的精神；喜剧和讽刺诗抨击风俗，揭露俄国日常生活的阴暗面，塑造极尽夸张之能事的反面典型，而正面典型却都是一些死气沉沉的

① ［俄］维谢洛夫斯基：《历史诗学》，刘宁译，百花文艺出版社 2003 年版，第 14—15 页。

② 见《亚·谢·普希金·赞成与反对·俄国思想家和研究家评价中的亚历山大·普希金的个性与创作·文选》第 1 卷，圣彼得堡：俄国基督教人文学研究所出版社 2000 年版，第 337 页。

人物，一些说教者，从斯塔罗东到恰茨基都是如此；田园诗和 burlesque[①]虽然也可以让作家描绘人民的生活，但无非是描绘在畜群旁边编织花冠的牧童和放下农活、正在歇息的农夫。后来当西方的感伤主义时期来临时，俄国人也为"神圣的忧郁"敞开了自己的心扉，并因《可怜的丽莎》而潸然泪下，然而它除了布景之外，却没有任何俄罗斯的东西；在西方文学和生活条件下自然地发展起来的浪漫主义以对民间主题和地方色彩的爱，以继恐怖的悲剧之后对可怕的童话之爱感染了俄国人，但俄国浪漫主义作家的民族性只能在莱茵河两岸才能发现；直接表现个人情绪的抒情诗变得更加可能，但它对社会性的主题仍然没有反应。正如维亚泽姆斯基所说，俄国有语言，但却没有当之无愧地表现强大的人民的文学。正是在这个时候，新的俄罗斯诗歌诞生了。从古典主义者和浪漫主义者、老西欧主义者和民粹主义者、"阿尔扎马斯"社和"座谈会"的幽灵盘旋的晨雾中，青年普希金脱颖而出，所有的人认真地凝视着他，谛听着他，期待着他。他的《鲁斯兰和柳德米拉》是一篇具有民族性的、非常俄罗斯化的童话；从阿列哥到奥涅金，在自我意识中进行着从无内容的幻想和"无名的痛苦"到俄罗斯现实现象的转变，即"另外的日子——另外的梦幻"；在沉默的人民的背景上出现了鲍里斯·戈都诺夫，在自己净室的诗歌里出现了皮缅，在普加乔夫的暴动中出现了上尉的女儿，还有彼得大帝——铜骑士和俄罗斯大地的舵手。这一切都发生在俄国的环境中，这是一个现实而富于诗意的环境，到处可以感觉到人民的底土。他的思想的艺术激情就是在这样的土壤中成熟的。[②]

应该说，维谢洛夫斯基的这篇文章是继果戈理和别林斯基之后论述普希金的民族性视野最广阔、方法最独特、内涵最丰富的一篇论文。

三

同历史文化学派一样，俄国心理学派也是在西欧相关学派的影响下于

① 法语：布尔列克，指文体故意与情节不相符的幽默诗、剧本等作品。

② 见《亚·谢·普希金·赞成与反对·俄国思想家和研究家评价中的亚历山大·普希金的个性与创作·文选》第1卷，圣彼得堡：俄国基督教人文学研究所出版社2000年版，第337—341页。

十九世纪七八十年代形成的。西欧心理学派以心理学为依据，注重对文学作品的主人公和作者的个性心理的分析，这是对历史文化学派的纠偏和发展。法国学者埃米尔·恩涅肯提出了“审美心理学”的概念，主张从美学、心理学和社会学三个方面分析作品，而心理分析“……应当在作品内部，也只有在作品内部去寻找想研究艺术家个性的人所必要的指示……在研究过同形式和内容有关的一部著名的艺术作品的全部审美特点以后，才能用科学心理学的专门名词确定它的作者的精神组织的特点”①。

俄国心理学派的主要代表人物是哈尔科夫大学的一批学者，他们是А. 波捷布尼亚、Д. 奥夫夏尼科-库利科夫斯基、А. 波波夫、А. 戈尔恩费利德、В. 哈尔齐耶夫、Б. 列津、А. 维图霍夫等人。

德米特里·奥夫夏尼科-库利科夫斯基（1853—1920）是语言学家、神话学家、文化史学家、心理学家和文艺理论家，彼得堡科学院名誉院士（1907）。1871 年入彼得堡大学历史语文系学习，两年后因患伤寒转入敖德萨的诺沃罗西亚大学（今敖德萨国立大学），1877 年出国，游学日内瓦、巴黎、布拉格等地，1882 年回国，同年在莫斯科大学通过论文答辩，获编外副教授称号，后来又分别在哈尔科夫大学和诺沃罗西亚大学通过硕士学位论文答辩（1884）和博士学位论文答辩（1887），并被喀山大学聘为教授，1888 年转入哈尔科夫大学任教，讲授比较语法学、印欧语和梵语。他的学术研究有两个方向：第一个方向为语言学，包括语言、思想和创作的心理学问题，以及句法形式的演化问题，代表作为《俄语句法学》；第二个方向为文艺学，主要是对作家和诗人，特别是对俄国作家和诗人的创作进行心理学研究，代表作为《俄国知识分子史》。这部著作涉及许多文学作品，如《智慧的痛苦》《叶甫盖尼·奥涅金》《谁之罪?》《罗亭》《贵族之家》《父与子》《烟》《死魂灵》（主要是第二部）、《奥勃洛莫夫》《一个城市的历史》《土地的威力》《卡拉马佐夫兄弟》《盲音乐家》《无聊的故事》《伊万诺夫》《妻子》《瓦西里·焦尔金》《山隘》（后两部作品为

① ［俄］尼古拉耶夫、库里洛夫、格利舒宁：《俄国文艺学史》，刘保端译，生活·读书·新知三联书店 1987 年版，第 196—197 页。

П. Д. 博博雷金的长篇小说）……这部著作之所以名为《俄国知识分子史》，而不是《俄国文学史》，是因为它的目的不是研究文学发展的历史，而是研究社会心理的典型，即知识分子英雄的典型。他们身上正在觉醒的不仅有智慧，而且还有不满、苦闷、忧郁等感情和异类意识。总之，它主要研究空想家、“背叛者”“多余人”“忏悔的贵族”“平民知识分子”等的心理探索、思想苦闷和精神痛苦，这种种感情的总和作者谓之为“恰阿达耶夫情绪”①。

除《俄国知识分子史》外，奥夫夏尼科-库利科夫斯基还写有关于普希金、果戈理、屠格涅夫、列夫·托尔斯泰的专著。关于《普希金》一书的写作动机和特点，他在前言中作了明确的说明：“我不打算在本书中对普希金的活动按照年代进行连续不断的考察。我的任务不是历史—文学任务，而是心理学任务：这是对普希金创作中那些对我最重要的方面，即抒情性和现实主义进行心理学研究的一个尝试。”②

奥夫夏尼科-库利科夫斯基认为，普希金天才的根本特点首先是他的诗歌的客观性，然后是他的性格本身的特点，这个特点是这种客观性的心理基础，它可以表述为性格的自我中心主义的缺失。所谓“自我中心主义”是这样一种性格心理特征，即人在自己的精神生活中，在自己的自我感觉中，在自己的意愿中，在自己同周围环境的关系中，主要是从自己出发，如同从某个中心出发一样：这对他来说是一个最合适的点，从这个点望去视野清晰而又辽阔。于是他就会说：我就是社会，我就是祖国，我就是人类，我就是世界。而普希金的性格却有着明显的非自我中心主义者的心理特征。这是对个人的“我”的“克服”，换句话说，是把个人的“我”“扩展”到全世界。③

奥夫夏尼科-库利科夫斯基首先分析了1830年秋普希金在波尔金诺写

---

① 奥夫夏尼科-库利科夫斯基：《文学批评论著》（两卷集）第1卷，莫斯科：文艺出版社1989年版，第17页。

② 奥夫夏尼科-库利科夫斯基：《文学批评论著》（两卷集）第1卷，莫斯科：文艺出版社1989年版，第377页。

③ 奥夫夏尼科-库利科夫斯基：《文学批评论著》（两卷集）第1卷，莫斯科：文艺出版社1989年版，第378页。

的四个小悲剧，他把它们称为描写“罪恶的欲望心理”的“戏剧实验”，认为它们极好地体现了普希金诗歌的客观性。

在论述《莫扎特和沙莱里》一剧时，奥夫夏尼科-库利科夫斯基着重通过两位主人公的性格对照来对他们的心理进行分析。而作为对照的基础的则是沙莱里的忌妒。在他看来，莫扎特是一个天才，而沙莱里只是一个人才。忌妒是一种基于职业竞争的感情，也可以说是一种“劳动的”“行会的”感情，主要发生在具有一定的职业并具有相应的才能的人身上，如演员、歌手、画家、学者、作家甚至鞋匠。它的一个显著的特点是限定在一定的职业范围内：演员忌妒演员、学者忌妒学者、小说家忌妒小说家、首饰匠忌妒首饰匠。沙莱里并不忌妒歌德、席勒、康德、卢梭，而在音乐家中，他也不忌妒格鲁克和普契尼，他只忌妒莫扎特——音乐创作的同行和对手。他属于这样一种人之列，这种人绝对需要得到普遍的承认，不满足于对他们的功绩的公正评价，而是渴望荣誉。“荣誉”这个有魔力的字眼对他们的作用，如同权力和皇冠这些字眼之于麦克白们和拿破仑们一样。当荣誉还很遥远并意识到，他必须拼命工作才能获得荣誉时，他是心安理得的，他会耐心地等待……一旦他开始相信，他对荣誉已经当之无愧，它即将对他“发出微笑”，那时他就会感到十分焦灼，他就会失去自制力，准备铤而走险，以加速那个梦寐以求的“封神仪式”时刻的到来。如果正好在这一时刻意外地出现另一个“宠儿”，会突然遮住他的种种努力，抢走他的荣誉，那么普希金在“戏剧实验”之《莫扎特和沙莱里》中所描绘的那种深刻的内心悲剧就会立即上演。与沙莱里相反，莫扎特的性格朴实单纯，他的心灵是天才的心灵，也是婴儿的心灵，没有一丝卑劣的感情——没有忌妒，没有猜疑，没有仇恨，没有傲慢，没有虚荣。如果出现另一个会压倒他的荣誉的天才，忌妒的感情在他的心中连动都不会动一下。他会欢迎那颗新星，就像普希金欢迎果戈理一样。他会对他的出现感到高兴，因为他那颗对善良的感情敞开的心灵对不善良的感情是封闭的。他的天才“与恶行是不相容的”，即使是在内心里。当然，沙莱里并没有给人留下可恶的印象：他并不可怜，并不可笑，并不讨厌，他在我们心中引起的主要是一种同情与尊敬交织的感情。不能鄙视他：他是一个受难者，一个不幸的人，是他自己悲苦的命运的牺牲品，他的忌妒心理和犯罪故事是一出真正的、深刻的悲剧。普希金在塑造这个形象时，没有从自己个人的内心经验中汲取任何东西，这部作品自始至终及所有细节都是客观的。就像莫扎特一样，沙莱里身上所表现出的职业狂热、忌妒、自负、膨胀的自尊，他的一切，普希金都是根据传闻和对别人的观察描绘的。[①]这种客观性也同样是其他三部小悲剧（《吝啬的骑士》《石雕客人》《瘟疫流行时的宴会》）的特点。

奥夫夏尼科-库利科夫斯基不仅分析了普希金的“戏剧实验”的客观性，而且还分析了它的抒情性。他认为，作为普希金的“戏剧实验”的四个小悲剧有权称为“抒情戏剧”。它们充满着浓郁的抒情性，这种抒情性构成它们不可分割的属性。他的任务不仅仅是指出这些“抒情片断”，而是要展示，什么样的思想和感情方式在这里充当了抒情创作的客体，这种创作究竟产生了什么结果，这些抒情结局究竟对整部作品，对它的思想、形象和整个诗学形式起到了什么作用。他指出，在《莫扎特和沙莱里》一剧中，抒情创作的对象有二：一是同音乐、同音乐对心理的作用、同音乐的魅力有关的观念和感情的方式，二是沙莱里心灵戏剧的某些特点。在他看来，情感可以分成多种，即欢乐、愤怒、恐惧、羞愧、感动，此外，还有一种特殊的情感，可以称之为抒情性情感。在音乐中，抒情性情感是借助于和声和旋律的作用实现的；在所谓“抒情性诗歌”中，它是借助于观念（思想也好，感情也好）的和谐同语言的和谐与旋律的有节奏的结合而产生的。在其他形式的抒情性创作中，抒情性情感不是通过听觉（声音），而是通过视角的作用，亦即通过线条、平面、形态、色彩、光线、阴影的和谐结合来实现。这是建筑、雕塑和绘画的抒情性。对抒情诗人普希金来说，无论是在自然界还是在人类生活中，似乎不存在任何他不能进行抒情加工的东西。普希金的抒情才能是无所不包和无处不在的。在《莫扎特和沙莱里》中，他选取作为抒情加工的感情是忌妒。在沙莱里的第一段独白

① 奥夫夏尼科-库利科夫斯基：《文学批评论著》（两卷集）第1卷，莫斯科：文艺出版社1989年版，第386—391页。

里，他讲述了自己怎样在艺术中追求完美，几乎已经获得荣誉，对任何人都不忌妒，可是当他在自己的道路上遇到莫扎特时，在他的内心里终于产生了折磨人的忌妒感情。当读者读到这段独白时，就可以预感到一个抒情高潮的到来；而当诗人把一个个内心的因素集中起来，用和谐的方式加以排列时，这个高潮就真正到来了。出现在读者面前的不是一段卑劣的感情的历史，不是一个心怀忌妒的无能之辈的故事，而是一个有才干的人的自白，是一颗坚毅、深邃的心灵的哀号。如果说《莫扎特和沙莱里》全剧都洋溢着抒情性，那么《吝啬的骑士》的抒情性则集中表现在男爵的独白中。这段独白不仅对吝啬进行了心理分析，而且还揭示了吝啬的“诗意”。男爵是这种“毫无诗意”的欲望的歌手，他的独白是吝啬的颂歌，而且是一首抒情的颂歌。而《石雕客人》则是一首爱的抒情诗。诗人在四部小悲剧中都没有进行任何道德说教，他甚至不想做道德说教者。他描绘人物性格，揭示欲望心理，塑造莎士比亚式的心理典型，并且像莎士比亚一样创作人的心灵的自然抒情诗，主要是欲望的抒情诗。结果便出现了一种精神的高潮和一种具有诗意的洞察的高度，这种高潮和高度是与从道德上摆脱欲望的压迫和从哲学上获得精神的宁静，或至少是对这种宁静的追求是一致的①。

《普希金》一书还分析了诗人1830年的抒情诗和诗人的艺术假托（《吝啬的骑士》假托英国作家威廉·申斯通所作，《别尔金小说集》假托别尔金所作，等等），在此不再赘述。

应该指出，学院派的普希金研究也存在一些问题，如历史文化学派对文学的审美特性有所忽视，历史比较学派多少受到实证主义的影响，心理学派则对文学的社会性不够重视，但总的来说，他们的学术成果从理论上和方法上丰富和拓宽了俄国的普希金研究。

（原载《比较视野与经典阐释》，2013年）

① 奥夫夏尼科-库利科夫斯基：《文学批评论著》（两卷集）第1卷，莫斯科：文艺出版社1989年版，第404—416页。

俄国象征派的普希金研究

俄国象征派是19世纪90年代形成的一个文学创作流派，但这个流派的作家大多既是诗人、小说家，又是理论家。尽管他们并未发表过统一的宣言，但却有比较完整的创作理论。在普希金研究领域，他们也十分活跃，几乎人人写过关于普希金的文章，比较重要的有索洛维约夫的《普希金的命运》（1897）、《普希金诗作中诗歌艺术的意义》（1899），梅列日科夫斯基的《普希金》（1896）、《普希金的节日》（1899），安年斯基的《普希金与皇村》（1899），索洛古勃的《全俄纪念日献词》（1899）、《老鬼萨韦里奇》（1905），明斯基的《普希金的遗嘱》（1899），勃留索夫的《神圣的牺牲者》（1905）、《铜骑士》（1915）、《普希金的小戏剧》（1915）、《普希金与农奴制》（1922），巴尔蒙特的《论俄国诗人》，别雷的《俄国诗歌的启示录》（1905），勃洛克的《论诗人的使命》（1921）等。象征派的普希金研究取得了丰硕的成果，呈现出一些新的特点，甚至可以说在普希金研究史上开创了一个新的阶段。

一、重返普希金：永恒的轮回

1912年，俄国作家、思想家、批评家瓦·瓦·罗扎诺夫在为纪念普希金逝世七十五周年所写的《重返普希金》一文中说，普希金又恢复了俄罗斯第一诗人的地位，这是全俄罗斯的公认，“需要的不是**他**，而是**我们**”。文章认为，无论是对于学校教育还是家庭教育，普希金的作品都是合适的。作者不仅论述了普希金作品的巨大的教育价值，而且提出了普希金作品的现代性问题。[①] 罗扎诺夫虽然不是象征派理论家（他也写过不少关于象征主义和象征派诗人的文章），但他所提出的“重返普希金”却是“白银时代”的思想家们和作家们的共同口号。

对于象征派的作家们来说，“重返普希金”具有多重意义。

首先是生活中的认祖寻根，即在谱系上和血缘上寻找自己与普希金的联系。勃留索夫声称自己的祖父是一个农民诗人，见过普希金本人，他还把自己的一部普希金研究著作取名为《我的普希金》；维·伊·伊万诺夫称自己的妻子是汉尼拔家族的后裔；在别雷的笔下，库兹明是“摩尔人、混血儿、茨冈人”，似乎与普希金属于同一种族；梅列日科夫斯基把普希金当作“众多永恒的伴侣”之一，他的妻子齐娜伊达·吉皮乌斯也把普希金视为一位“忠诚不变的伴侣”；《阿波罗》杂志编辑部设在圣彼得堡的莫伊卡街24号，与普希金是街坊（普希金的最后一处住宅是同一条街的12号）；而编辑部的同人安年斯基、古米廖夫、科瓦列夫斯基、曼德尔什塔姆、洛津斯基都住在普希金曾经求学六年的皇村；“艺术之家”也在莫伊卡街上；以格尔申宗为原型的福尔什的长篇小说《一艘疯人船》的主人公在笔记中写道，“我们大家来自普希金，现在我们向普希金回归”[②]；至于勃洛克，则因与普希金同名（都叫亚历山大）而感到自豪。他在《论诗人的使命》一文中谈到了新物种、新种属的创造：“即将取代另一种属的，是新的种属；而新的种属要取代的，是陈旧的种属。我们注视着世界中永恒的变化。我们自己也参与到种属的更替中来”。[③] 几十年后，他的这一思想得到了一位俄裔美籍学者的进一步阐释和发挥：“对于象征主义时代而言，普希金成了俄罗斯诗人、俄罗斯人和自己种族的原型，成了人精神结

① 见《俄国批评家论普希金》，莫斯科：莫斯科大学出版社、科学出版社2005年版，第176—179页。

② ［美］伊琳娜·帕佩尔诺：《白银时代人的生活与普希金》，见林精华主编：《西方视野中的白银时代》（下），林精华、曹雷雨、赵桂莲等译，东方出版社2001年版，第428—444页。

③ 见《俄国批评家论普希金》，莫斯科：莫斯科大学出版社、科学出版社2005年版，第198页。

构的范例。”[①]

其次是在文化上对普希金的普遍认同，公开承认自己在创作上是普希金的直接继承者。日尔蒙斯基曾经断言，俄国象征主义与普希金的诗歌遗产并无联系，它的根是茹科夫斯基开创的俄国抒情诗的浪漫主义流派，然后经丘特切夫、费特和费特派延伸到象征派。[②] 然而象征派作家却并不这样认为。在别雷看来，从俄国抒情诗女神的脸上揭下来三块盖头，它们分别揭自普希金的诗神、莱蒙托夫的诗神和“永恒的女性”（即象征派的诗神）的脸上。俄国诗坛有两条明显的发展轨道：一条源自普希金，另一条源自莱蒙托夫。普希金的直接继承人是涅克拉索夫和丘特切夫，经过这两个中介，特别是经过后者，普希金轨道通向了勃留索夫和维·伊万诺夫。由于这两位诗人，特别是由于勃留索夫，“我们现在才能通过丘特切夫的深刻感受去看待普希金的诗歌”。这就是别雷描绘的俄国诗歌发展的轨道。[③] 而在另一篇题为《勃留索夫》的文章中，他更直接地揭示了象征派与普希金的关系：“它（指勃留索夫的诗歌——引者）为我们开辟了通向普希金完整性的光辉顶峰的可靠途径。……普希金掩盖的东西，勃留索夫将它公布出来。勃留索夫和普希金相互补充。如果说从勃留索夫身上我们有时辨认出普希金的话，那么从普希金身上我们也同样开始看出勃留索夫的一系列新的特征。”[④]

同历史文化学派等学院派一样，俄国象征派与哲学也有着密切的联系。如果说学院派的理论基础是实证主义，那么象征派则以康德、叔本华、谢林、尼采的学说为自己的旗帜。他们的“重返普希金”，实际上是尼采的“永恒轮回”论在普希金研究中的反映。尼采在谈到他头脑中的世界时说：“这个世界是：一个力的怪物，无始无终，一个坚实固定的力，

① ［美］伊琳娜·帕佩尔诺：《白银时代人的生活与普希金》，见林精华主编：《西方视野中的白银时代》（下），林精华、曹雷雨、赵桂莲等译，东方出版社 2001 年版，第 412 页。

② 日尔蒙斯基：《文学理论·诗学·文体学》，列宁格勒：科学出版社 1997 年版，第 202 页。

③ 安·别雷：《俄国诗歌的启示录》，见《俄罗斯的太阳·20 世纪俄国作家论普希金》，莫斯科：民族友谊出版社 1999 年版，第 71—73 页。

④ 安·别雷：《勃留索夫》，见《俄罗斯的太阳·20 世纪俄国作家论普希金》，莫斯科：民族友谊出版社 1999 年版，第 76—77 页。

它不变大，也不变小，它不消耗自身，而只是改变面目；……作为无处不在的力乃是忽而为一，忽而为众的力和力浪的嬉戏，此处聚积而彼处消减，像自身吞吐翻腾的大海，变幻不息，永恒的复归，以千万年为期的轮回；其形有潮有汐，由最简单到最复杂，由静止不动、僵死一团、冷漠异常，一变而为炽热灼人、野性难驯、自相矛盾；然而又从充盈状态返回简单状态，从矛盾嬉戏回归到和谐的快乐，在其轨道和年月的吻合中自我肯定、自我祝福；作为必然永恒回归的东西，作为变异，它不知更替、不知厌烦、不知疲倦……”① 这段话是尼采的所谓“永恒轮回”观念最直接、最集中的表现，它也是俄国象征派的普希金研究的一个重要理论来源。在象征派看来，19 世纪末至 20 世纪初（即所谓“白银时代”）就是普希金时代（即所谓“黄金时代”）的继续和重复。这是一条“轮回之链”。

二、视角的转换：重塑普希金

象征派的“重返”并不是仅仅在谱系上和文化上对普希金的简单认同，而是试图对普希金及其创作做出新的阐释，亦即试图重塑普希金。

（一）肯定普希金是伟大的思想家。在 19 世纪的批评界，把普希金视为“纯”艺术家的观点非常流行，似乎在他的创作中缺乏“严整的世界观和伟大的思想”，而他的诗歌“不是以思想的力量，而是以形式的魅力取胜”。梅列日科夫斯基对这种观点进行了驳斥。他在 1896 年发表的《普希金》这篇长文中指出，尽管皮萨列夫的时代已经过去，他的权威已经动摇，但它并没有消亡。皮萨列夫、杜勃罗留波夫、车尔尼雪夫斯基在粗野的俄国批评界根深蒂固：这是俄国批评界青年时代的罪过，是一种慢性病，不会那么轻易消失。梅列日科夫斯基在援引法国驻俄国大使巴兰特关于普希金是一位“伟大的思想家”，“他像一位有经验的政治活动家一样思考着”的话之后，肯定普希金是一位“伟大的思想家和智者”。他指出，普希金像歌德一样谈论世界诗歌，谈论哲学，谈论宗教，谈论俄国的命

① ［德］弗里德里希·尼采：《权力意志：重估一切价值的尝试》，张念东、凌素心译，中央编译出版社 2000 年版，第 521 页。

运，谈论人类的过去和未来。他的言论是如此新颖，如此奇特，与原有的意见迥然不同。在梅列日科夫斯基看来，作为思想家的普希金具有完整的世界观，而这种世界观的基础就是所谓“新宗教意识”，亦即独立于《旧约》和《新约》的“第三约言”。他认为，基督教和多神教是两种不可调和的哲学原则，两股世界潮流，前者通向上帝，后者拒绝上帝，它们永远斗争着，谁也无法战胜对方。在普希金的诗歌中，两者和谐地结合在一起，并且达到了平衡。这是世界文学中罕见的现象，而在俄国文学中却是唯一的现象。[①]

勃留索夫从另一个角度对那种把普希金视为“纯”艺术家的观点进行了反驳。曾经有一个时期，皮萨列夫指责《叶甫盖尼·奥涅金》忽视了农奴制现象，现在仍有一些批评家断言，“普希金不理解、也不可能理解 19 世纪俄国奴隶制度的全部耻辱，而在他生命的最后几年甚至准备捍卫这种制度，认为它必不可少，几乎是对农民积德行善”[②]。这实际上也是指责普希金的作品缺乏“思想的力量”。针对这种观点，勃留索夫在《普希金与农奴制》一文中用事实进行了驳斥。他指出，普希金刚刚走出校门就写了《乡村》一诗，尽管它“在政治上十分温和”，但其中的“一些令人难忘的诗行，表明青年普希金当时已经明白了农奴制有多可怕”。紧接着，作者引用了普希金在十年以后写的《游戏之作》一诗：“……院子里连条狗都看不见。/不过，倒是有个庄稼汉；两个女人跟在后面；/他光着头顶，腋下夹着婴儿的木棺，/老远就把牧师懒惰的儿子呼唤，/要他叫他爸爸快点打开教堂：/没工夫等了，早就该下葬！”应该说，这几行诗比《乡村》中那些“令人难忘的诗行”更难忘、更可怕。

在这两首诗之后，勃留索夫又引用了《叶甫盖尼·奥涅金》第二章第四节，指出这节诗会给未来的学者提供机会，让他们对俄国农奴制的本质

① 见《亚·谢·普希金·赞成与反对·俄国思想家和研究家评价中的亚历山大·普希金的个性与创作·文选》第 1 卷，圣彼得堡：俄国基督教人文研究所出版 2000 年版，第 191—192 页，第 227—228 页。

② 瓦·勃留索夫：《普希金与农奴制》，见《我的普希金》，莫斯科·列宁格勒：国家出版社 1929 年版，第 216 页。以下所引勃留索夫言论均见该文。

加以判断。“他们会从这节诗中得知，19 世纪初俄罗斯存在着‘奴隶’，他们被课以沉重的‘徭役’；有个别的地主是‘怪人’，亦即属于例外，他们试图用负担较轻的‘代役租’取代‘徭役’，但他们的邻居，即另一些地主，则认为这样做有‘极大的害处’，等等。总之，对这些诗句进行哲理分析，它所提供的有关俄国农奴制农民的信息比维吉尔、贺拉斯或奥维德作品的任何篇章所提供的关于古罗马隶农的信息要多得多。”不仅如此，他还摘引了这部诗体小说中关于女地主拉林娜“送农奴去当兵”“发火时把女仆揍上一顿”、让女仆们在采浆果时齐声唱歌（免使她们吃浆果）等许多细节，而这就是“农奴制日常生活的典型特点”。此外，他还谈到了普希金后半生所写的《杜布罗夫斯基》《上尉的女儿》《戈留欣诺村历史》和关于拉吉舍夫的几篇文章，说明普希金对自己早年提出的“我们的政治自由和农民的解放密不可分”这一原则“至死都确信无疑”；而《叶甫盖尼·奥涅金》第十章则说明“他的思绪总是不断地回到他年轻时日夜萦怀的那个问题，即农民的解放”。勃留索夫的文章不仅观点鲜明，而且有根有据，极富说服力。

（二）认为普希金是诗人和人的和谐统一。在“白银时代”的批评界，一些论者往往把作为诗人的普希金和作为人的普希金割裂开来。索洛维约夫就认为，在普希金身上，“有两个截然不同和彼此毫无联系的人：富有灵感的阿波罗的祭司和世上渺小的孩童中最渺小的孩童”[①]。在他看来，普希金不是“实际生活中的智者”，因此他只崇拜普希金的诗歌。魏列萨耶夫的《生活中的普希金》也引起了一场争议。在这部著作中，作者汇集了许多他所摘录的有关诗人性格、情绪、习惯、礼貌等的原始资料，然后将它们分类整理。他试图用这种特殊的方式展示普希金的个性，展示一个活生生的人，用他自己的话说，这是“一本最独特、最吸引人的书，书中的普希金完全像一个活人那样挺立着”[②]。然而这部著作中，有关诗人创作的资料却较少，因而遭到了霍达谢维奇的猛烈批评。霍达谢维奇认

---

① 见《亚·谢·普希金·赞成与反对·俄国思想家和研究家评价中的亚历山大·普希金的个性与创作·文选》第 1 卷，圣彼得堡：俄国基督教人文研究所出版 2000 年版，第 277 页。

② 维·维·魏列萨耶夫：《生活中的普希金》，明斯克：Димариус 出版社 1987 年版，第 4 页。

为，将诗人和人割裂开来的观点导致了两个极端对立的流派——形式主义与实证主义。形式主义追求的是“纯粹的艺术创造”，而实证主义探索的则是“真正的生活”。魏列萨耶夫的著作便是实证主义的范例。没有创作的普希金是缺乏活力、没有灵性的活尸。[①] 霍达谢维奇指出，研究一个作家的创作，不能撇开他的时代和经历，总的来说，这是一个不容争辩的真理，而当问题涉及普希金时，它就充满活力，闪耀着新的光辉。“他的个人生活中的大大小小的事件，政治、社会、文学性格的种种事件——一切都能在他的作品中找到清晰和直接的反映。他的创作是与生活联系在一起的……”[②]

如果说，霍达谢维奇特别强调普希金作为诗人和人的和谐统一，那么勃洛克则从更高的层面——宇宙的层面论述了作为和谐之子的普希金的使命。在勃洛克看来，无论是作为人的普希金，还是作为君主政体拥护者的普希金，或是作为十二月党人朋友的普希金，在作为诗人的普希金面前都会黯然失色。而所谓诗人，就是把词语和声音汇成和谐的旋律，因为他是和谐之子。而所谓和谐，是世界各种力量的谐调，是世界生命的秩序，同秩序—宇宙相对立的是无序—混沌。宇宙和世界诞生于混沌之中，混沌是原初的自然的无序状态；宇宙是建构的和谐，是文化。作为和谐之子，诗人肩负着三项任务：一是解放声音，让它们从其寄居的混乱无序的自发力之下摆脱出来；二是让这些声音形成和谐的旋律，并赋予它们形式；三是把这一和谐的旋律带入外部世界。而被诗人引入世界的和谐，其威力是不可抗拒的。普希金就正是这样的诗人。[③]

（三）肯定普希金的世界意义。我们知道，别林斯基和陀思妥耶夫斯基都谈到过普希金的世界意义，然而别林斯基只是在一般意义上谈论这个问题，并未进行全面、深入的论述；而陀思妥耶夫斯基则主要是肯定普希

① ［美］伊琳娜·帕佩尔诺：《白银时代人的生活与普希金》，见林精华主编：《西方视野中的白银时代》（下），林精华、曹雷雨、赵桂莲等译，东方出版社 2001 年版，第 420—422 页。

② 弗·费·霍达谢维奇：《关于普希金》，见《俄罗斯的太阳·20 世纪俄国作家论普希金》，莫斯科：民族友谊出版社 1999 年版，第 177 页。

③ 见《俄国批评家论普希金》，莫斯科：莫斯科大学出版社、科学出版社 2005 年版，第 197—198 页。

金具有“全世界性共鸣能力”[①]。象征派对这个问题显然又有新的认识，其中较有代表性的是梅列日科夫斯基在《普希金》一文中阐述的观点。在这篇文章中，梅列日科夫斯基在世界文学的大背景上对普希金进行了考察，把他同荷马、莎士比亚、歌德、拜伦进行了比较。他认为，普希金与荷马非常相似：首先，两人都用充满天真而又贪婪的好奇心的孩子的眼睛观察世界，因此“对他们来说，我们那种区分散文与诗歌、平日与节日、美与丑的情况是不存在的。一切都是美的，一切都是不平常的：大地和天空就像是刚刚创造出来的”[②]。其次，在两人的诗歌中都可以感觉到“自然界的极端的宁静”。在梅列日科夫斯基看来，“这里也有灵感，但不是狂喜，而是激情的最后的沉寂，是心灵的最后的寂静”。美与宁静，这就是梅列日科夫斯基视域中荷马与普希金的诗歌的真谛。

在将普希金与拜伦进行比较时，梅列日科夫斯基断言，普希金不是拜伦。拜伦成熟得早，也成熟得快，他活到二十五岁就足够了。普希金认为，拜伦的天才随着他的青年时代的逝去而失去了光彩。在《异教徒》《恰尔德·哈罗尔德游记》《唐璜》（主要是头两支歌）之后，他就沉寂了或者变成了模仿者（《曼弗雷德》模仿《浮士德》）。他身上没有渐进性，而是“突然成熟和长大的”。针对那种认为《叶甫盖尼·奥涅金》是模仿拜伦的《唐璜》的观点，梅列日科夫斯基辩驳道：“尽管它们在外形上相似，但我却不知道在精神上彼此更不相同的作品。普希金的快乐的智慧、文艺复兴时代的充满阳光的微笑，无论是与靡非斯特的魔鬼般的狂笑还是与拜伦的摧毁一切的冷嘲热讽，都毫无共同之处。”

在谈到歌德时，梅列日科夫斯基认为，普希金与歌德的成长过程是相同的：两人都“平静地、庄严地发展着，深深地、缓缓地成熟着”，而且两人都有着不同于19世纪欧洲那些颓废的人们、昔日的人们的智慧：“对于他们来说，智慧就是绝望、死亡、放弃生命；而对于像歌德和普希金那

---

① 张铁夫：《论普希金的世界性》，《外国文学研究》2007年第4期。

② 梅列日科夫斯基：《普希金》，见《亚·谢·普希金·赞成与反对·俄国思想家和研究家评价中的亚历山大·普希金的个性与创作·文选》第1卷，圣彼得堡：俄国基督教人文研究所出版2000年版，第201页。以下所引梅列日科夫斯基言论均见该文。

样的未来复兴的伟大预言家来说，智慧就是笑、太阳、快乐、酒宴和悲剧之神狄俄尼索斯的永恒的微笑。”当然，普希金逝世时所取得的成就并不亚于同年龄段的歌德。“如果歌德在三十七岁时死去，留给世界的就只有一部《维特》（指《少年维特之烦恼》——引者）和《浮士德》第一部的一些没有联系的片断。”然而歌德的创作是人民和天才相互作用的结果。德国人民善于尊重伟人，爱惜伟人，给歌德铺平了所有的道路，使世界上唯一的一次“凯旋游行”得以实现。“俄罗斯把普希金造就成了俄罗斯人中最伟大的人，但却没有把他送到世界的高峰，没有给他挣得一席堪与歌德、莎士比亚、但丁、荷马并驾齐驱的地位——按其诗歌的内蕴而言，他是有权获得这一席地位的。”这就是说，普希金的名气也许稍逊于歌德等人，但他的诗歌已经登上了世界的高峰。

在谈到莎士比亚时，梅列日科夫斯基把他称为“大自然的心灵、大自然的宠儿中最伟大的人”。他认为，普希金比歌德更接近于莎士比亚，普希金和莎士比亚是“两个新的俄耳甫斯”（即希腊神话中的著名歌手——引者）。如果普希金的天才能够得到充分的发展，他也许会指出“通向未来的艺术理想——通向莎士比亚和歌德的高度综合的道路”。

三、研究方法的新探索

除了对普希金的意义从新的视角进行评价之外，象征派在研究方法上也做了新的探索。如梅列日科夫斯基的《普希金》一文被认为是主观诠释法的典型。它是针对19世纪40—60年代革命民主主义批评和70—80年代的“目录学派”提出来的，其实质就是从“异”中求“己”。梅列日科夫斯基注意的中心是普希金创作中的各种哲学—历史问题，并且用自己的哲学思想和他所信奉的哲学思想去对普希金的创作进行阐释。他早期信奉实证主义，后来转向宗教哲学，逐渐形成了自己的新宗教意识，即前面提到的基督教真理与多神教真理融合后形成的宗教真理，或曰“第三约言”，这是他分析普希金诗歌的理论基石。他认为，作为一个基督教徒，普希金将未开化的人与现代文化对立起来，这是他的诗歌的第一个主题。从《高加索的俘虏》到《茨冈人》和《加鲁勃》（即《塔济特》）再到《叶甫盖尼·奥涅金》，这一主题逐渐得到发展，臻于完美；而作为一个多神教徒，他将建立在庶民权力、建立在平等和大多数人民主概念基础上的同一种现代文化与一个人——创造者或破坏者、先知或英雄的独裁意志对立起来。半神半人及其被美化的自然力就是他的诗歌的第二个主题。基督教的智慧是从人间遁入自然，隐于上帝；多神教的智慧也是遁入自然，但却隐于自身，隐于自己再生的、被神化的“我”之中。这种再生的奇迹，普希金在《先知》一诗中作了清晰的描绘：人身上的一切被弄得残缺不全、血迹斑斑、遭到毁灭，只有这时，只有从这些可怕的残余部分，才可能产生出先知。总之，一切注定具有世界历史意义的创作的一个必要条件就是两种原则——新神秘主义和多神教的共同参与及在不同程度的和谐中的相互作用。①

从《普希金》一文发表的1896年到20世纪初，梅列日科夫斯基的主观诠释法在象征派的普希金研究中一直占主导地位。索洛维约夫的《普希金的命运》和《普希金诗作中诗歌艺术的意义》等文章，也采用了这种主观诠释法。作为白银时代最伟大的宗教哲学家的索洛维约夫建立了一个复杂的宗教哲学体系。它的核心是完整知识或曰“自由神智学”，即神学、哲学和科学的有机融合。美学是他的完整知识的一个组成部分，而美学又是与伦理学联系在一起的。在他看来，普希金的诗歌艺术是就其实质和优势而言的诗歌艺术，它的实质在他的诗作中表现得比任何其他地方都更加纯正。普希金的诗色彩斑斓，说他的诗内容空洞、缺乏思想、没有特色是一种皮相的见解，因为诗有它自己的内容和自己的用场。诗可以而且应当为人世间真和善的事业服务——但只能按自己的方式，只能以自己的美，而不是以任何别的东西提供服务。美是真和善的可以感知的表现形式，其本身跟真和善处于应有的关系之中。因此，所有真正有诗意的东西——也就是说，美的东西——也都具有实实在在的内容和目的。真正的诗除了美

---

① 见《亚·谢·普希金·赞成与反对·俄国思想家和研究家评价中的亚历山大·普希金的个性与创作·文选》第1卷，圣彼得堡：俄国基督教人文研究所出版2005年版，第208—233页。

以外不需要任何东西：美就是诗的意义和目的。[①] 在这里，索洛维约夫揭示了普希金诗歌的美学意义和道德意义，论述了他的诗歌的真善美的统一性，而这正是他的完整知识的一个重要方面。

在象征派作家中，别雷的统计学研究方法开启了普希金研究的一个新时期。在俄国，作为一门科学的诗学（стиховедение，即作诗法）的发展是与普希金诗歌的研究紧密相连的。换句话说，普希金诗歌的研究史在很大的程度上就是俄国的诗学史。别雷在《象征主义》等书中试图“用精确的科学分析”，即对诗行的统计学分析，来“代替主观评价的方法”。具体来说，就是分析普希金最喜爱的诗格——四音步抑扬格的节奏特点。研究的对象不是抽象的诗律模式，而是生动的节奏变体，也就是探讨诗歌中重音分布的统计学规律。他的研究特点是：（1）不是单纯地确认“抑抑格”丰富了俄国的抑扬格这一事实，而是具体研究抑扬格的各种变体；（2）采用比较方法，对从罗蒙诺索夫到梅列日科夫斯基的俄国诗人进行对比，而注意的中心则是普希金的诗歌；（3）与此同时，他使用统计学方法对诗歌进行分析。别雷的这种研究是对俄国诗歌特别是普希金诗歌研究的革新，对勃留索夫、涅多勃罗沃、楚多夫斯基、鲍勃罗夫、托马舍夫斯基等人的研究产生了很大的影响，被认为是“形式主义”的前身。[②]

在象征派的普希金研究中，文本研究也很受重视。索洛维约夫的《普希金诗作中诗歌艺术的意义》一文对普希金的《先知》《诗人》（“当阿波罗还没有要求诗人作出崇高的牺牲”）、《庶民》《致诗人》（“诗人，不要看重世人的喜好”）、戏剧小品《莫扎特和沙莱里》《回声》和《纪念碑》等七首诗作了细读和分析。他认为，这些作品性质不同，艺术价值不等，但它们却有着内在的联系，实质上是同一主题的不同表现形式，都属于诗人一生中的成熟时期。索洛维约夫对其他六首诗的分析比较简短，而对《先知》的分析则极为细腻，因为这首诗在七首诗中写作时间最早，也最

① 费·谢·索洛维约夫：《普希金诗作中的诗歌艺术的意义》，莫斯科：同时代人出版社 2001 年版，第 225、227—228 页。

② 见《普希金：研究总结与问题》，莫斯科·列宁格勒：科学出版社 1966 年版，第 99—100 页，第 535—540 页。

有价值。某些批评家认为，这首诗根本谈不上什么诗意和诗人的使命：普希金的“先知”被他们视为一个现实的、本来意义上的先知，此外，有的批评家认为他是《圣经》先知，另一些批评家却把他归入《古兰经》，认为他就是穆罕默德本人。这里实际上提出了两个问题，一是普希金的《先知》是否来自《圣经》和《古兰经》的问题，也就是它的渊源问题，二是诗中蕴含着什么样的诗意和诗歌使命的问题。索洛维约夫采用逐字逐句解读的方法，用了几十页的篇幅，对这两个问题作了回答。首先他谈到了《先知》与穆罕默德的关系问题。针对批评家们关于《先知》中提到“荒原”（пустыня）和天使（ангел），因而与穆罕默德相似的观点，索洛维约夫指出，这两个“事实”对穆罕默德来说没有任何特殊意义，何况《先知》中的天使是“六翼天使”（шестикрылый серафим），无论是就名字还是就形象而言，它都属于《圣经》。然而，这首诗虽然与《圣经》中先知思想的内容之间没有矛盾，但却缺乏内在的一致性，因为《圣经》中的上帝从来不会让自己的先知走遍海洋和大地，反而会通过他们宣布，所有的民族会自动来到以色列。其次他谈到了《先知》的诗歌艺术意义和诗人的使命问题。他认为，在普希金的《先知》一诗中找不到任何类似《圣经》的历史内容。任何真正的先知都具有一定的历史使命，而普希金的先知不具有这种使命。他的形象和语言没有任何历史特点，他不是真正的先知。总之，普希金的先知不是《圣经》中的某个先知或穆罕默德，不是某个诗人，也不是普希金本人，而是诗歌的绝对理想的实质的纯粹体现者，这种实质是每个真正的诗人、首先是普希金本人在其创作成熟期和在其灵感的最佳时刻所固有的。在普希金的《先知》中，诗歌的意义和诗人的使命表现为理想形象的崇高和完美。[①] 索洛维约夫在文章中不仅探讨了《先知》一诗的渊源问题，还涉及它的主题、文体和语法问题。它把渊源研究与文本细读结合起来，“引发人们把普希金的文本当作一种深奥而细致的创作过程的寓言来阅读。指导这种阅读的细密分析和循环化的技巧预示了

① 费·谢·索洛维约夫：《普希金诗作中的诗歌艺术的意义》，见《文学批评》，莫斯科：同时代人出版社 2001 年版，第 225、237—360 页。

新世纪对文学的‘内在’和‘客观’的评论方法”①。

总之，象征派的普希金研究从内容到方法都具有革新的意义。

（原载《外国文学评论》2010年第1期）

① ［美］威廉姆斯·米尔斯·托德：《弗拉基米尔·索洛维约夫的普希金三联画：对抒情诗的现代阅读》，见林精华主编：《西方视野中的白银时代》（下），林精华、曹雷雨、赵桂莲等译，东方出版社2001年版，第454页。

后苏联时代俄国的普希金研究

苏联的解体对俄国社会生活的方方面面都产生了巨大的影响。由于政治观点的不同，文学界分裂成传统派（爱国者派）和自由派（民主派），在如何对待苏联文学和如何建立新的文学等问题上，两派存在着严重的对立。然而，在如何对待普希金遗产的问题上，文学界却并没有什么大的分歧，甚至可以说高度一致。因此，俄国的普希金研究并没有因苏联解体出现断裂和停滞，而是沿着原先的轨道继续前进。大型学术丛刊《普希金·研究与资料》和《普希金·普希金委员会会刊》继续出版；一年一度的普希金学术年会继续举行，而且从 20 世纪 90 年代起，俄罗斯文学研究所（“普希金之家”）每两年举办一次“普希金与世界文化”国际会议；有关普希金的研究论文和研究著作大量问世，据俄罗斯科学院社会科学情报研究所和莫斯科大学语文系统计，从 1992 年至 1997 年发表（出版）的论文（著作）共一千五百零六篇（部），其中 1992 年为一百二十六篇（部）、1993 年为一百七十二篇（部）、1994 年为二百七十七篇（部）、1995 年为三百零六篇（部）、1996 年为三百七十九篇（部）、1997 年为二百四十六篇（部）[①]。

1999 年 6 月 6 日是普希金二百周年诞辰。从 20 世纪 90 年代初期起，

---

① 见《纪念普希金 200 周年诞辰：论文·谈话·文献索引》，莫斯科：ИНИОН РАН 1999 年版，第 160—259 页。索引中不包括重版的著作和报刊上发表的有关政论文章。索引中所列国外发表的有关文章，笔者未统计在内。

俄罗斯文化基金会就开始实施一项包括图书出版、学术会议、文艺演出等多种活动在内的、名为“普希金与现代”的大型文化工程。1995 年，俄罗斯成立了国家纪念活动筹委会。1999 年 4 月 27 日，莫斯科举办了全俄书展，上百个展台展出了百余种装帧精美的有关普希金的书籍；5 月 27 日，俄罗斯发行纪念邮票一套三枚，分别为普希金不同时期的肖像画；5 月 30 日，普希金纪念周正式启动：6 月 3 日，俄罗斯联邦国家杜马（议会下院）在议会大厦礼堂举行普希金晚会；俄罗斯历史博物馆举办了题为“普希金的俄罗斯”的展览；俄罗斯民族事务部举办了“普希金文学音乐晚会”；6 月 4 日，在莫斯科国立普希金博物馆举行了莫斯科普希金纪念大会；6 月 5 日上午，筹委会在莫斯科普希金广场召开纪念大会，当晚在国家大剧院举办文艺晚会；6 月 6 日，莫斯科市政府在克里姆林宫举行盛大宴会，当晚在红场举办大型露天音乐会。6 月 23 日，普希金与妻子冈察罗娃牵手并肩的全身铜像在莫斯科老阿尔巴特街 53 号普希金故居前落成。

值得特别一提的是，几项普希金研究的基础工程也在诗人二百周年诞辰前夕完成，成为普希金研究中新的里程碑。

第一项基础工程是新版《普希金全集》。原科学院版《普希金全集》（1937—1949）是当时最完善的普希金作品集，在普希金学史上发挥了巨大的作用，建立了不可磨灭的功绩，然而它已经不能适应新形势的需要。尽管它附有作品的异文，而且对每篇作品的来源和写作日期都作了说明，但它最大的缺陷是没有注释，这给研究工作无疑带来了许多不便，况且从那时以来，不断有新的作品发现，因此学术界强烈呼吁出版一部新的全集，此项任务由俄罗斯文学研究所（“普希金之家”）承担，1998 年 8 月，由“周日”出版社出版的十九卷本《普希金全集》问世，新版《全集》的前十六卷与科学院旧版基本相同。前三卷为抒情诗和童话诗，第四、五卷为长诗，第六卷为诗体长篇小说《叶甫盖尼·奥涅金》，第七卷为剧作，第八卷为小说，第九卷为《普加乔夫史》，第十卷为《彼得一世史》，第十一卷、十二卷为批评卷，第十三卷至十六卷为书信，最后三卷为《普希金手迹》《普希金的画》和《索引卷》。新版《全集》的出版得到俄联邦政府以及社会各界的支持和赞助。叶利钦总统在祝辞中说：“这是俄罗斯文化生活中的一件大事，是向珍重俄罗斯文化的人献上的一件真正的礼物。”① 当然，这无疑也是献给诗人二百周年诞辰的一份厚礼。

第二项基础工程是《普希金百科全书》，该书于 1999 年 3 月由莫斯科的 ACT 出版社出版。编者在前言中说，他们的意图主要不是介绍天才诗人的作品，而是介绍他的生平，使他对任何一位读者来说都变得更易理解、更加亲切。该书的结构就服从于这一目的②。全书分为八个部分：第一部分为序言《俄国历史中的普希金》，作者为历史学博士普列沙科夫。序言揭示了普希金的创作在俄国文化发展中的意义，确定了它在俄国历史和现实中的作用。第二部分为“诗人的传记”。置于最前面的是诗人于 1834 年写的一篇自传，然后是诗人的生平与创作年谱，这份年谱有详有略，材料丰富具体。最后是作品目录。第三部分为“同时代人的回忆”，它分成两类：第一类是普希金决斗和逝世的见证者的讲述，以及俄国和外国作家、批评家对诗人被害的反应；第二类是诗人皇村学校的同学普欣、女友凯恩和尼古拉一世的女儿奥尔加·尼古拉耶芙娜大公夫人的回忆录。第四部分为“普希金和他的环境”，主要是介绍普希金的亲人、同学、同行，以及与他有过交往的官员、军官、商人、外国外交官，还有俄国的达官显贵、教会代表人物、演员、上流社会的贵妇人和侨居俄国的法国保皇主义分子。这一部分摘自对普希金时代很有研究的 Л. А. 切列伊斯基的《普希金和他的环境》一书。第五部分为“创作年表”，按写作年代顺序，分别对普希金的抒情诗、童话诗、叙事诗、《叶甫盖尼·奥涅金》、戏剧作品、中长篇小说、游记和历史散文的写作时间、地点、发表（出版）年代，甚至创作背景作了介绍。第六部分为“俄国作家论普希金”，收入俄国许多著名作家（果戈理、阿·格利戈里耶夫、亚·奥斯特洛夫斯基、伊·谢·屠格涅夫、陀思妥耶夫斯基、安东尼主教、勃洛克、布宁、阿赫玛托娃）的文章或讲话。第七部分为“戏剧舞台上的普希金作品”。与亚·奥斯特洛夫斯基和契诃夫不同，普希金没有专门给剧院写过剧本。他

---

① 刘文飞：《“周日”出版社和新版〈普希金全集〉》，见《阅读普希金》，人民文学出版社 2002 年版，第 289—294 页。

② 见《普希金百科全书·1799—1999》，莫斯科：ACT 出版社 1999 年版，第 5 页。

的戏剧作品是供阅读的，而不是供演出的。但它们和许多其他作品却被改编成了话剧、歌剧或舞剧。这些被改编的作品有：《阿列哥》《鲍里斯·戈都诺夫》《杜布罗夫斯基》《叶甫盖尼·奥涅金》《金鸡》《高加索的俘虏》《石雕客人》《马塞珀》《莫扎特和沙莱里》《黑桃皇后》《瘟疫流行时的宴会》《水仙女》《鲁斯兰和柳德米拉》《沙皇萨尔坦的故事》《吝啬的骑士》。第八部分为“电影与普希金”，这一部分又分为五个小部分：（1）关于普希金的故事片，如《普希金的生与死》（1910，无声片）、《诗人与沙皇》（1927，无声片）、《诗人的青年时代》（1936，有声片）；（2）根据普希金的作品改编的故事片（1936年以前为无声片）；（3）电视片和电视剧；（4）动画片；（5）纪录片和科普片。应该承认，无论是对于研究者还是普通读者，《普希金百科全书》都是一部饶有趣味和非常有用的书。

第三项基础工程是《普希金生平与创作年谱》。苏联解体之前，该书第一卷（1799—1826年9月）已由科学出版社列宁格勒分社出版。1826年9月—1837年这一部分由H. A. 塔尔霍娃主持编写，到普希金二百周年诞辰前夕全部完成，1999年全书分四卷由话语出版社出版，第一卷为1799年—1824年，第二卷为1825年—1828年，第三卷为1829年—1832年，第四卷为1833年—1837年。书后附有极为详尽的注释（共五百九十六条），还附有略语、人名索引和普希金作品目录，不仅内容丰富，而且使用方便。

此外，1999年莫斯科的“共和国多媒体技术中心”出版了一部名为《亚·谢·普希金·在两百年这面镜子中》的多媒体百科全书（光盘），内容包括普希金时代的历史文化语境、诗人的生活与创作的系统信息、两百年来在俄国艺术和文化中生存的普希金作品。这张光盘容量巨大，内有七百多篇带注释和插图的作品、三千多篇文章，约一千幅彩色线条插图、四十多个音乐片断、六十多个朗读文艺作品片断、四十个电视情节和十张交互卡片。

总之，在普希金二百周年诞辰前后，纪念活动出现了一个前所未有的高潮，而学术研究（特别是在下述几个问题上），也达到了前所未有的广度和深度。

（一）普希金与世界文化的关系问题。这是普希金研究中的一个传统命题，但在过去相当长一段时间内，普希金主要是作为放送者而较少作为接受者被理解和被阐释。在后苏联时代，学者们撰写了不少文章，不仅论述了普希金对本国前辈作家的师承问题，而且也论述了世界文学对他的创作的影响。比较重要的论文有 Н. В. 弗里德曼的《普希金和十二月党人诗人创作中没有笑的讽刺诗》（19 世纪诗人创作中的古希腊罗马讽刺诗传统），Т. Г. 马里丘科娃的《论普希金诗歌中的卢克莱修传统》，В. П. 特鲁别茨科伊的《欧洲及其孪生兄弟》（普希金的创作是民族文化传统和欧洲文化传统的综合），М. И. 萨皮尔的《普希金与奥维德》，В. Э. 瓦梦罗的《普希金与但丁》，В. И. 格鲁霍夫的《普希金的〈安哲鲁〉与莎士比亚的〈量罪记〉》，В. Г. 马兰茨曼的《普希金创作中的莎士比亚传统》，Н. М. 茹托夫斯卡娅的《莎士比亚的悲剧〈亨利四世〉和〈理查三世〉与普希金的剧作〈鲍里斯·戈都诺夫〉》，В. П. 斯塔尔克的《普希金的长诗〈努林伯爵〉与莎士比亚的〈鲁克丽丝受辱记〉》，Н. В. 扎哈罗夫的《普希金创作演化中的莎士比亚》，Г. М. 弗里德连杰尔的《普希金与高乃依》（高乃依的悲剧《西拿》及其对 1825 年后普希金政治观点形成的意义），Т. 巴罗季的《普希金的〈浮士德中的一场〉与其中歌德的潜台词》，Г. Е. 波塔波娃的《关于普希金作品中一个“浮士德”情节的变体》，В. С. 巴耶夫斯基的《〈叶甫盖尼·奥涅金〉中拜伦的存在》，М. В. 波尔戈娃的《〈奥涅金〉构思演化中的〈唐璜〉与〈别波〉》，М. 阿尔特舒勒的《俄罗斯的瓦尔特·司各特时代》，В. А. 米里奇娜的《普希金与夏多布里昂的〈论英国文学〉》，Н. К. 杰列托娃的《安德列·谢尼耶与亚历山大·普希金》，Н. Г. 卡林尼科娃的《贡斯当的〈阿道尔夫〉与俄罗斯文学语言的形成》，Е. Е. 德米特里耶娃的《论普希金诗歌中的某些罗可可美学现象》等。

上述论文分别从一个方面或几个方面阐述了普希金对世界文学的接受，以及在他的创作中的反映，而这在过去是多少受到忽视的。以莎士比亚为例，过去虽然有学者撰文谈到他的创作对普希金创作的影响，但也有学者认为，“把普希金对待莎士比亚的态度当作两位艺术天才的创作交流才是正确的理解，而不能按比较文学‘影响’论的精神来看待”[①]。在后苏联时代，学者们在一定程度上纠正了过去那种“不承认主义”的态度，积极探讨普希金对莎士比亚传统的继承问题。除上面提到的一些论文外，《普希金百科全书》的《普希金与世界文学》部分（H. H. 斯卡托夫等编写）中的“莎士比亚”条目就对普希金与莎士比亚的关系作了比较系统的梳理和评论。

“条目”主要从两个方面阐述了普希金与莎士比亚的关系：

（1）普希金对莎士比亚的了解和认识。普希金对莎士比亚的了解主要始于南方流放时期，但在此之前，他从一些法国作家（如伏尔泰）的评论中对莎氏已有所知。掌握英语之后，他开始阅读莎氏的原著。根据他的作品、书信和关于他的回忆录统计，他提到的莎氏著作达十六部之多。它们是：《哈姆莱特》《奥瑟罗》《量罪记》《亨利五世》《暴风雨》《罗密欧与朱丽叶》《麦克白》《皆大欢喜》《科利奥兰纳斯》《裘力斯·凯撒》《李尔王》《理查三世》《威尼斯商人》《亨利四世》《温莎的风流娘儿们》《仲夏夜之梦》，以及长诗《鲁克丽丝受辱记》和《十四行诗》。此外，他还在许多作品和书信中提到莎氏或莎氏的作品，如在《致卡尔梅克姑娘》一诗中写道，“对莎士比亚也不会稍加评判”；在短篇小说《棺材店老板》中写道，“莎士比亚和瓦尔特·司各特都把自己的掘墓人写成快活诙谐的人”；在《十四行诗》（1830）一诗中提到“《麦克白》的作者”；在《致戴尔维格函》（1827）一诗中把俄国诗人巴拉丁斯基称为“哈姆莱特”；在《译平代蒙泰诗》中从《哈姆莱特》中摘引了一行诗，“……文字、文字、文字”，在长诗《叶泽尔斯基》中写道，“为什么年轻的苔丝狄蒙娜会爱上自己的黑人”；在1831年6月11日给维亚泽姆斯基的信中引用了《理查三世》中的一行诗，“A horse，a horse！My Kingdom for a horse！”（“一匹马，一匹马，我的王位换一匹马！”）他还给C. A. 索波列夫斯基取了一个绰号——凯列班（莎士比亚的戏剧《暴风雨》中一个野性而丑怪

① ［苏］阿尼克斯特：《莎士比亚的创作》，徐克勤译，山东教育出版社1985年版，前言第2页。

的奴隶)。不仅如此，“条目”还引用了普希金对莎氏的赞颂和评论，如1824年4月—5月上半月普希金在写给П. А. 维亚泽姆斯基的信中（过去此信被认为是写给丘赫尔别凯的——笔者）说：“在读莎士比亚和圣经时，我有时很喜欢圣灵，但我更喜欢歌德和莎士比亚。”在1825年7月下半月(19日以后）写给小拉耶夫斯基的信中说：“莎士比亚是何等令人叹服啊！我简直被弄得神魂颠倒。”以及普希金关于莎氏创作的“伟大的人民性(民族性）的优点”、对时代和历史的忠实、“奔放洒脱的性格描绘”“谋篇布局的随意和朴实”、形象的复杂性和多样性的论述。“条目”认为，普希金对莎士比亚的兴趣是同19世纪20年代俄国文学发展的主要问题——建立独特的俄国民族文学联系在一起的，他在莎士比亚的创作中看到了真正的民族戏剧，并得出结论；真正的戏剧家的任务就是描绘“人和人民。人的命运，人民的命运”。“条目”还认为，普希金没有将莎士比亚化局限于文学美学问题，而是促进了关于历史进程和人的命运观念的形成。他“以莎士比亚的眼光来看待悲剧”。对普希金来说，所谓“莎士比亚的眼光”就是客观地、历史地理解时代、人物和事件，拒绝宿命论，全面地、不抱成见地看待各种现象及其因果联系。普希金转向英国戏剧，不仅仅是为了寻找艺术手段，而且也是为了思考他同时代的政治问题。莎士比亚帮助普希金揭示了专制政权与人民和人的个性之间的关系的悲剧因素。①

（2）普希金对莎士比亚创作的借鉴。“条目”指出，普希金对莎氏创作的借鉴主要是对莎剧的借鉴。或多或少受到莎剧影响的普希金作品有历史剧《鲍里斯·戈都诺夫》，小悲剧《石雕客人》《吝啬的骑士》，长诗《努林伯爵》《波尔塔瓦》和《安哲鲁》，诗体小说《叶甫盖尼·奥涅金》等，其中最“莎士比亚化”的作品是《鲍里斯·戈都诺夫》和《安哲鲁》。“条目”认为，《鲍里斯·戈都诺夫》首先是在内容上对莎剧有所借鉴：莎氏的一些历史剧描绘了英国历史上的“混乱时代”，即争夺王权的内战和叛乱，《鲍里斯·戈都诺夫》描绘的也是俄国历史上的一个“混乱

① 见《普希金·研究与资料》第18—19卷，圣彼得堡：科学出版社2004年版，第376—382页。

时代”；莎氏的历史剧取材于史书（贺林希德的《英格兰、苏格兰和爱尔兰编年史》），《鲍里斯·戈都诺夫》也取材于史书（卡拉姆津的《俄国史》）；莎氏的历史剧反映了国家政权与人民的关系，《鲍里斯·戈都诺夫》也把人民引入剧中，使人民与帝王具有同等的意义，把人民当作历史的动力。其次，《鲍里斯·戈都诺夫》在形式上对莎剧也有所借鉴：莎剧不遵守“三一律”，《鲍里斯·戈都诺夫》拒绝了时间和地点的一致，对行动的一致也不完全遵守；莎剧的文体为五音步抑扬格，《鲍里斯·戈都诺夫》也是用五音步抑扬格写成。《安哲鲁》最初是对莎剧《量罪记》的翻译，但后来普希金放弃了翻译，而是对它进行“翻改”。它之所以吸引普希金，是因为它提出的社会—政治问题。它揭露了国家政权代表的伪善，强调了形式上守法和人性之间的矛盾。普希金在对它进行“翻改”时，遵守了原作的诗格——五音步抑扬格。不过，“条目”在阐述莎剧对普希金创作影响的同时，也强调普希金的作品与莎剧没有雷同的情况，只有少数几个情况属于例外①。应该说，“条目”对普希金与莎士比亚关系的看法是比较全面和客观的，反映了俄国学术界对这一问题的最新观点和态度。

在后苏联时代，普希金与世界文化的关系问题已经超出了文学与文化的范围，正如 1997 年 8 月 20 日利哈乔夫院士在第四届“普希金与世界文化”国际会议召开之际对新闻界发表的谈话所说：“会议的主题之所以显得尤为重要，是因为今天俄罗斯的民族问题变得极其尖锐。因此，普希金的全世界性共鸣能力，他那善于在民族性本身中发现珍宝的能力，他对其他国家那些天才的态度，能够成为我们崇高的道德榜样。俄罗斯在思想上和事业上应该始终是一个普希金的国家，保持普希金对其他民族的那种态度。”②

（二）普希金的本体研究问题。在后苏联时代，学者们对普希金的生

① 见《普希金·研究与资料》第 18—19 卷，圣彼得堡：科学出版社 2004 年版，第 376—382 页。

② ［俄］奥列格·谢尔多博利斯基：《我们应该始终是一个普希金的国家》，见《圣彼得堡新闻》1997 年 8 月 21 日第 1 版。

平、思想和创作展开了全方位的研究，而在以下两个方面给人的印象尤为深刻。

（1）文本的校勘和诠释问题。俄国学者向来重视文本，关注细节。他们对普希金原有的手稿和新发现的手稿，总是逐词逐句地进行分析，力求确定原文的真相，理解它们的真实含义。即使对早已确定的文本，也是反复地进行诠释，不断挖掘它们隐含的意义。这是一项艰苦细致的基础研究，需要老老实实的态度和扎扎实实的工作，那种所谓宏大的话语和时髦的理论是无济于事的，那种热衷于所谓“谜语”的猜测和“密码”的解析也是不可取的。正如俄国学者 В. Э. 瓦楚罗所说：“任何时代的艺术文本是一个按照自己的规律生存的特殊的世界，随着时间的流逝，那些规律将被另一些规律所取代，变得‘不可理解’。经常能够遇到这种情况，即试图在这里找到预想的‘谜语’‘秘密’和‘密码’，这是最错误和最天真不过的了。在古代的文本中，谜语是我们每一步都会遇到的，但它们不是作家创造的，而是时代创造的。要做的事仅仅是提出问题，以便从历史本身得到正确的答案——这才是校注者的任务和本领。‘注释’与其说是解释陌生的词语，不如说是解释来自历史深处的陌生的思想和形象。这是一点点地恢复在文学中记录下来的过去的精神世界，它的关系和联系、同盟和论战、人的命运和思想的命运的尝试。”[①] В. Э. 瓦楚罗是俄罗斯科学院俄罗斯文学研究所（“普希金之家”）的研究人员，他的专著《一个校注者的札记》就是他长期从事俄罗斯文学校注工作的结晶。该书收三十五篇札记，其中十九篇是校注普希金作品的心得。如关于《先知》一诗的札记便是通过它与较早的诗（如《仿古兰经》）和较晚的诗（如《旅人》）的对读，以及对它所产生的时代和环境的分析，使它的形象性和艺术思想更清晰地呈现在读者面前；又如《谁是普希金的“诗友”?》一文对普希金《致诗友》（1814）一诗的收信人进行了辨析。关于这个问题，著名的普希金研究专家 П. И. 巴尔捷涅夫、Я. К. 格罗特、Ю. Г. 奥克斯曼、

① ［俄］В. Э. 瓦楚罗：《一个校注者的札记》，圣彼得堡，人文研究出版社，1994 年版，第 4—5 页。

М. А. 齐亚夫洛夫斯基、Б. В. 托马舍夫斯基、Н. Н. 彼特鲁尼娜等都发表过自己的意见，有的认为诗中的“诗友”（“阿里斯特”）是戴尔维格，有的认为是伊利切夫斯基，有的则认为是丘赫尔别凯，而且至今仍是一个争论不休的问题。文章通过对普希金这几位同学的个性和上述学者观点的分析，认为《致诗友》的写作对象“原则上”应是戴尔维格[①]。

除 В. Э. 瓦楚罗的专著外，俄罗斯科学院俄罗斯文学研究所的福米乔夫教授也在这方面做了大量工作。收在《透视普希金》（2007）一书中的《普希金的第一部长诗》（《修士》）、《普希金的最后一篇作品》（《圣女贞德的最后一位亲戚》）等论文就是颇有代表性的。其他学者在报刊上发表的重要论文有：Ю. М. 尼基绍夫的《奥涅金诗节：源泉与诗学》，В. М. 叶西波夫的《普希金的〈波尔塔瓦〉究竟是献给谁的》，Ю. М. 卡甘的《“法兰德斯派杂乱的胡说”》（对普希金的《奥涅金的旅行片断》中一行诗的校注），В. 涅波姆尼亚希的《句号与逗号》（《叶甫盖尼·奥涅金》第一行的校勘学分析），С. Г. 鲍恰罗夫的《〈叶甫盖尼·奥涅金〉的法文题词》，М. Н. 维罗赖年的《〈安德列·谢尼耶〉的献词》，М. В. 波尔戈娃的《〈叶甫盖尼·奥涅金〉的两种稿本：校勘、创作史和诗学问题》，С. В. 别列兹金娜的《普希金的短诗〈箭毒木〉》（该诗的校勘、创作史和文学源泉问题）等；提交第四届“普希金与世界文化”国际会议的论文有：В. Э. 瓦楚罗的《短诗〈一幅未完成的画〉·诠释问题》，А. В. 库纳金的《释普希金的草稿〈这个白石喷泉……〉》，М. 斯特罗加诺夫的《童话诗〈沙皇和他的四十个女儿〉·几个校勘问题》，Е. О. 拉利奥诺娃的《论〈我是荒原上自由的播种者〉一诗的本文》，О. В. 阿斯塔菲耶娃的《普希金与雅南：论中篇小说〈我们在别墅里度过了一晚〉的构思修改问题》等。

上面所谈主要是学者们对普希金单篇作品的校勘或诠释，而 О. В. 米哈伊洛娃的《近年来的普希金研究：抒情诗·戏剧作品·艺术散文（述评）》则对普氏作品的新的研究成果作了综合性的概评。以普希金的抒情

---

① ［俄］В. Э. 瓦楚罗：《一个校注者的札记》，圣彼得堡：人文研究出版社 1994 年版，第 55 页。

诗为例，文章作者介绍了学者们对诗人各个时期诗作的看法。他们认为，普希金的抒情诗的优点，在他早期的书信体诗中就得到突显，这就是个人崇高的内心志向和现实对它的警醒作用这两个极端的结合，也有人把诗人这些早期的习作称为精神一致的诗歌。而皇村学校毕业后的书信体诗中，抒情主体更深入地投身于时代的激流，“公民的狂热”拨动着诗人最深的心弦，在诗歌中作为他的世界观的一个形成阶段得到体现。给恰阿达耶夫的第一篇书信体诗（1818）反映了对自由的精神向往的不可遏止和力量。19 世纪 20 年代他的创作开始呈现出一种多元化的面貌。在书信体诗《给恰阿达耶夫》（1821）中，诗人的个性在沉重的心灵斗争中，在内心状态的戏剧性的变换中，在心理上充实的时代和命运的语境中得到了揭示。在普希金世界的形成过程中，他 19 世纪 20 年代那些具有古典抒情诗风格的抒情诗起到了作用，而作为传统的浪漫主义体裁的哀歌则被他改造成了“思想的诗歌”。《安德列·谢尼耶》（1825）、《浮士德中的一场》是对“现实的诗歌”的突破，《仿古兰经》（1823—1824）则反映了思想的客体化，诗中的抒情主体不是普希金本人，而是他的主人公。《先知》（1826）是遵循十二月党人传统写成的一首浪漫主义诗歌，具有哲理抒情诗的本性，而具有明显的哲理倾向的第一首诗则是《三股清泉》（1827）。普希金的哲理抒情诗的主人公绝不是“超人”“天之骄子”、上帝的反抗者、魔鬼或浮士德，而是一个“不折不扣的人”，他的生命力、说服力和吸引力也在于此。在晚期诗歌中占主导地位的是未来主题和对生活本质思考的主题。总之，普希金的创作是包罗万象的，而普希金的世界画面的主要之点是作为精神自由的生物的人，这个人按照真、善、美的原则创造着自己的世界。在普希金的抒情诗中，俄罗斯诗歌第一次意识到了自己是人的精神活动自给自足的、方方面面不可分割的体现①。

（2）普希金与宗教的关系问题。从 20 世纪 90 年代初期起，俄罗斯出现了一种“宗教复兴”的景象。这种“宗教复兴”是诸种客观需要的结

① 见《纪念普希金 200 周年诞辰：论文·谈话·文献索引》，莫斯科：ИНИОН РАН 1999 年版，第 91—106 页。

果：首先是大众心理上的需要——在国家发生深刻的政治经济危机、原有的意识形态丧失的形势下，人们需要依靠宗教来‘充实’生活，寻求精神理想；其次是社会道德上的需要——在具有浓厚东正教传统的俄罗斯，人们把宗教信仰和个人道德感紧紧联系起来……再次是政治斗争上的需要——某些政治势力为了争取民众而打起宗教旗号或谋求教会的支持；最后是民族文化上的需要——俄罗斯学人和大众意识对宗教哲学和文学的兴趣，在一定意义上是面对西方冲击的一种文化寻根。[①]

我们知道，在苏维埃时期，所谓“国家无神论”大行其道。普希金也被当作无神论者受到颂扬，而对他本人和作品中的宗教思想则讳莫如深。在“宗教复兴”的大背景下，研究中的宗教禁区被彻底打破，学者们开始探讨他本人和作品中的宗教思想和宗教精神。重要的论文有：А. А. 皮奇哈泽的《〈仿古兰经〉：源泉与联想》，И. В. 福缅科的《论〈仿古兰经〉的风格》，А. П. 德米特里耶夫的《莫斯科都主教菲拉列特与普希金时代的文化》，约安·马利宁（神甫）的《论都主教菲拉列特与普希金关于文学的通信》，С. А. 基巴尔尼克的《普希金笔下的死亡是一个诗学和宗教主题》，Т. Г. 马里丘科娃的《论1820—1830年普希金抒情诗中古希腊罗马传统和基督教传统的结合》，И. 苏拉特的《作为宗教问题的普希金》，И. Ю. 尤里耶娃的《普希金文本中的祷词》《普希金创作中的约伯书》《“圣经，圣经”：普希金创作中的圣书》，阿纳斯塔西（格利巴诺夫斯基，都主教）的《普希金对宗教和东正教会的态度》，Л. 瑟罗瓦特科的《温顺的先知与专横的先知》（普希金的先知与莱蒙托夫的先知），Е. Ф. 马纳延科娃的《〈铜骑士〉中的圣经情节》，Л. 乌多里夫的《普希金的〈旅人〉是一首宗教诗》，В. И. 库列绍夫的《普希金与基督教》，С. А. 涅波里辛的《作为往昔改革者的普希金：从〈圣经〉和古希腊罗马文学到法尔科内和欧亚主义》，Р. Т. 佩夫佐娃的《普希金与宗教》，Н. Я. 索洛韦伊的《福音书中关于播种者的寓言和普希金的短诗〈我是荒原上自由的播种者〉》，Ю. М. 尼基绍夫的《普希金的〈仿古兰经〉中的宗教道德观》，

① 贾泽林：《二十世纪九十年代的俄罗斯哲学》，商务印书馆2008年版，第213—214页。

Б. Ф. 叶戈罗夫的《19世纪70—80年代俄国宗教思想家和文学批评家评价中的普希金（Н. П. 基里亚罗夫-普拉东诺夫的特殊地位）》，А. Н. 叶祖伊托夫的《历史与圣经——普希金的短诗〈我是荒原上自由的播种者〉》等。此外。还出现了几部专著，如阿纳斯塔西（格利巴诺夫斯基）的《普希金对宗教和东正教会的态度》（重版），В. 阿福宁的《宗教与普希金》，Б. А. 瓦西里耶夫的《普希金的精神之路》，И. Ю. 尤里耶娃的《普希金与基督教》、Х. И. 伊斯哈科夫的《普希金与宗教》等。上述论文和专著不再把普希金看成一个纯粹的无神论者或与宗教无关的人，而是肯定他的宗教信仰，分析他作品中的宗教现象，探讨他的宗教思想的源泉，正如《普希金与宗教》一书的前言所说，"诗人与宗教"这一问题已经成了"研究他的精神遗产和生平的基础"①。《普希金与宗教》一书就详尽地介绍了普希金一生（从出生后在教堂给他施洗到逝世后在教堂给他举行安魂祈祷）的宗教活动和作品中的宗教精神。В. В. 科日诺夫在为该书写的后记中说，它虽然不是一部严格意义上的学术著作，但它却有着"深刻的感受"，"与那些重要的学术研究著作相比，这种书本身是同样必需和同样珍贵的……作者是一位伊斯兰教徒，他把东正教视为兄弟宗教加以接受，犹如东正教徒普希金接受伊斯兰教一样，正是在这一方面，本书可以说再现了普希金的精神"②。

值得注意的是，过去普希金被视为坚定的无神论者，而在后苏联时代，有些学者又走向了另一个极端，即把普希金变成了典型的基督教徒。针对这种情况，А. Н. 叶祖伊托夫指出，为了避免两种同样远离真相的极端，必须对研究者所使用的各种材料和普希金对自己作品中与宗教有关的每个问题的态度进行极其细致和客观的分析。"这是因为，普希金实际上既不是无条件的无神论者，也不是典型的基督教徒，而是一个富有独特见解的思想家和无与伦比的语言艺术家，他在自己的作品中移植圣经形象和

---

① Х. И. 伊斯哈科夫：《普希金与宗教》，莫斯科：算法出版社2005年版，第5页。
② Х. И. 伊斯哈科夫：《普希金与宗教》，莫斯科：算法出版社2005年版，第605页。

情节时，是按照自己的方式进行处理的。”①

在后苏联时代，特别是1999年普希金二百周年诞辰前后，俄国的普希金研究不仅出现了一个前所未有的高潮，而且具有了更加重要的意义。这既是俄罗斯人在第三个千年的门槛上面对西方文化大举入侵时的文化自卫，也是他们在国内经济恶化、国际地位下滑的历史文化语境下对民族团结、民族振兴的呼唤。A. Г. 阿洛娃在一篇文章中说：“在诗人诞生后已经过去的两百年里，俄罗斯几度经历了民族精神的大腾飞，也几度痛苦地经历了民族的屈辱和考验。目前，俄罗斯犹如一艘迷失方向的航船，重又为普希金的问题而绞尽脑汁：‘它航行着。我们究竟漂向何方？……’”她还认为，时代的关键问题是“今天做一个俄罗人意味着什么？”“在新的历史条件下，我们每个同胞都给自己提出了这个问题……，而要回答这个问题，没有普希金是不行的”②。切雷舍夫院士也满怀希望地说：“被重新认识的普希金的遗产和世界观、诗人的道德和美学理想的广泛普及必将促进俄罗斯的新生和复兴……”③

（原载《湘潭大学学报（哲学社会科学版）》2010年第6期）

---

① A. H. 叶祖伊托夫：《历史与圣经——普希金的短诗〈我是荒原上自由的播种者〉》，见《第四届“普希金与世界文化”国际会议论文集》，圣彼得堡，1997年版，第16页。

② A. Г. 阿洛娃：《今天阅读普希金……》，见《关于普希金的论争·学术论文集》，莫斯科：PAГC出版社2001年版，第121—122页。

③ E. П. 切雷舍夫：《普希金学·总结与前景·纪念诗人200周年诞辰》，见《普希金与现代文化》，莫斯科：科学出版社1996年版，第29页。

“第一浪潮”俄国侨民学者、作家的普希金研究

从 1918 年到 30 年代末期，一批批俄罗斯人离开故土，移居国外，形成俄罗斯侨民的所谓“第一个浪潮”。“其中贵族、知识分子、中上资产阶级人物十分多，有文艺修养者比率更是特别高。他们在 20 世纪 20 年代不但办有报纸、杂志、出版社、文学与艺术协会，而且还有种种企业与图书馆、剧院及大学等机构。他们的重心为布拉格、贝尔格莱德、柏林与巴黎，次要的集中地则有伦敦、纽约、索非亚、伊斯坦布尔与上海。”① 侨民中的作家和学者在境外继续从事文学创作或学术研究，很自然地把普希金研究也带到了境外，构成了普希金研究的另一道风景。

十月革命以后，俄国本土的普希金研究得到了长足的发展。1918 年 8 月，列宁签发了人民委员会议关于在共和国各城市为伟大的文化和艺术活动家建设纪念碑的决定，普希金也被列在名单之内。普希金作品大量出版，研究著作不断问世。特别是 1937 年普希金逝世一百周年前后，掀起了一个纪念和研究诗人的高潮。境外侨民学者和作家的普希金研究与本土是同步开展的，它的高潮也是出现在同一时期。同俄国本土一样，每逢普希金的诞辰（6 月 6 日）或忌日（2 月 10 日），境外侨民也会举行各种纪念活动，如音乐会、朗诵会、展览会和纪念大会。1922 年，巴黎、布拉

① ［美］马克·斯洛宁：《现代俄国文学史》，汤新楣译，人民文学出版社 2001 年版，第 413 页。

格、尼斯、里加、上海等地就举办了“普希金节”或以纪念普希金为主要内容的“俄罗斯文化节”。到1925年，举办“俄罗斯文化节”的国家就扩展到十余个（美国、保加利亚、德国、拉脱维亚、波兰、土耳其、芬兰、法国、捷克斯洛伐克、瑞士、爱沙尼亚）。节日期间，许多地方都举行纪念大会，一些著名的侨民学者和作家或在会上发言，或提笔撰文；一些侨民报纸（如先后在柏林和巴黎出版的《时日周报》、在巴黎出版的《最新消息报》和《复兴报》）纷纷发表纪念文章或出版纪念专刊，巴黎等地还常常出版一日报《俄罗斯文化节》。П. Н. 米留科夫的《普希金与恰阿达耶夫》《边境缓冲国的俄罗斯事业》，Д. С. 梅列日科夫斯基的《普希金和我们在一起》，П. Б. 司徒卢威的《为什么外国人不知道和不重视普希金?》，К. В. 莫丘尔斯基的《关于〈叶甫盖尼·奥涅金〉的札记》，Л. 舍斯托夫的《普希金与Вл. 索洛维约夫》，Г. В. 阿达莫维奇的《为什么纪念普希金》和《关于普希金的履历表》，В. Ф. 霍达谢维奇的《关于普希金学》，Б. К. 扎伊采夫的《普希金在我们心中》等文章就是在集会上的发言稿或报刊上的发表稿。

同俄国本土一样，1937年也是境外侨民的“普希金年”，而巴黎又是境外侨民纪念活动的中心。1月26日，由法国国民教育大臣主持，在索邦（巴黎大学本部）举行了纪念普希金逝世一百周年大会。组织委员会的成员有法国作家瓦雷里、克洛代尔、杜亚美、安·莫鲁瓦。瓦雷里和法国斯拉夫语文学家安·马宗讲了话。1月28日，巴黎的《俄罗斯画报》出版了普希金纪念专刊，文章的作者有 И. А. 蒲宁、Д. С. 梅列日科夫斯基、Б. К. 扎伊采夫、К. А. 科罗文、洛洛、И. С. 什梅廖夫、В. В. 巴里亚金斯基公爵、Л. 里沃夫等人；同日，俄罗斯贵族联盟举行了纪念普希金的会议，在会上讲话的有 И. А. 蒲宁、И. И. 特霍尔热夫斯基、А. А. 波洛夫采夫、П. К. 拉姆斯多夫-加拉甘伯爵等人；同日，宗教哲学研究院举行会议，主题为“普希金与俄罗斯精神文化”，在会上作报告的有 Г. В. 阿达莫维奇（《普希金》）、Б. П. 维舍斯拉夫采夫（《普希金的创作问题》）、Г. П. 费多托夫（《普希金笔下的帝国和自由》）、В. В. 魏德列（《普希金与欧洲》）。2月6日，《复兴报》出版特刊《普希金·1837—1937》，文

章的作者有 С. С. 奥尔登堡、И. С. 什梅廖夫、К. А. 科罗文、А. А. 普列谢耶夫、В. Ф. 霍达谢维奇、Ю. В. 曼德尔施塔姆、Б. К. 扎伊采夫、Д. С. 梅列日科夫斯基、Г. 迈尔、А. В. 阿姆菲捷阿特罗夫、И. И. 特霍尔热夫斯基。2 月 8 日由 Н. К. 库里曼编辑的一日报《普希金》出版，文章的作者有 М. А. 阿尔达诺夫、И. А. 蒲宁、Н. Н. 贝姆、В. В. 魏德列、И. В. 格森、М. Л. 霍夫曼、Б. К. 扎伊采夫、С. М. 利法里、Г. Л. 洛津斯基、Л. И. 里沃夫、В. А. 马克拉科夫、Д. С. 梅列日科夫斯基、П. Н. 米留科夫、М. А. 奥索尔金（М. А. 伊里因）、Я. Б. 波隆斯基、А. М. 列米佐夫、П. Б. 司徒卢威、Г. П. 司徒卢威、А. В. 特尔科娃-威廉斯、С. Л. 弗兰克、М. О. 采特林、И. С. 什梅廖夫等人；同日，在普莱耶勒厅举行了纪念普希金的晚会，法国新闻工作者 А. 佩里耶讲了话，谢尔盖·利法里表演了《鲁斯兰和柳德米拉》中的“勇士舞”。2 月 10 日，普希金委员会举行了纪念普希金逝世一百周年大会，В. А. 马克拉科夫致开幕词，发言的有 И. С. 什梅廖夫、Д. С. 梅列日科夫斯基、Э. 奥曼教授、А. В. 卡尔塔舍夫，国家图书馆举办了由谢尔盖·利法里筹办的“普希金和他的时代”的展览。2 月 11 日，《复兴报》出版普希金专刊，前言《复活的普希金》强调了纪念普希金的重要意义。专刊文章的作者有 Г. В. 阿达莫维奇、М. А. 阿尔达诺夫、М. А. 奥索尔金、А. М. 列米佐夫、П. Н. 米留科夫、Р. 斯洛夫佐夫、Я. 波隆斯基、А. 谢缅琴科夫等人。2 月 21 日，《俄罗斯画报》出版巴黎“普希金节”专刊。7 月 8 日和 10 月 4 日，《最新消息报》先后刊登 М. А. 奥索尔金的文章《普希金在意大利》和《文学沉思录》（论普希金和莱蒙托夫）。

如果说境外侨民学者和作家的普希金研究在形式上与本土颇为相似的话，那么在内容上却是有区别的，有时甚至是对立的。

首先，在侨民学者和作家们看来，普希金是俄罗斯民族文化、民族精神乃至整个俄罗斯民族的象征，因此他们都把普希金当作寄托乡愁、抒发乡愁的对象。Д. С. 梅列日科夫斯基早年写过一首题为《被放逐者》的诗，诗中的“被放逐者”以被人憎恨为乐，以孤独为乐，以牺牲为乐。应该说，“被放逐者”是所有俄侨的共同的身份，不同的是，他们（也包括

Д. С. 梅列日科夫斯基本人）却并不以此为乐，而是以此为苦。И. А. 蒲宁在《无题》一诗中写道：“飞禽有巢，走兽有穴，/当我离开父亲的庭院，/向故居挥手告别，/年轻的心啊，你多么辛酸！/飞禽有巢，走兽有穴，/当我背着破旧的行囊，/划着十字，走进别的房舍，/心儿跳得多么响亮，多么悲伤！”这种背井离乡的“辛酸”和“悲伤”是所有“被放逐者”的共同感受。在被憎恨中，在孤独中，在牺牲中，他们更加怀念故土，而这种怀念，很多人是通过普希金来抒发的。在写《无题》一诗之前，И. А. 蒲宁就写了《普希金随想》一文。这篇文章虽然是对一份问卷调查表的答复，但却情真意切，诗意盎然。他一想到普希金，想到往昔的、普希金时代的俄罗斯，就想到了自己，想到了自己的过去。他记得在青年时期，在重读了普希金的《西斯拉夫人之歌》之后，诗兴大发，写出了《年轻的国王》一诗。他无数次热切地希望按普希金的样式写作，普希金使他感到亲近，上帝赋予他某种清醒乐观的普希金式的情绪。当他在意大利的那不勒斯城郊维吉尔的墓地凭吊时，他又想起了普希金。普希金的心灵就是他的心灵，而维吉尔的心灵不属于他。当他在西西里岛，在庞贝古城漫游时，普希金总是跟他在一起。而当他在自己的奥廖尔庄园里，在一个夏日重读《别尔金小说集》之后，感到自己的整个身心属于他父辈和祖辈，以及他们久远的岁月、普希金的岁月这个血肉相连的整个世界，感到莫大的幸福，并写出了《青年时代的爷爷》一诗。И. А. 蒲宁还是个婴幼儿时，普希金便走进了他的生活，成了“咱们家的人”。母亲也叫柳德米拉，同普希金的叙事诗《鲁斯兰和柳德米拉》中的女主人公同名，因此他把母亲与普希金笔下的女主人公当成了一个人。他对普希金的怀念，便是对母亲的怀念，对故乡的怀念；他对母亲的怀念，对故乡的怀念，便是对普希金的怀念。①

女诗人茨维塔耶娃是 1922 年离开俄罗斯的，曾在柏林和布拉格小住，后来主要住在巴黎，1939 年回国。在国外期间，她无时无刻不思念着祖国。1932 年，她在《祖国》一诗中写道：“那个天生似的痛苦的远方，/

---

① 见《俄罗斯的太阳·20 世纪俄国作家论普希金》，莫斯科：民族友谊出版 1999 年版，第 104—110 页。

是贴心的祖国和缠身的命运，/远远近近，无论到哪里，/我总要把它携带在身。/那个使咫尺变天涯的地方，/那个说着：‘归来吧！’的远方，/它到处，直到高天的星星，/都在拍摄我的身影！”[①] 同 И. А. 蒲宁一样，她在作于 1931 年的组诗《献给普希金的诗》第三首中，也把普希金当作自己的祖辈——曾祖，并以普希金是她的第一位诗人、跟普希金是“同一个作坊”的同事为荣。而在一篇关于普希金的长篇随笔中，她更是直截了当地把普希金称为“我的普希金”，并以此作为随笔的标题。同 И. А. 蒲宁和所有的俄罗斯人一样，普希金也是在她的童年时代走进她的生活的。她最早看到的普希金是挂在妈妈的卧室里的阿·纳乌莫夫那幅名为《普希金的决斗》的画中的普希金，是那个肚子被丹特士开枪打中的普希金。“那一枪伤着了我们大家的肚子”。从那时起，她的幼年、她的童年、她的少年便每日每时都被伤害着。稍大一点，她常去普希金纪念像边散步，它是她的第一个空间尺度，使她第一次识数，是她同物质材料的第一次接触，也是她的第一次直观的等级课。她因为普希金纪念像而爱上了黑色。再大一点，她在姐姐的柜子里找到了一本普希金选集。她阅读的第一篇普希金作品是《茨冈人》。她爱上了阿列哥，也爱上了泽姆菲拉，这是她的秘密，是她心窝窝里的秘密。这一年她五岁。到六岁时，她爱上了奥涅金和塔吉雅娜，爱他们两个人的爱情。她知道，在世界上普希金最爱的女人是他的奶娘，读了他写给奶娘的诗，他对奶娘的怀念变成了她对他的怀念，对怀念者的怀念。1902 年，她已经十岁了。她将跟着妈妈去海边，于是把普希金的《致大海》一诗抄到小本本上。在海边，她用小石头把这首诗写在岩石壁上，并且署上普希金的名字。三十多年之后，她觉得当年的海边之行是去了普希金的胸中之海。“那里有拿破仑，有拜伦，有喧哗，有击水声，还有他内心的波涛絮语。”总之，她的童年是“跟着普希金一个脚印、一个脚印地走过来的”[②]。她对童年的怀念，对母亲的怀念，对莫斯科的怀

① ［俄］茨维塔耶娃：《祖国》，顾蕴璞译，见孙凤城选编：《欧美女子诗选》，北京大学出版社 1995 年版，第 150—151 页。

② ［俄］茨维塔耶娃：《我的普希金（自传）》，孟广钧译，见高莽主编：《明月般的朋友》，百花文艺出版社 2001 年版，第 678—733 页。

念，都是跟普希金联系在一起的。

由于普希金是所有侨民的共同记忆，他的纪念日也就成了所有侨民的共同节日。通过普希金，这些“被放逐者”的民族性得到了自我确认。同时，他也是俄罗斯侨民团结的基础和象征，是在精神上把侨民们带回俄罗斯的引路人。

其次，是对“苏联的普希金”的讽刺和批判。1937 年巴黎的《俄罗斯画报》发表一篇题为《苏维埃俄罗斯的普希金节》的匿名文章。作者引用了教育人民委员、全苏普希金委员会主席 A. 布勃诺夫 1937 年 2 月 10 日在莫斯科大剧院举行的纪念普希金逝世一百周年大会上的一段话：“只有赢得了社会主义的伟大国家，才能对伟大的诗人普希金作出正确的评价……普希金属于那些在马克思、恩格斯、列宁、斯大林的伟大旗帜下斗争着、工作着、建设着和胜利着的人们。”然后作者写道：“对苏维埃政权来说，祭祀普希金首先是一种政治行为。”① 2 月 10 日，《最新消息报》的普希金纪念专刊在题为《复活的普希金》的前言中说，苏联报刊虽然发表了许多纪念文章，但一起发表的也有许多关于枪毙人和逮捕人的消息。“令人吃惊的是，在‘残酷的时代’为‘牺牲者’祈求过‘同情’的自由的歌手，怎么能够与这种消息并列呢，真是咄咄怪事……”②

在侨民学者和作家看来，普希金是属于侨民的，只有侨民才能对普希金作出真正的评价。那种将普希金政治化的作法，实际上是将普希金庸俗化。诗人兼批评家 И. И. 特霍尔热夫斯基从苏联的报刊上搜集了十个事例，写成《苏联的普希金》一文。下面是文章中的几个例子③：

红领巾

丘科夫斯基在《真理报》上撰文说：

“全苏普希金展览会上展出了一个乡村学校学生科列涅夫的一幅

① 安杰拉·布林特林格：《1937 年巴黎侨民中的普希金》，见《第四届“普希金与世界文化”国际会议论文集》，圣彼得堡，1997 年版，第 52 页。

② 见《纪念普希金 200 周年诞辰：论文·谈话·文献索引》，莫斯科：ИНИОН РАН 1999 年版，第 86 页。

③ 见《普希金在侨民中·1937》，莫斯科：进步—传统出版社 1999 年版，第 529—230 页。

画《丹特士杀害普希金》。丹特士被画成一个身上紧裹着一套法西斯军服的德国骑兵大尉。

"在许多年幼的学生的画作中，普希金被描绘成一个少先队员：小普希金坐着听奶娘讲故事，而他的脖子上却系着一条红灿灿的少先队员的红领巾。"

这条红灿灿的、俗气得令人惊愕的红领巾被系在普希金的脖子上——简直是硬缠在他的脖子上！——苏联所有的庆祝活动都是如此，无一例外。

布勃诺夫"在烧旺"

苏联的纪念普希金的大会，"按职责"由教育人民委员布勃诺夫同志致"开幕词"。他扮演了一个"苏联的陀思妥耶夫斯基"角色，而真正的陀思妥耶夫斯基自然被他痛骂了一顿。那么布勃诺夫本人究竟说了些什么呢？他躲到了俄国人民后面：

"伟大的人民正迎着普希金走去。千百万人对纪念活动表示支持……"而作为最突出的支持，布勃诺夫最后从一个无名的"亚速海—黑海边疆区的集体农庄女庄员"的信中引了一句话：

"普希金的作品在烧旺我们对祖国、对伟大的斯大林的爱。"（2月11日《消息报》）"普希金是属于我们的，因为（?）我们正在列宁—斯大林的不可战胜的旗帜下进行战斗。"——这就是布勃诺夫讲话的最后结论。

关于俄国的暴动

"但愿上帝别让你见到俄国这种毫无意义的、残酷的暴动……"①普希金的这句话成了我们许多革命者的眼中钉。现在发现，列宁和斯大林已经对普希金的话做了圆满的"阐释"：毫无意义的暴动就是并非由工人领导的农民暴动。

《真理报》（2月10日）在《列宁与普希金》一文中绘声绘色地

① 指普加乔夫领导的农民起义。见普希金的长篇小说《上尉的女儿》第13章。

描绘了列宁如何喜爱普希金，而且1899年（普希金诞生一百周年那一年）他就在《我们党的纲领草案》一文中写道：

“我们没有忘记农民在政治上的不开展和闭塞，我们决不抹杀‘俄国的毫无意义的残暴骚动’同革命斗争之间的区别……把农民当作革命运动的体现者是荒谬的。”①

从以上几个例子可以看出，俄国本土的普希金纪念活动的确有庸俗化的倾向。

再次，是对普希金及其创作的多方位研究。侨民学者、作家们在普希金纪念活动期间发表的演说或撰写的文章，不完全是应景之作，其中相当一部分具有很高的学术价值。不少侨民学者原来就是普希金研究专家，如今只不过是把书桌从本土搬到了境外。在这里，他们可以在多维视野下开展研究，而不受政治的干扰。

Д. С. 梅列日科夫斯基是1920年移居境外的。他是巴黎普希金委员会委员，是普希金纪念活动的积极参加者和重要组织者。他的《普希金和我们在一起》一文是为1926年6月6日在巴黎举行的纪念普希金一百二十七周年诞辰大会而作（由米留科夫宣读）。文章说，普希金是最伟大的俄罗斯精神现象之一，是关于俄罗斯存在的无可争辩的明证。普希金继承了彼得的事业。他们俩知道或预测到，俄罗斯的使命是在未来的世界中把欧洲和亚洲、东方和西方联结起来……“两个俄罗斯”都需要诗人，因为他是调解者、连接器，是合二而一者，是摧毁路障的人。他是一根火柱，在放逐的荒漠引领我们回归祖国。这就是为什么普希金和我们在一起使我们感到如此快乐的原因。② 1937年，为了纪念普希金逝世一百周年，他又写了两篇文章，一篇是在侨民报刊上引起争论的《关于普希金的思考》（2月6日《复兴报》），另一篇是《普希金与俄罗斯》（《俄罗斯画报》第7期）。在前一篇文章中，Д. С. 梅列日科夫斯基认为，在整个俄国历史上，没有

① ［苏］列宁：《我们党的纲领草案》，中共中央编译局马克思、恩格斯、列宁、斯大林著作编译局编译：《列宁全集》第4卷，人民出版社1984年版，第198—199页。

② 见《纪念普希金200周年诞辰：论文·谈话·文献索引》，莫斯科：ИНИОН РАН 1999年版，第76页。

比普希金的生和死更凄惨、更重大的悲剧。正是对“最高的自由”的渴望导致诗人与俄罗斯的野蛮行为的无止境的冲突，这种冲突成为他的早逝的主要内因。[①] 在后一篇文章中，作者重申了“普希金继承了彼得的事业”，他是“关于俄罗斯存在的无可争辩的明证”的观点，说只要想起普希金，就会相信，俄罗斯过去存在、现在存在，将来还会存在。不过，这只是对俄罗斯人而言，对外国人却并非如此。对世界而言，俄罗斯的这个太阳还未升起。其原因在于，普希金是一位超级的诗人——“歌手”，在歌曲中，一切取决于歌喉，而在诗歌中则取决于言语的和谐与声音，取决于词语的音乐性。完美的风格是不可用别的语言翻译和重复的，越是完美，就越不可重复，而普希金的诗歌却是完美的顶点，不过，原因不仅仅在于语言，在于诗歌的风格，还在于精神，在于他的本质（他的和我们的，因为他就是我们），在于我们永恒的、最高的顶点。[②]

在俄罗斯侨民中，被认为有充分的理由称为普希金学家的只有两人，他们是 M. Л. 霍夫曼和 B. Ф. 霍达谢维奇。[③] 不过他们两人的风格却不尽相同：前者主要是积极参与各种纪念活动，如整理普希金的手稿、编辑普希金的文集和筹备有关普希金的展览会，后者则主要是撰写文章和向读者介绍苏联的普希金文献。早在 1906 年，B. Ф. 霍达谢维奇就开始了自己的普希金研究。在长达三十多年的时间里，他发表有关普希金的各类文章约两百篇。出国之前的 1921 年 2 月，他在彼得格勒参加了纪念普希金逝世八十四周年活动，并在作家之家作了题为《晃动的供桌》的演讲（勃洛克在同一个会上作了题为《论诗人的使命》的演讲）。作者指出，在历史上曾经出现过皮萨列夫对普希金的粗暴的批评，那是普希金太阳的第一次“日食”。现在，周围的一切都变了，在新的历史和文化语境中，普希金的作品在读者的意识中也会发生变化，即面临着读者的冷漠，这将是第二次“日食”。文章充满着对普希金的热爱之情和对普希金及普希金时代文化的颠覆的担忧。1922 年 B. Ф. 霍达谢维奇移居国外。1924 年，他的《普希金

① 见《普希金在侨民中·1937》，莫斯科：进步—传统出版社 1999 年版，第 77—78 页。
② 见《普希金在侨民中·1937》，莫斯科：进步—传统出版社 1999 年版，第 73—74 页。
③ 见《普希金在侨民中·1937》，莫斯科：进步—传统出版社 1999 年版，第 709 页。

的诗歌业》一书在莫斯科出版。1932—1933 年，他致力于普希金传的写作，并且发表了其中的三章，但最终未能完成。1935—1937 年，他是巴黎普希金委员会的委员，1937 年在巴黎出版《论普希金》一书。在他侨居国外期间写的大量论文和札记中，他的《决斗事件》一文颇具代表性。文章作者认为，决斗或决斗事件在普希金的一生中占有显著的位置，应该作为特殊的研究对象。据他考证，普希金一生的决斗事件不少于二十次（不包括导致他死亡的最后一次），其中十五次发生在皇村学校毕业后的彼得堡时期和流放时期，而二十次中又有十五次是普希金主动提出的，在由他的对手提出的五次中，有四次起因于他用言行侮辱对手。普希金主动提出的十五次决斗大致可以分成三组：第一组是两次，一次的对手是法国人德吉伊，另一次是无名氏，原因均不详；第二组是五次，每次他都认为自己受到侮辱，并要求决斗，其实每次受辱都是他本人的行为所致；第三组是七次，没有充分的理由或没有任何理由。在上述三组之外，还有一次是 1836 年 11 月 4 日向丹特士的挑战，虽然从表面上看没有充分的理由，但是从内心而言，理由却是充分的。尽管普希金的行为常有瑕疵，但他心地却很善良。因此大多数决斗均以和解告终。在上述二十次冲突中，只有四次（对手分别为丘赫尔别凯、祖波夫、斯塔罗夫和无名氏）发展到决斗。不过在与丘赫尔别凯决斗时，普希金扔掉了手枪（一说是向空中开枪）；在与祖波夫决斗时，他拒绝开枪；只有在与斯塔罗夫决斗时，他才开了枪，不过没有打中。[①] В. Ф. 霍达谢维奇的这篇文章资料翔实，有理有据，对了解普希金的个性很有裨益，是普希金生平研究中一项重要的成果。

在俄罗斯侨民学者、作家的普希金研究成果中，维·伊·伊万诺夫的《论普希金的音响形象法问题》《两座灯塔》和《诗体长篇小说》等论文是很有见地的，其中后者更有分量。伊万诺夫是白银时代的著名诗人、象征派的理论家。1917 年以前，他曾多次出国留学和访学，1924 年移居意大利，曾与著名斯拉夫学者埃托雷·洛加托一起将《叶甫盖尼·奥涅金》

① 见《普希金在侨民中·1937》，莫斯科：进步—传统出版社 1999 年版，第 295—304 页。

译成意大利语。《诗体长篇小说》一文初次刊于巴黎出版的《现代纪事》杂志 1937 年第 64 期。它从两方面对普希金的《叶甫盖尼·奥涅金》和拜伦的《唐璜》作了对比。首先他从形式上对两部作品作了区分，指出《唐璜》的章节是叙事诗的章节，它使用的八行诗体也只适合于浪漫主义的叙事诗，而不适合于浪漫主义的长篇小说；而《奥涅金》在划分作品内容时，用的是长篇小说的"章"（главы），而不是叙事诗的章节（песни），它还创造了一种新的诗节（即每节十四行的所谓"奥涅金诗节"），它是叙事诗的某种特殊类型、某种新的类别，即诗体长篇小说。其次，他从倾向即内容上对两部作品作了区分。他认为拜伦的自然主义具有嘲弄的、有时是玩世不恭的意味，是一种所谓"浪漫主义的讽刺"，《唐璜》是他的巨大的自画像，是他本人穿上形形色色的假面舞会服装的形象的又一个摹本，充满着主观性，而普希金则欣赏最平淡无奇的现实生活，不让讽刺进入他的作品的布局，跟浪漫主义格格不入。此外，他在广阔的现实生活背景上，还描绘了主人公们性格的逐步发展和内心生活变化。这都是长篇小说的特征。伊万诺夫的结论是：《叶甫盖尼·奥涅金》是欧洲新文学中的第一部，也许是唯一的一部"诗体长篇小说"。①

宗教哲学家谢·路·弗兰克的《普希金诸题》是俄罗斯侨民学者在普希金研究领域的一部重要著作。1922 年 9 月弗兰克被驱逐出国，先后侨居德国、法国和英国。《普希金诸题》是他逝世后在国外出版的一部论文集，内收《普希金的宗教性》（1933 年首次刊于巴黎宗教哲学刊物《道路》第 40 期）、《作为政治思想家的普希金》（1937 年作为 П. Б. 司徒卢威构想的丛书《历史与文化问题》之第一种在贝尔格莱德以小册子的形式出版）、《论认知普希金的任务》（1937 年收入《贝尔格莱德普希金纪念文集》）、《普希金论欧俄关系》和《明亮的忧伤》（两文先后于 1949 年 1 月和 5 月刊于巴黎的《复兴》杂志）等五篇文章。它们涉及的都是俄罗斯侨民学者的普希金研究的基本主题。俄罗斯著名学者德·利哈乔夫在为 1999 年莫斯科和睦出版社出版的《普希金诸题》所写的序言中说，弗兰克的这部著

① 见《普希金在侨民中·1937》，莫斯科：进步—传统出版社 1999 年版，第 239—245 页。

作“丝毫也不会过时和失去自己的现实意义。相反，它的主题，普希金的精神生活主题，现在比半个多世纪之前普希金诸题开始见于报刊时更加敏感”。而“书中论述普希金创作精神原则和诗人宗教意识的第一个论题的现实意义尤其令人震惊”[①]。人们知道，在俄国的普希金研究中，诗人的宗教性一直受到忽视。而十月革命以后，更是一味强调普希金的“无神论”，极力推崇他青年时代的反宗教作品《加百列颂》。弗兰克的《普希金的宗教性》一文正是针对这种情况写的。他认为，这个问题在一定意义上就是俄罗斯民族的自我意识问题。在他看来，普希金的诗歌精神完全是以**主易圣容**的宗教因素为标志的，而且采用的是其典型的俄国方式，即将宗教启蒙与简朴和清醒结合在一起，与恭顺的、充满爱的善意结合在一起，这一善意将一切生物都视为神的创造和神的形象。而普希金的“渎神”就整体而言不应被用以确定他宗教方面真实、严肃的思想和情感方式。多神教的、不安的、感性的、勇敢的普希金，同时也是俄国基督教精神最深刻的天才体现者之一。[②]

除上述作者外，俄罗斯侨民学者、作家中还有不少人写过有关普希金的文章，仅《普希金在侨民中 · 1937》一书就收录了四十多位作者的五十多篇文章，其中包括 С. Н. 布尔加科夫的《普希金的命运》、Г. В. 阿达莫维奇的《普希金》、И. С. 什梅廖夫的《普希金的秘密》、А. М. 列米佐夫的《普希金的梦》、С. С. 奥尔登堡的《帝国的诗人》、В. В. 魏德勒的《普希金与欧洲》、Б. К. 扎伊采夫的《普希金纪念碑》、П. Н. 米留科夫的《从叛乱到宽恕》等。此外，该书还作为附录收入了 Н. А. 台菲的《普希金节》一文和 Ф. А. 斯捷蓬的《普希金 · 纪念普希金一百五十周年诞辰》一文。当然，境外的普希金研究无论就广度还是深度而言，都不可与俄罗斯本土同日而语。马克 · 斯洛宁在谈到俄罗斯侨民文学时说，巴黎毕竟不是俄罗斯文学的首都，而只是它的一个县城[③]，我们同样可以说，巴黎毕竟不是俄罗斯普希金研究的首都，而只是它的一个县城。然而，境外的普

---

① 谢 · 路 · 弗兰克：《普希金诸题》，莫斯科：和睦出版社 1999 年版，第 5 页。
② 谢 · 路 · 弗兰克：《普希金诸题》，莫斯科：和睦出版社 1999 年版，第 7—33 页。
③ 张杰、汪介之：《20 世纪俄罗斯文学批评史》，译林出版社 2000 年版，第 329 页。

希金研究毕竟与本土的普希金研究是一个整体，并且极大地丰富了俄罗斯的普希金研究。

（原载《燕赵学术》2012 年第 1 期）

从误读走向理解
——百年中国普希金研究回眸

20世纪是中国文化与外国文化开始全面接触、剧烈碰撞的世纪。随着《巴黎茶花女遗事》（1899）和其他林译小说的一部部问世，在国人面前逐渐展现出一个世界文学的新天地，“一个在《水浒》《西游记》《聊斋志异》以外另辟的世界”[①]。普希金作品的翻译始于1903年，与林译小说几乎是同步的。这一年也是普希金研究的开端，迄今它已走过了一百多年的历程。

乐黛云先生说：“由于文化的差异性，当两种文化接触时，就不可避免地会产生误读。所谓误读就是按照自身的文化传统，思维方式，自己所熟悉的一切去解读另一种文化。一般说来，人们只能按照自己的思维模式去认识这个世界！他原有的‘视域’决定了他的‘不见’和‘洞见’，决定了他将对另一种文化如何选择、如何切割，然后又决定了他如何对其认知和解释。”[②] 在跨文化研究中，这种误读是普遍存在的。百年中国普希金研究就是一个误读和反复误读的过程，也是一个从误读走向对话、走向理解的过程。

---

① 钱锺书：《林纾的翻译》，见中国翻译工作者协会《翻译通讯》编辑部编：《翻译研究论文集（1949—1983）》，外语教学与研究出版社1984年版，第269页。

② 乐黛云：《文化差异与文化误读》，见乐黛云、［法］勒·比松主编：《独角兽与龙——在寻找中西文化普遍性中的误读》，北京大学出版社1995年版，第110页。

从普希金“初临中土”的1903年到1976年，普希金在中国的身份是多重的，不断变换的，每一个时期都突出一种身份，而且这种身份往往被视为他的总体特征。他的第一部汉译作品是戢翼翚于1903年翻译的《俄国情史》（即长篇小说《上尉的女儿》）。在以后的二十多年里，他的汉译作品均为小说。这就是说，他最初是以小说家的身份来到中国的。诚然，作为俄罗斯新文学的奠基者，“他立下文学创作一切（样式）形式的典范——戏剧、小说、诗歌、童话、十四行体诗等”①，但是他首先而且主要是作为诗人享誉文坛的，曾被誉为“俄罗斯诗歌的太阳”。他现存的第一首诗《致娜塔丽娅》（1813）比他的第一篇小说《彼得大帝的黑奴》（1827）要早十四年，而比《上尉的女儿》（1836）则早二十三年。但在中国，他的第一篇汉译小说《俄国情史》比他的第一首汉译诗歌《致诗人》（1927，孙依我译）要早二十四年，创作顺序恰好被颠倒了。这与20世纪初期我国对小说的提倡和对普希金的片面认识是分不开的。

普希金的第二个身份是革命诗人。从20世纪20年代后期起，普希金的诗歌被陆续译成中文。这正是中国人民进行艰苦卓绝的民主革命和民族解放斗争的时期。他的诗歌，特别是那些反对专制、歌颂自由的诗篇，在读者中产生了巨大的反响。在评论家和读者的心目中，他俨然成了一位革命诗人。到了20世纪50年代，普希金更是被英雄化和偶像化了。

瓦尔特·F. 法伊特说：“在跨文化关系的研究中，作为达成理解的必要条件，应着手确立误解在意义的理解中的功能。”② 他认为，“误解是打破‘无联系’（non-communication）的第一步”③，“误解也以误解他者的方式打开了对话之门”④ 我国的普希金研究就是如此。正是戢翼翚翻译的《俄国情史》打破了我国与普希金乃至与整个俄国文学的“无联系”，开

① ［苏］高尔基：《俄国文学史》，缪灵珠译，上海译文出版社1979年版，第180页。

② ［澳］瓦尔特·F. 法伊特：《误读作为文化间理解的条件》，叶爱民译，见乐黛云 张辉主编：《文化传递与文学形象》，北京大学出版社1999年版，第89页。

③ ［澳］瓦尔特·F. 法伊特：《误读作为文化间理解的条件》，叶爱民译，见乐黛云 张辉主编：《文化传递与文学形象》，北京大学出版社1999年版，第90页。

④ ［澳］瓦尔特·F. 法伊特：《误读作为文化间理解的条件》，叶爱民译，见乐黛云 张辉主编：《文化传递与文学形象》，北京大学出版社1999年版，第94页。

启了与普希金乃至与整个俄国文学的对话之门。到20世纪20年代中期，普希金的小说《彼得大帝的黑奴》《杜布罗夫斯基》《基尔沙里》《戈留欣诺村的历史》及《别尔金小说集》中的全部作品都译成了中文，《上尉的女儿》还出现了第二个译本。与此同时，莱蒙托夫、契诃夫、列夫·托尔斯泰、迦尔洵、高尔基等作家的一些作品也被翻译过来。从20世纪20年代后期到"文革"之前，普希金的各种类型的作品——诗歌、戏剧、童话、小说和诗体小说得到了较全面的介绍，而俄国文学作品的翻译则一浪高过一浪，在整个翻译文学中占有绝对优势。与此相适应，对普希金与俄国文学的评论也十分活跃，在外国文学的研究中占有举足轻重的地位。

当然，误解虽然打破了"无联系"的局面，开启了对话之门，但正如前面所说，一个误解消除之后，新的误解又出现了。对普希金的真正的理解，与普希金的全面对话，还是近二十多年的事。改革开放的环境为学术的发展和繁荣创造了良好的条件。这种真正的理解、全面的对话主要表现在以下三个方面：

一、普希金作品翻译的系统化

"文革"以前，普希金的各类作品虽然翻译了不少，但主要是以单行本的形式出现的，影响较大的有罗果夫主编、戈宝权负责编辑的《普希金文集》，吕荧译的《叶甫盖尼·奥涅金》，查良铮译的《普希金抒情诗集》《普希金抒情诗二集》《欧根·奥涅金》，孙用译的《上尉的女儿》等。20世纪年代，普希金作品的翻译掀起了一个新的高潮，出版了两部四卷集——戈宝权、王守仁主编的《普希金抒情诗全集》和刘湛秋主编的《普希金文集》，还有四部大型文集——卢永选编的七卷集《普希金文集》、肖马和吴迪主编的八卷集《普希金全集》、冯春翻译的十卷集《普希金文集》、刘文飞主编的十卷集《普希金全集》。系统化的翻译本身就是与普希金的全面对话，它也为对普希金的真正理解打下了必要的物质基础。

二、普希金评论的深广化

前面谈到，"文革"前对普希金的评论有不少误读，存在单一化的倾向。近二十多年来，这种状况得到了根本性的改善，普评在广度和深度上有很大的突破，从一元化逐渐走向多元化。

（1）在思想研究中，“黑暗”与“光明”并重。从20世纪80年代起，过去那种只讲“光明”、不讲“黑暗”，把普希金英雄化、偶像化的研究格局被打破。人们在肯定普希金追求自由，反对专制暴政的同时，对他政治上的沙文主义、思想上的贵族习气、私生活上的泛爱主义进行了适当的批判。此外，对他的宗教信仰和作品中的宗教精神，也进行了实事求是地分析，而不再把他视为纯粹的无神论者。总之，人们较全面地分析了他的爱国主义与沙文主义、自由主义与保守主义、真挚的爱情与泛爱主义、无神论思想和宗教情结的矛盾，让诗人走下神坛，使读者走近诗人。

（2）在创作研究中，艺术与思想并重。过去，对普希金创作的评论，侧重于思想意义的阐述，强调他的诗歌是“自由的警钟”“革命的利剑”“时代的回响”“战士的心声”；即使是形象分析，也多为思想分析，如对奥涅金是否是多余人，就曾进行过旷日持久的争论。从20世纪80年代中后期起，对普希金创作的艺术分析明显加强了。学者们撰文分析了普氏作品的美感情态、深层意境、语言特色、修辞手法、文体结构、叙事技巧、象征意蕴、空白艺术、奥涅金诗节等，有的学者还把普氏的创作作为一个艺术系统加以探讨。这一切使普氏创作的艺术性得到了前所未有的揭示。

（3）在研究方法中，比较研究与本体研究并重。过去，普氏研究中存在着就普氏谈普氏的倾向，研究的视野较窄。近二十多年来，随着比较文学在我国的复兴，学者们在普希金研究中的比较意识逐渐增强，运用影响研究、平行研究、译介学研究和跨学科研究等方法，对普氏的创作进行多角度的阐述。近年来，文化研究也介入了普氏研究，如查晓燕对普氏国家观、历史观、贵族观的分析，任光宣对普氏宗教观的分析，以及其他学者对普氏自由观、伦理观、死亡观、女性观等方面的分析；高莽和陈训明还将行迹考察与文本研究结合起来；刘文飞和林精华等对俄罗斯和西方的普希金研究做了介绍。这一切拓宽了研究的视野，建立了研究的新模式。

（4）在研究成果中，著作与论文并重。前七十多年，普评的成果主要为论文，至于著作，则只有麦青编著的《普式庚》等两三本小册子。近二十多年来，论文仍是普评成果的主要形式，但著作的数量已增加到二十余种。较重要的有戈宝权等著，易漱泉、王远泽编《普希金创作评论集》（漓江出版社 1983 年），王智量著《论普希金、屠格涅夫、托尔斯泰》（光明日报出版社 1985 年），吴晓都著《俄罗斯诗神——普希金的诗歌》（海南出版社 1993 年），陈训明著《普希金抒情诗中的女性》（贵州人民出版社 1993 年），孙绳武、卢永福主编《普希金与我》（人民文学出版社 1999 年），查晓燕著《普希金——俄罗斯精神文化的象征》（北京大学出版社 2001 年），刘文飞著《阅读普希金》（人民文学出版社 2002 年），高莽著《圣山行：寻找诗人普希金的足迹》（中国社会科学出版社 2004 年），以及笔者主著（主编）的“普希金研究三部曲”。上述著作是我国普评中的主要成果，对推动我国的普希金研究起到了非常重要的作用。在这里，笔者想借此机会谈谈自己在研究中的一些体会。

“普希金研究三部曲”的第一部《普希金的生活与创作》（1997 年初版，2004 年修订版）是针对我国综合性研究著作的缺失而撰写的。全书十二章，三十八万字。它以普氏的生平和思想发展为经线，全方位地对普氏作了评述，侧重对各种体裁的作品进行分析，阐明普氏在俄罗斯文学和世界文学中的地位。前十一章分时期探讨了普氏的抒情诗、叙事诗、诗体悲剧、诗体小说、散文体小说和文学评论，第十二章《普希金研究述评》论述了俄苏普希金学的历史和现状，以及普氏在国外的接受。在一些理论问题上，如普希金与密茨凯维奇、尼古拉一世和莎士比亚的关系，本书提出了与苏联学者不同的看法；而对《叶甫盖尼·奥涅金》的民族意识、时代意识和人类意识，也提出了一些新的见解。“三部曲”的第二部《普希金与中国》是一部集体著作。全书共六章，三十四万字。它较全面地透视了普希金学在中国的萌芽、形成、发展、滞缓和复兴的历史过程，剖析了“普希金与中国”这一课题所包含的三个层面：① 普希金对中国的兴趣、认识和描绘；② 普希金作品在中国的传播与接受；③ 普希金对 20 世纪中国文学的影响。书中介绍了五代翻译家、出版家和研究家。它是国际普希金学的一个重要内容，也是 20 世纪中国文学研究的一个重要内容。研究普希金作品在中国文化语境中的发展与延伸，不仅可以折射出中国社会心理的变迁和中国新文学的特征，而且也能从中比照出俄罗斯文化与文学的特色，从而成为研究中俄文化与文学的重要参照系。它既具有文学史的性质，又具有比较文学的性质。“三部曲”的最后一部《普希金新论——文化视域中俄罗斯诗圣》是前两部著作的延伸和深化。全书共七章，二十八万六千字。前两章侧重论述普希金的思想（文学人民性思想和自由理念），后五章则从死亡意识、伦理指向、女性观念、圣经情结、叙事艺术等方面，对普氏的创作重新进行解读。书中提出了一系列学理性问题，它们涉及普氏的文艺思想、自由理念、审美形式和诗学观念，由以前的生平、创作过程的定性研究，发展到专门问题的分析、把握和文化精神的透视。

三、普希金研究队伍的壮大和体制化

学科建设与队伍建设是密切相关的。从某种意义上来说，学科建设主要是队伍建设。“文革”以后，高校的外国文学课得到恢复，而普希金及其创作是这门课程的重要内容之一。北京大学、湘潭大学等校还为本科生或研究生开设了“普希金研究”专题课。到目前为止，有三人以普希金为题撰写博士论文，他们是北京大学的查晓燕（《普希金——俄罗斯精神文化的象征》）、上海外国语大学的白文昌（《普希金与俄国小说的发展》）和北京外国语大学的赵红（《〈叶甫盖尼·奥涅金〉汉译本的结构分析法研究》）。以普希金为题撰写学位论文并已获得硕士学位的有湘潭大学研究生沈云霞、宋德发、邓建中、周颖、王妍慧、朱洪文、巢进文，论文题目分别为：《普希金自由思想论》《普希金的叙事伦理》《普希金诗歌的死亡意识》《普希金的女性意识》《普希金的圣经情结》《普希金叙事文学的叙述学研究》《普希金作品中的帝王形象》；正在撰写的学位论文有汤林峄的《普希金早期创作中的酒神精神》、杜艳丽的《文化人类学视野中的普希金童话诗》和杜敏的《〈黑桃皇后〉与19世纪初期俄罗斯社会转型》。随着翻译、研究和出版队伍的不断壮大和后备人才的不断充实，普希金研究队伍的体制化提到了日程上。1996年5月，中国“普希金研究会”在北京大学宣告成立，李明滨教授被推选为会长。李毓榛教授在开幕词中谈到研究会的宗旨时说：“我们可从成立一个普希金的研究会作为全国高校外国文学研究会的下属机构来总结一世纪来我国对普希金的研究成果和教学活动，推动普希金的研究工作，并同世界各国的普希金研究家进行文化交流。"[①] 在研究会的组织或参与下，1998 年 6 月和 1999 年 4 月，先后在北京大学召开了"普希金在中国"学术研讨会和"纪念普希金诞辰二百周年学术研讨会"，1999 年 4 月在北京中国人民大学召开了"与巨人对话——纪念歌德、巴尔扎克、普希金、海明威学术研讨会"。这些学术会议既是对普希金研究队伍的检阅，也是普希金研究队伍的重组。进入 21 世纪以来，这支队伍依然活跃在我国的普希金研究领域。

应该指出，在人们试图对普希金做出真正的理解和与之进行全面的对话的同时，也出现了一些杂音，或曰新的误读。20 世纪末普希金又获得了另一个身份——"19 世纪俄国的唐璜"。1999 年 6 月，普希金诞辰二百周年之际，珠海出版社和海南出版社分别出版了一本名为《普希金秘密日记》的书。海南版在扉页上还印有"普希金诞生二〇〇周年纪念（1799—1999）"字样。珠海版中译本序的标题为《真伪难辨的〈普希金秘密日记〉》，对该书的真伪多少有所怀疑，但该书的内容提要却又用肯定的语气说，"他在死后留下了一部用密码写成的秘密日记，后来被发现，并于二十多年前被偷运出前苏联"，而且强调指出，"日记中记载的这些令人惊愕的事件与反思，揭示出普希金一生中未为人知的细节——它们描述了 19 世纪'俄国的唐璜'的生活"[②]。海南版则直截了当地称该书为普希金的"性史告白"和"性自传"，说它"以近似女阴崇拜的思路，将交合视为极乐之天。普希金有意以此整体全貌示人，自言因日记中所述种种罪孽、错误及身心折磨，与他的其余鸿篇杰作同属他传世总体的要素，不可以独没世而不彰"[③]。诚然，普希金曾经自比唐璜，他的爱情生活也的确存在阴暗的一面，但《普希金秘密日记》一书却是如此污秽不堪，令人无法卒读。它理所当然地受到了严肃的学者的批评和指责。俄罗斯著名学者德米特里·利哈乔夫在《我们的职责是捍卫普希金》一文中认为，《普希金秘

① 张冰：《中国普希金研究会在北京大学成立》，《国外文学》1996 年第 3 期。
② ［俄］普希金：《普希金秘密日记》扉页后"内容提要"，秦艳译，珠海出版社 1999 年版。
③ ［俄］普希金：《普希金秘密日记》封底"内容提要"，彭淮栋译，海南出版社 1999 年版。

密日记》之类的书是假冒劣作[①]，我国学者余一中和陈训明也分别撰写题为《作者死了，可以为所欲为了……——〈普希金秘密日记〉是一本伪书》和《话说〈普希金秘密日记〉》的长篇文章，认为该书是“伪书”和“赝品”[②]。写到这里，笔者想起了刘文飞先生所写的《西尼亚夫斯基：〈与普希金散步〉》一文。该文较详细地介绍了西尼亚夫斯基的《与普希金散步》一书。在引用了该书关于普希金“轻浮”的一些言论之后，刘先生立即指出，“西尼亚夫斯基的这些话有些耸人听闻，哗众取宠”；在文章的末尾，刘先生又说，“西尼亚夫斯对普希金的诸多言论是过于出格了，诸多结论也是站不住脚的”[③]。这种用批判的眼光读书的态度才是一种真正的科学态度。

随着20世纪的逝去，中国普希金研究的第一个百年已成为历史。在过去的一百年里，中国的普希金学已初步形成，并已融入世界的普希金学。今后，我们必须不断培养研究的人才，拓宽研究的视野，扩大研究的层面，开拓新的学术生长点，使中国的普希金学与世界普希金学同步发展，共同繁荣。

（原载《跨文化对话》第20辑，2006年）

① ［俄］德米特里·利哈乔夫：《我们的职责是捍卫普希金》，《文艺报》2000年2月15日。

② 余一中：《作者死了，可以为所欲为了……——〈普希金秘密日记〉是一本伪书》，《俄罗斯文艺》2000年第2期；陈训明：《话说〈普希金秘密日记〉》，《俄罗斯文艺》2000年第2期。

③ 刘文飞：《西尼亚夫斯基：〈与普希金散步〉》，见《阅读普希金》，人民文学出版社2002年版，第144、155页。

中国普希金研究的回顾与展望

——张铁夫教授访谈录

自1897年普希金以“伯是斤”之名悄悄来到中国，已经过去了整整一百一十年。在这一个多世纪中，普希金的中国之旅历经坎坷，他的名字、故事、作品和精神也随之传遍了大江南北，在中国读者心中凝结成难以割舍的“普希金情结”。也因为如此，中国成为俄罗斯之外的普希金研究大国，造就了一代代、一批批成就斐然的普希金研究专家，湘潭大学文学与新闻学院张铁夫教授便是其中的杰出代表。作为我国著名的普希金学者，他对于我国“普希金情结”的形成原因、当前普希金研究的特点、焦点和危机，以及普希金研究的趋势等问题无疑具有发言权。为此，我们对张铁夫先生进行了专访。

宋德发：我知道您有浓厚的“普希金情结”，在您这一代人身上，“普希金情结”实际上是一个普遍性的文学和文化现象，也就是说，您的学术历程和人生选择具有很强的代表性和典型性。所以，我很想知道您是怎样走上俄罗斯文学研究之路的？在俄罗斯文学中，您为什么对普希金情有独钟？我相信，您对这个疑问的解答，对于渐渐疏远俄罗斯和普希金的年轻一代更好地理解中国“普希金情结”的形成原因，将会具有重要的启发和参考价值。

张铁夫：人生的选择总是必然和偶然、时代和个性共同作用的结果。我1956年参加高考，当时的第一志愿是汉语言文学专业，可最后我却被华中师范学院俄语系录取。因为那个时期正处于中苏关系的蜜月期，我国在各个领域均以俄罗斯为导师，俄语也由此成为当时的第一外语，远比英语要热门和普及。虽然没有被中文系录取，我却并未感到沮丧。原因很简单，我在中学时读的外国文学作品大部分是俄苏作家的作品，普希金的诗歌更是让我如痴如醉。我想，如果能够把俄语学好，直接阅读普希金和其他俄苏作家的原著，那不是也很好吗？就这样，对文学的热爱，对俄国的好感，以及招生人员对我的"错爱"等因素促使我步入俄罗斯文学研究之路。

谈起我的"普希金情结"，就要追溯到我的中学时代。当时我在新化一中读书。一天，得到戈宝权和罗果夫合编的那本《普希金文集》，读了前面几首诗，我就被普希金的作品深深地吸引住了。不过，那时我只会阅读，不会欣赏，因此无法用语言表达我对普希金的喜爱和崇敬。在那个只有革命，没有爱情的年代，普希金的诗歌，特别是他的自由诗和爱情诗得到中国读者的普遍喜爱，那是很自然的。我的普希金情结就是在这一大背景下逐渐形成的。

大学时代和随后的十多年时间是研究工作的准备时期。在那些年里，我阅读了能够找到的大部分普希金作品，但真正的研究工作是从翻译《普希金论文学》一书开始的。在 1981 年 5 月召开的"普希金、雨果学术讨论会"期间，我决定把普希金作为自己今后的主攻方向，而《普希金论文学》一书的翻译使我得以在学术研究中迅速定位，因此可以说，我是以普希金研究开始我的学术生涯的。译稿完成后，我和我的老师黄弗同先生写了一篇一万四千字的前言，并以《普希金的文艺思想简论》为题，发表在《华中师院学报》1982 年第 6 期。这是我的第一篇普希金研究论文。到 20 世纪 80 年代末期，我又陆续发表了《普密之争的由来及其实质》等文章，为普希金研究系列论文的形成打下了基础。

1991 年 10 月，经国家教委批准，我获得了去普希金的祖国访学的机会。在弗拉基米尔师范学院，我的进修课题是"俄苏普希金学史"。回国后，在国家社科基金等课题的支持下，我的普希金研究逐步走向系统和深入，我所发表的各类学术成果也获得了学界的认同。在研究之余，我还在课堂上讲授普希金，在研究生里培养年轻的普希金学者。对于普希金，我从最初的一见钟情到后来的日久生情；从一个普通的读者成为一个专业的学者；从一个热情的崇拜者成为一个理性的研究者。经过数十年的岁月沉淀，我一步步地走进普希金、理解普希金、探寻着他的文学和心灵世界，而普希金也渐渐融入我的事业和生活，成为我生命中无法割舍的一部分。

宋德发：在中国普希金研究百年史上，大概有五代学者和学人默默耕耘和奉献过：20 世纪初译介普希金的戢翼翚和鲁迅为第一代；活跃于30—40 年代的为第二代；笔耕于 50 年代的为第三代；70—80 年代崛起的为第四代；90 年代涌现的为第五代。您出生于 1938 年，原本应该在 60 年代步入学界，可由于“文革”所造成的学术断层，直到改革开放后才真正从事学术研究，因此，您应该属于第四代普希金学者。您是否可以以自己为例，谈谈您这一代普希金学人的独特性？

张铁夫：我们这一代虽然从 70 年代末才开始研究普希金，但是我们阅读普希金却是从 50 年代开始的，而阅读的作品主要是由前三代普希金学者翻译的。因此，前三代学者虽然在研究的深度和广度上有所欠缺，但没有他们的开创性工作，中国后来的普希金研究也无从谈起。和他们相比，我们这一代不仅重视普希金翻译，更重视普希金研究，并“站在”他们的肩膀上，将研究工作推向了深入，取得了一系列的突破。至于第五代学者，他们则将更多的精力放在研究上，视野更开阔，理论性更强，研究方法更多样。

应该说，我个人的普希金研究也有自己的一些特点。首先是成果形式上的特点：我将作品翻译、系列论文和学术专著有机结合在一起，形成了一个“普希金研究”的系统工程。我翻译了《普希金论文学》《普希金文集》第七卷、《普希金书信选》《普希金情人的回忆》等作品；发表了《普希金与莎士比亚》等系列论文十余篇；出版了“普希金研究三部曲”。其次是在“普希金的生活与创作”“普希金与中国关系”“普希金的现代阐释”这三个领域做了一些工作。第一部《普希金的生活与创作》（北京燕山出版社 1997 年初版，中国社会科学出版社 2004 年修订版）共十二章，三十八万字。它以普氏的生平和思想发展为经线，全方位地对普氏作了评价，侧重对各种体裁的作品进行分析，阐明普氏在俄罗斯文学和世界文学中的地位。该著被中国社会科学院外国文学研究所原所长吴元迈先生誉为“迄今为止我国在普希金研究方面最全面、最翔实、最具特色和最有分量的一本书，标志着我国普希金研究一个新阶段的来临”。第二部《普希金与中国》（岳麓书社 2000 年版）共六章，三十四万字。它以文化研究为视角，以接受理论、形象学、译介学、媒介学为理论框架，以影响与接受为研究基点，全面透视了普希金学在中国的萌芽、形成、发展、滞缓、复兴的历史过程，总结了近百年普希金作品在中国的接受史，从而将“普希金与中国关系”的研究系统化。第三部《普希金新论——文化视域中的俄罗斯诗圣》（中国社会科学出版社 2004 年版）共七章，二十八万六千字。前两章侧重论述普希金的文艺思想和政治思想，后五章则从死亡意识、伦理指向、女性观念、圣经情结、叙事艺术等方面，对普氏的创作重新进行解读。上述问题都是普希金研究中带根本性的问题。这些问题的有效解决，对普希金研究，乃至俄罗斯文学研究的深化和拓展具有一定的意义。需要说明的是，这些成果并非完全属于我个人，它们应该看成是集体研究成果。

宋德发：1897 年，普希金以“伯是斤”的名字传到中国，经过短暂的相识和了解后，我国在二十世纪三四十年代形成了接受普希金的第一个高潮。随着新中国的成立，以及中苏关系步入蜜月期，这股高潮又迅速向前推进，形成了第二个高潮。但在“文革”前夕，由于中苏关系的恶化，普希金在中国受到全面的封杀，这第二个高潮又迅速跌落。直到改革开放后，我国又形成了接受普希金的第三个高潮。那么，这第三个高潮和前两个高潮有何不同？

张铁夫：一是性质的差异：第三个高潮是翻译和研究的高潮，而前两个高潮主要是翻译的高潮和阅读的高潮。二是动因的差异：第三个高潮更具学理性，前两个高潮更具意识形态性。在前两个高潮的形成中，意识形态的因素占据了重要的位置，也就是说，我们出于现实革命斗争的需要，不仅把普希金当作一个作家，更把他当作一个文化英雄和勇敢的斗士。同时，中俄密切的政治关系也是中国人对普希金情有独钟的重要原因。正由于意识形态所起的作用过大，所以，当中苏关系破裂，以及我们的现实革命斗争不再需要的时候，又把普希金打入了冷宫。改革开放后，中俄的关系已经趋于平淡，激烈的意识形态斗争也渐渐让位于平和的精神文明建设，因此，在第三个高潮中，我们对普希金的认识会更加理性和全面。三是影响力的差异：第三个高潮没有前两个高潮那么影响深远和全面。改革开放后，随着思想的解放，我国又恢复了对普希金的研究，而研究的主体恰恰就是那些在第一、第二个高潮中阅读和认识普希金，并产生"普希金情结"的人。他们对普希金的热爱促使他们将研究普希金、解说普希金当作了毕生的责任和事业。在他们的推动下，我国的普希金研究在改革开放以来突飞猛进，取得了骄人的成就。以湘潭大学为例，在我带的研究生中，已经有九位研究生通过研究普希金获得了硕士学位，还有两位研究生正以普希金作为硕士论文的研究对象。但同时我们应该认识到，我国未来的普希金研究面临着后继无人的尴尬，造成这种局面的原因是多方面的：首先是具有"俄罗斯情结"的人越来越少，因此俄罗斯文学研究的潜在基础——懂俄语、喜欢俄国文学的人越来越少；其次是具有"普希金情结"的人已经屈指可数；再次是普希金已经从圣坛走下，恢复了一个作家的单纯身份，也就是说，普希金的欣赏者越来越少，接受群体在萎缩；最后，人们的选择更趋向多元化，不仅纯文学地位的集体失落，就文学本身而言，普希金也只是众多的选择之一。

宋德发：如您所言，在中国接受普希金的第三个高潮中，我们对普希金的研究越来越理性化，而理性化也将带来认识的多元化。所以，近几年学术界从很多角度对普希金进行"价值重估"，如普希金的文学人民性思想问题和普希金的文化归属问题，对于这两个问题的争议，您已经在论文《再论普希金的文学人民性思想》（载《外国文学评论》2003 年第 1 期）和《论普希金的文化归属》（载《外国文学研究》2006 年第 2 期）中分别加以梳理和辨析。此外，普希金的性格是否存在缺陷也成为争论的焦点之一。据我所知，普希金性格急躁，经常与人决斗，并最终丧命在决斗场上。他的私生活也非常复杂，绯闻不断，与一百多位女性有着精神或者肉体上的瓜葛。前些年珠海出版社和海南出版社分别出版了《普希金的秘密日记》，对普希金的私生活大加暴露，也暗含着对普希金人格的怀疑？请问您怎样看待这些争论或问题？

张铁夫：从积极意义上看，对普希金的质疑说明在多元文化语境下，普希金已经从圣坛来到人间，从神灵恢复为作家，人们能够以一种客观、多维而非仰视、单一的态度来重新认识他。这是文学研究的一种进步。当我们以这种平和的心态来看待普希金时，就会发现以往的意识形态因素确实遮蔽了普希金的诸多缺点。但是对普希金认识的全面性并不代表要走向另一种极端：或者全盘否定普希金的价值，或者对普希金进行人身攻击，或者炒作一些和文学无关的事件。在日常生活中，性格暴躁确实是普希金的缺点，但也正是他的个性所在，没有这种刚烈的个性，普希金不可能以一个人的力量来对抗整个沙皇专制制度。在个人情感生活中，普希金确实专一于爱情，而不是专一于爱情的具体对象，因此《普希金的秘密日记》虽然是一部伪作，但也说明其作者对普希金是非常了解的。不过，造成普希金的多情、滥情，除了他自身的性格缺陷外，还有当时俄罗斯整个上流社会“偷情成风”的社会氛围。普希金像很多西方诗人一样，将爱情等同于美，用充满争议的私生活换取了纯净、美好的爱情诗，所以，我们应该将更多的注意力集中在他的文学作品上，而非他的“绯闻”上，要知道，文格和人格的不统一也并非普希金一人所有，打个比方，如果说爱情是一座山，艺术中的爱情是山的顶峰，那么，顶峰在整座山所占的地盘毕竟是有限的。

宋德发：对中国人民来说，普希金无疑是个伟大的作家，同时我们也相信，普希金不仅属于俄罗斯和中国等少数国家，他还像莎士比亚、歌德一样，是一位具有世界性的伟大作家。不过，英国学者兼作家比尼恩和我们的观点有些相左，他在 2002 年出版的《为荣誉而生：普希金传》一书中，对普希金的世界性表示了怀疑和否定态度，他的观点在今天的西方还具有一定的代表性，对此，您有何看法？

张铁夫：在俄国本土，普希金的世界性问题是一个不成问题的问题。早在 1838 年，别林斯基就在《文学纪事》一文中说，“作为诗人，普希金无疑是一位世界性的（虽然不是首屈一指的）天才”。在别林斯基之后，俄国的学者对普希金的世界性都深信不疑。在西方国家，人们对他的世界性则持不同的态度。德国的恩塞、法国的亨利・特洛亚，以及勃兰兑斯、卢卡契等人都肯定普希金的世界性，但也有一部分学者则认为普希金虽然是俄国最伟大的诗人，但不具有世界性。在法国，由于19世纪初期法俄关系的极度紧张和普希金在波兰问题上的沙文主义立场，以及读者对散文的兴趣超过诗歌，因此，他的作品的传播不能不受到影响；在英国，普希金一直被拜伦的光环所笼罩，被认为是“拜伦的模仿者”或“俄国的拜伦”。

我个人认为普希金具有世界性是毫无疑问的，这可以从以下几个方面得到印证。第一，普希金的阅读视野具有普世性。普希金学过英语、德语、法语和拉丁语，其中法语学得最好，此外他还通晓意大利语、西班牙语、希腊语和一些斯拉夫语。由于懂得多种外语，使得他从小就能从原文阅读欧洲许多国家的文学作品。我在俄罗斯访学期间，在圣彼得堡参观过“普希金之家”的普希金藏书室和莫伊卡河畔普希金故居博物馆的诗人书房。这两处的藏书，前者为原件，后者为复本，均为三千册，均用十五种文字印刷。有学者统计，普希金翻译和模仿的作品涉及六十多位外国作家和翻译家，普希金的阅读范围肯定大于这个数字，我也做过一个统计，仅《叶甫盖尼・奥涅金》一部作品就提到了五十余位外国作家和学者。因此，嗜爱阅读的普希金除了对俄罗斯文学作品烂熟于胸外，对世界各国文学作品也耳熟能详。第二，普希金写了不少世界题材作品，他对世界的关照是多元的。普希金的早期作品洋溢着古希腊罗马精神，很多作品直接以古希腊罗马文学和神话为题材。19世纪20年代，普希金的视野从古希腊罗马文化转向世界政治斗争，如西班牙、意大利和希腊相继爆发的反对本国统治者或土耳其奴役者的革命。在这个时期，普希金还写了一组关于拿破仑的诗歌。在创作的中后期，普希金还把他的视野从西方转向了东方，写了不少东方文化主题诗歌。特别值得注意的是，普希金还对一些外国文学作品进行移植和改写。总之，普希金是一个具有多元文化倾向的作家，他的视野非常宽广，创作题材非常丰富。第三，普希金歌颂了普遍价值观和普遍人性，如自由、善良、宽容、美、真。最后，普希金已经从俄罗斯的

“初恋”成为世界的爱恋。普希金逝世后，他的作品被翻译传播到德国、法国、英国等西欧国家和波兰等东欧国家。19 世纪末叶和 20 世纪初，普希金的作品开始走出欧洲，在亚洲和美洲得到传播。二战后，普希金的声名传到了非洲和拉丁美洲。现在普希金的作品已经译成了一百五十多种文字，有约两百个国家的读者。此外，很多国家还建造了普希金纪念碑，到 20 世纪 80 年代末期为止，共有十二处。在 1999 年普希金诞辰二百周年之际，他的纪念碑又耸立在巴黎、维也纳和华盛顿的上空。中国、美国、以色列、法国、意大利、希腊、日本等国家举行了纪念普希金诞辰二百周年学术讨论会。

宋德发：对我们年轻一代人来说，普希金就像一位退居二线的中年艺人，或者像一位唱红色歌曲的老艺术家，他的作品和声名只是留在祖父辈的记忆中，对我们显然缺乏足够的吸引力。因此，我们阅读普希金和研究普希金的热情和您这一代不可同日而语，中国普希金研究也将面临人才危机。不过，我个人却是一位普希金的喜爱者和研究者，据我所知，在我的同龄人中，也有不少人在阅读和研究普希金，或许我们会成为中国的第六代普希金学者吧。所以，我想请您预测一下中国普希金研究的趋势？

张铁夫：应该承认，因为纯文学在现实生活中的地位不如往昔，普希金在中国人心目中的地位有所失落，所以中国的纯文学研究和普希金研究都面临着后继乏人的尴尬。在俄国，情况则稍有不同。随着苏联的解体和冷战的结束，大国的军事对抗似乎有所缓和，而文化冲突则仍然非常尖锐。为了抵制西方文化的入侵，他们不再像过去那样采取“攘外必先安内”的做法，即以批判本国作家来达到与西方文化抗衡的目的，而是树立和推出像普希金这样的本民族的文化英雄。尽管俄国的纯文学也已边缘化，但对普希金的研究却方兴未艾。在我们中国，我相信只要人们对生命终极意义的追寻不会停止，纯文学的地位尽管相对衰落，但依然会在人们的精神生活中扮演着无可替代的角色，因为纯文学是生命终极意义最好的载体之一；同时，普希金作为经过时间和空间检验的经典作家，他虽然不会再集“万千宠爱于一身”（爱之深，恨之切，“文革”期间对普希金的封杀是中国人爱普希金的极端体现），但依然会成为人们重点关注的对象之一。新世纪以来的短短几年，我国发表的普希金研究论文就有一百余篇，著作也有十五种，相当于1903—1999年近百年间著作数量的总和，因此，中国未来普希金研究的步伐或许会相对减缓，但还是会朝着诸多新的目标前进。在我看来，这些新的目标可以包括六个方面：对普希金创作本体的全面和深入研究；普希金艺术风格研究；西方普希金学研究；俄国普希金学研究；世界普希金学研究；研究方法的多元化运用研究。也许若干年后，随着我国普希金研究的深入开展，一个新的高潮就将到来。

（原载《湘潭大学学报（哲学社会科学版）》2007年第5期）

第二辑　比较文学研究

比较文学的学科意识与学科要求

人们通常认为，比较文学诞生于19世纪末期。应该说，这是一门不算太新的学科。然而在实际上，它却总给人一种出世不久的印象。我们看到，它老是与“新兴”之类的字眼联系在一起。回顾这门学科一百余年来的历程，它的确充满生机与活力，可是，另一方面，它又自始至终充满争讼与危机，就连今天最有“资格”谈论它的比较文学“泰斗”，也感叹不明白它何以是其所是。如果说它是一门根基不稳、定义不明的学科，恐怕没有人会提出异议。可是事实上，它又在迅速地发展与膨胀，不断有新的方法和领域自愿归属到它的名下（中国比较文学学会已设有十余个二级学会，而且呈增加的趋势），使得它在阵容上、范围上、内容上不断扩大和更新。这一现象的确令人费解，但学界对此所提出的理论破解却并不尽如人意。其中原因自然很多，其一便是以往的比较文学的界定者往往仅从研究对象和范围来把握这一学科的本质属性，而忽视了研究主体自身的因素。实际上，离开了特定的主体，便谈不上对相关客体进行准确、全面和充分地认识。主客体相互包容、互为前提，这决定了对其中任何一方的认识都不能离开另一方的视角与视域。因此我们首先要提出比较文学的学科意识等问题，以便将比较文学纳入更加全面、更加开阔的视野之中来进行考察。

一、比较文学的学科意识

在讨论学科意识之前，有必要对比较文学“名”与“实”的争议以及由此所引发的“危机论”作一阐述。

任何一门学科都有其自身的构成条件，比较文学也应该如此。作为一门学科，它应该有其区别于一般人文学科的特点。然而，究竟什么是比较文学，这个问题几乎从它诞生之日起就一直困扰着人们。因此我们研究比较文学这门学科，首先面临一个正名问题，即对比较文学的学科概念作一个适当的界定。

1970年，美国著名学者韦勒克曾经说过，“‘比较文学’至今仍是一个有争议的学科领域”①。三十多年过去了，但这句话却并没有过时。这种争议首先是“名”的争议。意大利学者克罗齐就否认比较文学有成为一门学科的可能。法国学者基亚认为，比较文学“是一门名字没起好的学科”②，各国学者都试图给它正名，于是便有了“全球文学”“国际文学”“世界文学”“各国文学的历史研究”“国际文学关系史”等多种名称。一门学科被赋予如此之多的名称，这种现象在世界学术史上是罕见的。尽管如此，目前人们还没有提出一个更好的、为大多数人所接受的名称，因此“比较文学”这个名称便沿用至今。

其次是“实”的争议。“名”的争议当然是因为它不能很好地体现“实”的内涵与外延。比较文学是一门秉性善变的学科，因此要在现有名称之外找一个一劳永逸的恰当名称，我们认为这是不可能的事情。若以巴登斯贝格、梵·第根所确立的理论规范为标准来衡量，半个多世纪里比较文学不知经历了多少变化！有的变化甚至走到了原来的反面，然而它们却能够集合于比较文学的旗帜之下。这些变化主要表现在下述五个方面：一是研究范围扩展到没有事实关联的文学之间，扩展到文学与其他知识领域

---

① ［美］韦勒克：《比较文学的名称与性质》，黄源深译，见干永昌、廖鸿钧、倪蕊琴编选：《比较文学研究译文集》，上海译文出版社1985年版，第136页。

② ［法］基亚：《比较文学》，王坚良译，见干永昌、廖鸿钧、倪蕊琴编选：《比较文学研究译文集》，上海译文出版社1985年版，第75—76页。

的相互关系之间；二是研究方法从单纯讲究实证、考据发展到几乎不加任何限定；三是各种新文论的大规模介入，使得法国学派的元老们视为“不可靠”的“综合研究”大行其道；四是文化研究日益繁荣，使得比较文学的“外部研究”再一次成为时髦，然而这种研究并非仅如半个世纪前对作家在国外声誉、影响等的外部清理，而是撷取了当代文化、哲学的众多方法视点后由“外”向“内”的深层透视；五是民族性不再像早期比较文学家所竭力反对、急于驱逐的幽灵，而是成了比较文学自身挥之不去的合法成员。也就是说，在比较文学营垒里，已找不到放之四海而皆准的“国际性”了。

在这一变迁过程中，法国学派曾经是韦勒克等人猛烈抨击的对象。20世纪70年代以后，韦勒克等人又成了新文论倡导者们攻击的靶子，而新文论阵营中那些固执文学独特性的学者如乔纳森·卡勒、米歇尔·里法泰尔又是文化研究倡导者们的“眼中钉”……每一次你来我往的口诛笔伐都有“危机”的声音在回荡，危机似乎也是比较文学行进过程中如影随形的幽灵。

近年来，我国比较文学界出现了一种“新危机论”。曹顺庆说：“反观今日中国比较文学界，在学科研究内容和方法方面，也已呈现茫然和困惑之现象，如果说韦勒克称1958年‘危机’为‘一潭死水’的话，那么我们目前的学科理论和方法论方面则堪称‘一团雾水’。辨不清方向、不知何去何从的现状，导致了当前全球性的比较文学的新危机。”① 而在此之前六年，钱念孙在《比较文学消亡论》一文中说得更为严重。他从朱光潜对比较文学的看法引申开去，得出结论：“今天比较文学所特别强调的内容，在明天必将成为每个文学研究者理应具备的起码素质。在这种情况下，比较文学必将逐渐走向被取代、被消融的道路，即比较文学将消融在各类具体的文学研究，如古典文学、现代文学、当代文学、文学理论或小说研究、诗歌研究之中……在未来的发展中，比较文学作为一门学科已完成自

① 曹顺庆：《中国比较文学学会第五届年会闭幕词及会议总结》，《中国比较文学通讯》1996年第3期。

己的历史使命，它的名称和定义只能作为‘纪念品’而保存在历史的记忆里。”① 陈思和也在一篇文章中对比较文学的哲学基础是什么，它是否有一套完整的认识论作为出发点提出了质疑。“给人的感觉似乎是，只要谈文学，就属于比较文学，只要出现一种理论，它必然属于比较文学。”②

上述几位中国学者的意见，也许不无可商榷之处，然而应该承认，他们的确提出了一个值得思考的问题，即对比较文学的对象、范围和方法如何作一个合理的界定。人们常说，比较文学是一门边缘性学科，“边缘性”总还得有一个“边”。这个“边”可以移动，但不能没有尽头。也就是说，不能搞“无边的比较文学”。而在比较文学自身理论的建设方面，如何去寻找这个“边”，便是一个十分重要的问题了。

我们认为，要找到这个“边”，首先就必须确立比较文学的学科意识。那么，什么是比较文学的学科意识呢？让我们先看看下面这个例子：后现代主义的先驱之一杜尚在20世纪初开始尝试用生活中的“现成物”来充当艺术品，这开了后来许许多多装置艺术的先河。许多后现代艺术家把生活中的罐头盒、轮胎、可口可乐瓶、山羊、公鸡、报纸等现成品，原封不动地搬上艺术的殿堂。美国人史密森那震惊艺术界的《漩涡形防波堤》便是用推土机在犹他州大盐湖边垒起的石头堤坝。20世纪80年代中期我国也有人把草席子当艺术品在艺术展览会上展出，名曰“牛吃草”。……这些艺术尝试的功过是非姑且不论，我们的问题是：生活中的现成物为何一旦搬进艺术殿堂（如艺术展），便可变成或者当成艺术品呢？我们认为主要原因有二：一是在现成物“原封不动”地搬入艺术展厅的中途，艺术家的艺术观念在它身上对象化了，二是现成物进入展厅后便被艺术场景化了，这一艺术场景要求这些现成物体现艺术家的艺术观念，或者说，将此种艺术观念释放出来。这些现成物看似本真，实际上却也经过了艺术家的选择与过滤，借助它们，艺术家的此种观念才得以显示出来。我们认为，此种被移入对象的艺术观念便是一种学科意识，它必须有赖于特定对象才

① 钱念孙：《比较文学消亡论——从朱光潜对比较文学的看法谈起》，《文学评论》1990年第3期。

② 陈思和：《困惑与疑难——关于比较文学的一次发言》，《上海文论》1991年第6期。

能够传达出来。

显然，比较文学的学科意识也是对研究主体所提出的要求，即比较文学研究者应该具备一种特定的主体意识和学科观念。从构成上说，我们认为它具有三个层面的内涵：一是世界公民意识，这里主要是指研究者对于不同文化的态度。在人类文化早期，由于客观原因的限制，各种文化圈都经历过以自我居住地为世界枢纽的文化自我中心主义阶段，如我国古代的华夏天下观，古希腊的神谱体系等，而“地中海”的名称本身便显示了周围居民的狭隘眼光。这些文化自我中心的观念长期沉积在各民族的心理深层，成为一种很有生命力的内在精神，贯穿于不同的时代之中。华夏中心观念固然曾经严重地阻碍了我国的近现代化进程，而西方中世纪之后的文学研究长期以来都带有爱国主义的动机，[①] 这也是不争的事实。19 世纪生物进化论在社会科学领域大行其道，谁说其中没有民族（种族）主义的因素在作祟？法国学派早期有意无意地总是注重本国作家对外国文学的影响，无疑具有为自己的文化评功摆好的心态，但其底蕴不是同样浸润了文化沙文主义倾向？直到今天，谁能说欧洲中心主义不复存在呢？谁能说华夏中心主义消亡殆尽了呢？

生物进化论在文化领域的影响开始受到文化人类学家的置疑和清扫，但沉淀在民族心理底层的文化中心心态却积习难除，它的存在严重妨碍了比较文学的深入发展。因此，我们主张比较文学研究者应以世界公民的胸怀，破除沙文主义心理，平等看待一切其他文化，避免在具体研究中强求一律，削足适履，任意截取其他文化来填充自己预先确立的体系。当然，这种世界公民意识并非完全排斥民族性和民族风格，也就是说，文化的民族性与文化沙文主义是截然不同的两个概念。在“比较”研究不同文化与文学的过程中，甚至是在单纯研究某一其他民族的文化与文学的过程中，由于民族“成见”（preunderstanding）的必然介入，研究本身不可避免地要抹上民族的色彩，民族性同样是比较文学的合法内容，因此，充分尊重

① ［美］韦勒克：《比较文学的名称与性质》，黄源深译，见干永昌、廖鸿钧、倪蕊琴编选：《比较文学研究译文集》，上海译文出版社 1985 年版，第 147 页。

其他文化的个性特征和价值追求，也是世界公民意识的一个重要构成因素。

二是比较文学的对象意识。在对比较文学进行界定时，国际比较文学界也有人从主体的角度来着手，其中较为典型的代表便是美国学者哈斯葛尔·M. 勃洛克。他认为“比较文学主要是一种前景，一种观点，一种坚定地从国际角度从事文学研究的设想”①。也就是说，只要研究者具有这种主体意识，不管你在具体研究时是否跨越了国界、族界或语界，便都是比较文学。因为一切文学的创作、体验与批评都是统一的，它构成了世界文学的整体，所有的文学研究都是这一庞大整体中的一部分。后来韦勒克进一步强化了这一观点，认为比较文学是一种没有语言、伦理和政治界线的文学研究，仅仅是文学研究。② 这种过于强调主体意识，忽视范围限定的做法，正如法国学者所指责的，容易导致比较文学无所不包，结果却什么也包括不了。③ 这样，比较文学的学科意识还应该包括研究主体的对象意识，即研究者一方面要自觉遵循比较文学的学科限定和规范，另一方面，这些限定和规范还要在具体研究中显示出来。总之，研究主体理应受到研究客体的牵制，以免比较文学如脱缰的野马，任意闯入他人的领地，反而不知道自己的根据地究竟何在。

三是始终以文学为中心。从比较的角度来研究不同文学间的相互关系，很容易导致过度的外部化。韦勒克早在 20 世纪 60 年代就曾指出，比较文学研究方面的著名人物，根本不是真正对文学有什么兴趣，而是热衷于研究公众舆论史、旅游报道和关于民族特点的见解，即只对一般文化史感兴趣。他认为，文学研究如果不决心将文学作为有别于人类其他活动及产物的学科来研究，就不可能有什么进展。④ 实际上，在比较文学界，一

① ［美］勃洛克：《比较文学的新动向》，施康强译，见干永昌、廖鸿钧、倪蕊琴编选：《比较文学研究译文集》，上海译文出版社 1985 年版，第 196 页。

② ［美］韦勒克：《比较文学的名称与性质》，黄源深译，见干永昌、廖鸿钧、倪蕊琴编选：《比较文学研究译文集》，上海译文出版社 1985 年版，第 144 页。

③ ［法］基亚：《比较文学·前言（1977 年）》，颜保译，北京大学出版社 1983 年版，第 3 页。

④ ［美］韦勒克：《比较文学的危机》，黄源深译，见干永昌、廖鸿钧、倪蕊琴编选：《比较文学研究译文集》，上海译文出版社 1985 年版，第 132—133 页。

直存在着两种倾向：一种将注意力放在对文学作品的外部关系的研究上，一种则关注文学本身的独特性。二者在不同发展阶段便具有不同表现形态，如在韦勒克看来，体现为外部研究和内部研究的差别，在当代文论界，则表现为语境化与非语境化的对峙。我们认为，倘若在二者之间固执一面而排斥另一面，这是断乎不可的。世界上不存在纯度为百分之百的文学，文学之作为一种客观存在，它是天然地与非文学因素结合在一起的，二者的关系，既有各自特性上的相互对立，也有互为存在前提的相互依存。从文化或“外部”的角度研究文学“内部”何以可能？就是因为这两种构成内容必然相互包含，而且外在的文化因素，可以陶养人们对文学独特性的省察力和理解力。所以说，文学的文化研究理应是一种很有必要、也很有价值的研究。然而，在比较文学里，文化研究必须以彰显文学自身的独特性为旨归，文学必须成为比较文学不同研究中的焦点与核心。这样，研究文学与自然科学的关系，便不至于成为对某种自然科学原理的演绎和阐析，研究文学的非文学构成也不至于仅仅属于一般文化史的范围了。

二、比较文学的学科要求

从事任何学术研究的人，都必须有明确的治学目的、勤奋的治学精神和严谨的治学态度。马克思说，在科学的入口处，正像在地狱的入口处一样，必须提出这样的要求：“这里必须根绝一切犹豫；这里任何怯懦都无济于事。”[①] 他还把科学研究比作攀登高峰，认为只有不畏劳苦的人，才有希望达到光辉的顶点。不过，这些都是对从事学术研究的人的共同要求。任何一门学科对它的研究者还有一定的学科要求，换句话说，从事任何一门学科研究的人，必须具备一定的学术条件。那么，比较文学的学科要求是什么呢？

一是良好的外语基础。比较文学的一个重要特点是它的国际性，即研

① ［德］马克思：《〈政治经济学批判〉序言》，中共中央马克思、恩格斯、列宁、斯大林著作编译局编译：《马克思恩格斯全集》第 13 卷，人民出版社 1962 年版，第 11 页。

究不同国家、不同民族、不同语言的文学的共同规律。勃洛克把比较文学家称为“专攻国际文学的学者”，而基亚则把比较文学家称为“文学关系史家”。这一特点决定了它对研究者的外语水平必然提出很高的要求。基亚说：“他是否应该有能力从原文阅读这些文学作品呢？提出这个问题不仅因为语种众多，人的精力有限，主要是因为人们常常只通过译文来阅读和认识外国作品，甚至连专业作家也是如此。既然我们那些伟大的浪漫主义作家不懂德语，但照样引用歌德的话，那么阅读他们读过的法语译本也不就足够了吗？对于搞清他们了解歌德的程度，这的确是够了，但是，如果我们没有能力判别原文与各种译文之间的差距，那就无法估计歌德对这些作家的影响。因此，比较文学家必须能阅读几种语言。再则，能够直接查阅对自己的研究工作有用的外国资料，是大有好处的。”① 欧洲是比较文学的发祥地，法国和美国是两个最重要学派的基地，因此，比较文学家最好懂得法语和英语。随着欧洲中心论的隐退，比较文学研究的范围扩大到了东方，例如，第 13 届和第 17 届国际比较文学会议就是先后在日本的东京和中国的香港召开的。近年来，我国学者对日、韩等国文学的研究也越来越深入，因此，学习东方语言也是非常必要的。

也许有人会问，我国高校中文系不懂外语者大有人在，他们不也照样在研究外国文学吗？不错，这种情况是的确存在的，吴元迈先生认为，“这是一种明显的缺陷”，不过他又认为，“这构不成对他们进行根本性否定的理由。他们也在研究外国文学，但他们不是从外语进入的，而是从中文即从翻译进入的，他们对外国文学的研究具有独特性，或者说具有更强烈的中国性。……这独特的地方在哪里？就在中国文化背景、中国的现实语境、中国人独特的思维方式以及对文学、哲学、宗教等问题的独特观念”②。清理中国文学与外国文学的关系，就是这种独特性的表现，而且在这方面，我们显然具有一定的优势。此外，以中国人的眼光对外国文学重

① ［法］基亚：《比较文学》，王坚良译，见干永昌、廖鸿钧、倪蕊琴编选：《比较文学研究译文集》，上海译文出版社 1985 年版，第 80 页。

② 高玉：《文学翻译研究与外国文学学科建设——吴元迈先生访谈录》，《外国文学研究》2005 年第 1 期。

新进行审视，也常常会有不同于对象国学者的新的发现。当然，这并不能成为我们可以不学外语的理由。为了更好地从事比较文学研究，我们坚持要求学好一两门外语。这个要求是不能降低的，更是不能撤销的。

语言是一种工具，但又不仅仅是工具。我们所说的对外语的掌握必须提高到对外国文化构架的了解。在比较文学研究中，现在人们非常强调沟通和对话。沟通，仅有语言是不够的，这是一种文化沟通。对话，必须有一套为双方所理解的话语。而要了解对方的话语，就必须了解对方的文化。只有这样，才能达到真正的交流。

二是坚实的国学基础。中国古代文学和古代文化是一个异常丰富的宝库，它是在几千年的时间里逐渐形成的。在这个宝库中，我们可以发现不少外来文化的珍宝，同时我们也看到，这个宝库中的许多珍宝，在异域大放光彩。弄清这些珍宝的来龙去脉，亦即探讨中外文化交流的历史（如佛经和佛经文学的传入对我国的宗教和文学产生了什么样的影响，《赵氏孤儿》又怎样传入欧洲，使欧洲的哲学家们怎样在东方发现了一个新的世界），这是比较文学工作者的重要任务之一。

近年来，我国的比较诗学研究颇为活跃。一些学者对中西诗学作了初步的梳理，另一些学者呼吁用新的视野对传统诗学重新加以阐释，开展中西诗学互为主体的长期对话，将比较诗学推向一个新阶段。

要做好上述工作，没有坚实的国学基础显然是不行的。我们的许多前辈学者（不管他是否承认自己是比较文学家）无不知识广博，学贯中西，他们不仅对西学深有研究，而且是名符其实的国学大师。正因为如此，他们才能在比较文学研究的领域里自由驰骋，取得丰硕的成果。

三是丰富的学科知识。所谓学科知识，是指对比较文学学科本身的了解。这是对每个比较文学工作者的最基本的要求。

作为一门学科，比较文学诞生的时间不算很长，但它的渊源却可以追溯到两三千年之前。为了全面地、系统地掌握这门学科，我们必须了解中外古籍中有关比较文学的思想和因素。当然最主要的还是了解比较文学学科诞生后一百余年来的历史、现状和前景，以及它的基本理论、基本方法和主要学派。

比较文学是一门交叉学科，或者说是一门跨学科的学科，它既涉及社会科学，也涉及自然科学。在社会科学方面，它涉及文学、历史、哲学、语言学、心理学、文化人类学等众多学科。此外，它还涉及艺术的所有门类，如绘画、雕刻、音乐、影视等。要想全面掌握这些学科，成为每门学科的专家，那是很困难的，但作为一个比较文学工作者，至少应具备有关这些学科的基本知识。

四十多年前，法国学者艾金伯勒说："在不久的将来，处于最理想状态的比较学者是这种人：具有极为广泛的爱好，通晓几种将在二〇〇〇年前后用来写作的最重要的语言，并且具有对文学的美的深切体会。"① 他所说的"处于最理想状态的比较学者"有点类似恩格斯所说的文艺复兴时代那种曾经作过长途旅行、会说四五种语言和在几个专业上放射出光芒的"著名人物"。恩格斯所说的"著名人物"也好，艾金伯勒所说的"处于最理想状态的比较学者"也好，都是一种"巨人"式的人物。这样的人不是每个比较文学工作者都能达到的，但却应该成为每个比较文学工作者的奋斗目标。

乐黛云先生说："面对全球化语境，中国学者提出了以跨越东西方异质文化为基础理论的跨文化比较文学研究理论，提出了全世界比较文学观念发展的三个阶段，即：（1）以影响研究为基础理论特征的欧洲阶段；（2）以平行研究和跨学科研究为基本理论特征的北美阶段；（3）以跨越东西方异质文化或文明为基本理论特征的新阶段。"② 在这个新阶段里，中国的比较文学工作者肩负着比以往任何时候都要艰巨的任务。我们必须树立更加自觉的学科意识，提出更加严格的学科要求，为世界比较文学的发展作出自己应有的贡献。

［原载《新编比较文学教程》（第 3 版），2009 年］

---

① ［法］艾金伯勒：《比较文学的目的，方法，规划》，戴耘译，见干永昌、廖鸿钧、倪蕊琴编选：《比较文学研究译文集》，上海译文出版社 1985 年版，第 108 页。

② 乐黛云：《全球化时代的比较文学——中国视野——在 17 届国际比较文学年会上的发言》，《中国比较文学》2005 年第 1 期。

翻译文学是民族文学的组成部分

翻译通常被认为是一种媒介活动，对译者的评价，莫过于“个人媒介者之最”。人们也谈论翻译的“创造性”，但真正把翻译看成创造者却寥寥无几，且和者甚寡。至于鄙薄翻译的现象，更是屡见不鲜。说远一点，林纾便是一例。尽管他本人曾翻译过包括许多世界名著在内的一百七十余种外国文学作品，但却只把他的创作（古文）看成“自家物事”，而对康有为恭维他的翻译的诗句“译才并世数严、林”极为反感。就连曾经提出过“世界文学”这一著名命题的歌德，也一度把译者斥为“下流的职业媒人”。

台湾诗人余光中先生在一篇文章中曾对“希腊神话的九缪思之中，竟无一位专司翻译”感叹唏嘘，愤愤不平。他接着说：“对于翻译的低估，不独古希腊人为然，今人亦复如此。一般刊物给译文的稿酬，往往低于创作；教育部审查大学教师的学力，只接受论著，不承认翻译；一般文艺性质的奖金和荣誉，也很少为翻译家而设。”① 海峡彼岸的这种情况，我们这里也同样存在。轻视翻译是一种跨国界、跨族界、跨学科的现象，林纾的幽灵在世界各地游荡。

由于翻译受到轻视，作为翻译的一个类型的翻译文学自难幸免。人们

① 余光中：《翻译和创作》，见中国翻译工作者协会《翻译通讯》编辑部编：《翻译研究论文集（1949—1983）》，外语教学与研究出版社 1984 年版，第 392 页。

普遍承认，翻译文学是民族之间进行文化交流的重要环节，它具有认识价值、教育意义和借鉴作用。然而，它的价值和作用似乎仅止于此，学术界乃至翻译界本身，几乎一直停留在这些结论上。国内外的翻译研究著述可谓汗牛充栋，大多是讨论翻译的标准，原则和方法。从英国人泰特勒的“移注”论和马休·阿诺德的“语言自然性原则”到苏联人费道罗夫的“等值翻译”和美国人奈达的“等效原则”，从严复的“信、达、雅”和鲁迅的“兼顾”论到傅雷的“神似”论和钱锺书的“化境”论，莫不如此。毋庸置疑，国内外学者们对翻译理论的建设作出了不可磨灭的贡献，但是迄今为止的翻译研究著述大多把翻译文学当作一个翻译问题而不是一个文学理论问题来进行探讨；在民族文学史著作中，翻译文学也往往被打入另册，而不能登大雅之堂。

总之，翻译文学仍被锁链束缚着。因此，对翻译文学的本质有进一步探讨的必要。

一、翻译文学的创造性

要弄清楚翻译文学的本质，把它从锁链中解放出来，首先必须进一步讨论翻译文学的创造性。近年来，不少人谈到翻译中的“创造性背叛”，这的确是一个十分有趣的问题。“创造性背叛”这个概念是法国人罗贝尔·埃斯卡皮首次提出的。他在 1958 年撰写和出版的《文学社会学》一书第四部分（《消费》）第七章（《作品与读者》）第二节（《成功》）中说：

> 不能把作品最初成功的可变幅度，跟使它能超越社会、空间与时间障碍，在不同于作家原有读者的其他集团里取得替换性成功反馈回来的影响混淆在一起。我们看到，国外读者不是直接理解作品的；他们要求从作品中得到的并非是作者原本想表现的东西。在作者的意图跟读者的意图之间，谈不上什么相互吻合或一致性，可能只有并存性；就是说，读者在作品中能够找到想找的东西，但这种东西并非作者原本急切想写进去的，或者也许他根本就没有想到过。

这里，的确有一种背叛的情况，但这是一种创造性的背叛。如果大家愿意接受翻译总是一种创造性的背叛这一说法的话，那么，翻译这个带刺激性的问题也许能获得解决。说翻译是背叛，那是因为它把作品置于一个完全没有预料到的参照体来里（指语言）；说翻译是创造性的，那是因为它赋予作品一个崭新的面貌，使之能与更广泛的读者进行一次崭新的文学交流；还因为它不仅延长了作品的生命，而且又赋予它第二次生命。可以说，全部古代及中世纪的文学在今天还有生命力，实际上都经过一种创造性的背叛；这种背叛的渊源可追溯到16世纪，此后又经过多次变动。[①]

罗贝尔·埃斯卡皮所谓的“创造性背叛”是从文学社会学角度提出来的。他在自己的书中考察了文学行为的社会机制，论述了作品与读者的关系，认为作为一种文学现象的“成功”，不仅有赖于同一时代、同一国家各读者群的理解和阐释，而且有赖于不同时代、不同国家各读者群的理解和阐释，作者真正面目被不断发掘、改造和曲解。翻译中的“创造性背叛”就是从这个意义上说的。它既包括译者在忠于原作基础上的再创造，也包括译者对原作、读者对译作的种种曲解。

在世界翻译史上，改造和曲解的“背叛”之作可说比比皆是。如日本明治初年，一些译者以改造原作为己任，常常任意变更原作的主题、结构和人物，使之日本化。这就是所谓“豪杰译”。我国晚清一些由日文转译的作品又来一次中国化，于是出现了“二次豪杰译”；又如美国诗人庞德在“翻译”中国古典诗歌时，为了追求意象脱节效果，创造了所谓“脱节”翻译法，因而被艾略特认为“发明了中国诗”。上述这类译作对原作或大砍大伐，或无中生有，或偷天换日，或指鹿为马，“发明”有余，译味不足，与原作大相径庭，甚至失之千里。当然，它们也不失为“创造性背叛”，但却不是严格意义上的翻译。据说我国海南省有一种“神秘果”，吃过之后，再吃酸甜苦辣之物，嘴里留下的都是甜味。上述译作颇像这种

---

① ［法］罗贝尔·埃斯卡皮：《文学社会学》，王美华、于沛译，安徽文艺出版社1987年版，第137—138页。

能使一切失去原味的“神秘果”。罗贝尔·埃斯卡皮所讲的“创造性背叛”是自古就有的，今后也还会出现，它的确是不可避免的。但这并不是说，它就是人们必须遵循的翻译标准和翻译原则。翻译中的创造性必须以忠实性为基础。上文提到的“信”和“等”，强调译作忠于原作，而“似”和“化”也是以译作忠于原作为前提的。在这方面，翻译界不乏精辟见解，本文不再赘述。

同文学创作一样，文学翻译也是一种社会的精神生产活动，它的创造性不仅表现于翻译过程，而且表现于生产—传播—消费的全过程。翻译与创作其创造性既有类似之处，又有所不同。下面，我们不妨对二者作一比较。

先看生产过程。

物质生产活动应该包括准备和生产这两个阶段，在精神生产活动中，创作主体也必须具备一些必要的条件，才能进入实际创作阶段。这些必备的条件：一是深厚的生活基础。它包括直接经验（亲身经历）和间接经验（知识储备）。对于创作家来说，前者是主要依据，后者也不可或缺。翻译家同样必须具有深厚的生活基础，不同的是，翻译家更多地依靠间接经验，但直接经验也不是不需要的。当然，这里所说的直接经验不是原作者那种彼时彼地的阅历，而主要是指翻译家本人的见识。茅盾先生说得好："译者自己的生活经历与生活体验愈丰富，对于不同国家和不同时代的生活也愈容易体会和了解。更多地体验各色各样的生活，对于一个文学翻译者是非常重要的。特别是根据原作所表现的生活，在译者自己可以接触到的类似的生活中去找求体验，好像演员要表现剧本中的生活，到同样的生活中去找求体验一样，是很必要而且应该尽可能去做的。"①

二是先进的世界观。对于创作家来说，先进的世界观在为谁写作，如何理解和表现社会生活等方面具有指导作用，而且在作品中必然有所反映，对于翻译家来说，先进的世界观在为谁翻译，如何理解和表达原作等

① 茅盾：《为发展文学翻译事业和提高翻译质量而奋斗——1954年8月19日在全国文学翻译工作会议上的报告》，见中国翻译工作者协会《翻译通讯》编辑室编：《翻译研究论文集（1949—1983）》，外语教学与研究出版社1984年版，第11页。

方面同样具有指导作用，而且在译作中也会有所反映。

三是一定的艺术技巧。创作家必须掌握和善于运用各种创作手段和表现手法，这是任何人也不会否认的，翻译家也最好具有这种艺术技巧，这样译作才会更鲜明、更生动。至于在作为艺术技巧之一的语言运用能力方面，对翻译家的要求比创作家的要求似乎更高。翻译家不仅要精通原语，而且要精通译语。在这方面，他要付出双倍的劳动。

日本作家森鸥外曾把精通外文、谙熟本国语、知识丰富、应有诗人气质、应是专业作者这样五条并列为“翻译者的资格”。他认为，译者如不具备弥尔顿的思想，没有诗人气质，没有弥尔顿的技艺，对语法无论多么通晓，成功的希望是十分渺茫的。前面三条，我想谁也不会有异议；至于后面两条，作为一种希望，当然是无可厚非的，但作为一种普遍的要求，恐难以实现。大冢幸男把“应是专业作者”解释为“翻译者应该具备自己的文风”，这是可以普遍接受的。

在生产（创作）阶段，创作家由于人物、事件或环境的触发，引起创作冲动，出现创作激情，一般先是在脑中对素材做一番去粗取精、去伪存真的提炼，继而对情节的安排、形象的塑造进行一番艺术构思，最后通过语言传达而形成文学文本。翻译家同样有创作冲动和创作激情。当然，他在翻译时有一个母本，不必为素材的提炼、情节的安排、形象的塑造花费力气，但他却必须深刻理解原作的内容，把握原作的艺术意境，扫除一道道语言障碍，最后用译语凝定成篇，形成翻译文学文本。这样，原作所构筑的形象体系便得以重新显现，原作所传达的审美信息便得以再度传递，原作便被赋予了“第二次生命”。这是一段十分艰辛的路程，翻译家也是呕心沥血的。他同样必须进入“为伊消得人憔悴”的境界，同样必须具有“语不惊人死不休”的精神。严复所谓“一名之立，旬月踟蹰”讲的虽是术语的翻译，但推而广之，不也道出了整个翻译过程的艰苦和创造性么？

再看传播过程。

传播也是一种创造性活动。在生产阶段，作品处于秘密状态，一般不为世人所知，因此它还不能算一件完全的创造物，只有在发表之后，它才能获得独立价值。罗贝尔·埃斯卡皮说：“发表作品，也就是通过将作品交给他人以达到完善作品的目的。为了使一部作品真正成为独立自主的现象，成为创造物，就必须使它同自己的创造者脱离，在众人中独自去走自己的路……”① 传播手段有印刷传播和视听传播，在这方面，翻译文学与文学创作有着相同的特点。

最后看消费过程。

消费过程同样具有创造性。我们知道，生产的目的是消费，因此消费对生产具有反作用，在一定程度上制约着生产，决定着产品的价值。作为一种精神生产活动，文学创作首先在为谁和对谁等方面受到消费者和阅读者的制约，这就是说，消费者和阅读者在创作过程中便参与了创作活动。其次，作为审美客体的文学作品在形象、语言等方面给读者留有许多艺术空间，使作为审美主体的读者能够充分发挥自己的理解力和想象力，这就是说，读者在作品出版后也参与了创作活动，这样，文学作品的价值不仅由作品本身来决定，而且在一定程度上由读者来决定。接受过程是创作过程的延续。在这方面，翻译文学与文学创作也有着相同的特点。

从以上粗略的对比可以看出，翻译文学与文学创作在很多方面具有一致性，这种一致性就是创造性。因此，我们没有理由把翻译文学排除在文学创作之外。正是在这个意义上，我们可以说，翻译文学是民族文学的组成部分。

二、翻译文学的民族性

文学作品的民族性是文学理论的一个重要内容。

在文学创作中，民族性表现为民族环境、民族精神、民族性格和民族语言。当然，我们并不能要求每部作品四者具备，因为四者中最重要的是民族精神和民族语言。用民族精神和民族语言描写本民族生活的作品固然具有民族性，而用民族精神和民族语言描写外国生活的作品也同样具有民族性。在世界文学史上，这种例子不胜枚举：莎士比亚、卡尔德隆、阿利

① ［法］罗贝尔·埃斯卡皮：《文学社会学》，王美华、于沛译，安徽文艺出版社 1987 年版，第 82 页。

奥斯托、拉辛……正如别林斯基所说："无论诗人从哪一个世界提取他的创作内容，无论他的主人公们属于哪一个国家，诗人永远是自己民族精神的代表，以自己民族的眼睛观察事物并按下她的印记的。"①

翻译文学的民族性，一般是指保持原作的民族特点，如文化心理、生活画面、创作手法，以及某些语言色彩，这当然是正确的。不过，这只是问题的一面，我们还应该看到问题的另一面，即译作的本民族性。翻译家在翻译外国作品时，也是自己民族精神的代表，也是以自己民族的眼睛观察原作，并按下他的印记的。

翻译文学的本民族性首先表现在题材的选择上，即着眼于本民族的需要，如鲁迅介绍俄国文学和被压迫民族文学，是因为他们的境遇"和我们的世界更接近"，可以起到唤醒中华民族的作用；而翻译苏维埃文学"战斗的作品"，则是为中华民族"偷运军火"。

其次，翻译文学的本民族性表现为接受者的改变。以色彩、线条与形体为载体的造型艺术和以声音为载体的音乐艺术，乃至某些戏剧和电影、可以为任何民族的观众或听众直接欣赏。对于他们来说，上述艺术形式的作品总是以原作的面貌出现的。然而，以语言文字为载体的文学就不同了。原作的接受者主要是作者自己的民族，而译作的接受者却主要是译者自己的民族。对于前者，原作就是原作；而对于后者，原作却以译作的形式出现。这部译作既属于作者的民族，也属于译者的民族。

最后，翻译文学的本民族性表现在译语上，这是最主要的。语言是文学民族性的第一标志。对文学创作是如此，对翻译文学也是如此。无论不同语系还是同一语系，译语与原语在语音、词汇、句子结构、修辞手段等方面都是有差异的。译语必须是纯正、自然的民族语言，而且往往打上译者个人风格的烙印。译者应竭力寻求与原作相应的表达手段，但却无法做到完全对等。要求译者用对等语再现原作的语义信息和文体信息是不现实的，也是对译语与原作原语的差异的漠视，其结果必将导致原作和译作双双受到损害。译者是抹不去的，他无处不在。当然，我们并不赞成鲁迅批

① ［俄］别林斯基：《别林斯基论文学》，梁真译，新文艺出版社 1958 年版，第 77 页。

评过的“归化翻译”。那是一种“貌合神离”的东西，“算不得翻译”。

茅盾先生曾经不无惋惜地说：“正因为文学作品的民族形式的主要因素是民族语言基础上加工的文学语言，所以任何民族的文学作品翻译为其他语文的时候，或多或少总不免要丧失它的民族风格。”[①] 可不可以说，这种丧失的民族风格在译作语言的本民族性中或多或少得到了补偿呢？

译语与原语是两种不同的语言，它们的差异性就是译语的本民族性。因此，我们没有理由把翻译文学排除在民族文学之外。正是在这个意义上，我们又可以说，翻译文学是民族文学的组成部分。

（原载《理论与创作》1990 年第 5 期）

① 茅盾：《漫谈文学的民族形式》，见《茅盾评论文集》（上），人民文学出版社 1978 年版，第 287 页。

作为比较文学学者的戈宝权

戈宝权（1913—2000）是我国著名的外国文学翻译家。在长达六十多年的翻译生涯中，他翻译了《普希金诗集》《高尔基论文学》等五十余种外国文学作品，在海内外赢得了广泛的赞誉，曾荣获苏联作家协会授予的“为了多年来从事苏联文学翻译工作取得丰富成果”的荣誉奖状（1983）、苏联文学基金会授予的“普希金文学奖”（1987）、白俄罗斯加盟共和国作家协会授予的“文学翻译奖”（1987）、苏联最高苏维埃主席团授予的“各国人民友谊”勋章（1988）、乌克兰作家协会授予的“伊万·弗兰科文学奖”（1988）、罗马尼亚授予的“荣誉奖”（2000），以及中国作家协会授予的“彩虹翻译奖”（1994）。在从事翻译工作的同时，戈宝权还对中外文学关系进行了长期的、卓有成效的研究，撰有《鲁迅在世界文学上的地位》（1981）、《〈阿Q正传〉在国外》（1981）、《中外文学因缘——戈宝权比较文学论文集》（1992）等专著，永远载入了我国的比较文学史册。

一、中外文学关系研究的先驱

钱锺书先生说：“从历史上看来，各国发展比较文学最先完成的工作之一，都是清理本国文学与外国文学的相互关系，研究本国作家与外国作家的相互影响。”他还说：“要发展我们自己的比较文学研究，重要任务之一就是清理一下中国文学与外国文学的相互关系。”①

① 张隆溪：《钱锺书谈比较文学与“文学比较”》，《读书》1981年第10期。

中国的比较文学兴起于20世纪初期，20—40年代，陈寅恪、陈铨、季羡林、方重、范存忠、张沅长、钱锺书、陈受颐、杨宪益等在中外文学关系研究方面取得了一批重要的成果。从20世纪70代末以来，随着我国比较文学的复兴，我国的比较文学工作者在各个研究领域都取得了世人瞩目的成绩，在清理中外文学关系方面也出现了许多可喜的成果，如曾小逸主编《走向世界文学——中国现代作家与外国文学》，陈元恺著《二十世纪中国文学与世界》，张荣翼、杨从荣主编《中国文学对外国文化的选择》，周发祥、李岫主编《中外文学交流史》，郭延礼著《中西文化碰撞与近代文学》，于语和、庾良辰主编《近代中西文化交流史论》，王锦厚著《五四新文学与外国文学》，黄俊英著《二次大战的中外文化交流史》，王宁、钱林森、马树德著《中国文化对欧洲的影响》，卫茂平著《中国对德国文学影响史述》，张国刚著《德国的汉学研究》，范存忠著《中国文化在启蒙时期的英国》，钱林森著《法国作家与中国》，孟华著《伏尔泰与孔子》，智量等著《俄国文学与中国》，陈建华著《20世纪中俄文学关系》，李明滨著《中国文学在俄苏》，孙乃修著《屠格涅夫与中国——二十世纪中外文学关系研究》，张铁夫主编《普希金与中国》，吴泽霖著《托尔斯泰和中国古典文化思想》，饶芃子主编《中国文学在东南亚》，季羡林著《中印文化关系史论文集》，郁龙余编《中印文学关系源流》，严绍璗著《中日古代文学关系史稿》，王晓平著《近代中日文学交流史稿》，刘立善著《日本白桦派与中国作家》，陈蒲清著《古代中朝文学关系史略》等。近年来，宁夏人民出版社和文津出版社又分别隆重推出了钱林森主编“跨文化丛书”和乐黛云主编“跨文化沟通个案研究丛书”。前者共10种，分别探讨了法国、日本、德国、印度、俄罗斯、美国、阿拉伯半岛、英国、朝韩半岛、南北欧等国或地区作家与中国文化的关系；后者共15种，它们从学术史的角度出发，对沟通中西文化、于中国文化发展卓有贡献的学术名家宗白华、钱锺书、朱光潜、傅雷、林语堂、冯至、梁实秋、梁宗岱、王国维、闻一多、陈铨、吴宓、刘若愚、卞之琳、穆旦等人进行深入的个案研究，目的在于阐明新文化在中国生成的独特路径，对延续百年的中西、古今之争作出正确结论并预示今后的发展方向。

戈宝权是我国最早研究中外文学关系的学者之一。从 20 世纪 30 年代起，他就开始研究中俄文学关系，50 年代开始系统地撰写和发表文章，介绍俄国作家的作品在我国翻译和传播的情况，同时也重点介绍了我国一些俄苏文学翻译家和研究家。70—80 年代，研究范围扩大到西欧、东南欧和东方国家的文学与中国的关系，以及我国一些著名作家与外国文学的关系。1992 年北京出版社选编戈宝权上述内容的论文四十三篇，以《中外文学因缘——戈宝权比较文学论文集》为名结集出版。书前刊有作者的《我怎样走上翻译和研究外国文学的道路》一文。该书分为两大部分。第一部分《中俄文字之交》收三组文章：第一组《俄国作家和中国》共十篇，其中第一篇为总论，其余各篇分别探讨了普希金、屠格涅夫、冈察洛夫、托尔斯泰、契诃夫、高尔基、马雅可夫斯基、绥拉菲摩维支和中国的关系；第二组《俄国文学作品在中国》共六篇，既有对俄苏文学在中国的总体介绍，也有对具体作品（如普希金的《俄国情史》《叶甫盖尼·奥涅金》和高尔基的作品）的中译的介绍；第三组《中国的俄国和苏联文学的翻译家及研究家》共六篇，分别介绍了李大钊、瞿秋白、鲁迅、耿济之的翻译或研究工作。第二部分《中外文学因缘》也收三组文章。第一组《翻译史话》共五篇。第一篇是关于中国翻译史的概述，第五篇对“五四”运动以后中国的外国文学译介情况做了综述，其余三篇分别介绍了明代、清代和辛亥革命以后我国翻译《伊索寓言》的情况；第二组《外国文学和中国》共十篇，分别介绍了法国、西班牙、葡萄牙和拉丁美洲文学，以及莎士比亚、罗曼·罗兰、泰戈尔、密茨凯维奇、裴多菲、伏契克、霍加·纳斯列丁、朱哈·纳斯尔丁等人的作品在中国的流播；第三组《中国作家和外国文学》共六篇，前四篇谈的是鲁迅，后两篇分别谈郭沫若和茅盾。书中的《高尔基和中国》发表于 1958 年，另有九篇发表于 20 世纪 50 年代末期和 60 年代初期。他的研究工作虽然稍晚于陈寅恪等人，但却起始于我国比较文学复兴之前。因此完全有理由说，戈宝权是我国中外文学关系研究的先驱。

二、原典性实证研究的范例

法国比较文学学者梵·第根在谈到比较文学的性质时曾说：“真正的

‘比较文学’的性质，正如一切历史学科的性质一样，是把尽可能的来源，不同的事实采纳在一起，以便充分地把每一个事实加以解释；是扩大认识的基础，以便找到尽可能多的种种结果的原因。总之，‘比较’这两个字应该摆脱了全部美学的涵义，而取得一个科学的涵义的。”① 法国学派的这种研究方法在20世纪50年代受到了美国学者的猛烈批评；前几年，我国有的学者也认为这种研究方法已经过时，要对它进行颠覆瓦解。应该说，这种不讲“美学”的研究方法受到批评是理所当然的，不过它对“科学”的强调却是可贵的，至今也没有过时。

有的论者在谈到戈宝权的《中外文学因缘——戈宝权比较文学论文集》一书时，将它比之于考据学，而认为它主要不是比较文学。其实二者并不矛盾。它本来就是一部注重考据的比较文学著作。严绍璗先生在《双边文化关系研究与“原典性的实证”的方法论问题》一文中提出了“原典性的实证研究”的方法。他认为：“它主要由下面四个层面组合成为一个完整的学术研究体系：第一，确证相互关系的材料的原典性；第二，原典材料的确实性；第三，实证的二重性；第四，双边（或多边）文化氛围的实证性。”② 戈宝权的《中外文学因缘——戈宝权比较文学论文集》就是原典性实证研究的范例。

首先，戈宝权通晓多种外语。青年时代他在上海大夏大学求学时，读的虽然是经济专业，但却学了英语、法语、日语和世界语，1932年又开始学习俄语。他曾长期在苏联工作，并访问过美、日、法、意、丹麦、奥地利、东欧等三十多个国家。原苏中友好协会主席齐赫文斯基说他的俄语“可得满分以上”。俄罗斯著名汉学家、俄罗斯科学院通讯院士费德林也说：“谈到俄罗斯文学语言，我想说，即使天生的俄罗斯人也极难掌握。戈宝权不仅掌握了俄罗斯文学语言，而且也掌握了创造俄罗斯经典诗歌的诗歌语言。我应当承认，当时我没有遇见过哪位外国人能像他那样掌握俄

① ［法］梵·第根：《比较文学论》，戴望舒译，商务印书馆1937年版，第17页。

② 严绍璗：《双边文化关系研究与“原典性的实证”的方法论问题》，《中国比较文学》1996年第1期。

罗斯文学语言。”[1] “他对俄语、对俄苏文学、对俄罗斯人民古代与现代文化的谙通，委实令人惊讶。”[2] 这就是说，他具有一种跨文化的视野，又具备双边甚至多边文化氛围的实际经验，为原典性实证研究创造了很好的条件。

其次，戈宝权非常重视材料的原典性。由于他通晓多种外语，他的研究无须借助于译文，而是直接运用原文，即我们通常所说的第一手资料。换句话说，就是让研究在两种（甚至两种以上）的文化语境中进行。例如，为了弄清普希金和中国的有关史料和线索，1956 年 5 月他在列宁格勒访问了苏联科学院俄罗斯文学研究所（“普希金之家”），会见了著名的普希金专家托马舍夫斯基和阿列克谢耶夫，参观了普希金的手稿和他的私人藏书。《叶甫盖尼·奥涅金》原稿第一章第六节谈到主人公对拉丁文懂得够多，还能把朱文纳尔谈上一谈，《伊尼德》也能背得几行，过去时代的奇闻趣事“说来如数家珍”。戈宝权在 2369 号手稿本第六面的左下角发现，在这一节诗后面还有几句有关孔子的诗：

孔夫子……中国的圣人，
教导我们要敬重青年人
并且
为了防止堕入迷误的企图
不要急于就加以指摘，
只有他们才能寄于希望，
希望……[3]

这几行诗虽然在出版时被删去了，但戈宝权的发现却是弥足珍贵的。

再次，戈宝权不仅重视文献材料，而且重视文物证据，即所谓“实证

① ［苏］费德林：《戈宝权——不同凡响的人物》，见《戈宝权纪念文集》编委会编：《戈宝权纪念文集》，江苏教育出版社 2001 年版，第 393 页。

② ［苏］费德林：《戈宝权——不同凡响的人物》，见《戈宝权纪念文集》编委会编：《戈宝权纪念文集》，江苏教育出版社 2001 年版，第 392 页。

③ 戈宝权：《普希金和中国》，见《中外文学因缘——戈宝权比较文学论文集》，北京出版社 1992 年版，第 46 页。

的二重性”。如列夫·托尔斯泰曾与两个中国人通过信，一个是辜鸿铭，另一个是谁则长期争论不休。由于人们最初是从罗曼·罗兰的《托尔斯泰传》得知此人，其名字写作“Tsien Huang-tung”。有人认为是钱玄同，有人认为是洪钧（文卿），郭沫若猜测是张之洞，一些外国研究者则认为可能是当时清政府驻彼得堡公使馆的工作人员或住在彼得堡的中国人。为了弄清这个问题，20世纪50年代初戈宝权从莫斯科的托尔斯泰博物馆得到1905年12月4日原信的影印件，对它进行了研究，再查阅有关档案，得知收信人是在彼得堡法政大学学习的留学生张庆桐。当他把这个情况和有关张庆桐的材料告诉郭沫若时，后者在1959年出版的《沫若文集》第九卷中对自己原来的猜测作了更正，并在注释中说明：“此人经戈宝权同志查明，系张庆桐，乃1905年由同文馆派往彼得堡的留学生。”[①] 又如罗曼·罗兰是否给鲁迅写过信，也是一个争论多年的问题。20世纪70年代末，戈宝权在北京鲁迅博物馆发现了《约翰·克利斯朵夫》的第一个译者敬隐渔于1926年1月24日写给鲁迅的信，间接地证明了罗曼·罗兰没有直接给鲁迅写信。这一发现后来又从1926年6月11日敬隐渔写给罗曼·罗兰的信和1926年1月12日罗曼·罗兰写给《欧罗巴》杂志编辑巴扎尔热特的信[②]得到印证。至此，这个问题已经是铁案如山。然而，戈宝权还是不放心。1984年他访法时又去拜会了罗曼·罗兰夫人，并到巴黎图书馆进行核实，最后才作出结论。

三、严谨科学的求实精神

中外文学关系研究涉及渊源、流播、影响、接受、变形、误读等多种文化现象，不仅要求研究者具有渊博的知识和广泛的见闻，而且要求研究者具有严谨科学的求实精神。在这里，史实是第一位的，空谈是毫无价值的。戈宝权本人在谈到这个问题时曾说：“我写的《读〈阿Q正传〉法文译本》被日本大阪外国语学院相浦教授译成日文在日本罗曼·罗兰研究会

---

① 戈宝权：《托尔斯泰和中国》，见《中外文学因缘——戈宝权比较文学论文集》，北京出版社1992年版，第111页。

② 此信乃罗曼·罗兰夫人于1981年12月17日寄给戈宝权。

的刊物《团结》上发表时，他认为中国写的文章，多偏重于空论，而我的论文则以丰富的史实来说明问题，今年7月我们在京都相见时，他还谈起这篇译文，并认为这次相见是一件幸事！”① 《中外文学因缘——戈宝权比较文学论文集》中的文章，可说篇篇都是用这种重史实、忌空谈的严谨科学的精神写成的。《谈普希金的〈俄国情史〉》就是一个突出的例子。

戈宝权对《俄国情史》中译本的研究可分为四个阶段。第一个阶段是1947年以前，他从阿英的《中译高尔基作品编目》前言、《晚清小说史》《晚清戏曲小说目》中得知这本书。由于阿英只提到书的全名《俄国情史斯密士玛利传》，又名《花心蝶梦录》，并未涉及该书的原名或情节，而戈宝权本人又未见过这个译本，因此一时无法断定它是普希金哪部作品的中译。1947年，他在编辑《普希金文集》时写了《普希金在中国》一文，推测原作为《暴风雨》或《杜勃罗夫斯基》或《甲必丹之女》。第二个阶段是1948年8月至1957年夏天。1948年8月，戈宝权读到苏农在《正言报》上发表的一篇短文（《翻书杂记之一》），该文引述了顾燮光《译书经眼录》关于《俄国情史》的提要，并确认《俄国情史》即《甲必丹之女》。1949年7月，戈宝权又从苏联的《新世界》杂志上读到苏联汉学家弗拉基米尔·鲁德曼的《普希金在中国》一文，其中提到苏联汉学家和日本学家尼古拉·康拉德关于日本翻译的第一部俄国作家的作品即《上尉的女儿》的考证；康拉德还谈到1883年的日译本系从英文转译，而且取了一个华丽而荒诞的书名《花心蝶梦录·俄国情史》，而1886年的第二个版本依据英译把女主人公玛莎的名字改成了玛丽，把男主人公格利乌夫的名字改成了斯密士了。通过这两篇文章所谈到的书名、人名的变化及其所作的结论，这个问题应该说是解决了。但是戈宝权并未到此为止，而是要继续追寻。第三个阶段是1957年至1962年。1957年一个夏夜，他在阿英家的旧书堆中发现了一部残缺的译本，如获至宝，后来又从管珑关于发现完整的《俄国情史》的文章，以及阿英赠送的完整的译本中，对《俄国情

① 戈宝权：《我怎样走上翻译和研究外国文学的道路》，见《中外文学因缘——戈宝权比较文学论文集》，北京出版社1992年版，第11—12页。

史》的庐山真面目有了全面的认识。这种认识主要表现在以下几方面：弄清了中译本的装帧、封面、版权页的情况；弄清了中译本结构、体裁、人称和人名与原作的差异；根据黄和南为中译本所写的绪言，断定黄“当时是代表进步思想的人物”，指出他的绪言与梁启超的小说观是“先后相呼应的”；弄清了中译者戢翼翚的生平和身份。第四个阶段是1962年至1987年。《谈普希金的〈俄国情史〉》在《世界文学》1962年1—2期合刊发表后，作者又读到日本学者柳田泉的《明治文学丛刊第一卷：明治初期之翻译文学》，得知日译者高须治助通晓俄文，日译本是根据俄文原著翻译的；至于人名的美国化，那是校阅者服部务松干预所致。苏联的汉学家施奈德和中国学者林德海也分别在文章中谈到了类似的情况，故作者又于1987年9月18日写了一个“补记”。总之，戈宝权对《俄国情史》中译本追踪了四十多年。每个阶段他都有所发现，但并不感到满足，而是继续追踪，直到完全弄清为止。四个阶段是一个从猜测到确认到证实到修正的过程。如果说他做学问有什么秘诀的话，那就是这种严谨科学的求实精神。

（原载《湘潭大学学报（哲学社会科学版）》2007年第3期）

普希金与莎士比亚

鲁迅先生曾经说过："旧文学衰颓时，因为摄取民间文学或外国文学而起一个新的转变，这例子是常见于文学史上的。"[①] 19 世纪初期的俄国文学就是如此。"俄罗斯文学之父"普希金在把文学从古典主义转变到现实主义的轨道上来时，就对民间文学和外国文学多所借鉴，从中摄取了丰富的养料。而在外国作家中，对他影响最大、使他得益最多的，除了拜伦，当推莎士比亚。

然而，某些苏联学者对这个问题却有些躲躲闪闪，不敢正视。阿尼克斯特在他的莎学专著《莎士比亚的创作》前言中说："把普希金对待莎士比亚的态度当作两位艺术天才的创作交流才是正确的理解，而不能按比较文学'影响'论的精神来看待。"[②] 说两位诗人之间存在着"创作交流"，这已经是很勉强的了；至于否认莎士比亚对普希金的影响，这就更不是一种科学态度。在这里，我们试图通过对一些具体材料和具体问题的分析，来探讨普希金与莎士比亚的真实关系。

一、普希金——卓越的莎评家

早在童年时代，普希金就开始接触莎士比亚的作品。当时的贵族教育

---

① 鲁迅：《门外文谈》，见《鲁迅全集》第 6 卷，人民文学出版社 2005 年版，第 97 页。

② ［苏］阿尼克斯特：《莎士比亚的创作》，徐克勤译，山东教育出版社 1985 年版，前言第 2 页。

原则把掌握欧洲各种语言（特别是法语）作为基础教育，教科书一般都采用经典名著，如高乃依的《熙德》、拉辛的《安德罗玛克》、莫里哀的《伪君子》、伏尔泰的《亨利亚德》和莎士比亚的《麦克白》等。普希金所受的正是这种教育。尽管它后来被诗人称为“该死的教育”[①]，但它却使诗人从小阅读了许多世界名著。在皇村学校求学阶段，他研究了外国和俄国、当代和过去所有优秀作家的作品。在外交部供职期间，他经常出入彼得堡的剧场。在舞台上演出的不仅有奥泽罗夫和冯维辛的作品，而且也有埃斯库罗斯和莎士比亚的作品，《奥赛罗》和《哈姆莱特》就是经常上演的剧目。在这个绚丽多彩的艺术世界里，他受到了戏剧的启蒙教育。在南方流放期间，他在沃隆佐夫总督的藏书室里系统地阅读了莎士比亚的作品，他特别喜欢那些描写僭王篡权题材的悲剧，如《哈姆莱特》《理查三世》《麦克白》等。这些作品给他留下了深刻的印象。他对史学家兼文学家波果津说：“读了莎士比亚的作品之后，我感到头昏目眩，我似乎看到了一个深渊。”[②] 他对莎士比亚十分推崇，十分景仰，称他为“天才人物”，把他和卡尔德隆、拉辛等人誉为“不可企及的高峰”，说他们的作品是“研究和欣赏的永恒对象”。[③] 总之，正如车尔尼雪夫斯基所说，普希金对莎士比亚充满着“特殊的爱”[④]。

普希金是俄国最早的莎评家之一。在他之前，莎士比亚的名字已经传入俄国。1748 年，苏马罗科夫在自己的诗歌中第一次提到莎士比亚，并在注释中说：“莎士比亚是英国的悲剧作家和喜剧作家，此人既有不少蹩脚的地方，又有许多极为出色之处。他死于 1616 年 4 月 23 日，终年五十三岁。”[⑤] 同年，他还写了一部题为《哈姆莱特》的悲剧。在剧本的结尾，

① ［俄］普希金：《普希金论文学》，张铁夫、黄弗同译，漓江出版社 1983 年版，第 51 页。

② ［俄］普希金：《普希金论文学》，张铁夫、黄弗同译，漓江出版社 1983 年版，第 223 页。

③ ［俄］普希金：《论民众戏剧和波果津的〈玛尔法女市长〉》，张铁夫译，卢永选编：《普希金文集》第 7 卷，人民文学出版社 1995 年版，第 236 页。

④ ［俄］车尔尼雪夫斯基：《亚历山大·谢尔盖耶维奇·普希金，生平与作品》，见《车尔尼雪夫斯基论文学》下卷（一），辛未艾译，上海译文出版社 1982 年版，第 199 页。

⑤ ［苏］M. 莫洛佐夫：《莎士比亚传》，许海燕、吴俊忠译，湖南人民出版社 1984 年版，第 206 页。

作者让哈姆莱特和奥菲利娅喜结良缘。除了名字相同以外，它与莎士比亚的那部悲剧几乎没有什么共同之处。后来，著名文学家兼史学家卡拉姆津翻译了《裘力斯·凯撒》，他在译本序言中说："不错，莎士比亚是没有遵循戏剧规范。我认为，他之所以如此的真正原因是他具有充满热情的、不屈从于任何清规戒律的想象力。他的思想像雄鹰一样在天空翱翔，决不能用衡量燕雀的标准去衡量……他是个天才，他仿佛是大自然的化身，他用自己的目光拥抱了太阳和世间万物，无论描绘英雄和小丑、智者和愚人、勃鲁托斯和鞋匠，他的技巧同样高明。他的戏剧就像是一座无比壮观的大自然的剧坛，虽然形式多样，千差万别，但仍然是一个完全统一的整体，无需现在的剧作家们去修改。"[①] 应该承认，卡拉姆津的这篇序言是很有见地的，它比苏马罗科夫在注释中所作的介绍出色得多。然而，苏马罗科夫也好，卡拉姆津也好，他们对莎士比亚的认识和介绍都是初步的、一般性的。俄国真正的莎评是从普希金开始的。普希金虽然没有关于莎士比亚的专论，但却在短评、书信和谈话中经常涉及莎士比亚。莎评是他的现实主义文艺思想的重要组成部分。阿尼克斯特说得好："莎士比亚的名字在普希金的书信文论中多次出现。把这些议论汇集在一起，不仅可以组成一个完整的戏剧诗学体系，而且可以构成一整套一般现实主义艺术的诗学体系。"[②]

普希金的莎评的一个重要内容是肯定了莎士比亚戏剧的人民性。他在文章中多次提出"莎士比亚式的人民悲剧"和"莎士比亚戏剧的人民原则"的概念。他认为，莎士比亚戏剧之所以伟大，正是在于它的人民性，而这种人民性首先表现为对人民和人民的命运的描写。他在《论民众戏剧和波果津的〈玛尔法女市长〉》一文中说："在悲剧中展开的是什么呢？它的目的是什么呢？人和民众——人的命运和民众的命运……唯其如此，莎士比亚是伟大的，尽管他的作品不平衡，粗枝大叶，润色不佳。"[③]

---

① ［苏］M. 莫洛佐夫：《莎士比亚传》，许海燕、吴俊忠译，湖南人民出版社 1984 年版，第 207 页。

② ［苏］阿尼克斯特：《莎士比亚的创作》，徐克勤译，山东教育出版社 1985 年版，前言第 2 页。

③ ［俄］普希金：《论民众戏剧和波果津的〈玛尔法女市长〉》，张铁夫译，见卢永选编：《普希金文集》第 7 卷，人民文学出版社 1995 年版，第 234—235 页。

当然，人民性并非仅仅在于“从祖国历史中选取题材”，也就是说，并非仅仅在于描写本国人民和本国人民的命运。恩格斯在谈到莎士比亚的题材时说：“不管他剧本中的情节发生在什么地方——在意大利、法兰西还是那伐尔，——其实展现在我们面前的永远是他所描写的怪僻的平民、自作聪明的教书先生、可爱然而古怪的妇女们的故乡，Merry England（快乐的英国）；总之，你会看到这些情节只有在英国的天空下才能发生，只有几部喜剧——例如《仲夏夜之梦》——的人物的性格，令人感到有南方和它的气候的影响，跟《罗密欧与朱丽叶》的人物的性格一样。”① 在这个问题上，恩格斯与普希金可说是所见略同。普希金认为，只要能够真实地再现一定的时代、一定的社会、一定的人民的生活，即使取材于异国，作品也是具有人民性的。正是在这个意义上，他说：“要想否认莎士比亚的《奥赛罗》《哈姆莱特》《量罪记》等作品中伟大的人民性的优点，那可不是轻而易举的事。”② 为了证明自己的论点，他还举出一些俄国作家的作品加以反衬，如赫拉斯科夫的《俄罗斯颂》、奥泽罗夫的《德米特里·顿斯科依》、克留科夫斯基的《波扎尔斯基》、霍米亚科夫的《叶尔玛克》等悲剧作品虽然取材于本国历史，但普希金认为，它们与俄国的风俗和精神却水火不相容，也就是没有任何民族的、俄国的东西，因而根本谈不上人民性。

在普希金看来，莎士比亚戏剧的人民性还表现为人民语言的运用。他说：“如果莎士比亚悲剧中的主人公像马夫一样粗言粗语，那我们对此并不会感到奇怪，因为我们觉得，即使达官贵人也应该像普通人一样表达一些普通的概念。”③ 这段话既是对莎士比亚的戏剧语言的称赞，也是对古典主义戏剧语言的批判。他认为，苏马罗科夫的悲剧不仅内容违情悖理，而且语言也晦涩难懂、矫揉造作，因此他的作品显得死气沉沉、平淡无奇，

① ［德］恩格斯：《风景》，见马克思、恩格斯：《马克思恩格斯论艺术》第4卷，人民文学出版社1966年版，第395—396页。

② ［俄］普希金：《论文学中的人民性》，张铁夫译，见卢永选编：《普希金文集》第7卷，人民文学出版社1995年版，第150页。

③ ［俄］普希金：《论民众戏剧和波果津的〈玛尔法女市长〉》，张铁夫译，见卢永选编：《普希金文集》第7卷，人民文学出版社1995年版，第238—239页。

不为人民所欢迎，而莎士比亚却“从不担心损害自己的主人公，他任凭主人公如同在生活中一样无拘无束地讲话，因为他确信，在适当的时刻和适当的场合，他能为他找到符合其性格的语言”[①]。因此，普希金要求抛弃拉辛式的悲剧的“贵族习气”，把“节奏鲜明、一本正经、彬彬有礼的对话，转变为民众激情的粗野流露和街谈巷议的自由抒发”[②]。

总之，普希金高度评价了莎士比亚戏剧的人民性原则，并且根据这个原则提出了建立俄国民众悲剧的历史任务。

普希金的莎评的另一个重要内容是肯定了莎士比亚的悲剧体系，即莎氏对“三一律”的破坏。他指出，古典主义的戏剧规则是建立在逼真上面的，古典主义者把逼真视为戏剧艺术的主要条件和基础，而所谓逼真就是严格遵守服装、色调、时间和地点。普希金认为，这是戏剧的陈腐形式，是几百年来形成的习俗、风尚和观念，必须加以改变和推翻。他在谈到所谓服装和色调时说：“最伟大的剧作家们并未遵守这条规则。莎士比亚笔下的罗马护从保留着伦敦市参议员的习气；卡尔德隆笔下的勇士科里奥兰要求与执政官决斗，向他掷出手套；拉辛笔下的半斯基福人希波吕托斯讲起话来俨然一位彬彬有礼的年轻侯爵；高乃依的罗马人要么是西班牙骑士，要么是加斯科涅的贵族，而高乃依的克里腾奈斯特则随身带着一支瑞士卫队。”[③] 在普希金看来，逼真并不一定要拘泥于服装和色调，唯有“情景的逼真和对白的真实”才是悲剧的“真正准则”。这不禁使人想起德国大诗人歌德和评论家威廉·席勒格的两段论述。歌德说：“没有人比他（莎士比亚）更轻视物质的衣服了：他对人们灵魂的衣服认识得很清楚，在这方面人们却没有什么差别。有人说，他的罗马人描写得好极了；我觉得不然；他描写的全是彻头彻尾的英国人，但当然他们是人，彻底的人，所以罗马人的长袍对他们也很配身。如果我们对这一点有了准备，那么就

① ［俄］普希金：《俄罗斯的夜莺——普希金书信选》，张铁夫译，经济日报出版社 2001 年版，第 112 页。

② ［俄］普希金：《俄罗斯的夜莺——普希金书信选》，张铁夫译，经济日报出版社 2001 年版，第 240 页。

③ ［俄］普希金：《俄罗斯的夜莺——普希金书信选》，张铁夫译，经济日报出版社 2001 年版，第 236 页。

会发现他的时代差错是非常值得称赞的，正是这些对外表服装的错误，使他的著作富有生命力。”① 威廉·席勒格说：“莎士比亚正确地掌握了实质性的服装，换言之，即时代的和民族的精神。”② 歌德所说的“灵魂的衣服”和威廉·席勒格所说的“实质性的服装”同普希金所说的“情景的逼真”都是一个意思，可以说，三位批评家真正掌握了莎士比亚戏剧的“灵魂”和“实质”。

在谈到时间、地点、情节的一律时，普希金说：“情节的一律是应当遵守的。然而，地点和时间却过分固定：因此诸多不便，情节发生的地点受到限制。阴谋诡计、爱情表白、国务会议、节日庆典——统统在一个房间里进行!”③ 他认为，像莎士比亚那样的真正的悲剧天才是不关心“三一律”的。他对高乃依的悲剧《熙德》十分赞赏。由于这部悲剧写的不是发生在一天内的一件事，而是发生在四个月之内的一大堆事，因而受到法兰西学士院的谴责，但普希金却称赞高乃依“多么灵活”“多么大胆”。

普希金的莎评的第三个重要内容是肯定了莎士比亚的人物具有丰富、生动的性格特征。他把莎士比亚同拜伦作了比较，指出莎士比亚所塑造的人物性格迥异，而拜伦却只塑造过一个性格——本人的性格。他认为，拜伦把本人的性格的某些特点在自己的主人公之间进行分配，有的赋予骄傲，有的赋予憎恨，有的赋予忧郁。扎着缠头巾的叛逆者也罢，披着斗篷的海盗也罢，死于苦行戒律的异教徒也罢，行踪不定的漂泊者也罢，都是拜伦的“自我的幽灵”，因此，在莎士比亚面前，拜伦显得十分渺小。④ 普希金还把莎士比亚同莫里哀作了比较，指出莎士比亚笔下的人物“是具有多种热情、多种恶行的活生生的人物”，“环境把他们形形色色的、多方面

① ［德］歌德：《说不尽的莎士比亚》，见杨周翰编选：《莎士比亚评论汇编》（上），中国社会科学出版社 1979 年版，第 300 页。

② ［德］威廉·席勒格：《莎士比亚研究》，见《莎士比亚研究》，张可译，上海译文出版社 1982 年版，第 44—45 页。

③ ［俄］普希金：《论古典主义悲剧》，张铁夫译，见卢永选编：《普希金文集》第 7 卷，人民文学出版社 1995 年版，第 149 页。

④ ［俄］普希金：《论拜伦的悲剧》，张铁夫译，见卢永选编：《普希金文集》第 7 卷，人民文学出版社 1995 年版，第 156 页。

的性格展现在观众面前”，而莫里哀笔下的人物性格是单一的，他们是“只有某种热情或恶行的典型”。对此他进行了详细的、具体的分析：“莫里哀笔下的悭吝人只是悭吝而已；莎士比亚笔下的夏洛克却悭吝、敏捷，怀复仇之念，抱舐犊之情，而又机智灵活。莫里哀笔下的伪君子追逐自己恩人的妻子，是假仁假义的；接受财产的继承权，是假仁假义的；要一杯水，是假仁假义的。莎士比亚笔下的伪君子以虚假的严厉态度宣读判决书，但他却是公正的；他处心积虑地借对一名绅士的判决来为自己的残忍作辩解；他用强有力的、引人入胜的诡辩，而不是用杂以虔诚和殷勤的可笑态度勾引童贞的少女。安哲鲁是一个伪君子——因为他的公开行动与他的秘密欲望是相矛盾的啊！这个性格是多么深刻啊！”①

至于福斯塔夫，普希金认为这一形象表现了莎士比亚的“多方面的天才”。他说：“福斯塔夫的恶行接二连三，构成一串类似古代酒神节的滑稽可笑的、不成体统的图画。只要对福斯塔夫的性格作一分析，就会发现，他的主要特点是好色；大概从年轻时起，庸俗下流地追逐女性就是他的头等嗜好，但如今他已五十开外，他大大发胖了，老朽了；佳肴美酒显然胜过维纳斯。其次，他是个懦夫，但是由于他和一些年轻的浪荡公子一起鬼混，时时刻刻受到他们的揶揄，他会用模棱两可的令人发笑的恶作剧掩饰自己的怯懦。他吹牛成性，工于心计。福斯塔夫根本不笨，恰恰相反，他也具有那种常常生活在好人中间的人的某些习惯。他没有任何准则。他像娘儿们一样软弱，他需要西班牙烈酒、油腻的饮食和供养情妇的金钱；为了得到这些，他啥都愿意干，只要没有明显的危险。”② 西欧一般评论家认为福斯塔夫的主要特点是机智、幽默、怯懦，普希金则认为福斯塔夫的主要特点是好色、胆怯、好吹牛、不笨、没有任何准则。应该说，普希金的论述比西欧一般评论家更准确、更全面。这个形象塑造得如此生动，使普希金自然而然地联想起了他在流放南方时期认识的一个人——亚历山大·里沃维奇·达维多夫。他认为，这个达维多夫是造化模仿莎士比亚而复制

① ［俄］普希金：《普希金论文学》，张铁夫、黄弗同译，漓江出版社 1983 年版，第 95—96 页。
② ［俄］普希金：《普希金论文学》，张铁夫、黄弗同译，漓江出版社 1983 年版，第 96 页。

的“福斯塔夫第二”。此人像福斯塔夫一样“好色、胆怯、好吹牛、不笨、滑稽可笑、不讲任何准则，好哭、身子肥胖”，不同的是：福斯塔夫是个光棍，而达维多夫却已有家室，成了一家之长。他的儿子酷似父亲，是“福斯塔夫第三”①。普希金的莎评同俄国的现实生活竟然结合得如此紧密，可见莎士比亚的确到了使他“神魂颠倒”的地步。

总之，普希金的莎评既是对古典主义戏剧原则的批判，又是对莎士比亚戏剧的现实主义原则的肯定，它为俄国的莎评奠定了基础。别林斯基等人正是继承了普希金的传统，为俄国的莎评和现实主义艺术理论的发展作出了杰出的贡献。阿尼克斯特说得好：“在西方，莎士比亚更多的是对浪漫主义的发展起了作用；与西方不同，莎士比亚在俄国却成了现实主义文学思潮的一面旗帜。”②

二、《鲍里斯·戈都诺夫》——莎士比亚化的艺术范例

在批判古典主义文学、建立现实主义文学的过程中，普希金不仅在理论上肯定了莎士比亚的戏剧原则，而且在实践上提供了一个莎士比亚化的卓越艺术范例。

如前所述，1824 年，普希金系统地阅读了莎士比亚的戏剧作品。与此同时，他还阅读了卡拉姆津的《俄国史》第十卷和第十一卷，以及俄国的编年史，于是产生了用戏剧形式表现俄国历史的念头。他认为，鲍里斯·戈都诺夫执政时期是“最富有戏剧性的一个时代”，于是创作了悲剧《鲍里斯·戈都诺夫》。这部作品完全是按照莎士比亚的戏剧原则创作的，可以说是一部莎士比亚化的作品。

《鲍里斯·戈都诺夫》莎士比亚化的一个重要标志是打破了古典主义的“三一律”，时间、地点灵活多变。1827 年，普希金在《给〈莫斯科通报〉出版人的信》中说：“我坚信，我们戏剧的陈腐形式需要革新，因此我便按照我们的鼻祖莎士比亚的体系撰写悲剧，把两个古典主义的一律作

---

① ［俄］普希金：《普希金论文学》，张铁夫、黄弗同译，漓江出版社 1983 年版，第 97 页。

② ［苏］阿尼克斯特：《莎士比亚的创作》，徐克勤译，山东教育出版社 1985 年版，前言第 5 页。

为牺牲品供献在他的祭坛之前，勉强保存了最后一个。除了这个声名狼藉的三一律之外，还有一个法国批评界矢口不谈的一律（大概认为无需对它的必要性进行争论），即文体的一律，这是法国悲剧的第四个必要条件，但西班牙、英国和德国的戏剧并不受它的限制。您可以感觉得到，我也是仿效这个令人神往的榜样的。”① 这段话可以看作《鲍里斯·戈都诺夫》的创作纲领。

恩格斯说过：“一切存在的基本形式是空间和时间，时间以外的存在和空间以外的存在，同样是非常荒诞的事情。”② 悲剧作为一种存在，不仅存在于空间和时间之中，而且在空间和时间之中不断延续发展。然而荒唐的是，古典主义的理论家们却规定悲剧“只有一件事在一地一日里完成”③，也就是说，他们把悲剧存在的时间限定为二十四小时，空间限定为一处，这就势必束缚悲剧作家的手脚。在莎士比亚的鼓舞下，许多国家的作家向“三一律”提出了挑战。歌德说：“我初次看了一页他的著作之后，就使我终身折服；当我读完他的第一个剧本时，我好像一个生来盲目的人，由于神手一指而突然获见天光。我认识到，我极其强烈地感到我的生存得到了无限度的扩展……我没有片刻犹疑拒绝了有规则的舞台。我觉得地点的统一好像牢狱般的狭隘，行动和时间的统一是我们想象力的讨厌的枷锁。我跳向自由的空间，这时我才觉得有了手和脚。现在我知道了这些讲规律的先生们在他们的洞穴里对我加了多少摧残，并且还有多少自由的心灵在里边卷曲着，因此，要是我不向他们宣战，不每日寻思着去攻破他们的牢狱，那我的心要激怒得爆裂了。”④ 同歌德一样，普希金也以莎士比亚为师，突破了古典主义的时空限制。在《鲍里斯·戈都诺夫》中，剧情发展的时间不是二十四小时，而是长达七年之久，从 1598 年 2 月 20 日许

---

① ［俄］普希金：《致〈莫斯科通报〉出版人的信》，张铁夫译，见卢永选编：《普希金文集》第 7 卷，人民文学出版社 1995 年版，第 162 页。

② ［德］恩格斯《反杜林轮》，见中共中央马克思、恩格斯、列宁、斯大林著作编译局编：《马克思恩格斯选集》第 3 卷，人民出版社 1972 年版，第 91 页。

③ 朱光潜：《西方美学史》上卷，人民文学出版社 1979 年版，第 193 页。

④ ［德］歌德：《莎士比亚命名日（1771）》，见杨周翰编选：《莎士比亚评论汇编》（上），中国社会科学出版社 1979 年版，第 289 页。

伊斯基公爵与沃罗敦斯基公爵的谈话开始，直到1605年伪季米特里攻占莫斯科为止。这就是说，悲剧中的时间不是凝固的，而是像时间本身一样具有持续性，从而反映了那场斗争的长期性和曲折性。剧中地点的变换也是自由的，从克里姆林宫金殿到波兰桑姆波尔督军姆尼谢克的城堡，从楚陀夫修道院净室到立陶宛边境的小饭铺，二十五场戏变换了二十处景。这就是说，悲剧中的空间不是静止的，而是像空间本身一样具有广延性，从而反映了那场斗争的广阔性和复杂性。总之，正如普希金本人所说，他把时间和地点的一律“作为牺牲品供献在他（莎士比亚）的祭坛之前”了。至于被他“勉强”保存的动作的一律，实际上也被他破坏了。所谓动作就是情节。按照古典主义戏剧的原则，一出戏自始至终只能有一个情节，可是《鲍里斯·戈都诺夫》却有两个中心人物——鲍里斯·戈都诺夫和伪季米特里，并且以这两个人物为中心形成两条情节线索，它们互相交织，相辅相成，推动整个剧情向前发展。在悲剧中，普希金还破坏了第四个一律——文体的一律。莎士比亚的三十七部诗剧主要是用无韵诗写成的，而古典主义却规定悲剧必须运用亚历山大诗体（六音步抑扬格）。司汤达曾经把这种诗体称为“掩饰愚蠢的遮羞布”①，普希金仿效莎士比亚的“令人神往的榜样”，把六音步抑扬格变成了五音步无韵诗，有时诗和散文互相掺杂，如第十场（皇宫），有时则干脆采用散文，如第六场（大主教的中堂）、第八场（立陶宛边境的小饭铺）、第十六场（诺夫哥罗德-谢维尔斯基近郊的原野）、第十七场（莫斯科大教堂前面的广场）、第二十三场（克里姆林宫鲍里斯家）。普希金认为，“悲剧的文体是一种混合物”，因此，凡是描写王公贵族，他就用高级体，而描写普通人物，他就用低级体。普希金还把“喜剧和悲剧二者的混合”视为悲剧的特点之一，因此他的悲剧中不乏喜剧因素。剧中的僧人并非道貌岸然，不苟言笑，而是插科打诨，谈笑风生。如第八场小饭铺的老板娘给游方僧米沙伊尔和瓦尔拉姆把酒拿来之后，瓦尔拉姆要米沙伊尔跟他一起为老板娘干杯；他还对格利高里说：“喂！伙计！看你一下子就跟老板娘勾搭上了。可见你不想喝酒，

① ［法］司汤达：《拉辛与莎士比亚》，王道乾译，上海译文出版社1979年版，第3页。

倒是想吃奶。要得！老弟，要得！喝酒吃奶，各有所爱。可我跟米沙伊尔神父就只有一爱：放开肚皮，喝个痛快，喝干翻转来，杯底朝天，敲得它叮叮当！”①

马克思说：“英国悲剧的特点之一就是崇高和卑贱、恐怖和滑稽、豪迈和诙谐离奇古怪地混合在一起，它使法国人的感情受到莫大的伤害，以致伏尔泰竟把莎士比亚称为喝醉了的野人。”② 普希金虽然没有被别人斥为“喝醉了的野人”，但宪兵头子卞肯多尔夫在送给沙皇尼古拉一世的剧本摘要中，却指责“僧人被描写得太放荡”，尼古拉一世也不喜欢老修道士和小饭铺老板娘的玩笑，普希金皇村学校的同学、驻伦敦大使馆一等秘书戈尔恰科夫也对剧本的自由倾向表示不满。联系到普希金的长诗《鲁斯兰和柳德米拉》发表之初，曾被指责为“穿着农民衣服，穿着一双树皮鞋”，闯进高雅客厅的“满脸络腮胡子”的人，而《努林伯爵》中穿睡衣的伯爵大人被书刊检查机关认为有失体面，这是不足为怪的。正因为如此，剧本一直到脱稿五年之后的1831年才得以出版。

《鲍里斯·戈都诺夫》莎士比亚化的另一个重要标志是忠于时代。1827年，普希金在《致〈莫斯科通报〉出版人的信》中说：“我自愿放弃了为经验所证实、为习惯所确认的艺术体系向我提供的许多好处，力求用对人物和时代的忠实描绘，用历史性格和事件的发展来弥补这个明显的缺点。”③ 1829年，他在《关于〈鲍里斯·戈都诺夫〉的一封信》中又说：“我效法莎士比亚，只对时代和历史人物作广泛的描绘，而不追求舞台效果、浪漫主义激情……”④ 在这两段话里，普希金明确地谈到，他在《鲍里斯·戈都诺夫》一剧中把对时代的忠实描绘作为自己的艺术目标之一。

所谓忠于时代，应该理解为既忠于历史，又忠于现实。莎士比亚有关

① ［俄］普希金：《普希金戏剧集》，戴启篁译，漓江出版社1982年版，第37页。

② ［德］马克思：《议会的战争辩论》，见中共中央马克思、恩格斯、列宁、斯大林著作编译局编译：《马克思恩格斯全集》第10卷，人民出版社1962年版，第188页。

③ ［俄］普希金：《致〈莫斯科通报〉出版人的信》，见张铁夫译，卢永选编：《普希金文集》第7卷，人民文学出版社1995年版，第163页。

④ ［俄］普希金：《关于〈鲍里斯·戈都诺夫〉的一封信》，张铁夫译，见卢永选编：《普希金文集》第7卷，人民文学出版社1995年版，第172页。

英国的历史剧均取材于贺林希德的《英格兰、苏格兰与爱尔兰编年史》，根据真实的历史事件写成。然而，莎士比亚剧作中的历史并不是史学家的历史，而是艺术家的历史。因此，他的剧作常常对事件和人物作出灵活处理，如《亨利五世》中的亨利五世形象和《亨利六世》中的塔尔博形象就多少有所美化，但由于这种处理服从于他的总的人文主义的政治理想，因此并不违背艺术的真实。正如《莎士比亚历史剧故事集》的作者奎勒-库奇所说："莎士比亚写的历史剧，尽管有许多不够确切的地方；但是，任何地方也找不到有像它们这样写得栩栩如生，或者基本上写得恰到好处的历史画面了。"[①] 他还说："相信莎士比亚永远是公正合理的，……这是令人十分愉快的。"[②] 莎士比亚的历史剧不仅在艺术上忠于历史，而且还充满着现实的精神，寄托了他的人文主义的政治理想，因此他的历史剧被誉为"时代的缩影"，而他本人则被誉为"时代的灵魂"。

同莎士比亚的历史剧一样，普希金的《鲍里斯·戈都诺夫》也来自历史，而又不拘泥于历史。悲剧写的是俄国历史上最复杂的一个时期——"混乱时代"。1598 年，沙皇费多尔·伊凡诺维奇去世，他的内兄鲍里斯·戈都诺夫依仗权势和利用民意登上沙皇宝座。他即位后，一方面对大贵族大张挞伐，另一方面则加强对农民的统治，因而引起大贵族和人民的强烈不满。逃往波兰的莫斯科楚陀夫修道院小修士格利高里·奥特列比耶夫，冒充季米特里皇子，在波兰国王和贵族支持下发兵攻打俄国，鲍里斯·戈都诺夫忧愤而死，皇子费多尔和太后玛丽雅也在伪皇占领莫斯科后服毒自尽。悲剧的上述情节同史实基本相符。当然，悲剧中有些事实并不一定符合历史，如真皇子季米特里究竟是做"插刀入地"游戏时偶然丧命，还是鲍里斯·戈都诺夫派人杀死；伪皇季米特里究竟是何许人，这是两个至今悬而未决的问题。普希金按照民间传说，把真皇子之死归咎于鲍里斯·戈都诺夫，使他更添一层内心的痛苦，从而把这一形象塑造得更复

① ［英］奎勒-库奇：《莎士比亚历史剧故事集》，汤真译，中国青年出版社 1981 年版，前言第 1 页。

② ［英］奎勒-库奇：《莎士比亚历史剧故事集》，汤真译，中国青年出版社 1981 年版，前言第 3 页。

杂、更丰满；他把伪皇季米特里描绘成一个具有政治野心的在逃小僧，这个微不足道的人物居然推翻鲍里斯·戈都诺夫的统治，这固然得力于波兰的支持，但也说明鲍里斯·戈都诺夫已经失去民心，陷入了四面楚歌的境地。伪皇季米特里的胜利为鲍里斯·戈都诺夫悲剧形象的完成，着了最后一笔。

同莎士比亚的历史剧一样，《鲍里斯·戈都诺夫》也不是为历史而写历史，它充满着对19世纪初期俄国和俄国人民命运的思考。别林斯基说，普希金之瞩目过去，是为了从过去的事变中寻求现状的解释，看出对未来的暗示。普希金本人在1827年《致〈莫斯科通报〉出版人的信》中也说："您想知道还有什么妨碍我发表自己的悲剧吗？就是其中有些地方可以使人联想到影射、暗示、allusions（讽喻）。"[①] 1829年，他在《关于〈鲍里斯·戈都诺夫〉的一封信》中又说："悲剧充满了绝妙的笑话和对当时历史的微妙的影射，类似我们基辅和卡敏卡的双关语。"[②] 悲剧描写鲍里斯·戈都诺夫常常锁在寝宫里跟魔法师、巫公子、打卦佬一起算命卜卦，实际上是对同修士大司祭福季和都主教谢拉菲姆过从甚密的当今皇上亚历山大一世的影射和讽喻；莫斯科红场隆礼台上高呼"杀死戈都诺夫全族"的百姓的怒火正是1825年十二月党人起义前夕人民群众思想情绪的反映。

作为一个忠于时代的剧作家，莎士比亚在作品中广泛地描写了社会生活，在《亨利四世》中提供了一幅"五光十色的平民社会的背景"，即恩格斯所说的"福斯塔夫式的背景"。亨利四世同诺森伯兰伯爵和约克大主教的斗争，就是在这一背景上展开的。在《鲍里斯·戈都诺夫》中，普希金也广泛地描写了社会生活。尽管剧本中并没有福斯塔夫式的人物，但它却提供了一幅类似"福斯塔夫式的背景"。当然，在前台活动的主要是沙皇、公爵、贵族、主教、大臣、将军，但人民也直接登上了舞台，如圣处女地新圣女修道院请愿的老百姓，立陶宛边境小饭铺里的老板娘，莫斯科

① ［俄］普希金：《致〈莫斯科通报〉出版人的信》，张铁夫译，见卢永选编：《普希金文集》第7卷，人民文学出版社1995年版，第165页。

② ［俄］普希金：《关于〈鲍里斯·戈都诺夫〉的一封信》，见张铁夫译，卢永选编：《普希金文集》第7卷，人民文学出版社1995年版，第172页。

大教堂前面广场上的苦行僧，隆礼台上的庄稼汉等。这样，鲍里斯·戈都诺夫与伪皇季米特里的冲突就被置于一个广阔的背景之上。正是人民决定了皇位的更替，成了悲剧的主角。

《鲍里斯·戈都诺夫》莎士比亚化的第三个标志是人物性格复杂、丰满、鲜明、生动。在四五十个登场人物中，性格鲜明的就有一二十人之多。其中以鲍里斯·戈都诺夫的形象刻画得最为成功。

鲍里斯·戈都诺夫是一个麦克白式的人物。

麦克白骁勇善战，功勋卓著，受到国王的称赞和群众的爱戴；鲍里斯·戈都诺夫则是一个"非常聪明而有才能的人"[①]。在辅佐费多尔的过程中，他采取了一系列措施打击豪门贵族，巩固中央集权，加强边防建设，发展对外贸易，为国家的强盛作出了贡献。继位之后，他更是雄心勃勃，想轰轰烈烈地干一番事业，做一个群众拥戴的君主：

> 我要继承雄才大略的伊凡的大业，
> 我要做爱民如子的沙皇！……
> 啊！上帝！啊！我威严的天父！
> …………
> 我将在你的光荣感召之下治理人民，
> 我将像你一样，宽大为怀，秉公执正。[②]

然而同麦克白一样，鲍里斯·戈都诺夫也是一个野心家、篡权者。麦克白出于野心，杀死国王邓肯和大将班柯，篡夺了王位；鲍里斯·戈都诺夫出于野心，派人杀死伊凡四世的第三个儿子季米特里，扫除了夺取王位道路上的一个障碍，并将妹妹嫁给伊凡四世的第二个儿子——"傻瓜费多尔"（太子伊凡在伊凡四世去世之前已死），实际上掌握了国家的一切权力。

> 沙皇看什么都用戈都诺夫的眼睛，

① ［俄］别林斯基：《亚历山大·普希金作品集》（第十篇），见《别林斯基选集》第4卷，满涛、辛未艾译，上海译文出版社1991年版，第648页。

② ［俄］普希金：《普希金戏剧集》，戴启篁译，漓江出版社1982年版，第19页。

听什么都用戈都诺夫的耳朵。[1]

费多尔死后，他很想登上沙皇的宝座，但又故作姿态，带着妹妹躲进修道院，似乎真想“了凡遁世”，“全不顾叹息劝进与磕头哀求，/连莫斯科全城痛哭嚎啕，他也一概不理，/也不理睬贵族最高会议的呼吁”[2]。这样做的目的，无非是为了说明，他是“低首下心，诚惶诚恐，接受大权执掌江山”。他比麦克白更狡猾，更阴险。

麦克白并非一开始就是坏人，他的堕落有一个过程。在这个过程中，他的内心里矛盾重重。在女巫的诱惑面前，在杀害邓肯前后，他的内心里是有斗争的，但最终还是野心占了上风，干出了一系列罪恶勾当。同麦克白一样，鲍里斯·戈都诺夫尽管掌握了最高权柄，但内心里却“没有感到幸运”，有的只是“苦闷和怅惘”。人民的咒骂时刻在耳边回响，“血淋淋的小孩冥冥中在眼前晃荡”。这种良心的谴责使主人公的形象更增添了悲剧性。同麦克白一样，鲍里斯·戈都诺夫的悲剧也是野心家的悲剧。

综上所述，《鲍里斯·戈都诺夫》是一部继承莎士比亚优秀传统的悲剧，同时也是一部在思想上和艺术上富于独创性的作品。悲剧描写了人民和人民的命运，使人民作为主角出现在剧中，这就使它比莎士比亚的戏剧具有更深刻的意义；鲜明的、多侧面的形象描绘，散文语言的运用，多场景的安排，都是对莎士比亚艺术原则的发展。它是一部地地道道的俄国悲剧，正如别林斯基所说，它“如此深刻地渗透着俄国精神，如此深刻地，忠实地富于历史的真理。只有普希金——这个真正的民族的俄国诗人的天才才能实现这一点”[3]。

三、《努林伯爵》——对历史和莎士比亚的双重讽刺

悲剧《鲍里斯·戈都诺夫》脱稿之后，普希金对莎士比亚的热情并未

① ［俄］普希金：《普希金戏剧集》，戴启篁译，漓江出版社1982年版，第11页。

② ［俄］普希金：《普希金戏剧集》，戴启篁译，漓江出版社1982年版，第10页。

③ ［俄］别林斯基：《亚历山大·普希金作品集》（第十篇），见《别林斯基选集》第4卷，满涛、辛未艾译，上海译文出版社1991年版，第665页。

减退，只不过把兴趣从戏剧转向了诗歌。他认真地阅读了莎士比亚的长诗《鲁克丽丝受辱记》，但结果却大失所望。

《鲁克丽丝受辱记》是莎士比亚的一首描写罗马历史的叙事诗。关于这部作品的内容，作者本人作过一个概括的说明：

> 路歇斯·塔昆涅斯（他由于极端倨傲，被人称为“骄傲的塔昆涅斯”）用残酷的手段谋害了他的岳父塞维斯·塔律斯以后，违反罗马的法律和常规，不曾征得或等待人民的同意，径自攫取了王位。后来，他率领他的儿子们和罗马的其他贵族，去围攻阿狄亚城。在这次攻城战役中，罗马军队的高级将领们有一天晚上在国王的儿子塞克斯特斯·塔昆涅斯的帐篷里聚会；晚饭后闲谈的时候，每人都夸耀自己妻子的美德，其中柯拉廷纳斯更盛赞其妻鲁克丽丝贞淑无比。在这种愉快的心情中，他们并辔向罗马疾驰，意欲借此意想不到的突然的到达，来验证每个人对妻子的赞誉是否虚夸。结果唯独柯拉廷纳斯发现他的妻子（虽然已是深夜）正坐在侍女中间纺线，其他贵妇却都在家中跳舞和饮宴，或从事不同的嬉游。于是众贵族一致承认了柯拉廷纳斯的优胜，一致首肯了他的妻子的令名。这时候，塞克斯特斯·塔昆涅斯已因鲁克丽丝的美貌而动心，但暂时遏住欲念，同众人一起返回军营；不久以后，他就秘密离开营地，来到柯拉廷城堡，靠着他的王子身份受到鲁克丽丝优渥的款待，并在那儿留宿。当夜，他背信弃义地潜入她的卧室，强暴地侮辱了她，而于翌日凌晨仓皇遁去。鲁克丽丝在悲恸欲绝的惨境中，火速派遣两个信差，一个到罗马去请她的父亲，一个到军营去请柯拉廷纳斯。他们两个一个由裘涅斯·勃鲁托斯陪同，另一个由坡勃律斯·凡勒律斯陪同，来到城堡，发现鲁克丽丝穿着丧服，便惊问她悲痛的原因。她首先叫他们立誓为她复仇，然后揭露了罪犯的名字和他的全部恶行，接着便猝然举刀自杀。全体在场的人目睹这惨象，便一致宣誓：要把可恶的塔昆涅斯家族整个连根拔除；于是由勃鲁托斯舁着死者的尸身来到罗马，将这一惨祸的肇事人及其罪行告知了人民，并严厉抨击了国王的暴政。罗马人民怒不可

遏，经口头表决，一致同意将塔昆涅斯家族的人尽行放逐，国政遂由国王转入执政官之手。[①]

普希金读了这首长诗之后，觉得它“相当差劲”，他决定写一首讽刺性仿作，这就是《努林伯爵》。后来，他在一篇札记中记录了这首诗的创作过程：

1825年底我住在乡下。在反复阅读莎士比亚一部相当差劲的长诗《鲁克丽丝受辱记》时，我琢磨着：假如鲁克丽丝忽然想到给塔昆涅斯一记耳光，事情会变得怎样呢？也许，这就扫了他的兴致，使他不得不羞愧而逃？鲁克丽丝也许就不会自杀，普勃里科拉多就不会发怒，勃鲁托斯就不会放逐国王，而世界及世界史岂不就不如此了。

因此，我们应该把共和制、执政官、独裁者、凯图、凯撒归功于这个诱人的事件。不久以前，在我的邻县——诺沃尔热夫县发生过一件类似的事。

于是我想模仿一下历史和莎士比亚。我无法抗拒这双重的诱惑，于是用了两个早晨写了这个故事。

我习惯于在稿纸上注明写作的年月日。《努林伯爵》写于12月13日和14日。这种奇怪的巧合是屡见不鲜的。[②]

《努林伯爵》的内容同《鲁克丽丝受辱记》是针锋相对的。男主人公努林是个思想浅薄、穿戴入时的花花公子。由于在旅途中马车翻倒，他来到大路附近的一处地主庄园。女主人娜塔丽雅·巴甫洛芙娜是个颇有姿色而思想空虚的地主太太。丈夫整天耽于打猎，她在家闲得无聊。她对努林的到来感到喜出望外，而努林一见她便堕入情网。夜里，努林欲火难耐，潜入女主人卧室，向她表白了爱慕之情。女主人挥手给了他一个耳光，努林羞愧地逃回房间。第二天早晨，他便带着仆人离开了这个庄园。

---

① ［英］莎士比亚：《鲁克丽丝受辱记》，杨德豫译，见《莎士比亚全集》第11卷，人民文学出版社1978年版，第63—64页。

② ［俄］普希金：《关于长诗〈努林伯爵〉的札记》，张铁夫译，见卢永选编：《普希金文集》第7卷，人民文学出版社1995年版，第246—247页。

在写《努林伯爵》之前，普希金对莎士比亚是极其推崇的，这部作品是他对莎士比亚的第一次批评，也是对历史的尖锐讽刺。

莎士比亚长诗的情节取自李维的《罗马史》，在莎士比亚之前，不止一个英国作家涉及过这个题材。乔叟的《善良女子殉情记》叙述了九位古代美女殉情的故事，其中第五篇就是《鲁克丽丝记》。乔叟在故事中明确谈到，这篇作品也是取材于李维的史书。

李维是古罗马著名的历史学家，生于公元前59年。他一生著述甚丰，但流传下来的只有一部残缺不全的《罗马史》。他是一个保守的贵族共和派，十分怀念罗马的光辉历史和"纯洁的道德"，而对财富带来纵欲享乐的世风则深恶痛绝。因此他决定撰写一部史书，使人们注意"罗马社会的生活和道德；注意使罗马在内部政策及国外战争中建立统治并开拓疆土的人物及其品质。然后，让他（读者）观察民族的品格随道德标准逐渐降低而衰微的过程，看它如何始而缓慢下沉，继而日益急转直下，最后堕入彻底的毁灭，直到它达到了眼前的年月，这时我们既不能忍受自己的病痛，又无力耐受解救病痛的办法"①。在他看来，"这是研究历史所特有的益处和成效：你能在历史真相的光华中看到各种类型的例证。从其中，你可以为自己和祖国选择应该仿效的榜样，和应该避免的始而有害继而成为灾难的覆辙"②。《罗马史》就是在这种历史观支配下写出来的。

《罗马史》中的许多史实引自民间传说或别人著作，很不可靠。恩格斯说，"全部传说的罗马上古史都被浓厚的黑暗所笼罩"③，李维本人也说，"主要事件模糊不清"④，这是因为时代离得太远，而文字材料又极为稀罕。他认为，"对这种远古的问题，只要它有可能被当作真实的迹象，我就感到满足了"⑤。李维关于高傲的塔克文（即莎士比亚长诗中的路歇斯·塔昆

① ［古罗马］李维：《李维〈罗马史〉选》，王敦书译，商务印书馆1962年版，第4页。

② ［古罗马］李维：《李维〈罗马史〉选》，王敦书译，商务印书馆1962年版，第4—5页。

③ ［德］恩格斯：《家庭、私有制和国家的起源》，见《马克思恩格斯选集》第4卷，中共中央马克思、恩格斯、列宁、斯大林著作编译局编译，人民出版社1972年版，第125页。

④ 李雅书：《关于罗马城起源的几个问题》，见中国世界古代史研究会编：《世界古代史研究》，北京大学出版社1982年版，第71页。

⑤ ［古罗马］李维：《李维〈罗马史〉选》，王敦书译，商务印书馆1962年版，第6页。

涅斯）因其儿子犯强奸罪而全家被逐，并且导致王政废除的原因的叙述，就是基于这样一种观点。

我们知道，“王政时代”（公元前753年—公元前510年）是罗马历史上最早的一个阶段，是从原始公社制向奴隶社会过渡的时期。相传这个时期有七个国王先后执政。第一个国王叫罗慕洛，他是罗马城的建立者。最后三个国王是伊达拉里亚人。第六个国王塞尔维乌斯·图里乌斯曾经仿照雅典的梭伦进行过一次改革，他按财产的多寡把公民分为五等，建立了百人团会议，从而用财产关系代替了血缘关系，打击了氏族贵族和氏族制度，一个以地区划分和财产差别为基础的国家制度得以形成。公元前534年，高傲的塔克文谋杀了图里乌斯，篡夺了王位。他独断专行，把人民大会和元老院撇在一边，废除了图里乌斯的许多改革措施。他的倒行逆施激起了罗马人民的强烈反对。公元前510年，罗马人民把他逐出罗马，建立了共和国。这就是这次革命的真正原因。至于王子强奸鲁克丽丝一事，只不过是一根导火线而已。正如孟德斯鸠所说：

> 塔尔奎纽斯（即高傲的塔克文——引者）未经元老院，也未经人民的选举就取得了王冠。从此政权变成了世袭的：他并且把它变成了专制的政权。在这两个革命之后紧接着又来了第三个革命。
>
> 他的儿子塞克司图斯（即莎士比亚长诗中的塞克斯特斯——引者）奸污了路克列奇娅（即莎士比亚长诗中的鲁克丽丝），这样就做了一件几乎永远会使暴君从他们所统治的城市被放逐出来的事情：因为这样一种行为很容易使人民感到自己的被奴役的地位，所以他们毫不犹豫地采取了极端的措施。
>
> 当新的税收加到人民身上的时候，人民是容易忍受下来的；他们并不知道在使用从他们身上取得的金钱时，他们是不是因此得到一些益处。可是，当他们受到侮辱的时候，他们就只会感到自己的不幸，而且他们还要把他们可能受到的一切灾难都想到了。
>
> 路克列奇娅的死亡不过是业已到来的革命的一个诱因而已，这一点可以说是千真万确不容怀疑的。因为一个自尊心强、有事业心、勇

敢大胆并且被关闭在城墙之内的民族，必然或者是挣脱身上的枷锁，或者是把情绪镇静下来。

两种情况当中必然会发生一种：或者是罗马改变它的政府，或者是它仍然保持着自己那小而贫穷的王国的地位。

现代的历史提供给我们一个可以说明当时罗马发生的事情的例子；这实在是一种值得人们十分注意的事情：因为不论任何时代，人们的感情总是相同的，引起巨大变革的诱因虽然不同，但原因却永远是一样的。①

很明显，普希金之所以感到莎士比亚的长诗“相当差劲”，主要是不满意李维和莎士比亚把罗马政权的更迭归咎于王子强奸鲁克丽丝这样的偶然事件，而忽视国王本人的暴政这个主要因素。历史的发展是有自己的规律的。王政的废除，共和制的兴起，是罗马贵族领导罗马人民同伊达拉里亚人长期斗争的结果，把一个偶然事件当作改变历史进程的根本原因，这是一种不科学的历史观。因此，普希金在《努林伯爵》中反其道而行之，让女主人公娜塔丽雅·巴甫洛芙娜赏给努林一记耳光，这是对历史和莎士比亚的双重讽刺。

《努林伯爵》不仅在内容上同《鲁克丽丝受辱记》针锋相对，而且在艺术风格上也迥然不同，这也可以说是对莎士比亚的一种讽刺。

《鲁克丽丝受辱记》是一首具有悲剧性的长诗。这种悲剧性主要表现在人物刻画上。女主人公鲁克丽丝是一个美丽贞淑的青年妇女，荣名和丽质在她身上得到了高度的统一：

德的莹洁的白色，美的浓艳的红装，
在鲁克丽丝的脸上，显示出瑰丽的纹章；
红颜、白色都争做两种颜色的女王，
为证明它们的权柄，追溯到远古洪荒。
争夺高位的雄心，使它们互不相让；

① ［法］孟德斯鸠：《罗马盛衰原因论》，婉玲译，商务印书馆 1962 年版，第 2—3 页。

双方的威力都强大，真个是旗鼓相当，
时而这一方占先，时而那一方居上。①

然而，正是这种天生的丽质和贞淑的美名煽起了塔昆的淫欲，揭开了她的悲剧的序幕。深夜，塔昆在“奸邪的欲念”驱使下，潜入她的居室。他高举着一柄利剑，威逼她降心相从。他扬言要杀掉她和一个家奴，然后把家奴放在她的床上，让她的生命和名誉同时毁灭。她凭着友谊、信义、法典、神灵，吁请他退出房间，甚至不相信这就是那位“神灵的王子”塔昆，然而这一切并未能使塔昆回心转意。当她那“纯洁的贞德和宝库”被劫掠一空时，她身心俱悴，陷入了绝望的悲愤之中，使这一悲剧达到了高潮。她祈求永远不要揭开夜幕，以免“袒露夜间的罪恶”。她担心人们“将把塔昆的劣迹与我的污名并论”，丈夫“将因此遭受他不应承当的羞辱”。她咒骂机运“乖戾可憎”，因为它像仆役一样乐于听命于罪恶，而对忠诚和善行却百般阻难；她诅咒机运的主人——时间，愿塔昆有时间因自己的罪行受到惩罚。但是她感到对机运和时间的咒骂都是枉然，只有倾洒一腔热血，才能保全自己的荣誉。

我要把我的荣誉，遗赠给那把刀子——
它将要刺入我这丧失了荣誉的身躯。
褫夺不荣誉的生命，是一桩荣誉的壮举；
生命既然死亡了，荣誉就能活下去。
从那耻辱的尸灰中，我的令名将诞育；
在刺杀自己的同时，也将那恶名刺死，
死去的是我的耻辱，新生的是我的荣誉。②

于是她穿上黑色的丧服，当着自己的丈夫和亲人，将一把尖刀插进自己的胸膛，从而结束了这一幕悲剧。

---

① ［英］莎士比亚：《鲁克丽丝受辱记》，杨德豫译，见《莎士比亚全集》第 11 卷，人民文学出版社 1978 年版，第 68 页。

② ［英］莎士比亚：《鲁克丽丝受辱记》，杨德豫译，见《莎士比亚全集》第 11 卷，人民文学出版社 1978 年版，第 122—123 页。

塔昆的形象同样是一个悲剧形象。他不是野心家、篡权者，而是一个情欲熏心的王储。在对鲁克丽丝采取行动之前，他也是顾虑重重的。他担心使骑士的身份、地下的祖先蒙受羞耻，遭到后世子孙的咒骂；也担心柯拉廷猜出他此行的用意，赶来制止他的行动。

在他乖戾的内心，进行着一场争辩：
一边是凝冻的良知，一边是炽烈的欲念；
他终于偏心地摈弃了善良正直的心愿，
却怂恿歹恶的意旨操执优胜的左券；
它瞬即破灭和戕杀了一切纯良的表现，
获得了长足的进展，淆乱了美恶的界限，
使卑污恣肆的行径，俨然像淑善诚虔。①

然而，短暂的欢娱并不能解除他内心的痛苦。欲念一旦得到满足，他便受到良心的谴责：

就在这样的思绪中，他黉夜悄然逃遁，
虽然战胜却被俘，为了获利而亏损；
身上带着酷烈的、无术治愈的伤痛，
创伤纵然平复了，疤痕将永远留存；
撇下了他的战利品，忍受着深沉的悲辛。
她所承受的苦难是他的情欲的蹂躏，
他所承受的，是他自觉有罪的心灵。②

塔昆的形象是一个复杂的、充满内心矛盾的犯罪者形象，这个形象可以说是麦克白的前身。麦克白在杀害邓肯之前的一段独白中提到塔昆，这不是偶然的。当时他处在一种幻觉状态之中，他在想象中看见了一把刀

① ［英］莎士比亚：《鲁克丽丝受辱记》，杨德豫译，见《莎士比亚全集》第11卷，人民文学出版社1978年版，第77页。
② ［英］莎士比亚：《鲁克丽丝受辱记》，杨德豫译，见《莎士比亚全集》第11卷，人民文学出版社1978年版，第100—101页。

子，刀刃上和刀柄上流着滴滴鲜血。麦克白说道：“现在在半个世界上，一切生命仿佛已经死去，罪恶的梦景扰乱着平和的睡眠，作法的女巫在向惨白的赫卡忒献祭；形容枯瘦的杀人犯，听到了替他巡哨、报更的豺狼的嗥声，仿佛淫乱的塔昆蹑着脚步像一个鬼似的向他的目的地走去。”① 塔昆走向鲁克丽丝卧室之前和麦克白走向邓肯卧室之前的心情是一样的。

总之，莎士比亚在刻画鲁克丽丝和塔昆的形象时，用的是一种严肃、庄重的笔调，长诗中洋溢着一种真正的悲剧气氛。

同莎士比亚的《鲁克丽丝受辱记》相反，普希金在描绘努林和娜塔丽雅形象时，却用的是一种真正喜剧式的笔调。努林一出场就演了一出滑稽戏。他刚从国外归来，带着法国仆人比卡尔乘马车前往彼得罗波尔，在途经女主人公的庄园附近时，马车突然翻倒在斜坡上。娜塔丽雅正坐在窗边，看到这种情景，连忙叫仆人把马车拉进庄园。马车歪歪倒倒地行驶着，努林一瘸一拐地跟在马车后面，仆人一个劲地给他鼓气：“allons, courage!”（法语：走啊，勇敢些！）这副丑态实在叫人捧腹大笑。

接着，作者描绘了努林的肖像。从他的装束来看，他是一个典型的崇法狂，极富喜剧色彩：

> 要不要告诉您，他是何等人物？
> 国外归来的努林伯爵！
> 在国外，他追逐时髦，花样翻新，
> 前吃后空，把收入挥霍殆尽。
> 他给人的印象，好比一头打扮花哨的野兽。
> 如今他乘车前往彼得罗波尔，
> 带着积存下来的燕尾服和背心，帽子和折扇，
> 领扣，别针，长柄眼镜，
> 斗篷，大氅，紧身马甲，

① ［英］莎士比亚：《麦克白》，朱生豪译，见《莎士比亚全集》第 8 卷，人民文学出版社 1978 年版，第 329 页。

花花绿绿的手帕，还有 ajour（最时新的）长袜……①

从他的谈吐来看，他也是一个崇法狂。下面是他同娜塔丽雅的一场对话：

他咒骂神圣的罗斯，
他奇怪，在冰天雪地的故国，
人怎么能够生活。
离开巴黎，他后悔不迭。
"戏院怎么样？"噢，冷冷清清，
C'est bien mauvais, çafait pitié（情况不妙，很可怜）。
塔尔曼耳朵全聋，身体逐渐衰弱，
唉，连女戏子玛尔斯也人老珠黄。
不过波蒂埃，le grand Potier（伟大的波蒂埃）！
就他一人，到今还保持昔日的声望。
"如今哪个作家最风行？"
"还是 d'Arlincourt（达林库尔）与拉马丁。"
"国内也有人在模仿他们。"
"不会吧，真的？这么说，
我们的智慧也开始发展，
上帝保佑我们提高文化水平！"
"流行什么款式的腰身？"
"很低，几乎到……根据季节而定。
让我看看您的服装：
哦，这种式样……荷叶边，蝴蝶结，
当地的花样，这跟时新的款式挺接近。"
"我们订得有《莫斯科电讯》。"

---

① ［俄］普希金：《努林伯爵》，翁文达译，见《在大海边》，上海译文出版社 1983 年版，第 204 页。

"呀哈，您要不要听听轻松的喜剧，
带唱的，美妙动听。"
伯爵居然唱了一曲。[1]

努林的言谈举止酷似冯维辛的喜剧《旅长》中那个"一脑子光是法国糊涂思想的傻瓜"伊万努希卡。

最富于喜剧性的场面莫过于他的单相思和求爱之举。

夜晚，他躺在床上，想象着娜塔丽雅脉脉含情的目光、圆滚滚的身材、娇柔的语调、红扑扑的脸蛋。于是

那新的塔昆涅斯，
巴望得到甜美的赏赐，
不顾一切，去找鲁克丽丝。[2]

然而，出乎他的意料的是，他得到的"赏赐"却是一个"脆亮的耳光"。这个耳光使这场滑稽喜剧形成了高潮。

结尾也是一出小小的滑稽戏：第二天早晨，娜塔丽雅请努林去喝茶。起初，在女主人嘲弄的目光注视下，努林感到非常尴尬，可是不多久，他便故态复萌，笑嘻嘻地跟她搭讪，"还差点儿再次堕入情网"。

《努林伯爵》充满着一种轻松愉快、幽默诙谐的情调。正是由于这种浓郁的喜剧色彩，它受到了检查机关的刁难，作者被指控道德堕落。说什么伯爵大人穿睡衣是有失体面的，应该让他穿常礼服；女主人公穿短上衣也是诱人的，哪怕给她穿一件肥大的女大衣也好。长诗还受到了御用文人纳杰日金的攻击。为此，普希金写了《鞋匠》一诗进行回击：

有一次，鞋匠把一幅画儿仔细端详，
他告诉画家，鞋子画得走了模样；

① ［俄］普希金：《努林伯爵》，翁文达译，见《在大海边》，上海译文出版社 1983 年版，第 205—206 页。

② ［俄］普希金：《努林伯爵》，翁文达译，见《在大海边》，上海译文出版社 1983 年版，第 209 页。

画家立即拿起画笔加以修改，
可是鞋匠双手叉腰又开了腔：
“我觉得，这张脸有点不正……
而且袒胸露背，不成名堂……”
这时阿别列斯忍无可忍打断话头：
“朋友，请对鞋子以外的事情别妄加评讲！”
我有一个朋友和他相同
不知道，哪一行他最精通，
虽然他说起话来毫不留情，
却是乱说一气，不知所云。
还是让他去议论鞋子的事情！[①]

同那些学究式的批评家相反，别林斯基高度评价了《努林伯爵》的轻松的笔致。他说：“这种粗野的批评，他们在头脑里完全没有想到，这些夸张而堂皇的诗歌加在一起也远远抵不过《努林伯爵》的一页！”[②]

《努林伯爵》是普希金最出色的作品之一，它的直接的创作动机虽然是为了讽刺莎士比亚，但在实际上，它却是对俄国贵族的无情鞭挞。可以说，这是他创造性地学习莎士比亚的结晶。

四、《安哲鲁》——《量罪记》的诗化

普希金在自己短暂的一生中，始终对莎士比亚保持着那种“特殊的爱”，把他当作自己的良师益友。1833 年，他读了莎士比亚的喜剧《量罪记》（又译《一报还一报》或《请君入瓮》），不禁为之倾倒。他本打算将它译成俄文，但对俄国演员能否把它演好持怀疑态度，故没有翻译，而是根据它的内容写成叙事诗《安哲鲁》。

在诗歌创作方面，普希金是一个多面手。他不仅写了大量脍炙人口的

① ［俄］普希金：《普希金论文学》，张铁夫、黄弗同译，漓江出版社 1983 年版，第 147—148 页。

② ［俄］别林斯基：《亚历山大·普希金作品集》（第七篇），见《别林斯基选集》第 4 卷，满涛、辛未艾译，上海译文出版社 1991 年版，第 519 页。

抒情诗，而且写了许多优美绝伦的叙事诗，积累了丰富的经验。在创作《安哲鲁》之前，他已经写了《高加索的俘虏》《强盗兄弟》《巴赫契萨拉伊的喷泉》《茨冈人》《努林伯爵》《波尔塔瓦》《塔季特》《科洛姆纳的小屋》等著名叙事诗。不过，这些诗篇都取材于本国历史或本国生活，而《安哲鲁》却是从莎士比亚的创作中移植过来的。它不是翻译，不是改写，而是匠心独运的再创作。可以说，它是《量罪记》的诗化。

我们知道，叙事诗和戏剧是两种不同的文学体裁，它们的共同特点是都有事件。但是在叙述事件时，叙事诗应该比戏剧更概括、更集中、更凝练。同《量罪记》相比，《安哲鲁》正是具备这样一个特点。

《量罪记》是一部五幕喜剧。第一幕分三场，描写维也纳公爵出巡之前，与老臣爱斯卡勒斯商议，决定由安哲鲁代理摄政。安哲鲁受命之后，在城内恢复法治。克劳狄奥因使情人朱丽叶未婚先孕，而被捕入狱。路西奥与鸨妇咬弗动太太、妓院当差庞贝等人在街头议论纷纷。第二幕分四场，描写安哲鲁下令处决克劳狄奥，克姐伊莎贝拉闻讯，两次晋见安哲鲁，请求宽恕其弟。安哲鲁起初不允，继则提出用伊莎贝拉的贞操作为交换条件。这一幕还穿插了公爵微服私访，在监狱里与前来探监的朱丽叶谈话的情节。第三幕分两场，叙述公爵扮作教士，暗访监狱。他从伊莎贝拉姐弟的谈话中得知安哲鲁的无耻要求，便向伊莎贝拉面授机宜，打算移花接木，让被安哲鲁抛弃的玛利安娜前去顶替。这一幕还安排了路西奥向扮作教士的公爵诽谤公爵的情节。第四幕分六场，前三场分别描写公爵和伊莎贝拉去圣路加教堂附近的田庄访问玛利安娜，公爵要求狱吏对克劳狄奥暂缓处刑，吩咐将害热病死的海盗拉戈静的头割下，顶替克劳狄奥的首级等事件，后三场描写安哲鲁与爱斯卡勒斯商议迎接公爵回城，以及伊莎贝拉、玛利安娜准备迎接。第五幕只有一场，描写公爵回城、伊莎贝拉喊冤、玛利安娜告状、公爵宽恕安哲鲁、命令安哲鲁与玛利安娜完婚，以及公爵本人向伊莎贝拉求婚等情节。

《安哲鲁》的基本情节与《量罪记》并无二致，但在结构上却作了不同的处理。《安哲鲁》分三部，共二十七节，近六百行，篇幅大大少于《量罪记》。《量罪记》人物众多，情节丰富。次要人物与主要人物相得益彰，次要情节与主要情节相辅相成。纨绔的浪子、糊涂的差役、愚蠢的绅士、妓院的当差、酗酒的囚犯、昧心的鸨妇，构成了剧中的“福斯塔夫式的背景”；而插科打诨的场面、粗野下流的笑话则使全剧洋溢着浓郁的生活气息。而《安哲鲁》在处理这个题材时则采取了不同的结构法。普希金擅长叙事诗的创作，深得其中三昧。他清楚地知道，对于一首叙事诗来说，三教九流的次要人物和滑稽可笑的次要情节是多余的。因此，他坚决剔除了与爱斯卡勒斯、绅士甲、绅士乙、咬弗动太太、庞贝、弗洛斯、爱尔博等人有关的情节，把《量罪记》第一幕和第二幕的内容概括在第一部中，把第三幕改写成第二部，而把第四幕和第五幕的场景则压缩在第三部中。这样，《安哲鲁》只保留了必不可少的人物和富有特征的情节，使这首诗显得干净利落，不枝不蔓，充分体现了叙事诗的特点。在这一方面，《安哲鲁》同兰姆姐弟改写的莎士比亚故事极其相似。兰姆姐弟的故事集是1809年1月出版的，普希金是否读过该书，无从查考，但两部作品在叙事的概括、集中、凝练方面，却有异曲同工之妙。

同《量罪记》相比，《安哲鲁》的另一个不同特点是叙事与抒情的结合。叙事诗虽然以刻画人物、描绘环境、叙述事件为主要任务，但它毕竟是诗，而诗的本质是抒情的，因此，一首好的叙事诗必然带有强烈的抒情色彩。无怪乎它常常被人称为“抒情的叙事诗”或“主观的客观诗”。别林斯基说：“拜伦和普希金的长诗都属于抒情长诗之列。在这些长诗中，不像长篇史诗中那样，占主要地位的是事件；而是像戏剧中那样，占主要地位的是人；或者，事件和人这两方面是势均力敌，互相渗透的。它们的主要特点在于：在它们里面，只选取并集中事件的诗情瞬间，并且把生活的散文加以理想化和诗意化。”① 普希金的《高加索的俘虏》《巴赫契萨拉伊的喷泉》《茨冈人》《波尔塔瓦》《铜骑士》就属于这种类型。它们或用抒情语调叙事，或在叙事中夹着抒情，或通过对话来抒情。作为一首叙事诗，《安哲鲁》全篇贯穿着一种冷峻、客观、平静的语调，但在叙事的过

① ［俄］别林斯基：《诗歌的分类和分科》，见《别林斯基选集》第3卷，满涛译，上海译文出版社1980年版，第35页。

程中，有时也出现作者的抒情插叙：

朋友，你们可相信，这阴沉的额头，
这狠毒的灵魂的阴森森的镜子，
竟永远拴住了一个女子的心，
竟能博得一个温柔的美人的欢喜？
是奇迹吗？然而是事实。有一个人
温柔、悲伤、恭顺，爱上了这个凶神，
这个罪人，这个傲慢的安哲鲁，
但是却被他抛弃，受尽折磨和痛苦。①

此外，《安哲鲁》还运用了诗化的对话。对话是一种戏剧语言，是戏剧的重要特征。普希金最善于吸取戏剧的长处，在叙事诗中广泛地运用对话，这对于打破单一的叙述语调，更生动地刻画形象和叙述事件，有着重要的作用。《茨冈人》中的阿列哥同泽姆菲拉，阿列哥同老人的对话，《波尔塔瓦》中马塞帕同玛丽雅，奥尔里克同柯楚白的对话就是明显的例子。在《安哲鲁》中，普希金也大量运用了个性化的对话，让人物用自己的语言来表现自己的特征。如伊莎贝拉同安哲鲁的两次交锋都是通过对话来进行的。这两段对话把伊莎贝拉的纯洁高尚和安哲鲁的冷酷虚伪表现得淋漓尽致，而且正是在他们的对话中，事件也向前发展了。

总之，普希金在《安哲鲁》中把抒情诗、叙事诗和诗剧三种形式融为一体，而以叙事诗为主体。他在谈到这部作品时说："我们的批评家们没有注意这个剧本，并且认为这是我最差的作品之一，其实我没有写出任何更好的作品。"②

综上所述，普希金在建立俄罗斯民族文学的过程中，对莎士比亚既有所师承，又有所批评，既有所借鉴，又有所发展，从而把俄罗斯文学推进到了一个新阶段。这就是普希金对莎士比亚的真正态度。很明显，本文开

① ［俄］普希金：《安哲鲁》，冯春译，见卢永选编：《普希金文集》第3卷，人民文学出版社1995年版，第464页。

② ［俄］普希金：《普希金论文学》，张铁夫、黄弗同译，漓江出版社1983年版，第173页。

头提到的阿尼克斯特的那种观点是不全面的，站不住脚的。当然，近年来情况有所变化，俄国学者对普希金（也包括其他俄国作家）与外国作家的师承关系采取了比较客观、现实的做法，而不再坚持“不承认主义”，甚至沙文主义的态度，这是可喜的，也是值得欢迎的。

普希金与密茨凯维奇

在19世纪前期的斯拉夫文学中，有两位声名赫赫的大诗人，一位是俄国的普希金，另一位是波兰的密茨凯维奇。他们在本国同为“文章首领”（鲁迅语），而且在欧洲同享盛名。早年，共同的道路和命运使他们结成了诚挚深厚的友谊，后来由于政治观点的严重分歧，双方进行过一场诗的论战。这场论战是怎样引起的？苏联学者是怎样看待这场论战的？今天我们究竟应该怎样看待它？下面我们就这些问题谈谈自己的看法。

一、两座紧紧拥抱的山峰

1826年10月，刚从米哈伊洛夫斯科耶解除流放、回到莫斯科的普希金，认识了因爱国罪被沙皇政府流放到俄国内地的密茨凯维奇。在此之前，两人早已互相倾慕，因而一见如故，大有相见恨晚之意。从此，两人成了莫逆之交。

普希金对密茨凯维奇非常器重和尊敬。在莫斯科文学界欢迎普希金的一个午宴上，密茨凯维奇曾以《被土耳其民众杀害的伊斯坦布尔东正教总主教之死》为题即席赋诗。他沉思片刻，脸上焕发出灵感的光彩，然后朗诵了这篇优美的散文诗。朗诵完毕之后，普希金欣喜若狂，从座位上一跃而起，在房间里边跑边喊道：“了不起的天才，了不起的圣火，我落在他后面了。”[①] 1828年的一天，诗人茹科夫斯基对普希金说：“老弟，听我

① 见《批评家普希金》，莫斯科：国家文艺出版社1950年版，第575—576页。

说，他（密茨凯维奇）一定会大大胜过你。”普希金回答说：“你不要这么说，他已经胜过我了。”① 还有一次，普希金在街上遇见密茨凯维奇，连忙闪到一边说道：“爱司走来，小二让开！”密茨凯维奇立即回答道：“王牌小二，打败爱司！”② 为了向俄国读者介绍密茨凯维奇的作品，普希金亲自翻译了《总督》和《三个布德雷斯》（俄译名为《布德雷斯和他的儿子们》），他还试图翻译长诗《康拉德·华伦洛德》，并且译出了它的开头部分，只是因为感到力不胜任才算作罢。后来，他在中篇小说《杜布罗夫斯基》第十四章的开头，借用了密茨凯维奇的长诗中的形象：“玛利亚·吉里洛夫娜在自己的屋子里坐在敞开的窗户前面，在绣花架上刺绣。她没有用错了丝线，不像康拉德的情人那样在爱情的迷惘中竟用绿线绣玫瑰花。”③ 这段描写说明了普希金对《康拉德·华伦洛德》的熟悉和喜爱。在诗体小说《叶甫盖尼·奥涅金》中的《奥涅金的旅行片断》一节，普希金谈到了密茨凯维奇在克里米亚的活动：

> 密茨凯维奇曾在那儿歌唱，
> 他在岸边的岩石中，满怀灵感，
> 思念着他的祖国立陶宛。④

密茨凯维奇对普希金也怀着同样的尊敬和热爱。他出席过《鲍里斯·戈都诺夫》的朗诵会，两人常常促膝交谈。他曾亲自对普希金说：“只要命运允许，你一定会成为莎士比亚！”⑤ 后来他在回忆普希金时说道：“普希金以他的灵活、锐敏、明澈的智慧吸引了和惊倒了听众，他赋有非凡的记忆、正确的见解和精纯而高尚的趣味。”⑥ 在《彼得大帝的塑像》一诗

① 见《批评家普希金》，莫斯科：国家文艺出版社 1950 年版，第 576 页。

② 见《批评家普希金》，莫斯科：国家文艺出版社 1950 年版，第 576 页。

③ ［俄］普希金：《杜布罗夫斯基》，刘辽逸译，见卢永选编：《普希金文集》第 6 卷，人民文学出版社 1995 年版，第 275—276 页。

④ ［俄］普希金：《叶甫盖尼·奥涅金》，智量译，见卢永选编：《普希金文集》第 5 卷，人民文学出版社 1995 年版，第 341—342 页。

⑤ ［苏］马克西姆·雷里斯基：《波兰人民的歌手》，孙玮译，见《译文》1955 年 5 月号，第 127 页。

⑥ ［俄］C. 彼得罗夫《普希金传》，朱笄译，时代出版社 1950 年版，第 60 页。

中，密茨凯维奇记述了他和普希金的深情厚谊：

在下雨的晚上，有两个青年站着长谈，
只披着一件大衣，他们的手握得紧紧：
一个就是那从西方来的流浪者，
沙皇的暴力之下的无名的牺牲；
还有一个是著名的俄国诗人，
全北方的人们都热爱他的诗歌。
虽然他们的友谊发生于不久之前，
他们互相的爱慕却将他们结合。
他们的灵魂升腾于世间的悲痛之上，
像是突出在阿尔卑斯山顶的一对巉岩：
有一道奔腾的小河将它们隔开了，
可是这敌人的喧哗，它们几乎不曾听见。①

是的，普希金和密茨凯维奇正像阿尔卑斯山上的两座紧紧拥抱的山峰，巍然屹立在欧洲文坛之上。

二、一场诗的论战

1828 年，密茨凯维奇在彼得堡出版了历史故事诗《康拉德·华伦洛德》，它通过一个立陶宛青年化名诈降十字军武士团，谋反复仇，以身殉国的故事，热烈歌颂了立陶宛人民的爱国主义精神。彼得堡的书刊检查官昏庸无能，不懂其意，竟然大笔一挥，批准付印。可是华沙当局却嗅出了它的革命气味，指责诗人鼓动复仇和造反。诗人的俄国友人们担心他再受迫害，决心设法帮助他逃离俄国。1829 年 5 月，密茨凯维奇启程前往德国。从此，两座紧紧拥抱的山峰被拆开了，两位诗人的感情逐渐疏远了，甚至产生了敌意。这不是由于地理上的距离，而是由于政治上的分歧。

1830 年 11 月 29 日，波兰人民在法国和比利时等国革命浪潮的推动

① ［波兰］密茨凯维支：《密茨凯维支诗选》，孙用译，作家出版社 1954 年版，第 108 页。

下，在华沙发动了武装起义，企图摆脱沙皇俄国的统治，建立一个独立自由的国家。起义者迅速占领了康斯坦丁大公的官邸贝尔维德尔宫和军火库，经过一夜激战，占领华沙，赶走了康斯坦丁和俄国军队，成立了临时政府。然而，由于起义者缺乏明确的政治纲领和斗争经验，胜利果实落到了保守妥协的大贵族阶级手里，于是起义逐步走向衰落。1831 年俄历 8 月 26 日（公历 9 月 8 日），沙俄将军帕斯凯维奇率部攻陷华沙，新政府宣布投降，十一月起义宣告失败，波兰又重新沦为沙皇俄国的殖民地。十一月起义虽然失败了，但对于波兰人民来说，它却是一次爱国主义的壮举，成千上万的人为保卫华沙流尽了最后一滴鲜血。因此，对每一个革命者来说（不管他是不是波兰人），这次起义无疑是一块试金石。

起义爆发的时候，密茨凯维奇正旅居罗马。他一听到这个消息，精神极其振奋，立即准备回国。第二年春天，他离开罗马，动身前往波兰参加斗争。由于起义失败，他在波兹南受阻，未能到达华沙，心中无限懊恼。后来，他和一些波兰流亡者一起到了德累斯顿。他在给起义的一位领导者列列威尔的信中说："上帝不让我参加这样伟大的、这样重要的事业。我现在只有一个希望：将来千万不要无所事事，像死人似的。"① 他虽然未能亲自参加战斗，但是他的《青春颂》却成了起义的战歌，被誉为波兰青年的《马赛曲》。在华沙市政府的墙上赫然写着《青春颂》的最后两句诗：

> 敬礼！"自由"的晨曦！
> "拯救"的太阳正跟着你上升！②

在德累斯顿，他怀着十一月起义激发的爱国热情和对沙皇俄国的深仇大恨，写下了《先人祭》第三部。这部作品以沙皇政府迫害立陶宛爱国团体"爱德社"事件为主线，强烈控诉了沙皇俄国镇压立陶宛人民的血腥罪行，塑造了一批青年复仇者的光辉形象。它为波兰人民吹响了复仇的号

① ［波兰］密茨凯维支：《密茨凯维支诗选》，孙用、景行译，人民文学出版社 1980 年版，前言第 5 页。

② ［波兰］密茨凯维支：《密茨凯维支诗选》，孙用、景行译，人民文学出版社 1980 年版，第 96 页。

角，谱写了一曲解放的战歌。作品完成之后，他在给列列威尔的信中说："我把这部小作品当作是战争的继续，既然刀箭已经放下，就该用笔把这场战争继续下去。"① 上述事实充分说明，密茨凯维奇同波兰人民的解放事业是血肉相连的。

与密茨凯维奇相反，普希金则站在另一种立场上看待十一月华沙起义。当波兰军队英勇抗击俄军的进攻时，法国国会议员拉费叶特、摩根等人主张法国出兵进行武装干涉，以阻止俄军的进攻，普希金对此非常恼怒。1831 年俄历 6 月 1 日，他在给诗人维亚泽姆斯基的信中说："一不留心，欧洲就会揪住我们不放。"② 俄历 8 月 2 日，他写了《致诽谤俄罗斯的人》一诗，把沙皇俄国对波兰的侵略说成是斯拉夫人之间的"古老的家庭争端"，提出"斯拉夫支流能不能汇合在俄罗斯大海？"俄历 8 月 26 日（公历 9 月 8 日），帕斯凯维奇将军的队伍开进华沙，这一天适逢鲍罗金诺战役十九周年。消息传来，普希金异常兴奋，立即写了《鲍罗金诺战役纪念日》一诗，欢呼俄军在华沙的胜利：

……在鲍罗金诺纪念日，
我们的战旗又冲锋陷阵，
插上攻克的华沙城的豁口；
华沙就像溃逃的败军，
把血染的旗帜扔进尘埃，
叛乱被平定，于是天下太平。③

在同一首诗里，普希金还大肆吹捧帕斯凯维奇将军的赫赫战功，为他树碑立传：

胜利啦！多么甜蜜的时刻！
俄罗斯！起来，昂首挺立！

---

① 见《密茨凯维奇全集》第 15 卷，华沙，1955 年版，第 31 页。

② 见《普希金文集》第 10 卷，莫斯科：国家文艺出版社 1962 年版，第 34 页。

③ ［俄］普希金：《鲍罗金诺战役纪念日》，见《普希金抒情诗全集》下卷，冯春译，上海译文出版社 2009 年版，第 394 页。

响起来吧，普天同庆的欢呼！……
但是在他的卧榻周围
欢呼的声音要轻些，再轻些，
是他狠狠报复了种种凌辱，
是他征服了托罗斯山脉，
埃里温也在他面前屈服，
三次战争带给他殊荣，
他和苏沃洛夫一样功勋卓著。①

上述两首诗收在《庆祝攻占华沙·茹科夫斯基和普希金的三首诗》这一小册子中。它们出版之后，理所当然地引起了密茨凯维奇的愤慨。于是，他在写完《先人祭》之后，又写了七首政治诗，作为第三部的附录。其中《彼得大帝的塑像》一诗把彼得大帝的统治称作“暴政”，这是一首反专制的诗；另一首题为《致我的俄国友人们》的诗，则谴责了某些俄国友人的背叛行为，这显然是针对普希金等人写的。诗的开头十二行，密茨凯维奇追忆了他与十二月党人的友谊，对雷列耶夫的牺牲、别斯土舍夫的流放表示了真挚而深切的同情，接着诗人写道：

别的人们大约遭受着更可怜的运命；
有些，也许还受了当局收买的引诱，
居然把他的自由的灵魂卖给沙皇，
今天，就正在大人物的门槛上叩头。

或者，他的贪婪的舌头只称颂暴君，
对于朋友们的殉难反而衷心地欢笑；
他玷污着我的血，咒骂着革命者，
夸耀着可耻的行为，当作高尚的目标。

最后，诗人以下面四行结束了全诗：

① ［俄］普希金：《鲍罗金诺战役纪念日》，见《普希金抒情诗全集》下卷，冯春译，上海译文出版社 2009 年版，第 396 页。

假如你们中间有人叫喊，在我看来，
他的不安的诉怨，只像是狂吠着的狗，
它锁得太久了，而且最后它还准备着：
也要去咬那只给与它自由的手。①

普希金读到密茨凯维奇的诗后，于1833年写了叙事诗《铜骑士》，作为对密茨凯维奇的《彼得大帝的塑像》的回答。在这篇长诗里，普希金“承认专制政权不但拥有从肉体上摧毁人们的力量，还具有重大的道德意义”②。1834年8月10日，普希金又写了《他曾生活在我们当中》一诗，作为对《致我的俄国友人们》一诗的回答。全诗共十九行，前面十二行也是回忆双方的友谊的，接着普希金笔锋一转，写道：

……他到/西边去了——我们为他祝福，/给他送行。但如今这和蔼的诗人/却成了我们的仇敌——为了迎合/一群狂暴的无知之徒，他竟在/诗歌中注入毒汁。从远方不断/传来这位愤恨的诗人的声音，/多么熟悉的声音！……上帝啊，请以/你的真理与和平净化他的心灵。③

这首诗写成之后不到三年，普希金在决斗中被害；密茨凯维奇也于1855年在土耳其病逝。

三、为尊者讳与全盘否定

一百多年来，普希金与密茨凯维奇之间的这场诗的论战，并未随着两位诗人的逝世偃旗息鼓，而是由研究家们继续进行着。以丹麦著名文学史家和文学评论家勃兰兑斯为代表的一派，完全站在密茨凯维奇一边，对普希金后期的立场进行了严厉的指责。勃兰兑斯说：“他们之间的根本不同

① ［波兰］密茨凯维支：《致我的俄国友人们》，景行、孙用、孙玮译，见《译文》1955年5月号，第100—101页。

② ［俄］卢那察尔斯基：《论文学》，蒋路译，人民文学出版社1978年版，第129页。

③ ［俄］普希金：《他曾生活在我们当中》，见《普希金抒情诗全集》下卷，冯春译，上海译文出版社2009年版，第452页。

点在于：普希金在早年对专制政权采取了抗争的叛逆的态度以后，甘心受沙皇尼古拉的笼络，抛弃了对青年时期的理想的全部信仰；而密茨凯维奇却至死忠于他最初的政治热忱和希望。”[①] 他还说：“尽管在他们的一生中，有一个时期，他们有过一段彼此为对方所吸引的经历，尽管他们同出于拜伦的师门，他们在一些方面却形成而且一直成为对比：普希金全身心都是一个贵族，一个为少数人写作的诗人，一个鄙视多数人的人；而密茨凯维奇代表完全献身于他的民族的精神。对普希金来说，做一个民族诗人意味着和统治当局和解，同时和对自由以及对欧洲的未来的信念决裂；而密茨凯维奇只是在割断同俄国当局的一切瓜葛，表现出一种同普希金的日甚一日的志得意满适成鲜明对照的乐观的热忱时，才成为民族诗人。”[②] 鲁迅在1907年写的《摩罗诗力说》一文中，几乎逐字逐句重复了勃兰兑斯的这些观点。多年来，我国一些研究鲁迅的文章在涉及这个问题时，又多半喜欢把鲁迅的话加以重复。

苏联研究家们在论及普希金与密茨凯维奇的关系时，则往往采取“为尊者讳”的态度，只谈友谊，不谈分歧，极力掩饰普希金的错误。例如，C. 彼得罗夫在《普希金传》中说：“普希金在莫斯科……遇见了伟大的波兰诗人亚当·密茨凯维奇。密茨凯维奇用真挚的友谊回答了普希金。后来，在《他曾生活在我们当中》这篇断章中，普希金回想起他们同密茨凯维奇倾谈之际，如何梦想过那个‘各民族忘却纷争，联合在一个大家族中’的时代。”[③] 又如Б. В. 托马舍夫斯基在《普希金诗集》（三卷集）的前言中说：“虽然命运使两位诗人分离，但他们仍然互相尊敬。普希金在以后又翻译了密茨凯维奇的两首诗（《布德雷斯和他的儿子们》《总督》），密茨凯维奇在普希金逝世后发表了真挚的追悼文章，并在巴黎的讲座中给

---

① ［丹麦］勃兰兑斯：《十九世纪波兰浪漫主义文学》，成时译，人民文学出版社 1980 年版，第54页。

② ［丹麦］勃兰兑斯：《十九世纪波兰浪漫主义文学》，成时译，人民文学出版社 1980 年版，第59—60页。

③ ［俄］C. 彼得罗夫：《普希金传》，朱笄译，时代出版社 1954 年版，第 59—60 页。译文略有改动。

普希金的诗以崇高的评价。”[①]

更有甚者，某些苏联研究家还极力为普希金的错误进行辩护，公然对密茨凯维奇进行指责。《普希金诗集》（三卷集）在一条注释中说：“密茨凯维奇于1829年出国，不久，他对俄国的态度大变，这种态度反映在组诗《彼得堡》中，其中收有讽刺诗《致俄国友人》。”[②] 雷里斯基在《波兰人民的歌手》一文中说：“但是我们不能不承认，在他的生活的某些时期，特别是在他最后的（而且相当长的）流亡时期中，密茨凯维奇谈到自己对沙皇俄国的憎恨时，有时也谈的是整个俄罗斯，这显然是错误的。我们从《先人祭》第三部的附录中可以格外明显地看到这一点。普希金在他那篇关于密次凯维奇的著名的诗《他曾生活在我们当中》末尾所指的，也正是诗人的这些情绪。”[③] A. A. 泽尔恰尼诺夫和 H. Г. 波尔费利多夫在《俄罗斯文学》（中等师范学校教科书）中说：

> 19世纪30年代初期，某些欧洲国家利用波兰的社会骚乱，开始鼓吹进行反俄“十字军远征”。例如，法国议会就公开讨论过保卫波兰，反对俄国的军事行动问题。普希金的《致诽谤俄罗斯的人》一诗就是反对对俄国事务的这种外来干涉的。诗人把俄波之战视为“斯拉夫人之间的家庭争端”。他认为，从全体斯拉夫人的利益和俄国的国家体制的观点来看，波兰的独立是危险的。……
>
> 《鲍罗金诺战役纪念日》（1831）一诗是在获悉1831年8月26日俄军攻克华沙之后所作。在谈到俄军进入华沙一事时，普希金对波兰人民完全没有任何敌意。他怀着一个民主主义者和人道主义者的崇高思想指出：
>
> 我们没有把敌人踩在脚底……

---

① 见《普希金诗集》（三卷集）第1卷，列宁格勒：苏联作家出版社列宁格勒分社，1955年版，第33页。

② 见《普希金诗集》（三卷集）第3卷，列宁格勒：苏联作家出版社列宁格勒分社，1955年版，第866页。

③ ［苏］马克西姆·雷里斯基：《波兰人民的歌手》，孙玮译，见《译文》1955年5月号第119页。

我们没有焚烧他们的华沙……

普希金向俄罗斯的敌人提出了警告。即使现在，诗人的这些话依然可以作为对一切胆敢破坏俄罗斯人民安宁和自由的人的一种严厉警告。①

《普希金文集》（三卷集）在《致诽谤俄罗斯的人》一诗的注释中，还引用了恩格斯关于1830年波兰革命是一次“保守的革命”的话，并说：“普希金认为它是对俄罗斯国家的完整和安全的威胁。”② 言外之意，沙皇俄国对这场革命的镇压是天经地义的。

我们认为，苏联研究家们的上述种种观点都是站不住脚的。他们把普密之争的责任完全归咎于密茨凯维奇，指责他离开俄国以后“对俄国的态度大变”。这种所谓“态度大变论”是不值一驳的。我们知道，密茨凯维奇生活的时代，正是波兰人民遭受沙皇俄国的压迫、争取民族解放的时代。在他出生之前三年（1795年），波兰遭到普鲁士、奥地利和沙皇俄国的第三次瓜分，国家彻底沦亡，开始了长期被奴役的历史。他的故乡立陶宛被并入沙皇俄国的版图，成为沙皇俄国的一个省。因此，密茨凯维奇“一出世就遇到奴役，在襁褓之中就被钉上锁镣”。异族的压迫、父亲的教诲，使他从小就受到爱国思想的熏陶，在心里燃起了复仇的火焰。1815—1819年，密茨凯维奇在维尔诺大学学习期间，在“为了祖国、学问和正义”的旗帜下，和一些同学发起、组织了爱国团体“爱学社”与“爱光社”，后来又积极参加了“爱德社”的活动。1823年10月，他因“爱德社”事件遭到沙皇政府逮捕，一年以后被流放到俄国内地。1829年逃离俄国之后，诗人长期流亡西欧。沙俄政府的迫害和颠沛流离的生活，更加坚定了诗人同沙俄统治者进行斗争的决心。1831年，他长途跋涉，返回波兰，打算亲自参加抗俄的武装斗争；起义失败之后，他在德累斯顿完成的《先人祭》第三部，直接揭露了沙皇政府的参政员诺沃西尔佐夫镇压波兰

① A. A. 泽尔恰尼诺夫、H. Г. 波尔费利多夫：《俄罗斯文学》，莫斯科：国家教育出版社1959年版，第320—321页。

② 见《普希金文集》（三卷集）第1卷，莫斯科：国家文艺出版社1954年版，第491页。

人民的滔天罪行，热烈歌颂了青年复仇者们的英勇斗争精神。同二、四部相比，第三部在思想内容上发生了一个飞跃：波兰人民同沙皇政府的矛盾被提到首位，神秘的宗教色彩被强烈的政治气氛所代替，主人公古斯塔夫对玛利亚的爱转化为新主人公康拉德对祖国的爱。1834 年密茨凯维奇完成了他的另一部主要作品——长诗《塔杜施先生》，它讴歌了波兰人民团结友爱、共同抗击沙俄殖民者的神圣事业和正义斗争。这两部作品的主旋律都是复仇和解放。1853 年，俄土战争爆发，密茨凯维奇决心前去直接进行抗俄斗争。他于 1855 年 9 月 8 日启程前往君士坦丁堡，在那儿组织了一支波兰军团。遗憾的是，两个多月以后，他因患霍乱在君士坦丁堡逝世。密茨凯维奇的一生说明，他对沙俄统治者的立场是鲜明的，一贯的，根本不存在什么“态度大变”的问题。

当然，对沙皇政府“态度大变”的人是有的，但不是密茨凯维奇，而是普希金。少年时代的普希金，由于受到卫国战争所激起的爱国热情和自由思想的影响，曾经立志推翻沙皇专制制度。在外交部供职期间，他创作了一系列政治抒情诗和讽刺诗，热情歌颂自由与进步，猛烈抨击农奴制度和整个沙皇专制制度。在《自由颂》（1817）中，他明确宣布：“我要对世界歌颂自由，我要抨击宝座上的恶行。”在《致恰阿达耶夫》（1818）中，他号召青年一代把心灵的美丽的激情献给祖国的解放事业，为推翻沙皇专制制度而奋斗。这首脍炙人口的诗的最后几行，曾被十二月党人刻在自己的徽章上。在《乡村》（1819）中，他通过优美的自然风光和残酷的社会压迫的对照描绘，强烈地控诉了农奴制度的罪恶。由于这些诗歌的革命倾向，普希金被沙皇政府流放到南方，后来又被解往北方普斯科夫省的米哈伊洛夫斯科耶，前后达六年多之久。然而在返回莫斯科以后，“他自己做了种种努力来缓和他的叛逆行为，使自己仍旧能够颇为合法地参加‘欢乐、闲谈、双手沾满鲜血’的社会”[①]。于是他写出了《致诽谤俄罗斯的人》《鲍罗金诺战役纪念日》和《他曾生活在我们当中》等诗。在这些诗中，他把华沙起义视为“暴乱”，把密茨凯维奇宣布为“敌人”，歌颂

① ［俄］卢那察尔斯基：《论文学》，蒋路译，人民文学出版社 1978 年版，第 107 页。

刽子手的武功，美化侵略者的战争，宣扬泛斯拉夫主义，表现出强烈的沙文主义的情绪。凡此种种，无不说明普希金离开了自己早期的立场。

苏联研究家们的所谓“革命保守论”，也是不值一驳的。不错，恩格斯在谈到1830年华沙起义时，说过“这是一次保守的革命”。然而这句话并不是孤立地说的，它只是一段话中的最后一句。且看恩格斯这段话的全文：“直截了当地说，1830年的起义既不是民族革命（波兰的四分之三没有卷入起义），也不是社会的或政治的革命；这次起义一点也没有改变人民的内部状况；这是一次保守的革命。”① 在这段话之前，恩格斯还说了一段话：“1830年的波兰贵族所希望的是什么呢？就是保卫已得的权利不受帝王方面的侵犯。贵族把起义局限于维也纳会议乐于称为波兰王国的一块不大的地区；不让波兰其他地方也爆发起义；农民的农奴身份原封未动，依旧过着非人的牛马生活；犹太人依旧处于屈辱的地位。如果在起义的过程中，贵族不得不向人民让步，那也只是在最后，当起义已经注定要失败了的时候。”② 很明显，恩格斯在这两段话里，批评了掌握华沙起义领导权的波兰贵族所执行的错误路线。他们不敢在全国广大的地区发动起义，仅仅把起义局限在一块小的地区；他们没有废除农奴的依附地位，因而起义没有得到广大农民的支持。由于上述原因，这次起义遭到了沙俄统治者的镇压而归于失败。正是从这个意义上说，这次革命是保守的。这就是恩格斯的论断的原意。苏联研究家们断章取义，歪曲恩格斯的原意，为普希金的错误辩护，为沙皇俄国的侵略行径辩护，这种态度是很不严肃、很不科学的。

苏联研究家们的所谓“波兰独立危险论”更是极其荒谬的。在历史上，波兰是一个独立的主权国家，后来彼得大帝有步骤地毁坏了波兰。从此以后，历代俄国沙皇都习惯于把波兰看作自己的战利品。他们要求波兰服从俄国的最高权威，放弃对立陶宛地区的一切要求，只允许在以俄国沙

---

① ［德］恩格斯：《恩格斯的演说》，见《马克思恩格斯选集》第一卷，中共中央马克思、恩格斯、列宁、斯大林著作编译局编译，人民出版社1972年版，第295—296页。

② ［德］恩格斯：《恩格斯的演说》，见《马克思恩格斯选集》第一卷，中共中央马克思、恩格斯、列宁、斯大林著作编译局编译，人民出版社1972年版，第295页。

皇为国王的条件下恢复波兰。历代沙皇把对波兰的统治和对本国人民的统治看成一致的。他们懂得，一旦失去波兰，国内人民就会起来推翻他们的统治。因此，他们对于波兰的任何独立的尝试总是进行无情的镇压。俄国人民要想获得政治解放和社会解放，必须同波兰革命者团结起来，共同奋斗。波兰的独立和俄国的革命是密切相关、互为条件的。十二月党人清楚地懂得这个道理，别斯土舍夫曾经去立陶宛参加过“爱德社”的斗争，他在立陶宛的革命活动反映在密茨凯维奇的《先人祭》第三部第八场（《参政员》）中。可是普希金却不懂得这个道理，这并不奇怪的。奇怪的是，一百多年以后，苏联某些研究家们竟然喋喋不休地重复老沙皇的“波兰独立危险论”，这不是连十二月党人都不如吗?

至于勃兰兑斯对普密之争的看法，应该说他所持的基本立场是正确的。他论述了密茨凯维奇对自己的政治目标的忠诚，旗帜鲜明地指出了普希金中途倒退的错误，这是他的功绩。但是勃兰兑斯在评价普希金时把普希金视为一个为少数人写诗的彻头彻尾的贵族作家，这种观点却未免失之偏颇。

诚然，普希金作为一个贵族出身的诗人，身上存在着很多贵族习气。早年，他也曾一度把诗歌当作贵族生活的装饰品，但是通观他的全部诗歌理论和诗歌创作，我们不难发现，他并不是为少数人，而是为人民写作的。他的诗歌是属于人民的。他提出：不能为了奴仆的制服写诗，不能为了奖赏和酬金写诗，不能为了博取女人的欢心写诗，不能为了取悦骄狂的世人写诗；他宣布：“我的无法收买的声音是俄罗斯人民的回声。”他号召：“走遍海洋和大陆，用语言点燃人们的心头。”他嘲笑过那些得到“显贵包围，帝子垂青”的宫廷诗人；他鄙视过上流社会的“热烈赞美”；他曾经为自由和革命引吭高歌，并被誉为“十二月党人的歌手”。他的诗歌在俄罗斯广为传诵，激励人们为推翻沙皇专制制度而斗争。

普希金不仅是属于俄罗斯的，而且是属于全世界的。勃兰兑斯还指责普希金后期“抛弃了对青年时期的理想的全部信仰”，这种指责无疑夸大了普希金后期的错误。不错，十二月党人失败之后，普希金曾产生过绝望和恐惧的情绪，我们还可以补充更多的事实：1826 年 3 月 7 日，他在给茹科夫斯基的信中说："无论我的政治观点和宗教观点如何，我都会秘而不宣，而无意狂妄地同现存秩序和要求做对。"① 同年，他在《论国民教育》一文中说："应当相信，那些一度同情阴谋家思想方法的人们如今已幡然醒悟。因为一方面他们明白了他们的企图和手段是如此微不足道，另一方面也看到大势所趋，政府力量无比强大。"② 秋天，他被尼古拉一世从米哈伊洛夫斯科耶召回莫斯科以后，对尼古拉一世也曾一度寄予幻想。他相信过沙皇的诺言，呼吁过沙皇从事改革，歌颂过沙皇的武功。所有这些，无疑是他的贵族偏见的表现，的确在他的创作和生活中留下了明显的暗影。然而，也正是在同一时期，我们看到他依然"唱着昔日的颂歌"，写了《先知》《在西伯利亚的矿井深处》《阿里昂》等富于革命精神的诗篇和《叶甫盖尼·奥涅金》《杜布罗夫斯基》《别尔金小说集》《上尉的女儿》等揭露农奴制度和专制制度的光辉作品。在后期的普希金身上，"和解的普希金"和"叛逆的普希金"同时存在，而起主导作用的仍然是那个"叛逆的普希金"。正如卢那察尔斯基所说："不能说普希金完全背弃了自由主义。他不仅在内心里，甚至表面上也没有这样做过。他后来的信念可以说是一种自由主义的保守主义。"③ 我们认为，卢那察尔斯基的论断是比较客观、公允的。

（原载《湘潭大学社会科学学报》1983 年第 4 期，发表时题为《普密之争的由来及其实质》）

① 见《普希金文集》第 9 卷，莫斯科：国家文艺出版社 1962 年版，第 228—229 页。

② 见《普希金全集》第 6 卷，邓学禹、孙蕾译，浙江文艺出版社 1997 年版，第 40—41 页。

③ ［俄］卢那察尔斯基：《论文学》，蒋路译，人民文学出版社 1978 年版，第 123—124 页。

“别求新声于异邦”
——鲁迅与普希金

一

早在留学日本时期，鲁迅就开始了介绍外国文学的工作。他在1920年为上海群益书社重印的《域外小说集》所写的新序中说：“我们在日本留学的时候，有一种茫漠的希望：以为文艺是可以转移性情，改造社会的。因为这意见，便自然而然的想到介绍外国新文学这一件事。”① 可以说，鲁迅的文学道路就是从介绍外国文学起步的。在1938年6月出版的二十卷本《鲁迅全集》中，译著达十卷之多，占全集之半；他评论或提到过的外国作家则有二十多个国家的近五百人。其中不仅有欧美第一流的文学大师，而且也有亚洲和东欧弱小民族的作家。普希金便是他最早介绍的外国作家之一。

鲁迅没有译过普希金的作品。1942年5月重庆现实出版社刊印的普希金诗集《恋歌》（曹辛编）收有署名鲁迅的一篇译诗《追怀》（即《回忆》）。但关于这首译诗是否出自鲁迅的手笔，有人作过一番考评。叶芋在一篇短文中谈到，他查阅了鲁迅年谱、著译目录等资料，没有发现有关记载。后来，他又请教过一些专家。蒋锡金先生认为此事不可能属实，黄

---

① 鲁迅：《域外小说集序》，见《鲁迅全集》第10卷，人民文学出版社2005年版，第176页。

源先生在给他的信中说，“我从来没有译过普希金的诗（《恋歌》中也收有署名黄源的译诗《纪念碑》——引者），……也从来没有见过或听说过鲁迅翻译普式庚的诗”；“我怕这是战时鱼目混珠的事，不值一提”[①]。

鲁迅虽然没有译过普希金的作品，但他创办的《译文》杂志却为普希金作品的翻译提供了一个宝贵的园地。关于这一点，九十多岁高龄的黄源先生回忆道：“二十世纪三十年代，鲁迅称为‘现在是多么迫切的时候’，时值普希金诞生（应为逝世——引者）百年纪念，鲁迅创办和亲自编辑的《译文》创刊号上，发表的开卷第一篇，就是茅盾译的《普式庚是我辈中的一个》（普式庚即普希金，沿用了鲁迅的译名）。《译文》共出三十五期，发表普希金诗文和关于他的论文，计三十八篇，珍贵插图五十八幅，包括两期普希金逝世百年纪念特刊，成为国难时期宣传和歌颂普希金的主要阵地。”[②]

令人遗憾的是，鲁迅关于普希金的评论也是屈指可数的。除《摩罗诗力说》一文以约一千二百字的篇幅对普希金作了较详尽的论述外，其余言论均散见于文章和书信。如《集外集·〈奔流〉编校后记》《一天的工作·后记》《致孟十还》（1935 年 2 月 7 日）、《致孟十还》（1935 年·6 月 3 日）、《致曹靖华·附件》（1935 年 12 月 6 日）、《致黎烈文》（1936 年 10 月 10 日）、《致黄源》（1936 年 10 月 10 日）等。上述文章和书信，多数也仅仅提到普希金的名字，只有《致黎烈文》和《致黄源》二信对根据普希金小说《杜布罗夫斯基》改编的电影《复仇遇艳》作了评价：“午后至上海大戏院观《复仇遇艳》（*Dubrovsky by Pushkin*），以为甚佳，不可不看也。”[③] “今日往上海大戏院观普式庚之 *Dubrvosky*（华名《复仇遇艳》，闻系检查官所改），觉得很好，快去看一看罢。”[④] 应该承认，鲁迅对普希金并没有作过全面、系统地论述。然而，完全有理由认为，鲁迅是我国普希金研究的先驱，仅《摩罗诗力说》一文就足以确定他在我国普希金研究

① 叶芋：《鲁迅是否译过普希金的诗》，《俄苏文学》1987 年第 1 期。
② 黄源：《黄源题辞》，见孙绳武、卢永福主编：《普希金与我》，人民文学出版社 1999 年版。
③ 鲁迅：《19361010[①]致黎烈文》，见《鲁迅全集》第 14 卷，人民文学出版社 2005 年版，第 165 页。
④ 鲁迅：《19361010[②]致黄源》，见《鲁迅全集》第 14 卷，人民文学出版社 2005 年版，第 166 页。

史上的这一崇高地位。

二

《摩罗诗力说》作于1907年，翌年以令飞的笔名发表于《河南》杂志第2期和第3期，1926年编入杂文集《坟》。“摩罗”乃梵语 Māra 的音译，意为“魔鬼”或“恶魔”。作者在《摩罗诗力说》第一节中说：“摩罗之言，假自天竺，此云天魔，欧人谓之撒但，人本以目裴伦（G. Byorn）。”[①] 可见，所谓“摩罗”，就是骚塞用来称呼拜伦的“恶魔派”，亦即浪漫派，这是鲁迅向异邦所求的“新声”。在这篇文章里，鲁迅重点介绍了八位外国浪漫派诗人，他们是“英国的拜伦和雪莱，俄国的普希金和莱蒙托夫，波兰的密茨凯维奇、斯洛伐斯基和克拉辛斯基，以及匈牙利的裴多菲”。这八位诗人的共同特点是：“无不刚健不挠，抱诚守真，不取媚于群，以随顺旧俗；发为雄声，以起其国人之新生，而大其国于天下。”鲁迅称他们为“精神界之战士”，这是他为中国人民树立的精神榜样。

在关于普希金的部分，鲁迅概括了普氏的一生，相当于一篇小传，而且涉及普氏思想和创作中一些带根本性的问题。

第一，鲁迅在文章中肯定了普希金作为俄罗斯新文学开创者的地位。

普希金是俄罗斯新文学的开创者，这一点早已为俄罗斯和世界许多国家所公认。别林斯基说：“只有从普希金的时代起，俄国文学才开始产生了，因为在他的诗歌中，我们可以感觉到俄国生活的脉搏在搏跳着，这已经不是介绍俄国认识欧洲，而是介绍欧洲认识俄国了。”[②] 屠格涅夫说普希金一个人完成了两项“在其他国家必须用整整一个世纪或一个世纪以上的时间才能做到的工作”——创立语言和文学。[③] 高尔基更称普希金为“一切开端的开端”。

---

① 鲁迅：《摩罗诗力说》，见《鲁迅全集》第1卷，人民文学出版社2005年版，第68页。

② ［俄］别林斯基：《一八四〇年的俄国文学》，见《别林斯基选集》第2卷，满涛译，上海译文出版社1979年版，第404页。

③ ［俄］屠格涅夫：《［莫斯科普希金纪念像揭幕］（1880）》，冯春译，见冯春编选：《普希金评论集》，上海译文出版社1993年版，第517页。

然而，普希金的这种开创者的地位不是一开始就被人们所认识的。普希金生前在本国就经常受到各种文学性和非文学性攻击，甚至受到政治迫害。在他逝世以后，也不时遭到贬损。未来派就曾经宣称要把他同陀思妥耶夫斯基、托尔斯泰等人从现代生活的轮船上扔出去。在西方某些国家，普希金只不过是“俄罗斯的拜伦”而已，他的声誉远逊于陀思妥耶夫斯基、屠格涅夫、托尔斯泰等俄国小说家。

可贵的是，鲁迅在《摩罗诗力说》第七节开头就指出，19 世纪初期，俄罗斯文学开始革新，逐渐获得独立，成绩日益显著，并且具有了同那些先进国家并驾齐驱的气概。“顾夷考权舆，实本三士：曰普式庚，曰来尔孟多夫，曰鄂戈理。”在这里，鲁迅把普希金列为俄罗斯新文学开创者之首，排在莱蒙托夫和果戈理之前，这是与历史完全相符的。因为莱蒙托夫正是在普希金遇害后以《诗人之死》一诗而崭露头角的；至于果戈理，则始终把普希金当作自己的导师。在关于普希金部分的结尾处，鲁迅又写道：“俄自有普式庚，文界始独立，故文史家芘宾（即佩平——引者）谓真之俄国文章，实与斯人偕起也。”这一段话与上引别林斯基的话是完全一致的。

第二，鲁迅正确地论述了普希金与拜伦的关系。

“普希金与拜伦”是普希金学的一个传统论题。过去，俄罗斯学者往往否认普希金与拜伦的相似性，也就是否认拜伦对普希金的影响，只谈普希金的民族性和独创性。别林斯基在评论《亚历山大·普希金作品集》的第五篇文章中说：“从前曾经有人将普希金去同拜伦相比。我们已经不止一次地指出，这种相比多半是错误的，因为再也找不出两个像拜伦和普希金似的，在他们的天性上，从而也在他们的诗歌的激情上是如此对立的诗人了。”① 别氏的这一观点在一个多世纪中成为俄苏学者关于这一论题的基调。某些西方学者则往往忽视普希金的民族性和独创性，把他当作拜伦的纯粹的模仿者。我们认为，上述两种观点是关于这一问题的两个极端。

① ［俄］别林斯基：《亚历山大·普希金作品集（1838—1841）》第五篇摘录，冯春译，冯春编选：《普希金评论集》，上海译文出版社 1993 年版，第 69 页。

在《摩罗诗力说》一文中，鲁迅则站在公正的立场上，用辩证的观点来看待普希金与拜伦的关系。首先，他指出了普希金对拜伦的模仿：“其时（指谪居南方后——引者）始读裴伦诗，深感其大，思理文形，悉受转化，小诗亦尝摹裴伦；尤著者有《高加索累囚行》，至与《哈洛尔特游草》相类。中记俄之绝望青年，囚于异域，有少女为释缚纵之行，青年之情意复苏，而厥后终于孤去。其《及泼希》（*Gypsy*）一诗亦然，及泼希者，流浪欧洲之民，以游牧为生者也。有失望于世之人曰阿勒戈，慕是中绝色，因入其族，与为婚因，顾多嫉，渐察女有他爱，终杀之。女之父不施报，特令去不与居焉。”在这段话里，鲁迅指出，不仅普希金的抒情短诗模仿拜伦，而且他的叙事诗《高加索的俘虏》和《茨冈人》也与拜伦的《恰尔德·哈洛尔德游记》相似。文章用极其精练的语言概括了两部叙事诗的情节，描绘了它们的主人公形象。读者只要回忆一下《恰尔德·哈洛尔德游记》的情节，就会完全信服。其次，鲁迅阐述了普希金与拜伦的不同之处。他指出，普希金叙事诗中的“勇士”，虽然同样遭到世人的放逐，但却没有脱离亚历山大一世时代俄国社会的特点。这种人易于失望，也易于奋起，悲观厌世，意志不坚。普希金对他们并不同情，也不掩饰他们的过失。相形之下，茨冈人的粗犷和纯朴反而变得更加突出。鲁迅援引评论家的话说，普希金将自己的爱好从拜伦式英雄转向“祖国纯朴之民”，就是始于这一时期。再次，鲁迅还结合普希金的诗体长篇小说《叶甫盖尼·奥涅金》，进一步论述了普希金逐渐摆脱拜伦影响的原因。鲁迅对《叶甫盖尼·奥涅金》给予了高度的评价，说它“诗材至简，而文特富丽，尔时俄之社会，情状略具于斯。”不过，鲁迅也指出，它的前两章还受到拜伦的影响，主人公奥涅金“有裴伦式英雄之概”。“厥后外缘转变（客观环境起了变化——引者），诗人之性格亦移，于是渐离裴伦。”的确，普希金离开南方之后，正是十二月党人运动遭到镇压的时期。他开始用冷静的眼光观察社会，拜伦的影响逐渐消失，文风由浪漫主义转向现实主义，文体则由诗歌逐渐转向散文。最后，鲁迅还谈到了普希金摆脱拜伦影响的后果：“所作日趣于独立；而文章益妙；著述亦多。”这就是说，一个具有独创性的、佳作纷呈的俄罗斯民族诗人形成了。应该说，鲁迅对普希金与拜伦关系的论述是相当全面，相当精辟的。

第三，鲁迅批判了普希金后期的错误思想。

普希金被解除流放之后，其主要思想倾向和创作倾向，应该说与流放之前是一致的。尽管他的一举一动受到政府的严密监视，并且因《安德列·谢尼耶》和《加百列颂》等诗多次受到当局传讯，但他依然忠于青年时代的政治理想，“高唱从前的颂歌”，并没成为尼古拉一世的御用诗人。《阿里翁》《在西伯利亚矿井的深处……》《纪念碑》等诗就是他后期讴歌自由的新篇章。然而，也应该指出，普希金后期的确对尼古拉一世存有幻想，有同政府妥协的倾向，这在他给尼古拉一世的一些信中和《斯坦司》等诗中有所反映，而《致诽谤俄罗斯的人》《波罗金诺纪念日》《他曾生活在我们当中》等诗，则明显地表现了他在波兰问题上的沙文主义倾向。在这些诗里，他歌颂了镇压波兰革命的沙俄军队，美化了俄国对波兰的侵略，宣扬了泛斯拉夫主义，甚至宣布波兰革命诗人密茨凯维奇为“敌人”。过去，苏联学者对普希金后期思想上的迷误极力加以掩饰，或百般进行辩护。

在《摩罗诗力说》一文中，鲁迅明确地指出了普希金的上述错误，说他回到莫斯科后，“立言益务平和，凡足与社会生冲突者，咸力避而不道，且多赞诵，美其国之武功。千八百三十一年波阑抗俄，西欧诸国右波阑，于俄多所憎恶。普式庚乃作《俄国之谗谤者》暨《波罗及诺之一周年》二篇。以自明爱国”。在这里，鲁迅把普希金后期企图同政府和解与美化沙俄武功联系起来，可说是深中肯綮。

此外，鲁迅在《摩罗诗力说》一文中还对普希金与莱蒙托夫进行了比较。他认为，普希金与莱蒙托夫都受到拜伦的影响，但两人又很不相同。前者仅仅模仿拜伦厌世主义的外表，而后者汲取的却是拜伦“消极之观念”。因此，前者“终服帝力，入于和平”，而后者则“奋战力拒，不稍退转”。关于普希金与密茨凯维奇的关系，鲁迅也作了较详尽的论述。他谈到，“二人同为斯拉夫文章首领，亦裴伦分支”。所不同的是，普希金年轻时曾企图反对沙皇的势力，后来却“失其英年时之主义”，而密茨凯维奇“由长此保持，洎死始已也”。谁是谁非，鲁迅的态度是非常鲜明的。

需要说明的是，《摩罗诗力说》一文的观点和材料并非完全属于鲁迅。除总论（第一、二、三节）外，其余六节都有材料来源。第七节关于普希金生平与创作的论述，主要依据八杉贞利的《诗宗普希金》一书，而关于普希金后期的思想错误，则主要依据勃兰兑斯的《俄国印象记》一书。不过，鲁迅并非照搬上述二书的观点，而是有所取舍，也有主见。例如，八杉贞利认为，俄国的浪漫主义是由于普希金接受拜伦主义而形成的，“而裴论之摩罗思想，则又经普式庚而传来尔孟多夫”，鲁迅则认为，普希金对拜伦的模仿仅仅停留于表面，“追放浪之生涯毕，乃骤返其本然”。至于对普希金“爱国思想”的评价，鲁迅与八杉贞利的观点也是不同的。八杉贞利在《诗宗普希金》一书中说：“1831 年波兰再次发生叛乱，俄国国民的爱国心一时大为高涨。尤其因为当时西欧各国对波兰表示同情，对俄国抱有敌意的演说、议论大哗，普希金便作《俄国之谗谤者》及《波罗及诺之一周年》二诗，表明了爱国思想。”[①] 鲁迅在《摩罗诗力说》中援引了八杉贞利的话，但紧接着又援引勃兰兑斯的观点，对八杉贞利的话进行批驳，把“武力之恃而狼藉人之自由”的爱国主义，称为“兽爱”，并且指出，“特此亦不仅普式庚为然，即今之君子，日日言爱国者，于国有诚为人爱而不坠于兽爱者，亦仅见也”。这段话虽然只是一番感慨，但却无疑具有普遍的意义。

三

前面谈到，鲁迅除了年轻时在《摩罗诗力说》一文中对普希金作过评述外，后来没有再写过有关普希金的评论文字，也没有翻译过普希金的作品，而对他认为同是俄罗斯新文学开创者的果戈理却推崇备至，数十年如一日。他亲自为《译文》创刊号翻译了果戈理的《鼻子》和立野信之的《果戈理私观》，并曾策划出版果戈理的六卷本选集。更令人敬佩的是，他满腔热情、一丝不苟地翻译了果戈理的《死魂灵》第一部，又在逝世之前

① ［日］北冈正子：《摩罗诗力说材源考》，何乃英译，北京师范大学出版社 1983 年版，第 99—100 页。

抱病翻译它的第二部残稿，可说是鞠躬尽瘁，死而后已。为什么鲁迅对普希金和果戈理的接受有如此之大的差异呢？

首先，一个很重要的原因，是鲁迅对普希金后期思想的不满。

众所周知，鲁迅是一个爱憎极其分明的人，是否“叫喊复仇和反抗”成为他衡量一个外国作家的重要标准。从总的方面来说，他在《摩罗诗力说》一文中对普希金是肯定的，但对普希金后期的思想迷误则进行了毫不留情的批判。因此，他把普希金仅仅称为“国民诗人”，而把密茨凯维奇称为“报复诗人”，把裴多菲称为“爱国诗人”。因为，正如他后来所说，密茨凯维奇“所鼓吹的是复仇，所希求的是解放”[①]，裴多菲是“匈牙利的爱国者，为了祖国而死在可萨克兵的矛尖上”[②]。果戈理不存在普希金后期那样的思想迷误，因而也就不存在鲁迅批评普希金那样的言论。鲁迅甚至把果戈理与那些“叫喊和反抗”的东欧作家划到了一个营垒：“因为所求的作品是叫喊和反抗，势必至于倾向了东欧，因此所看的俄国，波兰以及巴尔干诸小国作家的东西就特别多。也曾热心的搜求印度，埃及的作品，但是得不到。记得当时最爱看的作者，是俄国的果戈理（N. Gogol）和波兰的显克微支（H. Sienkiewitz）。日本的，是夏目漱石和森鸥外。”[③]

当然，果戈理后期曾陷入宗教神秘主义的泥潭之中，并试图在《死魂灵》第二部中塑造出地主阶级的正面形象。对此，鲁迅也是有批评的。他在《〈死魂灵〉第二部第一章译后附记》中说：“果戈理（N. Gogol）的《死魂灵》第一部，中国已有译本，这里无需多说了。其实，只要第一部也就足够，以后的两部——《炼狱》和《天堂》已不是作者的力量所能达到了。果然，第二部完成后，他竟连自己也不相信了自己，在临终前烧掉，世上就只剩了残存的五章，描写出来的人物，积极者偏远逊于没落者：在讽刺作家果戈理，真是无可奈何的事。”[④] 不过，鲁迅对果戈理的批

① 鲁迅：《〈奔流〉编校后记（一——十二）》，见《鲁迅全集》第7卷，人民文学出版社2005年版，第193页。

② 鲁迅：《希望》，见《鲁迅全集》第2卷，人民文学出版社2005年版，第182页。

③ 鲁迅：《我怎样做起小说来》，见《鲁迅全集》第4卷，人民文学出版社2005年版，第525页。

④ 鲁迅：《〈死魂灵〉第二部第一章译者附记》，见《鲁迅全集》第10卷，人民文学出版社2005年版，第453页。

评与对普希金的批评，其性质是根本不同的，因此，对待他们的态度也就大有差异。然而，话又说回来，鲁迅说普希金“少时欲畔帝力，一举不成，遂以铩羽，且感帝意，愿为之臣，失其英年时之主义”，这段话未免夸大了普希金后期的错误，因而也是有失公允的。

其次，鲁迅本人美学思想的变化。

为了“转移性情，改造社会”，鲁迅早年经历了由科学救国到文艺救国的转变。而在文艺领域内，他早年特别推崇和倡导的是浪漫主义文学。无论是译作《月界旅行》《地底旅行》《北极探险记》《域外小说集》，还是取材于异域的创作《斯巴达之魂》，无不具有浓郁的浪漫主义色彩。至于《摩罗诗力说》一文，则可以说是他的浪漫主义的文艺纲领和宣言。它通过对八位外国“摩罗”诗人的论述，系统地介绍了19世纪欧洲浪漫主义文艺思潮，也明确地表达了鲁迅本人的美学思想。

辛亥革命以后，特别是“五四”时期，推翻清朝统治的呐喊化成了变革现实的呼声，于是，那些善于“叫喊和反抗”的、偏重抒发主观感情的“摩罗”诗人逐渐退出了鲁迅的视野。1926年，鲁迅在谈到《摩罗诗力说》等文章时，竟对自己是否写过这些文章产生了怀疑：“这是我做的么？我想。看下去，似乎也确是我做的。……其中所说的几个诗人，至今没有人再提起，……他们的名，先前是怎样地使我激昂呵，民国告成以后，我便将他们忘却了……”（《坟·题记》）之所以出现这种情况，就是因为鲁迅将目光转向了现实主义文学，这是他此时所求的“新声”，果戈理便是鲁迅最喜爱、最推崇的现实主义作家之一。

其实，早在《摩罗诗力说》一文中，鲁迅就谈到了果戈理同普希金和莱蒙托夫的区别：“前二者以诗名世，均受影响于裴伦，惟鄂戈理以描绘社会人生之黑暗著名，与二人异趣，不属于此焉。”而“描绘社会人生之黑暗”正是批判现实主义文学最根本的特征。唯其如此，鲁迅才说，“果戈理几乎可以说是俄国写实派的开山祖师”①。他认为，果戈理具有“伟大的写实的本领”。这种本领，主要表现在以下三个方面：一是通过真实的

① 鲁迅：《〈鼻子〉译者附记》，见《鲁迅全集》第10卷，人民文学出版社2005年版，第515页。

日常生活事件反映出生活的本质，用鲁迅的话来说，“是在用平常事，平常话，深刻的显出当时地主的无聊生活”①。二是辛辣的讽刺。鲁迅认为，果戈理的讽刺“是千锤百炼的”②，而这种讽刺的最主要特点就是人们通常所说的“含泪的笑”。鲁迅指出：“果戈理的‘含泪的微笑’，倘传到了和作者地位不同的读者的脸上，也就成为健康：这是《死魂灵》的伟大处，也正是作者的悲哀处。”③ 这段话精辟地概括了“含泪的笑”那种悲喜剧因素交织的特色。三是生动的形象塑造。鲁迅高度评价果戈理在《死魂灵》中塑造的人物形象。他说：“那创作出来的脚色，可真是生动极了，直到现在，纵使时代不同，国度不同，也还使我们像是遇见了有些熟识的人物。”④ 在另一篇文章中他又说：“其中的许多人物，到现在还很有生气，使我们不同国度，不同时代的读者，也觉得仿佛写着自己的周围，不得不叹服他伟大的写实的本领。”⑤ 这两段话所谈，实际上就是现实主义创作中的典型化问题。鲁迅认为，果戈理笔下的人物，不仅“生动极了”，而且是现实生活中那些“熟识的人物”的高度概括。

总之，“五四”以后，鲁迅不仅积极介绍外国现实主义文学，而且他本人的创作也是以现实主义原则为准绳的。因此，普希金后来很少被他提起，这是不足为怪的。然而，他毕竟在《摩罗诗力说》一文中介绍过普希金。该文是我国普希金研究的第一份重要文献，今天对我们的研究工作仍然具有指导意义，而鲁迅作为我国普希金研究的先驱也必将永垂史册。

（原载《广东社会科学》1999年第6期）

---

① 鲁迅：《几乎无事的悲剧》，见《鲁迅全集》第6卷，人民文学出版社2005年版，第382页。

② 鲁迅：《19350517致胡风》（1935年5月17日），见《鲁迅全集》第13卷，人民文学出版社2005年版，第458页。

③ 鲁迅：《几乎无事的悲剧》，见《鲁迅全集》第6卷，人民文学出版社2005年版，第384页。

④ 鲁迅：《几乎无事的悲剧》，见《鲁迅全集》第6卷，人民文学出版社2005年版，第382页

⑤ 鲁迅：《〈死魂灵百图〉小引》，见《鲁迅全集》第6卷，人民文学出版社2005年版，第460页。

普希金“初临中土”的向导
——戢翼翚与普希金

《上尉的女儿》是第一部译成中文的普希金作品，这在我国学术界已经成了不争之论。阿英在《翻译史话》第一回《普希金初临中土 高尔基远涉重洋》中说：“只要说到俄国文学，从历史的发展上，谁都会首先想起亚历山大·普希金。普希金著作之最初译成中文的，是他的名著《甲必丹之女》，时间是光绪二十九年（1903）。……译本封面，题作《俄国情史》，……”① 戈宝权在《谈普希金的〈俄国情史〉》一文中也说：“俄国的文学作品最初被介绍到我国来，主要是清末民初，也就是19世纪末叶和20世纪初叶的事。……在单行本方面，最早的当推在光绪二十九年（1903年）出版的普希金小说《俄国情史》。”② 阿英和戈宝权所说的《俄国情史》就是普希金的长篇小说《上尉的女儿》，译者为戢翼翚。

一

戢翼翚，字元丞，湖北陨阳府房县人。曾随其父居武昌。1896年旧历3月底，他与唐宝锷、朱忠光、胡宗瀛、吕烈辉、吕烈煌、冯楙谟、金维新、刘麟、韩筹南、李清澄、王某、赵某等十二人，经过总理各国事务衙

---

① 阿英：《小说四谈》，上海古籍出版社1981年版，第229页。

② 戈宝权：《谈普希金的〈俄国情史〉》，见《中外文学因缘——戈宝权比较文学论文集》，北京出版社1992年版，第257页。

门的选拔，作为首批留日学生被派往日本。此事当时在日本曾引起热烈反响。《太阳》杂志在一篇文章中说："清朝于四五年前，仍对我轻侮厌恶，今一朝反省，则对我敬礼有加，且以其人才委托我国教育，我国应如何觉悟反省一己之重任?"该刊另一篇文章也说："中国的急务在发展教育，而教育上的急务在派遣海外留学生；近年派遣学生来向昔日的弟子问道求益，真不愧大国风度。"①

戢翼翚等十三人抵日后，由高等师范学校校长嘉纳治五郎负责实施教育。他在神田三畸町租了一所房子作校舍兼宿舍（后取名亦乐书院），让他们学习日文和普通学科，至于理科和体育等课程，则在高等师范学校"御茶之水"的校舍上课。不过，抵日两三个星期之后，十三人中便有四人因不堪忍受日本人的侮辱和不适应日本饮食而离校归国。后来，又有两人中途退学。

1899 年，戢翼翚毕业后，转入东京专门学校学习。求学期间，他创立了专门翻译和出版日本书籍的译书汇编社，这是第一个译书团体。戢翼翚任社长，成员大多为东京专门学校的学生，也有帝国法科大学校、东京高等商业学校、明治法学院等校的学生。该社办有《译书汇编》月刊，创刊号刊登的译文有伯盖司（美）的《政治学》，伯伦知理（德）的《国法泛论》，海留司烈（德）的《社会行政法论》，孟德斯鸠（法）的《万法精理》，卢梭（法）的《民约论》，伊耶陵（法）的《权利竞争论》，鸟谷部铣太郎（日）的《政治学提纲》，有贺长雄（日）的《近世政治史》《近时外交史》，酒井雄三郎（日）的《十九世纪欧洲政治史论》。已译待刊和后来出版发行的有关于政治学、经济学、教育学、历史学、社会学、法学、新闻学等方面的著作五十余种，类似我们现在的丛书。1901 年，梁启超在《清议报第一百册祝辞并论报馆之责任及本馆之经历》一文中说："《译书汇编》至今尚存，能输入文明思想，为吾国放一大光明，良好珍诵。"② 冯

① ［日］实藤惠秀：《中国人留学日本史》，谭汝谦、林启彦译，生活·读书·新知三联书店 1983 年版，第 2 页。

② ［日］实藤惠秀：《中国人留学日本史》，谭汝谦、林启彦译，生活·读书·新知三联书店 1983 年版，第 221 页。

自由在《辛亥前海内外革命书报一览》一文中也说：“《译书汇编》……留学界出版之月刊，以此为最早。所译卢梭《民约论》、孟德斯鸠《万法精理》、斯宾塞《代议政治论》等，促进吾国青年之民权思想，厥功甚伟。”① 此外，戢翼翚还办过《国民报》，并与日本著名女教育家下田歌子在上海开办了作新社，出版了不少日本书的汉译本和日语学习读物。戢翼翚与唐宝锷合著的《东语正规》就是由作新社出版的。实藤惠秀认为，就内容而言，这本书“是中国人第一部科学地研究日语的书”，而就形式（洋装）而言，它也是一部“划时代的作品”。

戢翼翚不仅是一位杰出的翻译家、出版家，而且是一位坚定的革命者。当时的日本是中国革命的重要策源地之一，孙中山、黄兴等人曾多次在日本开展革命活动，很多留日学生是孙中山的拥护者，后来成为辛亥革命的骨干。留日学生的制服甚至被称为革命服。戢翼翚曾被中山先生派往湖北，主持策应革命的工作。他参加了唐才常的自立军起义，事败后返回日本。1907 年，戢翼翚在北京被袁世凯驱逐回籍，翌年抑郁以终。《述戢翼翚生平》一文称他“为留日学生最初第一人，发刊革命杂志最初第一人，亦为中山先生密派入长江运动革命之第一人”②。我们还可以补充说，他也是普希金“初临中土”的向导。

二

1903 年，《俄国情史》曾分别由文开书店、大宣书局和小说林社出版。大宣书局版为 25 开洋装（即今之平装）铅印本，正文六十七页，光绪二十九年（1903 年）印刷，同年 6 月 15 日出版，作新社印刷局承印，定价大洋四角。该书封面为灰色，书名《俄国情史》系手写体竖排。正文第一面印有书的全称《俄国情史 斯密士玛丽传》，括号中注明“一名《花心蝶梦录》”。著译者为：俄国普希罄原著、日本高须治助译述、房州戢翼翚重述。书前载有黄和南的一篇七百字的《绪言》。第一，黄文首先指

① ［日］实藤惠秀：《中国人留学日本史》，谭汝谦、林启彦译，生活·读书·新知三联书店 1983 年版，第 221 页。

② 刘禹生：《述戢翼翚生平》，见《世载堂杂忆》，中华书局 1960 年版，第 150 页。

出，该书的文体为“叙事体”，“非历史，非传记，而为小说”。由于书中“所述者又不出两人相悦之轶事”，因此，实际上就是我国之所谓“传奇”；第二，黄文赞扬了该书的文笔，说译者“能以吾国之文语，曲写他国语言中男女相恋之口吻，其精神靡不毕肖。其文简，其叙事详。其中之组织，纡徐曲折，盘旋空际，首尾相应，殆若常山之蛇”。第三，黄文抨击了包办婚姻，颂扬了自由结婚和男女主人公的忠贞的爱情。文章指出：“夫婚媾何事也，而父母干预之，越俎代庖，有此习惯，致使全国中之男女皆不能得其所，则人生无乐矣，可悲也哉。”而“自由结婚，世界文明之一大证据也”。“弥士之匍匐救玛丽，玛丽之殷勤为弥士哀恳，较之一死塞责者，其情感之深，殆百倍过之，抑亦见自由结婚之善。”第四，黄文有感而发，进一步提出了小说的“责任”问题。作者指出，“吾国之小说，皆以所谓忠臣孝子贞女烈妇等为国民镜，遂养成一奴隶之天下。然则吾国风俗之恶，当以小说家为罪首”。因此他呼吁，“新译小说者，不可不以风俗改良为责任也”。从以上四点来看，应该说，前两点是很有见地的，第三点把一部具有深刻思想内容的小说看成“两人相悦之轶事”，未免有点误读，第四点则是借题发挥。

作为一部“初临中土”的作品，《俄国情史》显然具有我国近代翻译文学初期的某些特点。

第一个特点是间接翻译。鸦片战争以后，随着中国社会的半殖民地半封建化，西方著作开始被大量译过来。从翻译的方式来说，有外国人口述中国人笔录、中国翻译家与归国留学生合作、外国人直接从原文译出、中国人从第三种语言转译（间接翻译）等多种。最后这种方式在当时是普遍采用的，而初期则主要是根据日文转译。一般著作的翻译是如此，文学作品的翻译也是如此。究其原因，一是日本对西方文化的接受早于中国。梁启超在《论学日本文之益》一文中说：“日本自维新三十年来，广求知识于寰宇，其所译所著有用之书，不下数千种，而尤详于政治学、资生学、智学、群学，皆开民智，强国基之急务也。”康有为在《广译日本书设立京师译书局折》中也谈到了日本的译书情况：“其变法自今三十年，凡欧美政治、文学、武备新识之佳书，咸译矣。”二是日文比西文易学，学习日文是了解西方的一条捷径。梁启超说："今诚能习日文以译日书，用力甚鲜，而获益甚巨。计日文之易成，约有数端：音少一也；音皆中之所有，无棘刺扞格之音，二也；文化疏阔，三也；名物象事，多与中土相同，四也；汉文居十六七，五也。故黄君公度，谓可不学而能。苟能强记，半岁无不尽通者。以此视西方，抑又事半功倍也。"[①] 三是留学日本的人数大大超过留学欧美的人数。从时间上来说，中国人赴美留学始于1846年，赴法留学始于1875年，赴英、德留学始于1876年，均早于戢翼翚等十三人赴日的时间，但从人数来说，留日学生则要多得多。1908年以前，留美学生仅一百二十名，赴法、英、德留学的人则更少。然而留日学生的人数却增加较快，1896年为十三名，1899年增至二百名，1906年则猛增至约八千名（据实藤惠秀统计的资料）。张之洞在《游学第二》中说："至游学之国，西洋不如东洋。一、路近省费，可多遣。一、去华近，易考察。一、东文近于中文，易通晓。一、西书甚繁，凡西学不切要者，东人已删节而酌改之，中东情势风俗相近，易仿行，事半功倍，无过于此。"（《劝学篇·外篇》）他还认为，"若学东洋文，译东洋书，则速而又速者也。是故从洋师不如通洋文，译西书不如译东书"。（《劝学篇·外篇》）

在康梁和张之洞等人的提倡下，留日学生纷纷提笔译书，掀起了一个翻译日文书籍的高潮。戢翼翚不仅负责译书汇编社的全盘工作，而且他本人也翻译了辰已小二郎（日）的《万国宪法比较》和那特硁（德）的《政治学》（合译）。《俄国情史》也是根据日文转译的。不过，戢翼翚所据日译本却是根据俄文原著翻译的。译者高须治助（1859—1909），又写作高须治辅，笔名墨浦、五湖（散人），出生于江户（东京）下谷，是秋田藩定居江户的武士富冈英之助的次子，西医高须保的养子。曾在东京外语学校俄语科学习，后中途退学，先后任职于大藏省翻译局和长崎海关，晚年在静冈的俄国俘虏收容所工作，曾任俄国大使馆随从武官的日语教师。1896年7月，他出版个人编撰的最早的俄日辞典《俄日袖珍字汇》

① 梁启超：《论译书（1897年）》，见中国翻译工作者协会《翻译通讯》编辑部编：《翻译研究论文集（1894—1948）》，外语教学与研究出版社1984年版，第19—20页。

（丸善书店）。1883年将普希金的《上尉的女儿》译成日文，题名《俄国奇闻 花心蝶思录》（高崎书房），1886年再版时改题为《俄国情史 斯密士玛丽传》，书中附有六幅插图（说明文字为俄文）。这是日本翻译的第一部普希金作品，戢翼翚所译《俄国情史》即以该书为蓝本。

第二个特点是归化翻译。钱锺书先生认为，文学翻译的最高标准是"化"。他说："把作品从一国文字转变成另一国文字，既不能因语文习惯的差异而露出生硬牵强的痕迹，又能完全保存原有的风味，那就算得入于'化境'。"[①] 钱先生所说的"化"或"化境"，其前提是不能露出"生硬牵强的痕迹"和"完全保存原有的风味"，这与那种无中生有、指鹿为马、牵强附会、随意增删的归化翻译是截然不同的。然而，在初期的翻译文学中，归化翻译却是一种很普遍的现象，林译小说就是一个明显的例证。

毋庸讳言，《俄国情史》也是一部归化式译作。首先是书名和人名的改换。普希金的原作名为《Капитанская дочка》，戢翼翚的译本封面题作《俄国情史》，扉页上印着书的全名《俄国情史 斯密士玛丽传》，括弧中注明"一名《花心蝶梦录》"，这与原著的名称相去甚远，而且是一书三名。女主人公玛莎的名字改成了玛丽，这还算说得过去，因为玛莎本是玛丽亚的小名；可是男主人公格利尼奥夫的名字却变成了斯密士，家仆萨威里奇变成了克灵顿，施瓦勃林变成了胆顿，简直叫人丈二金刚摸不着头脑。无怪乎连戈宝权先生都长期不知该书为何书。由于未见过那个译本，1947年他在为《普希金文集》撰写《普希金在中国》一文时，推测该书原著为《暴风雪》或《杜布罗夫斯基》或《甲必丹之女》，因为三篇小说的女主人公都叫玛丽亚。直到1957年夏天他在阿英先生家中找到这个译本时，才解开这个谜团。[②]

第三是人称和体裁的变化。普希金的原著自始至终以格利尼奥夫自述的口吻，用第一人称写成，只是结尾有出版者写的一个附记。这个附记对

---

① 钱锺书：《林纾的翻译》，见中国翻译工作者协会《翻译通讯》编辑部编：《翻译研究论文集（1949—1983）》，外语教学与研究出版社1984年版，第267页。

② 戈宝权：《谈普希金的〈俄国情史〉》，见《中外文学因缘——戈宝权比较文学论文集》，北京出版社1992年版，第261页。

如何得到格利尼奥夫的手稿，以及格利尼奥夫和玛莎后来的命运作了交待。它还提到格利尼奥夫目睹了普加乔夫受刑的情况。总之，这个附记在提到格利尼奥夫时用的是第三人称，但小说的文本却用的是第一人称，类似于回忆录。与此相反，戢翼翚的译本却自始至终用第三人称叙述，体裁为章回体。全书共十三章（原著为十四章），依次为：

第一章《弥士与家宰克灵顿远出途遇暴客绐骗》
第二章《主仆二人遇大风雪迷途遇异人》
第三章《弥士与丽女玛丽相见并受提安厚遇》
第四章《弥士钟情于玛丽赋诗示胆顿并与胆顿龃龉》
第五章《弥士负伤寄书于其父欲以玛丽为妻不果》
第六章《敌军压境玛丽将远徙避弥士送之》
第七章《玛丽之父母与路顿俱死弥士临刑而复释》
第八章《城中兵燹后凄凉景色及敌酋之述旧恩》
第九章《弥士复与玛丽一见而别及玛丽之寄弥士书》
第十章《弥士匍匐救玛丽复途遇敌酋》
第十一章《敌酋为玛丽解其危并为弥士作伐》
第十二章《弥士从军大破敌酋及政府之逮捕弥士》
第十三章《弥士伏诛胆顿诬之玛丽往圣彼得堡救弥士》

上述十三章，除第九章为原作九、十两章之合并外，其余各章情节基本吻合，但标题却完全中国化了。应该说，译本各章的标题更符合中国读者的阅读习惯和口味，而且提纲挈领地展现了全书的基本情节，连起来读，简直就是一个内容提要。然而，它们毕竟不是翻译，而只能称为改写。

再次是文字与情节的增删。原作白话译本约八万七千字（不含删去的一章），而戢译本仅两万七千字，不足白话译本的三分之一。即使考虑到后者是文言译本这一因素，也还是被压缩了约三分之二的篇幅。被压缩之处主要是各章题词、次要情节、心理描写和场景描写。有趣的是，戢氏一面对原作进行压缩，一面又在译本中添油加醋。如开头的一段文字：

俄罗斯西伯利亚地方，荒烟衰草，僻陋在夷。其山脉则龙蹲虎踞，盘亘万里。其林树则蔚然深秀，高插云表。虽有绝大之平原，而荒凉满目，蹊径始通，豺狼之所穴处，麋鹿之所来游，饥鹰厉虎，寒鸱吓雏，木魅山鬼，野鼠成狐，风嗥雨啸，昏见晨趋，读鲍氏《芜城赋》，则若或遇之矣。

这段话在原作中是没有的，纯系译者杜撰。特别是关于《芜城赋》，更是无中生有。正如阿英所说："普希金未临中国，即知《芜城赋》，可谓'奇迹'，但当时译家风气，大都如此，也不足怪。"①

此外，原作第五章谈到格利尼奥夫给父亲写信，将自己与玛丽亚的爱情禀告父母，请求双亲祝福。小说中并无信的具体内容，但在戢译本中却出现了如下的信：

严父膝下：自违温清以来，为日甚久。昏定晨省，愧未能常侍左右，以尽人子之道，罪之大，殆莫与京焉。乃者，男自旬日以来，因下操场时负伤甚重，不省人事，殆及数日。此间提安夫人相待甚优，为调汤药，坐卧不离，嗣厥疾有瘳，侥幸无恙。夫人之女公子玛丽，年方二九，风神绝世，亦以男病沉重，怜男羁旅，殷勤慰劳，有过寻常。微夫人与玛丽，则微躯决不能幸存，得留此七尺之躬，他日再循南陔问寝侍膳，再生之德，图报靡由。兹者夫人嘱男作书，请吾父为男作主，与玛丽约为夫妇。实出于夫人之垂爱，非男所敢妄求。倘得吾父俞允，实为男女玛丽两人终身之厚幸。男弥士惶恐上言。

这封信亦非普希金所写，而是译者代劳。不过，增也罢，删也罢，戢译本并未伤及原作的主要情节，这是值得庆幸的。

三

上面我们谈到了戢译《俄国情史》作为一部归化式译作存在的问题，然而必须说明的是，责任主要不在中译者，而在日译者。关于书名问题，中译者只不过将日译本第一版书名（《俄国奇闻 花心蝶思录》）和第二版

---

① 阿英：《小说四谈》，上海古籍出版社 1981 年版，第 230 页。

书名（《俄国情史 斯密士玛丽传》）合而为一而已，唯一不同的是将“花心蝶思录”改为“花心蝶梦录”。至于小说中的人名，也是日译者在校阅者服部务松干预下改的。最主要的是，日译本也是一个缩写本。1997 年 8 月，笔者在圣彼得堡市出席第四届“普希金与世界文化”国际会议时，东京俄语学院的藻利佳彦先生赠给笔者一篇题为《关于寄自日本的两张明信片》的文章（俄文）。该文谈到的两张明信片现藏俄罗斯科学院俄罗斯文学研究所（“普希金之家”）。第一张明信片是铃木音平于 1895 年 1 月 10 日写给俄国海军军官米哈伊尔·米哈伊洛维奇·韦肖尔金的。内容如下：

> 直到现在我才履行对您的诺言，歉甚。兹将《上尉的女儿》的译本（删节甚多）奉寄给您。也许译本将与此信同时到达您的手中。
>
> 我愿做您的仆人。
>
> 铃木音平
>
> 1895 年 1 月 10 日

明信片的收信人米·米·韦肖尔金于 1871 年 11 月生于梁赞省，曾在皇村学校读书，后在海军服役。1894 年 11 月至 1895 年 4 月曾乘“御前侍卫”号军舰作环日航行，到过神户、横滨、长崎等地，该明信片和《上尉的女儿》日译本便是在长崎收到的。寄信人铃木音平于 1881 年毕业于东京外国语学校（今东京外国语学院），后在该校任教授，与《上尉的女儿》的译者高须治助很熟。他寄给米·米·韦肖尔金的书即 1893 年出版的高须治助译本。明信片上说，该译本“删节甚多”，这是并不奇怪的。因为明治初年，日本的翻译家常常对原作进行改造，任意变更原作的书名、主题、结构和人物，使之日本化，这就是所谓“豪杰译”。从某种程度上来说，高须治助的日译本就是“豪杰译”，而戢翼翚的中译本只不过是这种“豪杰译”的中国化而已。

戢译《俄国情史》虽然是一部很不完善的译作，但它开了翻译俄国文学名著的先河，因而在我国普希金研究史，乃至翻译文学史和现代文学史上具有重要的意义。

我们知道，我国近代早期的翻译文学，对原作的选择首先是从政治上考虑的，并没有明确的名著意识。梁启超就认为，“彼美、英、德、法、奥、意、日本各国政界之日进，则政治小说，为功最高焉”①。因此，他大力提倡译印政治小说。侦探小说和虚无党小说成为当时翻译文学的两个主流。侦探小说主要译自英、美、法等国，而虚无党小说则译自俄国。从1904年到1911年，陆续印行的虚无党小说就有《虚无党》（1904，内收小说《白格》《加须克夫》《绮罗沙夫人》）、《虚无党奇话》（长篇小说，1904—1906年在《新新小说》杂志连载）、《八宝匣》（1906，载《月月小说》）、《俄国之侦探术》（1906，载《小说时报》）、《女虚无党》（1911，载《小说时报》）等。可贵的是，戢翼翚并未加入虚无党小说译者的行列，而且在虚无党小说流行之前就译出了普希金的《俄国情史》。尽管它的影响远不如虚无党小说，但它却是第一部以单行本形式出版的俄国文学名著。当“虚无美人款款西去”（阿英语）时，文学名著便“施施东来”。从1907年起，陆续印行的俄国文学名著有：莱蒙托夫的《银纽牌》（1907，《当代英雄》中的《贝拉》篇），契诃夫的《黑衣教士》（1907），高尔基的《忧患余生》（1907，《该隐和阿尔乔姆》）、《鹰歌》（1908，《鹰之歌》），普希金的《俄帝彼得》（1909），迦尔洵的《四日》（1909），契诃夫的《六号室》（1909，《第六病室》），托尔斯泰的《心狱》（1913，《复活》）等。可以说，戢翼翚不仅是普希金“初临中土”的向导，而且也是整个俄国文学“得来东土”的向导。

从《俄国情史》出版到现在，将近一个世纪过去了。今天，普希金的大部分作品已经被直接从俄文翻译成中文，《上尉的女儿》的中译本就达十余种之多，译文质量更是今非昔比。然而，在回顾和总结我国的普希金接受史时，人们会首先想起戢翼翚其人。作为普希金的第一个向导，戢翼翚是永远不会被人们忘记的。

（原载《湘潭大学社会科学学报》2000年第5期）

① 梁启超：《译印政治小说序》，见陈平原、夏晓红编：《二十世纪中国小说理论资料》（第一卷），北京大学出版社1989年版，第22页。

普希金的中国幻想

亚历山大·谢尔盖耶维奇·普希金不仅是一位伟大的文学家，而且是一位名符其实的旅行家。从涅瓦河畔到顿河草原，从普斯科夫到波尔金诺，他的足迹遍及俄罗斯许多地方，并曾一度到过土耳其。然而，令他本人和读者们感到遗憾的是，他从未到过中国。不过，在短暂的三十八年生涯中，他却始终情系中国，向往中国，在作品中多次提到中国，不止一次对中国作了直接或间接的描写，构成一个虽不十分完整但却颇为鲜明的中国形象。

一、中国花园——青年时代爱的寓所

“中国花园”是欧洲文学中一个古老的文学母题。

我们知道，随着中国丝绸、瓷器和四大发明输入欧洲，中国的园林艺术也引起了欧洲人的强烈兴趣。他们对中国园林的迷恋和介绍是“中国热”的重要内容之一。早在14世纪，马可·波罗在他的游记中就描绘过杭州的西湖风光。到18世纪中叶，欧洲一些国家掀起了一股“中国花园热”。英国、法国的贵族们大兴土木，建造中国式花园。根据莎士比亚的《仲夏夜之梦》改编的塞特尔的歌剧《仙后》，其中一场就是以中国花园为背景的。对于法国人来说，中国花园与中国服饰和用品一起极大地改变了他们的审美趣味，促成了“罗可可”式艺术风格的形成。卢梭在书信体小说《新爱洛伊丝》中所描绘的“爱丽舍花园”就是一个中国式花园。

书中还提到了柯布汉绅士在斯塔修建的一个主体为中国式的花园，里面有几处仿建的中国古代遗迹、庙宇和建筑。在英、法两国的影响下，德国也开始接受中国的园林艺术，到 18 世纪中叶，修建中国式花园蔚然成风。歌德在自己的作品中曾多次描写中国花园。组诗《中德岁时诗》（一译《中德季日即景》）就是他读了中国诗体小说《花笺记》和小说《玉娇梨》之后写的。诗中描写了水仙盛开的花园，开屏孔雀的鸣叫，绿荫掩映的窗棂，暮色朦胧的夜空，特别是第八首第二节把湖上美丽的月色展现在读者面前。而在《感伤主义的胜利》一剧中，歌德更是直接歌颂了中国—哥特式花园。正是在欧洲的这股中国花园修建热和描写热中，文学中的“中国花园母题”逐渐形成并得到广泛运用。

作为一位先进的俄国知识分子和伟大诗人，普希金也曾多次使用“中国花园母题”，这主要反映在关于皇村的诗歌中。皇村是历代沙皇的离宫，始建于 1708 年。在叶卡捷琳娜二世时代，皇村也在某种程度上被中国化了。18 世纪 70 年代，皇村修建了一些中国式剧院、亭子和小桥，后来甚至还修建了一个由十九座房子组成的“中国村”。房子的墙壁上抹着灰泥，绘着中国式的彩色壁画。村子四周是一个中国花园，那里有草地、湖水和条条曲径。当普希金于 1811 年来到皇村学校求学时，这些中国式建筑和花园深深地吸引了他，唤起了他的创作灵感。《皇村回忆》一诗就是从花园的描写开始的。诗中所描写的山谷、树丛、流水、清风、山岗、草场、杨柳、瀑布、湖面、月光，正是典型的中国花园景色，与上文提到的歌德《中德岁时诗》第八首第二节对湖上月色的描写和《感伤主义的胜利》一剧对中国—哥特式花园的描写极其相似。

对中国花园的这种描写和赞美，我们在长诗《鲁斯兰和柳德米拉》第二歌中也可以读到。在那里，依然是树林、池水、山丘、谷地、飞鸟、鲜花、清风、瀑布。显然，黑海魔王的那个花园是以皇村花园为蓝本描写的。

与山水和花木一样，建筑是中国园林的重要组成部分。皇村花园中有中国剧院、凉亭、农舍、小桥，这些建筑曾使许多人流连忘返，而其中的凉亭则更为普希金所喜爱。他深谙建筑在中国园林中的组景作用，特地在黑海魔王的花园里设置了几座凉亭。对于普希金本人来说，凉亭不仅具有观赏价值，而且还具有特殊意义。在他现存最早的《给娜塔丽娅》一诗中，描写了他梦里在凉亭和意中人相会的情景。他还写过一首题为《园亭题记》的诗，回忆了他与意中人的一段恋情。这座中国凉亭是诗人的“爱的寓所”，是他和意中人幽会的所在，无怪乎他对凉亭怀有深情，并且在作品中反复吟唱。

对于欧洲知识分子来说，中国花园与他们的自然观是一致的。卢梭就是大自然的热爱者和崇拜者，他曾提出“返回自然”的口号。他的心灵，他的生命，与大自然是融合在一起的。歌德的自然观与卢梭颇为相似。对于他来说，自然即我，我即自然。普希金也是自然之子。作为一个人，作为一个诗人，他是在皇村的花园里成长起来的。1823 年，当他在南方苦度着孤寂的流放生活时，他写了《皇村》一诗，表达了他对皇村自然风光的深情怀念和重访皇村的强烈愿望。后来，他还写过不少皇村主题的诗，因为那里有他的缪斯、他的友人、他的爱。他青年时代一切最美好的东西都是与皇村、与中国花园联系在一起的。

二、中国人——“彬彬有礼”的民族

同“中国花园母题”一样，“中国人母题”也是随着中国古代文明传入欧洲而逐渐形成的。在欧洲人之前，一些阿拉伯人就在他们的著作中记述了对中国人的最初印象。紧随阿拉伯人之后，一些欧洲旅行家和传教士也开始在他们的书中描绘中国人形象。

《马可·波罗游记》就谈到中国人善良怯懦，谦恭孝道，长于经商，但也嗜赌成风。17—18 世纪，几乎所有的欧洲哲学家都被卷入了那股“中国热”浪潮，文学家们也不甘落后。他们中大部分人并未到过中国，但对中国和中国人却津津乐道，创作了不少以中国人为描写对象的作品。这些哲学家和文学家对中国人的评价是尖锐对立、截然不同的，赞美者有之，批评者亦有之。在赞美者看来，中国人秉性善良，温文有礼，聪明机智，勇于创新，孝顺父母，贞洁自持……伏尔泰对中国人的赞美，可谓不遗余力。他写道：“四千年前当我们不识字时，中国人就知道了所有我们今天吹嘘的必不可少的有用的东西。"[①] 在中国人之中，他特别推崇孔子，把孔子看成真理的化身，还在自己的小礼拜堂里供奉着孔子的画像。他把自己写的《中国孤儿》称为"五幕孔子的伦理"，甚至还写诗赞扬孔子。由于他对孔子的这种特殊态度，他本人也被誉为"欧洲的孔夫子"。

18 世纪 70 年代以后，欧洲人对中国人的评价由赞美转向批评。在批评者看来，包括中国人在内的欧洲以外的所有民族都是未开化的野蛮人。尽管卢梭有"高尚的野蛮人"一说，但这一称呼并没有什么褒义。孟德斯鸠在《论法的精神》一书中谈到了中国人的"贪利之心"。莎士比亚的喜剧《温莎的风流娘儿们》和《第十二夜》以"震旦人"（中国人）来比喻狡猾不可信的人。总之，批评者把中国人视为动物、蚂蚁、群氓，认为他们思想僵化，墨守成规，愚昧无知，自高自大，狡猾贪利，说谎成性，拘于礼节，丑陋肮脏……而在普希金笔下，中国人主要是作为正面形象出现的。这方面的描写虽然不多，但却态度鲜明。在前面提到的《致娜塔丽娅》一诗中，他把中国人同美国人和德国佬作了比较：中国人"彬彬有礼"，而美国人却粗暴无礼，至于德国佬，则头戴椭圆形便帽，手拿斟着啤酒的杯子，嘴里叼着一支烟卷儿，活脱脱一个粗俗不堪的花花公子。

上述诗中的中国人是一个集体形象，而这个集体形象的代表便是孔子。诗体小说《叶甫盖尼·奥涅金》第一章草稿中就称孔子为"中国的圣贤"，说他"教导我们尊重青年"。除了孔子，普希金显然还熟悉中国的另一个圣贤——孟子。《文学报》1830 年第 1 期曾刊登一篇关于《三字经》的未署名书评。该文介绍《三字经》的基本内容，指出"书中阐述了中国人的一切哲理思辨"。文章还摘录了《三字经》的一些片断，转引了译者比丘林在书中对孟母三迁所作的详尽注释。这篇书评之所以对有关孟子的文字特别加以介绍，显然是为了突出孔子学说的继承者孟子。种种迹象表明，这篇书评的作者很可能是普希金。普希金对中国人和孔子的评价，无疑是受了伏尔泰的影响。伏尔泰是普希金最喜爱的法国作家之一。早在童年时代，伏尔泰的悲剧《亨利亚德》就是他学习法语的基本教材。在皇村

---

① 李瑜青、尤奇炎编：《伏尔泰哲理美文集》，安徽文艺出版社 1997 年版，第 204 页。

学校求学期间，他读过安图安·康多尔歇的《伏尔泰的生平》一书，并且读了伏尔泰的大量作品。《梦》这首诗记述了他阅读伏尔泰的小说《老实人》的情景，《小城》一诗则对伏尔泰作了热情的赞扬，称伏尔泰为“卓越无比的老人”，“处处显得超群”。此外，他还在《论俄国文学》《论俄国文学的渺小》等文章中颂扬过伏尔泰。难道伏尔泰对中国人和孔子的赞美，普希金不曾知道？他会无动于衷，毫无反应？当然，除了伏尔泰的言论以外，普希金关于孔子的知识，肯定还有其他来源。例如，在普希金之前和普希金时代，俄国出版过有关孔子的著作，比丘林还翻译过《四书》。作为当时俄国最有教养的知识分子之一，普希金对此不可能不予以关注。也许他真的读过《论语》？当然，在《论语》中无法找到孔子“教导我们尊重青年”的直接依据，但他的许多言论却不能说没有这样的涵义。试问：孔子关于“少者怀之”“后生可畏”的言论，他对弟子们的夸赞，以及他的“有教无类”的原则、“诲人不倦”的精神和因材施教的方法，难道不是“尊重青年”的表现吗？

三、中国长城——“平静的”避风港

如果说在青少年时代，普希金仅仅是赞美中国、关注中国，那么到十九世纪二三十年代之交，他便越来越向往中国，迫切要求访问中国。1829年12月23日他写了一首无题诗（《出发吧，朋友们，我已准备停当……》），表示愿意“去遥远的中国长城脚下”。两个星期以后，亦即1830年1月7日，普希金给第三厅厅长卞肯多尔夫将军写了一信，正式提出访问中国的申请。信中说：“目前我还没有结婚，也没有担任公职，我想去法国或意大利作一次旅行。如果我的要求不能获准，则请求准许我随使团访问中国。”① 1月17日，卞肯多尔夫在复函中转达了沙皇尼古拉一世的旨意，以花销太大、脱离正业为由，不同意他去异邦旅行，又以使团人员已经确定、不能替换为由，拒绝了他去中国的申请。

为什么十九世纪二三十年代之交，普希金要急于离开俄国，前往中国

① 见《普希金文集》第9卷：莫斯科国家文艺出版社1962年版，第301页。

等国家呢?

我们知道,西方人自古就关注异国,而在马可·波罗游历中国并出版他的游记之后,他们的注意力就逐渐转向中国和东方。德国汉学家顾彬认为,从17世纪开始,"异国主义"变成了乌托邦的一个重要成分。西方人对异的探索,主要是寻找一与自己社会不同的异域,寻找一种原始社会,借以摆脱原罪的重负,代替对上帝的寻找,同时也是为了批判自己的社会和文化,因为卢梭等人就认为欧洲文化把西方人变成了非人道的人。当然,西方人对异的探索与他们对女人的探索也是紧密相关的,席勒的《杜兰朵·中国公主》就是一例。[①] 普希金对中国的探索,与西方人不无共同之处,例如,早期他对中国花园和中国人的礼赞显然是对一种新的社会和新的人类的憧憬;至于他后期对中国的向往,其原因则要现实得多。

首先是躲避婚姻。1828年12月,普希金在莫斯科的一次舞会上与十六岁的美女娜塔丽娅·冈察罗娃相识并爱上了她。1829年4月,他曾托美籍俄国人费·伊·托尔斯泰向娜塔丽娅的母亲冈察罗娃太太提亲,后者未置可否。1829年10月普希金从高加索回来后,冈察罗娃小姐仍然对普希金态度冷漠,而她的母亲也因普希金没有财产和与政府关系紧张,仍然没有应允这桩亲事。上述无题诗和出国申请,便是在这种情况下写的。应该承认,躲避婚姻是普希金要求访问中国的直接原因。

其次是躲避灾祸。普希金流放南方时,曾企图逃往海外,只是由于受到严密监视,这个愿望未能实现。解除流放之后,他曾一度对沙皇尼古拉一世寄予幻想,以为他的处境会大大得到改善,然而事与愿违,政治上的麻烦事接踵而至。第一件事是"《安德列·谢尼耶》事件",第二件事是"《加百列颂》事件"。由于这两件事,普希金多次遭到传讯,它们给他带来的精神痛苦是巨大的,他的处境变得越来越艰难。正如1830年3月24日他在给卞肯多尔夫将军的信中所写:"尽管四年来我谨言慎行,但并未得到当局的信任。我痛苦地看到,我的一些最微小的行动都引起怀疑和不友善的态度。……我每分钟都感到大祸临头,这种灾祸我既无法预见,也

---

① [德]顾彬:《关于"异"的研究》,曹卫东编译,北京大学出版社1997年版。

无法躲避。”①

预见是很难的，躲避是可以的，这就是以合法的身份随使团“去遥远的中国长城脚下”。于是中国长城就成了他心目中的避难所，成了他的人生之舟的理想的平静的港湾。值得注意的是，“中国”的修饰语“遥远的”，在手稿中为“平静的”，这就更清楚地说明了这一点。别尔嘉耶夫在谈到俄罗斯民族的矛盾性时说：“这个民族的每一个个体，正如人的个体一样，都是该民族的一个微粒，因此也像这个民族一样在自身包含着矛盾，而且在不同的阶段都包含着矛盾。”② 纵观普希金的一生，也是充满着矛盾的。在亚历山大一世时期，他曾经怀着满腔热情高歌自由，甚至牺牲自己的自由也在所不惜；而在尼古拉一世时期，为了躲避灾祸，他却渴望过一种平静的生活，于是从自由主义转向遁世主义。对中国长城的向往就是这种思想的反映。

上面我们对普希金笔下的中国形象作了一番粗略的考察。我们发现，无论是奇妙的中国花园，还是“彬彬有礼”的中国人，或者“平静的”中国长城，无不涂有一层幻想色彩，与现实有较大的距离。换句话说，他笔下的中国形象具有某种乌托邦性质。因此可以说，他对中国的认识和描述是一种中国幻想。尽管如此。他对中国的感情却是真挚的、纯洁的、美好的，永远值得人们珍视。

（原载《迈向比较文学新阶段——中国比较文学学会第六届暨国际学术研讨会论文选》，2000 年）

① 见《普希金文集》第 9 卷，莫斯科：国家文艺出版社 1962 年版，第 314 页。

② ［俄］尼·别尔嘉耶夫：《俄罗斯思想》，雷永生、邱守娟译，生活·读书·新知三联书店 1995 年版，第 2 页。

第三辑　散　文

学海回眸

急匆匆地生活，来不及感受

——维亚泽姆斯基公爵[①]

一不小心就快到七十了。临近古稀之年，大凡擅长诗词的人都会兴之所至，吟咏一番。古代的骚人墨客就不用说了，现代文人如是者也比比皆是。我的老师黄弗同教授从1969年起就连续写了《四十述怀》《五十述怀》《六十述怀》《七十述怀》，以此自慰自勉，抒怀明志。“每思骐骥行千里，不羡鹪鹩寄一枝。岂信此身终已矣？老松犹有岁寒姿。”[②] 我没有老师的那种诗词功夫，也缺乏老师的那种豪情壮志，只不过有那么一些平平常常的感想而已。感想之一是对自己的年龄非常满足。尽管我的祖父和父亲都活到耄耋之年，但我却自幼体弱多病，一路跌跌撞撞，好不容易才走到今天。多年以前，我曾把活到七十岁定为自己的“最高纲领”。如今，“纲领”即将实现，我已无复他求。因为，按照歌词作家乔老爷子的说法，活到七十多岁就不算夭折了。对我来说，七十岁以后的日子属于超额部分，应该说是上帝的奖励。感想之二是这一生虽不是碌碌无为，但却成绩平平。若从进大学那年算起，我在学海航行了整整半个世纪，也曾经历过

① 语出俄国诗人彼·安·维亚泽姆斯基公爵的《初雪》一诗。普希金曾将这句诗作为诗体小说《叶甫盖尼·奥涅金》第一章的题词。译文见《叶甫盖尼·奥涅金》，智量译，卢永选编：《普希金文集》第5卷，人民文学出版社1995年版。

② 黄弗同：《七十述怀》，见《补拙书屋诗集》，华中师范大学出版社1999年版，第211页。

几番风雨，也曾呛过几口海水，但却始终在岸边划来划去，未能探得大海奥秘于万一。云波嘱我把自己的经历写出来，我深感惶恐，因为我是一个没有故事的人，即使有那么几个故事，也都是契诃夫所说的那种“没意思的故事”。我担心这对别人毫无益处，那就权当自己的一份人生总结吧！

一、甜蜜的苦役

我的学海航行是从学习俄语和翻译开始的。1956 年 9 月，我考入华中师范学院外语系俄语专业。其实，我的第一志愿并非俄语专业，而是汉语言文学专业。在中学时代，我读了大量古今中外的文学作品，对文学简直入了迷。跟许多爱好文学的青年一样，我也梦想成为一名作家。写到这里，不禁想起了一件旧事。那是 20 世纪 90 年代中期，我在长沙参加一年一度的省政协会议。一天晚上，一位朋友（文化艺术界的委员）打电话给我，约我去他住的宾馆见面。进房间后，只见几位从事文学创作的委员正在天南海北地聊天。后来话题转到大学老师身上，一位本来躺在床上的作家，这时突然一跃而起，说一位在省城某高校中文系读过书的作家曾告诉他，那些大学中文系的老师年轻时都做过作家梦，后来作家没有做成，却堕落成为教授。说罢，他在床上笑得前仰后合。我虽然不是在省城的高校任教，大概也属于他说的这种人。不过当年我虽然没有录在中文系，却并未因此感到沮丧，更没有要求转系。原因很简单，我在中学时读的外国文学作品大部分是俄苏作家的作品，特别是普希金的诗歌，简直令我如醉如痴。我想，如果能够把俄语学好，直接阅读普希金和其他俄苏作家的原著，那不是也很好吗？

1956 年到 1957 年，是我的大学生活的黄金时代。当时，全国掀起了一股向科学进军的热潮，中苏关系也正处在蜜月期。读苏联作品，唱苏联歌曲，跳交谊舞，穿花衣服，成为一种时尚。这样的大气候对我们学习俄语是非常有利的。令人尴尬的是，我在中学时学的是英语，对俄语一窍不通，因此进大学后要从三十三个字母学起。起初，听苏籍教员的课非常吃力，而且字母“p”的音也发不好，心中又苦恼，又着急。不过，这种情况持续的时间不长，一两个月后，我就能跟上班了。从第二个学期起，我就一边学习俄语，一边开始自学中国古代文学、中国现当代文学和文艺理论等中文系主干课程。当时，我有一个隐秘的愿望，即不管将来是去中学教俄语还是做别的事情，我都希望能在业余从事文学翻译，而要搞好文学翻译，没有扎实的中外文学功底是不行的。总之，大学生活的第一年，我的俄语水平和文学水平都有了很大的提高，这是扎扎实实学习的一年，这是没有任何干扰的一年。

从大二起我就开始学习文学翻译。我由于肺病复发，住进了学校专为肺病患者设立的“疗养部”。所谓“疗养部”，其实就是在学生宿舍的一侧腾出几间房子，再用一道木门把它们与其他房间隔离开来。我们照样可以去教室听课，照样可以去图书馆自习，但却可以免修体育课。当时我正在读苏联作家巴甫连柯的小说《幸福》。这是一部宣扬个人崇拜的作品，马克·斯洛宁曾在他的《苏维埃俄罗斯文学》一书中说它“以雅尔达为背景来歌颂斯大林”。不过他也承认，这部小说与费定的《不平凡的夏天》“实际上是属于那个时期的最佳作品”①。我之所以读它，主要有两个原因。一是觉得小说的主人公伏罗巴耶夫的形象比我在中学时读过的《古丽雅的道路》《卓娅和舒拉的故事》中的主人公形象更成熟、更深刻。伏罗巴耶夫在战争中失去了一条腿，又患有肺病。他想给自己找一个安身之地，于是来到了克里米亚。在这里，轰轰烈烈的建设给了他巨大的鼓舞，焕发了他的青春，他积极投身于新的生活，并在新的生活中找到了自己的幸福。对于那个年代的中国青年来说，伏罗巴耶夫绝对是一个同保尔·柯察金一样的偶像。而对于同样患有肺病的我来说，这一形象更多了一层学习的意义。二是想把这部小说作为学习翻译的教材。当时，有关翻译理论的书籍很少，因此，在翻译中学习翻译，就是最好的方法。我觉得草婴的译本很好，是练习翻译的样板。我的具体做法是：先读一段原文，然后自己把它译成中文，最后再看草婴的译文，找出自己的问题和差距。当我把两本书对照读完之后，感到很有收获，特别是对词的搭配，词的褒贬，成语、迭

① ［美］马克·斯洛宁：《苏维埃俄罗斯文学（1917—1977）》，浦立民、刘峰译，上海译文出版社 1983 年版，第 330 页。

词、象声词、形象性词语、熟语的运用，形动词短语、副动词短语和长难句的译法有所领悟，甚至有一种豁然开朗之感。接着我又如法炮制，读了尼古拉耶娃的中篇小说《拖拉机站站长和总农艺师》和草婴的中译本，内心里竟然出现了一种翻译的冲动，有点跃跃欲试了。

多年以后，我不止一次在学术会议上见到草婴先生。我把当年用他的译本学习翻译的事讲给他听，他只是谦虚地笑一笑。1982 年 6 月，我们湖南省外国文学学会在南岳召开学术年会，我特地邀请他赴会讲学。他在题为《谈谈文学翻译》的报告中，谈到了他翻译小说的五条标准：① 形象鲜明；② 动作清楚；③ 对话生动；④ 节奏明快；⑤ 音调铿锵。这五条标准实际上就是他的译作的五个特点，也正是我当年在阅读他的译作时所强烈感受到的东西。在报告中，他还谈到了对译者的要求，除学好中文、学好外语、提高文学素养外，关键是要多实践，因为文学翻译是个实践问题。具体到翻译一部文学作品，就是要连续地、反复地将原作读四五遍，然后再动手翻译。译完后，要逐字逐句地根据原文校对一两遍。最后丢开原文，通读中文。还要请一些朋友读读译文，提提意见。他的报告既有真知灼见，又是经验之谈，对我后来的翻译实践有很大的帮助。

到大四时，我的肺病已经痊愈，搬回了班上的宿舍。说句实在话，大三、大四基本上是在运动和劳动中度过的，专业上并没有学到多少东西。对我来说，大学四年只是学习翻译的一个准备阶段。大学毕业后，我被留校任教。我一边上课，一边读书，也仍然做一些翻译练习。当时，翻译文学园地很少，而且门槛也特别高，像我这样的初学翻译者是很难发表作品的，大型作品就更不用说了。因此，我开始练习诗歌翻译。在古典诗歌中，我选择的是克雷洛夫寓言。应该说，做诗歌翻译练习，克雷洛夫的寓言不是最合适的，何况别林斯基还说过，克氏的寓言“是用俄罗斯所特有的、不能译成世界任何一种文字的形象和语法表现出来的”。不过，克氏的寓言当时在我国只有吴岩的散文译本，而且那个译本还是从英文转译的，因此我想试一试从俄文直接翻译。在一年多的时间里，我译了四五十首。不管以后能不能出版，这种练习肯定是有益的。在现代诗歌中，我主要是从苏联的《外国文学》《文学报》《真理报》《消息报》等报刊上选译一些亚非拉诗人的短诗，约有二十多首，先后发表于《人民日报》《羊城晚报》《湖北日报》《武汉晚报》《鸭绿江》等报刊。初试身手，居然取得了小小的成绩，这对自己当然是一个鼓舞。

1976 年 5 月，我离开武汉，来到湘大工作。先是在教育组搞了一年多，1978 年 3 月调中文系教外国文学课。应该说，这是我国历史上最好的一个时期，也是我人生道路上的一个转折点，从此我有了一个新的舞台。在这个舞台上，虽然没有演出什么威武雄壮的戏剧，但我却可以做我喜欢做的事。

当然，对我最有吸引力的还是文学翻译。不过，当时并没有制定什么计划，而是抓到什么就译什么，颇有点饥不择食的样子。发表的译文既有捷克作家哈谢克的短篇小说，也有苏联当代作家的短篇小说，还有匈牙利作家伊什特凡·艾肯的中篇小说《玫瑰花展》，后者刊于《译林》1982 年第 3 期。

真正开始进行比较系统的翻译是 1981 年 5 月以后的事。这年 5 月，湖南省外国文学学会在长沙召开全国性的“普希金、雨果学术讨论会”，我是会议的组织者之一。会议期间，漓江出版社的刘硕良先生约我为该社的“外国作家文论丛书”翻译《普希金论文学》一书。在此之前，我虽然在小说和诗歌的翻译方面做过一些尝试，但文论的翻译却从未涉及。好在我已经读过普希金的大部分作品，对俄国文学和欧洲文学也比较熟悉，更主要的是，通过这次会议，我已决定把普希金研究作为自己的主攻方向，因此欣然接受了约稿。会议结束后，这项工作就开始启动了。当务之急是找到一个合适的母本。我找遍了湖南和湖北几所高校的图书馆，也没有发现现成的原著。苏联科学院版《普希金全集》、国家文艺出版社版《普希金文集》（十卷集）虽然资料齐全，但要一篇一篇地去挑选，也是件费劲的事。最后我在华中师范学院图书馆发现了梅拉赫编的《俄罗斯作家论文学劳动》一书，里面收有普希金关于文学劳动的言论。该书虽然是语录体，但是内容比较全面、系统。第一部分为“艺术和社会”“文学的意义”“作家的任务”。第二部分为“文学的人民性和民族特点”“俄国作家”“人民口头创作”。第三部分为“艺术和现实”“现实主义”“典型和个性”。第四部分为“对其他文学流派的评价”。第五部分为“形式和内容”“作诗技巧”。第六部分为“作家的劳动”“创作过程”。第七部分为“语言和风格”。第八部分为“文学批评”。这八个部分基本上反映了普希金的文艺观点和文艺思想。为了使译本的内容更充实，我决定把 H. B. 波戈斯洛夫斯基编的《批评家普希金》一书中的《同时代人回忆普希金谈文学》选译一部分作为附录。附录也是八个部分：第一部分为“谈俄罗斯民歌、童话、勇士歌谣和《伊戈尔远征记》”；第二部分为“谈自己的创作”；第三部分为“谈俄国作家、诗人和剧作家”；第四部分为“谈古代希腊罗马文学”；第五部分为“谈外国作家”；第六部分为“谈《现代人》”；第七部分为“谈书刊检查”；第八部分为“其他”。附录和正文配在一起，可说是珠联璧合。为了使译本能与易漱泉、王远泽教授合编的长沙会议论文集《普希金创作评论集》同步出版，我邀请我的老师黄弗同教授共同承担这一翻译任务。具体分工是我译前四部分（含正文和附录），他译后四部分。译完后，交换校对一遍。经过一年多的紧张工作，译本和译本前言于 1982 年 7 月脱稿，1983 年 7 月由漓江出版社出版。

记得一位苏联作家曾经把创作称为“甜蜜的苦役”，翻译又何尝不是如此呢？在翻译《普希金论文学》的过程中，我们既有快乐，也吃够了苦头。首先是书中有不少诗歌。我们知道，普希金关于文学的论述并无鸿篇巨制，而是大多见于短论、札记和诗歌等形式。在《致诗友》《致 A. M. 戈尔恰科夫公爵》《致巴丘什科夫》《书商和诗人的谈话》《诗人》《诗人与群氓》《给诗人》《给格涅吉奇》《鞋匠》《秋》《纪念碑》《致茹科夫斯基》（1816）等诗中，蕴含着丰富的文艺思想。这些诗虽然多数都有译文，但不能悉数照搬，得根据译本的要求一首首地翻译。既不能炒现饭，又不能背离原文，还要有诗的节奏和韵律，其难度是可想而知的。不管怎样，诗还是要译，硬骨头还是要啃，而且最后总算是啃下来了。其次是书中有不少法文。普希金精通法文，无论诗歌、论文或书信，经常夹有法文句子或段落，有的书信甚至完全用法文写成。当然，在母本中这些法文都有俄文注释，我们只要照俄文翻译即可。但是在出版时，我们仔细校对过的这些法文仍然出了不少错误。第三是专有名词的翻译。普希金的文论不仅涉及他的整个创作，而且涉及19世纪30年代以前几乎全部俄国文学和欧洲文学，还涉及不少历史人物和历史事件。陌生的人名、地名、作品名比比皆是。有的虽然有俄文注释，但为了更准确地理解原文，必须查阅有关的详细资料。此外，书中的一个个术语、一则则典故、一句句格言，常常让人绞尽脑汁，弄得人汗流浃背。总之，《普希金论文学》一书的翻译是一次“甜蜜的苦役”，用时下的话来说，就是“痛，并快乐着”。

《普希金论文学》一书得到了同行专家和读者的好评和欢迎。1983年10月，我去厦门参加“屠格涅夫学术讨论会”，戈宝权先生一见到我，就把我拉到一边，说我寄的书已经收到，看了以后印象很好，称赞我们做了一件好事。责任编辑刘硕良先生向大会赠送了七八十本书，一些没有分到书的代表纷纷向我索取，我只好在会后寄给他们。2000年，季水河教授在《普希金与20世纪中国文论》一文中谈到这本书时说：“张铁夫、黄弗同译的《普希金论文学》不仅是国内出版的第一本比较系统全面反映普希金文学思想的论著，而且也是唯一一本按专题分类排列的普希金文学论著。……这个译本，将译序、主体、附录三者有机地结合为一体，既有利于读者查阅，又有利于读者整体把握。”[①] 这本书也引起了俄罗斯学者的兴趣和关注。1991年我去俄罗斯访学时，弗拉基米尔师范学院哲学教研室副教授弗·尼基福罗维奇赠给我一本名为《国外普希金创作研究的新成果》的书，里面收有亚·热洛霍夫采夫撰写的《80年代中国翻译的普希金作品》一文。文章说：“中国的俄罗斯语文学家们不仅积极翻译普希金作品，而且还开始向读者介绍苏联的普希金研究文献。……1983年桂林漓江出版社出版了两本书。其中一本是张铁夫和黄弗同编译的《普希金论文学》。”[②] 后来，当我访问莫斯科普希金国家博物馆和圣彼得堡的俄罗斯科学院俄罗斯文学研究所（“普希金之家”）时，向他们分别赠送了《普希金论文学》一书，他们表示要放在珍藏室收藏。

译完《普希金论文学》，我就很少译单篇作品，而是以译书为主了。

---

① 季水河：《普希金与20世纪中国文论》，见张铁夫主编：《普希金与中国》，岳麓书社2000年版，第335页。

② 见苏联科学院情报研究所编：《国外普希金创作研究的新成果》，莫斯科，1986年版，第77页。

这一时期，我正在重读人民文学出版社于1983年2月重印的《巴乌斯托夫斯基选集》（上、下册）和上海译文出版社于1980年据原上海文艺版重印的《金蔷薇》。这两部书我在大学时代都读过，是我十分喜爱的作品；此次重读，更感到是一种享受。马克·斯洛宁在谈到帕乌斯托夫斯基的创作时说："与其说是情节，倒不如说是抒情的风采、情感的一致性、一种不间断的音符，使他那不连贯的散文（指广义的散文——引者）具有一种统一性。他的散文还具有某些评论家认为是他对法语的爱好所导致的那种光彩。"[①] 他的小说是如此，他的札记和随笔，即我们通常所说的散文也是如此。早在大学时代，我就希望找到《金蔷薇》的续篇，把它介绍给中国读者。1982年初，我在苏州参加"当代苏联文学学术讨论会"期间，得到北京图书馆参考研究部编印的《北京图书馆馆藏苏联文学研究著作目录（五十至六十年代）》。该书在"作家回忆与随笔"栏内有帕氏的一本名为《面向秋野》的书，书名下标有"肖像、回忆、随笔"的字样。我断定，它就是《金蔷薇》的续篇。不久以后，同系的彭燕郊教授在一次谈话中也向我提及这本书。他曾经为湖南人民出版社成功地策划过"诗苑译林"，而这时正在策划"散文译丛"，希望我把它译出来。这本是我的夙愿，于是我通过馆际互借的方式，从北京图书馆借来了这本书。果然，它不仅继续探讨了《金蔷薇》探讨过的那些问题（构思的诞生、观察力的培养、素材的提炼、语言的磨炼、想象的必要性、细节描写的功能等），而且还探讨了许多新问题，如散文的诗化、旅行的作用、虚构的意义、短篇小说和历史剧的创作、文学与生活的关系等。此外，它还以大量篇幅记述了许多前辈作家和同时代作家，对他们的创作作了生动的描绘和精辟的评论。这些文章兼有小说和诗歌之所长，熔哲理和抒情于一炉。帕氏那丰富的思想、广博的知识、天马行空般的想象、行云流水般的文笔，使它们具有一种巨大的艺术魅力。它们既是给人启示的文艺随笔，又是清新优美的抒情散文。因此，完全有理由把它看成《金蔷薇》的姊妹篇。

① ［美］马克·斯洛宁：《苏维埃俄罗斯文学（1917—1977）》，浦立民、刘峰译，上海译文出版社1983年版，第120页。

《面向秋野》原书收六十六篇文章，约三十余万字。由于“散文译丛”规定每个译本不得超过二十万字，因此我只选译了三十篇，出版时又被砍掉五篇。翻译的过程同样是一次“甜蜜的苦役”。它的文字虽然没有普希金的文论那样艰深，但要使译文做到内容贴切，行文流畅，尽可能传达出原作的风采，也是一件不容易的事。它常常弄得我寝食不安，当然也带给我不少欢乐。普希金曾经把《叶甫盖尼·奥涅金》称作“深夜无言的旅伴，金色黎明的朋友，神圣家宅的友人”。对我来说，《面向秋野》也是一个这样的旅伴和友人。它伴随我度过了无数个寂静的夜晚，迎来了无数个金色的黎明。

《面向秋野》出版后，受到了普遍的欢迎。住在长沙的彭燕郊教授来信说：“在北京听到不少朋友说到《面向秋野》，真是获得很大的成功，祝贺你！大家都叫苦，买不到书。新华书店已不适应新的形势了。”散文家陈丹晨、吴泰昌也先后来信，称赞《面向秋野》“是一本有价值的书”。散文家郭风一行八人去闽南出差，经泉州时在书店里看到八本《面向秋野》，全部买下，人手一册。不少报刊发表了书信和书评，其中写得最美、最有帕氏风格的书评是樊星发表在《外国文学研究》上的《以文学的名义……——我读〈面向秋野〉》。文章说“《面向秋野》：多么富于诗意的书名！当清凉的秋风用金黄的树叶装饰了大地、当庄严的雁阵在我们心中鼓满豪情时，思想和诗情也在我们的心中孕育成熟了……这不是一本普普通通的赞美秋天的散文诗集。帕乌斯托夫斯基在这本书中思考着、讲述着自己的创作体验，传播文学的真谛。虽然这样的‘创作谈’文字，许多作家都会写，《面向秋野》的作者仍然使自己的书获得了特殊的生命力——他的绝招是：用洋溢着大自然的新鲜气息和色彩迷人的语言去再现人生的魅力，让那些十分朴素、十分平凡，而又十分深刻，且常常被一些‘弄’文学的人遗忘了的文学的真谛，化作一行行令人不禁要脱口朗诵的动人语句，像清泉一样，汩汩流入你渴求知识、渴求真理的心田，浇开你心中灵感的花蕾……秋野缀满了野花和寒露；秋野，回荡着苍劲的秋风。而晶莹的美和深沉的美、自由的美和崇高的美，在这本集子里达到了水乳交融的境界！”①

① 樊星：《以文学的名义……——我读〈面向秋野〉》，《外国文学研究》1987 年第 1 期。

令人欣慰的是，今天人们不仅没有忘记这本书，而且还在寻找和阅读这本书。2001 年，戴新伟在一篇网上文章中说，“看到很多人在读《面向秋野》”。2002 年，他在《淘书记与读书记》一文中，谈到了他在成都九眼桥公交车站附近的旧书店淘书的情景：“找到一本厚厚的《斜雨》，封面油画很漂亮，原来是漓江出版社的‘漓江译丛’第一辑，内有杨武能译的海涅早期抒情诗，王庚年译的海地诗选，黄赛译的韩波散文诗，唐荫荪译的王尔德散文诗，最主要的是有张铁夫译的帕乌斯托夫斯基的《面向秋野》。我好歹有了一本《面向秋野》。”为什么时隔近二十年，这本书仍然受到人们的喜爱呢？朴素先生在网上是这样说的：“在后现代主义学说风行一时时，重温美丽而朴实的《面向秋野》，你会体会到一种秋天里阳光般的温暖。……《面向秋野》延续了《金蔷薇》的美丽与真实，谈人谈事，皆娓娓道来，清丽自然。帕乌斯托夫斯基博古通今，可以旁征博引。但帕乌斯托夫斯基不可及处，是在那个思想相对禁锢的年代，能以饱含诗情的散文，把俄罗斯的传统人文精神展示于世人面前。《金蔷薇》‘译得那么凄美’（刘小枫语），在我看来，《面向秋野》的译者张铁夫先生也毫不逊色，可以说篇篇都是美文。秋天是一个收获的日子，阅读《面向秋野》，可以感受到俄罗斯大地上的人文风景与艺术气息。”而杨建民先生则从另一个角度对这个问题作了回答：“自然与人生，艺术与人生，是永恒的话题。读了《面向秋野》，人们再来谈论这些话题时，会更多地将大自然的气息吸纳进来，更多地把人类时刻涌动的生命激情引入其中。这是艺术的根本原动力，又何尝不是《面向秋野》长久影响读者，至今仍熠熠生辉的公开的秘密？”①

帕乌斯托夫斯基在本质上是一位浪漫主义作家。他的创作与普里什文的创作有许多相同之处。他也与普里什文一样，属于“那些当时所谓没走上‘社会主义现实主义康庄大道’的作家，只有极少情况下才能使作品与读者见面”②。总之，在社会主义现实主义大一统的年代，帕氏在本国常常

① 杨建民：《在春天我面向秋野》，《团结报》2003 年 4 月 15 日。

② ［俄］符·维·阿格诺索夫主编：《20 世纪俄罗斯文学》，凌建侯、黄玟、柳若梅等译，中国人民大学出版社 2001 年版，第 393 页。

受到冷遇，不仅作品难以出版，而且文学史和教科书也把他忘了。即使今天，他的境遇也似乎没有多大改变。就拿阿格诺索夫主编的《20世纪俄罗斯文学》一书来说吧，除了上面提到的那两句话，再没有更多关于帕氏的文字，而普里什文却占了整整一章。在个人崇拜的时代，帕氏被边缘化了（所幸的是没有被送去劳改或被枪毙）；今天，他仍然处于边缘状态。这是很不公平的。

除了上面提到的两本书以外，二十多年来，我还翻译了十种文学书籍，它们大体上可分为三个系列。

第一是当代俄罗斯文学系列，包括《塔里河两岸》《弗拉基米尔州的乡间小路》《手掌上的小石子》和《流浪汉的自白——一个国际冒险家的奇遇》。《塔里河两岸》是一部道德题材中篇小说集。这部书由我策划，译者除我以外，还有我的老师吴村鸣先生和刘敦健、廖子高、陈耀球三位朋友。集子里收有《塔里河两岸》《委屈》《最严厉的惩罚》《平常的故事》《咱爹的三个对象》《毕业典礼之夜》六部作品。这些作品或着眼于批判，揭露人们的“精神蜕化”和社会的种种弊端；或着眼于歌颂，塑造出品质优秀、情操高尚的人物形象；或二者并重，在真善美与假恶丑的对比中，反映社会的矛盾和冲突。总之，它们都是描写人们在日常生活中的道德观念、道德面貌、道德探索的作品，是与政治性反思和文化性反思同时进行的一种自省性反思。俄罗斯民族是一个具有忏悔意识和自省意识的民族。面对物欲横流、道德沦丧的种种世相，一个民族如果不能进行这种自省性的反思，那是没有前途的。《弗拉基米尔州的乡间小路》是弗·阿·索洛乌欣写于20世纪50年代的一部中篇小说，也是寻根文学的代表作之一。小说以日记体形式，记述了作家对故乡的四十天考察，揭露了农业、林业、工业和文化领域管理混乱、乱砍滥伐、环境污染、破坏文物等一系列问题，洋溢着一种批判的激情，同时它也描绘和歌颂了故乡美丽的自然风光，在文坛上掀起了一股“抒情浪潮”，创造了“抒情中篇小说”这一品种。我的译本早在1986年就列入了上海译文出版社的出版计划，但后来他们觉得小说的内容有些过时，就把稿子退给了我。因此，这部小说只在《当代苏联文学》《外国文学欣赏》等刊物发表过部分内容。1992年4月，我在莫斯科郊外的别列佩尔金诺疗养区访问过索洛乌欣，他送给我两本书，一本是《在同一个屋顶下》，另一本是1990年出版的《回顾集》，后者收有中篇小说《弗拉基米尔州的乡间小路》。他说："这部作品成了历史，现在情况有了变化，当然，这部作品自有它的价值。"是的，这部作品所揭露和批判的物质生态和精神生态问题并未消失，而且在俄罗斯，在世界范围内仍然存在，甚至愈演愈烈，因此小说是不会过时的。何况，作为俄罗斯文坛的一位重要作家，索洛乌欣在我国还从来没有像样地介绍过。前几年，《世界文学》副主编李政文先生得知我有这么一部译稿，叫我把稿子寄给他。他在通读了二十三万字译稿后，选了约五万字刊在《世界文学》2006年第2期。索洛乌欣九泉有知，也许会感到一丝慰藉。《手掌上的小石子》也是索洛乌欣的作品。这是一部随笔集，作者最初的意图不过是为写长篇小说储备一些材料，后来有的嵌入了某部作品，有的一组组在刊物上登载，还有一部分收进了《小石子》专集。它们以敏锐、雄辩、机智、诙谐见长，是作者对艺术、人生、社会深沉思考的结晶。我和刘敦健的译本完成于20世纪80年代末期，但一直未能出版。前几年看到百花文艺出版社出版的译本，书名译为《掌上珠玑》。这个译名美则美矣，但却过于文雅，也不尽符合作者的原意。诚然，从接受者的角度来说，这些随笔可说是篇篇优美，字字珠玑，但作者却是直截了当地把它们喻为"小石子"的。因此，将书名译成《手掌上的小石子》就显得更朴实、更亲切、更富于生活气息、更符合作者的原意。至于《流浪汉的自白——一个国际冒险家的奇遇》，则是俄罗斯侨民作家阿纳托利·韦尔比茨基在纽约出版的一部畅销小说，由美国著名作家哈里森·索尔兹伯里作序。小说通过主人公一生的经历，既描绘了西方社会的种种现象，也从一个侧面描绘了苏联上层社会的生活，揭露了个人崇拜时期"大清洗"和劳改营一些鲜为人知的内幕。小说也是我和刘敦健合译的，可惜至今仍压在箱底，未见天日。

第二是古代俄罗斯文学系列，包括《罪与罚》《父与子》《玫瑰——屠格涅夫散文诗集》三本书。这三本书都是复译。前两本书是海南国际出版中心约我译的。二十世纪八九十年代，由于读者对外国文学名著的迫切需求，各出版社一哄而上，竞相出版。为了避免版权纠纷，各出版社都不采用原有的译本，而是另起炉灶，这就是前两本书复译的背景。《玫瑰——屠格涅夫散文诗集》的情况则有所不同。大约是在2001年，湖南文艺出版社打算重印"诗苑译林"和"散文译丛"的部分作品，其中包括我译的《面向秋野》，同时约我复译屠格涅夫的散文诗集。后来由于版权问题，《面向秋野》未能重印，后一个选题则正式列入出版计划。鲁迅先生是提倡复译的，他在《非有复译不可》一文中说："而且复译还不止是击退乱译而已，即使已有好译本，复译也还是必要的。曾有文言译本的，现在当改译白话，不必说了。即使先出的白话译本已很可观，但倘使后来的译者自己觉得可以译得更好，就不妨再来译一遍，无须客气，更不必管那些无聊的唠叨。取旧译的长处，再加上自己的新心得，这才会成功一种近于完全的定本。"[①] 我这三本书的复译，既不是为了"击退乱译"，也不是为了"成功一种近于完全的定本"，而是朋友所托，却之不恭，当然自己也确有一些"新心得"，在某些方面"自己觉得可以译得更好"。不过，话又说回来，复译也不是一件轻松的事。如果说翻译是戴着原著的镣铐跳舞，那么复译则是戴着原著和旧译双重镣铐跳舞。诚然，在翻译活动中，作为主体的译者还是有一定的创造空间。每个译者对原文的理解和译文的表达是不尽相同的。换句话说，戴着镣铐跳舞也可以跳出不同的舞姿。这三个译本就是这种舞蹈的产物。

第三是普希金系列，包括《普希金文集》第七卷、《俄罗斯的夜莺——普希金书信选》和普希金的女友安·彼·凯恩的回忆录《普希金情人的回忆》。《普希金文集》第七卷是人民文学出版社资深编辑、著名翻译家卢永福先生约我译的。1987年3月，他在给我的信中说："从你和黄弗同同志译的《普希金论文学》一书得知你们二位的大名。看来，你们对普希金是熟悉的，也是有兴趣的。我们也有一些这方面的工作想请二位帮忙。"在此之前，我并不认识永福先生，只是读过他的译作，对他十分景仰。能够得到他的信任，我感到十分荣幸，于是立即回信表示愿意遵命。不过这个任务很不轻松，不仅要求翻译二十万字的文论，而且要求在当年9月份

① 鲁迅：《非有复译不可》，见《鲁迅全集》第6卷，人民文学出版社2005年版，第284页。

交稿。为了不误出版社的事，我邀请黄弗同老师、刘文娟老师和学友刘敦健共同承担。原文是永福先生寄来的，而且篇目也是经他选定的，这使我们省了不少事。我们分头翻译，认真校对，按永福先生规定的时间完成了译稿。不过，人民文学出版社催稿催得很急，出书却出得很慢。记得看清样是交稿两年以后的 1989 年的事，而出版则是交稿八年以后的 1995 年的事（拿到书则是 1996 年上半年）。这是我国出版的第一部大型《普希金文集》，标志着我国普希金作品的翻译和出版开始走向系列化，被誉为“译界盛事”。《俄罗斯的夜莺——普希金书信选》是金惠敏主编的“大师私人话语·书信系列”之一种，丛书的其他书信作者是叶赛宁、拜伦、康德、费希特、荷尔德林、柏格森、瓦莱里与纪德。主编在《总序》中说：“通过这一书系，我们试图证明书信具有独立的价值：它是抒情的、亲切的美文；它是作者内在的精神世界和情感世界的自然袒露；它是人类一种特殊的情感方式和审美方式。”普希金的书信正是具有这样的价值。过去，我们只重视他的正文本，即各种类型的文学作品，而对书信等次文本却有所忽视。其实，书信是他的文学遗产的重要组成部分。这些书信是多主题的，有政治书简和文学书简，还有大量情书。它们从方方面面反映了他的思想、生活和创作，有如一部用书信组成的自传。它们都是原始书信，其特点是朴实、自然，是一种“没有艺术的艺术”。译本由编辑配了八十多幅图片。这些图片总的来说配得不错，但有些图片的位置不对，文字说明也有错误。《普希金情人的回忆》原译名为《我记得那美妙的瞬间》，是彭燕郊教授为漓江出版社策划的“犀牛丛书”之一种，内收凯恩的五篇回忆文章，其中三篇是回忆普希金的，另两篇分别记述了与亚历山大一世的会见和自己的童年生活。这些文章塑造了一个真实的、活生生的普希金形象，同时客观地、可信地描绘了十九世纪二三十年代俄国社会生活的图画，具有很高的文学价值和文献价值。据说出版社征订过三次，前两次征订数都未突破三千册，不能开印，后来将原书名改为现书名，征订数达到了五千七百册，才使书得以出版。这个过程我并不知道。当我 1992 年从俄罗斯访学归来时，书已经开印了。看到这个书名，简直叫人哭笑不得，但书能够印出来，已经够意思了。对出版社的一片苦心，我只有感谢的份儿了。

以上所记是我作为译者的主要工作。这些工作非常芜杂，没有中心。我一直希望自己能够集中翻译一两个作家的作品，如同朱生豪之译莎士比亚，傅雷之译巴尔扎克和罗曼·罗兰，草婴之译列夫·托尔斯泰和肖洛霍夫。然而，我既没有大师们的那种功力，也无法得到出版方面的保证，因而只能打乱仗了。

在这一部分的结尾，我要特别感谢刘敦健先生。他是我在“疗养部”时的病友，也是我的学长。他高我一个年级，中文和俄文都比我好。我的很多译作，都经过他校阅。他对我的帮助，我是永远不会忘记的。

二、普希金情结

任何游戏都有自己的规则，学海行舟也是如此。在学术界，甚至在社会上，翻译是不受重视的。1990 年，我曾在一篇文章中说：“翻译通常被认为是一种媒介活动，对译者的评价，莫过于‘个人媒介者之最’。人们也谈论翻译的‘创造性’，但真正把翻译看成创造者却寥寥无几，且和者甚寡。至于鄙薄翻译的现象，更是屡见不鲜。说远一点，林纾便是一例。尽管他本人曾翻译过包括许多世界名著在内的一百八十余种外国文学作品，但却只把他的创作（古文）看成‘自家物事’，而对康有为恭维他翻译的诗句‘译才并世数严、林’极为反感。就连曾经提出过‘世界文学’这一著名命题的歌德，也一度把译者斥为‘下流的职业媒人’。台湾诗人余光中先生在一篇文章中曾对‘希腊神话的九缪思之中，竟无一位专司翻译’感叹唏嘘，愤愤不平。他接着说：‘对于翻译的低估，不独古希腊人为然，今人亦复如此。一般刊物给译文的稿酬，往往低于创作；教育部审查大学教师的学力，只接受论著，不承认翻译；一般文艺性质的奖金和荣誉，也很少为翻译家而设。’海峡彼岸的这种情况，我们这里也同样存在。轻视翻译是一种跨国界、跨族界、跨学科的现象，林纾的幽灵在世界各地游荡。”①

1960 年我从大学毕业之后，一直在高校工作，也就是说，一直生活在

① 张铁夫：《翻译文学是民族文学的组成部分》，《理论与创作》1990 年第 5 期。

体制之内。而在体制之内，翻译作品基本上是不算成果的，因此，我不能把自己的主要精力放在翻译上，说句俗气的话，就是不能吊死在翻译这棵树上，何况我在教学中，在阅读中有很多疑惑，有很多感想，有很多思考，老是觉得有话可说，于是就产生了我那些论文和著作。从20世纪70年代末期起，我参编的作品选有《外国散文选》《外国诗歌选》《外国短篇小说选》（上、下册）、《外国戏剧选》（上、下册）、《外国中篇小说选》（上、下册）、《外国文学评论选》（上、下册）；参编或主编的教材有《外国文学史》（吉林人民出版社）、《俄国文学史》（湖南文艺出版社）、《外国文学史纲》（工人出版社）、《新编比较文学教程》（湖南人民出版社）、《外国文学史》（湖南教育出版社）；主编的论文集有《多元文化语境中的文学——中国比较文学学会第四届年会暨国际学术讨论会论文集》和《湖湘文化与世界文学》丛刊1—4辑；合著或主著的著作有《马雅可夫斯基》《普希金的生活与创作》《普希金与中国》《普希金新论——文化视域中的俄罗斯诗圣》《群星灿烂的文学——俄罗斯文学论集》。此外，还发表学术论文和学术文化随笔近百篇。这些成果涉及世界很多国家的文学，至于我个人的研究方向则主要是俄苏文学，而在俄苏文学中，重点又是普希金研究。有的学生暗地里称我为“铁夫斯基”，也有的学生说我有一个“普希金情结”。我想，这大概与我长着一个鹰钩鼻和我对普希金的痴迷有关。

说起我的普希金情结，就要追溯到我的中学时代。十多年前，我在《谒莫斯科普希金纪念碑》一文中，曾谈到初读普希金时的情况：“当时我在资江畔的新化一中读书。一天，得到戈宝权与罗果夫合编的那本《普希金文集》，读了前面几首诗，我就被普希金的作品深深地吸引住了。不过，那时我只会阅读，不会欣赏，因此无法用语言表达我对普希金的喜爱和崇敬。后来我读了高尔基的自传体小说《人间》，书中有这样一段话：‘那是普希金的诗集。我一口气就把它读完了，心里满是如饥似渴的感受，就像一个人无意间来到一个以前没有见过的、美丽的地方，总想一下子把这整个地方都跑遍似的。一个人在沼泽地带的树林中，在那些长满青苔的土墩上走了很久，突然有一片干燥的林边草地在他的眼前展开，那里满是鲜花和阳光，他就会生出这样的心情。一时间他如醉如痴地瞧着它，然后就满腔幸福地跑遍整个这块地方。他的脚每一次碰到这块肥沃的土地上那些柔软的青草，都会使他感到宁静的喜悦。……这些诗像新生活的钟声那样鸣响。一个人能够识字看书，那是多么幸福啊！’这段话极好地表达了我初读普希金时的心情。是的，一个人能够读普希金的书，应该说是一种幸福。”在那个只有革命、没有爱情的年代，普希金的诗歌，特别是他的自由诗和爱情诗得到中国读者的普遍喜爱，那是很自然的。我的普希金情结就是在这一大背景下逐渐形成的。

大学时代和随后的十多年时间是研究工作的准备时期。在那些年里，我阅读了能够找到的大部分普希金作品，但真正的研究工作是从翻译《普希金论文学》一书开始的。上文提到，在 1981 年 5 月召开的“普希金、雨果学术讨论会”期间，我决定把普希金作为自己今后的主攻方向，而《普希金论文学》一书的翻译使我得以在学术研究中迅速定位。译完全书后，我们觉得应该写一个学术性的前言。我们在通信中确定了前言的基本内容，然后各写一稿，最后合二而一。当时我们写文章用的就是这种方法。1976 年 5 月，我来湘大前夕，黄老师写了《送别张铁夫调湘潭大学任教》一诗。“研文论学在江城，今日衔杯送汝行。草草同书百万字，篇篇难辨两人文。”这四句诗讲的就是这种情况。不过当时多数文章是黄老师写的，我主要是跟着学习。

《普希金论文学》的译本前言约一万四千字，分为四个部分。第一部分对普希金的批评活动概况和特点作了简要的阐述，指出他的批评活动是从皇村学校时期开始的，是在同沙皇政府检查机关和御用文人的斗争中展开的；批评的内容涉及文艺的一系列根本性问题，批评的形式不拘一格，多为短论；他把批评视为一门科学——“揭示文艺作品的美和缺点的科学”。第二部分主要阐述普希金文艺批评的一个重要功绩，即他对浪漫主义理论的贡献。他的浪漫主义理论的一个重要内容，是认为文学不能为专制君主和专制制度服务；另一个重要内容，是反对古典主义的纯理性主义，主张文艺作品应有“自由感情的流露”；还有一个重要内容，是认为文学作品不应该墨守成规，而应该根据内容的需要，采用灵活自由的表现形式。第三部分论述了普希金在文艺批评方面的另一个重要功绩，即他正确地阐述了文学的社会功能和诗人的社会职责。第四部分论述了普希金在文艺批评方面的第三个功绩，就是丰富和发展了现实主义文学的人民性理论。总之，普希金的文艺思想是非常丰富的，文章所说只是他对文艺理论的几个突出贡献。今天，它对于我们从事文艺创作和从事艺术理论研究，仍然具有重要的意义。

译本前言以《普希金的文艺思想简论》为题，先期发表于《华中师范学院学报（哲学社会科学版）》1982 年第 6 期。这是我的第一篇普希金研究论文。到 20 世纪 80 年代末期，我又陆续发表了《普密之争的由来及其实质》《普希金与凯恩》《普希金与莎士比亚》《近年来我国的普希金研究》《〈心愿〉赏析》《〈醒〉赏析》等文章，为普希金研究系列论文的形成打下了基础。

1991 年 10 月，经国家教委批准，我获得了去俄罗斯访学的机会。我被分配在弗拉基米尔师范学院，进修课题是“俄苏普希金学史”，导师是文学系的俄罗斯文学专家阿里米副教授。阿里米老师非常认真，第一次见面，她就要求我去院图书馆和州图书馆把有关我的课题的图书目录抄下来，在一星期后交给她。不久以后，她给我制定了一份进修计划，并以文学教研室主任库达索娃副教授的名义印发给我。进修计划包括七项内容：（1）听文学系四年级专题课“普希金的诗歌”（阿里米讲授）；（2）编写《俄苏普希金学史》图书目录；（3）研究有关论文和专著；（4）听取文学教研室副教授阿里米的专题辅导；（5）拟订专著的详细提纲，特别标出将在首都各图书馆进行研究的那些题目和问题；（6）去莫斯科、圣彼得堡和基辅进行学术出差；（7）就已完成的学术工作的问题进行总结性谈话。我在俄罗斯的进修是严格按照这个计划执行的。我不仅听了阿里米老师讲授的“普希金的诗歌”课，去她家里就有关问题向她请教，在院图书馆、州图书馆和列宁图书馆查阅并抄下了所有有关普希金的图书和论文卡片，去莫斯科、圣彼得堡和基辅进行了学术性访问，编写了专著《俄苏普希金学史》的详细提纲，写了进修小结，而且还在莫斯科出席了“普希金的笑”国际学术会议，参观了莫斯科国立普希金博物馆、阿尔巴特街普希金故居博物馆、圣彼得堡的普希金故居博物馆和皇村学校博物馆，观看了根据普希金的作品改编的歌剧《叶甫盖尼·奥涅金》和《黑桃皇后》，还阅读和购买了不少有关普希金的书籍。在“普希金的笑”国际学术会议上，我作了十五分钟的即兴发言，介绍了中国普希金作品的翻译和研究情况。在位于圣彼得堡的俄罗斯科学院俄罗斯文学研究所（“普希金之家”）访问时，我在该所的手稿室看到了珍藏的《叶甫盖尼·奥涅金》和《上尉的女儿》的手稿。所有这些，为我后来的研究工作创造了有利的条件。

回国以后，我开始整理从俄罗斯带回的资料，准备撰写《俄苏普希金学史稿》。在这一过程中，我发现这个课题太专，并非当务之急，于是把这一课题放弃了。对于当时的中国来说，最重要、最迫切的工作是开展对普希金本身的研究，而不是对普希金研究的研究。新中国成立以来，我国在普氏单篇作品的评论方面虽然做了一些工作，但在普氏生平、思想和创作的综合研究方面，几乎仍是空白。苏联学者在这方面撰写过不少著作，在我国影响较大的有格罗斯曼的《普希金传》和切尼科夫的《普希金传》（中译本名为《欣悦的灵魂》），但这些著作出版年代较早，观点和材料较为陈旧，艺术分析较为薄弱，很多新的成果未能吸收，甚至对普希金的某些错误采取回避态度。因此，用中国人的眼光为中国读者撰写一部综合性学术著作——《普希金的生活与创作》，就成为十分必要的了。

从 1993 年起，我开始动笔，并撰写了部分初稿。1994 年，海南国际出版中心约我翻译陀思妥耶夫斯基的《罪与罚》和屠格涅夫的《父与子》，这一工作暂时中断。两部译作脱稿后，我又恢复了《普希金的生活与创作》的写作。1996 年初，学校科研处组织申报国家社会科学基金项目，我联络本教研室的两位青年学者邱运华和曾思艺填报了这个课题，得到了专家们的支持，获准立项，这给了我们极大的鼓舞。于是我们加快了写作的进度。书稿于当年冬天杀青，1997 年 6 月由北京燕山出版社正式出版。全书十二章，三十八万字。前十一章分时期探讨了普氏的抒情诗、叙事诗、诗体悲剧、诗体小说、散文体小说和文学评论，第十二章《普希金研究述评》论述了俄苏普希金学的历史和现状，以及普希金在国外的接受。书后附有普希金生平与创作年谱和两篇普希金纪念地访问记。在撰写的过程中，我们力图从诗人的生活道路、创作道路和思想发展的紧密联系中，在俄罗斯文学和世界文学的背景上，将学术专著与人物传记融为一体，较为全面、系统地揭示作为诗人、小说家、戏剧家、批评家的普希金的成长过程和辉煌成就，以及在俄罗斯文学史和世界文学史上的地位。与此同时，我们还力图保持批评者的主体意识，将历史批评与美学批评结合起来，在许多理论问题上提出了与苏联学者不同的观点。如普希金与密茨凯维奇的关系，突破了苏联学者只谈友谊、不谈分歧的禁区，态度鲜明地指出普希金后期在波兰问题上的沙文主义思想；关于普希金与尼古拉一世的关系，纠正了苏联学者只谈斗争、不谈妥协的做法，指出普希金后期的确有和解的倾向；关于普希金与莎士比亚的关系，纠正了苏联学者不承认莎氏对普氏有影响的错误观点；关于普希金的爱情生活，批判了苏联学者"为尊者讳"的做法，实事求是地反映了他私生活的阴暗面。总之，不是用"圣人""先知"等先验论的尺度来衡量普氏，将他神化，而是把普氏作为伟人和凡人的两重性展现在读者面前，使读者能够看到一个全面真实的普希金，从而更好地走进他的艺术世界。在创作研究方面，也力求有所突破。这就是从哲学和文化的角度对普氏的所有作品重新进行阐释。如在肯定奥涅金是"多余人"的同时，着重论析了该作品的人类意识与普遍意义，探讨个性、自由、责任等问题，研究个人与社会的关系。时任中国社会科学院外国文学研究所所长的吴元迈研究员在为这本书写的序言中认为，它"是迄今为止我国在普希金研究方面最全面、最翔实、最具特色和最有分量的一本书"，"标志着我国普希金研究的一个新阶段的来临"。1999 年 10 月，俄罗斯联邦政府在该国驻华大使馆向一批中国文化界人士颁发了普希金纪念奖章，我也有幸忝列其中。1999 年 12 月和 2002 年 6 月，这本书先后获湖南省第五届社会科学优秀成果一等奖和湖南省首届社会科学基金研究课题优秀成果一等奖。

1997 年 8 月，我和簇林应邀去俄罗斯出席了第四届"普希金与世界文化"国际会议[①]。这次会议是由俄罗斯科学院俄罗斯文学研究所（"普希

---

① 关于这次会议的详细情况，参阅张铁夫：《各民族和各时代的伟大诗人——第四届"普希金与世界文化"国际会议综述》，《俄罗斯文艺》1998 年第 1 期。

金之家”）、俄罗斯科学院普希金委员会、下诺夫哥罗德州政府、圣彼得堡市文化委员会、“波尔金诺”文物保护区博物馆和“普希金计划协会”联合主办的。出席这次会议的有十四个国家的一百五十名学者。会议分为两个阶段。第一阶段（8 月 20 日—21 日）在圣彼得堡市“普希金之家”会议厅召开，形式主要为大会发言。我的发言被安排在第一天的开幕式之后，时间为二十分钟，论文题目是：《近年来中国普希金作品的翻译与研究》①。文章回顾了 20 世纪初特别是新时期以来中国普希金作品的翻译史和研究史。在翻译作品方面，着重介绍了人民文学出版社出版的《普希金文集》（卢永编选）和上海译文出版社出版的《普希金文集》（冯春译）；在研究著作方面，着重介绍了王智量的《论普希金、屠格涅夫、托尔斯泰》、陈训明的《普希金抒情诗中的女性》和拙著《普希金的生活与创作》。发言结束后，我向“普希金之家”赠送了拙著《普希金的生活与创作》和拙译《普希金情人的回忆》《罪与罚》《父与子》，以及簇林的专著《马克思恩格斯艺术哲学纲要》，福米乔夫博士代表“普希金之家”接受了赠书。会后，当地的电台对我进行了采访，《圣彼得堡新闻》和《俄罗斯文学》等报刊对我的发言作了报道。第二阶段（8 月 22 日—25 日）在下诺夫哥罗德市内城的国立美术馆会议厅召开，其间（8 月 24 日），全体代表游览了距下诺夫哥罗德市约两百公里的“波尔金诺”文物保护区。整个会议期间，在大会和小组会议上发言的共有六十九人。发言内容主要涉及两个方面：第一个方面是关于普希金与世界文化的联系，第二个方面是关于普希金本体的研究。在所有提交会议的论文中，给我印象最深的是那些论述普希金与宗教关系的论文。比较重要的论文有法国学者路易·阿连的《论普希金信仰上帝》，俄罗斯学者尤·尼基绍夫的《普希金的〈仿可兰经〉中的宗教道德观》、鲍·叶戈罗夫的《19 世纪 70—80 年代俄国宗教思想家和文学批评家评价中的普希金的评价（Н. П. 基里亚罗夫-普拉东诺夫的特殊地位）》、安德烈·叶祖伊托夫的《历史与圣经——普希金

① 这篇论文的俄文稿被收入 Е. П. 切雷舍夫院士主编的《普希金与东方世界》一书，莫斯科：科学出版社 1999 年版。

的短诗〈我是荒原上自由的播种者〉》等。在过去相当长一段时期内，普希金与宗教的关系是禁止谈论的，即使要谈，也只能从无神论的角度来谈。一些学者断言，普希金的艺术世界是一个“不信神的世界”。在他的创作里，没有对上帝和彼世的希冀。他不仅批判上帝，而且否认上帝的存在。近年来，许多学者对这一问题重新进行了探讨，认为普希金并非无神论者，他的创作中渗透着基督教精神，上述学者在发言中就谈到了他的创作中宗教思想的表现。然而值得注意的是，近年来有些学者又走向了另一个极端——把普希金变成了典型的基督教徒。针对这种情况，安德烈·叶祖伊托夫指出，为了避免两个极端，应该对各种材料进行认真研究。普希金既不是无条件的无神论者，也不是典型的基督教徒，而是一个富于独立见解的思想家和无与伦比的语言艺术家。

关于普希金与宗教的关系，我在 1994 年曾写过一篇题为《普希金诗歌中的〈圣经〉题材》的论文（《湘潭大学学报（社会科学版）》1994 年第 2 期）。它分析了普希金《圣经》题材诗歌中的扩展性拟作和讽刺性拟作。文章最后说：“值得指出的是，普希金以前的俄罗斯文化是一种基督教文化，普希金继承了它的传统，并把它发展到一个新的阶段。尽管他的《圣经》题材诗歌具有强烈的反宗教色彩，但就他的整个创作而言，却是植根于这种文化的土壤之中，渗透着基督教精神——博爱、宽容、忍让、行善。这一点，过去显然被人们忽视了，而这是不应该受到忽视的。”这篇论文在我国较早地涉及普希金与宗教的关系问题，指出他的诗歌既有反宗教的一面，又蕴含着宗教精神；他对宗教的态度主要是一个艺术家的态度，而不是一个宗教徒的态度。

为了纪念普希金诞辰二百周年，1998 年 6 月和 1999 年 4 月，中国普希金研究会和北京大学等单位先后在北京大学举办了“普希金在中国”学术研讨会和“纪念普希金诞辰二百周年学术研讨会”。这两次会我都参加了。在前面那次会上，我用俄语作了题为《近年来中国普希金作品的翻译与研究》的大会发言，其内容与我在圣彼得堡会议上的发言基本相同；在后面那次会上，我作了题为《普希金的中国幻想》的大会发言，并参与主持大会的工作。在这两次会议上，我不仅有机会向许多老学者、老朋友请教，而且结识了不少新朋友。许多同志的发言涉及普希金作品在中国的传播历程和普希金对中国作家和中国文学的影响。在我心中酝酿多年的一个课题——“普希金与中国”逐渐变得明朗和成熟了。

普希金与中国的关系是普希金与世界文化关系的组成部分，也是国际普希金学的一个重要内容。在这方面，过去已发表过一些文章。戈宝权先生是这个领域的开拓者，也是普希金学在中国的开拓者。他的《普希金和中国》等论文具有典范的意义。但是该领域的研究也存在一些缺陷：一是单兵作战，人员分散，成果多为篇幅较为短小的单篇文章，容量不大。二是注重普希金与中国的事实联系，只从一个方面（或普希金对中国的兴趣，或普希金对中国文学的影响）进行探讨，很不全面，很不系统；忽视总体的、潜在的影响，缺乏理论分析深度。三是对传播者（翻译家、出版家和研究家）宣传不够。因此有必要作一次全面、系统、深入和综合的研究，撰写出一部总结性的著作。1998 年，《普希金与中国》被列为湖南省哲学社会科学规划课题，1999 年下半年，这一课题正式启动。当我把自己的计划告诉一些资深专家和中青年学者时，得到他们的完全赞同和热情支持。所有的执笔人，从八十三岁高龄的孙绳武先生到刚毕业的硕士研究生，对自己所写的稿子都是一丝不苟，精益求精。此外，八十岁高龄的叶水夫先生亲自为本书作序，八十岁高龄的老诗人彭燕郊先生把他珍藏了六十三年的《译文》新二卷第六期（“普式庚逝世百年纪念号”）和珍藏了五十七年的《普氏庚论》一书（卢那卡尔斯基等著，吕荧译）送给了我；高莽先生给我寄来了他本人画的、有著名诗人李瑛题诗的《普希金的中国情》一画的彩照；戴天恩先生给我寄来了甦夫译《奥尼金》一书的封面照片，并给我提供了该书和《叶甫盖尼·奥涅金》的台湾散文体译本《永恒的恋人》的复印件；张翔同志在北京大学图书馆和国家图书馆为我复印了从 30 年代到 90 年代的数十篇文章；我还得到沙安之教授、刘敦健先生、温家琦等同志的帮助。在这里，我要特别提到俄罗斯联邦驻华大使馆文化参赞扎哈罗夫先生，当他得知这部书稿已经完成时，主动代我约请莫斯科国立普希金博物馆副馆长纳·米哈伊洛娃院士为本书作序。1991 年，我在俄罗斯访学时，曾在莫斯科出席过由纳·米哈伊洛娃院士主持的“普希金的笑”学术会议并发言，后来我去博物馆参观时，她热情地接待了我，并派工作人员陪同参观和讲解。此次她又欣然答应作序，并很快将文稿传真过来，对本书给予了高度的赞扬，使我深受感动。

《普希金与中国》共六章，三十四万字。它以文化研究为视角，以接受理论、形象学、译介学、媒介学为理论框架，以影响与接受为研究基点，以作品的译介构成文本研究的基本内容，全面透视了普希金学在中国的萌芽、形成、发展、滞缓、复兴的历史过程，剖析了“普希金与中国”这一课题所包含的三个层面：（1）普希金对中国的兴趣、认识和描绘；（2）普希金的作品在中国的传播与接受；（3）普希金对20世纪中国文学的影响。在文化交流史与文学史交织成的广阔背景上，建构了一个微观文本分析与宏观整体审视相结合的普希金与中国关系的完整结构，总结了近百年普希金作品在中国的接受史。书后附有《中国普希金研究资料目录及索引》和《普希金与当代中国大学生》的调查报告。作为主编，我负责拟定章节，邀请作者，审阅书稿和交付出版；作为作者，我执笔撰写《引言》，第一章《普希金笔下的中国形象》，第二章《20世纪上半叶普希金在中国的接受（上）》之第一节《概述》，第二节《普希金“初临中土”的向导——戢翼翚与普希金》、第三节《中国普希金研究的先驱——鲁迅与普希金》，第四章《20世纪下半叶普希金在中国的接受（上）》之第一节《概述》，以及《后记》，书后还附有我写的访问记《沿着普希金的足迹》，总计七万余字。其余的作者也是对所写内容非常熟悉或素有研究的最合适的人选，如温家琦研究员（温佩筠之女）之写温佩筠、李明滨教授之写戈宝权、孙绳武编审之写余振、谷羽教授之写查良铮、章廷桦教授之写高莽、王志耕教授之写王智量、查晓燕博士之写李明滨、李政文编审之写刘文飞，以及曾思艺教授、何云波教授、黎跃进教授和季水河教授之分别撰写《普希金与20世纪中国诗歌》《普希金与20世纪中国小说》《普希金与20世纪中国戏剧》《普希金与20世纪中国文论》。

与一般探讨中外文学关系的著作不同，《普希金与中国》采取了以人物为主线的结构方法，把一代代翻译家、出版家、研究家的事迹连接起来，构成了一部普希金在中国的接受史。这是一种新的、大胆的尝试。书中介绍了五代译者和学者。20 世纪初译介普希金的戢翼翚和鲁迅为第一代，活跃于 30—40 年代的为第二代，笔耕于 50 年代的为第三代，70—80 年代崛起的为第四代，90 年代涌现的为第五代。与此相适应，本书将普希金在中国的接受史分为 20 世纪上半叶和 20 世纪下半叶。作者们十分注重文化对文学的整体观照。我国著名外国文学专家、翻译家、中国社科院外国文学研究所前所长叶水夫在序言中说："有同志提出，要大力提倡翻译文学的研究，还要提倡外国文学研究的研究。《普希金与中国》一书就是这种研究的具体化，它对于建立新的外国文学学无疑是很有意义的。"俄罗斯教育科学院院士、俄罗斯国立普希金博物馆副馆长纳·米哈伊洛娃教授在序言中写道，"本书将是对世界普希金学的一个重要的贡献，我对这一点深信不疑"。王向远教授也在一篇文章中说，《普希金与中国》"可以说是一部普希金与中国的比较研究的集大成的书……这种以翻译家、研究家为中心的研究方法，使中俄文学关系史的研究立足于中国文学，突出了接受者的主体性"。因此他认为，这本书不仅是一部普希金在中国的接受史，"也是一部以普希金为纽带，以中国的翻译家、研究家为中介的中俄文学、文化交流史"①。2000 年 9 月，我作为湘潭大学代表团的一员访俄时，向俄罗斯科学院俄罗斯文学研究所和莫斯科国立普希金博物馆赠送了《普希金与中国》一书，分别受到福米乔夫博士和鲍加蒂辽夫馆长的热情接待。这一课题本来就是福米乔夫博士在第四届"普希金与世界文化"国际会议期间建议我做的。当他看到这本封面印有《普希金在中国长城上》一画的书时，感到非常高兴，同我热烈握手，并合影留念。后来，他在给我主著的《普希金新论——文化视域中的俄罗斯诗圣》一书作序时，写了下面一段话："诗人对中国的广泛兴趣在 M. П. 阿列克谢夫院士的学术著作中首次作了勾勒。这一课题得到中国的俄罗斯语文学家们卓有成效的深入研究，张铁夫的很有分量的专著《普希金与中国》就是以此为研究对象的。"② 2002 年 6 月，《普希金与中国》被评为湖南省首届社会科学基金研

① 王向远：《近 20 年来我国的中俄文学比较研究述评》，《俄罗斯文艺》2002 年第 4 期。

② ［俄］谢尔盖·福米乔夫：《序二》，王英佳译，见张铁夫：《普希金新论——文化视域中的俄罗斯诗圣》，中国社会科学出版社 2004 年版，第 14 页。

究课题优秀成果二等奖。

《普希金与中国》出版后，我开始思考普希金研究如何出新和如何培养研究队伍的问题。我从20世纪80年代初期开始指导世界文学专业俄苏文学方向的研究生。1997年学科调整之后，世界文学专业的名称改为比较文学与世界文学，我带的研究生隶属于欧美文学方向。由于我本人的研究仍以俄苏文学特别是普希金创作及其接受和传播为主，因此，我把一部分研究生的学位论文纳入了普希金研究轨道，使他们与我的研究方向一致，而不再让他们"疯跑"。这样做的目的有二：其一，集中力量在普希金研究方面做点事情。从1903年普希金的长篇小说《上尉的女儿》首次译成中文出版，迄今已逾一个世纪。百余年来，我国的普希金译介工作曾先后于20世纪30年代、50年代和90年代出现三次高潮。目前，普希金的绝大部分作品已经译成中文，研究论文多达七百余篇，研究著作亦有二十种之多。然而，1999年普希金诞辰二百周年纪念活动结束之后，我国的普希金研究进入了一个新时期。如何使它得到持续发展，并使之向纵深推进，这是我国普希金学者面临的一个新的重要任务。作为以俄苏文学及其接受和传播为主攻方向的教师和研究生，我们应该在这方面有所作为。其二，培养一批年轻的普希金研究者。这些年来，我虽然在普希金译介方面做了一点工作，出版了两部专著、四部译著，发表了十余篇论文，但个人的力量毕竟是有限的，而且我已年过花甲，应该在有生之年培养几个年轻的普希金学者。也许他们之中不是每个人将来都能继续从事普希金研究，但只要有一两人能够坚持，研究的接力棒就会一代代传递下去。19世纪末，彼得堡文史学院和莫斯科大学分别开设过普希金专题讲座，后来C. 文格罗夫又在彼得堡大学开办过普希金研究班，先后参加学习的达六百多人，许多著名的普希金学者就出自这个研究班。当然，这样的规模和水平，别的国家都是难以达到的，但他们重视队伍建设的精神和培养研究队伍的方法，却是值得学习的。

出于上述考虑，我觉得用课题来带动研究工作和队伍建设是一个最好的方法，具体来说，就是把我计划中的第三部普希金研究专著和研究生的学位论文结合起来。我们对一百年来国内普希金研究进行了一番梳理，发现了不少薄弱之处和空白之处。例如：

（1）普希金的文学人民性思想问题。这是文艺学和美学中的一个十分重要的问题。目前学术界对此基本上是避而不谈，对普希金在文学人民性问题上的贡献漠然视之。

（2）普希金的自由理念问题。关于这一问题，过去俄罗斯和我国都有不少文章涉及，甚至还有专文，但一般只是罗列普氏诗歌中的自由思想表现，对其自由理念的渊源及其实质缺乏深入的研究。

（3）普希金的死亡意识问题。过去，无论在俄罗斯还是在我国，人们谈得最多的是普希金的自由意识和乐观主义，很少涉及他的诗歌的死亡意识，这个问题在研究中基本上是一个空白。

（4）普希金的伦理指向问题。普氏的作品中蕴含着丰富的伦理道德意识，但在俄罗斯和我国的研究文章中却很少涉及，至今仍是一个盲区。

（5）普希金的女性观念问题。女性主义批评是近年来传入我国的，但在普希金研究领域，这种批评方法还未得到具体的运用，这不能不说是一个缺陷。

（6）普希金的圣经情结问题。在相当长一段时期内，普希金与《圣经》的关系在俄罗斯和中国都是学术研究的禁区。近年来，这一禁区虽已被打破，但从艺术上谈普氏与《圣经》关系的文章却仍然少见。

（7）普希金的叙事艺术问题。普希金的创作是一个完整的艺术描写体系，其叙事艺术是十分高超和独特的。过去研究者比较注重对其作品思想内容的阐释，而忽视了对其叙事艺术的研究，这是研究中的一个薄弱之处。

上述七个问题都是普希金研究中带根本性的问题。这些问题的正确解决，对拓展和深化普希金研究领域，推动我国的普希金研究乃至俄罗斯文学的研究，具有十分重要的意义。我们决定用专著的形式对它们集中进行论述。我把书名定为《普希金新论——文化视域中的俄罗斯诗圣》，并且报请省社科规划办批准，将其列为省比较文学与世界文学重点研究基地委托研究课题。上述七个问题成为本书的基本构架，也是一个有机的整体。前两章侧重论述普希金的思想（文艺思想和政治思想），后五章则从死亡意识、伦理指向、女性观念、圣经情结、叙事艺术等方面，对普氏的创作重新进行解读。第一章《普希金的文学人民性思想》由我执笔，其余六章的执笔者均为研究生，这六章实际上就是六位研究生的学位论文。

本书各章的问题都是针对国内普希金研究现状提出来的，力求在内容上具有创新性。这种创新性主要体现在以下两个方面：（1）不是对普氏个别作品的阐释与赏析，而是提出了一系列学理性问题，它们涉及普氏的文艺思想、自由理念、审美形式和诗学观念，从而深化了我国的普希金研究。（2）把纯文学的视角换成了文化的视角。我向来认为，文学研究应以文学为本位，为中心，但也不应过于保守。文化阐释可以拓宽文学研究的思路和视角，这在学术界是有共识的。总之，在《普希金新论——文化视域中的俄罗斯诗圣》中突出的是学理层次的问题，并采用了文化阐释的方法。例如，第一章从“народность”一词的翻译着手，详细阐述普氏文学人民性思想的形成、涵义和影响，还普氏文学人民性思想以本来面目，论述普氏对文艺学和美学的重大贡献。第二章不是简单地罗列普氏自由思想在创作中的表现，而是在欧洲自由主义传统的基础上探索其渊源，批判那种把自由仅仅看成政治信仰的观点，指出对普希金来说，它更是一种个性生命意识：他对自由的追求不仅是对俄国专制制度的批判，也是对俄国文化精神的反思。因此，他所表达的自由与现代自由理念是一致的。第三章从死亡意识这个新的角度来分析普氏的思想和创作。普希金是一个有着强烈死亡意识的人，他是在深刻的死亡震颤下走上诗歌创作之路的。这一章首先阐述普氏死亡意识的文化背景（希腊模式的自然理性的死亡观念和希伯来的精神超越的死亡观念），然后介绍普氏生活中的死亡体验和他的文学视野中的死亡文化，最后论述他的创作中的死亡思考，指出这种死亡意识和思考代表了19世纪俄国贵族知识分子在社会转型时期最初的精神探求。第四章围绕道德上的三个核心命题（爱情、婚姻和善恶）分三个层面展开，探讨普氏的伦理道德意识。第一个层面论述普氏爱情叙事中的伦理指向，认为普氏之爱既是理性的，又是非理性的，他把爱情、美和自由统一于一体；第二个层面分别从男性和女性两种立场论述普氏婚姻叙事中的伦理指向；第三个层面论述普氏善恶叙事中的伦理指向，认为普氏善恶意识的特点在于蕴含着丰富的历史哲学意味，而宗教意识比较淡薄。第五章立足于当下的文化语境，结合现代人独有的生命与情感体验，探讨普希金作为传统文化语境下的男性作家的女性观念及其传统的保守性和现代的超越性，同时探讨诗人的女性观念与整个俄罗斯传统文化的承传关系。第六章论述了普希金的圣经情结，实际上是探讨普希金与《圣经》的艺术关系。普氏创作直接或间接地受到了《圣经》的影响，普氏将这种影响内化成一种情结或精神，融入了自己的创作之中，这种内化的精神主要体现为对美的追求中的二元对立精神。当然，他的圣经情结被民族化和世俗化了。所谓民族化就是体现为东正教的“灵性之美”、圣母崇拜和圣愚现象，所谓世俗化则体现为对宗教的嘲弄或反叛、对俄罗斯时代精神的挖掘和对人物形象的世俗化展现。第七章从《鲁斯兰与柳德米拉》切入，选取“叙述声音”“叙述层次”和“叙述模式”三个角度，论述了普希金的叙事艺术。《鲁斯兰与柳德米拉》是普氏叙事文学创作的真正起始之作，它所体现的叙事艺术特点后来扩展到普氏的整个叙事文学创作之中，形成了一个完整体系。

《普希金新论——文化视域中的俄罗斯诗圣》是“普希金研究三部曲”的最后一部，是《普希金的生活与创作》和《普希金与中国》的延伸和深化。它的出版说明我们对普氏的研究又前进了一步，即由生平、创作过程的定性研究，过渡到专门问题的分析、把握，发展到文化精神的透视。资深俄苏文学专家、复旦大学博士生导师夏仲翼教授在序言中说：“《新论》用文化的视角从七个方面来解读普希金，让普希金作品中过去尚未阐释清楚的问题轮廓鲜明地呈现在读者的面前，书中所谓的‘学理问题’，其实有着相当的现代性，十分有益于理解诗人对当代的价值。”著名国际普希金学家谢尔盖·福米乔夫博士的序言在肯定作者的“具有重大意义的专著《普希金与中国》”的基础上，指出应该在“国际文化合作的前景中来评价张铁夫教授和他的研究生们撰写的新专著”。成果鉴定组组长、湘潭大学文学与新闻学院院长季水河教授在鉴定书中认为，它“从新的视角，拓展了普希金研究领域”；“在新的向度，深化了普希金的研究专题”；“在新的层面，提出了一些新的见解”。到2004年6月为止，六位以普希金为题撰写学位论文的研究生均已通过论文答辩，并获得硕士学位。《普希金新论——文化视域中的俄罗斯诗圣》一书也于 2005 年 10 月获湖南省第二届社会科学基金研究课题优秀成果二等奖。

同俄国一样，我国的普希金研究也或多或少具有一种节日性。上一个高潮出现于 1999 年诗人诞生二百周年之际，下一个高潮也许要到 2037 年。云波在一篇散文中说："2037 年是诗人逝世二百周年，张老师也快要满百岁了，那时，我希望，七十多岁的何老师能陪着张老师，一起再来重温普希金的诗：

我的心啊欢快地跳动，
心中的一切又重新苏生，
有了偶像，有了灵感，
还有生命、眼泪和爱情。"

如果在我进入七十岁以后，上帝奖励我三十年阳寿，我一定很高兴这样做；不过，我肯定没有这样的福气。那么，重温普希金诗歌的事就留给七十多岁的何云波老师、七十多岁的曾思艺老师和他们那些七八十岁或五六十岁的师兄师姐师弟师妹们吧！

三、"友情出演"

2005 年 12 月，为庆祝文学与新闻学院成立五周年，院团委和学生会主办了一台大型文艺晚会。同学们要我出一个节目，我报了两首俄语歌曲：一首是 20 世纪 20 年代的苏联共青团歌曲《远在小河对岸》，前几年中国拍摄的二十集电视连续剧《钢铁是怎样炼成的》曾将它作为主题歌，在每集的片头和片尾反复播放；另一首是我大学时代看过的苏联影片《青年时代》的主题歌《我亲爱的母亲》。在精美的掌形入场券上，我的节目被标明为"老师友情出演《苏联专列》"。其实，我也是文学与新闻学院的一员，而且是在院里（含它的前身中文系）工作了三十年的老员工，说"友情出演"似乎不大恰当，不过，如果用"友情出演"（或客串，或票友）来形容我的比较文学研究，那就是再恰当不过的了。

说起比较文学，我读的最早的一篇文章是周伟民先生发表在《外国文学研究》1979年第2期上的《比较文学简说》。伟民先生是我的老熟人，老朋友，我们曾在华中师范学院英山分院一起劳动过。他犁田的技术非常熟练，绝不亚于任何一个老农。每犁完一块田，他总要站在田边观赏一番，就像画家欣赏自己的画作一样。我有时也跟他一起观赏。翻开那期载有他的文章的杂志，一个熟悉的名字和一个陌生的名词映入眼帘，使我马上产生了一种阅读的冲动。伟民先生是把比较文学研究当作外国文学研究领域里的问题提出来的，这使我感到十分亲切，文章还说："研究一个国家的文学，如果不去注意世界各种文学现象之间的相互联系，只局限于一个国家、一个民族的某些作家作品的考察，使自己的全部材料都显得是孤立的、与世隔绝的个别事实。其结果是产生一些枯燥乏味的经院著作，得不出任何有现实指导意义的结论。"① 这段话当时对我有很大启发，使我懂得了在研究中要具备自觉的比较意识和自觉地运用比较思维。后来我又读了卢康华、孙景尧的《比较文学导论》和国内外一些学者写的论文和著作，对比较文学有了较深入的了解，而且写了《普密之争的由来及其实质》等具有真正比较文学意义的论文。

1985年10月29日至11月2日，中国比较文学学会在深圳大学举行成立大会暨首届学术讨论会，我当时由于教学工作繁忙和行政事务缠身未能出席，只派了一位青年教师列席会议，至今仍感到遗憾。深圳会议后，在高校开设比较文学课已是大势所趋。于是我在1986年9月邀请周伟民教授来校给84级和85级的世界文学专业研究生系统讲授了"中西比较文学概论"课。课程分为十讲：第一讲导论，第二讲比较诗学，第三讲中西美学观念变位，第四讲主题学的比较研究，第五讲文类学的比较研究，第六讲文学史的比较研究，第七讲个案方法，第八讲科际整合，第九讲翻译，第十讲对前景的展望。伟民先生讲得深入浅出，并且印发了一些书面材料，研究生们感到开阔了眼界，增长了知识。后来，在高校工作的研究生都成了比较文学与世界文学学科的骨干。第二年7月，我又派一名中年教

① 周伟民：《比较文学简说》，《外国文学研究》1979年第2期。

师去青岛参加了中国比较文学学会和山东省比较文学学会联合举办的“中西比较文学”师资培训班，聆听了乐黛云教授等学者的讲学。他回来后，我让他给本科生开出了“比较文学概论”课。

1987 年 8 月 25 日—30 日，中国比较文学学会第二届年会暨学术讨论会在西安举行。我和湖南文艺出版社的唐维安先生出席了这次会议。出席这次会议的有一百多名中国学者，还有佛克玛、柯比、高利克、芳贺徹、李达三等外国著名学者。我提交的论文是《普希金与莎士比亚》。文章约二万五千字，分为四个部分。第一部分描述了作为莎评家的普希金，指出他的莎评的三个重要内容是肯定了莎氏戏剧的人民性、肯定了莎氏的悲剧体系和肯定了莎氏笔下的人物具有丰富、生动的性格特征。第二、三、四部分分别就普希金的历史悲剧《鲍里斯·戈都诺夫》、长诗《努林伯爵》和长诗《安哲鲁》与莎氏的《麦克白》《鲁克丽丝受辱记》和《量罪记》进行了比较。指出《鲍里斯·戈都诺夫》是一部莎士比亚化的作品；《努林伯爵》是对历史和莎士比亚的双重讽刺；《安哲鲁》是《量罪记》的诗化。文章还对某些苏联学者不敢正视普希金受到莎士比亚影响的态度进行了批判，指出普希金在建立俄罗斯民族文学的过程中，对莎士比亚既有所师承，又有所批评；既有所借鉴，又有所发展，从而把俄罗斯文学推进到了一个新阶段。

会议分“中国比较文学的发展”“接受理论与中外文学关系”和“比较文学与文学理论”三个专题进行了讨论。有两个问题给我留下的印象较深：一个是中国学派问题，另一个是平行研究中的“三部曲”问题。关于学派问题，佛克玛认为，学派之争是一个历史性的错误，传统认为的法国学派和美国学派已经过时。比较文学研究应以问题的出现为前提，要以问题来确立课题；而李达三则认为，“关于‘美国学派’和‘法国学派’已经过时的说法，我希望如此，但我们之所以还要提‘中国学派’，是因为有其必要，虽则中国学派的形成时机尚未成熟。我最关心的是，在国际性的学术讨论中，中国代表也有一份。”听了他们的发言，我比较同意佛克玛的意见。当然，李达三的出发点是好的，他想在国际上给中国学者争一席之地。然而从当时来说，谈“中国学派”似乎为时尚早。我觉得中国的比较文学工作者应该多研究些问题，少谈些学派（指中国学派）。关于平行研究中的“三部曲”问题，谢天振先生在发言中说：“我国的平行研究中存在着某种可戏称之为‘三部曲’的倾向，即：先是提出‘惊人的相似’，接着指出‘深刻的差异’，最后在‘社会背景’和‘民族特性’中寻找‘规律’。此种倾向并非错误，但老是局限于这样的‘三部曲’，势必影响我们研究的深入。”他所说的“三部曲”，后来被人概括为“X+Y模式”。联想到钱锺书先生所提出的“要发展我们自己的比较文学研究，重要任务之一就是清理一下中国文学与外国文学的相互关系”的观点，我明确了自己今后进行比较文学研究的基本思路，那就是从俄苏文学研究和中俄文学关系研究切入，而决不去空谈什么中国学派，也决不去写“X+Y”之类的文章。

会议期间，我和唐维安先生拜访了学会副会长兼秘书长乐黛云教授。她谈到了中国比较文学研究的大好形势，要求我们把湖南省比较文学学会建立起来。同年冬天，湖南省文学学会在灰汤召开年会，我向学会领导和与会代表汇报了西安会议的情况和乐黛云教授的指示。会议一致同意成立湖南省比较文学研究会，作为湖南省文学学会的二级学会，并一致推举我和唐维安、马焯荣、凌宇为筹备组成员，我为筹备组组长。经过一年多的筹备，湖南省比较文学研究会成立大会暨首届学术讨论会于1989年5月21—23日在长沙湖南教育学院召开。来自全省各大专院校、研究机构和出版单位的五十二名教师、研究人员、编辑和研究生参加了会议。会议收到学术论文十七篇，它们涉及比较文学理论、比较神话、比较寓言、比较民间文学、比较诗学、宗教与文学、文学与美学等广阔领域，有十一位同志作了大会发言。中国比较文学学会常务理事、苏州大学教授孙景尧先生，中国比较文学学会理事、上海比较文学学会秘书长、上海外语学院教授谢天振先生，山东省比较文学学会副会长、昌潍师专教授刘献彪先生到会指导并致贺词。他们分别作了题为《国内外比较文学研究发展态势和我们的对策》《关于译介学》《比较文学在中国的形成与发展》的学术报告。我作为筹备组组长在开幕词中介绍了研究会的筹备经过，回顾了我省比较文学研究的历史和现状，列举了我省比较文学工作者在教学、科研和出版工作中所取得的成绩，认为我省比较文学工作具有良好的传统，教学、科研硕果累累，队伍已经初步形成，研究会的成立已经瓜熟蒂落。我还提出了这次会议的目的和任务，希望通过这次会议扩大我省比较文学工作者的队伍，希望有更多的学校开出比较文学课程，希望大家就比较文学的性质、内容、方法和其他理论问题进行深入的探讨，把我省的比较文学研究提高到一个新的水平。经民主选举，我当选为研究会理事长。担任这个职务，实在是有点勉为其难，可说是“逼上梁山”。不过，既然大家信任我，而且这也是乐黛云教授的殷切期望，我也就只好硬着头皮干了。

1990年7月24日—30日，中国比较文学学会第三届年会暨国际学术讨论会在贵阳召开，我提交了一篇题为《翻译文学是民族文学的组成部分》的论文。论文的基本观点是：轻视翻译是一种跨国界的现象，关于翻译文学的本质，通常被看成一个翻译问题，而没有被看成一个文学理论问题。翻译文学仍被锁链束缚着。翻译文学是一种精神产品，它的创造性表现于生产—传播—消费的全过程。它在很多方面同文学创作具有一致性，不能把它排除在文学创作之外，而应该把它归入民族文学。翻译文学的民族性既包括保持原作的民族特点，也包括着眼于本民族的需要选择原作、接受者的改变和用纯正、自然的民族语言进行翻译。语言是民族形式的第一标志。译语与原语是两种不同的语言，差异性就是民族性。因此，应该把翻译文学归入民族文学。文学理论是关于文学的科学。它不包括翻译文学，这是难以想象的。文学理论观念必须更新，文学史必须重写。这篇论文后来收入中国比较文学学会第三届年会暨国际学术讨论会论文集《面对世界》，又刊于《理论与创作》1990年第5期，并被《新华文摘》摘登。

在这次会议上，许多代表希望把下次会议放在张家界开，我作了欢迎性的表态。在闭幕式上，会议宣布了这一决定。同年9月，我去成都参加了两个月的出国培训，1991年10月我去苏联进行了为期半年的访学。1992年5月回国后，我就与湖南省比较文学学会的同志开始筹备中国比较文学学会第四届年会暨国际学术讨论会。最重要的也是最头痛的事自然是经费问题。我四处奔波，多方筹款，得到湘潭大学、湖南师范大学、长沙铁道学院、湖南教育学院、湘潭师范学院、岳阳师专、娄底师专、邵阳师专、衡阳师专、零陵师专等高校和太平洋文化基金会、东南亚经济文化发展中心、长沙房地产综合开发公司、长沙县三胞联谊服务公司、郴州玻璃厂等单位的支持。当我见到那个开公司并颇有实力的学生时，他问我要他赞助多少钱，我战战兢兢地报了一万元，他满口便答应了。多年以后，他带着狡黠的微笑告诉我，当时他是做了四万元准备的。不过，后来他又几次赞助我省学会的年会，而且在我们文学与新闻学院为贫困学生设了一个奖学金，还有很多其他慈善之举，称得上是一个慈善家。

会议于 1993 年 7 月 14 日—17 日在我省张家界召开。出席会议的有来自美国、法国、英国、荷兰、日本、韩国等国家和地区的学人，以及国内各院校及研究机构代表，共二百余人。会议组织了三次大会主题演讲、七个专题讨论会和三场圆桌座谈会。在开幕式后的大会上，佛克玛、芳贺徹、周英雄、钱中文等八名知名学者作了主题报告。七个专题组分别为：中外文学中的形象学（用法语讨论）、中国文学与外来文化的关系及相互影响（其中一场用日语讨论）、少数民族文学与文化比较、中西诗学对话专题（用英语讨论）、文学与其他文化表现形式、跨文化视野中的翻译研究、世界文化语境中的中国新电影。三次圆桌座谈会主题分别为：青年比较文学学者学术信息交流、符号学——世界与中国、比较文学教学及研究生培养①。会议收到学术论文八十篇，会后经编委会精选四十五篇，由湖南文艺出版社公开出版。

总的来说，那次会议是开得很好的，各项议程均圆满完成。正如陈跃红先生所说："面对市场经济的滚滚大潮冲刷……具有浓重学院气息的比较文学研究在目前的艰难处境中并没有放弃自己的使命，她依旧顽强地生存与发展，并朝着世界性文艺研究的前沿不断逼近。"② 乐黛云会长和陈惇

① 陈跃红：《迅速汇入当代世界文艺研究的主潮——中国比较文学学会第四届年会暨国际学术讨论会侧记》，见乐黛云、张铁夫主编：《多元文化语境中的文学——中国比较文学学会第四届年会暨国际学术讨论会论文集》，湖南文艺出版社 1994 年版，第 374—375 页。

② 陈跃红：《迅速汇入当代世界文艺研究的主潮——中国比较文学学会第四届年会暨国际学术讨论会侧记》，见乐黛云、张铁夫主编：《多元文化语境中的文学——中国比较文学学会第四届年会暨国际学术讨论会论文集》，湖南文艺出版社 1994 年版，第 374 页。

副会长也分别在《开幕辞》和《闭幕辞》中对我们的工作作了肯定和表扬。但是由于经验不足和某些客观原因，会议在安排上出现了一些问题：一是战线太长。会议在张家界山上召开，我们虽然在长沙设立了接待站，但两地相距太远，交通不便。而且我们包租的湘运大客车车况不好，经常抛锚，有一部车还缺一块玻璃，给与会者带来不少麻烦。散会后离开长沙的火车票也出了点问题；二是对与会人数估计不足。会议计划人数为一百二十人，根据以往的经验，我们在长沙包租了四辆大客车，可乘坐一百六十人。临开车时，还有二十多人站在车下，只好临时又租了一辆中巴车，这还不包括一部分自己乘车去张家界的人；三是住地分散。由于人数大大超过计划，武陵源宾馆无法容纳全体与会人员，只好安排一部分人住邮电宾馆和电力宾馆。主会场设在武陵源宾馆，另两个宾馆到主会场还有一定的距离，而且三处的食宿也有差别，致使一些与会人员不满；四是收费较高。由于物价上涨，各项开支很大，因此收了每人会务费二百五十元，最后结账时收支刚好平衡。但有些与会者颇有微词。最主要的是会期与湖南省高校职称评审会议冲突，这是事先估计不到的。我是张家界会议的主要组织者，又是省高校职称评审委员会委员兼中文组组长。我向省教委请假，只批了我三天假期。在张家界会议开幕式后，我便匆匆返回长沙了，因此对会议出现的问题我应负主要责任。

会议结束后一个星期，我接到了乐黛云会长的来信。信中说："回来整理第四届年会的各种文件，把你们曾给我写过的信都整理归档，从此成为中国比较文学历史文献的一个组成部分！重读你们写来的各次信件，不禁热泪盈眶！真想大哭一场！这些信，每一页都闪耀着你们的一片赤诚，全心全意要把这次会开好。这种无私奉献、不求私利的精神在'现在，而今，眼下'是多么难能可贵啊！然而，由于湖南省物价高涨，收费失控，到处漫天要价……汽车失灵，张家界归途多次抛锚，引起部分代表不满，这两个问题都不是人力所能控制的，也怨不得任何人。幸而老天还帮忙，会议期间风和日丽，而会议前后都曾大雨倾盆。如果大雨发生在张家界归途，在车轮失控的情况下，后果真是不堪设想。现在想起来还觉得毛发直竖，后怕之至。可是，不管怎样，我们的会还是开下来了。大家平心静气一想，觉得会议还是开得很好，有收获，有启发，开拓了思路，这就行了。请你们一定不要计较某些代表在气头上的某些过分言辞，千万不要把这些放在心上。任劳任怨乃千古美德，我想你们一定会做到。其实，如果说会议有缺点，责任首先是在我！坚持大会在张家界开（而不是在大庸开），坚持邀请信先不作控制，都是我的‘决策’，你们大家都够‘义气’，迁就了我的浪漫主义幻想。因此，如果说要作检讨的话，那应该首先是我！我真的深感愧悔，给你们带来了那么多麻烦！”读了她的这封信，我也真想大哭一场！乐老师是这样善良，这样宽容，这样理解我们，这样体贴我们，在她手下做事，或者为她做事，谁还会计较什么个人得失呢？谁还会不为她卖力甚至为她卖命呢？

张家界会议以后，我就开始为将在加拿大的埃德蒙顿市召开的第十四届国际比较文学大会作准备。我写了《普希金诗歌中的〈圣经〉题材》一文，寄去了英文摘要，不久就收到了会议的邀请函。1994 年 8 月 13 日下午 7 时 45 分，我与孟华教授等十一人乘加航班机离京，于当地时间 13 日下午 4 时（北京时间 14 日上午 8 时）抵温哥华，然后转机于当日晚 10 时 10 分抵埃德蒙顿市，住阿尔贝塔大学学生公寓的 Lister Hall。第二天上午，我们去设在阿尔贝塔大学的会务组报了到，然后游览了市容，晚上埃德蒙顿市侨领朱小燕和阿尔贝塔大学教授高新友、谢慧贤在远东大酒店设宴招待。

8 月 15 日上午，会议举行了开幕式，见到了佛克玛、芳贺徹、高利克、周英雄、范文美等许多熟人。出席会议的中国代表共二十一人，乐黛云教授在大会上作了题为 *Words, Symbols, and Meaning* 的主题发言，还有九位学者被大会指定为专题讨论会主席，显示了中国比较文学研究队伍的实力和中国学者对文化共处的信心。正如乐黛云教授所说：“目前，‘文化冲突’与‘文化共处’的讨论正在世界范围内广泛展开。是增强不同文化间的相互理解和兼容而引向和平，还是因文化隔离和冲突而导致战争，将决定着 21 世纪人类的命运。源远流长的中国文化是世界唯一的、延续了五千余年、至今仍有强大生命力、凝聚力和影响力的伟大文化。在当前的文化转型时期，东西方文化将被重新估价，重新定位，中国文化已引起全世界关注，并必将对世界文化发展作出重大贡献，这是参加国际比较文学学会加拿大年会二十一名中国学者共同的深刻感受。”① 我在 8 月 16 日下午的小组会上散发了我的论文的英文摘要，得到俄罗斯、美国、巴西等国学者的肯定。不过，会上也有一个小插曲：在我散发论文摘要之后不久，有一位上了年纪的女学者突然非常激动地讲了起来。她讲的是英语，但发言中夹了很多俄语词汇，因此我能听懂她的大意。原来我的论文摘要中有这样一句话：“10 世纪末叶，基辅大公弗拉基米尔将基督教定为国教，开始了罗斯的基督教化过程。”这句话本身没有错，但是在译成英文时，将“罗斯”译成了“Russia”，而“罗斯”（基辅罗斯）是东斯拉夫人的共同国家。那位女学者是乌克兰人，她有意见是可以理解的。

20 世纪 90 年代中期，教材的问题变得突出了起来。我们原来用过的一本教材有比较大的问题，早已停止使用。外国教材虽然翻译了不少，但它们从体系规范、内容构成到例证采撷，均是西方色彩，至于中国文学乃至东方文学则基本上被排斥在外，对中国学生根本不适用；一些优秀的国内教材，如卢康华、孙景尧撰写的《比较文学导论》，乐黛云撰写的《比较文学原理》，乐黛云主编的《中西比较文学教程》，陈惇、刘象愚撰写的《比较文学概论》，力图克服上述外国教材的缺点，在传播比较文学知识、促进比较文学研究和培养比较文学人才方面，起到了重要作用。不过，它们出版时间较早，而且大多没有重印，很不容易买到。因此，我们决定自己编写一部教材，以解决教学之急需。1996 年，当我提出这一想法时，立即得到我校比较文学与世界文学研究所全体同志和长沙铁道学院罗选民、何云波同志的赞同，并得到我校教务处和省教委高教处的支持。经专家组评审，省教委批准，《新编比较文学教程》被确定为湖南省普通高等教育“九五”重点教材。在编写过程中，我们力图以马克思主义为指导思想，加强改革的力度，争取在理论体系上具有中国特色，在内容构成上出新脱俗，做到传统知识和最新成果并重。

---

① 乐黛云：《国际比较文学学会第 14 届年会（加拿大）综述（1994. 08. 15—08. 20）》，《中国比较文学》1995 年第 1 期。

1997 年 8 月教材出版后，得到中国比较文学学会乐黛云会长、陈惇、饶芃子、孙景尧、曹顺庆、谢天振副会长和教育部中文教学指导委员会的专家们，以及《中国比较文学》《中外文化与文论》等专业刊物的好评，并为全国二十多所高校采用，受到使用学校师生的欢迎，2001 年还荣获湖南省高等教育省级教学成果奖一等奖。为了适应学科迅速发展的新形势和吸收学科的新成果，做到与学科发展同步，2000 年我们决定对教材作适当修订。这一计划得到湖南省教育厅批准，并将其确定为“湖南省高等教育 21 世纪课程教材”。为了使教材更完善，更适合学生的需要，今年我们决定对教材再作一次较大的修订。说是修订，实际上是重写。预计 2007 年 5 月由湖南教育出版社正式出版。

除了《新编比较文学教程》，20 世纪 90 年代中期以来，我在比较文学研究领域的主要成果就是“普希金研究三部曲”。《普希金的生活与创作》显然属于国别文学研究，但它是通过一个中国人的眼光来显示的，而且书中专门设有《普希金研究述评》一章，分别对俄苏普希金学和普希金在国外的接受作了阐述，因此也可归入比较文学研究；至于《普希金与中国》和《普希金新论——文化视域中的俄罗斯诗圣》则分别从中俄文学关系和文化视角切入，算得上是正宗的比较文学著作了。

20 世纪 90 年代中期以来，我还先后出席了分别在成都（1999 年 8 月）、南京（2002 年 8 月）、深圳（2005 年 8 月）召开的中国比较文学学会第六、七、八届年会；主持了湖南省比较文学与世界文学学会两年一度的多次年会，与同志们共同编辑了《湖湘文化与世界文学》丛刊 1—4 辑；指导了比较文学与世界文学专业研究生十九人，给研究生开设了“古代俄罗斯文学专题研究”“20 世纪俄罗斯文学专题研究”“普希金研究”“中外文学关系研究”等课程，并且作为我院比较文学与世界文学学科的一员，为争取博士学位授予权尽了绵薄之力。然而，与那些站在舞台中央的比较文学学者相比，我一直站在舞台的边缘，一直扮演着配角，或者说只是一种“友情出演”。一个半路出家的人，还能怎样呢？

2006 年春节前后

沿着普希金的足迹

一、下诺夫哥罗德寻踪

伏尔加河从瓦尔代高地静静地、曲曲弯弯地向南流去，在中游地区与奥卡河相汇，形成一个辽阔的丁字形水域。水域两岸屹立着一座有七百七十六年历史的古城，这就是下诺夫哥罗德市（原高尔基市）。在晴朗的日子里，河面上水波潋滟，金光点点，与岸上一座座风格各异的教堂的金十字架和绿荫覆盖的克里姆林宫的红墙交相辉映。这座城市不仅以历史悠久、风光秀丽著称，而且曾经诞生和哺育了伟大的文学批评家杜勃罗留波夫和伟大的作家高尔基。下诺夫哥罗德人还引以为荣的是，普希金曾在他们的城市逗留过两天。于是，下诺夫哥罗德市也就成了普希金纪念地之一。正因为如此，第四届“普希金与世界文化”国际会议的第二阶段定在这里举行。8 月 22 日，十四个国家的一百五十名学者从圣彼得堡市分别乘火车和汽车来到这座城市。

普希金访问下诺夫哥罗德是 1833 年 9 月的事。当时，他正在从事《普加乔夫史》的写作。尽管他在圣彼得堡外交部档案馆已经查阅了不少的资料，但仍然感到有必要去普加乔夫起义地区做一次实地考察。8 月 8 日他从圣彼得堡启程，于 9 月 2 日清晨抵达下诺夫哥罗德市，下榻在杰乌林旅馆。

普希金对这座城市的了解是从大波克罗夫街开始的，它是当时的一条主要街道，从波克罗夫城门一直延伸到旅馆对面的克里姆林宫。普希金在给妻子的信中写道："街道是铺砌的，房屋是用石头盖的，非常结实……"这是他对城市的最初印象。当载着参加会议的外国学者的游览车从大波克罗夫街道驶过时，我们看到，街道已经铺上柏油，波克罗夫城门变成了高尔基广场。到处是葱茏的树木和盛开的鲜花，整条街和整个城市宛如一座公园。

总督府也坐落在大波克罗夫街上。如今，在总督府的旧址上矗立着州法院大楼。当年普希金到过总督府两次：9 月 2 日那一次是礼节性拜访，第二天是应邀赴宴。说起总督布图尔林，还有一段趣事。他虽然知道普希金是一位诗人，但却认为普希金另有使命。9 月 18 日，当普希金到达奥伦堡省时，该省总督佩罗夫斯基向普希金透露了布图尔林一封信的内容。信中说："不久前，普希金路过我们这里。我知道他是什么人，因此待他十分亲切，不过我绝不相信他是出来搜集有关普加乔夫暴动的文献的；也许他负有调查社会弊病的秘密使命。您知道我对您怀有好感；我认为有义务劝您小心一点为是。"据说，后来普希金把这个"俄罗斯的纯粹的奇闻"提供给果戈理，于是就有了果戈理的讽刺喜剧《钦差大臣》。

下诺夫哥罗德曾是俄国最大的集市中心。交易会大厦位于奥卡河畔。从 1817 年起，每年俄历 7 月 15 日到 8 月 25 日在这里举办一次交易会，来自俄国各地和外国的商人摩肩接踵。商品琳琅满目，买卖热火朝天。普希金来到下诺夫哥罗德时，交易会的旗帜已经降下。他写道："交易会结束了，我沿着一个个空荡荡的小铺子溜达。它们给我留下的印象，仿佛是舞会已经散场，冈察罗娃家的四轮轿式马车已经离去……"字里行间，未免流露出一丝伤感。是的，如果他能早来几天，看到了交易会的热闹景象，也许我们今天便能读到描写交易会盛况的小说或长诗了。

现在的米宁广场当年叫报喜节广场。广场的一侧是克里姆林宫，如今它是市政府和市议会所在地。第四届"普希金与世界文化"国际会议就在宫内的国立美术博物馆举行。1833 年 9 月 3 日，普希金曾在位于克里姆林宫的德米特里耶夫塔内的省档案馆查过文献。我们现在看到的德米特里耶夫塔是一个碉堡式的建筑，据说跟当年的形状有很大的不同。德米特里耶夫塔的原貌，只有在曾被流放到下诺夫哥罗德的乌克兰诗人塔拉斯·谢甫琴科的画中才能找到。

当年的杰乌林旅馆也位于现在的米宁广场。如今旅馆的旧址上矗立着一座米黄色的四层大楼。墙上镶着一块纪念牌。早在1989年，市政府就决定在杰乌林旅馆的旧址上建立普希金博物馆。目前，在杜勃罗留波夫博物馆内暂辟两间展室，陈列有关普希金的实物和图片。在这次会议上，下诺夫哥罗德市学者B. 别洛诺戈娃作了题为《关于下诺夫哥罗德市普希金博物馆的构想问题》的发言。她谈到，普希金在该市虽然只逗留了两天，但其意义是非常重大的。关于这次访问，普希金给妻子就写过两封信；他在档案馆查阅过的资料，被写进了《普加乔夫史》，有些资料成了长篇小说《上尉的女儿》的素材。目前研究工作者已经弄清了普希金在该市的一切活动，搜集了大量与普希金和普希金时代有关的图片和实物，建立普希金博物馆的条件已经成熟。可以预言，它将成为这个城市的又一个文化中心。

我们入住的“伏尔加河斜坡”旅馆离杰乌林旅馆旧址不远，它位于陡峭的河岸上，是全城最高的地方。每天清晨和傍晚，我都去旅馆外面凭栏远眺。伏尔加河从远处静静地流来，又从斜坡下面静静地流过，河对面是一望无垠的原野。我猜想，当年普希金也可能来过这个斜坡，也可能站在高高的河岸上沉思。他也许在考虑下一步的行程，也许在构思一首新诗。面对脚下奔流不息的伏尔加河和对岸苍苍茫茫的原野，他的心中该涌起多少思绪啊！

普希金在下诺夫哥罗德市只逗留了两天，但却给这个城市的人和全体俄罗斯人留下了一个永恒的记忆。

二、波尔金诺纪行

凡是对普希金的作品稍有涉猎的人，恐怕没有不知道波尔金诺这个地名的。19世纪初期，波尔金诺本是一个极其普通的俄罗斯村庄，但由于普希金的缘故，如今它已经变得举世闻名。

8月24日，第四届“普希金与世界文化”国际会议组织委员会安排全体代表去波尔金诺参观游览。这是一个晴朗的日子，一大早，太阳就在伏尔加河上空火辣辣地照耀着，驱散了清晨的凉爽。盛夏的炎热还没有过去，但代表们的情绪比暑气更热烈。他们比太阳起得更早，匆匆地洗漱完毕和吃过早饭便提前来到旅馆外面等候。8 时 10 分，由一辆警车、一辆医疗车和三辆大客车组成的车队，离开了下诺夫哥罗德市，浩浩荡荡地朝位于东南部的波尔金诺驶去。一路上，映入人们眼帘的是连绵不绝的树林和一望无际的田野，偶尔有一个村庄或一个小镇从车窗外面掠过。

12 时，车队抵达大波尔金诺地界。当地官员和穿着民族服装的群众早已在此等候。他们用传统仪式迎接各国代表，并向会议的主要组织者福米乔夫博士献了面包和盐。然后，全体代表被领到公路旁边的桦树林里。林中空地上摆着一排长桌，上面摆满了各种自制的面包和一个大茶炊，供代表们任意享用。蓦地，手风琴的声音响了起来，歌舞团的演员们开始表演民间歌舞。代表们边吃点心边观看节目，这时气氛达到高潮。主人和客人在感情上的距离一下子就缩小了。而这个使双方在感情上迅速得到沟通的人便是普希金。

12 时 30 分，车队继续前进，半小时后驶入波尔金诺村。一下车，代表们被分成三个小组，在三位导游带领下，分别进行参观。

波尔金诺村从 1619 年起就是普希金的家族领地，19 世纪 30 年代属于诗人的父亲所有，诗人先后去过三次。第一次是 1830 年秋天，目的是筹集结婚经费。诗人与冈察罗娃订婚后，父亲答应将波尔金诺村的一部分送给他，这就必须办理分产手续。因此，他于 8 月 31 日从莫斯科启程前往波尔金诺，9 月 3 日到达该村。在领地司书彼得 · 基列耶夫帮助下，分产手续很快办妥，普希金分得一个有九十六户农奴（二百四十六个男农奴和二百三十七个女农奴）的名叫基斯杰涅沃的小村。他以村子作抵押，获得三万八千卢布现款。由于该地区流行霍乱，诗人被迫在波尔金诺村滞留三个月。其间，创作抒情诗二十九首、童话诗二首、叙事诗一首、“小悲剧”四部、中篇小说六部、《叶甫盖尼 · 奥涅金》最后三章（第九章、第十章和《奥涅金的旅行片断》）。这三个月是创作获得丰收的三个月，被誉为“波尔金诺的秋天”。第二次是 1833 年 10 月。8 月 18 日他从圣彼得堡动身，前往下诺夫哥罗德、喀山、奥伦堡和乌拉尔斯克等地搜集有关普加乔夫起义的资料。完成任务后于10月1日到达波尔金诺村，11月9日离开。其间创作了叙事诗《青铜骑士》《安哲鲁》，中篇小说《黑桃皇后》和多首抒情诗。这四十天被誉为“第二个波尔金诺的秋天”。第三次是1834年9月。8月25日，他为了躲避亚历山大纪念石柱揭幕典礼，故意离开圣彼得堡，先去岳母的庄园跟妻子相聚，两个星期后到波尔金诺去了一趟，10月18日才返回圣彼得堡。普希金三次在波尔金诺停留的时间只有约五个月，但其影响却是无法估量的。

诗人的故居是一幢米黄色的房子，正面有一个门廊。中间有两层，两翼为平房，四周长满绿草和鲜花。这幢房子是波尔金诺自然保护区博物馆的灵魂，诗人那些优秀的作品就是在这幢房子里写的。展室里陈列着普希金使用过的桌椅，桌上摆着羽毛笔等文具和手稿复制品，墙上贴着他在“波尔金诺的秋天”创作的全部作品的目录。代表们仔细地观看着每一件展品，仿佛要通过这些展品探寻出“波尔金诺的秋天”的秘密。

故居旁边是从前的账房，里面摆着两张办公桌，桌子上放着算盘，也许当年办分产手续时，就是用这些算盘进行计算的。账房旁边有一个仓库，是存放粮食的处所。这两幢房子和一个小教堂是当年村里的主要建筑，房子依然保持当年的模样，小教堂将为正在修建的大教堂所代替。

离故居不远的地方有一个普希金塑像。诗人坐在一张单人椅子里，双手交叉放在胸前，头微微低垂，作沉思状。这不禁使人想起莫斯科普希金广场的普希金塑像，那也是一个沉思的普希金。在《秋》这首诗里，诗人宣称他最喜欢秋季，因为它有一种“沉静的美”。第一次去波尔金诺之前，他在给普列特尼奥夫的信中，还担心自己能否保持心情的平静，因为“心情不平静是什么也写不出的”。看来，他在波尔金诺找到了这种宁静。正如他在“第二个波尔金诺的秋天”写的《秋》这首诗所说：

我忘记了世界，在甜蜜的宁静中
我的幻想使我如痴如梦，
于是，诗兴在我心中苏醒：

内心里洋溢着滚滚的激情,
它战栗、呼唤、寻求，梦魂中
想要自由自在地倾泻尽净……
这时一群无形之客向我走来,
似曾相识，都是我幻想的成品。

沉思是一种最佳的创作状态。宁静产生幻想，幻想引起诗兴。宁静—幻想—诗兴，这就是普希金的创作公式。几年前，在莫斯科普希金广场那个普希金塑像身上，我发现了这个秘密；这一次，在波尔金诺的普希金塑像身上，我证实了自己的这个发现。

在普希金时代，波尔金诺是一个穷乡僻壤，一提到它，人们就会联想到贫穷和霍乱。诗人曾这样写道：

一排破旧的小房,
房后是一片黑土、平缓的坡地,
房的上空是浓浓的一条灰暗的乌云。
哪里有明媚的田野？哪里有郁郁的森林？
哪里有淙淙的小河？

如今，这里的面貌已经发生了很大的变化：农民的住宅坚固而又舒适，衣着跟城里人没有什么两样，村子四周是明媚的田野和茂密的树林，村子里也是古木参天，郁郁葱葱，波尔金诺成了名符其实的自然保护区。使代表们感到惊喜的是，故居附近有两棵小枫树，它们在万绿丛中发出红灿灿的光华，显得格外美丽。这两棵小枫树也许是秋的使者，它们知道代表们要来参观，提前透露出秋的信息，而代表们也是“心有灵犀一点通”，纷纷站到小枫树下摄影留念。东京俄语学院的藻利佳彦教授还摘了几片红叶，小心翼翼地夹在一个本子里。他告诉我们，他要把这些红叶带回日本，让他的学生们感受一下“波尔金诺的秋天”。参观完毕后，代表们在博物馆的会议室里与工作人员进行了座谈，观看了村里的老太太合唱团自编自演的民间歌舞。会后，村里设宴招待各国代表，桌上的蔬菜、水果和食品都是自产自制的。有趣的是，一种自制白酒的牌子就叫“波尔金诺的秋天”。主人举起斟满这种白酒的杯子，提议为代表们的健康干杯。德国的施密德教授代表各国学者致答辞。他语意双关地说，波尔金诺是令人难忘的，而“波尔金诺的秋天”更令人难忘。这句话表达了各国学者的共同心声。大家高举起手中的杯子，为热情好客的主人的健康，为波尔金诺的繁荣干杯。

访问结束了，代表们怀着依依惜别的心情登上了汽车。再见吧，波尔金诺！再见吧，普希金！

1997 年 9 月

普希金，我心中永远不落的太阳

19世纪俄罗斯诗人费·伊·丘特切夫在为纪念普希金而写的《1837年1月29日》一诗中写道：

> 俄罗斯的心不会把你遗忘，
> 就像不会忘记初恋一样！

是的，对于俄罗斯人来说，普希金有如初恋，永远难忘；而对于我这个普通的中国知识分子来说，普希金也是像初恋一样亲切和珍贵的。

普希金是我阅读的第一个外国作家。我第一次接触普希金的作品是四十多年前在新化一中学读书的时候。那一天，我借到了戈宝权先生与罗果夫合编的那本《普希金文集》，几乎是一口气就把它读完了。普希金那些优美、朴实、明朗、自然的抒情诗深深地吸引了我。我就像高尔基所说的，从“沼泽地带的树林中”来到了一块“满是鲜花和阳光”的干燥的“林边草地”，心中感到万分喜悦。为了能够直接阅读普希金的原著，为了把这块美丽的“林边草地”都跑遍，我在中学毕业后报考了俄语系，后来用俄语阅读了他的许多重要作品。

不过，前半生我对普希金仅仅是爱好而已，真正转入对普希金的研究是在1981年5月，那正是花娇柳媚的季节，我在长沙麓山饭店参加由湖南省外国文学学会主办的“全国普希金、雨果学术讨论会”。一天，易漱泉会长和王远泽副会长把我介绍给应邀出席会议的漓江出版社编辑刘硕良同志。一见面，硕良同志就谈到他们社里打算出版一套外国文论丛书，要我承担《普希金论文学》一书的翻译任务。我满口答应了。

我在20世纪70年代末期才回到书桌边。此时，我自己正处于学术道路上的十字路口。我的专业是俄苏文学，应该说大方向还是明确的，但研究重点尚未确定，心中颇为苦恼。在那次学术讨论会上，我听了一些同行的发言，深受启发，决心以这次会议为契机，把普希金作为今后的主攻方向。漓江出版社的约稿正中下怀，而且非常及时，使我得以在学术研究中迅速定位。

为了尽快地完成出版社交给的任务，我邀请我的老师黄弗同先生进行合作。说实话，翻译普希金的文论的确是一件苦差事。由于他的文论涉及他的整个创作，还涉及19世纪30年代以前几乎全部俄国文学和几乎全部欧洲文学，因此急功近利是不行的，必须一面翻译，一面读书。此外，文论中一个个术语、一则则典故、一句句格言，常常让你绞尽脑汁，甚至弄得你汗流浃背。个中滋味，难以言说。总之，经过一年多的努力，我们总算完成了译稿，而且还撰写了一篇一万四千字的论文作为前言。1983年7月，一包散发着油墨清香的样书就寄到了我的手中。尽管这本书留下了不少遗憾，但它毕竟是我国第一部系统介绍普希金文论的书，因而引起了一些老专家和同行的注意。戈宝权先生在厦门开会时，称赞我们做了一件很有益的事；卢永福先生写信给我，约我为人民文学出版社的《普希金文集》第七卷翻译文论部分。能够得到这些资深的普希金专家的信任和鼓励，我感到十分荣幸。除了上面提到的两部译著外，十多年来，我还翻译了普希金的女友凯恩的回忆录，撰写了专著《普希金的生活与创作》，发表了十余篇论文，前不久又完成了《普希金书信选》的翻译。此外，我曾先后在俄罗斯参加了“普希金的笑”学术会议和第四届“普希金与世界文化”国际会议；1994年8月，我去加拿大的埃德蒙顿市出席第十四届国际比较文学大会所带的论文也是关于普希金的。在俄罗斯，我还沿着普希金的足迹，访问了莫斯科、圣彼得堡、下诺夫哥罗德、波尔金诺的十余处普希金博物馆或普希金纪念地，分别在莫斯科大剧院和莫斯科模范音乐剧院观看了根据普希金的作品改编的歌剧《叶甫盖尼·奥涅金》和《黑桃皇后》。总之，与普希金有关的一切都引起了我浓厚的兴趣，使我感到十分亲切，而我的整个人生道路也与普希金紧密地联系在了一起，与他结下了不解之缘。今后，我还将为普希金在中国的传播继续尽绵薄之力。

普希金，我心中永远不落的太阳！

1998 年 6 月

普希金神话与普希金本色

从1799年普希金诞生至今，已经过去二百一十一年了。在这两个多世纪里，关于普希金的评论可谓是汗牛充栋，不可胜数。在他生前，对诗人及其创作的评论可说是毁誉参半；在他逝世后，他的创作得到别林斯基满腔热情的、全面而系统的阐释和褒扬，但很快又遭到诗人生前就遭遇过的“愚人的评判和群俗的冷笑”，这一时期的评论是毁多于誉；直到1880年6月莫斯科普希金纪念碑揭幕庆典之后，普希金评论才走出持续了近四十年的低谷，变得誉多于毁；在苏维埃时代，随着政治生活中的个人崇拜的盛行，文学中的普希金崇拜也逐渐形成并愈演愈烈，而在后苏联时代，特别是1999年普希金二百周年诞辰前后，普希金崇拜更是演变成了普希金神话。

毋庸置疑，普希金对俄国文学的贡献及其在俄国文学史上的地位，是难以估量的。

普希金走上文坛的时候，面临的几乎是一片荒漠。同时代的欧洲作家比他幸运得多，他们有着丰富的文学传统可以继承：希腊人有荷马，意大利人有但丁，西班牙人有塞万提斯，英国人有莎士比亚，法国人有拉伯雷……然而普希金却没有这样的幸运。基辅罗斯时期曾有一个好的开端，产生了几部编年史和一部俄国人最引以为荣的英雄史诗——《伊戈尔远征记》；但在鞑靼统治时期，却只有《拔都攻占梁赞的故事》《亚历山大·涅夫斯基行传》《顿河彼岸之战》等几部历史故事；莫斯科的俄罗斯时期，值得一提的只有伊凡雷帝和库尔布斯基的通信集；彼得一世执政以后，随着社会的迅速发展，文学也取得了长足的进步，古典主义、感伤主义、浪漫主义文学思潮一浪高过一浪，俄国人在文学的道路上急起直追。不过总的来说，这一时期的俄罗斯文学仍然带有过渡性质，它主要是“介绍俄国认识欧洲”，而不是介绍欧洲认识俄国。

这样，建立民族文学的历史使命就落到了普希金的肩上。他没有荷马和莎士比亚这样的祖先，他必须自己成为荷马和莎士比亚。

当然，这不是说，普希金是从天而降，突然出现的。不，他是俄罗斯大地之子，他的双脚踩在罗蒙诺索夫、杰尔查文、巴丘什科夫、茹科夫斯基、卡拉姆津等俄罗斯前辈作家的肩膀上，也踩在荷马、莎士比亚、拜伦、司各特等世界文豪的肩膀上，他还从民间文学中汲取了丰富的养料，这才成为俄罗斯文学的巨人。他对俄罗斯文学的贡献主要表现在两个方面：一是创立了新的俄罗斯文学语言。在普希金之前，俄罗斯文学语言是俄语、教会斯拉夫语和外来语的大杂烩。罗蒙诺索夫试图对它进行改革，他把俄罗斯文学语言分为高级体、中级体和低级体，主张摒弃陈腐的教会斯拉夫词语，对一般教会斯拉夫词语的使用也作了限制，但这种改革仍是不彻底的；卡拉姆津主张吸收活生生的口语，不过这种口语主要是贵族社会的口语，这是他的局限；普希金力主对俄罗斯文学语言进行彻底的改革，他抛弃了罗蒙诺索夫的“三种体裁”理论，也不赞成卡拉姆津对改革的贵族态度，主张把大众语引进文学语言。他不仅呼吁作家们这样做，而且身体力行，在自己的作品中完全打破了“三种体裁”的限制，大量使用民间口头词语，创造了一种清新、朴实、晓畅、优美的语言。二是创立了新的俄罗斯文学。19 世纪 20 年代中期以前，他主要作为一个浪漫主义诗人活跃于文坛。他的抒情诗和叙事诗题材广泛、体裁丰富、感情充沛、色彩浓郁，冲决了古典主义的樊篱，结束了古典主义的统治。从 20 年代中期至逝世，他的创作逐渐从浪漫主义转向现实主义，创作了俄国第一部现实主义悲剧《鲍里斯·戈都诺夫》和俄国第一部现实主义诗体长篇小说《叶甫盖尼·奥涅金》，后者被誉为“俄罗斯生活的百科全书”。在《别尔金小说集》中，他第一次把“小人物”作为主人公加以描绘，使文学在现实主义道路上前进了一大步。这些作品，奠定了他作为俄罗现实主义文学创始人的基础。

然而，同样毋庸置疑的是，普希金并不是什么“神”，而是一个人，一个诗人。俄罗斯哲学家尼·别尔嘉耶夫在谈到俄罗斯民族时说，它不是纯粹的欧洲民族，也不是纯粹的亚洲民族，它将两个世界结合在一起。在俄罗斯精神中，东方与西方两种因素永远在相互角力。因此这个民族是最两极化的民族，是对立面的融合。“这个民族的每一个个体，正如人的个体一样，都是该民族的一个微粒，因此也像这个民族一样在自身包含着矛盾，而且在不同的阶段都包含着矛盾。”① 无论是作为人还是诗人，普希金也是对立面的融合，是一个包含着矛盾的“微粒”。

（一）不信上帝与追随上帝。在过去相当长一段时间内，普希金与宗教的关系一直是研究的禁区。即使要谈，也只能从无神论的角度来谈。在苏联时期出版的各种传记、专著和文学史著作中，普希金都被视为坚定的无神论者。诚然，普希金早年的确写过一些反宗教的作品。例如，他曾针对茹科夫斯基的《十二个睡美人》的第一部《格罗姆鲍依》写过一首叙事诗《巴尔科夫的幽灵》。《格罗姆鲍依》是一个“类似天主教的神话故事”（别林斯基语），充满神秘主义色彩，而《巴尔科夫的幽灵》写的却是一个被免去教职的神甫在妓院嫖妓和在女修道院与修女通奸的风流韵事。由于这部作品过于露骨，许多学者否认它为普希金所作，直到苏联解体前夕，它才作为普希金的作品在《文学评论》杂志 1991 年第 11 期全文刊出。纵观普希金的一生和全部作品，他并非纯粹的无神论者，甚至可以说，他是迷信上帝的。例如，1825 年 12 月 11 日，他从米哈伊洛夫斯科耶村乘马车前往圣彼得堡，出村不久就遇见一位穿黑袍的神甫，认为这是不吉利的，于是掉转马车，返回村里。又如 1831 年 2 月 18 日，他与妻子在莫斯科大耶稣升天教堂举行婚礼，在交换戒指时，他的戒指掉到地上，手里的蜡烛也熄灭了，吓得脸色发白，认为这是不祥之兆。他熟谙《圣经》，

① ［俄］尼·别尔嘉耶夫：《俄罗斯思想》，雷永生、邱守娟译，生活·读书·新知三联书店 1995 年版，第 2 页。

写过许多《圣经》题材的诗歌，它们的抒情主人公是一个先知诗人。最主要的是，他的整个创作植根于基督教文化的土壤中，渗透着基督教精神——博爱、宽容、忍让、行善。他不信上帝，又追随上帝，这才是他与宗教的真实关系。

（二）自由主义与保守主义。普希金是俄国自由主义知识分子的一个典型。他继承了俄国自由主义的先驱拉吉舍夫的传统，并吸收了欧洲现代自由主义的理念，在自己的创作中高举“自由、平等、法治”的旗帜，揭露专制制度和农奴制度的罪恶。从前流放时期的《自由颂》《乡村》《致恰阿达耶夫》到流放时期的《短剑》《囚徒》《安德列·谢尼耶》，再到后流放时期的《阿里昂》《在西伯利亚矿井的深处……》，都是他的自由思想的产物。它们贯穿着强烈的批判精神，也是对俄罗斯文化精神的反思，同时还是对个性生命意识的张扬。因此，他被人们誉为“十二月党人的歌手”和“自由的歌手”。然而在后流放时期，他却对沙皇尼古拉一世抱有幻想，自由主义的信念有所动摇。他在 1826 年 5 月给茹科夫斯基的信中说：“我对皇帝陛下的宽宏大量满怀希望，并且怀着真诚的悔悟和坚定的决心，保证不再用言论同现存秩序对抗。”① 同年 12 月，他写了《斯坦司》一诗，通过歌颂彼得大帝来歌颂尼古拉一世。而当这首诗被人们指责为向沙皇谄媚时，他又于 1828 年写了《致友人》一诗作为公开答复，不仅否认自己是“谄媚者”，而且对尼古拉一世的“勤恳的工作”和所谓仁慈的个性直接地、“由衷地”加以赞颂。总之，在后流放时期，“和解的普希金”与“叛逆的普希金”同时存在，而起主导作用的仍然是“叛逆的普希金”。

（三）爱国主义与沙文主义。普希金有着浓厚的爱国主义情结，写了许多饱含爱国主义思想的诗歌。作为贵族阶级的一员，他认为热爱祖国是贵族阶级的历史使命。在他看来，爱国主义首先表现为对祖国国土的热爱。在少年时代写的《皇村回忆》一诗中，优美的自然景色和俄罗斯的军

① ［俄］普希金：《俄罗斯的夜莺——普希金书信选》，张铁夫译，经济日报出版社 2001 年版，第 144 页。

事胜利交织在一起，对拿破仑的仇恨和对莫斯科的热爱交织在一起，现实与历史交织在一起，洋溢着一个俄罗斯人的强烈的爱国主义感情。1829年他甚至奔赴俄土战争前线，亲历了这场战争。其次，爱国主义表现为对祖国历史的热爱。19世纪30年代，哲学家恰阿达耶夫在《哲学书简》中认为，俄国人没有祖国、没有历史，普希金对他思想上的引路人之一的恰阿达耶夫的虚无主义观点进行了有力的驳斥，宣称“我不想用世上任何东西来替换祖国，或者除了我们祖先的历史——上帝给我们的这种历史以外，我不希望有另一种历史”[①]。然而，普希金的爱国主义也有狭隘的一面，这集中地表现在对1830年波兰革命的态度上。这年11月29日，在华沙爆发了企图摆脱沙皇俄国统治的武装起义，起义者赶走了俄国军队和康斯坦丁大公，占领了华沙。对波兰人民来说，这是一次爱国主义的壮举，旅居罗马的波兰诗人密茨凯维奇在起义爆发后的第二年春天动身前往波兰参加斗争。而普希金则写了《致诽谤俄罗斯的人》《鲍罗金诺战役纪念日》和《他曾生活在我们当中》等诗，对沙皇俄国的侵略行为进行辩护，对俄军镇压波兰起义的战功大肆吹捧，并对密茨凯维奇的爱国主义行为进行指责。很明显，这完全是一种沙文主义的立场。

（四）缪斯崇拜与泛爱主义。别林斯基在谈到普希金的抒情诗时说：“爱情和友谊几乎总是最能驾驭诗人的一种感情，这种感情也就是他的整整一生幸福与痛苦的直接的来源。”[②] 普希金天生是个情种，他不仅在爱情上早熟，而且情欲旺盛。他一生钟情过许多女子，给不少女子写过情诗。19世纪20年代，他在女友乌沙科娃的纪念册上开过一个“唐璜名单”，共有三十四人。30年代，他在给维亚泽姆斯基公爵夫人的信中承认，他的妻子冈察罗娃是他所爱的第一百一十三位女子。他的爱情诗具有一定的自传性，如巴库尼娜情诗（二十五首）、沃龙佐娃情诗（十四首）、《致凯恩》等诗就是分别献给他所钟情的女子巴库尼娜、沃龙佐娃、凯恩等人的。这

① ［俄］普希金：《俄罗斯的夜莺——普希金书信选》，张铁夫译，经济日报出版社2001年版，第340页。

② ［俄］别林斯基：《亚历山大·普希金作品集》（第五篇），《别林斯基选集》第4卷，满涛、辛未艾译，上海译文出版社1991年版，第375页。

些诗感情真挚，动人心弦，具有巨大的艺术魅力。在现实生活中，普希金是个泛爱主义者，不少钟情的对象是有夫之妇，而且这种爱在某种程度上是一种官能之爱。女诗人茨维塔耶娃说他是“宪兵们的灾难，大学生们的上帝，丈夫们的恼恨，妻子们的欢乐”①。不过，普希金的爱情诗并不等同于他的泛爱行为。他的爱情诗中的“我”既是一个自传形象，又是一个艺术形象。他的女友玛丽娅·拉耶夫斯卡娅（沃尔康斯卡娅）在回忆中说：“作为诗人，他认为自己应当爱上他所遇见的每一个年轻漂亮的女人。”②这就是说，他对美女的崇拜，实际上是对青春和美的崇拜，是对缪斯的崇拜。

此外，普希金性格直率，但又容易冲动，他甚至有一种决斗癖，曾多次与人决斗，最后在决斗中死于丹特士的枪下。当然他的死因是很复杂的，可以说是当时的社会对他的迫害，但这与他的好走极端的性格也是有关系的。总之，同俄罗斯民族一样，普希金也是一个矛盾体。这个矛盾体才是作为人和诗人的普希金的本色，它也应该是科学的普希金研究的出发点。

---

① 玛琳娜·茨维塔耶娃：《献给普希金的诗》，见《光辉的名字普希金》，莫斯科：真理出版社1988年版，第200页。

② 见《普希金友人录》下册，莫斯科：真理出版社1984年版，第126页。

在普希金的圣彼得堡

一、访“普希金之家”

1991 年 12 月 26 日，我们从爱沙尼亚首都塔林乘火车抵达圣彼得堡。第二天，我同俄罗斯科学院俄罗斯文学研究所（即“普希金之家”）的福米乔夫博士通了电话，说妥了访问“普希金之家”的事。“普希金之家”是研究俄罗斯文学和普希金的最权威的机构，1905 年作为普希金学的陈列中心和史料中心始建于圣彼得堡，1918 年并入科学院，1930 年定名为俄罗斯文学研究所。卢那察尔斯基、阿·托尔斯泰、高尔基等著名作家和学者参加过它的工作，高尔基还一度任该所所长（1935—1936）。它经常召开有关文学史和文学理论的学术会议以及普希金学术年会，编撰和出版了大量有关俄罗斯文学史和批评史的集体专著，还出版了许多俄罗斯经典作家的典范文集，1958 年创办了《俄罗斯文学》杂志。除研究室外，该所还设有手稿部、文学博物馆和专业书库。

从旅游图判断，“普希金之家”所在的瓦西里岛马卡罗夫滨河街离我们入住的赫尔岑师范大学旅馆不远，我们决定步行前往。12 月 28 日早饭后，我们从旅馆出发，冒着鹅毛大雪，经涅瓦大街、宫廷广场、宫廷桥、普希金广场，约半小时便到了马卡罗夫滨河街 4 号。看门的老太太告诉我们，博士在二楼等候。刚上楼，福米乔夫博士便迎上来，把我们让进办公室。他首先简要地介绍了“普希金之家”的情况，然后和女秘书一起带我们参观了普希金的藏书室。一个个高大的书架上整齐地排列着十五种文字的三千册书籍，它们都是普希金生前的藏书。女秘书从书架上取出一本小开本法文图书，福米乔夫博士告诉我们，这本书是17世纪出版的，极其珍贵。女秘书又从书架上取出俄国汉学家比丘林翻译的中俄对照《三字经》，我们饶有兴趣地看着。这时，我突然想起了一件事，便对女秘书说："我记得普希金的藏书中还有一本比丘林的《西藏概述》。"女秘书笑着说："对，这就是。"原来当我们观看《三字经》时，她已经把那本书从书架上取下来了。普希金生前对中国怀有浓厚的兴趣。1830年1月7日，他曾给"皇帝办公厅第三厅"长官卞肯多尔夫写信，要求随使团去中国访问；他还在一首诗中表示，要去"遥远中国的长城脚下"。尽管由于沙皇政府的阻挠，他的理想未能实现，但从20世纪初以来，特别是新中国成立以后，他的重要作品都已译成中文。今天他正骑着缪斯的飞马在中国辽阔的大地上空遨游。

从藏书室出来，我们被带往手稿室。进入手稿室之前，女秘书要求我们把提包存入过道里的一个柜子内。然后她依次打开铁栅栏上和手稿室门上的大锁。她的动作是如此熟练，神色是如此庄重，仿佛领我们去参观秘密金库或是领我们去圣地朝圣。诚然，普希金是俄罗斯的诗圣，他的手稿比黄金更珍贵。除了少数研究人员，这些手稿是秘不示人的。手稿室是一间约十六平方米的房子，靠墙立着好几个深红色的柜子，房间中央摆着一张小圆桌和四把椅子，我们在圆桌旁坐下。女秘书打开一个柜子，取出一个用红色封套包着的大夹子，然后小心翼翼地解开封套上的绳子。福米乔夫博士告诉我们，这是普希金的诗体小说《叶甫盖尼·奥涅金》的手稿，女秘书还向我们展示了中篇小说《上尉的女儿》的原稿。这些手稿上的墨迹虽已退色，但字迹仍非常清晰。这些研究普希金创作的第一手资料，得到严格和科学的保护。尽管我曾在出版物上看到过一些手稿的影印件，但目睹普希金的真迹还是第一次，作为外国人，这是给我们的最高礼遇。

离开手稿室，我们被带往研究所的图书室。这里藏有普希金著作的各种版本和各种研究资料。管理员卡佳找出了几种中文版著作，其中有戈宝权与罗果夫合编的《普希金文集》和戈宝权赠给该所的《叶甫盖尼·奥涅金》（智量译）。我把我和黄弗同合译的《普希金论文学》一书赠给福米乔夫博士，扉页上用俄文写着："尊敬的谢尔盖·亚历山德罗维奇惠存，本书译者赠。"他看了后说："太好了，不过我可不敢占为己有。"他要我重写一次，并且要用中文写，我只得遵命，在原题词后用中文补写了一行字："赠俄罗斯文学研究所，本书译者。"写完后，我用俄语把意思告诉他。他笑着说："让这本书藏在这里吧！"

最后，福米乔夫博士还安排我们参观了该所的博物馆，并引荐我们同所长见了面。临别时，他把该所编著的《普希金生平和创作年谱（1799—1826）》《普希金委员会会刊》第 24 期、《"普希金之家"搜集和收藏的手稿》《鲍里斯·维克托罗维奇·托马舍夫斯基》等书赠送给我，并与我们在二楼楼梯旁的普希金巨幅油画像前合影留念。

出得门来，只见雪花仍在封冻的涅瓦河上空飞舞。我们在"普希金之家"最年轻的研究人员萨沙陪同下，向着普希金的真正的家——莫伊卡河畔的"普希金故居博物馆"走去。

二、访普希金故居博物馆

圣彼得堡是一座水道纵横的城市，有"北方威尼斯"之称。涅瓦河从东南方向蜿蜒而来，把市区分割为两大部分，并在河中造成许多大大小小的岛屿，而无数的人工水道又把城市划分为一个个街区。水道上每隔一定的距离便有一座桥，两岸是鳞次栉比的高楼，桥头饰有艺术题材的雕塑，水中映着楼和桥的倒影。这楼，这桥，这水，和谐完美地融在一起，形成一种奇特壮丽的景观，宛如一幅立体风景画。莫伊卡河便是这无数水道中的一条。

"普希金之家"与普希金故居博物馆之间，只隔着一个普希金广场，一座宫廷桥和一条宫廷滨河街。不到半小时，我们便来到了博物馆所在的莫伊卡河滨河街 12 号。

这是一幢又高又长的三层楼房，坚实的勒脚，高大的拱门，宽敞的庭院，还有厢房和马厩。拱门旁边的墙上钉着一块大理石纪念牌，上书："1837 年 1 月 29 日，亚历山大·谢尔盖耶维奇·普希金在这幢房子里逝世。”这幢房子是1740年为伊丽莎白女皇的内阁总理切尔卡索夫男爵修建的，1806年转入沃尔康斯基一家手中。1826年，谢尔盖·沃尔康斯基公爵因十二月党人案件被沙皇政府判服苦役，流放西伯利亚，他的妻子玛丽娅·沃尔康斯卡娅就是从这儿动身，自愿跟随丈夫去西伯利亚的。沃尔康斯卡娅原姓拉耶夫斯卡娅，她是1812年卫国战争的英雄拉耶夫斯基将军的女儿。1820年，普希金流放南方期间，随拉耶夫斯基将军一家去诺沃罗西亚、顿河草原、高加索和克里米亚等地做过一次长途旅行，并曾一度钟情于玛丽娅·拉耶夫斯卡娅。《美人啊，不要在我的面前再唱……》《夜色笼罩着格鲁吉亚的山岗》就是献给她的。他还把对她的印象写进了诗体小说《叶甫盖尼·奥涅金》。多年以前，我曾看到过苏联画家B. 德列兹尼娜的一幅画，它描绘了玛丽娅·沃尔康斯卡娅临去西伯利亚之时，普希金为她朗诵《致西伯利亚的囚徒》一诗的情景。普希金站在房间中央，左手举在胸前，右手拿着诗稿，神情严肃，目光坚定；玛丽娅·沃尔康斯卡娅坐在椅上，她身穿黑色长裙，毛皮大衣搭在椅背上，正聚精会神地倾听着普希金的朗诵。这个悲壮的场面给我留下了极深的印象，令我终生难忘。此刻，当我走进这幢房子的高大的拱门时，我不禁对被誉为“十二月党人的歌手”的普希金和玛丽娅·沃尔康斯卡娅这个不平凡的俄罗斯女人肃然起敬，我的耳际仿佛又响起了普希金那铿锵有力的诗句：

在西伯利亚矿井的深处，
你们要保持高傲的耐心，
你们悲惨的劳动和崇高的思想追求，
决不会消失得无影无踪。
……
沉重的镣铐会落下，
监狱会轰然倒塌——而自由
会在门口欢快地迎接你们，
弟兄们也会把利剑送到你们手中。

“普希金之家”的福米乔夫博士事先给博物馆馆长打了电话，告知了中国客人来访的消息。我们一走进馆长的办公室，他便起身迎上前来，同我们热情握手。稍事寒暄，他亲自陪同我们来到展室外厅，并安排展室主任、历史学副博士谢多娃女士为我们讲解。我们按规定在鞋子上套上皮拖鞋，系好拖鞋带子，然后随谢多娃女士去展室参观。

普希金的故居在一楼。1836 年 9 月 12 日，他带着家小从石岛别墅迁居来此，租了 11 个房间，租期为两年，但只住了四个半月。这是他的最后一所宅邸。这套住宅是一排门对门的直通房间，即建筑学上的所谓“列厅”。小餐厅、餐厅、客厅、卧室和冈察罗娃两个姐姐的两个房间，窗户朝向滨河街，书房、儿童室、前室和女仆的房间，窗户朝向院子。入口处的门上用炭笔写着“普希金”几个字，下面贴着两张已经发黄的病情公告。这是普希金在决斗中受伤后，由茹科夫斯基亲笔书写的。左边的一张写着：“上半夜睡得不安，下半夜有所好转。无新的发作之虞，但并不松快，也不可能松快。”右边的一张写着：“病人处于危急状态。”

进入前室，谢多娃女士把我们带到一个有玻璃罩的柜子跟前。里面平放着一件黑色的细呢坎肩，这是 1837 年 1 月 27 日诗人穿着进行决斗的原物，里层还留有血迹。普希金逝世后，他的挚友、诗人维亚泽姆斯基向诗人的遗孀要去了这件坎肩，以资纪念。维亚泽姆斯基把它带回莫斯科郊区的庄园奥斯塔菲耶沃村，并定做了一个带玻璃罩的柜子，将它存入柜内。坎肩上缝着一根绦带，带子两端各有一个维亚泽姆斯基公爵家族的火漆印章。坎肩上还缝着一只白手套，这是维亚泽姆斯基本人的，另一只扔进了普希金的棺材。茹科夫斯基也这样做了。当时，人们认为这是共济会式的复仇和挑战的信号，其实它的意义既复杂、又简单：这是友谊的纪念、握手的表示。坎肩旁边还摆着好几支蜡烛，这是给普希金做完安魂祈祷后，维亚泽姆斯基从科纽申教堂带回去的。这三样东西原来保存在维亚泽姆斯基的庄园里，如今成了博物馆最珍贵的展品。

在前室，我们还看到了普希金的一个石膏面模，这是诗人逝世当天由雕塑家 C. 加利别尔格拓制的。诗人双目紧闭，神态安详，仿佛睡着了。一百多年来，这个面模成为雕塑家和画家描绘普希金形象的蓝本。前室里还陈列着一个椭圆形的金属颈饰，里面放着普希金的一绺头发，颈饰旁边是伊凡·屠格涅夫的一张字条："普希金的这绺头发是1837年1月30日，即他逝世的第二天，由他的一位仆人当着我的面，从死者头上剪下来的。"屠格涅夫当时还是彼得堡大学的学生，他曾来到这里向普希金的遗体告别，并请仆人剪下了这绺头发。他后来回忆说："普希金在当时对我来说，对许多年龄和我相仿的人来说，好似半神半人。"屠格涅夫在思想上和创作上都受到普希金很大的影响。普希金的诗歌激励了一代又一代青年，哺育了一代又一代作家。

在普希金的故居中，书房具有特殊的意义，1836年秋，诗人在一篇关于伏尔泰的文章中写道："……作家的真正位置是他的书房……唯有自主和自尊，才能使我们超脱生活琐事和战胜命运风暴。"书房里摆着好几个书架，书架上排列着十几种文字的书籍。诗人生前的书籍现藏"普希金之家"，这里陈列的是复本。在一个书架的侧壁上挂着茹科夫斯基赠送的一帧石印画像（埃斯捷列伊赫作），上面有茹科夫斯基的亲笔题词："胜利的学生惠存，失败的老师赠，于学生完成长诗《鲁斯兰和柳德米拉》的大喜日子，1820年3月26日，星期五。"茹科夫斯基一向关心、爱护、帮助和奖掖这位比他年轻得多的诗人。是他在普希金初露诗才的时候，专程从圣彼得堡到皇村学校去看这位"神童"，预言"这是我国文学的希望"，并引荐他参加了进步文学团体"阿尔扎马斯"社；是他在普希金遭到厄运时，一次次在上层机关甚至在沙皇面前斡旋，尽量改善普希金的处境；是他在普希金生命垂危之际，日夜守护在普希金身边，并挑起普希金的家政大事的重任。普希金对茹科夫斯基也非常尊敬，始终把他看成自己的老师，一直珍藏着茹科夫斯基的画像。他们的深情厚谊，在文学史上早已传为佳话。

书房中央是一张大书桌，桌面下有一块活动木板，可从书桌两边抽出。急用的书和纸就放在手边，十分方便。书桌上摆着羽毛笔。普希金有一个习惯，在思考时喜欢啃笔上的羽毛，常常把羽毛笔啃得只剩一根秃杆。书桌上还有一个双壶墨水器，上面立着一个头发卷曲、皮肤黝黑的黑孩子。这是1831年12月纳肖金送给诗人的新年礼物。普希金特别喜欢这个墨水器，那个黑孩子常使他想起自己曾外祖父伊勃拉吉姆·汉尼拔。汉尼拔生于阿比西尼亚，后来成为土耳其人的俘虏，又被俄国驻土耳其公使送到俄国，成为彼得大帝的奴仆。彼得大帝很喜欢这个黑孩子，曾把他送到法国深造，学成回俄国后，沙皇对他恩宠有加。他担任过沙皇的秘书，建立过赫赫战功，官至大都督。米哈伊洛夫斯科耶村就是伊丽莎白女皇封赐给他的领地。普希金以自己的非洲血统感到骄傲，并以曾外祖父为题材写过一部小说《彼得大帝的黑奴》。书桌上还摆着 1837 年 1 月 27 日上午普希金写给女作家伊希莫娃的一封信函，这是诗人的绝笔信。前一天，关于决斗还没有任何消息，他约定伊希莫娃会面。现在不得不取消会见或改期举行。普希金在信中写道："非常遗憾，我今天不能应邀前来……今天我偶然翻开您的《历史故事》，不禁读得入迷了。就应该这样写！"写完这封信，他就开始了决斗的准备工作。当天下午，他在决斗中受了重伤，再也没有回到这张书桌跟前，后来，茹科夫斯基看到了这封信，感叹地说："这封信是非凡的精神力量的丰碑……"

普希金的书桌是书房这个"真正位置"中最重要的位置。正是在这张书桌上，他编辑了《现代人》第 3 期，准备出版第 4 期，完成了中篇小说《上尉的女儿》的写作，并着手创作《彼得一世史》。

书桌对面的墙上挂着诗人的朋友戴尔维格和巴拉登斯基的画像。在同一面墙上还挂着一把装在鞘里的弯刀，这是普希金 1829 年埃尔祖鲁姆之行的纪念品；弯刀下面的独脚小桌上摆着曾外祖父伊勃拉吉姆·汉尼拔的旅行箱；书桌后面的壁炉上放着一个座钟，指针指着 2 时 45 分。1837 年 1 月 29 日下午的这一时刻，钟摆停止了摆动，诗人的心脏停止了跳动。

普希金的逝世震惊了整个俄罗斯，成千上万的人来到莫伊卡河畔同诗人告别。人们不必对马车夫说具体地址，只要说一声"去普希金家"，马车夫立即挥动鞭子把车赶到莫伊卡河畔。人民，只有人民，才是普希金真正的知音。

诗人逝世后不久，他的妻子被迫带着四个孩子离开了圣彼得堡。一年以后，普希金的死敌宪兵司令卞肯多尔夫的女儿在这幢房子里举行了婚礼。20 世纪初期，它竟成了暗探局的机关。直到 1925 年 2 月，莫伊卡河滨河街 12 号才改成"普希金故居博物馆"，并首次向公众开放。博物馆是根据同时代人的回忆和 1837 年茹科夫斯基画的平面图布置的。1987 年，在诗人逝世一百五十周年之际，故居经过修复，恢复了原来的规模。今天，它是全国普希金博物馆的一个分馆。由于它的出色的工作，曾荣获劳动红旗勋章。

参观结束后，谢多娃女士向我们赠送了博物馆的画册。我们对她的讲解和礼物表示了感谢，然后来到院子里的普希金塑像跟前。诗人颈上系着领巾，身穿一件大氅，左手拿着礼帽，摊开的右手垂在膝前，眼神里隐隐地露出一丝忧伤。如果说莫斯科特维尔大街（原高尔基大街）的那个普希金是“沉思的普希金”，圣彼得堡艺术广场的那个普希金是“激昂的普希金”，那么眼前的这个普希金则是“忧伤的普希金”。是的，诗人一生短暂，命运多舛，最后竟惨死在法国人乔治·丹特士的枪下。他在这所住宅度过的最后四个半月，特别是最后的四十六小时，是他一生中最艰难、最痛苦的时刻。

然而，普希金毕竟胜利了。正如著名女诗人兼普希金学家安娜·阿赫玛托娃所说：“……他的住宅对他的祖国来说成了一块圣地，世界上没有比这更彻底、更辉煌的胜利……他既战胜了时间，也战胜了空间。”

1992 年 2 月于莫斯科

俄罗斯诗歌的太阳从这里升起

——访皇村学校博物馆

记忆啊，请你在我的面前描绘
那些令我心驰神往的迷人的地方，
在那里的树林里，我情窦初开，堕入爱河，
在那里，我从少年成长为初谙世事的青年，
在那里，我得到大自然和幻想的抚养
懂得了诗歌、欢乐和安详。

——普希金：《皇村》

皇村，这个普希金度过了六年时光的地方，不仅使他本人心心念念，终生难忘，而且由于他的缘故，使成千上万的人无限向往，为之倾倒。普希金在许多诗篇里歌颂了它那优美的自然风光，描绘了少年时代诚挚的友谊和爱情，展示了他作为诗人脱颖而出的过程，因而使皇村具有更加迷人的魅力。当我沿着普希金的足迹在俄罗斯漫游时，它像一块磁铁深深地吸引着我。

1991 年 12 月 29 日 8 时 30 分，我们步出圣彼得堡赫尔岑师范大学旅馆。这是一个阴暗的早晨，城市刚刚从睡梦中醒来。涅瓦大街上店门紧闭，行人稀少，喀山大教堂在晨光熹微中显得特别冷峻和庄严。我们踏着人行道上的积雪，走到最近的一个地铁车站，然后在维捷布斯克火车站登上开往普希金市的电气火车，半小时后到达市中心。

普希金市是在皇村的基础上发展起来的。皇村原是沙皇打猎时休息的庄园，1710 年彼得大帝将它赠送给妻子叶卡捷琳娜。1717—1723 年，修建了叶卡捷琳娜宫，开辟了带花坛、池塘、果树的花园。18 世纪中叶，皇村成了彼得大帝之女伊丽莎白女皇的行宫。宫殿经过改建，变成一座三百米长的巴罗克风格巨殿。在叶卡捷琳娜二世时代，又按古典风格改建了宫殿大厅，扩大了花园，增设了雕像。后来又为叶卡捷琳娜二世的孙子亚历山大一世修建了亚历山大花园和亚历山大宫。1837 年，连接皇村和圣彼得堡的铁路竣工通车。在苏维埃时代，皇村得到迅速发展。1937 年，普希金逝世一百周年之际，皇村改名为普希金市。现在它是著名的文化、科学和医疗中心。

我们从市中心乘 371 路公共汽车前往昔日的皇村。一下汽车，便隐隐听到了低沉的管乐声。循着乐声走去，不一会便来到叶卡捷琳娜公园。五名身着皇家乐队制服的乐手站在宫前的树林里演奏迎宾乐曲，宫前的台阶两旁立着希腊神话中的英雄帕耳修斯和安德洛墨达的大理石雕像。这两座雕像是 18 世纪由意大利工匠修建的。安德洛墨达原为埃塞俄比亚公主，因母亲夸她长得比海中仙女还美，触怒仙女。为避免祸患，父母被迫把她绑在海边一块岩石上，将她献给海怪。正在危急之时，希腊主神宙斯之子帕耳修斯路过海边，救出安德洛墨达，两人遂结为夫妇。台座上的帕耳修斯赤裸着上身，露出一身结实的肌肉，眉宇间透出一股凛凛的英气；而安德洛墨达则侧着身子，挥动右臂，仿佛正在翩翩起舞，欢迎游客的到来。

叶卡捷琳娜宫的最后改建是由意大利建筑师完成的。同冬宫一样，这是一幢很长的三层楼房，房顶耸立着一座有着金色水仙头圆顶的钟楼，外墙上有许多白色的圆柱，半圆形的窗子上，以及窗与窗之间的墙面上布满了各式各样的浮雕，整个建筑显得庄重典雅，富丽堂皇。宫内陈列着许多画像、雕像和各国统治者送给沙皇的珍贵礼品，所有展室都装饰得流金溢彩，十分豪华。宫内原有德国皇帝腓特烈·威廉一世和腓特烈二世送给彼得大帝和伊丽莎白女皇的一个琥珀厅。这个厅是用有五千万年历史的琥珀作护壁镶板和琥珀作框的镜子装饰起来的，价值连城，被称为“世界第八奇迹”。苏德战争期间，琥珀厅被德军拆下运走，至今下落不明。

皇村学校就设在叶卡捷琳娜宫的侧殿。为了使侧殿适于办学的需要，1811 年对它进行了改建。一楼是职员宿舍，二楼是餐厅、礼堂和办公室，三楼是休息厅、教室、阅览室和图书馆，四楼是学生宿舍。学校的宗旨是用敌视法国革命的思想教育俄国贵族子弟，企图用耶稣会的原则——修世的清苦和互相告密，培养忠实的奴仆。然而，与统治者的愿望相反，皇村学校后来成了宣传进步思想的阵地。首届毕业生中的普欣、丘赫尔别凯等人成了坚定的革命者；普希金也正是从这里起步，逐渐成长为举世闻名的自由的歌手。

我们买了门票，直接登上二楼。礼堂是一间长方形的大厅，墙上绘有古希腊罗马题材壁画，古代英雄是校方给学生提供的学习榜样。天花板用几根白色的圆柱支撑着，圆柱之间是一张铺着带金色流苏的红呢的大桌，桌子上摆着御颁特权状书。桌子正面和两侧放着十二把金边靠椅。这一切给人一种庄严、神圣之感。1811 年 10 月 19 日，在这个大厅里举行了开学典礼。普希金第一次见到了后来成为他的死敌的亚历山大一世。1815 年 1 月 8 日，也是在这个大厅里举行了隆重的公开考试，老诗人杰尔查文就坐在大桌前面。普希金朗诵了《皇村回忆》一诗，得到老诗人的高度评价。多年以后，他在一篇回忆文章中说：“我一生只见过杰尔查文一次，但我永远不会忘记他。这是 1815 年在皇村学校的公开考试中……杰尔查文已经老态龙钟……我们的考试使他感到非常厌烦……在俄国文学科目考试之前，他一直在打盹。突然他活跃起来，眼睛闪闪发光；他简直判若两人……最后叫我出场。我站在离杰尔查文两步远的地方，朗诵了自己的《皇村回忆》。我无法描述我当时的心情：当我念到提及杰尔查文名字的诗句时，我发出清脆的童音，心儿欢喜地跳动着……我不记得我是怎样结束这次朗诵的，不记得我钻到哪儿去了。杰尔查文非常赞赏；他叫人找我，想拥抱我……人们找来找去，但没有找到……”

在这次朗诵以后，少年诗人普希金的名声就飞出了叶卡捷琳娜公园的树林，一些前辈作家专程从圣彼得堡来皇村看他。茹科夫斯基预言：“这是我国文学的希望。”卡拉姆津对他说：“像鹰一样飞翔吧，但不要在飞行中停留。”第二年，他被吸收加入圣彼得堡的进步文学团体“阿尔扎马斯”社，成为这个团体最年轻的会员。

三楼的教室里有三排课桌，共三十个座位。普希金的大多数课程成绩不佳，因此总是坐在最后一排。有一次上数学课，卡尔佐夫教授把普希金叫到黑板跟前，叫他演算一道代数题。他写了几个公式。教授问他：“结果是什么？X 等于几?”普希金回答说：“零!”教授说：“好！普希金，你在我的课上每道题都得零。快回到你的座位上写诗去吧。”普希金最不感兴趣的是政治课和修身课，对其中的法律、财政和政治经济学尤为反感，而学校中盛行的形式主义也使他深恶痛绝。他曾把自己小时候所受的贵族教育称为“该死的教育”，皇村学校的课程可说是这种“该死的教育”的继续。连沙皇的老师茹科夫斯基也说：“这个害人的皇村学校，真叫我为他（指普希金——引者）担忧，那里教学太糟了!”普希金最珍视的是理解和创造，他把主要精力用来学习语文、诗歌和有关的知识，这是对皇村学校教育原则的一种反抗。

皇村虽然偏于一隅，但学生们并非坐在高楼之内死啃书本，而是与国家和人民的命运息息相关。特别是 1812 年卫国战争期间，他们非常关心前线的局势，报刊阅览室里总是座无虚席。在学校的花园里，他们送走了一批又一批开赴前线的近卫军战士，同他们热烈拥抱，为他们衷心祈祷，而那些留着口髭的掷弹兵也走出队伍，画着十字为他们祝福。卫国战争在俄国人民中激起的反对外国侵略者的爱国热情逐渐转化为反对本国专制制度的革命激情。后来的十二月党人运动的主要领导者大多是从前线归来的青年军官，而普希金也正是在这一运动的背景上从一个爱国者成长为一个以诗歌为武器的革命者。

图书馆是一间不大的房子，类似一个过道。靠墙摆着一排书柜，窗户朝向花园。这是普希金课余最喜爱的场所。用当时的眼光来看，这里的藏书是丰富的。1815 年，他写了一首题为《小城》的诗。小城是虚构的，但诗中所反映的他的读书生活却是真实的。

在伏尔泰后面的书架上
维吉尔、塔索与荷马
并排站在一起。
…………
这里是奥泽罗夫和拉辛。
卢梭和卡拉姆津，
同巨人莫里哀在一起的
是冯维辛和克尼亚日宁。

普希金从小就熟读莎士比亚和莫里哀的作品，进入皇村学校以后，他的阅读范围更加扩大了。这为他后来的创作打下了坚实的基础。

四楼的走廊上有好几道拱环，走廊两侧是一间间学生宿舍，总共有五十间。普希金的房间是 14 号，里面有铁床、五斗橱、斜面写字台、整容镜、椅子和洗脸架。他在《叶甫盖尼·奥涅金》第八章中这样描绘它：

我的那间学生时代的禅房
突然被照亮了。缪斯在那里
摆开年轻人才思的筵席，
她为童年的欢乐放声歌唱，
也歌唱我们的古代的光荣，
歌唱心头忐忑不安的迷梦。

普希金在这间“禅房”里度过了六个寒暑。正是在这间不足十平方米的斗室里，缪斯第一次来到他的面前，几乎每个夜晚他都与缪斯共享“筵席”。“诗歌、欢乐和安详”是如此和谐地融为一体。在这里，他勇敢地冲决古典主义的罗网，极大地拓宽了诗歌题材的范围，爱国主义、自由、爱情、友谊和自然风光成为他的诗歌的主要内容，他写出了《皇村回忆》《致诗友》《致李锡尼》等著名诗歌，并着手创作长篇叙事诗《鲁斯兰和柳德米拉》；在这里，他逐步掌握了抒情诗的各种形式——讽刺诗、哲理诗、即兴诗、书信诗、四行诗、贺诗、哀歌……1816 年，他编辑了自己的第一部诗集，赢得了“皇村学校抒情诗人”的桂冠。

13 号是普欣的房间。普希金与普欣是挚友，夜里两人经常隔板交谈。在校期间，普希金曾送给他几首诗，描绘了两人之间真挚的“早年的友情”。1825 年 1 月 11 日，普欣曾乘坐马拉雪橇专程去米哈伊洛夫斯科耶村看望幽禁中的普希金。他给普希金带来了格利鲍耶多夫的剧本《聪明误》的手抄本和雷列耶夫的一封信，普希金给他朗诵了《茨冈人》等诗。这一天，两人一直沉浸在欢乐中。同年，普希金写了《1825 年 10 月 19 日》一诗。诗中称普欣为“心灵的朋友”，他的造访“给凄凉的放逐日子送来了安慰，把它变成皇村学校欢乐的一天”。翌年，普希金又写了《致普欣》一诗，由十二月党人尼基塔·摩拉维约夫的妻子带到西伯利亚的赤塔，交给流放中的普欣。诗中说，“让我的声音飞进你的心灵，你也得到同样快慰的欢欣”。1828 年 1 月 5 日，当普欣在赤塔收到这首诗时，他感到“无比欣慰”。1839 年，在普希金逝世两年之后，他把这首诗寄给了普列特尼约夫，使它得以公开发表。后来，他在弟弟的帮助下，得到了这首诗的原稿，一直把它作为珍贵的礼物保存在身边。

走出博物馆，我们来到树林里。皑皑的白雪衬着苍翠的枝叶，显得特别美丽。在普希金时代，也有这样的白雪，也有这一片树林，这给了普希金多少灵感和幻想啊！俄罗斯诗歌的太阳就是从这片树林里升起的！

1992 年 10 月

普希金的外曾祖父乡关何处?

大家知道，普希金的外曾祖父阿勃拉姆·彼得罗维奇·汉尼拔是一位黑人。在七岁那年，这位非洲酋长之子被卖到土耳其的君士坦丁堡（今伊斯坦布尔），第二年又被俄国驻土耳其公使带到俄国，成为彼得大帝的奴仆。彼得大帝对这个黑孩子恩宠有加，不仅把他收为教子，而且后来还把他送到法国深造。他回国后担任过沙皇的秘书，立过战功，被授予上将军衔，官至要塞司令。

关于汉尼拔的出身，1742 年他本人曾在请求参政院授予贵族徽章的呈文中说：“我出身于非洲当地一个显赫的贵族家庭，诞生在父亲的领地拉贡城。除了该城，他还拥有两座城市。”这是关于汉尼拔出身的唯一的正式文件。此外，他曾在 18 世纪 20 年代的一封情书中自称“黑色的阿勃拉姆”；在 18 世纪 40 年代的另一封信中也提到过自己的“黑色”（意为黑人）。不过，他从来都没有提到过拉贡城属于哪个国家。

1899 年，俄国社会各界隆重纪念普希金诞辰一百周年。俄国著名人类学家、地理学家和民族志学家德·尼·阿努钦院士发表了《亚·谢·普希金（人类学素描）》一文，认为汉尼拔出身于阿比西尼亚（今埃塞俄比亚）。说他的父亲是阿比西尼亚北部滨海地区的一位酋长。阿努钦的文章发表后，“阿比西尼亚出身说”就成了关于汉尼拔出身问题的定论。尽管后来维格涅尔和纳博科夫等学者对阿努钦的观点提出过批评，但都未能从根本上动摇“阿比西尼亚出身说”的权威性。

20 世纪 90 年代，原籍非洲贝宁共和国的法国学者狄厄多内·格纳芒库（Dieudonné Gnammankou）对阿努钦的“阿比西尼亚出身说”提出了挑战。他在《俄罗斯科学院通报》1995 年第 65 卷第 12 期发表《汉尼拔的故乡究竟在哪里?》一文（该文后收入 E. П. 切雷舍夫院士主编《普希金与东方世界》一书，科学出版社 1999 年版），明确提出汉尼拔是喀麦隆人。这不是一个简单的国名之争，而是一场深刻的思想交锋。他在文章中主要谈了三个问题。

第一个问题是“阿比西尼亚出身说”的成因和谬误。格纳芒库引用俄国学者 H. K. 捷列托娃的话说，1781 年汉尼拔逝世之后，他的德国女婿罗特基希（索菲娅之夫）用德文写过一部汉尼拔传，书中直截了当地谈到，“汉尼拔是原籍阿比西尼亚的非洲黑人”。罗特基希为什么要这样说呢？原来在汉尼拔逝世之后四年，即 1785 年 4 月 21 日，俄国通过了一部关于整顿俄国贵族案卷的法律，所有贵族的姓氏都必须载入六册案卷。在法律通过后一年或两年，罗特基希为了证明汉尼拔家族有权载入收录“古老、高贵的贵族”的第六册案卷，因而在传记中说汉尼拔的原籍为阿比西尼亚。格纳芒库指出，阿努钦的“阿比西尼亚出身说”即源于此。

格纳芒库认为，由于阿努钦事先对汉尼拔的出身定了调，因此他的研究方法也是错误的。阿努钦在阿比西尼亚的哈马谢纳“发现了”一个名为“洛贡”（Loggon）的区，它的首府叫多巴尔瓦（或德巴罗瓦），也可以同整个地区一样称为洛贡。他断定，汉尼拔的父亲就是该区的酋长。然而，作为地理学家的阿努钦却并未公布该区的地图。20 世纪 70 年代，他的这一结论被俄国学者 H. П. 霍赫洛夫所推翻。1971 年霍赫洛夫去了埃塞俄比亚滨海省的省会多巴尔瓦，也去了阿努钦称为“洛贡”的洛戈，后者只不过是一个距多巴尔瓦四公里的小村子，与汉尼拔的故乡拉贡风马牛不相及。实际上，阿努钦所说的“洛贡”根本就不存在，多巴尔瓦也从未叫过洛贡。此外，也是最主要之点，19 世纪末称为阿比西尼亚的非洲领土与 17—18 世纪的阿比西尼亚是很不相同的。在 18 世纪，阿比西尼亚这一名称几乎是指整个非洲，因此 19 世纪以后，不能仅在阿比西尼亚寻找拉贡城，而是必须去整个非洲寻找。

第二个问题是真正的拉贡城的准确位置。格纳芒库对 17—18 世纪的非洲历史、非洲历史地理、所有与洛贡或拉贡近似的地名、17—18 世纪奥斯曼帝国与非洲的关系进行了仔细地研究后得出结论：拉贡城（在有些文献资料中叫洛贡）位于乍得湖南面，在从前的中苏丹（不能把从前的苏丹和现代非洲国家苏丹混为一谈）境内。那里有一条洛贡河，河两岸有一个叫拉贡或洛贡的酋长国，其首府也叫拉贡或洛贡-比尔尼（在当地语言中，比尔尼意为墙、堡垒、首府、都市）。如今，这个城市位于喀麦隆北部。

拉贡酋长国于 14 世纪在政治上获得独立；17—18 世纪，它从属于强大的邻国——波尔诺帝国。某些历史学家认为，19 世纪之前拉贡是波尔诺的一个省。17 世纪末至 18 世纪初，统治拉贡的是一个叫勃鲁哈的酋长，1700 年，他很可能对拉贡城进行了改建，城墙高达十米。因此他至今仍被认为是该城的奠基者。酋长国的居民属科托科族，在 18 世纪时约有一万五千人。在非洲历史上，他们以制造铜器和筑城著称。18 世纪末之前，拉贡的居民信奉传统的非洲宗教，这一点常常成为相邻的伊斯兰国家进犯拉贡的借口。波尔诺帝国与奥斯曼帝国有外交和商业关系，两国的第一个友好和贸易条约签订于 1555 年。波尔诺帝国向奥斯曼人出售黄金、香水、象牙、皮革和奴隶。17—18 世纪奥斯曼帝国宫廷的非洲奴隶和宦官的主要来源，除现今的埃塞俄比亚领土外，就是乍得湖地区。与拉贡相邻的伊斯兰国家——巴吉尔米苏丹国也与奥斯曼人有来往。1680—1707 年，巴吉尔米苏丹国阿布德·埃利·卡德尔经常进犯拉贡和洛贡河畔的其他非穆斯林居民。可以断定，正是在一次进犯时，拉贡酋长勃鲁哈的儿子汉尼拔和其他一些居民成了俘虏，后来被卖给了奥斯曼人。档案没有记载汉尼拔到达君士坦丁堡的准确日期，但一般认为，此事发生于 1703 年夏天。当时奥斯曼帝国的海关部门系统地记录了有关苏丹后宫少年侍从的资料。这些资料现藏于伊斯坦布尔一些大的档案馆。遗憾的是，奥斯曼帝国过去的文件尚需多年才能译解。

第三个问题是拉贡酋长之子被送往君士坦丁堡的情况。汉尼拔的女婿罗特基希在他写的那部关于汉尼拔的德文传记中说，汉尼拔的父亲是土耳其皇帝或奥斯曼帝国的封侯。由于不堪压迫和重负，他在 17 世纪末与其他一些阿比西尼亚酋长奋起反抗自己的国君——苏丹，从而导致几次规模不大，但却非常血腥的战争，最终暴力获胜，而酋长的小儿子——八岁的小男孩汉尼拔与其他一些贵族少年一起被作为人质送往君士坦丁堡。汉尼拔的父亲有约三十个妻子和众多的子女，汉尼拔的母亲是其中最年轻的，那些年长的酋长夫人为了拯救自己和自己的子女，联合起来把小汉尼拔送上了一艘土耳其海船。小汉尼拔唯一的姐姐拉甘试图用珠宝赎回亲爱的弟弟，但却毫无结果。她把弟弟送到海船边上，然后投海自尽。

格纳芒库认为，罗特基希的德文传记与史实多处不符。根据学者们的研究，18 世纪初，埃塞俄比亚北部未发生任何反奥斯曼帝国政权的起义。不过，汉尼拔的姐姐的悲剧结局是可信的，汉尼拔的父亲妻妾成群、子女众多也是真实的。对于非洲的酋长们来说，一夫多妻是一个古老的传统。

格纳芒库指出，普希金本人对罗特基希所讲的故事并不十分重视，他从未在自己的札记中利用过这个材料。普希金始终相信，汉尼拔的父亲是一位黑人，一位黑人酋长。

在文章的末尾，格纳芒库总结道：从 1899 年起在文坛上流行的汉尼拔的“阿比西尼亚出身说”是与事实不符的，它仅仅基于阿努钦的推测，他认为伟大的俄国诗人不可能出身于黑人；而普希金本人却并不怀疑自己的黑人出身。三个世纪之前他的外曾祖父诞生的中非城市拉贡，今天位于喀麦隆北部的洛贡河畔。

应该承认，格纳芒库的文章有理有据，令人信服，是对普希金研究的重要贡献。

2012 年

永生的诗人

——谒莫斯科普希金纪念碑

我给自己建立了一座非人工的纪念碑，
去那儿的路上人群不绝，杂草不生，
那碑昂起自己不屈的头颅
在亚历山大的纪念石柱之上巍然高耸。

——普希金：《纪念碑》

1836年8月21日，普希金写了一首题为《纪念碑》的短诗，五个月之后他就在决斗中被害。这首诗是他一生的创作总结，也是他的文学遗言。诗中所说的“非人工的纪念碑”是指他“遗留的诗歌”，他并未要求人们为他建造物质的纪念碑。然而，人民为了永远纪念这位在俄罗斯文学史上建立了丰碑的伟大诗人，在他的足迹所到之处——在莫斯科、在圣彼得堡、在敖德萨、在基希尼奥夫……为他建造了许多纪念碑，第一座也是最成功、最美丽、最著名的一座，便是莫斯科特维尔大街（原高尔基大街）普希金广场的普希金纪念碑。旅俄期间，我曾三次拜谒这个纪念碑，凭吊这位伟大的俄罗斯诗人。

一

第一次拜谒普希金纪念碑是非常偶然的，甚至是出乎意料的。

1991 年 10 月 21 日，我们到达莫斯科后的第三天，上午十点钟光景，莫斯科大学物理研究所的两位教授开着一辆“日古利”牌轿车，来到我们入住的“大学宾馆”。开车的教授（他要我们叫他谢尔盖）曾在浙江大学讲过学，他们是来接浙江大学的访问学者刘老师去游览市容的。车内还有两个空位，主人邀请武汉大学的王树义和我同游。汽车首先开到莫斯科大学楼前的高地上。从列宁山俯瞰全城，只见现代化的高楼鳞次栉比，高楼群之间是一片片金黄色的树林，克里姆林宫和新圣女修道院的金色圆顶闪着耀眼的光芒。整个城市熔现代性和古典性于一炉。汽车继续向前行驶，经“白宫”（俄罗斯议会大厦的别名）、卢比扬卡广场（原捷尔任斯基广场）、红场，来到特维尔大街。交谈中，谢尔盖得知我是研究俄罗斯文学的，便把车子开到一个广场旁边。当我们钻出汽车时，广场中央一座高大的纪念碑赫然映入眼帘，深灰色和深红色的大理石台座上矗立着一个青铜雕像。这便是普希金纪念碑。刹那间，我真是惊喜交集，心儿不禁剧烈地跳动起来。

关于普希金和这座纪念碑，我早在少年时代便知道了。当时我在资江畔的新化一中读书。一天，我得到戈宝权与罗果夫合编的那本《普希金文集》，读了前面几首诗，我就被普希金的作品深深地吸引住了。不过，那时我只会阅读，不会鉴赏，因此无法用语言表达我对普希金的喜爱和崇敬。后来我读了高尔基的自传体小说《人间》，书中有这样一段话：“那是普希金的诗集。我一口气就把它读完了，心里满是如饥似渴的感觉，就像一个人无意间来到一个以前没有见过的、美丽的地方，总想一下子把这整个地方都跑遍似的。一个人在沼泽地带的树林中，在那些长满青苔的土墩上走了很久，突然有一片干燥的林边草地在他的眼前展开，那里满是鲜花和阳光，他就会生出这样的心情。一时间他如醉如痴地瞧着它，然后就满腔幸福地跑遍整个这块地方。他的脚每一次碰到这块肥沃的土地上那些柔软的青草，都会使他感到宁静的喜悦。……这些诗像新生活的钟声那样鸣响。一个人能够识字看书，那是多么幸福啊！”这段话极好地表达了我初读普希金时的心情。是的，一个人能够读普希金的书，应该说是一种幸福。

就在初读普希金诗歌的同时，我看到了普希金纪念碑的照片。尽管照片上诗人的面部表情不甚清晰，台座上的字迹也很模糊，但纪念碑那宏伟的气势却给我留下了深刻的印象。我常常想，如果能到诗人的故乡看一看，沿着诗人的足迹走一走，岂不是一种双重的幸福？

后来我上了大学，专攻俄罗斯语言文学，我可以用普希金的语言阅读普希金的作品了；再后来，我在大学的讲台上讲授普希金的诗歌了，并且翻译了普希金的文论作品，写了一些关于普希金的文章，似乎跟普希金结下了不解之缘。少年时代的梦想变得愈益强烈了。

1991 年 10 月中旬，我终于有了机会去普希金的故乡访问，而且我访问的第一个普希金纪念地便是普希金纪念碑，叫我心中怎不激动呢？

普希金广场濒临繁华的特维尔大街，后方是“俄罗斯”电影院，右侧是《消息报》大楼，左侧是《莫斯科新闻》大楼。广场边缘是一圈圆形长椅，椅子上坐满了不同年龄、不同性别的人。纪念碑四周有四根灯柱，每根柱子上有四盏倒棱锥形路灯。台基上摆着松枝和鲜花，几只鸽子在碑前悠闲地散步。台座上的诗人身披斗篷，右手平放在胸前，拿着礼帽的左手放在身后；右脚站在台座中间，左脚向前迈出半步。他低垂着头，整个身子略微前倾，仿佛忘记了周围的一切，正在凝神构思新的诗篇。台座两侧镌刻着《纪念碑》中的诗句：

我的名声将传遍整个伟大的俄罗斯，
她的一切语言都会呼唤我的姓名：
骄傲的斯拉夫人的子孙、芬兰人、至今尚未开发的通古斯人，
还有草原的朋友卡尔梅克人。
我将永远为人民喜爱，
因为我用诗歌唤醒了善良的感情，
我在这残酷的时代歌颂过自由，
并且为牺牲者祈求过同情。

时间已近中午，我们在广场上只停留了几分钟，便匆忙上了车。当晚我离开了莫斯科，去了弗拉基米尔。再见吧，诗人，我会重新造访的。

二

三个多月以后，我第二次拜谒了普希金纪念碑。在这三个多月里，我沿着普希金的足迹，访问了圣彼得堡的“普希金之家”、莫伊卡河畔的普希金故居博物馆、皇村学校博物馆和莫斯科国立普希金博物馆，阅读了许多关于普希金的资料，对普希金纪念碑也有了更多的了解。1992 年 2 月 13 日下午，我独自来到普希金广场。

莫斯科的严冬还没有过去，纪念碑的台基上积雪未消，阵阵寒风从广场上吹过，使人感到冷飕飕的。但是圆形长椅上依然坐着许多人。不管寒冬酷暑，莫斯科人总喜欢到这儿坐一坐。我也找了一个位子坐了下来。仿佛受到沉思的诗人的感染，我也陷入了沉思之中。纪念碑的不平常的历史一幕幕浮现在眼前。

这座纪念碑是 1880 年修建的。诗人逝世后不久，茹科夫斯基便向沙皇尼古拉一世建议，在诗人父母的领地米哈伊洛夫斯科耶为他修建一座纪念碑，遭到沙皇的拒绝。1855 年，普希金曾经任职的外交部的官员们提出了类似的倡议，也未得到政府的支持。1860 年，皇村学校成立五十周年前夕，校友们提议在学校的花园里为诗人建造一座纪念碑，终于获得亚历山大二世批准。政府虽然同意建碑，但不直接参与其事，也不拨一个戈比。为此，俄罗斯进步社会成立了一个专门的委员会，它的任务是向社会筹集资金和征求设计方案。社会各界踊跃捐款，到 1880 年，捐款和利息总共为十万零六千五百七十五卢布十戈比；雕塑家们也纷纷参加设计竞赛，力求拿出最好的方案。第一次参赛作品为十五件，第二次参赛作品为十九件，由于没有一件作品合乎要求，这两次竞赛均无结果。在 1875 年举行的第三次竞赛中，青年雕塑家奥佩库申的第七号模型荣获一等奖，委员会决定根据这个模型在诗人的出生地莫斯科建造纪念碑。

奥佩库申是一个农奴出身的雕塑家，1838 年 11 月 11 日出生于雅罗斯拉夫省达尼洛夫县斯维基诺村的一个农民家庭。他一出生便成了女地主奥里希娜家的第九号农奴。长大以后，在圣彼得堡英国人科洪的青铜铸造厂当塑造工人的父亲把他带到圣彼得堡。起先他在一个素描学校学习绘画，后来还参加了《俄罗斯一千年》大型纪念碑的工作，负责设计一百二十九个青铜雕像中的彼得一世雕像。

修建普希金纪念碑的工作使他得以充分展现自己的才智。然而究竟怎样描绘普希金形象，当时存在两种不同的意见。著名作家屠格涅夫认为，“普希金的特点是优美、睿智的朴实，在描绘诗人的形象时，应该表现的正是这种朴实”。批评家斯特拉霍夫撰文说：“让他骑在马上是不行的，因为他不是帝王；让他伸出一只手也是不行的，因为这个姿势只适合于沙皇或统帅。对诗人来说，两者都不适宜。因此雕像应该是最朴实的……”另一种意见认为，为了表现普希金多方面的诗歌天才，只塑普希金一人是不够的，必须在他的周围塑造他作品中的人物。在著名雕塑家皮缅诺夫的方案中，普希金昂首挺胸地站在高高的台座上，台座两边是展翅飞翔的精灵和诗神，台座下面，一个俄国农民正在凿字：“俄罗斯属于普希金。”起初，奥佩库申也受到这种流行的“多形象”论的影响，他参加第一次竞赛的一件作品，台基上有一组雕像，它们是《叶甫盖尼·奥涅金》《波尔塔瓦》《鲍里斯·戈都诺夫》《渔夫和金鱼的故事》中的主人公。然而实践使他认识到，多形象只会削弱诗人本人的形象。他参加第三次竞赛的第七号作品只塑造了一个沉思的诗人，委员会的授奖决定中说，它“把朴实、自然和沉静融为一体，这是最符合诗人外表性格的形式……”

1833 年，普希金在一首题为《秋》的诗中写道：

> 我忘记了世界，在甜蜜的宁静中
> 我的幻想使我如痴如梦，
> 于是，诗兴在我心中苏醒：
> 内心里洋溢着滚滚的激情，
> 它战栗、呼唤、寻求，梦魂中
> 想要自由自在地倾泻尽净……

奥佩库申描绘的正是这种“甜蜜的宁静”。这种宁静不是完全静止的，而是洋溢着内心激情的。它是一种创作状态，而只有处于创作状态的普希金才是真正的普希金。这就是奥佩库申成功的秘诀。纪念碑的制作用了五年的时间，花了八万六千七百六十一卢布五十三戈比，整个纪念碑高约十一米。1880 年 6 月 6 日，在莫斯科特维尔林荫路举行了隆重的揭幕典礼。纪念活动持续了三天。法国作家雨果、英国诗人丁尼生发来了贺电，俄国作家屠格涅夫、陀思妥耶夫斯基、亚·奥斯特罗夫斯基发表了演讲。圣彼得堡、基辅、普斯科夫、奥廖尔、图拉、萨马拉、皇村、梯弗里斯、敖德萨、华沙和里加也举行了纪念活动。1950 年，纪念碑迁到了普希金广场，获得了更宽的视野。它作为最成功地体现伟大诗人形象的大型雕塑载入了俄罗斯艺术史册，是莫斯科乃至俄罗斯的主要名胜之一。

我不知道自己在椅子上坐了多久。当我从沉思中苏醒过来，仰视诗人的雕像时，觉得它突然高了许多。一个月前，我在圣彼得堡宫廷广场看到了普希金在《纪念碑》一诗中提到过的亚历山大纪念石柱，那根柱子虽有二十七米之高，但它象征的是普希金深恶痛绝的专制暴政，因而是一根没有生命的死柱，而普希金铜像却是“社会对它最杰出的成员之一感激爱戴的表示”（屠格涅夫语），它像他本人一样发出异彩。我从袋子里拿出照相机，请一位个体摄影师给我在纪念碑前拍了几张照片，以留作永久的纪念。

三

二十多天后，我第三次来到普希金广场。3 月初，我和正在莫斯科钢铁学院访问的武汉钢铁学院冶金系主任杨节教授约定，3 月 8 日晚前往特维尔林荫路的莫斯科艺术剧院新楼观看话剧《樱桃园》。演出那天，我因去 20 世纪 50 年代曾在中国任教的莉季娅·菲里波芙娜老师家里做客，迟到了约十分钟。当我快到剧院门口时，只见一个熟悉的身影从对面走来，正是杨节。他因剧院换了剧目，又没见到我的踪影，便把票退了。我向他道了歉，也把票退了。他还没有吃晚饭，我邀请他去麦当劳快餐店吃点东西，以弥补自己的过失。

麦当劳快餐店位于特维尔林荫路与特维尔大街交接处，与普希金广场隔街相望。据说，它是世界上最大的分店。由于顾客太多，不得不在门前筑起一道曲曲弯弯的铁栏杆。去年 10 月 21 日，亦即初访普希金纪念碑那天，我们曾在这家店子请莫斯科大学的两位教授吃过牛肉双馅汉堡包和牛奶果汁。当我和杨节来到快餐店门口时，只见铁栏杆里面排着长队，足有上百人。杨节不愿排队，于是我们穿越过街地道，来到普希金广场。

这是一个有月亮的夜晚，月亮的清辉与橙色的灯光融在一起，照在广场上，照在纪念碑的台座上，照在诗人的雕像上。白昼的喧嚣正在渐渐消失，广场上显得又宽敞、又宁静，我们在长椅上坐了下来。再过二十天，杨节就要启程回国了；再过五十天，我的归期也将到了。回国之前在这里坐一坐，那是很有意义的。

杨节是冶金专家，也是普希金的崇拜者。20 世纪 50 年代他曾在苏联留学五年，能用俄语背诵普希金的许多诗篇和根据普希金作品改编的歌剧片断。四天之前，他请我在大剧院观看了柴可夫斯基根据普希金诗体小说《叶甫盖尼·奥涅金》改编的同名歌剧，那是一次最高水平的演出。几天来，塔吉雅娜缠绵悱恻的歌声，连斯基如泣如诉的咏叹调，一直在我们耳际萦回。我们谈起了普希金的诗歌，谈起了柴可夫斯基的歌剧，忘记了饥饿，忘记了疲劳。

月亮升上了中天，夜显得更宁静了。我们从椅子上站起身来，最后一次来到纪念碑下。一百一十三年来，人们来了又去了，而诗人却一直站在台座上，在飞舞的雪花中，在飘飞的落叶里，在熹微的晨光中，在皎洁的月光下。

> 不，我不会完全死亡——在我遗留的诗歌中，
> 我的灵魂将超脱骨灰，获得永生，
> 我将名扬四海，只要月光下的世界上
> 还活着一个诗人。

普希金在《纪念碑》一诗中所作的预言，已经为历史所证明。是的，他是不会死亡的，因为他是普希金。

1993 年 3 月

欧陆随笔

一、黑色的亚当与夏娃

蒙地卡罗的海滨花园里有亚当与夏娃的两尊全身铜像。两人均为黑人。亚当个子不高，胖墩墩、傻乎乎的；夏娃也是个胖妞儿，憨态可掬。两人都赤裸裸的，下身也没有用无花果叶遮掩。在传统艺术中，亚当与夏娃均为白人，而且还是美男和美女。例如，大卢卡斯·克朗切的双联油彩版画《亚当》和《夏娃》，弗朗斯弗罗里斯·维里恩德的油彩版画《亚当与夏娃》，法埃东和阿波罗的油彩布画《伊甸园里的亚当和夏娃》。这些绘画中的亚当，身材匀称，风流倜傥，而夏娃则眉清目秀、绰约多姿。这是不难理解的。因为上述绘画都是《圣经》题材作品，而《圣经》是白人的经典，而且《创世纪》纯属虚构。

20世纪下半叶以来，人类学家在东非的坦桑尼亚、肯尼亚、埃塞俄比亚等地，先后发掘出了约250万年前的大批石器和古人类化石。由于那时的古人类已能制造工具，故被称为“能人”，而“能人”是人类的最早成员。既然学术界公认人类起源于非洲，那么蒙地卡罗的那两个皮肤黝黑、野性十足的人类始祖就是有科学根据的，因而也就显得更真实了。

二、金色的约翰·施特劳斯

在维也纳的城市公园里，有“圆舞曲之王”约翰·施特劳斯的一座纪念碑，它的拱门内竖着这位作曲家的一尊铜像。作曲家左手托着一把小提琴，右手捏着一张弓，正在全神贯注地拉着一支曲子。这尊雕像不仅是城市公园的一个主要景点，而且是全奥地利的一个重要名胜。

听说雕像原为黑色，后来市政当局采纳了一个日本人的意见，将它从头到脚镀了一层黄金。诚然，以约翰·施特劳斯对世界音乐所作的贡献，给他用黄金塑一个像也不为过。但我觉得，原来那个黑色的塑像更朴实、更本色。这个金色的塑像虽然流金溢彩，但却未免显得俗气。

三、斜塔之斜

斜塔是比萨最著名的建筑之一。这座钟楼始建于 1173 年。由于战争等原因，工程时断时续，历经二百余年才完工。塔为八层，高约五十五米。当塔建至第三层时，人们便发现，由于地基不稳，塔身已经倾斜。到竣工时，倾斜得更为厉害。

传统美学把完整与和谐视为美的要素。意大利美学家圣·托马斯·阿奎纳说："美有三个要素：第一是一种完整或完美，凡是不完整的东西就是丑的；第二是适当的比例或和谐；第三是鲜明，所以鲜明的颜色是公认为美的。"他又说："人体美在于四肢五官端正匀称，再加上鲜明的色泽。"

按照他的观点，斜塔是不完美、不和谐的，因而就是丑的。然而来比萨的游人却络绎不绝，他们大多是奔斜塔而来的。斜塔之斜使他们感到惊奇，感到愉悦，并未引起痛苦或伤害。

按照他的观点，断臂维纳斯也是不美的，但是人们总是把那些给维纳斯修补断臂的尝试当作画蛇添足。

看来，缺陷有时也是美的。罗丹说得好："在自然中越是丑的，在艺术中越是美。"

四、佛罗伦萨的"老桥"

多年以前，看南斯拉夫影片《桥》时，就知道佛罗伦萨的桥非常有名。影片中的意大利籍游击队员萨瓦多尼曾向他的助手班比诺表示，战争结束后要带后者去佛罗伦萨看桥。可惜后来两人都牺牲了。佛罗伦萨有十座桥，其中以阿尔诺河上的“老桥”（Ponte Vecchio）名气最大。它的旧址上先后建过三座桥：一座建于古罗马时期，另两座分别毁于 1117 年和 1333 年。“老桥”建于 1345 年。它不仅历史悠久，而且造型奇特：桥下为三拱，桥面有许多金银匠作坊和店铺，桥上为萨瓦里长廊。它虽然不如一些大江大河上的现代桥梁那么雄伟壮观，但却古朴典雅，给人一种历史的厚重感，因而显得更为珍贵。

五、具有诗意的译名

佛罗伦萨有好几个中文译名——佛罗伦萨、佛罗伦斯、翡冷翠。佛罗伦萨译自拉丁语 Florentia，弗罗伦斯译自英语 Florence，翡冷翠译自现代意大利语 Firence，后者是徐志摩首译的。它不仅在发音上最接近于原文，而且颇具诗意。虽然原文为“百合花”之意，译文换了一个形象，但却使人觉得同样美丽。

六、伏尔加河畔的“瑞士”

普廖斯位于伊万诺沃市北部，乘汽车约需一小时。它坐落在一个大峡谷里，三面环山，前临伏尔加河。站在后山远眺，只见一幢幢红顶农舍错落有致地掩映在绿树丛中，教堂的尖顶宛如一座灯塔屹立在河边的山坡上，伏尔加河从古镇旁静静地流过，白云的倒影在河水中清晰可见。碧水、红楼、蓝天、远树，构成一幅绝妙的风景画。无怪乎它被誉为“伏尔加河畔的瑞士”。

普廖斯镇已有约六百年的历史。最初它是一座军事要塞，后来成了一个重要商埠，现在则是享誉国内外的旅游胜地和疗养胜地。它的发现，在很大的程度上要归功于俄罗斯著名风景画家列维坦。

1887 年早春，十九岁的列维坦在萨夫拉索夫的伏尔加河题材绘画和列宾的《伏尔加河纤夫》的启发下，开始去伏尔加河寻找艺术的源泉。他去的第一个地方是瓦西里苏尔斯克，但是这里阴雨连绵的天气使他感到厌烦，正如契诃夫在一封信中所说：“伏尔加把忧郁放进了他的心里。”第二年，他再次来到伏尔加河。当他在轮船上看到普廖斯的绿色的山岗和有尖顶的小教堂时，简直欣喜若狂。他在这里住了下来，每天带着画箱在山上和河边捕捉落日和月光，描绘秀丽的伏尔加河景色。之后他又多次来到这里，这是他创作的鼎盛时期。《墓地上空》《黄昏·金色的普廖斯》《雨后的普廖斯》《晚钟》《寂静的修道院》等就是以普廖斯和伏尔加河为题材的名作。他不仅善于用光线和色彩表现大自然的诗情画意，而且善于在绘画中注入某种情绪。这正是他胜过他人之处。契诃夫看了他的画后，对他说："在你的画中出现了微笑。"这些画使俄罗斯变得如醉如痴，而列维坦也一跃成为俄罗斯第一风景画家。

我们从山上来到河边，走进"列维坦故居博物馆"。这里陈列的原作不多，只有《开花的苹果树》《湖》《伏尔加河》《小车站》等八九幅画，他的名作大都藏于莫斯科"特列季亚科夫美术馆"。然而这丝毫也不影响人们对列维坦的崇敬。正如当地群众中流传的一句话所说："列维坦为普廖斯增了光，而普廖斯也为列维坦增了光。"

七、俄国的荷马和莎士比亚

普希金走上俄罗斯文坛的时候，面临的几乎是一片荒漠。同时代的欧洲作家要比他幸运得多，他们有着丰富的文学传统可以继承：希腊人有荷马，意大利人有但丁，西班牙人有塞万提斯，英国人有莎士比亚，法国人有拉伯雷……然而普希金却没有这样的幸运。基辅罗斯时期曾有一个好的开端，产生了几部编年史和一部俄国人最引以为荣的英雄史诗——《伊戈尔远征记》；但在鞑靼统治时期，却只有《拔都攻占梁赞的故事》《亚历山大·涅夫斯基行传》《顿河彼岸之战》等几部历史故事；莫斯科的俄罗斯时期，值得一提的只有伊凡雷帝和库尔布斯基的通信集；彼得一世执政以后，随着社会的迅速发展，文学也取得了长足的进步，古典主义、感伤主义、浪漫主义文学思潮一浪高过一浪，俄国人在文学的道路上急起直追。不过总的来说，这一时期的俄罗斯文学仍然带有过渡性质，它主要是"介绍俄国认识欧洲"，而不是介绍欧洲认识俄国。正如别林斯基所说："在普希金以前，却绝对没有俄国文学。"这样，建立民族文学的使命就历史性地落到了普希金的肩上。他没有荷马和莎士比亚那样的先辈，他必须自己成为俄国的“荷马”和“莎士比亚”。

八、阅读与研究

瓦西里·洛扎诺夫认为，听别人讲话要能听出“弦外之音”，因为这是“灵魂的言语”。而“阅读也需要听声音”，“只有谛听说话的普希金的声音，体会一个活着的人所有的语调，才能与普希金产生共鸣”。因此，他毫不客气地批评了被堆积如山的注释所淹没的科学院版《普希金全集》和“加上了粗制滥造的插图和形形色色的学术集市”的温格洛夫主编的《普希金文集》，认为“他们无疑是把抽屉里的灰尘倒在了普希金身上：他全身是灰尘，全身是累赘。他形象和灵魂的主要特征——惊人的简洁和朴实消失在版本的形象和外表中”。他甚至挖苦说，注释者跟普希金没有共通之处，犹如狗熊跟达吉雅娜没有共通之处一样。

应该承认，洛扎诺夫提到的两种版本是最具权威性的普希金作品集，它们的编写班子都是由赫赫有名的普希金研究学家组成。科学院版全集的编辑委员会由马克西姆·高尔基挂帅，温格洛夫主编文集的编写者中有С. 邦迪、Ю. 奥克斯曼、Б. 艾亨巴乌姆等人。这两部作品集对普希金研究是完全必要的，非常有益的，事实上它们本身就是集体研究的重要成果，并为普希金学的发展作出了不可磨灭的贡献。

不过，研究是一回事，阅读却是另一回事。供一般读者阅读的版本不宜有过多的注释，在这方面，刘湛秋译《普希金抒情诗选》就做得较好。他在《译者的话》中认为，注释破坏读诗的情绪，“注释所造成的停顿等于把完整的情绪割成了碎段，使人难以忍受”。这话不无道理。试想，如果给《致凯恩》或《给娜塔莎》加上一连串注释，那优美的韵律和节奏还能保存吗？诗还能读得下去吗？

九、普希金娜的回归

莫斯科阿尔巴特街53号是普希金的故居，1831年俄历2月18日，俄罗斯第一诗人普希金与莫斯科第一美女冈察罗娃结为夫妇（冈察罗娃婚后改姓普希金娜），在这幢房子里住了三个月。为了纪念普希金诞辰二百周年，人们在故居对面的马路边为普氏夫妇塑造了两尊全身铜像。台座上的普希金在右，他身穿燕尾服，昂首挺胸，眼睛注视着前方；普希金娜在左，身穿一件袒胸连衣裙，右手握着丈夫的左手，一双美丽的眸子也注视着前方。台座正面镌刻着“亚历山大·普希金　娜塔丽娅·冈察罗娃”的字样。是的，他们曾经这样手牵手地度过了一生中最幸福也是最艰难的六年时光。

然而，在普希金生前和逝世之后，普希金娜却受到人们的种种误解，寡居七年后嫁给禁卫军骑兵团团长兰斯科伊一事，也遭到人们的指责。在她逝世后，她的墓碑上也只用了“兰斯卡娅”这个姓氏，仿佛她与普希金毫无关系似的。

直到20世纪70年代，由于普希金娜给她哥哥的六封书信被人发现，人们才认识到她对普希金的真挚、深厚的感情，她的名誉得以逐渐恢复。她的画像开始出现在出版物中和博物馆里，阿尔巴特街的“普希金故居博物馆”还专门辟有普希金娜的陈列室。人们多么希望她尽快地回到普希金的身边。故居对面的这两尊塑像表明，普希金娜回来了，她与丈夫仍然手牵着手，满怀信心地朝前走去。

十、特维尔大街上的两座建筑

特维尔大街是莫斯科最繁华的一条大街，普希金广场就位于这条街上。广场上矗立着一座巍峨的普希金纪念碑，它是俄罗斯文化的象征，而普希金本人便是人们心目中的俄罗斯文化英雄。

在广场对面的特维尔大街和特维尔林荫路的交会处，坐落着一幢有着“M”标志的建筑——麦当劳快餐店，它是西方文化的象征。

普希金纪念碑的长椅上总是坐满了人，男女老少都有。每逢普希金纪念日，人们常常在这里举行集会，朗诵诗歌。

麦当劳快餐店里也总是座无虚席，有时门前还排着长长的队伍，顾客则大多是年轻人。

普希金纪念碑和麦当劳快餐店隔街相望，和平共处。

在二战后的那些年代里，联共（布）中央把西方文化视为洪水猛兽，就文艺问题作了四个决议，并批判了两个作家（左琴科和阿赫玛托娃），以抵制西方文化，结果弄得文艺界人人自危，鸦雀无声，这就是西方学者所说的“荒凉的日丹诺夫时代”。后来，当权者变得聪明一些了。到了20世纪80年代，废除了40年代的四个决议，不再用批判本国作家的办法来抵制西方文化，而是一方面吸收西方优秀文化，一方面弘扬民族文化，树立本民族的文化英雄（如普希金），使之与西方文化相抗衡。

特维尔大街两边的景物便是这种观念的产物。人们为此付出了多大的代价啊！

十一、波尔金诺的小枫树

波尔金诺曾是普希金的祖传领地，如今它已成了举世闻名的文物保护区。在一个夏日里，我们有幸来到这里参观。太阳火辣辣地当空照着，天气炎热。然而我们惊喜地发现，普希金故居附近有两棵小枫树，它们在万绿丛中发出红灿灿的光华，显得特别美丽。这两棵小枫树也许是秋的使者，它们听说我们要来，提前透露出秋的信息。小枫树啊小枫树，你们让我们亲身体验了“波尔金诺的秋天”！这个美丽的夏日里的秋日！

十二、托尔斯泰的平民化实践

列宾画过一幅题为《托尔斯泰在犁地》的油画。据作者在《回忆托尔斯泰》一文中记述，1891年8月里的一天，六十三岁高龄的托尔斯泰想给一个贫苦寡妇犁地，他由列宾陪同，在马厩里挑了两匹役用马，套上马轭，便来到雅斯纳雅·波良纳新村。这位伯爵在地里耕了整整六个小时，一会儿走上高岗，一会儿下到低地。他是那样专心，那样熟练，混合着黑土的汗水顺着脸上的深窝淌下来。而列宾则拿着画册在地里不断跑动，于是就产生了《托尔斯泰在犁地》那幅著名的油画。画面上的“伟大的耕地者”头戴白色便帽，身穿淡青色麻布长衫，腰系深红色带子，前面的白马拉着一张铁犁，后面的白马套着一张铁铧，托尔斯泰走在两匹役马之间，双手扶着犁柄，浓密的长须飘向左颊，遮住了他裸露的脖子。在他身后，有两个农夫正在耕地，背景是田野和森林。这是这位从青年时代起就身体力行地追求平民化的伯爵的又一次平民化实践。

十三、寻访高尔基

下诺夫哥罗德市是高尔基的故乡。他在这里出生，在这里度过童年时代，从这里走向“人间”。人们曾以高尔基这个老乡感到自豪，城市也曾一度以高尔基的名字命名。

可是如今，这个老乡似乎销声匿迹了。当我们从圣彼得堡来到这座城市，出席第四届“普希金与世界文化”国际会议的第二阶段会议时，整天听到的是普希金，看到的是普希金，谈论的是普希金，仿佛这里成了普希金的故乡，而与高尔基却毫无关系。诚然，普希金在这个城市待过两天，把它列为普希金纪念地是无可厚非的，建立博物馆也是非常必要的，然而为什么要冷落自己的老乡呢？

我们决定自己去寻访高尔基。从旅馆出来，我们边走边问，不一会便来到谢玛什科街 19 号。这是一幢两层小楼，里面陈设简陋。1902—1904 年，高尔基曾在这里住过，而 1902 年正是高尔基写作剧本《底层》的时候。第二年，著名歌唱家沙里亚平曾在他家小住。如今这里已改为“高尔基故居博物馆”。在米宁街，我们还找到了“高尔基文学博物馆”。这里的规模要大得多。展出的图片和实物既介绍了高尔基的生平和创作，也介绍了当时的社会情况，这对于了解高尔基的整个创作是大有裨益的。讲解员安德烈很投入，看到两个中国人听得如此认真，他仿佛找到了知音。而对于我们来说，也只有在这两个博物馆才感受到了高尔基的存在和不朽。

十四、真正的人

瓦西里·洛扎诺夫说：“爱一个幸福和伟大的祖国并不难。难的是在她弱小、屈辱、愚蠢，甚至有罪的时候，我们依然爱她。难的是在我们的‘母亲’喝醉、撒谎，一身罪孽的时候，我们依然不离开她。这样还不够：当她最终死去，被犹太人啃得只剩下骨头，谁能在这堆人人唾弃，没人需要的骨头旁边哭泣，谁才是真正的‘俄罗斯人’。”

说得太好了！所谓“母亲”，应该理解为祖国，而不是政权。他所说的这种俄罗斯人可说是数不胜数。两次遭到政府流放的普希金是这样的“俄罗斯人”！对农奴制度深恶痛绝的果戈理是这样的“俄罗斯人”！长期侨居国外，在孤寂中度日的屠格涅夫是这样的“俄罗斯人”！还有苏维埃时代遭到批判、监禁、流放甚至枪杀的一大批文化人也是这样的“俄罗斯人”！索尔仁尼琴在接受诺贝尔文学奖时所作的答谢辞中说：“一旦以艺术为己任，终身便无法再把它遗弃。作家绝不能置身事外，以超然的态度去臧否时人和批评自己的同胞。他应该分担自己的国家和同胞所犯的一切罪孽的结果。”

十五、不了解东正教，就不了解俄罗斯

在莫斯科的名胜古迹中，红场是我去得次数最多的地方。每当我踏上俄罗斯的土地，就总是迫不及待地想去那里看一看。它像磁铁一样吸引着我，也像谜一样使我感到困惑。

在青少年时代，红场是我们每个人心目中的圣地。我们知道，这里有列宁的陵墓，每天来自世界各地的无产者在陵墓前排成长长的队列；这里矗立着一座名叫斯巴斯克的塔楼，塔顶上的红宝石五角星日夜闪耀着光芒，而在它旁边的红色宫墙之内，便是世界革命的中心——克里姆林宫。

然而，十多年前，当我在苏联解体前夕来到莫斯科时，红场已经不是早年心目中的那个红场了。它的政治意义已经大大弱化，而宗教意义却明显增强。我发现，列宁墓的瞻仰者大部分并非纯粹的信徒，而是普通的游客。许多人从列宁墓出来，会走进另一座更雄伟的建筑——升天瓦西里大堂。其实，这座教堂在红场上已经存在四个多世纪了。它是伊万雷帝为纪念喀山汗国和阿斯特拉汗国并入莫斯科公国于1555—1560年修建的。教堂竣工之后，圣徒瓦西里被移葬于此，因而得名。在苏维埃时期，宗教活动受到限制和禁止，这座教堂被改为历史博物馆。如今，这里信徒如云，香火旺盛，它像一件出土文物一样恢复了昔日的光彩。

如果你从红场走进克里姆林宫，你会对它的宗教意义有更深的感受。在离总统办公室不远的地方有一个教堂广场，它的四周耸立着六座教堂，东正教的首脑机构就设在这里，它是俄罗斯的宗教中心。政治中心和宗教中心奇妙地集于一宫。它们是怎样走到一起的呢？

别尔嘉耶夫在《俄罗斯思想》一书中曾引用丘特切夫的一段话：“用理性不能了解俄罗斯，用一般的标准无法衡量它，在它那里存在的是特殊的东西。在俄罗斯，只有信仰是可能的。”然后，别氏自己又补充道：“为了理解俄罗斯，需要运用神学的信仰、希望和爱的美德。”

是的，不了解东正教，就不了解俄罗斯。

十六、长寿的秘诀

这是十多年前的旧事。当时，我在俄罗斯的弗拉基米尔师范学院做访问学者。在一次主题为《长寿》的俄语课上，娜塔莉娅·安纳托里耶芙娜老师首先谈了长寿的主要原因，如新鲜的空气、洁净的饮水、合理的饮食和适当的体力劳动，然后她又补充说：“还有一个秘诀，就是愉快的心情。比方说，据报道，原苏联的舰艇和潜艇已全部从公海撤回列宁格勒、符拉迪沃斯托克、阿尔汉格尔斯克等港口，原因是没有燃料。据说，潜艇想卖给中国，原子弹想卖给伊拉克，这件事实在可笑。不过这对健康有益，可以使人长寿。又比方说，我们的国家原来叫苏维埃社会主义共和国联盟，后来有人建议将国名改为苏维埃主权共和国联盟，现在叫作独立国家联合体。这件事更加可笑，自然也更会使人长寿。”

中国进修生小李问道：“听说，饥饿可以使人长寿？”

老师回答道：“是有这样的说法。美国医生普莱格写过一本名为《饥饿的奇迹》的书，俄罗斯的医院也有饥饿疗法。不过，如果饥饿真能使人长寿，那么俄罗斯人无疑都将长命百岁了。”

十七、发展总是伴随着灾难的

别尔嘉耶夫把俄罗斯历史分为五个时期：基辅俄罗斯、鞑靼压迫时期的俄罗斯、莫斯科的俄罗斯、彼得的俄罗斯和苏维埃的俄罗斯。在他看来，较好的是前两个时期。他认为，“俄罗斯的发展是灾难性的”。

是的，后三个时期出现了极权主义、农奴制、强制性改革等，给人民带来了无数的灾难和痛苦。然而，正是在后三个时期，俄罗斯得到了巨大的发展。

看来，发展总是伴随着灾难的。

十八、信封贴在邮票上

第六届“普希金与世界文化”国际会议将在克里米亚的阿卢什塔召开，组织委员会主席、俄罗斯科学院俄罗斯文学研究所（“普希金之家”）高级研究员福米乔夫博士给我寄来一份正式邀请函。这封邀请函只有一页纸，但却用了一个可装一本大十六开杂志的信封。更有意思的是，信封的一半贴满了邮票，计有10戈比面额邮票51张、30戈比面额邮票8张、50戈比面额邮票1张、3卢布面额邮票1张，共计61张，总值11卢布。不知是邮局没有较大面额的邮票呢，还是邮票上涨、卢布贬值使然。这不禁使人想起《马凡陀山歌》中的一首诗——《发票贴在印花上》。在20世纪40年代的部分地区，由于发票上要贴的印花税票太多，倒像是发票贴在印花上了。

管中窥豹，可见一斑。这个贴在邮票上的信封颇令人深思。

十九、不仅仅是为了面包

这是十多年前的一个晚上，我们在俄罗斯弗拉基米尔室内乐剧院观看演出。

弗拉基米尔室内合唱团是一个饮誉国内外的演出团体，曾去德国、美国、波兰、捷克、匈牙利、保加利亚等国献艺。室内乐剧院设在一座教堂内，演出厅有一小舞台，观众席摆着九排长椅，可坐一百五十人。四壁从上到下都是宗教画，正面的拱形墙壁上画着达·芬奇的名画《最后的晚餐》。七时整，一位着深蓝色天鹅绒长裙的女演员走上舞台，介绍了该团的情况和今晚的节目。介绍完后，厅内的电灯突然熄灭，两名身穿燕尾服的男演员从入口进来，穿过观众席中间的通道，走到舞台两侧，点燃烛台上的十支蜡烛，然后从原路退回门外。随着一声钟响，门外响起了歌声，只见正门大开，三十一名男女演员分成两队，以两名高擎蜡烛的男演员为前导，从观众席两侧走上舞台，接着指挥从观众席中间的通道走到舞台上的指挥席。演出正式开始。演员们手拿乐谱，演唱了 16 — 20 世纪的合唱歌曲，从头到尾采用美声唱法，声音纯正圆润。每演唱一首歌曲，便变换一次队形，厅内的电灯时亮时灭，可说是独出心裁。

在九十分钟的演出过程中，指挥和演员们自始至终态度认真，作风严谨，真正做到了全身心投入，绝无商业气息。须知每张门票才卖五卢布，这场演出的门票收入充其量七百五十卢布，在当时只相当于十美元。而观众也表现出很高的文明程度和艺术素养，他们全神贯注地观看演出，不失时机地给演员鼓掌，台上台下十分和谐、融洽。

人活在世上，不仅仅是为了面包，而应该有更高的追求。在俄罗斯最困难的时刻，演员们这种对艺术的执著，观众这种对艺术的热爱，的确是非常感人的。一个如此热爱艺术的民族，应该是不难渡过难关的。

二十、“珠玑”乎？小石子乎？

20 世纪下半叶以来，在苏联的出版物中出现了一种独特的散文作品，它由一篇篇小散文组成，并冠以统一的标题。内容丰富多彩——社会、自然、人生、艺术无所不包，形式短小灵活——随笔、杂感、故事、寓言一应俱全。每篇字数长短不一，多则数千字，少则数十字。苏联的一些刊物（如《我们的同时代人》和《新世界》）把它列入“短篇小说”栏内，我国则有人称之为“文学小品”或“随笔杂感”，还有人因“其特点是各种散文体裁的汇合”，巧妙地谓之“综合系列”。在这类散文中，最引人注目的是邦达列夫的《瞬间》和索洛乌欣的《手掌上的小石子》（以下简称《小石子》）。

索氏创作《小石子》的最初的意图是为长篇小说储备一些材料，后来有的嵌入了某部作品，有的一组组地在刊物上登载，还有一部分收进了专集。这些“小石子”，作者谦称为“札记”，但它们明显地具有散文诗的品格，同屠格涅夫、高尔基、普里什文的散文诗是一脉相承的。不同的是，屠格涅夫更注重塑造人物形象，高尔基更多地运用了象征手法，普里什文更喜欢借景抒情，而索氏则以敏锐、雄辩、机智、诙谐见长。这些“小石子”是他对艺术、人生、社会深沉思考的结晶。

近20年来，索氏的这些“札记”在我国的刊物上偶有介绍，并且出了专集。原书名为《Камешки на ладони》，有人译为《掌上珠玑》。美则美矣，但却过于文雅，也不尽符合作者的原意。诚然，从接受者的角度来说，这些札记可说是篇篇精美，字字珠玑，怎么说也不为过，但作者却是直截了当地把它们喻为“小石子”。大凡到过海边的人都有这样的体验：那蔚蓝的海水和像海水一样蔚蓝的天空，那翱翔的海鸥和像海鸥一样翱翔的云彩，固然令人心旷神怡，浮想联翩，但海滩上那些色彩斑斓的小石子也别有情趣，令人喜爱。你会情不自禁地俯下身去，甚至索性坐到地上，拾起一颗颗形态各异的小石子，放在手掌上赏玩，还会从中悟出许多哲理。《Камешки на ладони》（“青年近卫军”出版社1982年版）的第一篇，描绘的正是这样一种情景。书中各篇便是作者在艺术的海洋（或者扩而言之，在生活的海洋）中徜徉时拾起的一部分“小石子”。因此，译成《手掌上的小石子》就显得更朴实、更亲切、更富于生活气息、更符合作者的主观意图。

二十一、望文生义

屠格涅夫有一篇题为《爱之路》的散文诗，最后一段如下：

“Благодарность — долг; всякий честный человек плотит свои долги …но любовь — не деньги.”

正确的译法应该是这样的：“感激是一种债务；每个诚实的人总是偿还自己的债务……然而爱情不是金钱。”

плотить一词的辞典释义通常为：（把木料）连接成一排，连接成木排（筏子等）。于是有的译者就将第二句译成“任何人都可以摆出自己的一些债务”，还有的译者索性译成“任何一个诚实的人都编扎自己债务的木筏”。

其实，在这篇散文诗里，плотить就是платить（偿还）之意，这是一种旧的用法。遇到这种情况，查一查原文辞典，或者问一问俄罗斯人，问题便不难解决。切忌望文生义！

2005 年

欧洲游记

一、废墟的警示

经过十三小时的连续飞行，我们乘坐的新加坡航空公司的波音 747 客机，于当地时间 7 时 45 分降落在罗马达·芬奇机场。罗马和新加坡的时差为六小时。由于在飞机上一夜未能合眼，大家都感到十分疲劳。出机场后，接待人员把我们带进一辆豪华大巴。一上车，他就向大家宣布，由于时间太早，我们将要入住的 Ibis 旅馆的床位还未腾出来，只好先安排大家进行参观。没多久，汽车便把我们带到一个庞然大物跟前。下车一看，原来这就是心仪已久的斗兽场遗址。刹那间，只觉精神一振，倦意全消。

斗兽场是一座土红色的椭圆形建筑，正式的名称为“弗拉维奥圆剧场”或“高乐赛奥圆剧场”，兼有剧场和竞技场之功用。公元 72 年动工修建，公元 80 年基本竣工，之后又经过多次补建和扩建。外墙长直径一百八十八米，短直径一百五十六米，内墙长直径八十六米，短直径五十四米，高四十八点五米，相当于一座十二层大厦的高度。外墙共四层，用砖、石和水泥筑成，外表贴以华石。一至三层，每层各有八十个镶有立柱的拱形门洞，这是观众出入的通道。场内观众席有三十余排，可容纳五万五千名观众。中心为表演台。从结构上来说，整个斗兽场颇似一座现代体育场。它不仅气势宏伟，而且结构严密，是罗马建筑史上的奇迹。然而，经过近两千年的风风雨雨，如今斗兽场已经成了一个废墟。只有一侧还保存着四层外墙，其余各侧的外墙则只剩下两层或三层。

我们买了门票，从正门入场，然后乘电梯至二楼。一出电梯，场内的情景便清晰地呈现在眼前。我朝四周扫视了一眼，只见观众席大部分已经倾毁。观众席是根据社会地位的高低来划分的，座位越高，地位就越低；反之，座位越低，地位就越高。我朝一个地势较低、离表演台较近的大石堆走去。据说这是从前的贵宾席，设有皇帝的专座，执政官、贞女祭司、罗马市行政长官、元老院议员的座位就在皇帝专座附近。罗马帝国的统治者对外穷兵黩武，对内实行专制独裁，斗兽场便成了他们寻欢作乐、大施淫威的场所。意大利著名小说家乔万尼奥里在长篇小说《斯巴达克思》里详细地描写过公元前78年的一场角斗：罗马独裁者苏拉为了“使自己在欢乐中忘却已经折磨了他两年多的不治的皮肤病”，出资让罗马市民狂欢三天，在大角斗场驱使一百名角斗士互相残杀。尽管小说中所写的大角斗场并非眼前的这个斗兽场，但它们的功用是完全相同的。据史书记载，公元86年，提图斯皇帝为了庆祝这个斗兽场落成，曾举行“百日游艺”，杀死的野兽达五千多头。而特拉扬皇帝为庆祝达奇之战的胜利，竟然动用一万名角斗士与一万一千头野兽进行搏斗。请想一想，那是一种多么残酷而又惊心动魄的情景啊！正如法国学者艾黎·福尔所说：“圆形剧场、大斗兽场乃是这个称霸的民族用石块表达其无止境的需求的感性形式。罗马的贵族再也无法借助战争来支配帝国的臣民，而今，他们仰仗的是足以接纳全城居民的巨大的剧场、竞技场。在任何一个座位上就座，人们都可以把这个城市的垂死挣扎尽收眼底。在蓝天白云下，没有其他剧场能像它们这样，为人们提供比这种自取灭亡的场景更为动人心魄的景象。”①

表演台当初是一个平台，如今变成了一个大坑。为了方便游客参观，大坑上架起了一条装有护栏的木板桥。从桥上俯瞰，只见大坑里竖着一个个石墩，这便是地下室残存的石墙。当年，地下室是关角斗士和野兽的地方。表演时，人们用升降机把角斗士和野兽从地下室运到表演台上。表演的项目有人搏（角斗士与角斗士搏斗）、人兽搏（角斗士与野兽搏斗）和

---

① ［法］艾黎·福尔：《世界艺术史》（上册），张泽乾、张延风译，长江文艺出版社2004年版，第181页。

海战戏（将表演台灌满水，角斗士乘舟船互相厮杀）。

地下室正在施工，蓦地响起了机器的轰鸣声。我仿佛觉得，这声音里混合着野兽的咆哮声、角斗士的哀叫声和观众的欢呼声。俄顷，这些声音被一个格外洪亮、格外激愤的声音压倒了，这声音回响在整个斗兽场的上空：

“我希望毁灭你们这个腐化的罗马世界，希望在它的废墟上看到各民族独立的花朵。……我希望用压迫者的血来偿付被压迫者的呻吟，我希望粉碎系在罗马胜利之车上的不幸的人的铁链。……我希望烧毁所有的斗技场……我希望看到自由的太阳辉煌地照耀，可耻的奴隶制度在地面上消灭！我一定要获得自由，我渴望自由，我要争取自由，我要为每一个人、每一个不论大小强弱的民族争取自由。和平、幸福、正义，以及不朽的神赐给人们享受的一切崇高幸福，会伴随着这样的自由来到人间。”

这是斯巴达克思的声音。这段话是起义前夕他在罗马城外的野地里对恺撒说的。我知道，斯巴达克思说这段话的年代比我置身其中的这个斗兽场建成的年代至少要早一个半世纪，而且这段话还是乔万尼奥里在小说中虚构的，然而，它却表达了所有角斗士和所有奴隶的心声。它是奴隶起义的宣言！它敲响了独裁者的丧钟！正是在一次次奴隶起义的沉重打击下，罗马帝国逐渐走向衰落，最终于476年彻底灭亡。

我走出斗兽场，上车前我又回头朝它望了一眼。此时我觉得，它很像一座坟墓，一座土红色的椭圆形巨墓。罗马谚语云：“高乐赛奥若倒，罗马必亡。”这就是说，斗兽场的命运与罗马帝国的命运是联系在一起的。事实也的确如此。在罗马帝国灭亡之前，斗兽场就已经摇摇欲坠了。罗马帝国灭亡之后不久的523年，斗兽场举行了最后一次表演。此后，它就被永远废弃了。当初，帝国统治者修建它是为了炫耀权力和武力，并以此自娱，可是到头来，它却成了帝国统治者罪恶的见证和坟墓。我想，这就是它今天仍然具有的警示意义。

二、中西友谊和文化之桥

威尼斯是意大利北部的一座风景名城，被誉为“亚得里亚海上的明珠”。动身去欧洲之前，我就得知该城已列入代表团的行程表中，将要参观的景点有圣马可大教堂、圣马可广场、大水道等多处。这几处地方无疑都是威尼斯景点中的精华，当然是非看不可的。不过，作为一名比较文学专业的教师，我个人却更想看一看与马可·波罗有关的一切。到罗马后，我向翻译鲁道夫先生打听马可·波罗故居的情况，他告诉我，马可·波罗在威尼斯的故居将建成一座博物馆，目前正在装修，暂不对外开放，不过我们将会看到他乘船前往东方的出发地——威尼斯海关角。

9月16日下午，我们结束了在米兰的访问，驱车三个多小时来到威尼斯，住在陆地上的Holiday旅馆。威尼斯城坐落在威尼斯湾的潟湖诸岛上，距海边两公里，距陆地四公里。第二天上午8时许，我们乘汽车经由公路大桥来到威尼斯外岛，然后登上开往威尼斯本岛的双层游船。

解缆后，游船缓缓地朝城市的方向驶去。我爬上二楼，这里的视野比船舱里要开阔得多。放眼望去，只见这个由红色屋顶联结起来的城市静静地卧在蓝色的湖面上，这里那里露出一个个教堂的尖顶或圆顶。我很想辨认出那些在图片上见到过的建筑，但却一无所获。正当我感到茫然的时候，扩音器里传来了导游小姐的声音，她告诉大家，游船的左前方就是海关角。我顺着她所说的方向望去，只见一片屋宇犹如一个枪尖插入潟湖，把大水道和游船行驶的久德卡水道分割开来。岬角上矗立着一座双层塔楼，塔顶上有两个奴隶的塑像，他们擎着一个镀金大天球，天球上竖着一个幸运女神塑像。女神单腿站立，随风转动。这座双层塔楼就是海关。在它的西面是一座修道院，再往西就是著名的拯灵圣玛利亚教堂。

看到这个岬角，我真是感慨万千！要知道，1271年11月，马可·波罗随父亲和叔父前往东方时，年仅十七岁。从这个岬角到中国，一路穿洋过海，越岭翻山。他们该遇到过多少狂风巨浪，经历过多少艰难险阻啊！马可·波罗在中国居留十七年，并曾奉使云南，游历江南。1291年初从福建泉州启程回国，1295年才回到阔别24年的威尼斯，这时他已经过了不惑之年。亲戚朋友以为他们已经客死他乡，把他们的房子也占用了。看到他们从衣着到谈吐简直与鞑靼人无异，人们都不敢上前相认。直到弄清他们的真实身份，才把住宅还给他们。1296年，马可·波罗在威尼斯与热那亚的战争中被俘。在狱中，他向比萨人鲁思悌谦讲述了自己的经历，由后者笔录成书，这就是举世闻名的《马可·波罗行纪》（一译《马可·波罗游记》）。

该书出版后，在欧洲和世界上产生了巨大的影响，被誉为“世界一大奇书”。学者们认为，《马可·波罗行纪》对中国文明的介绍，在很大程度上有助于欧洲人走出中世纪，迈向近代文明。哥伦布就特别喜欢《马可·波罗行纪》一书，并从中受到莫大的激励和启示。至今西班牙塞维尔市哥伦布图书馆所存哥氏遗物中，尚有一册该书的拉丁文译本。1492 年哥氏率领西班牙探险队，乘三艘轻快帆船横渡大西洋，企图寻找通往印度的最短航程，而他的所谓“印度”，其实就是马可·波罗所说的中国和日本，他身上带着西班牙国王致中国皇帝的国书就是明证。同年 10 月 12 日，他的船队到达圣萨尔瓦多岛，阴差阳错地发现了美洲。这就是人们常说的“地理大发现”。

游船从海关角旁边驶过，停靠在大水道北岸的一个码头。在参观圣马可大教堂和圣马可广场等景点时，海关塔楼上那个金色的大天球和天球上的幸运女神塑像，一直在我的眼前晃动。下午，当我们结束参观，乘游船从原路返回外岛时，我们又一次从海关角旁边驶过。我觉得，这个岬角似乎在向前延伸，变成了一座长桥，它穿过整个潟湖，穿过亚得里亚海和地中海，然后沿着古代的丝绸之路，经由两河流域、伊朗和帕米尔高原，一直通向北京。当年，马可·波罗就是沿着这条路线，到达元朝的大都（北京）的。是的，威尼斯海关角就是一座桥，一座中西友谊和文化之桥。

三、叹息桥边的叹息

威尼斯是一个由水道和岛屿组成的城市，看不到一辆汽车行驶，只有一种名之为“贡多拉”（Gondola）的黑色尖舟在市区内穿梭往来，而把市区各部分连成一片的便是各式各样的桥了。据说威尼斯的桥有三百五十座之多，其中最著名的是斯卡尔齐桥、里亚尔托桥和学院桥。它们横跨大水道两岸，可说是占尽了风光。

在威尼斯的三百五十座桥中，还有一座特殊的桥，它的位置虽然较为隐蔽，但却同样有名，这就是叹息桥。

叹息桥建在总督宫和监狱之间的溪道上面。它之所以有些特殊，一是因为它架在空中，大大高于其他的桥；二是因为它是封闭式的，两边砌有石墙，只是桥的两侧墙上各有两个哥特式花格小窗。桥的造型颇为美观，拱边上有十一个人头雕像，拱顶上有两头浅浮雕狮子，狮子之间端坐着一位正义女神；三是因为它的作用非同一般。这座桥建于 17 世纪初期，它是总督宫的法庭和监狱之间的一个通道，专供犯人在提审时出入之用。犯人们在经过这座桥时，看到外面风光如画，联想到自己的命运却如此悲苦，不禁发出声声叹息，因而有"叹息桥"之谓。

来到叹息桥边，我立即想起了拜伦的长诗《恰尔德·哈罗德游记》。长诗第四章就是从叹息桥开始的。诗人写道：

> 我站在威尼斯的叹息桥上，
> 一边是宫殿，一边是牢房。
> 举目看时，许多建筑物忽地从河中升起，
> 仿佛魔术师挥动魔杖后出现的奇迹。
> 千年的岁月用阴暗的翅膀将我围抱；
> 垂死的荣誉还在向着久远的过去微笑，
> 记得当年多少个番邦远远地仰望
> 插翅雄狮之国的许多大理石的高房：
> 威尼斯庄严地坐镇在一百个岛上！

从 1816 年 11 月到 1819 年末，拜伦在威尼斯住了三年，写有《威尼斯颂》等歌颂它的诗篇，而长诗《恰尔德·哈罗德游记》第四章，更是用了二十四节二百一十六行的篇幅来描写他在威尼斯的见闻和感受。他是很喜欢威尼斯的。长诗写道："从童年起，我就爱她了；她的形象，/是我心头的一座仙境般的城……" 1816 年 11 月 25 日，即到威尼斯后不久，他在致约翰·默里的信中也谈道："威尼斯正如我所期待的那样使我欢喜，我所期待的是很多的。这是那些在我见到它们以前即已熟悉的地方之一，而且是仅次于东方国家而使我朝思暮想的地方。"①

① ［英］拜伦：《拜伦书信选》，王昕若译，百花文艺出版社 2005 年版，第 141 页。

在长诗中，拜伦描写了昔日的威尼斯总督与亚得里亚海一年一度的“婚礼”：总督乘坐着“人头牛身号”大船，将一枚指环投入海中，这是威尼斯海上霸权的显示。长诗还描写了威尼斯的徽号——圣马可大教堂上的插翅雄狮，以及教堂上不肯就范的四匹铜马。然而，“一个皇帝下跪的地方，被另一个皇帝糟蹋”。1797 年，奥地利人占领了威尼斯；1805 年，拿破仑取代奥地利人成了威尼斯的主人；拿破仑失败后，威尼斯又处于奥地利人的统治之下。总督被撤销了，塔索的歌船夫们再也不唱了。抚今思昔，作为意大利民族解放运动同情者和参加者的拜伦，其心情怎能平静呢？长诗第四章就是他在叹息桥上发出的叹息。

是的，威尼斯昔日的辉煌是值得叹息的，然而，看着左边这座豪华的宫殿和右边那座阴暗的监狱，我心中不免感到疑惑。我抬起头来，注视着叹息桥上的那个正义女神浮雕。在欧洲的好几个城市，我都看到过正义女神的雕像。她一手握着宝剑，一手拿着天平。宝剑代表正义，天平表示公正。我向女神发问：在总督宫的装饰华丽的法庭里，在监狱的阴暗潮湿的牢房里，难道真的有什么正义和公正么？

女神默然无语。

我深深地叹了一口气。

四、卢浮宫三宝

位于巴黎塞纳河畔的卢浮宫是世界四大的博物馆之一，其历史可以追溯到 12 世纪末。最初，它是菲利普·奥古斯特修建的一座名为“卢巴哈”的要塞，藏有皇室的珠宝和档案。经过历代法国皇帝的不断扩建和改建，以及收藏品源源不断地补充，今天它已成为一个拥有四十万件收藏品的大博物馆。它的展品分为七大类，即古代东方文物和伊斯兰艺术，古代埃及文物，古代希腊、伊特鲁利亚和古罗马文物，雕塑，工艺品，绘画，书画刻印艺术。此外，为帮助观众了解卢浮宫的建筑历史和演变过程，还设了“卢浮宫的历史”和“中世纪的卢浮宫”两个展厅。从 2000 年 4 月起，又从布朗利博物馆精选出一百二十余件非洲、亚洲、大洋洲和美洲的早期艺术作品供观众欣赏。

卢浮宫的展品件件都是珍宝，即使是著名美籍华裔建筑大师贝聿铭设计的主入口——玻璃金字塔，也是一件建筑艺术的珍品。它高二十一米，周围有七个水池和一些喷泉。这座现代建筑不仅雅致、美观，与古典宫殿十分协调，而且非常实用，为入口画廊和地下大厅提供了充足的光线。贝氏说过："建筑设计说来也简单，我认为有三个要点最值得重视。第一是建筑和环境的结合，其次是体形和空间，第三是注意建筑为人所用，为使用者着想。"贝氏金字塔就是这种建筑的一个范例。

据接待人员说，若想把卢浮宫的展品从头到尾仔细观看一遍，约三个星期；若在每件展品面前停留一分钟，也得一整天时间。由于我们在巴黎的活动安排得很紧，在卢浮宫里只能待七十五分钟，因此接待人员给我们精心设计了一条参观路线，即主要参观所谓"卢浮宫三宝"——维纳斯雕像、胜利女神雕像和达·芬奇的油画《蒙娜丽莎》。这些艺术品均为原作，价值连城，可说是精华中的精华，珍品中的珍品。

我们从地下停车场登上博物馆一层，在接受了三道安检之后进入接待大厅，然后几乎是一路小跑，直奔主题。维纳斯雕像位于德农馆一层。关于这个雕像，人们已经非常熟悉了。在世界任何地方都可以看到这个雕像的复制品。原作是希腊化时代（公元前 2 世纪晚期）的作品，1820 年由一个农民在希克拉德的米洛岛上发现，故又称"米洛的维纳斯"，19 世纪时由里维热侯爵送给路易十八。雕像高约两米，用帕洛斯大理石雕刻，这种大理石本身具有光泽，使雕像更显得光耀夺目。尽管维纳斯双臂残缺，但她那端庄的脸庞，匀称的身材和优美的姿态却显示出一种不可抗拒的魅力，因而她的名字成为美女的同义词。我在罗马斗兽场遗址的展览室里看到过一尊复原的维纳斯雕像。作者给女神接上了双臂，左臂向上弯曲，手掌朝外，五指叉开，右臂甩到腹部，手掌朝内，五指微曲，全身作舞蹈状。应该说，那尊雕像也是很美的，反映了作者的一片良苦用心。不过我总觉得，这样做无异于画蛇添足。因为这样一来，观众的想象力就被剥夺了，而对于艺术欣赏来说，接受者的想象力是很重要的，它同样参与美的创造。

胜利女神雕像也陈列于德农馆内。因它发现于萨莫色雷斯岛，故又名萨莫色雷斯的胜利女神。雕像作于公元前 190 年，高约二点七五米，同样用帕洛斯大理石雕刻，1863 年送给法国。在希腊神话中，胜利女神名叫尼刻（即罗马神话中的维多利亚），是“勤勉”“顽强”“力量”的姊妹。她身上生有双翼，头上戴着桂冠，携带橄榄枝，其使命是给人们带来胜利和诸神的礼物。不过卢浮宫的这个雕像也是个“残疾人”。她缺失的不是双臂，而是首级。我们看到，女神立于船首，强劲的海风吹乱了她的衣衫，但她挺起胸膛，张开双翼，迎着风浪，将船引向胜利。尽管我们无法看到她的面部表情，但我猜想，那一定是充满胜利信心的。

达·芬奇的油画《蒙娜丽莎》收藏于德农馆二层，它是意大利和西班牙绘画馆中最重要的展品。这幅画前的观众总是最多的。它以前曾一度失窃，为了安全起见，现在给它罩上了一块防弹玻璃，而且在画的前面用绳子拉了一个半圆形的围栏，观众只能站在一米开外观看，而无法贴近它。这幅画并不大，长七十七厘米、宽五十三厘米，在达·芬奇的油画中算是较小的。如《圣母子和圣安娜》为 168. 5 厘米×130 厘米，《岩间圣母》为 189. 5 厘米×120 厘米。不过，在他的所有绘画作品中这幅画被公认为是最珍贵的。人们认为，它的最主要特征就是蒙娜丽莎脸上那种“神秘的微笑”。这种微笑是内心感情的自然流露，这是欣悦的微笑，幸福的微笑。而且，不管你站在画的哪一边，你都会感觉到她在向你微笑。她的眼神始终投射在你的身上，她的微笑始终跟着你在移动。达·芬奇本人说过：“谁不尊重生命，谁就不配有生命。”《蒙娜丽莎》就是走出中世纪、进入新时代的人们对生命的礼赞，对人性的礼赞。

油画《蒙娜丽莎》是达·芬奇于 1503—1506 年间在佛罗伦萨时所作。1516 年，他应法国国王法兰西斯一世的邀请，迁居安波斯城的克鲁堡，并随身带了一些绘画作品，《蒙娜丽莎》便是其中之一。生前他以两万英镑的价格将画卖给了法兰西斯一世，因而这幅画永远留在了法国。据说，以前那个“盗”画者是卢浮宫的一个意大利籍木工。“盗”画的目的并非谋财，而是要让它回归祖国。其实，在达·芬奇仅存的十七幅作品中，卢浮宫就有三幅（另两幅为《岩间圣母》和《圣母子和圣安娜》），在圣彼得堡的埃尔米塔日美术馆也有两幅（《贝奴亚的圣母》和《哺乳的圣母》），其他地方如英国的温莎宫、伦敦国立美术馆、慕尼黑美术馆、华盛顿国家美术馆，也藏有他的作品。达·芬奇并不仅仅属于意大利，他是属于全世界的。

五、圣母院情思

到了巴黎，谁不想去塞纳河中的西岱岛看一看呢？对于巴黎人来说，西岱岛不仅是拥有巴黎圣母院、康席居瑞（原国家监狱）、正义宫、圣·夏佩勒教堂、绿色风流广场等众多名胜古迹的旅游胜地，而且意味着整个巴黎的历史，因为它是巴黎的摇篮，今天的巴黎就是以它为中心逐渐扩展而成。然而对于我来说，西岱岛的魔力主要是因为巴黎圣母院的存在。我无意去岛上考察巴黎的历史，而只想寻访那两颗平凡而又伟大的灵魂。

我对巴黎圣母院的最初认识源于雨果的同名长篇小说及根据小说改编的同名电影。二十多年前，当我们得知长沙红色剧院正在放映法国故事片《巴黎圣母院》，师生们兴高采烈，纷纷要求前去观看。为了满足大家的愿望，文学系领导调集了九辆汽车，将全系师生从湘潭送到长沙。由于只能买到晚场的票，我们看完电影回到学校时，已经是夜半了。在以后的好几天里，大家还在议论和回味着这部影片。是的，对于那些看着八部样板戏影片和老三部影片（《南征北战》《地雷战》《地道战》）长大的青年学生来说，这部影片可说是展示了另外一个世界。

影片中的两个人物——吉卜赛女郎爱斯梅拉尔德和敲钟人卡西莫多，也给我留下了极其深刻的印象。这两个人，一个是这样美，一个是那样丑，但两人都同样真挚、善良，同样有一颗美丽的心，最后同样凄惨地死去。这是真善美的毁灭，它是如此强烈地震撼着我的心灵，使我的心情久久不能平静……

二十多年过去了。今天，我第一次来到真正的巴黎圣母院跟前，来到这座既陌生又熟悉的建筑面前。在小说的第一部第三卷，雨果用了整整一章的篇幅介绍圣母院的建筑历史和建筑风格。我们看到，圣母院正面，最底下是三座尖拱形大门，上面是一排有二十八位穿着绣花长袍的君主的神龛，君王们上面正中央是一个巨大的玫瑰花饰圆窗，再上面是一个三叶形回廊，而最上面则是两座巨大的钟塔。一百多年来，雨果描述的这五层墙面几乎没有什么变化，只是曾经一度缺失的二十八位君王的雕像已经复原，而且整个建筑经过一番洗刷，变得更洁净、更漂亮了。正如雨果本人所说，它是“一部规模宏大的石头交响乐”。

圣母院是小说的中心舞台。小说的主要情节，从这里发端，在这里结束。我仔细地打量着这座古老的建筑，认出了不少熟悉的地方。瞧，历代君王像上面的那个楼廊就是卡西莫多的一个瞭望台。当他看到爱斯梅拉尔德将被处以绞刑时，他在楼廊的一个柱子上系上一根大粗绳，然后沿着这根粗绳飞速滑到刑台上，扛起爱斯梅拉尔德朝教堂冲去，把心爱的姑娘藏进这个“圣地”。瞧，两座钟塔之间的那个平台，就是卡西莫多与乞丐们作战的地方。他不知道这些乞丐攻打圣母院的目的，也是为了保护爱斯梅拉尔德，错把战友当成敌人，于是把一根大梁木和一块块石头从平台上砸下去，还掀翻了两大锅滚沸的铅水，结果成了“一个帮倒忙的朋友”。瞧，还是那个平台，当卡西莫多看到她心爱的姑娘在格雷沃广场被绞死时，他愤怒地把这出悲剧的制造者——他的义父，副主教克洛德·孚罗洛，从平台上推了下去，结束了这个伪君子的生命。

啊，五百多年前在这里发生的一切，是多么惊心动魄！如今，这一切早已成了历史，唯有圣母院的高塔依旧矗立在蓝天白云之下，唯有圣母院的钟声依旧在西岱岛的上空回荡。钟声里，那颗邪恶的灵魂在地狱里受着烈火的煎熬，而那两颗真挚、善良、美丽的灵魂却自由自在地遨游在永恒的天国。

2001 年

托尔斯泰故乡行

从日历上撕去2月的最后一页，春天便来到了俄罗斯。对我们这些来自中国特别是来自江南的人来说，春天总是跟“鸟啭莺啼，花红柳绿”联系在一起的。然而在俄罗斯，自然界的春天和日历上的春天却并不是同步的，而是有一个“时间差”。漫步莫斯科街头，满眼仍是冬天景象：空地仍被深深的积雪覆盖着，光秃秃的白桦树枝在寒风中颤抖，太阳好几天都难得露一回脸儿，冷不防从铅灰色的云层里纷纷扬扬飘下漫天雪花来。

访问列夫·托尔斯泰的故乡雅斯纳雅·波良纳，是一件酝酿已久的事。去年9月以后，原成都科技大学出国培训部赴苏高级访问学者班的学友，陆续来到俄罗斯和乌克兰，部分学友得以在莫斯科相会。尽管大家从事的专业不同，但都读过托尔斯泰的作品，都对托尔斯泰怀着景仰之情，都想去托尔斯泰的故乡看一看。俄罗斯的气候大家早就适应了，况且一首中国古诗说得好：“春有百花秋有月，夏有凉风冬有雪。若无闲事挂心头，便是人间好时节。”我们约定3月7日同游雅斯纳雅·波良纳。

一、库尔斯克车站

3月7日清晨，我们七人先后来到库尔斯克车站。

库尔斯克车站是莫斯科的九个火车站之一，位于市区的东面，它是通往俄罗斯东部和南部的重要交通枢纽。车站大楼分地面和地下两部分，地下部分可通地铁，地面部分与广场相连。每天从这个车站开出的不仅有各种长途客车，而且有短途电气火车。我曾多次出入这个车站，往返于莫斯科与弗拉基米尔之间，对它已经习以为常了。但是今天，我们要从这里乘电气火车去图拉，它使我感到格外亲切。

托尔斯泰一生大部分时间住在离图拉十四公里的庄园雅斯纳雅·波良纳。1881 年，为了孩子们的教育，举家迁往莫斯科。19 世纪 80 年代正是托尔斯泰的世界观发生激烈变化的时候，他抛弃了贵族阶级的传统观点，转到了宗法制农民的立场上。他摆脱了一切社会职务，不再饮酒，改吃素食，力求过平民化的生活。尽管莫斯科织工巷（今列夫·托尔斯泰大街）的住宅不在闹市，而且有一个大花园，颇像都市里的村庄，但他还是不堪城市的重压。为了“从可怕的莫斯科生活中清醒过来”，他每年春天都回雅斯纳雅·波良纳。莫斯科离庄园有二百多公里，他曾三次步行，有几次是骑马，更多的则是乘火车。他最后一次在库尔斯克车站乘车是 1909 年 9 月 19 日。那天早晨，托尔斯泰在夫人、小女儿和几个朋友陪同下，从织工巷乘马车出发，前往库尔斯克车站。车站广场早已聚集着数千名前来欢送的莫斯科人。当托尔斯泰的马车驶入广场时，所有的人都脱帽致敬，高呼：“乌拉！光荣属于托尔斯泰！”人群簇拥着他，一直把他送进车厢。列车启动后，人群沿着月台移动，直到列车消失在远方。

我们走进开往图拉的电气火车。那天是星期六，车厢里坐满了人，有的是回图拉度周末的图拉人，有的是去郊区滑雪的莫斯科人。7 时整，列车徐徐离开站台轰隆隆朝南驶去。蓦地，列车的轰隆声化成了“乌拉！光荣属于托尔斯泰！”的欢呼声，我仿佛觉得托尔斯泰就在这列火车上，我们正陪同他回故乡去。

二、“明媚的林中空地”

上午 10 时 30 分，电气火车抵达图拉市的莫斯科火车站。图拉是一座古城，以古建筑和茶炊著称。该市的克里姆林宫建于 16 世纪，雄伟壮丽，与莫斯科的克里姆林宫齐名；该市的茶炊工艺精湛，深受人们喜爱。俄罗斯有一句谚语：“上图拉不用带茶炊。”可见图拉的茶炊是怎样负有盛名。不过，我们此行的目的地是托尔斯泰的庄园，古建筑和茶炊已无暇顾及了。我们在车站大厅的小卖部买了饮料，就着自带的中国榨菜、茶盐鸡蛋和俄罗斯点心，权且当作午餐。然后在车站广场乘无轨电车，再换乘公共汽车，约一小时后到达雅斯纳雅·波良纳车站。下车后，步行十多分钟，远远地看见一道铁栅栏和两个绿顶白塔，这便是雅斯纳雅·波良纳。

雅斯纳雅·波良纳在俄文中意为"明媚的林中空地"，它位于从俄罗斯北部通往南部的干道旁边。当初，村子建在一片砍伐林带，这片砍伐林带曾是阻挡鞑靼人进攻莫斯科的防御体。1763年，这个村子归于托尔斯泰的曾外祖父，后来外祖父尼·谢·沃尔康斯基公爵继承了家业。他是叶卡捷琳娜时代的著名军事活动家，曾任女皇的侍从武官和驻柏林大使，在保罗时代当过阿尔汉格尔斯克总督。归隐后，他聘请意大利建筑师大兴土木，盖了厢房，修了花园，挖了池塘，并在入口处建了那两座作为庄园标志的白塔。他还广种树木，把村子建成一个林荫路纵横交错的大公园。他为人正直，善于经营，但却刚愎自用，性情粗暴，《战争与和平》中的老公爵包尔康斯基就是以他为原型刻画的。1828年旧历八月二十八日（公历9月9日），作家就诞生在这个庄园。托尔斯泰父母早亡。1847年兄弟析产时，这个庄园为托尔斯泰分得。作家逝世后，他的夫人要求政府收购，将其改为纪念馆，遭到沙皇政府的拒绝。1921年6月10日，全俄中央执行委员会主席团颁布命令，宣布庄园为俄罗斯联邦的全民财产，并建立了托尔斯泰庄园博物馆。1986年，庄园博物馆成为自然保护区。

我们进入庄园，沿着那条名叫普列什佩克特的大路朝庄园深处走去。这条白桦林荫路，我们早就从长篇小说《战争与和平》的描写中熟悉了。那是1806年3月的一个风雪之夜，安德烈公爵的妻子即将分娩，老公爵包尔康斯基派人带着马匹和灯笼去大路上和道路转弯处迎接从莫斯科来的德国医生。当马车和灯笼从大路上来到大门前时，玛丽亚公爵小姐在楼梯上听到了一个非常熟悉的声音。原来，她以为在前线阵亡了的哥哥安德烈公爵同医生一起回来了，她真是惊喜交集。小说中的大路就是我们脚下的"普列什佩克特"。

庄园里只有两种颜色——白色和绿色，这是俄罗斯中部典型的冬天风光。地下铺着厚厚的雪褥，雪地上长着稠密的椴树、橡树、松树、杨树、白桦树、菩提树……即使在严寒的日子里，庄园里也是一片苍翠。四周悄无声息，显得分外幽静。除了树枝上的积雪偶尔落到地上的沙沙声，再也听不到别的声音。

几分钟后，大路左侧出现了一组建筑物，那幢长长的白色平房是马厩。见到这个马厩，我不禁想起了画家列宾在《回忆托尔斯泰》一文中记叙的作家犁地的故事。1891 年 8 月里的一天，六十三岁高龄的托尔斯泰想给一个贫苦寡妇犁地，他由列宾陪同，在马厩里挑了两匹役用马，套上马轭，便来到雅斯纳雅·波良纳新村。这位伯爵在地里耕了整整六个小时，一忽儿走上高岗，一忽儿下到低地。他是那样专心，那样熟练，混合着黑土的汗水顺着脸上的深窝淌下来。而列宾则拿着画册在地里不断跑动，于是就产生了《托尔斯泰在犁地》那幅著名的油画。来这里之前，我在弗拉基米尔购得了这幅画的复制品。画面上的“伟大的耕地者”头戴白色便帽，身穿淡青色麻布长衫，腰系深红色带子，前面的白马拉着一张铁犁，后面的白马套着一张铁铧，托尔斯泰走在两匹役马之间，双手扶着犁柄，浓密的长须飘向左颊，遮住了裸露的脖子。在他身后，有两个农夫正在耕地，背景是田野和森林。这是这位从青年时代起就身体力行地追求平民化的伯爵的又一次平民化实践。

马厩对面的白色建筑，主体为两层，两翼为平房，阁楼上有一个意大利式的半圆形窗户。这就是“沃尔康斯基之屋”，如今是文学博物馆。我们来到房子跟前，只见大门紧闭，这是意料中的事，因为我们刚进庄园时，就有人告诉我们，整个庄园博物馆下午休息，不对外开放。这时我想起了《战争与和平》中的老公爵包尔康斯基，他平生最厌恶的是达官显贵。一天早晨，他照例出来散步，小径上的雪被扫过了，他感到非常满意。可是当他得知瓦西里公爵即将来访时，便勃然大怒，命令管家把雪扔回到路上去。不过，他对于平民百姓，倒是相当和善的。我们怀着侥幸的心情敲了敲门，不一会门“呀”的一声开了，一位女工作人员探出半截身子，当她看到雪地里站着七个远道而来的中国人时，立即打开大门，把我们放进屋里。文学博物馆陈列着作家各种版本的作品、画像、雕像和手稿影印件，这一切都是值得仔细观看的。但我们知道，对于俄罗斯人来说，休息是非常神圣的，况且第二天又是三八国际妇女节，不便过多打扰，于是匆匆地看了一下展品，便道了谢出来了。

我们从小路拐到普列什佩克特大路，不一会来到一幢两层小楼跟前，这是托尔斯泰故居博物馆，是整个庄园博物馆的中心。

故居前面有一片空地，空地上长着菩提树和罗汉松，还有两丛灌木，一丛是金合欢，另一丛是忍冬。在这片空地上曾经有一棵两百年的老榆树。榆树的一根断枝上挂着一只小钟，每逢吃饭和其他家庭活动，便敲钟通知。老榆树下有一条长凳，每天清晨，来自附近和远处的农民，就坐在长凳上，等着托尔斯泰出来。他们把他当作生活的导师，向他倾吐自己的心曲，同他分享自己的悲欢，征求他对各种问题的意见，因此这棵树被称为“穷人树”。20 世纪 60 年代，这棵枯死的榆树被锯掉了。

故居博物馆的女工作人员接到了文学博物馆的电话，正在门口等着我们。为了接待中国客人，她们推迟了下班时间。我们怀着一种感激和歉疚的心情走进故居。

一进门是一个不大的前厅，这里摆着几个红色的书柜，柜子里摆满了书，它们只是作家藏书的一小部分。拱顶室是作家写作《战争与和平》的地方，这是一个别有风味的房间。它的中央有一个拱顶，把整个房间隔成两个小间，一间摆着一张小床、一张木扶手安乐椅，另一间摆着一张小圆桌、一个卧榻、一张沙发。这里的陈设与列宾的名画《托尔斯泰在拱顶室写作》的描绘迥然不同。一切是这样整洁，这样宁静，洋溢着和平的气氛，然而 19 世纪 60 年代，这里却是一个“硝烟弥漫的战场”。在整整六年时间里，这里一直轰响着申格拉本、奥斯特里茨、波罗金诺三大战役的隆隆炮声。

楼上是大餐厅（兼客厅）、小客厅、夫人的卧室、作家的卧室、写作室、藏书室和秘书室。大餐厅里有一张长条桌，桌子上铺着白布，摆着餐具和茶炊。厅内还有一架钢琴，作家和夫人经常在这架钢琴上四手联弹。墙上挂着作家和夫人的几幅画像。其中作家的那两幅，一幅为列宾所画，另一幅出自克拉姆斯科依的手笔。克拉姆斯科依于 1873 年 9 月 5 日到达雅斯纳雅·波良纳，他是受莫斯科特列季亚科夫绘画陈列馆的委托来为托尔斯泰画肖像画的。起初作家不同意为他画像，后来经夫人和画家一再劝说，便不再反对。克拉姆斯科依画了两幅，一幅挂在大餐厅里的墙上，另一幅藏于特列季亚科夫绘画陈列馆。画面上的托尔斯泰身穿淡青色的农民的长衫，双手交叉放在跷着的左腿上，浓密的短须几乎把嘴都遮住了，但双眼却是那么炯炯有神。评论家弗·瓦·斯塔索夫在谈到这幅画时说："构成托尔斯泰伯爵个性的全部高尚而又独特的素质：独创精神、深沉的智慧、非凡的创造力、善良纯朴、百折不挠的意志——所有这一切都被克拉姆斯科依以巨大的天才描绘在托尔斯泰伯爵的面部。"2月中旬，我曾去特列季亚科夫绘画陈列馆参观，旧楼正在维修，新楼也只开放三个馆——古代圣像展、费·舒宾雕塑展和帕·费多托夫绘画展，未能看到这幅画和大量绘画精品。有人在题词簿上写道："这不是特列季亚科夫绘画陈列馆。"我也深有同感。

写作室的陈设一如作家生前。宽大的桃木书桌上摆着文具和书籍，桌边的墙上有一个简易书架，书架上方和书桌对面的墙上挂着许多画像。这是作家最后八年从事写作的地方。托尔斯泰的写作室并不固定，《战争与和平》是在楼下的拱顶室写的，《安娜·卡列尼娜》是在"楼下办公室"（客房）写的。在这间写作室里，他创作了大量政论、书信和著名的中篇小说《哈吉·穆拉特》。晚年，托尔斯泰被正教院革出教门，受到沙皇政府的敌视，但他并未妥协，而是表现出顽强的生命力和愈益强烈的批判精神。在《哈吉·穆拉特》中，他满怀激情地描写了一棵具有象征意义的牛蒡花（鞑靼花）：

"这棵'鞑靼花'有三个枝杈。其中一枝已经断掉了，残枝像砍断的胳膊突出着。另外两枝每枝都有一朵花。这两朵花原是红的，现在却变黑了。一枝是断的，断枝头上有一朵沾了污泥的花耷拉着；另一枝也涂抹了黑泥，但仍然向上挺着。看样子，整棵灌木曾被车压过，过后才站起来，因此它歪着身子站着，但总算站住了。就好像从它身上撕下一块肉，取了五脏，砍掉了一只胳膊，挖去一只眼睛，但它仍然站了起来，对那消灭了它周围弟兄们的人，决不低头。"

这棵鞑靼花也是他本人"生命的毅力和力量"的写照。

作家卧室的陈设与我以前见过的那张摄于1908年7月的照片所示基本一致，一张单人铁床，一个立柜，一个床头柜，两把椅子。柜子的侧壁上挂着一件普通的白色长衫，墙壁的衣帽钩上挂着另一件长衫、一顶宽边圆帽和那顶在列宾的画中见过的白色便帽。此外，再没有什么多余的东西。对于一个伯爵来说，这里的一切绝对不算奢侈，甚至可以说过于简朴。

藏书室的奠基者是外祖父尼·谢·沃尔康斯基公爵，后来作家的父亲尼·伊·托尔斯泰伯爵在原基础上加以扩充，但是大部分书籍却是作家搜集和购买的，作家生前一共有用三十五种语言出版的两万两千册书籍。这是一笔巨大的精神财富。作家在九十卷巨著中所显示的渊博知识，在很大程度上是得益于他那丰富的藏书。

托尔斯泰在雅斯纳雅·波良纳住了将近六十年，这里的每寸土地都洒下了他的汗水，每条小径都留下了他的足迹。他说："没有我的雅斯纳雅·波良纳，我很难想象俄罗斯，也很难想象我和它的关系。没有雅斯纳雅·波良纳，我也许能对我的祖国赖以形成的那些共同规律看得更清晰，但是我不能对它爱得这般深切。对我来说，雅斯纳雅·波良纳就是俄罗斯，就是祖国。"《战争与和平》中的童山，《安娜·卡列尼娜》中的卡里诺夫草地，《复活》中聂赫留朵夫和卡秋莎嬉戏的丁香花丛，都是直接从这里的景物中摄取的。他的大部分作品也是在这里写的。他所描绘的俄罗斯生活，"几不下于全部俄国文学"（高尔基语）。在他生前，雅斯纳雅·波良纳便被誉为"俄罗斯思想之家"和"世界文化的圣地"。

陀思妥耶夫斯基在谈到托尔斯泰时，不无忌妒地说："他倒舒服，有个雅斯纳雅·波良纳，他先是以主人的身份，后来又以贵宾的身份住在那里，他生活有保障，多舒服，可以长年长月坐下来写他的小说，而我的情况却是这样，每逢编辑写信给我说：如果你不把下一章寄来给我供下一期刊登，那么……那么怎么样？那么我就会没有钱，不能给我妻子买药，不能离开我住腻了的城市，缺乏最起码的和我最必需的东西。"同陀思妥耶夫斯基相比，托尔斯泰的条件的确优越多了。正因为意识到自己这种优越的生活条件，他从青年时代起就感到惴惴不安，愿意放弃自己的财产，并且导致1910年10月28日从雅斯纳雅·波良纳出走，11月7日死在一个叫阿斯塔波沃的铁路小站。

三、老扎卡斯峡谷

从故居出来，我们朝托尔斯泰的墓地走去。

托尔斯泰的墓位于老扎卡斯峡谷的树林中。扎卡斯在俄文中意为禁伐区，这是作家童年时代和他的三个哥哥经常玩耍的地方。托尔斯泰的童年是十分美好的。他在自传体小说《童年》中写道："幸福的，幸福的，一去不返的童年时代啊！怎能不爱惜，不珍重对童年的回忆呢？这些回忆使我心情舒爽，精神振奋，是我的无上乐趣的泉源。"而关于童年的最美好的回忆之一便是对老扎卡斯的回忆。那是在他五岁的时候，十一岁的长兄尼古连卡向弟弟们宣布：在老扎卡斯的沟边上埋着一根小绿棍，上面写着一个秘密。一旦秘密公布，利用这个秘密，所有的人都将成为幸福的人，不再有疾病和烦恼，不会相互动气，大家彼此相爱，成为"蚂蚁兄弟"，他们甚至还玩过"蚂蚁兄弟"的游戏：大家坐在椅子下面，外边围着箱子，挂上头巾，在黑暗中相互偎依着。多年以后，他在回忆录中说"彼此相依相爱的蚂蚁兄弟的理想，不应当仅限于挂着头巾的两个椅子下边，我以为，苍天之下，世上所有的人都应当如此"。小绿棍的故事深深地刻在托尔斯泰的脑子里。可以说，他毕生都在孜孜不倦地寻找这根小绿棍，并且要求在他死后把他埋葬在埋着小绿棍的地方。

我们来到峡谷。路边的雪地里竖着一块木牌，上面摘录了作家于 1908 年 8 月写的一段日记：

"第一……在我死后……如果继承人把我的所有作品的版权献给人民共同享用，那就太好了。

"……第二……在埋葬我的遗体时，不要举行任何仪式。只需一口木质棺材，并且任什么人把他抬到或用车拉到沟对面的扎卡斯，即埋着小绿棍之处。"

托尔斯泰的墓在两棵大橡树中间，这是一个长方形的土丘，没有墓台，没有墓碑，没有雕像，没有十字架。坟墓四周是半尺深的积雪，但墓上却没有一点雪星，而是披着一种又长又软的毛茸茸的绿草，宛如少女的柔发。这墓是那样朴实，朴实得像托尔斯泰耕地时穿的那件淡青色长衫，朴实得叫人不敢相信这就是大文豪托尔斯泰的墓。奥地利作家斯蒂芬·茨威格认为，“这个世界上再没有比这最后留下的纪念碑式的朴素更打动人心的了”，因而把它誉为“世间最美的坟墓”。

我想起了莫斯科的新圣女修道院。它位于风景秀丽的莫斯科河畔。初到莫斯科时，我曾站在列宁山上远眺它的雄姿：修道院的红色的院墙掩映在绿树丛中，斯摩棱斯克教堂的五个金色的圆顶和另两座教堂的尖顶高耸在城市的上空，那是何等辉煌，何等壮丽！后来我和一位朋友专程去参观了这个修道院。它有几个大墓园，那里埋葬着俄罗斯和苏联许多杰出的革命家、军事家、科学家、艺术家和文学家，果戈理、契诃夫、阿·托尔斯泰、绥拉菲莫维奇、马雅可夫斯基、法捷耶夫、尼·奥斯特洛夫斯基等著名作家也葬在那里。大部分坟墓都砌有大理石墓台，竖着大理石墓碑，墓碑上刻着死者的姓名、职业、官职（军衔）、生卒年月，有的墓碑上还有雕像或相片。他们在不同的时代，以不同的方式，对社会作出了卓越的贡献，理应得到一个安息之所。以列夫·托尔斯泰对俄罗斯和世界文学的贡献而言，他完全有权在此占一席之地，但他却选择了雅斯纳雅·波良纳的老扎卡斯峡谷，与故乡的大自然融为一体。

我们走到墓前，直到这时我们才发现自己的疏忽，竟然没有带一束鲜花。好在墓旁已有人献了花，我们轮流拿着这花，向伟大的作家深深地鞠躬。

树林里逐渐暗了下来，我们依依不舍地离开了老扎卡斯峡谷。当我们经过那两座熟悉的白塔，走出庄园博物馆时，我们看到马路旁边的雪地里有一辆小汽车和一对穿着单薄的结婚礼服的新人。图拉的青年至今保持着这样的传统：在新婚之日去烈士陵园或托尔斯泰庄园博物馆献一束花，照几张相。我们向这对新婚夫妇道了喜，祝贺他们永远幸福。

在归途中，我们大家都觉得，这是在俄罗斯度过的很有意义的一天。

1992 年 8 月

俄罗斯散记

一、车过贝加尔湖

列车过了乌兰乌德，一山一水、一草一木便同贝加尔湖联系在一起了：贝加尔湖自然保护区，贝加尔湖滨山脉，贝加尔斯克，更不用说贝加尔湖本身的一切了。而对于我们这些中华儿女来说，跟它联系在一起的还有一个古老的故事：公元前100年，苏武出使匈奴，被扣留逼降，苏武不屈，遭到流放，在北海（贝加尔湖）边度过了十九个寒暑。“云边雁断胡天月，垅上羊归塞草烟。”温庭筠《苏武庙》一诗中的这两句便是当年苏武孤寂的流放生活的真实写照。

仲秋时节，中午时分。列车在贝加尔湖地区的群山中奔驰。山坡上是连绵不绝的泰加森林，山间盆地是一片片枯黄的野草，铁路两侧是一排排笔直的白桦、松树，一派典型的西伯利亚风光。数十分钟之后，列车右侧的山峦渐渐消失，出现了一片辽阔的水域，这便是贝加尔湖。

相传贝加尔湖是上帝送给大地的一件礼物。上帝为了称量他那丰饶的财富，向世人广施恩惠，将一只巨斗抛向大地，这巨斗一落下便化成了贝加尔湖。这个传说给贝加尔湖披上了一层神秘的面纱。其实，据学者们考证，贝加尔湖生成于两千万至两千五百万年以前，它是目前世界上最深的淡水湖，面积三万一千五百平方公里，最深处为一千六百三十七米。有三百三十六条河流注入。贝加尔湖的植物群和动物群约一千八百种，其中贝加尔海豹、虎、胎生贝湖鱼系贝加尔湖特有。

列车沿着湖岸向前飞驶。湖面上没有汹涌的波涛，没有缭绕的氤氲，没有忙碌的渔船，只有一群群水鸟偶尔掠过湖面。天空是湛蓝湛蓝的，没有一丝儿云彩；湖水是碧绿碧绿的，近岸处可以看到湖底的卵石；空气像湖水一样透明，极目远眺，对岸的山峦光华熠熠，清晰可见。在这个秋天的中午，贝加尔湖显得这样空旷，这样宁静，这样温柔，并非想象中那样荒凉神秘。它是一个现实的存在，美丽的存在，无怪乎当地人把它称为“美人儿”。

再次见到贝加尔湖，是六个月以后了。4 月下旬的莫斯科已是春意盎然，空地上的积雪已经融化，露出了青草，树枝吐出了新芽。但当列车来到贝加尔湖地区时，山坡上和洼地上却是残雪未消，湖面上覆盖着厚厚的冰层。鸟飞绝，水断流，偶尔可见三五渔翁在湖上凿冰钓鱼，使人联想起柳宗元那首脍炙人口的《江雪》，而整个贝加尔湖则显得更平坦、更光洁、更炫目。也许，这是它的另一种美吧？

据说，贝加尔湖也是有脾气的。每当风暴发作时，乌云在湖面上空翻滚，一排排大浪咆哮着冲向岸边，大有摧折一切之势，令人毛骨悚然。不过，这种景象我们没有看到。它留给我们的是美好的印象。

二、初到弗拉基米尔

1991 年 10 月间，我们四十二名中国访问学者乘国际列车离京，从满洲里出境前往莫斯科。抵达莫斯科三日后，我们持介绍信来到弗拉基米尔师范学院。办完各种登记手续，我们便成了弗拉基米尔市的临时居民，开始了旅居生活。

1. 另起炉灶

头几天，我们在学院的食堂就餐。俄式饭菜有一个基本固定的公式：小吃、第一道、第二道、第三道。小吃通常有冰镇奶油土豆沙拉、冰镇奶油白菜沙拉、冰镇酸奶和小白面包；第一道为热汤（肉汤或蔬菜汤）；第二道为通心粉、牛肉饼和黑面包或土豆泥、牛肉饼和黑面包；第三道为饮料，通常是甜葡萄汁或加糖的热茶。这种饭菜营养是足够的，但味道却不敢恭维，而且冷的、热的、酸的、甜的、干的、稀的一齐灌，没有好肠胃是会闹病的。何况食堂星期天还不开门，星期六也只工作到下午3时。这样，我们不得不自己做饭。

俗话说："开门七件事，柴米油盐酱醋茶。""柴"不成问题，公共厨房里有带烤箱的四灶大电炉二十四小时开放；大米和面粉在食品店买不到，学院适当供应了一些；还在食堂买了一些葵花籽油；盐是敞开供应的；当地人不吃酱油，市场上买不到，好在我们从北京带了固体酱油；醋也是没有的，只好买醋精稀释后食用；茶叶我们带得多，足够用半年。院工会还给我们发了各种票证，可凭证买些食品。柴米油盐解决了，锅碗瓢盆又成了问题。我们去商店跑了几次，只买回一把工艺品似的银质小刀，切肉是绝不能胜任的。中国研究生小马、小郅和一些朋友送来了炊具、餐具和电热水壶。林语堂博士说："只要有一只茶壶，中国人到哪儿都是快乐的。"

于是，我们真正另起炉灶了。第一次我们做了四公斤红烧肉，足足吃了三天。为了答谢帮助过我们的朋友们，我们做了一顿地道的中国饭菜，请他们来宿舍做客，还请他们喝了中国酒。客人们连连称赞中国饭菜是一种艺术。

2. 停电之夜

我们到弗市后的第五天，一大早就大雪纷飞，四周成了一片银色世界。这天宿舍的电路又偏偏出了故障，暖气和热水都停了。下午4时，我们吃完晚饭，夜幕便降临了。房间里又冷又黑。在烛光中我们打开微型收录机，室内响起了《梁山伯与祝英台》的旋律，顿时变得明亮、温暖多了。

7时许，副院长马雷金先生来探望我们，问寒问暖，并就停电一事表示歉意。接着又亲自跑去找电工恢复供电（因工程较大，第二天才修好）。日科夫教授和夫人也给我们送来了电取暖器和炊具、餐具，真是雪中送炭。小马立即将大家接到他的房间，用紫葡萄和中国菜招待大家。日科夫教授住在校外，我们把他们夫妇送到宿舍门外，直到他们消失在风雪交加的夜色中。上得楼来，体育系的乌兹别克籍进修生巴哈特尔来了，说他的房间有电，请我们过去坐一坐。他用具有民族风味的食品招待我们。他很喜欢中国人，特别崇拜李小龙，自己也会一点武术，希望和中国人交朋友。我们的手紧紧握在一起，为友谊、为健康而干杯。

3. 热闹的自由市场

弗市只有一个自由市场，紧靠市中心的“纪念弗拉基米尔建城八百五十周年公园”。市场呈坡形，分露天和室内两部分。露天部分有三个大院子，每个院子差不多有半个足球场那么大。第一个院子主要进行服装和鞋子交易，院内的铁栅栏上挂满了各种服装，其中以牛仔服居多，而且价格昂贵。院子中央通常停着十几辆小轿车，货主将男女鞋子摆在汽车发动机盖上，任人挑选。汽车四周还有一道人墙，这是卖旧衣服的。这些男女衣着考究，队列整齐，仿佛听了统一的号令似的，一律将衣服平举在胸前。第二个院子主要卖帽子和小商品。呢帽、线帽、皮帽、纱帽，应有尽有。一顶皮帽价格高达八百卢布，相当于一个教授一月的工资。再往下走，便是第三个院子，这是水果市场。水果市场外面的人行道是家禽市场。货主大多是郊区集体农庄的庄员。卖鸡的手里抱着鸡，卖狗的手里抱着狗，卖猫的手里抱着猫，富有直观性。最下面是室内市场，它的大厅也差不多有半个足球场那么大，厅内有十排摊位，肉食摊位猪肉一公斤四十卢布（一个新参加工作的工人月工资为一百八十卢布）。有水果摊位，有杂货摊位。也有提笼卖鸟的，也有插瓶卖花的，还有摆摊卖书的。此外，大厅内还有几个国营售货亭，主要卖瓶装杂拌菜、瓶装苹果汁和蔬菜及水果之类的东西，价格虽比自由市场便宜一些，但目前呈上涨趋势。

弗市的自由市场每周开放六天（星期一休息），早晨七八点钟开市，中午十二点钟收市，类似我国的赶集。每逢开放日，特别是星期六和星期天，这里总是人山人海，水泄不通，与空空荡荡的国营商店相比，完全是两番景象。

三、电车上的遭遇

弗拉基米尔是一座历史名城，俄罗斯旧都；它也是一座旅游城市，位于“俄罗斯金环”旅游线上。这个城市只有三十多万人口，但市内交通却非常发达，有十几路无轨电车和十几路公共汽车，还有不少出租车。

无轨电车和公共汽车上不设专门的售票员和查票员，许多车上漆着一条标语——“个人的良心是最好的查票员”。市民可在市内各报亭购票，也可在车上购票。车上的售票工作由司机兼任。驾驶室后侧有一玻璃小窗，乘客只能在停站时向司机购票，每次须购一联（十张）。车子中部和尾部的乘客可请人传递。车壁上一般装有七八个金属打孔机。车票在打孔机上打孔后方为有效，否则便被视为无票乘车，一经查出，便要罚款。打孔后的票只能使用一次，乘多少站则不限。前苏联各城市的章程无不如此。我们在莫斯科、圣彼得堡、基辅和波罗的海三国访问时，均按这套程序行事。当然，各地的打孔机形状有别，但功用却完全相同。

一天，我和老范外出办事。上电车后，我们买了一联票，当即撕下两张打了孔，然后就闲聊起来，车票还捏在手上。不知什么时候上来一位女查票员，这位老太太对乘客逐一检查。她看了我们的票后，斩钉截铁地说：“罚款三卢布。”我们连忙向她解释，票是按规定打了孔的，她硬说没有。我们仔细一看，果然不太明显。究竟是什么原因，我们也不清楚。这时旁边一位当地乘客说话了：“打孔机不好使。”老太太不管三七二十一，从衣袋里掏出发票，要我们交钱。我们初到弗市，不想跟她争辩，每人交了三卢布了事。后来我们买了月票，再也不用同打孔机打交道了。说是不打交道了，有时免不了还要打交道。因为我们有时站在打孔机旁，别的乘客把票递过来，我们便成了义务打孔员。

在俄罗斯乘车，很少见到争先恐后、你推我挤的情况。人们上下车均自觉排队，在车上主动给老人、妇女和小孩让座。常常是车上空着许多位子，但却站着许多男子。在这方面，俄罗斯男子恐不亚于英国绅士。

四、巴哈特尔的中国情

巴哈特尔是弗拉基米尔师范学院的水暖工，也是体育系的进修生。初次见面，他便给我留下了深刻的印象。

10 月 21 日 19 时，我们带着行李从莫斯科乘火车前往弗拉基米尔师范学院报到。出发前，中国驻苏大使馆的同志告诉我们，苏联国家教委将通知学院去车站迎接。火车抵达弗拉基米尔车站已是22时30分，站台上和广场上空空荡荡。等了约二十分钟，仍不见一个人影。我们估计学院没有接到通知（后来证实果然如此），便叫了一辆出租车，将行李拉到学院1号宿舍。管理员早已下班回家，值班门卫无法接待。几位苏联学生找来中国研究生小马，跟他一起来的还有一个身材高大、体格健壮的小伙子，他一头黑发，一双黑眼睛，一张紫红色的面孔，见到我们便笑，露出一口洁白整齐的牙齿，堪称标准的东方美男子。我以为他是中国人，便用汉语向他问好，他只是憨笑，并不答话，这时我改用俄语问他是不是中亚人，他高兴地用俄语回答说："我是乌兹别克人，叫巴哈特尔，认识你们非常高兴。"说着，一手提一只大箱子跨出大门，一直把我们送到3号宿舍。

以后几天，他多次来房间里看望我们，并陆续给我们送来了切菜刀、平底锅、洗衣盆等生活用品，还设法给我们提前供暖。

一天晚上，我们那个单元的电路出了故障，房间里又冷又黑。他听说后，把我们接到他的房间。一进门，只见里面灯火辉煌，桌上摆着许多食品，有用中亚大米拌牛肉和胡萝卜做的具有民族风味的"普洛夫"，有在食品店难以见到的桃酥，还有两瓶俄罗斯伏特加酒。他告诉我们，他很喜欢中国人，崇拜中国功夫，自己也会一点武术，说着从抽屉里拿出一张珍藏的刊有介绍李小龙文章的俄文报纸。当他得知老范会太极拳时，立即拜老范为师，并学着用汉语叫他"师父"。

此后一连五六天，他几乎每晚都来我们的房间向老范求教。老范手把手教他，我则充当语言助手。他态度认真，又很有悟性，很快掌握了太极拳的要领，做起来很像那么回事。"出师"后，他自告奋勇在体育系传授中国功夫，用他自己的话来说，他也成了"师父"。

我们搬到1号宿舍后，他隔一段时间便来我们的房间里坐一坐，平时在路上相遇，他总是笑盈盈地跟我们打招呼，问我们生活上有没有困难，或者兴奋地告诉我们，他在"火炬"电影院看了中国武打片《无敌鸳鸯腿》和《复仇大世界》。有一次，他颇为神秘地告诉我，他已经二十七岁了，但目前不想结婚，打算用五年时间攒一笔钱，然后到中国的少林寺去看一看。

我们回国之前，他给我们弄来十多个装书的纸箱，我向他赠送了纪念品和名片，他在我的通讯录上留了地址，并题了词：“永远不会忘记您，盼来信。”我们离开弗拉基米尔那天，他一早就来给我们搬运行李，一直把我们送到火车站。临别时，他紧握着我的手说：“希望能在中国同您相见。”我回答他：“我将非常高兴在中国迎接您。”

但愿巴哈特尔的计划能够实现。

五、自费生的异国葬礼

弗拉基米尔师范学院原有二十名中国公派访问学者和研究生，后来又陆续来了一批中国自费生，其中有的是直接从国内来此求学的，有的则是从匈牙利转移过来的。

2 月 26 日上午，刚办好入学手续的自费生 B 和 C 乘汽车去莫斯科，在佩杜什基发生车祸。C 只受了点轻伤；B 却身受重伤，被送往医院，死在手术台上。不久以后，死者的哥哥和妻子从国内赶来了。学院向死者的亲属表示了慰问，在征得他们同意后，决定按俄罗斯风俗把死者葬在弗拉基米尔。

葬礼于 3 月 25 日举行。14 时半，送葬的人在教学楼前上车。中方参加的有死者亲属、生前好友和全体中国留学生；俄方参加的有主管科研和外事工作的副院长马雷金、主管后勤工作的副院长克利沃鲁奇科、对外俄语教学系主任鲍贝辽娃、俄语教研室主任索洛维约娃、俄语教师波塔科娃和基杜尼娜。学院的花圈红缎带上用俄文写着“献给×××”，中方三个花圈的挽带上分别用中文写着“音容宛在”“××千古”“安息吧，××”的字样。

由大客车、灵车和几辆小汽车组成的车队首先开到医院太平间的院子，死者的遗体装在一口绘有花纹的浅蓝色的薄棺材中。工作人员将棺材抬到院子里，送葬的人绕棺一周，向遗体告别。遗体未经整容，剃光的头上还留有紫色的血迹和伤痕，看了令人心寒。死者的妻子扑在棺材上嚎啕大哭，几名女留学生连忙将她扶到小汽车内。盖棺后，车队朝郊区的乌雷贝舍沃公墓驶去。

公墓坐落在一个大树林中，四周没有人家，全是苍翠的松树，景色优美，十分幽静。这是一片沙土地，从编号来看，总共有一万多座坟。车队开到公墓时，墓穴已经挖好。在墓穴旁举行了追悼会，小郅代表中国留学生会致悼词；副院长马雷金也讲了话，大意是：年轻人来到弗拉基米尔学习俄语，他有一个宏大的计划，但我还没来得及跟他认识，他更没来得及实现自己的计划，便溘然而逝，长眠在古老的弗拉基米尔的土地上了。永别了，年轻人！然后掘墓工人用绳子将棺材吊入墓穴，再用铲子平土，送葬的人用手抓起一抔抔沙土投向棺材。不一会，墓地里便出现了一座梯形新坟，坟前插着一块木牌，上面写着死者的姓名和生卒年月；四个花圈，一个平放在坟上，另三个竖在坟墓两侧和坟后。

安葬仪式结束后，车队开回学院食堂。按照俄罗斯风俗，送葬的人要在一起吃一顿回丧饭，再次悼念死者。食堂主任亲自在餐厅里张罗。一张张长餐桌上摆着一碟碟凉菜、香肠、肉饼、肉汤、大米饭和一瓶瓶伏特加酒。主管后勤工作的副院长、系主任、俄语老师、死者亲属和生前好友讲了话。副院长表示，一定为死者刻石立碑，欢迎 B 的妻子经常来这里看看；系主任希望 B 的妻子和女儿常来这里走亲戚，如果她们愿意来这里学习，学院将免收学费；波塔科娃老师说，今天下了雨，根据民间的说法，如果安葬死者适逢第一场春雨，死者的灵魂会进入天堂，受到上帝的欢迎。所有的讲话都洋溢着友好、诚挚的感情。饭后，学院向参加葬礼的中国留学生赠送了伏特加酒。整个送葬过程录了像。

六、列宁墓风波

还在去俄罗斯之前，我在国内就听到过关于列宁墓命运的种种传闻，一说是要将列宁遗体迁往圣彼得堡或他的故乡乌里扬诺夫斯克，一说是干脆卖给外国人。一句话，红场上的列宁墓将不复存在。因此到俄罗斯后，瞻仰列宁墓就成了一件刻不容缓的事情。

我们是 1991 年 10 月 18 日 21 时 20 分（北京时间 19 日 3 时 20 分）抵达莫斯科雅罗斯拉夫尔车站的。当我们在列宁山的大学旅馆安顿之后，已是19日凌晨1时。一大早，我和先我一天到达的武汉大学的王树义便起床洗漱，用自带的电热杯烧水沏茶，胡乱吃了一点旅途上的“剩余物资”，然后动身前往红场。

红场比天安门广场小得多，但却显得十分紧凑。北面是莫斯科最大的国营百货商店“古姆”，影片《意大利人在俄罗斯的奇遇》曾在这个商店拍过许多镜头；东面是建于16世纪中叶的升天瓦西里大堂，它由八个大小不一的教堂组成，是一个名符其实的独立教堂联合体；南面是雄伟壮丽的克里姆林宫，巨大的圆顶上挂着一面镰刀锤子旗（苏联国旗）和一面白蓝红三色旗（俄罗斯联邦国旗）。列宁墓就建在克里姆林宫的红墙下。细雨蒙蒙，冷风阵阵。瞻仰者在广场上排成了一字长蛇阵，从脸形和肤色判断，大部分是来自外地的少数民族和外国人。我们悄悄地站到队尾，不一会，我们后面又有了许多新来的人。队伍静静地向前移动着。

列宁墓是一座用深红色和深灰色大理石砌成的建筑，与广场上的其他建筑相比，显得较为低矮，但它无疑是这个广场的精神上的中心。墓前的台阶上摆满鲜花，入口两边各站着一名持枪的士兵。进门后，循着一条侧道，我们来到了地下室。列宁的水晶棺置于地下室中央，水晶棺的四角各有一名守陵士兵。列宁仰卧在水晶棺内，在柔和的灯光照射下，显得脸色红润，神态安详，仿佛睡着了。陵墓里笼罩着一种庄严肃穆的气氛，人们轻轻地移动着脚步，默默地绕过水晶棺，生怕把熟睡的列宁弄醒了。

列宁在红场上的陵墓里已经安息六十七年了。半个多世纪以来，数以百万计、千万计的人，怀着虔诚的心情来这里瞻仰列宁的遗容，缅怀他的伟大功勋。男女青年在新婚之际，也要来这里向列宁墓献上一束鲜花，这在青年中已经蔚然成风，而且至今仍然保持着这一传统。

最先提出将列宁遗体按东正教仪式移葬圣彼得堡乌里扬诺夫家族墓地的是该市市长索布恰克，他的倡议引起了一场轩然大波，赞成者有之，反对者有之，而反对者的出发点又各有不同。正统派认为埋葬列宁是对伟人的愚弄，激进民主派认为移葬圣彼得堡是对该市的亵渎，宗教界人士则反对用东正教仪式安葬列宁。《公开性报》今年第1期（1月1日—8日）曾发表东正教协会会员M. 萨亚平的谈话。文章说，早在1924年，圣徒契洪·莫斯科夫斯基在接受一家报社采访时就声明，既然列宁生前是一个坚定的无神论者，那么在他逝世后把他运进教堂，就是“走后门”，这对列宁本人也是不光彩的。萨亚平说，传统的土葬是基督教对待死者遗骸最常见的形式，但并不是唯一的形式，如基辅洞窟修道院存放着一些从地下取出的死者的遗骨和颅骨，而扎戈尔斯克的谢尔盖圣三一修道院则保存着它的奠基者圣徒谢尔盖·拉多涅日斯基的干尸。我在上述两个修道院参观时，就看到过萨亚平所说的这种情况。文章最后说，列宁的遗体究竟如何处理，应由公众决定。

据《独立报》报道，索布恰克已同有关专家和墓地负责人就埋葬列宁遗体的技术问题进行了磋商。最后决定将由俄罗斯议会或叶利钦作出。人们担心，这件事迟早将要发生。

七、民警与馆员

2月上旬，从莫斯科传来一个消息，曾经一度关闭的列宁图书馆又重新开放了。这件事比食品店突然来了牛奶、面包更令人兴奋。

我来到弗拉基米尔已经几个月了，经过这几个月的努力，院图书馆和州图书馆的有关资料我已基本掌握，急需去列宁图书馆进一步搜集。于是，2月中旬，我从弗拉基米尔来到莫斯科。2月20日上午，我和莫斯科的两位同学——普希金俄语学院的访问学者牟萍和王英佳一起前往那里。我们在图书馆一楼的问询处办了读者证，顾不上细看印在证上的规则，便急匆匆去存衣处存了大衣，然后经一楼大厅右边的入口登上了二楼。我去三楼复印了一篇文章，然后在二楼3号阅览厅外面的卡片柜查阅了有关卡片。中午12时半，我们结束了当天的工作，来到一楼大厅左边的出口。一位值勤的小个子民警正在检查读者的提包。当我打开自己的背包时，里面的一部相机和两本书引起了民警的注意。他对我说，相机和私人书籍是禁止带入馆内的。我对民警说，我是第一次来这里，不了解馆里的规定。相机是准备下午去马雅可夫斯基博物馆参观时使用的，在这里并未拍照；那本中文书《马雅可夫斯基》是我本人的著作，打算送给马雅可夫斯基博物馆；那本俄文书《国外普希金创作研究新成果》介绍了我的译著《普希金论文学》，刚才我在三楼复印室复印了有关部分，并向他出示了复印件和发票。民警见我是中国人，又是初次来这里，于是很有礼貌地说：“请您去 3 号阅览厅找值班员开一个通行证。”

我带上背包，登上二楼，向 3 号阅览厅值班员说明了情况。值班员说：“这两本书，我们可以证明是您的私人物品，至于这部相机，您必须去三楼找副馆长，只有她才有权开通行证。”

我来到三楼，敲开一间采编室的门。一位短发姑娘放下手里的工作，问我有什么事，我把刚才遇到的麻烦简要地说了一下。她得知我是中国人后，马上用汉语说：“您好!”并说她很喜欢中国，然后自告奋勇地领我去找副馆长。副馆长正在用电话布置工作，而且办公室还坐着几位等待接见的客人。短发姑娘见此情景，对我说：“请您等一等，我来想想办法。”她找来一位长发姑娘，两人商量了一阵，然后对我说：“我们送您出去。”

我们来到出口，长发姑娘向民警出示了工作牌，说：“这是我们的读者，请您放行。”民警摇了摇头。短发姑娘说：“他是一位中国教授。”民警回答说：“对我来说，不管是教授还是大学生，都是读者。你们这样做是不对的。”说着，把长发姑娘的工作牌装进了上衣口袋。事情出现了僵局，我连忙对民警说：“这件事是我的责任，与她们无关。”并主动将相机和两本书交给民警，请他处理。两位姑娘快快不乐地离开了。这时民警和颜悦色地用商量的口吻对我说：“您看这样好吗？东西暂时留在这里，明天上午 11 时保证归还给您。”我点了点头。

第二天上午 11 时，我准时来到这里。民警已经换人，值勤民警对昨天的事一无所知。我只得去 3 号阅览厅，值班员也换了人。她听了我的叙述后，帮我打了六个电话，终于弄清了东西的下落。她放下话筒，高兴地说：“马上就送来。”几分钟后，只见一位女馆员手拿相机和书走了进来。定睛一看，原来就是那位短发姑娘。我向她道了谢。东西为何在她手上，不得而知。我想，她肯定是为这事费了不少力气的。

女值班员到副馆长那里给我开了通行证，并亲自送我到出口。之后我又多次去过列宁图书馆。当我再次见到那位小个子民警时，他微笑着问：“东西都还给您了吗？”我点了点头。我们几乎同时伸出了右手，两只手紧紧地握在一起。

民警忠于职守的精神给我留下了深刻的印象，而两位女馆员对中国人的友好态度同样给我留下了深刻的印象。

八、莫斯科观剧印象

莫斯科是一座举世闻名的文化城。且不说那些古老的教堂、壮丽的建筑、奇特的雕塑和各式各样的博物馆，仅剧院就令人眼花缭乱，目不暇接。据统计，八百万人口的莫斯科有二十八座歌舞剧院和二十三座话剧院。大剧院、小剧院、模范音乐剧院、模范艺术剧院便是其中的佼佼者。冬季是莫斯科最活跃的演出季节，各剧院竞相上演自己的拿手好戏，既有古典名剧，也有现代戏剧和通俗歌舞。我在莫斯科旅居期间，观看了芭蕾舞剧《灰姑娘》《天鹅湖》《堂吉诃德》，歌剧《叶甫盖尼·奥涅金》《黑桃皇后》，话剧《三姐妹》，还看了一场马戏和一场音乐会，留下了深刻的印象。

1. 方便的售票亭

莫斯科各剧院都有自己的售票处，观众可在这里购买预售票和当日票。此外，主要地铁站内或出口还设有售票亭。这是一种四四方方的小亭子，仅能容纳一两人。亭子四周镶有玻璃，里层贴着演出海报和各剧院的戏票。戏票上方有手写的剧目，票上印有剧院名称、演出日期、座位号、票价、剧院地址乃至电话号码，克里姆林宫会议宫的戏票还印有“从马涅什街方向的三一门入场”字样。人们只要往售票亭跟前一站，便对全市各剧院上演的剧目一目了然，按需购票，十分方便。票价从一卢布到十几卢布不等。我的大部分戏票就是在这种售票亭购买的。

当然，也有卖议价票的，他们一般在地铁站内或剧院门口兜售，价钱高于原价，大剧院的票价则要高出原价几十倍甚至几百倍。

2. 两进大剧院

大剧院全称为“两次荣膺列宁勋章的苏联国立模范大剧院”，坐落在繁华的马克思大街上。它是俄罗斯规模最宏伟、历史最悠久的剧院，始建于 1776 年。现在的剧场系 1825 年新建，1856 年又经过一次改建。剧场内有池座、楼座、厢座，观众席共有六层，每层均有存衣处。大厅正中的天花板下有一枝形大吊灯，上面有上百个烛形小灯。剧场装饰豪华，富丽堂皇。著名作曲家格林卡、柴可夫斯基的歌剧和芭蕾舞剧是这里的保留剧目，著名歌唱家沙里亚宾，著名芭蕾舞演员乌兰诺娃、列别申斯卡娅曾在这里登台演出，许多著名外国歌手和乐团也曾在这里献艺。第一流的剧场、第一流的剧目、第一流的演员，使人们以在这里观剧为荣。剧院的售票处门口一年四季都有一条长龙，有时人们要排几个星期的队才能买到一张票。许多莫斯科人一辈子未进过大剧院。

今年三四月间，我有幸两次进大剧院看戏，而这两张票竟是“得来全不费功夫”。第一张票是我的朋友——武汉钢铁学院冶金系主任杨节教授赠送的。他是老留苏学生，近年又二访莫斯科，但却一直与大剧院无缘。回国之前，他决心进大剧院一次。2 月 25 日，他在地铁站内花了一百卢布从私人手中购得两张 3 月 4 日的票（原价每票一卢布），剧目是根据普希金的诗体小说《叶甫盖尼·奥涅金》改编的同名歌剧（柴可夫斯基作曲）。当天他便将票送到我入住的普希金俄语学院旅馆，并用俄语给我演唱了该剧主要人物之一连斯基的整段咏叹调。演出那天，我们早早地来到大剧院。欢快活泼的民间歌舞、塔吉雅娜饱含激情的长篇抒情唱段，连斯基哀婉凄切的咏叹调令我们如醉如痴。三个多小时的演出，我们一直沉浸在一种艺术享受之中。

第二次进大剧院是 4 月 5 日。那天上午我偶然在文化公园地铁站售票亭的海报上看到大剧院有中午 12 时的日场音乐会，想去碰碰运气。当我乘地铁赶到剧院门口时，已是 12 时 10 分。正在焦急之时，忽见一位老太太来到我的跟前，向我兜售日场音乐会的票，而且表示按原价（四卢布）出售。我如获至宝，给了她十卢布。音乐会的主要器乐节目有选自歌剧《叶甫盖尼·奥涅金》的波洛涅兹舞曲和圆舞曲《多瑙河之波》，主要声乐节目有俄罗斯民歌《三套车》《货郎》。演员中不乏功勋演员和人民演员。这也是一次高水平的演出。

3. 第一流的观众

莫斯科人不仅喜欢看戏，而且善于看戏。

演出之前，观众在存衣处存好大衣，一个个都要梳妆打扮一番。男士一般是西装革履，女士一般着套裙或连衣裙。有的观众还带着大塑料袋，从里面取出春秋穿的单皮鞋，换下脚上的冬季长筒皮靴。对他们来说，看戏是和过节、赴宴、参加婚礼一样重要的事情。

入场后，无人大声喧哗，无人吃有声食品，无人吞云吐雾。走路的，步履轻盈；交谈的，窃窃私语；瘾君子，自觉去厕所吸烟。

演出之时，观众席里鸦雀无声。演到精彩处，观众热情鼓掌。在整个演出过程中，观众与演员在感情上水乳交融，显示出高度的理解能力和欣赏水平。演出结束后，观众起立鼓掌。演员谢幕往往达五六分钟甚至十几分钟之久。剧院工作人员和观众代表走上舞台向主要演员、艺术指导和乐队指挥献花。闭幕后，观众才有秩序地离开剧场。

九、阿尔巴特街漫步

阿尔巴特街是莫斯科一条古老的街道。革命前，它是一个灯红酒绿的贵族聚居之处；革命后，它因居民中有不少高级干部和高级知识分子而成为一个风云际会之所。著名作家雷巴科夫的长篇小说《阿尔巴特街的儿女》就是以这条街为背景，描写20世纪30年代那场大清洗的。这部轰动一时的长篇小说使这条街变得举世闻名。

阿尔巴特街位于市中心，离红场不远。出地铁站后，向前走一段路，穿过一条过街地道，便来到一个岔口。继续往前走是新阿尔巴特街（原加里宁大街），往左一拐便是阿尔巴特街。

阿尔巴特街是一条步行街，没有公共汽车和无轨电车，没有红绿灯，没有交通警察，与毗邻的新阿尔巴特街相比，可说是一个宁静的港湾。诗人阿库扎瓦曾将它比作一条河，那也只能说是一条静静的小河。与邻街的高楼大厦相比，这里的房子也较为低矮，但就繁华程度而言，却不亚于邻街。两旁是鳞次栉比的店铺，有饭店、咖啡店、食品店、百货店、时装店、珠宝店、干洗店、花店、药店、书店、化妆品店、纪念品店、蔬菜水果店……两边的人行道上面摆着两排长长的小摊，从街头几乎一直伸展到街尾，而个体摄影师更是有恃无恐地将布景置于街道当中。游人悠闲自在地在店铺里出出进进，在小摊前走走停停。看不到雷巴科夫在小说中描写的20世纪30年代那种翻起大衣领子、脖子上系着花头巾的少女和在电影院门口挤来挤去的少男。如今，这条街上的少男少女大半穿着时髦的牛仔服或皮夹克，见到外国游客，一声“Hello!”蜂拥而上，操着半生不熟的英语，用国产手表、望远镜、照相机、电动剃须刀之类的东西换取美元。偶尔也可看到街头辩论和街头演讲，不过，辩论一律文斗，不搞武斗。有人说，这里颇像伦敦的海德公园。

小摊的商品可谓琳琅满目，令人目不暇接，有花头巾、军大衣、纪念章、假首饰、彩绘漆盒、图拉茶炊，以及各种小工艺品，但最多的还是“玛特辽什卡”（套娃娃）。这是一种俄罗斯独有的状如村姑的玩具木偶，一套有好几个。一个大于一个，一个套住一个。合则为一，分则为若干，一溜儿排开，煞是可爱。木偶的圆脑袋上画着一圈圈黑发，额头两边各有一片刘海，下面是一双大眼睛，没有鼻梁，鼻孔用两个小黑点表示，鼻孔下面是一张红色的小嘴，双颊各有一个红印。胸部与头部连在一起，几乎没有脖子。圆鼓鼓的胸部和腹部画着两朵红花，几片绿叶。这是一个漫画化了的胖妞儿形象。

“玛特辽什卡”不仅有传统的村姑形象，而且有政治人物形象，后者一套有八个，从大到小依次为戈尔巴乔夫、叶利钦、勃列日涅夫、赫鲁晓夫、斯大林、贝利亚、列宁、马克思。这种设计反映了一种复杂的情绪，显得幽默而滑稽。有的小摊上还摆着列宁、斯大林的画像和石膏像，小摊后面的墙上挂着一面面红旗，其中有的是奖给先进生产者的锦旗，有的是供宣传用的，上面写着：“高举马克思列宁主义旗帜，在共产党的领导下，向着共产主义的胜利前进！”如今，它们都成了明码实价的商品。

这条街上还有不少卖画的，街道两边的墙壁上挂满了水彩画和油画，按质论价，贵贱不等。街上也有卖艺的画家，其中不乏职业画家。《夜总会》报曾以《天才加善于生活：怎样在阿尔巴特街给自己画一幢房子》为题，报道了画家尤里·莫罗佐夫的情况。文章说，这位在国内外举办过画展的印象派画家经常在阿尔巴特街作画卖钱，一个季度便可挣一辆汽车、一幢圆木房子和许多其他东西。如果你想过得像个人样，你就到阿尔巴特街来吧!

普希金的故居也在这条街上。这幢门牌为53号的两层楼房位于街尾,离斯摩棱斯克广场不远。莫斯科是普希金的故乡,但他出生的那幢房子未能保存下来。如今在莫斯科鲍曼大街40号第353中学门口,挂着一块纪念牌:“这里曾有一幢房子,1799年5月26日(公历6月6日),亚·谢·普希金就诞生在这幢房子里。”十二岁那年,他去圣彼得堡的皇村学校念书,以后又在流放中度过了六年,1826年才回到离别十五年的莫斯科,逝世之前几乎每年都来莫斯科小住。他在诗体小说《叶甫盖尼·奥涅金》中,写下了自己对莫斯科的一片深情:

当我因别离而忧伤悲哀,
当我迫于命运,颠沛流离,
莫斯科啊,我总是想念着你!
莫斯科……对一颗俄国人的心说来,
多少东西在这声呼唤里交融!
多少东西回响在这声呼唤中!

1831年1月23日,普希金在阿尔巴特街53号希特罗沃住宅的二楼租了六个房间作为新房。2月17日,他在这幢房子里举行了告别单身生活的娱乐晚会,第二天,俄罗斯第一诗人普希金与俄罗斯第一美女冈察罗娃在离阿尔巴特街不远的大耶稣升天教堂举行了婚礼。莫斯科赐给诗人一个美丽的妻子和一个温馨的家。这是他一生中最幸福的时刻。普希金夫妇在这幢房子里一直住到5月15日,然后便离开莫斯科去了圣彼得堡。

1986年2月18日,在普希金结婚一百五十五周年之际,这幢房子成了“阿尔巴特街普希金故居博物馆”。我看到,一队队小学生怀着景仰之情,在博物馆的展室里静静地参观。这种情景与他们的哥哥姐姐在街头纠缠外国游客的景象截然不同。阿尔巴特街是一条奇特的街,美与丑、真与假、崇高与滑稽、现代性与传统性交织在一起。它们是那样协调,又是那样不协调。从这个意义上说,它是当今俄罗斯的缩影。

十、俄罗斯金环

在风景秀丽的俄罗斯中部地区，有一条20世纪70年代开辟的旅游线，它跨越莫斯科州、弗拉基米尔州等六个州的土地，连接莫斯科、弗拉基米尔等十余座城市。由于它们都是古城，而且呈环状罗列，因此这条旅游线被誉为“俄罗斯金环”。

在“金环”线的历史、文化古迹中，最令人瞩目的是大量保存完好、特别是在苏维埃时代修葺一新的建筑，如谢尔盖镇（扎戈尔斯克）的谢尔盖圣三一修道院、罗斯托夫的圣母升天大堂、雅罗斯拉夫尔的先知伊利亚教堂、莫斯科的克里姆林宫等。它们体现了古俄罗斯建筑学派的三个主要发展阶段：从12—13世纪的雄伟的白石教堂到16世纪的帐篷式建筑再到17世纪的丰富多彩的图案。许多教堂还保存着一些大师的壁画，其中包括安德烈·鲁布廖夫的作品。

“南朝四百八十寺，多少楼台烟雨中。”杜牧的《江南春》描写了南朝佛寺林立盛况。比南朝晚几百年才建国的俄罗斯，教堂的数量远远超过南朝的佛寺。据统计，仅莫斯科一地就有一千六百座教堂，几万人口的苏兹达尔也有近六十座教堂，堪称教堂城。我们每到一地，首先映入眼帘的便是教堂的哥特式尖顶或水仙头式圆顶，教堂往往成为一个城市的标志。988年，基督教成为国教，结束了多神教时代，对国内政治统一和国际文化交流起到了积极的作用。历代统治者为了向人民灌输宗教思想，在各地大建教堂，无意中留下了许多艺术瑰宝；而苏维埃时代为了保存这些艺术瑰宝，又无意中给今天失去政治信仰的俄罗斯人提供了许多精神庇护之所。在谢尔盖圣三一修道院，我看到一座小教堂前面排着一列长队，男女老少都有，有的提桶，有的拿罐。一打听，原来是领圣水。“金环”线之所以能够吸引游人，这些教堂举行的宗教活动恐怕也是一个重要原因。

“金环”线上的城市与俄罗斯许多杰出的历史人物有着联系。曾大败瑞典军队和日耳曼骑士团的亚历山大·涅夫斯基后来受封为弗拉基米尔大公，1893年列宁曾在这里会见早期马克思主义者费多谢耶夫；17世纪领导俄罗斯人民反对波兰、瑞典武装干涉的德米特里·波查尔斯基，逝世后葬在苏兹达尔的叶菲米耶夫救世主修道院；1688—1693 年，彼得大帝曾在佩列斯拉夫尔-扎列斯基附近的普列谢耶沃湖建立教练舰队。1790 年考古学家穆辛-普希金在雅罗斯拉夫尔的主显圣容修道院，发现了 12 世纪英雄史诗《伊戈尔远征记》的抄本。这对于建国只有一千多年的俄罗斯来说，可是一件了不起的大事。

“金环”线还以优美的自然风光著称，著名的美肖拉森林就在这片土地上。莫斯科—北京公路也横穿这片土地。在沙俄时代，从莫斯科经由弗拉基米尔城通往西伯利亚的大道有一个专有名称——“弗拉基米尔路”，它是流刑犯去西伯利亚的必经之路。俄罗斯著名画家列维坦曾经画过一幅题为《弗拉基米尔路》的油画。这是一条荒凉的路，恐怖的路。一首民歌写道：

一站又一站。
流放路漫漫，
粗布衬衣上，
汗渍变白盐。
铁镣套在脚，
鲜血往下淌。
嘴唇已发干，
歌声寂寂然。

如今，这条宽阔的柏油马路是莫斯科—北京公路的一部分，公路两侧生长着大片大片的白桦林和松林，它是俄罗斯最美丽的公路之一。

雅罗斯拉夫尔和科斯特罗马还是伏尔加河的重要港口。乘船作伏尔加河之游，可以饱览两岸的优美风光，那自然是别有一番情趣的。

1992 年

莉季娅老师

1958年暑假期间，正是天气最炎热的时候，坐落在武昌桂子山上的华中师范学院校园里，出现了一位金发碧眼的年轻异国女子。白皙的皮肤，高挑的身材，垂肩的披发，轻盈的步履，使她显得楚楚动人而又富于活力，常常引来人们欣羡的目光。她似乎觉察到了人们的这种目光，一边走一边友好地跟人们点头，眼镜后面的一对大眸子常常露出一种好奇的、充满幻想的神情，仿佛她不仅对那两幢屋顶铺着绿色琉璃瓦、极富东方情调的教学楼感到新奇，而且对一个个冒着黑烟的小高炉也颇觉得有趣。她就是新来的苏联教员莉季娅·菲里波芙娜·柯瓦连科。

莉季娅老师毕业于莫斯科列宁师范学院语文系。父亲在卫国战争中牺牲了，母亲是莫斯科一个剧团的导演。她毕业之前同在列宁师范学院攻读副博士学位的中国留学生常春元结婚，毕业后随丈夫来到中国。丈夫是华中师范学院教育系主任，她则被安排在外语系俄语专业教课，我们56级的精读课就由她教。

56级原有八个班，共一百九十余人，后因全国俄语专业招生过多，一部分同学响应组织号召转往别的专业，全年级只剩下不到一百人，编成四个新班。当时中苏关系已经开始出现裂痕，加以俄语人才日后可能供大于求，不少同学对所学专业信心不足，甚至感到前途渺茫，我也多少受到这种情绪的影响。莉季娅老师对这种情况似乎有所了解，显然很想帮助大家克服这种情绪，不过她并没有采取当时我们的政治生活中常用的那种讲大道理的方式，而是通过课堂教学和课外活动来做工作。她是莫斯科人，标准的莫斯科口音，又是师范学院出身，颇有一套教学方法。她善于利用我们掌握的词汇和语法知识进行提问和讲解，做到深入浅出，而且尽量让我们多讲多练，使我们较快地提高了专业水平，增强了学习的信心。课后她经常进行辅导，参加学生的活动，与同学们打成一片。同学们感到，她不仅是一位可敬的老师，而且是一位友谊的使者。

读大四那年，系里为了迎接十月革命节，决定举办一次俄语文艺晚会。56级打算排演一出短剧，莉季娅老师得知后非常高兴，并自荐担任编剧和导演。没几天，脚本就编好了，剧名叫《保尔·柯察金》。剧情并不复杂，写的是保尔全身瘫痪、成为作家以后一天的生活；人物也不算多，只有保尔、母亲和妻子达雅三个角色。但是保尔在烈士墓地的那段著名的内心独白（“人最宝贵的是生命。生命每个人只有一次。人的一生应当这样度过：回首往事，他不会因为虚度年华而悔恨，也不会因为碌碌无为而羞愧；临终之际，他能够说：‘我的整个生命和全部精力，都献给了世界上最壮丽的事业——为解放全人类而斗争。’”）被编进了脚本，主人公的朗诵是全剧的高潮。

谁出演保尔呢？同学们推荐了我，莉季娅老师点的也是我。我不善于演戏，一个劲地推辞，莉季娅老师却坚持自己的意见。她说我的发音和口语不错，这是一个非常有利的条件；还说我长相清瘦，鼻梁较高，形象也比较接近。最重要的是，这是一个提高俄语水平的好机会，并说她会尽力对我进行帮助，要我拿出勇气，承担这一任务。既然莉季娅老师这样说了，我只好硬着头皮答应下来，不再推辞。另两个角色由同年级的两位女同学担任。在以后的一个多月时间里，我们利用课余时间在莉季娅老师家里进行了多次排练。她对我们要求很严，每句台词、每个动作都不许有半点马虎。特别是保尔那段名言的朗诵，不仅要求把握好语音语调和逻辑重音，而且要求带有一定的感情。她一遍又一遍地给我示范，不厌其烦地听我朗诵，直到她满意为止。演出那天，她不断地给我们鼓气，叫我们不要紧张。演出结束后，在观众的热烈掌声中，她紧紧地握着我的手，祝贺演出成功，我也向作为编剧和导演的她表示祝贺和感谢。回想起来，这次演出在我的人生道路上具有决定性的意义。它不仅使我更加热爱自己的专业，坚定了把研究俄罗斯文学当作终生职业的决心，而且使我更加懂得了人生的意义和怎样去实现自己的人生价值。保尔的那段名言成了我一生的座右铭。一段时间以来，有人对《钢铁是怎样炼成的》一书大加贬斥，认为应该把它送进历史的博物馆。这本书曾经感动和鼓舞了几代人，今天仍然被人们广泛地阅读和怀念。我总觉得，无论是一个人还是一个民族，都要有一种精神。不能拒绝崇高，拒绝理想，拒绝英雄主义，否则就要被动挨打，更遑论跻身于世界民族之林！拜伦曾经批评塞万提斯，说他在《堂吉诃德》中嘲笑了英雄主义，从而导致西班牙后来的沦亡。事实也许并非如拜伦所说，但他的话难道不值得人们深思吗？《钢铁是怎样炼成的》是一部用青春和生命写成的作品，我们有什么理由拒绝这样一部作品呢？

大学毕业以后，我和另外七位同学留校任教。为了提高我们的业务水平，系里决定让莉季娅老师给我们系统讲授俄罗斯文学。这样，我们既是她的同事，又仍然是她的学生。除了听课，我们还经常陪她去学校附近的荣军学校礼堂看电影，有时还陪她去游东湖。她很喜欢中国，利用假期游览过上海、无锡等许多地方；她还读过不少关于中国的书，甚至还给在中国出生的女儿取了个中俄合璧的名字——英娜。

莉季娅老师回国以后，我们就失去了联系。直到二十三年后的1989年的一天，我接到在中南民族学院任教的刘敦健同学的来信，说莉季娅老师跟母校外语系取得了联系，并把她的通信地址告诉了我。我试着给她写了一封信，告诉她我已调到湘潭大学，信中谈了自己的近况，不久就收到了她的回信。信是这样写的：

尊敬的张铁夫，

亲爱的费嘉！

衷心感谢您的热情的来信和美好的回忆。得悉您的生活情况和工作成就，我感到非常高兴。特别令人欣喜的是，您的工作领域是俄罗斯文学。不用说，我非常清楚地记得您，记得我们在一起学习的情景，记得我们亲密的交往和友谊。所幸的是，经过了二十多年，一切美好的、光明的东西正在重新回来，老朋友们正在重新回来！谢谢！

我很想重新见到您，见到自己的朋友们，见到你们的国家！

简要地谈谈自己的情况。这些年我在高校工作，当过系主任，现在是高级讲师。写有学术著作，获得过劳动奖励和奖章，是自然保护和动物保护志愿协会的积极分子。我打算长期干下去，并且干出成效。

亲爱的费嘉，请您详细谈谈自己和家庭的情况，谈谈你们国家的新鲜事。请向您的家人和认识我的朋友们、同志们转致我的诚挚的、友好的问候。

祝您万事如意。

致

友好的敬礼

莉季娅·菲

接到这封信，我感到非常高兴。正如她在信中所说，“一切美好的、光明的东西正在重新回来”。当时我有一种预感，觉得跟莉季娅老师见面的日子已经为期不远了。果然，1991 年 5 月，她作为俄语专家应邀来母校俄语系工作半年；我也经国家教委选派，将作为高级访问学者去苏联进修。7 月下旬，我和妻子趁出差之便，去武汉看望了她。她穿着一身黑色的长袍，一头披发垂在两肩，看上去比当年显得老了一些，但一对眸子仍然闪耀着热情、活泼的光芒。我们给她带了一盒皮蛋和一条镀金的瓷龙。之所以带这两样东西，是因为我知道，皮蛋是她最喜爱的中国食品之一。至于那条金龙，虽然中国和俄罗斯关于龙的习俗不同（在中国龙被视为一种吉祥的灵异动物，而在俄罗斯，龙被想象成一种能飞腾、会喷火的蛇怪，是邪恶的象征），但我知道，只要是中国工艺品，她都是会喜欢的。果然，她拿起那条金龙说：“太漂亮了！我要把它带回莫斯科！”不一会儿，她又拿起那盒皮蛋，说：“谢谢您还记得我的爱好！我的妈妈也很喜欢吃皮蛋，可惜没有办法把这盒皮蛋带给她。”我说：“这盒皮蛋您留着吃吧，我去莫斯科时，给您母亲另外再带一盒。”她一叠声地说着“谢谢”，然后又详细地问了我的家庭、学校和城市的情况。我怕打扰她休息，几次告辞，她都不允，一直交谈了八十分钟她才送我们出门。

这年 10 月，我终于踏上了去苏联的旅程。在莫斯科逗留的日子里，我专程去看望了莉季娅老师的母亲，并给她带去一盒皮蛋。老太太十分高兴，像见到亲人一样地抓着我的手，详细地询问了莉季娅老师在中国的情况。三天后，我乘火车去了离莫斯科一百八十公里的弗拉基米尔。12 月 9 日，我从弗市去莫斯科参加一个有关普希金的学术会议，得知莉季娅老师已经回国，便在散会后买了一大束石竹花去看她。她住的是一套普通的三居室房子，房间里陈设朴实，最引人注目的是客厅，那里摆满了各种各样的中国工艺品，堪称"中国之家"。我送给她的那条龙在书架上发出闪闪的金光。一见面，她就说现在是苏联最困难的时期，问我每天吃些什么，住的情况怎样，回答要求详细具体，不许欺骗隐瞒，否则她就要去弗拉基米尔进行调查，并说她给我准备了一些食品和书籍，叫我带回弗拉基米尔去。我告诉她，我住的学生公寓条件很好，一间房只住两人，房间里配有冰箱，走廊尽头有公共厨房。食堂里可买到大米、葵花籽油等食品，市场上更是应有尽有，而且价格比莫斯科便宜。我每天早晨喝半升牛奶，吃两个鸡蛋和几片面包，中午和晚上做大米饭，鸡、鱼、肉轮着吃，蔬菜每餐至少有一样。我讲的都是实情，她知道我没有撒谎，这才放下心来。临别时，她叫我在她的书架上任意挑选书籍。我说："食品我不需要，那就带点精神食粮回去吧！"于是挑了一本关于普希金的书和一册一卷本《别林斯基选集》。

三八妇女节快到了，当时我正在莫斯科搜集资料，便打电话给莉季娅老师，向她表示节日的祝贺。她邀请我 3 月 8 日去她家做客，但提出了一个条件：不许带任何礼物，尤其不许带花，原因是节日期间，鲜花价格将会猛涨，花贩子肯定要大捞一把。但去她家那天下午，我还是在地铁里买了一大束鲜花。她开门后，看到我手捧鲜花，马上把我责备了一通。不过看得出来，她还是很高兴，马上把花插到餐桌上的花瓶里，并把母亲叫到餐厅里一起观赏。我们一边吃饭，一边交谈。莉季娅老师问我这几个月做了些什么，我告诉她访问了九个城市，参观了十几个博物馆，观看了十出歌剧、话剧和芭蕾舞剧，买了几箱书，在列宁图书馆泡了半个多月，而这一切都是围绕有关俄罗斯文学和普希金的研究课题进行的。她听了后深感欣慰，然后不无自豪地说，莫斯科毕竟是个文化之城、艺术之城，有文化的人在这里总是能够找到自己所需的东西。我告诉她，再过一个多月，我的归期就要到了，今天的来访也就算是告别吧。她要我回国后向武汉的熟人们问好，并祝我一路平安。

我回国后又有两次机会去俄罗斯。1997 年 8 月我去圣彼得堡出席第四届“普希金与世界文化”国际会议，适逢她来上海华东师范大学任教，在莫斯科未能相见。2000 年 9 月，我随我校代表团出访伊万诺沃大学，在莫斯科逗留期间再次去她家看望了她。她在外表上虽然又显得老了一些，但精神状态却仍然很好，而且仍然在自然保护和动物保护志愿协会工作。她说她到过中国三次，常常怀念中国，如有可能，还想去第四次、第五次。我告诉她，中国有一首流行歌曲，叫《我的中国心》，她就有一颗这样的“中国心”。她高兴地说：“您说得对，我是有一颗中国心，我是有一颗中国心!”

又是几年过去了！我想，不管时光怎样流逝，莉季娅老师的“中国心”将青春常驻，永不衰老。

2004 年

谢曼诺夫印象

1986年秋季的一天，我接到北京大学俄语系主任李明滨先生的电话，说《芙蓉镇》的俄译者、莫斯科大学教授谢曼诺夫正在北大访学。谢打算去长沙访问《芙蓉镇》的作者古华，李先生建议我邀请谢到湘潭大学做一次讲座，并说他已把这个想法告诉了古华。我当即对李先生的建议作了肯定的答复。几天后，我就接到了古华的信，说他已给北京去信，欢迎谢曼诺夫来长沙，并说明了湘大邀请他讲学的意愿。古华信中还谈到，他收到了文化部外事局转寄来的莫斯科“虹”出版社出版的《芙蓉镇》俄译本，第一版竟有十万册之多。

20世纪80年代是一个所谓“知识爆炸”的时代。师生们如饥似渴地吸纳着各种知识，而对于隔膜已久的苏联文学界与学术界的情况则兴趣更浓。何况不久之前，我们刚刚请古华给全系师生作了一次题为《小说创作漫谈》的报告，其中就谈到了《芙蓉镇》的创作，如果谢曼诺夫能来给师生讲一讲《芙蓉镇》乃至中国现当代文学在苏联的翻译与研究情况或者讲一讲当代苏联文学的情况，那正是我们求之不得的。师生们得知谢曼诺夫要来，人人都感到异常兴奋，个个引颈以待。不料没过多久，古华来信告之，谢曼诺夫因要去上海参加纪念鲁迅逝世五十周年活动，暂时不能来湖南了，李明滨先生也在电话中告知了此事。到12月初，古华又来信说，他在北京出席全国作协理事会之后，留在北京参加了电影《芙蓉镇》的送审活动，顺便与谢曼诺夫见了一面。由于谢的学习、写作任务均重，不会再南行了。师生们得知这一情况，无不感到十分遗憾。

从1987年到1988年，湖南文艺出版社为了促进比较文学在我国的复兴和繁荣，推出了一套“比较文学丛书”，其中收有李明滨先生翻译的谢曼诺夫的专著《鲁迅和他的前驱》。当时，我的专业方向正在从俄苏文学向比较文学扩展，因此千方百计地四处搜寻这套丛书，并已购得多种，唯独谢曼诺夫的那一本却遍寻不着，我只好从图书馆借来一本。读了译者的前言，我对谢曼诺夫的学术经历和学术成果有了较多的了解，知道他是苏联汉学界继费德林、艾德林之后的一位优秀的中年学者，在鲁迅研究方面成就卓著，《苏联大百科全书》和《简明文学百科全书》中的鲁迅条目均由他执笔。此外，他还撰有《18世纪末—20世纪初中国章回小说的演变》等专著和百余篇中国文学研究论文。

《鲁迅和他的前驱》是一部很有新意的著作。谢曼诺夫指出，在二十世纪二三十年代，某些中国“左”翼评论家对鲁迅在中国文学史上的创新作用估计不足，认为鲁迅的作品是半世纪前或一世纪前的作品的旧调重弹，也就是存在“仿古”的倾向，然而随着时间的推移，“‘仿古’的责备是消失了，而追踪鲁迅同其文学前驱的关系的企图竟也一起消失”。而解决这个问题，亦即阐明中国新旧文学的关系，就是作者为自己提出的目标。在这部著作里，谢曼诺夫详细分析了鲁迅对19世纪末—20世纪初前辈作家的师承，而且从体裁、题材、形象塑造、心理描写、叙事结构等多方面论述了鲁迅对他们的超越，极富说服力。这使我联想到别林斯基的普希金评论。别林斯基在《文学的幻想》一文和关于普希金的系列论文的头三篇文章中，就详细分析了俄国文学的发展轨迹，以及普希金的前驱——从罗蒙诺索夫和苏马罗科夫到杰尔查文和茹科夫斯基的文学成就。正是在这样的大背景上，别林斯基指出，普希金的出现是一个“令人感奋的现象”，他既是“自己时代的儿子”，也是“祖国智能生活的发展代表”。谢曼诺夫的著作正是继承了别林斯基的科学文学史观的传统。他的这部著作还使我联想到某些苏联评论家关于普希金与莎士比亚关系的论述。我们知道，普希金本人对莎士比亚的创作极其推崇，而且不止一次坦言，“我效法莎士比亚”，“我们戏剧的陈腐形式需要革新，因此我便按照我们的鼻祖莎士比亚的体系安排自己的悲剧（指《鲍里斯·戈都诺夫》——引者）”。但有的苏联评论家却认为，“把普希金对待莎士比亚的态度当作两位艺术天才的创作交流才是正确的理解，而不能按比较文学‘影响’论的精神来看待”，这显然是一种虚无主义态度。我当时写了《普希金与莎士比亚》一文，对这一问题作了辨析，认为普希金对莎士比亚既有继承又有超越。读了谢曼诺夫的著作，我更加坚信自己的观点是正确的。总之，谢曼诺夫作为一个外国学者，以他那特殊的视角，发现并力图解决 20 世纪 80 年代我国鲁迅研究中存在的问题。他的研究启人心智，令人敬佩，这也证实了中国的一句古话——“他山之石，可以攻玉”。

随着中苏两国关系的逐步改善，越来越多的中国学者得到了去苏联学习的机会，1990 年我也获准于 1991 年去苏联访学。得知这个消息后，我立即写信告诉谢曼诺夫，并希望到莫斯科后能与他见面。信中谈到了我阅读《鲁迅和他的前驱》一书的感想以及它对我的启示；还谈到《中国比较文学通讯》1990 年第 3、4 期关于在北京大学召开的“首届中苏文学关系国际研讨会”的报道。这篇报道介绍了他在会上的发言：“谢曼诺夫教授虽然很高兴看到自己翻译的《芙蓉镇》在阿萨诺娃教授《古华的〈芙蓉镇〉与普拉东诺夫的〈地槽〉的比较分析》一文中得到研究，但认为两者不宜相比。前者完全是现实主义风格，没有运用现代派手法，而后者反映了苏联小说中象征主义这一较为普遍的现象。”我告诉他，他的发言引起了我的浓厚的兴趣。过了不久，我就收到了他的回信。他说，他很高兴与我认识，尽管两人尚未见面。如果我到了苏联，他将尽力给予帮助。信中对我关于《鲁迅和他的前驱》一书的赞扬和 1986 年邀请他来我校讲学表示感谢。他还告诉我，他又翻译了古华的一部作品——中篇小说《贞女》。在信的末尾，他说：“从您的来信看，您的俄语很好。但我还是希望您用中文写信。”可以看出，作为汉学家，他对中国文学及其载体——汉语满怀深情。后来，我们都用自己的母语写信，但读到的却是对方的母语。

1991 年 10 月，我登上了开往苏联的列车。如果说在去苏联之前，我和谢曼诺夫的相识是一种未见面的相识（用他的话来说就是

“Познакомиться заочно”），那么我到苏联之后，便有机会与他面对面交谈了。在苏联生活的半年里，我同他见过三次面，或者说对他进行过三次访问。

第一次是1991年11月26日上午，地点是莫斯科马克思大街18号莫斯科大学亚非学院（莫大老校区）。那天他有课，因此一见面他就邀请我听他讲课。教室里宽敞、明亮、安静，给人一种庄严、肃穆之感。我心里想，也许别林斯基、赫尔岑、莱蒙托夫、奥加辽夫、斯坦凯维奇、冈察洛夫就曾在这间教室里听过课，对这里的一切不禁肃然起敬。那天谢曼诺夫讲的是东方现代派，他着重介绍了日本和中国的现代派。而在中国作家中，重点讲了徐志摩、戴望舒、李金发、王蒙等人。听课的只有五位男生，这显然是一门选修课。与我们的课堂相比，听课的学生似乎少了一点，不过莫大专修汉语和中国文学的学生本来就不多，有五个人来听课，就已经很不错了。下课后，他请我到莫大的食堂进餐，然后去中文教研室交谈。他问了我的旅途情况和在弗拉基米尔师范学院的安排情况，并向我介绍了几个能对我提供帮助的人，其中有苏联作协对外联络部的人，也有他自己的研究生。这一次我没向他提什么问题，只能说是一次礼节性拜访。

第二次和第三次见面的时间分别为1992年1月14日上午和1992年4月7日上午，地点都是莫大亚非学院，两次都是与在俄罗斯科学院东方学研究所访学的张晋业一起去的。在这几个月里，我的主要工作是围绕自己的研究课题搜集资料，同时也想更多地了解苏联解体前后俄罗斯的社会情况，以及谢曼诺夫本人的工作，因此向他提了不少问题，他坦率地一一作了回答。

关于苏联的改革问题，他说，中国改革从经济领域开始，取得了很大的成绩，值得借鉴。俄罗斯必须学习东方的经验，特别是中国的经验。俄罗斯和中国同大于异。西方虽然表示支持俄罗斯，但并不希望俄罗斯强盛，跟他们平起平坐。因此俄罗斯必须跟中国保持友好关系。

关于文学中的两派问题，他认为情况非常复杂，很难弄得清楚。斯拉夫派（爱国派）的主要人物是拉斯普京和邦达列夫，他们主张改革要为老百姓谋利益，民主是和爱国联系在一起的。但他们是少数，地位不稳固；西欧派（过激派）抹煞民族特点，主张西化，好走极端。他们更关心企业家的利益，主要人物是叶甫图申科、阿纳尼耶夫和格拉宁。两派对社会主义都不在乎，但他认为斯拉夫派是进步的，对中国态度也友好一些，而西欧派不一定是进步的。两派坐不到一起。这两年，没有什么重要作品，大家都热衷于政治，主要是写政论文章。

在谈到出版界的情况时，他的语气变得更加沉重。他说，俄罗斯出版界遇到了前所未有的困难。出纯文学作品很难，出中国文学作品更难。稿酬也很低。国家出版社一个印张付200卢布（当时美元与卢布的市场汇率为1∶135），合作社和个体户一个印张付700—800卢布，但都不愿意出中国文学作品。他以前译过很多中国文学作品，如刘鹗的《老残游记》，曾朴的《孽海花》，苏曼殊的《断鸿零雁记》，老舍的《猫城记》《赵子曰》《牛天赐传》，艾芜的《短篇小说集》，吴强的《红日》（合译），古华的《芙蓉镇》《贞女》（待出），张洁的《沉重的翅膀》，蒋子龙的《赤橙黄绿青蓝紫》，谌容的《太子村的秘密》，路遥的《人生》，白桦的《远方有个女儿国》等。今后他仍将继续研究中国文学和翻译中国文学作品。他希望中国企业界和出版界对俄罗斯出版界能有所帮助。第三次访问结束时，他向我赠送了他翻译的路遥的《人生》俄文版（《Судьба》）。这三次访问使我了解了苏联/俄罗斯许多社会情况，也了解了知识界对改革的看法和困惑。

我回国后，同谢曼诺夫还有过几次书信往来，但后来由于双方忙于工作而中断了联系。然而，谢曼诺夫对中国和中国人的友好态度、对中国文学的深厚感情，以及他为传播中国文学所付出的巨大努力和取得的杰出成就，却给我留下了极其难忘的印象。

2012年

“两个艾丽”的秘密

——马雅可夫斯基的女儿访俄

1991年7月19日，马雅可夫斯基九十八周年诞辰。莫斯科国立马雅可夫斯基博物馆举行了传统的诗歌晚会。出席晚会的有博物馆最老的工作人员，有以诗人的名字命名的学校校长，有六十六年前诗人访美时接待过他的苏联驻美国第一任商务代表胡尔金的女儿法因贝格，有美国女诗人玛格列特·巴林格尔，还有苏联诗人根纳季·艾吉、亚历山大·特卡琴科、瓦连金·列别斯托夫、弗拉基米尔·叶廖缅科。人们怀着对诗人的敬仰之情，纷纷朗诵诗歌，或发表演说。在美国女诗人玛格列特·巴林格尔致辞之后，一位身材高大的六十多岁的妇女走到话筒跟前，她是首次踏上苏联国土的马雅可夫斯基在美国的女儿，本名叫帕特里齐娅·汤普森，俄文名字叫叶莲娜·弗拉基米罗夫娜。

“我不是诗人，我仅仅是诗人的女儿。不过，假如我想写诗的话，那我要拿红场当纸；我要把卢比扬卡广场上父亲的房子当作计算机，并且把一张录有你们在这里的讲话全部内容的唱片放在红场上。那将是我的第一首诗。不过，诗人的女儿怎么会写诗呢？我能够领悟诗，能够构思诗，但却不会写诗。我能够同你们交流自己的感情，对你们的想念将成为我回忆的能源。你们在这里念的诗，讲的话，是任何计算机都创作不出来的。能够胜任这件事的只有人的心。今天，人们的心正在一齐跳动。这是新的音乐、新的歌、新的诗。”

帕特里齐娅·汤普森的感情真挚而富于诗意的讲话把晚会推向了高潮。她的出现使人们觉得，马雅可夫斯基不仅是一个诗人，而且是一个有血有肉的人，一个父亲。

众所周知，马雅可夫斯基终生未娶，这个女儿究竟是怎么回事呢？要弄清楚这件事，还得从头说起。

1925 年 6 月，马雅可夫斯基结束了对法国的访问，取道墨西哥，于 7 月 30 日到达纽约。当时，苏联同美国尚未建交，他是在以前的未来派朋友布尔柳克帮助下，以一个装潢艺术家的身份在美国举办招贴画展的，除纽约外，他还访问了芝加哥、费城、匹兹堡、底特律、克利夫兰等城市，在美国总共逗留了三个月。在一次诗歌晚会上，他认识了来自俄罗斯的年轻女子伊丽莎白·彼得罗夫娜·西贝尔特，也就是大艾丽。艾丽出身于一个从 17 世纪就定居俄罗斯的德国贵族家庭，1904 年生于乌法近郊父母的领地。20 年代初期，她嫁给了在发生饥荒的伏尔加河流域从事救灾工作的英国人乔治·约翰斯，随丈夫去了英国，后转赴美国。马雅可夫斯基旅美期间，艾丽几乎自始至终都陪伴着他。后来马雅可夫斯基得知艾丽有了身孕，临别时要求艾丽给他写信。为了不致使信件落到歌莉娅·勃利克手里，他给艾丽留的是姐姐奥尔迦·弗拉基米罗夫娜的地址。艾丽生下女儿后，他很想见见母女俩，但又无法去美国，于是约定艾丽带着小艾丽在法国的尼斯相会。他称母女俩为“两个可爱的艾丽”。后来诗人自杀了。这次短暂的会面就成永诀。

马雅可夫斯基去世后，艾丽与乔治·约翰斯分手，改嫁一个美国人，并同丈夫迁往一个很远的州。她恢复了少女时代的名字，给女儿也改了名。当女儿长到九岁时，艾丽把真实情况告诉了她。但在艾丽和后夫生前，同马雅可夫斯基有关的一切始终是这个家庭的秘密。艾丽于 1985 年去世。1990 年，帕特里齐娅·汤普森在纽约向塔斯社记者出示了有关证件、照片和书信。这个保守了六十五年的秘密遂公之于世。

帕特里齐娅·汤普森是家庭关系研究专家，写过十本书。1991 年 6 月，她应苏联作家协会的邀请，带着儿子罗杰尔对苏联进行了首次访问。抵达莫斯科当天，她不顾旅途劳顿，一下飞机便立即去新圣女公墓凭吊父亲。她跪在父亲墓前，用双手掘开泥土，从胸前的小袋子里拿出母亲的骨灰，埋在父亲的墓中。当人们劝她洗洗手时，她噙着眼泪，吻着沾满泥土的手指说："这是俄罗斯的泥土啊！"这一天，她感到特别轻松，因为她终于完成了母亲的遗愿。既然父母生前不能在一起，那就让他们死后朝夕相处吧！

在莫斯科期间，帕特里齐娅·汤普森母子访问了国立马雅可夫斯基博物馆。它有五个展厅，总面积约一千平方米，共有两千多件展品，如实物、书籍、影片、绘画、雕塑等，它们反映了诗人从童年直至逝世各个时期的生活和创作。所有展品均按"马雅可夫斯基精神"布置，零乱、怪诞、奇特。设计者是 E. A. 阿马斯皮尤尔，布置者是波列科夫。博物馆的这种设计和布置曾在报刊上引起过激烈的争论。

帕特里齐娅·汤普森仔细参观了所有的展厅，并在那个"小船般的小房间"里单独待了一会。从 1919 年到 1930 年，马雅可夫斯基曾在这个小房间里居住。就是在这里，他创作了长诗《关于这个》《好！》《喊出最强音》，讽刺喜剧《臭虫》《澡堂》和许多短诗；这个房间也是马雅可夫斯基的画室，"罗斯塔之窗"的许多宣传画便是在这里画的；在这个房间里还举行过《新列夫》杂志的编辑部会议，马雅可夫斯基曾任该刊责任编辑。1930 年 4 月 14 日，马雅可夫斯基在这个房间里用手枪自杀。现在它是博物馆的纪念中心，房间里的一切都是原物，并且保持诗人生前的样子。进门后，右边摆着一张小床，左边是一张餐桌。往里走，窗户右边是书桌，上方挂着列宁像，桌上摆着台历、钢笔、拍纸簿、香烟和电话机等物，窗户左边立着一个书柜，柜中放着列宁和普列汉诺夫的著作。

当记者问帕特里齐娅·汤普森对博物馆有何印象时，她说："在参观博物馆时，我有两点感想。我觉得，父亲的房间几乎完整地保存下来了，不过我也觉得，它被消过毒了。心儿告诉我，由于某人的旨意，对父亲非常重要的某种东西——他的思想和感情的瑰宝不见了。第二点感想是，博物馆不是一个冷冰冰的地方，而是一个有感情、有理智的所在。在这里，诗人的内心的工作似乎获得了外部的形式。博物馆揭示了一个形象的世界，一个艺术家的内心世界。我认为，这是独一无二的。"

在莫斯科期间，帕特里齐娅·汤普森还去了以父亲的名字命名的广场，瞻仰父亲的塑像，并根据维罗尼卡·波隆斯卡娅的要求，同后者见了面。关于这次会见的内容，连消息灵通的《莫斯科真理报》记者也不得而知。莫斯科之行给帕特里齐娅·汤普森留下了难忘的印象。她说：“对我来说，这是一个实现了的理想，一个实现了的梦，一个非常可爱的梦，而且这个梦仍在继续。”

1992 年

一个不平凡的俄罗斯女人

阿尔巴特街曾经是莫斯科的一条古老的街道，如今，它是一条繁华的、充满现代气息的步行街。街道两旁排列着各式各样的商店，人行道上面摆开两列长长的经营小商品和工艺品的小摊。游人摩肩接踵。乍看上去，这是一条纯粹的商业街；然而，当你穿过五光十色的商店和小摊，走到街尾时，你可以看到街道南面有一幢朴实的、没有橱窗和广告的两层小楼，这便是普希金故居博物馆，它是莫斯科人引以为骄傲的一个去处。

我们在参观了这个博物馆有关普希金的陈列室之后，来到了冈察罗娃的陈列室。这里陈列着冈察罗娃的梳妆台，墙上挂着她的两幅水彩画像：一幅画于1849年，作者是马卡罗夫；另一幅是勃留洛夫在她新婚之后画的，这就是人们在书刊中经常见到的那幅画像。古典式发髻下是一双明亮的眼睛，一个高高的鼻梁和一张樱桃小嘴，面颊两旁各垂着一串长长的耳坠，无领连衣裙将腰身束得紧紧的，裸露着一对丰腴的肩膀，整个神态显得美丽、端庄、贤淑，具有一种迷人的魅力。菲克利蒙伯爵夫人在日记中曾这样描述她："昨天最为妩媚的人到底是普希金娜，我们把她叫作富有诗意的女人，既是由于她的丈夫的缘故，也是因为她具有天使般的和无与伦比的美貌。在这样一副仪容面前，可以伫立几小时而流连忘返，犹如观赏一件完美无瑕的造物一样。"菲克利蒙伯爵夫人的这段话是在普希金夫人新婚之后写的，可以说它是勃留洛夫那幅肖像画的最好的文字说明。

还在普希金生前，在上流社会甚至在普希金的朋友圈子里就有许多传闻，说什么他的妻子的全部学问就是能讲一口流利的法语和善于跳舞。人们指责她感情不专一，生活不检点，挥霍无度，不管家务，甚至在一定程度上把普希金之死归咎于她。诗人逝世七年后，她改嫁兰斯科伊一事也受到非议。而在她本人逝世之后，她的墓碑上也只用了“兰斯卡娅”这个姓氏，仿佛她与普希金没有任何关系。

其实，普希金对妻子是非常钟爱的。

妻子不仅容貌美丽，而且善良能干。她深知作一个诗人的妻子是不容易的，而作普希金的妻子更不容易。她操持家务，哺育孩子，核对账目，抄写诗稿，诗人称她为“能干的管家婆”。他在给她的一封信中说：“你是否常照镜子，是否相信你的容颜是世界上无与伦比的——然而与你的容颜相比，我更爱你的心灵。”诗人在临终之际，预感到她还会受到人们的非议，对她说：“我多么高兴！我还活着，你也在我的身边……你没有过错。我知道，你没有过错。”

然而，真正使人们改变看法的是1971年4月发现的普希金夫人的六封书信，这些书信都是写给她的哥哥德米特里的，其中一封信说，“我认为自己有义务帮助我的丈夫摆脱他所处的困境”，“从我这方面尽力来减轻他的困境是理所当然的事情”。她要求哥哥拨给她一份生活费，并且请求哥哥不把此事告诉丈夫，字里行间洋溢着一个妻子对丈夫真挚、深厚的感情。我久久地伫立在勃留洛夫作的普希金夫人画像跟前。我在俄罗斯各地访问时，在到过的所有普希金博物馆，甚至在圣彼得堡赫尔岑师范大学旅馆的餐厅里，都见过这幅画像。为了维护普希金的荣誉，为了把普希金的遗孤养育成人，这个弱女子默默地忍受着人们的责难。这该需要多么宽阔的胸怀和多么坚强的精神力量！尽管她没有像特鲁别茨卡娅和沃尔康斯卡娅那样陪同丈夫去服苦役（普希金被流放时，她还没有出嫁），但她为普希金所做的一切表明，她同样是一个不平凡的俄罗斯女人。今天，人们对她的误解已经冰化雪消，而且像尊敬普希金一样尊敬他。这幅画像，这张梳妆台，以及整个博物馆本身，就是最好的证明。

历史毕竟是公正的。

1992年

访索洛乌欣

电气火车一从莫斯科的基辅车站开出，便风驰电掣般地朝西南方向驶去。一幢幢高大的建筑和一片片苍翠的树林从窗外掠过。离市区愈远，建筑愈稀，而树林则愈密。二十三分钟之后，火车抵达一个叫佩列杰尔金诺的小站。我和陪同我前来访问索洛乌欣的俄罗斯科学院哲学研究所首席研究员布罗夫博士步出车厢，然后跨过铁道，拐入一条林间公路。

弗拉基米尔·阿列克谢耶维奇·索洛乌欣是俄罗斯著名诗人、小说家，1924 年出生在俄罗斯中部弗拉基米尔州一个农民家庭，1951 年毕业于高尔基文学院。他属于战后登上文坛的那一代作家。1946 年开始发表诗作，1953 年以诗集《草原落雨》赢得诗人的声誉。迄今已出版《雌鹤》（1959）、《手拿鲜花的人》（1962）、《生活在大地上的人》（1965）、《论据》（1972）等多种诗集。他交替运用诗歌和小说两种形式进行创作。50 年代末至 60 年代初，相继发表中篇小说《弗拉基米尔州的乡间小路》和《一滴露水》。它们以强烈的批判精神和鲜明的抒情风格引起广泛反响。评论界认为，它们和别尔戈丽茨的《白天的星星》一起掀起了一股“抒情浪潮”。60 年代以来，他在从事诗歌和小说创作的同时，以《手掌上的小石子》为总标题，写了不少随笔。随写随发，并出版了专集，形成他创作中一种新的散文体裁。这是他在生活的海洋和艺术的海洋中徜徉时拾取的“小石子”，是他对社会、人生、艺术思考的结晶，蕴含着深邃的思想、热烈的感情和浓郁的诗意。前几年，我翻译了他的中篇小说《弗拉基米尔州的乡间小路》，后来又和刘敦健同志合译了他的随笔集《手掌上的小石子》，并在《当代苏联文学》《外国文学欣赏》《青年外国文学》等刊物上发表过上述两部作品的一些章节。

这次访问是4月上旬安排的。一天，我应邀在布罗夫博士家做客。席间，他和他的夫人谢米纳斯问我回国之前还要办什么事，他们愿意尽力相助。我谈了翻译索洛乌欣作品的情况，希望能够访问这位作家，但因不知道他的电话号码，无法与他进行联系。布罗夫听后，立即放下刀叉，说："我马上给您联系。"他一连打了七八个电话，终于得到了索洛乌欣的电话号码，并同索氏本人通了话。索氏听了布罗夫的介绍之后，欣然同意接受采访。后来又通过两次电话联系，商定4月16日上午在佩列杰尔金诺索氏的别墅见面。

佩列杰尔金诺是个疗养区，树木繁茂，空气清新，景色秀丽，环境幽静。"意大利别墅""作家村""创作之家"散布在松树林中。法捷耶夫、帕斯捷尔纳克等著名作家曾在这里居住。我们在林间公路上走了约半小时，来到以《柳波芙·雅罗瓦娅》作者的名字命名的特列尼奥夫街。索氏的别墅就坐落在这条街上。这是一幢蓝色的两层木质小楼，屋外围着栅栏，栅栏内是一个长满松树的大院子。别墅属于文学基金会，从前巴甫连科在这里住过。现在一楼住的是农村题材作家马扎耶夫，二楼住的是索氏。

按门铃后，楼梯上响起了脚步声。不一会，屋门"咿呀"一声开了，只见一条大黑狗猛地窜了出来。俄罗斯人喜欢养狗，而家狗一般都经过训练，是不咬人的。在这方面，我已有过多次经历，因此做到了"临变不惊"。然后，一位身着条纹衬衫和蓝牛仔裤的白发老人出现在门边，这就是索氏。他笑盈盈地打着手势，请我们进屋。脱掉外衣后，我们随着他登上二楼，走进他的书房。书房约有二十平方米，兼作卧室。房间中央铺着一块地毯，靠墙摆着一张大床，床的上方有一幅挂毯。窗前放着一张书桌，上方挂着一幅圣女像。书桌右侧的墙边立着一大一小两个书架，上面摆着他本人的著作和古米廖夫、阿赫玛托娃等人的文集；左侧是一个大壁炉。书架和大床之间有一张小圆桌和三把椅子。主人让我们在小圆桌旁边落座，他对我的来访表示欢迎。我送给他一张中俄对照的名片和一包君山茶，并对君山和君山茶作了简要的介绍。他拿着这包茶把玩了好一阵，口里喃喃地说着："绿茶！绿茶！"谈话从"中国"这个题目开始了。他说，他去过世界上很多国家，但没有访问过中国。去越南时曾在北京换机，未出机场，至今仍感到遗憾。他很喜欢中国菜和中国绿茶，希望能有机会去中国看看。我告诉他，中国的读者对他并不陌生。《苏联文学》《当代苏联文学》等刊物多次译介过他的作品，他的短篇小说和随笔在中国很受欢迎。然后我向他赠送了我的译文的发表稿，并出示了王英佳同志根据他新近在《文学的俄罗斯报》发表的《手掌上的小石子》翻译的手稿。他饶有兴趣地翻阅着，然后说，《弗拉基米尔州的乡间小路》这部作品成了历史，现在情况有了变化，当然，这部作品自有它的价值。说着他从书架上取下1990年出版的《回顾集》，里面收有中篇小说《弗拉基米尔州的乡间小路》和长篇小说《款冬》。他从桌上拿起一支圆珠笔，在书的扉页上写道：

亲爱的张铁夫惠存

纪念我们在佩列杰尔金诺的会见

弗·索洛乌欣

1992年4月16日

我问他现在写什么作品，他回答说，五天前刚刚完成一部关于列宁的书《在阳光下》，写的是真实的情况。他接着说，乔治·桑写完一部作品，便立即动手写另一部，而他却无法做到这点。下一部作品写什么，还没考虑成熟。其实，索氏也是个多产作家，但他更重视的是作品的质量，用他自己的话来说，就是"品种"的创造。他在给自己的两卷集所写的前言《我走过故乡的土地》中说："在酿造葡萄酒或培育苹果和花卉品种时，这个新品种的数量有多少——是一公升还是一千桶，是一棵苹果树还是一百棵苹果树，这难道重要吗？从消费者的观点来看，当然是重要的，但从酿酒师和园艺家的观点来看却毫无意义。他创造了一个品种，还需要什么更多的东西呢？"

索氏是爱国者派（又称斯拉夫派）的重要人物，我很想知道他对文学界的状况有什么看法，于是直截了当地向他提出了这个问题。他回答说："我自己也弄不清楚。苏联没有了，作协没有了，谁也不知道怎么办。6月份要召开独联体作家代表大会，到时候再看吧！不过，两派斗争激烈，要成立统一的作协是很难的。"在访问索氏之前几天，我在位于马克思大街的莫斯科大学亚非学院访问了谢曼诺夫教授，向他提出过同一个问题。他认为，文学中的两派是个十分复杂的问题，很难弄清楚。爱国者派认为改革要为老百姓谋利益，民主要和爱国联系起来，但他们是少数派，地位不稳固；过激派（又称西欧派）抹煞民族特点，主张西化，走向极端，他们更关心企业家的利益。两派坐不到一起。这两年没有什么重要作品，大家都热衷于政治，主要精力用来写政论。谢曼诺夫的观点与索洛乌欣的看法是一致的，反映了广大作家的困惑。在谈话过程中响起了电话铃声。索氏接完电话后告诉我们，4月22日是列宁一百二十二周年诞辰，电视台将重播影片《列宁在十月》，并展开讨论。不一会，电视台的人要来采访。

谈话继续进行。我问他，怎么今天没见到他的夫人罗莎。1956年6—7月，索氏冒着酷暑在弗拉基米尔州的乡间小路上徒步旅行时，他的夫人一直陪伴着他。他对罗莎的描写给我留下了深刻的印象。索氏回答说，他在莫斯科红军街还有一套住宅，夫人和两个女儿、三个外孙住在那里。说着他从书架上取下短篇小说集《在同一个屋顶下》，翻到书的最后一页，写下了莫斯科的地址，并在书前的照片下签了自己的姓名。他把书递给我，说："欢迎您去莫斯科的家中做客。"

他站起身来，邀请我们到餐厅去。餐厅比书房大，靠墙摆着一台很大的彩电和几个书架，书架上插着一面三色旗。房间中央的长餐桌上摆着一台打字机和各种餐具。索氏打开一瓶自制的盐渍西红柿，给每人的盘子放了一个，又给每人斟了一小杯柠檬酒，然后提议为大家的健康干杯。

两个小时不知不觉地过去了，我和布罗夫向索氏告辞。在楼下的门厅，索氏换了一身装束：头戴皮帽，身穿猎装，足蹬高筒皮靴，牵着他的爱犬，俨然是一个猎人，看上去仿佛年轻了许多。在院子里，布罗夫为我和索氏拍了一张合影，我也为索氏和他的爱犬拍了一张照片。索氏把我们送到林间公路上。临别时，他握着我的手，再一次表示了访问中国的愿望。

我回国后不久，“1992 年湖南国际烟花学术讨论会”的组织者来到我家，要求推荐两名俄罗斯学者与会。我介绍了索洛乌欣和布罗夫的情况，他们当即表示同意，并委托我给索氏和布罗夫寄发了邀请书。他们收到邀请书后，决定赴会，给我拍了一个电报。遗憾的是，由于会期临近，他们已经来不及办理各种手续了。

我相信，索氏的愿望总有一天会实现的。

1993 年

忆彭燕郊先生

一、三本珍贵的书

彭燕郊先生是个极其爱书的人，堪称书痴。他爱看书，爱买书，爱藏书，曾被评为长沙市的藏书家。他在《爱书》一文中说：“爱书的人，对书有一种特别的感情。一般人对书，不过是读一读算了，爱书的人却是把书当作不可缺少的恩物，想方设法求书，求得之后，读完之后还要当宝贝收藏，成了爱书癖。”他本人就是这样一个爱书的人，书就是他的“恩物”。不过，他虽然爱书成癖，却并不吝啬。他自己尽可能不向别人借书，以免有“夺人所爱之嫌”，但别人若向他借书，他却有求必应，甚至还会自动把书借给别人。别人不还，也不向借书的人讨书，宁可自己再买一本。有时他觉得某本藏书对别人有用，索性送给别人。在跟彭先生共事和交往的近三十年中，他曾送给我不少书，除了他本人的诗文集或他主编的刊物外，还有三本关于普希金的书。

第一本书是《波尔塔瓦》，作者为普希金，译者系查良铮，出版者是平明出版社（1954 年 3 月），送书时间为 1981 年 9 月 25 日，扉页上有彭先生用钢笔写的“铁夫同志存 燕郊 81. 9. 25”字样。

《波尔塔瓦》是普希金于 1828 年创作的一部具有史诗特点的叙事诗。诗人选取俄国历史上最伟大的时代之一——彼得大帝时代和最伟大的事件之一——波尔塔瓦战役，生动地塑造了彼得大帝的形象，是普希金关于塑造真实的历史人物、讲述真实的历史事件、遵循客观的历史走向的历史文学观的体现，在普希金的整个创作中具有重要的意义。译者查良铮（穆旦）曾在清华大学（抗战时期在西南联大）攻读英美文学专业，但也选修过俄语课。1949年赴美留学，继续研究英美文学，同时选修俄罗斯文学。1953年归国后，开始从事俄罗斯文学翻译，第二年在巴金主持的平明出版社几乎同时推出普希金的叙事诗《波尔塔瓦》《青铜骑士》（现通译《铜骑士》）、《高加索的俘虏》，诗体长篇小说《欧根·奥涅金》和《普希金抒情诗集》等五部译作，继1937年之后在中国掀起了第二个阅读普希金的热潮。我当时还是个高中学生，也被这股热潮卷了进去。不过当时使我如醉如痴的主要是查良铮译的《普希金抒情诗集》（还有戈宝权与罗果夫编译的《普希金文集》），至于阅读难度较大的《波尔塔瓦》等其他几部译作，是在大学阶段才开始接触的。

彭先生送我《波尔塔瓦》的时候，我在系里给学生讲授俄罗斯文学，同时应漓江出版社之约翻译《普希金论文学》一书。为了教学和翻译的需要，我正在大力搜集、购买有关俄罗斯文学和普希金的书籍。我所在的湘潭大学名为恢复，实为新办，图书资料极度匮乏。尽管全国许多高校向湘大捐赠了不少图书，但真正有用的书不是很多，像《波尔塔瓦》这类书籍是很难找到的。因此，对我来说，彭先生送的这本书犹如雪中送炭。

在我的教学计划中，普希金及其创作为四学时，而抒情诗和诗体长篇小说《叶甫盖尼·奥涅金》的讲授则占了大部分时间，叙事诗只能讲三十分钟。在得到彭先生的赠书后，我把叙事诗的讲授时间增加到了一学时（五十分钟），至于《波尔塔瓦》，则着重讲了它的历史基础、基本思想、情节线索、人物形象及其在文学史上的意义。从时间上来说，这当然是不够的，但比以前却充实多了。在翻译《普希金论文学》一书时，彭先生的赠书对我也有很大的帮助。《普希金论文学》的原文有两处涉及《波尔塔瓦》一书：一处摘录了普希金的短论《驳〈波尔塔瓦〉的批评者们》的主体部分，另一处是普希金的女友凯恩谈普希金在创作《波尔塔瓦》时，“常常沉浸在它那富于诗意的形象与和谐的诗句中”。在翻译这两处特别是第一处时，彭先生赠送的查良铮译本是我的重要参考书。

第二本书和第三本书分别为《普式庚论》和《译文》新2卷第6期。《普式庚论》出版者为桂林远方书店，出版时间是1943年4月1日，译者系吕荧。这是一本论文集，主要根据苏联对外文化协会于1939年出版的论文集《普式庚》英文本译出。作者都是苏联赫赫有名的学者或作家，如卢那卡尔斯基（卢那察尔斯基）、高尔基、吉摩菲叶夫（季摩菲耶夫）、赫拉普琴珂（赫拉普琴科）、希克罗夫斯基（什克洛夫斯基）、维努古尔（维诺库尔）等。内容涉及普希金的抒情诗、叙事诗、散文、戏剧、童话等各种体裁作品，以及他与西方文学的关系和在俄国文学史上的意义。据译者自己说，他阅读和翻译这本论文集的目的，是为了在着手移译《欧根·奥涅金》之前，“希望对这位‘世界的诗人’的气质、艺术、风格，能有一个比较具体深切的体认”，当然，他也希望这本书“在春的曙光已在辉耀着的中国，能促引‘俄国的春天’与‘中国的春天’（中国的普式庚）的遇合”。

《译文》新2卷第6期是译文社于1937年2月16日出版的“普式庚逝世百年纪念号”，编者为黄源。其内容分为两部分；第一部分为魏列萨耶夫等苏联研究家写的评论文章，如《普式庚的一生》《十二月党的诗人》《普式庚之生涯与作品》《普式庚的流行之基础》《普式庚之死》，译者分别为著名翻译家克夫、茅盾、丽尼、唐弢和赵家壁。第二部分为普希金的作品，包括《乡村》等十九首抒情诗，以及叙事诗《强盗兄弟》和中篇小说《杜勃洛夫斯基》（现通译《杜布罗夫斯基》），译者分别为劳曼、蒙沙和孟十还等。此外，还有曹靖华编写的《普式庚年表》和二十七幅插图。编者在《后记》中说：“这一期我们以全部篇幅来纪念普式庚，我们纪念着这位百年前‘为了他对于人民的热爱而被专制政权谋杀的伟大诗人’，同时不由得想起了我们自己的不久前逝世的伟大的存在（指鲁迅——引者）。读着这纪念号的诸君，谅必亦有此同感!”《后记》还谈到，译文社还从《译文》杂志过去已发表的论述普希金的文章和普希金的诗文中选出一部分，编成《普式庚研究》一书，并说：“我们对于普式庚的绍介，由于几位致力于绍介新旧俄国文学者的努力，在论述方面，可说已超过了日本的。”

彭先生赠送这两本书的时间是1999年岁末，扉页上均有用钢笔写的“奉赠 张铁夫兄 燕郊99岁末”字样。当时我正在做《普希金与中国》这一课题。两年多前，我曾去圣彼得堡出席第四届“普希金与世界文化”国际会议，并在大会上用俄语作了题为《近年来中国普希金作品的翻译与研究》的发言。会议组织者之一，俄罗斯著名普希金学家福米乔夫教授在跟我的一次谈话中，希望我把自己的发言加以扩展，就“普希金与中国”这一内容写成一部专著。我回国后便开始阅读资料，拟定提纲，认为这本书应该包括三个方面的内容：① 普希金对中国的兴趣、认识和描绘；② 普希金作品在中国的传播和研究；③ 普希金对20世纪中国文学的影响。至于书的体例则可以采取以人物为主线的结构方法，即把一代代翻译家、出版家和研究家的事迹连接起来，构成一部普希金在中国的接受史。

彭先生那一代人是有很深的普希金情结的。他曾经在一篇文章中说：“1936年（应为1937年——引者），普希金逝世一百周年，我国举行了盛大的纪念活动，出版了一大批普希金作品的译本，自那以后，甚至在物资匮乏、生活艰苦的抗日战争相持阶段，桂林和重庆还出版了《叶夫盖尼·欧涅金》《青铜骑士》等名著，爱诗的朋友们宁愿少吃一餐饭也要购阅这些被认为不可缺少的精神营养。为什么普希金能够赢得中国读者的倾心和依恋，一接触他的作品就把他看作知己，看作心中人？大量介绍普希金作品的30年代中期，正是民族危机严重，中国人民奋起投身救亡运动之际，普希金反抗压迫、争取自由的崇高品格，在那风雨如晦、鸡鸣不已的年代，更能激起我们的共鸣，更使我们仰慕……”我知道，彭先生不仅是普希金的一个读者，而且对普希金的作品及其在中国的传播也很有研究，他本人的诗歌创作也在一定程度上受到普希金的影响。因此我专程去长沙征求他对我的计划的意见。他肯定了我的计划，认为这个课题很有意义，早就该做。在这次谈话中，我还向他谈到了自己的两点困惑，一是资料缺乏，特别是20—40年代的资料，二是很难把握普希金对20世纪中国文学的影响，具体来说，就是他对中国作家的影响不如其他俄国作家那么明显，如屠格涅夫之于巴金，果戈理和契诃夫之于鲁迅。关于第二个问题，他认为普希金对中国作家的影响主要是思想上的、总体性的、潜在的，他本人就是这样。至于资料问题，他建议我去北京图书馆（今国家图书馆）和北大等老校图书馆查找。同时他还表示，在他的藏书中，可能有些书对我有用，找到了一定送给我，这就是第二本书和第三本书。当我收到这两本书时，简直是如获至宝。要知道，这是我正在寻找而又极难找到的资料。它们向我提供了大量的信息，使我形成了如下一些基本观点：① 普希金在中国的译介经历了一个先小说后诗歌的过程，这多少带有一点误读的性质。当然，这种错位现象并非偶然，而是清末民初小说观念变化和地位提高的反映，亦即出于本土文化的需要；② 1937 年普希金逝世一百周年前后，在我国掀起了一个译介普希金作品的高潮，普希金在我国的接受开始了从自发到自觉、从读书界到全社会、从片面到全面的转变；③ 在译介普希金作品的同时，非常重视对苏联普希金研究论著的介绍，而在中国学者和作家自己写的文章中，对普希金的作品和人格给予了高度的赞扬，具有某种偶像化倾向。这些观点，后来我都写进了《普希金与中国》一书的第二章《20 世纪上半叶普希金在中国的接受》的《概述》中。

当然，彭先生送给我的三本书的价值，不能仅从功利性的角度去理解，它们更主要的是体现了一个前辈学者对后学的提携和帮助。此外，这三本书本身还是文物。《波尔塔瓦》从出版至今已过去了五十六年，而《普式庚论》和《译文》新 2 卷第 6 期则分别有六十七年和七十三年的历史。在这半个多世纪里，它们的主人受尽磨难，而它们竟安然无恙，这简直是个奇迹。对我来说，它们是真正的无价之宝。

二、一部译作的诞生

20 世纪 80 年代初期，我在翻译《普希金论文学》一书时，决定把 H. B. 波戈斯洛夫斯基编的《批评家普希金》一书中的《同时代人回忆普希金谈文学》译出，作为该书的附录。这个附录有两处摘引了安·彼·凯恩的《回忆录》。一处是上文提到的回忆普希金创作《波尔塔瓦》时的情景："1828 年冬天，普希金正在写《波尔塔瓦》这部长诗，他常常沉浸在它那富于诗意的形象与和谐的诗句中，一边反复吟诵着他刚刚写出的一句诗，一边走进我的房间。例如，他有一次进门时高声朗诵道：'战事开始了，波尔塔瓦之战！’”另一处是回忆普希金对波多林斯基的《肖像》一诗的称赞。

安·彼·凯恩这个名字，我在中学时代就已经非常熟悉了，普希金献给她的那首《致凯恩》（《我记得那美妙的瞬间》）更是倒背如流，那个“纯洁美丽的精灵”，那个“昙花一现的梦幻”，我相信给所有读过这首诗的人都留下了难忘的印象。然而凯恩的回忆录我却从未见过，也不了解。于是我通过馆际互借的方式从上海图书馆借来了这本书的原版。它的内容包括回忆文章、日记和书信三大部分。日记的第一部分，写于1820年6月23日至8月30日，当时普希金正流放南方，两人天各一方，不通音问，因此这些日记跟普希金没什么关系；第二部分写于1861年11月20日至12月18日，当时普希金已去世多年，它与普希金也没什么关系；第三大部分虽然收录了普希金致凯恩和凯恩致普希金的几封书信，但篇幅较小。而第一大部分有五篇文章，其中《回忆普希金》《回忆普希金、戴尔维格和格林卡》《戴尔维格与普希金》这三篇文章与普希金有直接关系，它们首次披露了普希金生活和创作中许多不为人知的事实，塑造了一个真实的活生生的普希金形象。《同亚历山大·帕甫洛维奇皇上的三次会见》和《回忆我的童年》虽然不涉及普希金，但却客观地、可信地描绘了19世纪20—30年代俄国社会生活的图画。五篇文章均具有珍贵的文献价值和文学价值。因此我决定把它们译成中文。由于这一想法还不太成熟，我只跟我校历史系的陈耀球先生（《苏联三女诗人诗选》的译者）简要地说了一下。

不料过了不久，我突然收到彭先生的一封信。信是这样写的：

铁夫同志：你好！

耀球兄说你有一本凯恩的《回忆普希金》，书是不是在手边？

你有没有兴趣，特别是有没有时间译出？

译成中文大约有多少字？原书插图多不多（最好有较多插图）。如原书没有，是否可以从别处找到？

得暇，盼示数行，谢谢。

颂

春节好！

曾老师好！

彭燕郊

1986年2月7日

我知道，彭先生正在为漓江出版社的“犀牛丛书”组稿，于是在回信中把我上面提到的想法告诉了他，并表示愿意把书译出。他在接下来的三封信中对我的选题作了肯定，说“整个这本书都使我高兴”，“对这本书我们寄予很大期望”，认为它必能受到读者欢迎，不过，为了吸引读者阅读好书，要把书名搞得活些。他建议，就用普希金《致凯恩》一诗的第一句《我记得那美妙的一瞬》作为书名，不过“一瞬”可改为“瞬间”，这样“文义生动些，也响亮些”。此外，他还谈到插图也很重要，封面要印彩色的凯恩像。

3月16日，漓江出版社就寄来了正式的约稿信。这封信是用手写的，一看就能认出是彭先生的字，但字迹比平常的信要工整一些。信中还提到，“有关交稿及其他编辑事务，希与彭燕郊同志联系”。看来，彭先生不仅是“犀牛丛书”的组稿者，而且俨然是这套丛书的责编了。我在当年6月份就译完了书稿，并且将书稿直接寄给了他。他在11月5日的信中说：“凯恩回忆录已交出版社，列入第一批五种内了，请释念，我希望能赶快印出来。”11月23日，他在从桂林寄出的信中说：“我们搞的这套丛书，如今已收稿十部，而他们的译文室共只三人，调走一人，剩下二人，到现在才看稿四部。无奈，有几部稿只好我来再看（我原先看不是以责编要求看的），你的这部，我又再看一遍，说实在的，我以为你只要再加努力，就可以跻身名家之列了。”作为诗人、散文家、学者，他当时有着繁重的创作任务，同时还担任《国际诗坛》的主编，已经是够忙的了。在这种情况下，他又为“犀牛丛书”的出版耗费了大量精力，令我们这些译者十分钦佩，十分感动。

由于征订数不够理想，“犀牛丛书”迟迟不能付梓。我的那个译本据说征订过三次，前两次因印数未到三千，一直压在出版社。直到 1991 年 8 月，彭先生在信中告诉我："征订数已够了，就可以印了。"这年 10 月至第二年 5 月，我在俄罗斯访学。回国后不久，我就接到漓江出版社寄来的一包书，这就是我的那部译作，但书名已被出版社改为《普希金情人的回忆》。除我的这部译作外，这套丛书还包括乔治桑与缪塞的书信集、巴尔扎克致韩斯卡夫人书信选、阿·茨维塔耶娃关于她的姐姐玛·茨维塔耶娃的回忆录、卡夫卡的随笔集和奥维德的《爱经》。它们无不倾注着彭先生的心血。

2011 年

我所认识的彭燕郊先生

回想起来，“彭燕郊”这个名字我是1955年从报刊上的批判文章中知道的。不过当时我还是个中学生，不完全清楚是怎么回事。第二年，我离开湖南去武汉上大学，毕业后留在那里教书，一待就是二十年，对湖南的人和事都很生疏，只知道长沙有个叫“湘江风雷”的群众组织，也知道长沙马王堆汉墓出土了一具西汉女尸，当然还知道国务院批准恢复湘潭大学，其他的事就不甚了了。1976年5月调来湘大后，我就听说了湖南知识界的一些情况，知道了马积高先生和羊春秋先生，还知道湖南有三个大知识分子：一个是魏猛克先生，另一个是董每戡先生，还有一个就是二十多年没有再听说过的彭燕郊先生。有一次，我在长沙参加一个全国性的外国文学教材编写会议。散会后，同教研室的曹让庭先生想去看望他在湖南大学求学时的老师魏猛克先生和董每戡先生，于是约我一同去。两位老先生住的房子都很破旧拥挤，屋内陈设极其简陋，两人身体都很不好。可谓老景凄凉，令人感叹唏嘘。彭燕郊先生也是曹先生的老师，我们本来也是要去看望的，因不知道他的确切住址，故未能成行。不过当时听说，校方已决定聘请他来校任教，他也已经应允，以后拜访他的机会自然很多。果然没过多久，他就正式调入湘大。由于学校正是草创时期，条件很差，他只能在学生宿舍分到半间房子（与另一个老师合住），里面可放一张小床、一张小桌和一把椅子。我去看过他几次，只能算是礼节性拜访，因为房子太小，实在无法细谈。

记得他来校不久，系总支书记找到我，说学校决定给彭先生申报教授职称。彭先生当时正在长沙，总支书记要我立即去找他了解情况，并按要求为他整理一份申报材料。彭先生的夫人供职于省博物馆，在一幢两层的旧楼房里分了一套一进三间的房子。这种房子的结构很不好，从外间进里间和从里间出来，都要经过中间那个房间，而中间那个阴暗的、不通风的房间就是彭先生的书房。公刘把这套房子比作“一串糖葫芦”，又称它为“典型的中世纪的作坊”。不过，令我感到惊讶的是，三个房间的角角落落都堆满了书。

由于时间紧迫，彭先生连夜赶写了一份简历和一份著作目录。我回到学校后，把彭先生提供的材料整理了一下。当时的职称申报材料比较简单，不像现在这么复杂、烦琐。材料报上去后不久，彭先生的教授职称就批下来了，这是意料中的事。50年代初期他在湖大任教时就已被聘为副教授，在正常情况下早就应该解决了。批文下来后，大家都感到高兴。对于我来说，通过这次近距离接触，我对他有了比较深入的了解，对他也更加尊敬了。

彭先生来湘大时已年近花甲，但他的精神状态却很好，迅速地融入了虽然艰苦但却生气勃勃的学校生活中。正如他前不久在一篇文章中所说：“20世纪70年代末，1979年3月，那个整个中华大地洋溢着希望气氛的年代……我来到湘大，重新做自己爱好的教师工作……浸沉在庆幸美好憧憬终于再一次亲切闪观的大欢喜里，一切都那么鲜亮，温煦，贴近，几乎伸手就可以触摸到，有一种被爱和可以勇敢地去爱的幸福感。”的确，他就是怀着这样的心情开始了他在湘大的工作。他为同学们开了两门课，一门是“诗歌概论”，另一门是民间文学。应该说，诗歌研究是他的第一专业。他既是诗人，又是诗论家，不仅有丰富的创作经验，而且对诗歌理论深有研究。后来收集在《和亮亮谈诗》一书中的三篇论文就是在讲稿的基础上整理而成。其中《论感动》一篇对诗人的使命、诗人的信念、诗人的品格、诗人的修养作了精辟的论述。虽然作者把它称为“关于诗·诗人的随想录”，实际上却是“关于诗·诗人的诗”。它不仅思想深刻，而且语言凝练，就像格言警语一样。《关于形式美》一篇不仅谈了内容与形式的关系，而且涉及完整、重复、对称、对比、协调、比例、直觉等许多美学命题，这在强调内容重于形式的那个年代，是很要有些勇气的。《关于现代诗》是书中最有分量的一篇论文。它从波特莱尔、艾略特到当代，从龚定庵、鲁迅到朦胧诗，作了系统的、全方位的论述。分开来看，是一部《世界现代诗发展史》和一部《中国现代诗发展史》，合起来看，就是一部《中西现代诗比较发展史》。它在中国比较文学发展史上，绝对具有开拓的意义。请想一想，彭先生的这门课，对于那些刚刚从知青的蹉跎岁月中走来的大学生们，该具有怎样的启蒙意义！该具有多大的吸引力！同学们课前课后总是围着他提问题，课堂上原原本本地记下他的每一句话。他们是他的“粉丝”（只不过当时还没有“粉丝”这个词），把他当成了自己崇拜的偶像。

彭先生还是一位民间文学研究家，他主讲的“民间文学”课也是系里最受欢迎的课程之一。1981 年，他在省内率先招收两名民间文学研究生。从全国范围来说，我校也是较早招收这一专业研究生的。可惜这两名研究生既是开门弟子，又是关门弟子。不过，彭先生撒下的种子至今仍然在校园内外开花、结果。

除了课堂教学，彭先生还花费大量时间指导学生的诗歌创作、诗歌朗诵等活动，在全校掀起了一股诗的旋风。在那个言必称萨特的时代，有那么多学生读诗、写诗，这简直是一个奇迹！学生们还成立了“旋梯诗社”，涌现了一大批校园诗人，这在全国也是占风气之先。诗社的名字也是根据彭先生一首题为《旋梯》的诗取的，诗中有这样的诗句：

> 上升，上升，上升中延展的圆形。
> 圆在伸展，流利的弧线在运动，
> 螺旋形追逐自己，永远追逐，分不出段落。
> 起点是上升，中途是上升，终点也是上升。
> ……
> 上升，螺旋形没有后，没有前，取消前后。
> 上升，从六个角度抛弃前后。

上升，只有高和更高，取消低。

螺旋形的规律是：终点也不是结束。

这种永远上升、没有终点的精神是彭先生本人所固有的，它也成了“旋梯诗社”的灵魂。

学生们的这些活动，当时称为“社团活动”或“第二课堂”，现在称为“校园文化”或“素质教育”。不管怎样称呼，它的确是对课堂教学的一种补充。当然，它的意义还远不止于此，它给校园带来了一种真正的人文精神，营造了一种浓郁的诗的氛围，也给“旋梯诗社”的每个成员造就了一种诗的气质。彭先生曾对它作出过这样的评价：“我敢说旋梯这一名字必将在自‘五四’以来中国新诗运动史上留下一页光辉灿烂的篇章。”我认为，这个评价是不为过的。

从20世纪70年代末到现在，我本人的专业工作也一直得到彭先生的关注、指导和帮助。我是搞俄罗斯文学的，80年代以翻译为主，兼及研究；90年代以来则以研究为主，兼及翻译。80年代初期，彭先生为湖南人民出版社规划了一套大型诗歌丛书“诗苑译林”。他曾征求过我的意见，问我能不能报一个选题。我在年轻的时候虽然译过一些诗歌，但自己并不满意，只能说明当时胆大，所谓“初生牛犊不怕虎”而已。后来年纪越大，竟越不敢译诗了。不过，我向他推荐了湘大历史系的陈耀球先生。陈先生不仅精通俄文，而且文学功底深厚，本人也是诗人。彭先生请他翻译阿赫玛托娃、茨维塔耶娃和英蓓尔的诗歌，这就是后来收入“诗苑译林”的《苏联三女诗人选集》。由于译本的成功，陈先生竟一发而不可收，以后又陆续译出了普希金的全部叙事诗。

几乎在为“诗苑译林”组稿的同时，彭先生又为湖南人民出版社规划了一套“散文译丛”。当时我正在重读苏联作家帕乌斯托夫斯基的作品，并在寻找《金蔷薇》的续篇。帕氏在《金蔷薇》的后记《给自己的临别赠言》中说：“我的关于作家劳动的第一部札记就到此为止了，我清楚地感觉到，工作才刚刚开始，前面的工作是无穷无尽的。要说的东西还多着呢——我国文学的美学特点呀，它在培养具有丰富、崇高的思想感情体系的新人方面的极其深刻的意义呀，题材呀，幽默呀，形象呀，人物性格的塑造呀，俄语的变化呀，文学的人民性呀，浪漫主义呀，良好的鉴赏力呀，原稿的修改呀——真是不胜枚举。”既然《金蔷薇》只是帕氏“关于作家劳动的第一部札记”，而且作家认为“工作才刚刚开始”，那就应该有它的续篇。恰好1982年我在苏州参加一次学术会议时，得到一本《北京图书馆馆藏苏联文学研究著作目录（五十至六十年代）》，发现“作家回忆与随笔”栏内有帕氏的一本名为《面向秋野》的书，书名下标有“肖像、回忆、随笔”的字样。我断定，它就是《金蔷薇》的续篇。同年秋天，彭先生在一次谈话中向我提及这本书，希望我把它译出来，收入湖南人民出版社的“散文译丛”，并将此书列为该译丛第一辑的第一个选题。我花了一年的时间，从六十六篇文章中选译了三十余篇。由于超过了出版社规定的二十万字，出版社砍掉了几篇，最后剩下二十五篇。

《面向秋野》出版后，受到了普遍的欢迎，1985年初版印了一万册，很快就销售一空，第二年又印了一万五千册，还是供不应求。《文艺报》《文汇报》《文汇读书周报》《外国文学研究》等多家报刊发表书评或书讯。散文家陈丹晨、吴泰昌、李元洛等来信，称赞它“是一本有价值的书”。1986年5月10日，彭先生在给我的一封信中说：“在北京听到不少朋友说到《面向秋野》，真是获得很大的成功，祝贺你！大家都叫苦，买不到书。新华书店已不适应新的形势了。”他的信给了我很大的鼓励。其实，这本书从策划、组稿到出版，都倾注了他的心血，书的成功也有他的一份功劳。

1986年初，我开始翻译《凯恩回忆录》。凯恩是普希金的女友，普希金曾给他写了一首举世闻名的诗《致凯恩》（《我记得那美妙的瞬间》），称她为“纯洁美丽的精灵”“昙花一现的梦幻”。这首诗不仅赞颂了凯恩的美貌，而且描绘了美的力量。正是凯恩，使幽居乡下的普希金恢复了失去的偶像、灵感、生命、眼泪和爱情。它情真意切，动人心弦，是世界诗坛最优美的抒情诗之一。后来，普希金还给凯恩写过《象征》一诗，可以视为《致凯恩》的续篇。普希金逝世后，凯恩参加了普希金的教堂葬仪，并写了三篇回忆普希金的文章。它们既是富于艺术魅力的文学作品，又是很有价值的历史文献。她的回忆录由这三篇文章和另两篇回忆文章，以及书信和日记组成，我决定将五篇回忆文章译出，书名定为《凯恩回忆录》。彭先生当时正在为漓江出版社的“犀牛丛书”组稿。他得知这一情况后，连续给我来了几封信，提出将它列入这套丛书。信中谈到湖南人民出版社“散文译丛”中的《刚果纪行》初次征订仅六百册，为了“吸引读者来读好书”，他要求“把书名搞活些”，建议用普希金《致凯恩》一诗中的第一句“我记得那美妙的一瞬”作为书名，并将此诗印在卷首。不过“一瞬”可以改为“瞬间”，因为后者“文义生动些，也响亮些”。此外，他要求多用插图，并将凯恩像刊于封面。

我觉得他的意见提得很好，去信表示完全同意。几天以后（1986 年 3 月 16 日），漓江出版社译文编辑室就给我寄来了正式约稿函，信中要求译稿在七八月份完成，并明确告之，“有关交稿及其他编辑事务，希与彭燕郊同志联系”。实际上，彭先生就是我这本书甚至这套丛书的责编。有好几部稿子都是经他审阅的。同年 11 月 23 日，他在给我的信中说：“你的这部，我又再看一遍，说实在的，我以为你只要再加努力，就可以跻身名家之列了。”这部译稿，我的确是下了一番功夫的。至于他的赞语，我仍然只是看作对我的鼓励。由于当时纯文学书籍出版不大景气，译稿在出版社一搁就是六年。据说这本书征订过两次，征订数没有达到三千册，无法开印。1992 年 5 月，我从俄罗斯访学归来后，突然收到出版社寄来的一包样书，书名已改为《普希金情人的回忆》，我真是哭笑不得。不过我听说，正是由于这一改，征订数达到五千七百册。出版社可谓用心良苦，我除了感谢，还能说什么呢？

2001 年，湖南文艺出版社约我重译屠格涅夫的散文诗。国内原有的译本一般只收八十二首。1982 年，苏联科学出版社出版的《屠格涅夫文集》十二卷集增加了《跟谁争论……》一诗，共八十三首。我的译本就是根据这个版本译出的。关于这本书的翻译，我曾在《译后记》中说，屠格涅夫以小说创作著称，但在本质上是一位诗人。他的散文诗虽然篇幅短小，也没有分行排列，但它们所蕴涵的哲理和韵味，却绝对是诗的。翻译本来就是戴着镣铐跳舞，而重译就是戴着双重镣铐跳舞。完稿后，我将稿子送到彭先生家中，请他写个序言，他满口答应了，并且告诉我，他正好有些话要说。我的本意是请他写个千字文式的短序，无非是沾沾名人的光而已。这是时下的一种风气，我也难以免俗。谁知彭先生却郑重其事地把它当作一件大事来办，居然写了一万多字，历时一个多月，而且人也累病了。当我得知这一情况后，心里感到十分不安，一个劲地向他道歉。从内容上来说，他的序言分为两部分。第一部分约两千五百字，从 19 世纪的文学变革谈起，谈到了散文诗这一新的文学门类出现的必然性，并对散文诗的先行者——贝尔特朗、惠特曼、波特莱尔和屠格涅夫的创作成就及其在散文诗发展史上的作用和地位作了论述。在第一部分的最后，他说："张铁夫教授的这个译本收散文诗八十二篇，是迄今为止单行本中数量上最完备的一种，阅读它，能够让我从思想品格和艺术品格上更加明白散文诗的出现，存在，发展的必然。"很明显，序言的第一部分就是一部世界散文诗发展简史，这是对《关于现代诗》一文的补充。读到这里，我才明白"正好有些话要说"的意思。序言的第二部分分析了屠氏那些"明显抒写深度人生思考"的散文诗，以及《基督》《门槛》等篇章。这种分析也是在世界散文诗发展史的背景上进行的，不是就诗谈诗，而是高屋建瓴，意味深长。

除了上面所说的几件事，我还得到过他的很多帮助。我的"普希金研究三部曲"的写作就得到过他的指导。他还把珍藏了六十年的《译文》新 2 卷第 6 期（《普式庚逝世百年纪念号》）和珍藏了五十六年的《普式庚论》一书送给了我。后来我请人将前者拍成照片，刊于《普希金与中国》一书卷首。前不久，他还在给我的一封信中写道，希望我就普希金"世界级大诗人地位和世界影响"写一篇文章，这的确是非常必要的。过去，俄罗斯不少学者和作家论述过普希金的世界性，但要么语焉不详，要么只谈他的作品在国外的传播和影响，而西方学者中的不少人一直把普希金看成"俄国的拜伦"，不承认他在世界文学史上的地位。新近出版的英国学者兼作家 T. J. 比尼恩的《普希金传》就很有代表性。因此，这是一个很有价值的研究课题。目前我正在搜集资料，尝试对这一问题进行回答。此外，多年来，他一直希望我能够重译《金蔷薇》，并一直在为《面向秋野》一书的重印鼓与呼。这里我还要顺便提一件事。我爱人曾簇林是搞文学理论的，她曾比较系统地听过彭先生的“诗歌概论”课，受益良多。80 年代初期，她与江宜庶合写过一本名为《论希腊艺术和史诗何以具有永久的魅力》的小册子，由文化艺术出版社出版。当时彭先生正在约著名希腊文学专家罗念生先生翻译《希腊罗马散文选》，便请彭先生给罗念生先生寄去一册。不久罗念生先生给曾簇林来信，说他在北京求购此书多时而未能如愿，现在收到，真是喜出望外，并对彭先生和曾簇林表示感谢。彭先生在课堂上还将此事告诉同学们，一时传为佳话。后来，我去北京出差时，彭先生委托我去看望罗念生先生，后者还怀着感激的心情提及此事。彭先生在前不久写的《在湘大的日子》一文中，对 80 年代那些美好的日子作了深情的回忆，也提到了我们：“说起同事，最难忘的是勤勤恳恳做学问的张铁夫老师和他的夫人曾簇林老师，他们的成就是有目共见的。”这当然又是对我们的鼓励。

从初识彭先生到现在，二十七年过去了。在这二十七年里，我们有无数次谈话，有数十封书信往还。即使在他退休后的十九年里，我每年都要去长沙看他一两次；他每次回校讲学或参加学生社团的活动，我也是全程陪同。逢年过节，我们总要打电话或寄明信片向他和师母问安。有时，他竟抢在我们之前打来电话或寄来精美的贺年片，甚至在给我们的信中以“兄嫂”相称。我们虽然无缘做他的弟子，但却始终将他视同授业恩师。

关于彭先生的诗歌创作，我只是一个普通读者，并没有什么研究。总的感觉是，他回归以后，诗写得越来越好，可说是炉火纯青。毫无疑问，他的后半生遇上了一个好时代。然而，为什么另外一些人也生活在这个时代，却再也写不出好作品了呢？我认为，彭先生的后期创作之所以具有一种巨大的艺术震撼力，首先因为他是凭着自己的心灵在写作，而且他的心灵已经升华到了对整个宇宙的关照，回答的是生命具有怎样的意义、人和宇宙为什么存在的问题。他的思维已经是一种宇宙思维，他对人与宇宙、人与自然关系的思考已经达到了极致。他已经大彻大悟，思想的宽度、深度和亮度造成了他的诗歌的宽度、深度和亮度。其次是他有深厚的学养。他熟谙中国文学和外国文学，而且把中外文学的传统和精神融入了自己的创作之中。特别是他对外国文学的了解，连我们这些专任教师也自愧弗如。陀思妥耶夫斯基在1880年6月8日为庆祝莫斯科普希金纪念碑揭幕而作的演说中，称普希金具有“全世界性的共鸣能力”，即能与整个世界产生呼应。我认为，彭先生也具有这样一种能力。他规划、组稿、审校的“诗苑译林”“散文译丛”“犀牛丛书”等大型丛书，他主编的《国际诗坛》《现代世界诗坛》等刊物，他撰写的《关于现代诗》《〈屠格涅夫散文诗集〉序》等长篇论文，以及他创作的《小泽征尔》《东山魁夷》《德彪西〈月光〉语译》等作品，就是这种能力的体现，就是对整个世界的呼应。而这一切与他深厚的学养是分不开的。再次，也是最主要的，他深爱着自己的祖国和人民。尽管他一生坎坷，大起大落，忽高忽低，但正如他的《瀑布》一诗所写：

没有高就没有低，没有低就没有高
有高有低，山就是这样构成的
水是
要有自己的路的
高的路，低的路
不管高和低，一直向前流去

他还说过：

诗人的可爱在于：
身受到的失败和耻辱，在他，甚至也可以发为最美的歌。

我想起了索尔仁尼琴在接受诺贝尔文学奖时所作的答谢辞中的一段话：“一旦以艺术为己任，终身便无法再把它遗弃。作家绝不能厕身世外，以超然的态度去臧否时人和批评自己的同胞。他应该分担自己的国家和同胞所犯的一切罪孽的结果。”索尔仁尼琴本人，以及命运与他相似的成百上千的俄罗斯艺术家不就是这样的吗？我又想起了瓦西里·洛扎诺夫的一段话：“爱一个幸福和伟大的祖国并不难。难的是在她弱小，屈辱，愚蠢，甚至有罪的时候，我们仍然爱她。难的是在我们的‘母亲’喝醉，撒谎，一身罪孽的时候，我们依然不离开她。这样还不够：当她最终死去，被犹太人啃得只剩下骨头，谁能在这堆人人唾弃，没人需要的骨头旁边哭泣，谁才是真正的‘俄罗斯人’。”其实，索尔仁尼琴所说的那种“以艺术为己任”的作家和瓦西里·洛扎诺夫所说的那种“真正的人”，在中国也有不少。彭燕郊先生便是一个突出的代表。

2006 年

永远不老的晏老师

人们都说，现在是信息时代，电子时代。其实，我们的世界也是一个化学的世界。从载人遨游太空的航天飞船到普通老百姓的衣食住行，哪一样又离得开化学呢？就拿我正在吃的一种药来说吧，说明书上写着："本品以××为原料，采取现代高新技术提取，浓缩而成。"所谓"现代高新技术"和"浓缩而成"云云，其实就是化学合成方法。记得我第一次去俄罗斯时，俄国朋友用伏特加酒款待我，并告诉我伏特加酒的最佳度数是四十度，因为这是根据门捷列夫元素周期表确定的；我第二次和簇林去俄罗斯时，一位在莫斯科门捷列夫化工学院攻读副博士学位的中国留学生，把自己的宿舍腾给我们住；我喜欢读俄国诗人勃洛克的诗，传记上说他原来是门捷列夫的女婿。总之，到处是门捷列夫，到处是化学！

说起化学，我首先想起的自然是晏才魁先生。他是我在新化一中求学时的化学老师。我们这些学生，当时都不大懂事，也有点调皮，觉得上化学课很新奇，很好玩。记得刚上了几节课，我们几个同学就去县城一家南货店，问店员有没有氯化钠，店员不知道我们要买什么，只是瞪着一双眼睛望着，我们几个人大笑着跑出了店子，搞得那个店员莫名其妙。

20 世纪 50 年代，有一句很流行的话，叫"学好数理化，走遍天下都不怕"。我虽然也喜欢数理化，但主要兴趣还是在文学方面。对数理化课程只是应付，而对小说则着了迷，课余基本上沉浸在小说中，上数理化课思想也经常开小差。有时候晏老师正在讲某一个化学原理，我的脑海里却浮现出红军战士保尔在前线冲锋陷阵或阿Q在墙根的日光下脱下破夹袄捉虱子的情景。晏老师知道我在学习方面有偏废的毛病，但他却从来没指责过我，而总是从正面引导，要我注意全面发展。他是一位非常严谨、朴实的老师。讲课条理清晰，语言简洁，不搞那些花里胡哨的东西。他往往把讲授和实验结合起来，学生既好懂又好记，这就是他后来总结的“边讲边实验”的方法。他的这种严谨求实的科学精神，也时时刻刻感染着我，为我树立了很好的榜样。

离开母校五十多年了。虽然中间也回去过几次，但每次都很匆忙，未能继续聆听晏老师的教诲。2005年9月，我回白溪参加我的启蒙老师龚光国先生（龚谷成将军的父亲）的葬礼，新化一中的邹校长要我给母校的学生做一个文学讲座。我刚到母校办公楼，只见一辆黑色的汽车朝办公楼开来，从车上下来几位白发苍苍的长者。其中有谢伯豪老师和晏才魁老师。原来他们是邹校长特地请来的。两位老师虽已是耄耋之年，却精神矍铄，身体硬朗。见到他们，我感到特别高兴。当时我心里暗想，谢老师是教物理的，难道有什么物理养生之道？而晏老师是教化学的，难道有什么化学养生之道？

当然，作为一位化学家，晏老师肯定懂得物质对养生的重要意义，不过对他来说，更重要的是精神。他早年在湖大读书时就要求进步，参加革命工作。入党后，他一如既往兢兢业业地工作，仍然保持着一颗平常心。政治上的坚定信仰，生活上的平常心态，这就是他做人的原则，也是他长寿的秘诀。这样的人是永远不老的。

峨眉山逗猴记

峨眉山是著名的旅游胜地，享有“高出五岳，秀甲九洲”的盛誉。“双桥清音”“洪椿晓雨”“象池夜月”“金顶佛光”等著名景观固然赏心悦目，令人神往；而那些在山间拦路讨食的野猴，亦堪称一绝，且更具佳趣。如果不逗一逗野猴，即使饱览秀丽的风光，峨眉还是未曾游。去年我在成都科技大学出国培训部学习期间，同俄语高访班的几位学友便尝到了这种逗猴的乐趣。

去峨眉山之前，关于“群猴剪径”的趣事，我已多有所闻，简直如雷贯耳。据说它们夜伏昼出，啸聚出林，每天上午九十点钟便开始“上班”，成群结伙地守在旅游路线两旁，向游人索取“买路食”。这些故事新奇有趣，勾起了我们浓厚的游兴。

10 月下旬的一天，我们驱车前往峨眉山，当晚下榻在山腰的净水。临睡之前，我们买了面包、花生等物，以备次日充饥和逗猴之用。次日 4 时许，汽车朝山顶进发，到接引殿后，我同老沈、小王、小刘想看野猴，便决定步行下山。9 时半许，我们一行来到华严顶，但见茶亭下面聚集着许多游人，喊声笑声不绝于耳。走近一看，原来是游人正在逗猴。他们拿着饼干或花生，将手举得高高的，几只大猴踮起脚爪，伸出毛茸茸的手臂，企图抓取食物。看上去，这些猴子憨态可掬，毫不可怕，倒像嗷嗷待哺的婴孩一样可爱。我们也将拿花生的手举得高高的，然后将花生一颗颗地往下扔，猴子顾此失彼，来回奔跑，逗得大家哈哈大笑。这情景被小王用相机及时拍了下来。小王和小刘两位女士也以猴为背景各拍了一张照片。

正在大家玩得起劲之时，忽见几个小伙子神色慌张、气喘吁吁地从山下跑了上来。原来他们下山时遭到大群猴子的袭击，不敢继续前进，只得折了回来。空气顿时变得紧张起来了。

从华严顶下山有两条路线：西线经遇仙寺、仙峰寺、九十九道拐、洪椿坪到清音阁；东线经初殿、息心所到万年寺。西线景点多，但有三群恶猴；东线无野猴，但景点较少。何去何从，我们踌躇起来了。又想看猴又怕猴，就像寓言中那个好龙而又怕龙的叶公。为了安全起见，最后我们决定走没有“战事”的东线。

我们迈着旅游者悠闲的步履离开了华严顶。刚上一道小坡，从西边坡下蓦地传来一片喊声。我们扭头朝西望去，只见树林响处，窜出一群猴子，它们是被茶亭下面那些游人赶过来的。几只小猴迅速蹿到树上，而那些刚才还憨态可掬的大猴则成散兵线朝我们四人猛扑过来。我们毫无思想准备，一时慌了手脚。跑吧，恐怕连世界冠军刘易斯也难以逃脱，何况我们这几个书生；打吧，众怒难犯，后果更不堪设想。因此我们索性站在原地，听天由命，反正今天是豁出去了。我的对手龇牙咧嘴，眼露凶光，一上来就抓住我右边的衣袋，强行讨食。我急中生智，抓了一把花生扔到数米开外，猴子连忙朝花生跑去。我轻松地吐了一口气，不料它丢下花生，又朝我扑来。我将衣袋里的花生悉数扔了出去，谁知它竟不屑一顾，死死缠住我不放，相持了两三分钟。最后我突然想起了导游在车上所教的方法，翻出两个衣袋，拍拍双手，迭声说：“没有了！没有了！”不知是它听懂了我的话，还是看到我确实囊中已空，竟然悄悄地走了。我得到解脱之后，发现小王和老沈正在用同样的战术同猴子周旋，迫使猴子停止了进攻。我们原想去峨眉山逗猴，谁知竟变成了斗猴。

“战争”结束后，我们心有余悸地急急朝山下走去。晚上，我们向众学友讲了这番历险。班长风趣地说：“你们成功地演了一出《胜利大逃亡》！”

1991 年

学位论文与学术创新
——指导研究生学位论文的一点体会

我从20世纪80年代初期开始指导世界文学专业俄苏文学方向的研究生。1997年学科调整之后，世界文学专业的名称改为比较文学与世界文学，我带的研究生隶属于欧美文学方向。由于我本人的研究仍以俄苏文学特别是普希金创作及其接受和传播为主，因此，我把一部分研究生的学位论文纳入了普希金研究轨道，使他们与我的研究方向一致，而不再让他们“疯跑”。这样做的目的有二：其一，集中力量在普希金研究方面做点事情。从1903年普希金的长篇小说《上尉的女儿》首次译成中文出版，迄今已逾一个世纪。百余年来，我国的普希金译介工作曾先后于20世纪30年代、50年代和90年代出现三次高潮。目前，普希金的绝大部分作品已经译成中文，研究论文多达七百余篇，研究著作亦有二十种之多。然而，1999年普希金诞辰二百周年纪念活动结束之后，我国的普希金研究进入了一个相对沉寂的时期，换句话说，目前我国的普希金研究正处于低谷。如何使它得到持续发展，并使之向纵深推进，这是我国普希金学者面临的一个新的重要任务。作为以俄苏文学及其接受和传播为主攻方向的教师和研究生，我们应该在这方面有所作为。其二，培养一批年轻的普希金研究者。这些年来，我虽然在普希金译介方面做了一点工作，出版了二部专著、四部译著，发表了十余篇论文，但个人的力量毕竟是有限的，而且我已年过花甲，应该在有生之年培养几个年轻的普希金学者。也许他们之中不是每个人将来都能继续从事普希金研究，但只要有一两人能够坚持，研究的接力棒就会一代代传递下去。19 世纪末，彼得堡文史学院和莫斯科大学分别开设过普希金专题讲座，后来 C. 文格罗夫又在彼得堡大学开办过普希金研究班，先后参加学习的达六百多人，许多著名的普希金学者就出自这个研究班。当然，这样的规模和水平，别的国家都是难以达到的，但他们重视队伍建设的精神和培养研究队伍的方法，却是值得学习的。

研究生教育是一个复杂的系统工程，它对教育者和被教育者的要求是很高的、多方面的，创新精神就是其中的一个重要方面。近年来，随着我国教育体制改革步伐的加快，创新教育不仅提上了议事日程，而且已经开始在我国全面推行。人们越来越清楚地认识到，在知识经济时代，教育既是知识传播的基地，也是培养创新人才的摇篮。创新能力的培养是素质教育的重要目标之一，这一原则应该贯穿于教育的各个层次和各个阶段，作为精英教育的研究生教育则更是如此。

学位论文是研究生教学最后的、也是最重要的一个环节。可以说，它是研究生本人带有总结性的学习成果，也是研究生教学质量的主要标志。它的灵魂就是创新。然而，不是所有的研究生一开始就对此有明确认识的。因此从研究生进校时起，在研究生学习的各个阶段，特别是论文开题和论文写作阶段，我总是不断地对研究生灌输创新的思想，要求他们牢固地树立创新意识。

创新并不是一个神秘的概念，也不是一个可望而不可即的东西。所谓创新，其实质就是超越。吴元迈先生在“俄国文学研究前沿问题与学科建设”研讨会上谈到“前沿性”时指出：“‘前沿’本是自然科学概念，现在已应用于人文学科之中，但是，人文学科的前沿有别于自然学科的前沿，自然学科的前沿一般指新兴的理论、技术等，而人文学科的前沿不一定是新近出现的新现象，它更应当包括现实要求对过去的文化现象和文化遗产进行重新认识、看待、解读，‘前沿性’人文学科课题可能并没有时效性定位。”[①] 这段话告诉我们，对过去的文化现象和文化遗产“进行重新

① 周燕红：《如何重建作为一门学科的俄国文学》，《国外文学》2003 年第 1 期。

认识、看待、解读”，就是“前沿”。既然是重新认识、看待、解读，那就是超越，也就是创新。关于这一点，王元骧先生说得更直白：“我觉得若能立足于现实需要，对某些重大的理论问题，能在前人研究成果的基础上有所丰富、有所发展、有所推进就不错了。这种研究虽然不能说是‘原’，但不能说不是‘创’！所以我认为对‘原创性’不能做片面的理解、宣传；否则，很可能会进一步助长浮躁的风气，不利于学术的有效积累和健康发展。”① 这段话的意思很清楚：只要对前人研究成果“有所丰富、有所发展、有所推进”，那就是超越，也就是创新。上述两段话可说是异曲同工，所见略同。

当然，仅有创新意识是不够的，它只是一个前提，只解决了一个思想认识问题，我认为更重要的是创新能力的培养，而在这方面最重要的是要有坚实的专业基础和必要的学术训练。

为了让研究生具备坚实的专业基础，除要求学好培养方案规定的有关西方文学、东方文学、俄苏文学、美学、哲学、文化学、中外文学关系等必修课和选修课以外，我采取的一个主要措施是给研究生开设了一门四十学时的“普希金研究”课。这门课以我的两部专著，即《普希金的生活与创作》和《普希金与中国》为基本教材，以《别林斯基选集》第四卷（该书收入别氏评论普氏创作的十一篇文章）、冯春选编的《普希金评论集》，以及国内外学者的有关著作和最新研究成果为主要参考文献，上课形式既有课堂讲授，也有课堂讨论和课外自学，上课内容为下列十个专题：① 普希金学的历史和普希金研究的现实意义；② 普希金对俄罗斯文学传统的继承与革新；③ 普希金对世界文学传统的继承与超越；④ 普希金对俄国文学发展的贡献；⑤《叶甫盖尼·奥涅金》的时代意识、民族意识和人类意识；⑥《叶甫盖尼·奥涅金》在中国的传播及各中译本之分析；⑦ 20 世纪普希金在中国的接受；⑧ 中国普希金译介的先驱——戢翼翚与鲁迅；⑨ 普希金与 20 世纪中国文学；⑩ 普希金在中国和在西方接受

① 王元骧、赵建逊：《理论偏见是怎样形成的——关于文艺理论创新的对话》，《文艺报》2003 年 7 月 19 日第 2 版。

的差异。在教学过程中，要求研究生阅读普希金各种体裁的代表作品，以及有关普氏研究的代表性著作，使其全面、系统地了解普氏及其创作，掌握普希金学的历史和现状，特别是前沿信息，提高作品分析能力和学术研究能力。而在课程结束之后，则要求每人撰写一篇有新意的普希金研究论文，作为这门课程的作业，记入学习档案。实际上，这就是学位论文开题之前的一次真枪实弹的学术训练。

进入论文开题和写作阶段之后，一个关键问题就是要不要和能不能找准参照系。所谓参照系就是前人和他人已经做过的工作，谢天振先生把它称作“课题史”。他说：“我觉得我们应该强调每一篇学位论文必须在一开头就对该课题此前的研究有一个交待，也即所谓的课题史，或者说得更具体些，就是对所要论证的问题提出一个历史的梳理。……课题史应该是学位论文不可或缺的一部分。”① 这是一项艰苦细致而又必不可少的工作。创新是在前人基础上的超越，只有无产阶级文化派（还有未来派和拉普）才对过去的文化遗产采取全盘否定的虚无主义态度。他们主张从零开始，在“干干净净的地面”上创造“纯无产阶级文化”，这是十分荒唐的。当然，我们这里不存在这样的问题，但如果不愿或畏惧对浩如烟海的文献进行梳理，不知道哪些问题已经解决，哪些问题没有解决，又遑论创新！因此，在每个研究生开题之前，我都把我自己多年搜集的所有资料提供给他们，要求他们认真阅读和思考，找到课题的弱点和自己的切入点。几年来，在我们的共同努力下，我们发现了普希金研究中的一些薄弱之处和空白之处。例如：

（1）普希金的文学人民性思想问题。这是文艺学和美学中的一个十分重要的问题。目前学术界对此或存在误解，或避而不谈，对普希金在文学人民性问题上的贡献漠然视之。

（2）普希金的自由理念问题。关于这一问题，过去俄罗斯和我国都有不少文章涉及，甚至还有专文，但一般只是罗列普氏诗歌中的自由思想表现，对其自由理念的渊源及其实质缺乏深入的研究。

---

① 谢天振：《强强联手，规范比较文学的学科建设》，《中国比较文学》2003年第2期。

（3）普希金的死亡意识问题。过去，无论在俄罗斯还是在我国，人们谈得最多的是普希金的自由意识和乐观主义，很少涉及他的诗歌的死亡意识，这个问题在研究中基本上是一个空白。

（4）普希金的伦理指向问题。普氏的作品中蕴含着丰富的伦理道德意识，但在俄罗斯和我国的研究文章中却很少涉及，至今仍是一个盲区。

（5）普希金的女性观念问题。女性主义批评是近年来传入我国的，但在普希金研究领域，这种批评方法还未得到具体的运用，这不能不说是一个缺陷。

（6）普希金的圣经情节问题。在相当长一段时间内，普希金与《圣经》的关系在俄罗斯和中国都是学术研究的禁区。近年来，这一禁区虽已被打破，但从艺术上谈普氏与《圣经》关系的文章仍然少见。

（7）普希金的叙事艺术问题。普希金的创作是一个完整的艺术描写体系，其叙事艺术是十分高超和独特的。过去研究者比较注重对其作品思想内容的阐释，而忽视了对其叙事艺术的研究，这是研究中的一个薄弱之处。

上述七个问题都是普希金研究中带根本性的问题。这些问题的正确解决，对拓展和深化普希金研究领域、推动我国的普希金研究乃至俄罗斯文学的研究，具有十分重要的意义。因此有必要用专著的形式对它们集中进行论述。我把书名定为《普希金新论——文化视域中的俄罗斯诗圣》（以下简称《新论》），并且报请省社科规划办批准，将其列为省比较文学与世界文学重点研究基地委托研究课题。上述七个问题成为本书的基本内容，每个问题的论述为一章，全书共七章，这就是书的基本构架，也是一个有机的整体。前两章侧重论述普希金的思想（文艺思想和政治思想），后五章则从死亡意识、伦理指向、女性观念、圣经情结、叙事艺术等方面，对普氏的创作重新进行解读。第一章《普希金的文学人民性思想》由我执笔，其余六章的执笔者均为研究生，这六章实际上就是六位研究生的学位论文。

《新论》各章的问题都是针对国内普希金研究现状提出来的，力求在内容和方法上具有一定的创新性。这种创新性主要体现在以下两个方面：

① 不是对普氏个别作品的阐释与赏析，而是提出了一系列学理性问题，它们涉及普氏的文艺思想、自由理念、审美形式和诗学观念，从而深化了我国的普希金研究。② 把纯文学的视角换成了文化的视角。我一向认为，文学研究应以文学为本位，为中心，但也不应过于保守。文化阐释可以拓宽文学研究的思想和视角，这在学术界是有共识的。总之，在《新论》中我们突出的是学理层次的问题，并借用了文化阐释的方法。例如，第一章从“народность”一词的翻译着手，详细阐述普氏文学人民性思想的形成、涵义和影响，还普氏文学人民性思想以本来面目，论述普氏对文艺学和美学的重大贡献。第二章不是简单地罗列普氏自由思想在创作中的表现，而是在欧洲自由主义传统的基础上探索其渊源，批判那种把自由仅仅看成政治信仰的观点，指出对普希金来说，它更是一种个性生命意识：他对自由的追求不仅是对俄国专制制度的批判，也是对俄国文化精神的反思。因此，他所表达的自由与现代自由理念是一致的。第三章从死亡意识这个新的角度来分析普氏的思想和创作。普希金是一个有着强烈死亡意识的人，他是在深刻的死亡震颤下走上诗歌创作之路的。这一章首先阐述普氏死亡意识的文化背景（希腊模式的自然理性的死亡观念和希伯来的精神超越的死亡观念），然后介绍普氏生活中的死亡体验和他的文学视野中的死亡文化，最后论述他的创作中的死亡思考，指出这种死亡意识和思考代表了 19 世纪俄国贵族知识分子在社会转型时期最初的精神探索。第四章围绕道德上的三个核心命题（爱情、婚姻和善恶）分三个层面展开，探讨普氏的伦理道德意识。第一个层面论述普氏爱情叙事中的伦理指向，认为普氏之爱既是理性的，又是非理性的，他把爱情、美和自由统一于一体；第二个层面分别从男性和女性两种立场论述普氏婚姻叙事中的伦理指向；第三个层面论述普氏善恶叙事中的伦理指向，认为普氏善恶意识的特点在于蕴含着丰富的历史哲学意味，而宗教意识比较淡薄。第五章立足于当下的文化语境，结合现代人独有的生命与情感体验，探讨普希金作为传统文化语境下的男性作家的女性观念及其传统的保守性和现代的超越性，同时讨论诗人的女性观念与整个俄罗斯传统文化的承传关系。第六章论述了普希金的圣经情结，实际上是探讨普氏与《圣经》的艺术关系。普氏创作直接或间接

地受到了《圣经》的影响，他将这种影响内化成一种情结或精神，融入了自己的创作之中，这种内化的精神主要体现为对美的追求中的二元对立精神。当然，他的圣经情结被民族化和世俗化了。所谓民族化就是体现为东正教的“灵性之美”、圣母崇拜和圣愚现象，所谓世俗化则体现为对宗教的嘲弄或反叛、对俄罗斯时代精神的挖掘和对人物形象的世俗化展现。第七章从《鲁斯兰与柳德米拉》切入，选取“叙述声音”“叙述层次”“叙述模式”三个角度，论述了普希金的叙事艺术。《鲁斯兰与柳德米拉》是普氏叙事文学创作的真正起始之作，它所体现的叙事艺术特点后来扩展到了普氏的整个叙事文学创作之中，形成了一个完整体系。

现在，六位以普希金为题撰写学位论文的研究生中，五位已先后通过论文答辩（另一位即将进行答辩）。他们的论文得到了答辩委员会的肯定与好评，有的论文还被评为“优秀”。有四人在《俄罗斯文艺》等刊物上发表了以学位论文为内容的论文九篇，《新论》一书也即将出版。一批年轻的普希金学者正在成长。

（原载《中国比较文学》2004 年第 2 期）

第四辑　书　序

《东方文学史论》序

余秋雨先生在一次演讲中说："我这个中国人对东方美学远比对西方美学无知。"对此，我们这些搞外国文学的人都有一定同感。我国对东方文学研究的热情和投入都远不如对西方文学的研究，且从事东方文学研究的专家、学者甚少。当然，这不是说，西方文学我们就已经研究得很好了。近年来，学术界提出了"失语症"问题，要求改变以搬演西方来描述中国的状况。应该说，这个问题的提出是很有意义的。不过，正如有的同志所说，中国现在不是失语太多，而是失语太少。也就是说，我们对西方的了解也仍然是很不够的。然而相比之下，我们对中国之外的东方，了解就更不够了。

我国对东方文学的研究，始于"五四"时期。八十年来，特别是近二十年，研究工作取得了很大的成绩。仅就日本文学史的著作和教材而言，就有约二十种，而有关东方文学的综合性著作和教材，也有十余种之多。可以看出，东方文学的研究正在朝着体系化的方向迈进。但是毋庸讳言，其研究也还存在一些问题，这就是重思想的陈述，轻艺术的分析；重古代，轻现代；重社会历史背景，轻民族文化精神的剖析。

黎跃进同志的《东方文学史论》（以下简称《史论》）正是针对目前东方文学研究中存在的问题而撰写的。因此，对别的著作来讲可能是缺陷的问题，在他的著作中就恰恰成了特点。

首先，《史论》运用系统论思维，把文学作为文化子系统来理解，注重东方文化与东方文学的深层联系，以民族文化精神把握、评价东方文学；注重不同文化体系文学的比较研究，在东、西文学与文化的比较中深化对东方文学本质的认识，在东方范围内不同民族文学的比较中加深对各自民族文学的理解，显示了作者独特的研究视角和理论深度。

其次，《史论》打破了重古代、轻现代的东方文学研究传统格局，以现代东方文学研究为主，尤其注重在东、西文化冲突与融合背景下东方文学转型变革的研究，给人以新的启示。

再次，《史论》突破了重思想、轻艺术的倾向，把文学的艺术表现和审美特征的研究提到了重要地位。无论是对东方文学的整体把握，还是对不同时期或民族文学的论析，或是具体作家作品的研究，审美特征和艺术表现始终是作者关注的重点。

总之，《史论》运用历史—美学和文化批评的方法，对东方文学的纵向发展作宏观把握，检视其主要成果，探讨其演变规律和特质。同时注重共性基础上的个性研究，以波斯、阿拉伯、印度、日本为重点，通过这些民族文学的代表性作家或文学思潮的深入研究，论析东方主要国家和地区文学的特色、作家的创作个性，努力从人类发展和人性完善的文化视角作出价值分析与评价，点、面结合，史、论结合，研究与阐释结合，既有东方文学总体轮廓的勾勒描述，又有作家个案的深入分析。可以毫不夸张地说，这是一部具有鲜明学术个性和开拓意义的著作。

《史论》是黎跃进同志二十年来潜心研究东方文学的结晶。他曾两次在北京大学研修东方文学，同时又具有扎实的西方文学根底，在《外国文学评论》《国外文学》《外国文学研究》等刊物发表过百余篇论文，参加过十七种专业辞书和学术著作的撰写，出版过《当代中外文学名著导论》和《外国文学新论》两部专著。像他这样对东、西方文学同样熟悉并有研究者，在高校外国文学教师中并不多。因此，当他把厚厚的一部《史论》打印稿交给我看时，我不仅不感到诧异，而且觉得是意料中的事。据我所知，他还有许多计划。我相信，从他那宽敞、明亮的书房中将不断有成果产生。这是毫无疑义的。

是为序。

1999 年 11 月

《对话：文化视野中的文学》序

前些时候，云波告诉我，他的论文集《对话：文化视野中的文学》即将出版，要我给集子写一篇序。我虽然不擅长写这类文字，但还是欣然答应了。

据我所知，这本论文集是他关于俄苏文学研究的第四本书。在此之前，他已经出版了《陀思妥耶夫斯基与俄罗斯文化精神》《肖洛霍夫》《回眸苏联文学》等学术专著。这些书有一个共同的特点，就是注重文化分析。

近数十年来，特别是近十年来，研究文学的非文学构成，成为比较文学研究的热点，而文化研究，更是热点的热点。20 世纪 90 年代我亲历的两次会议就是如此：一次是 1993 年 7 月在我省张家界举行的“中国比较文学学会第四届年会暨国际学术研讨会”，主题为“多元文化语境中的文学”；另一次是 1994 年 8 月在加拿大埃德蒙顿市举行的第十四届国际比较文学学会年会，主题为“多元文化与多语种社会中的文学”。然而，究竟是进行纯粹外在的“文化阐释”，还是以文学为本位，为中心，学术界一直存在着争论。我个人认为，文化研究不应该过度外部化，把文学研究纳入文化史研究的范围，而应该是撷取当代文化、哲学的方法和视点，对文学进行由外到内的深层透视，即始终以文学为中心。云波的这几本书就正是在文化的大背景下进行作家作品研究的。它们既超越了单纯的作家作品研究，又避免了那种“泛文化”倾向，是文学研究与文化研究的有机融合。

其实，早在十多年前，当国内多数同行仍在进行单纯的作家作品研究时，云波就已经开始自觉地对文学进行文化研究的尝试了。1988 年他所提交的长达四万字的硕士学位论文《论陀思妥耶夫斯基的宗教意识》，就是从宗教角度去解读陀氏的。这在当时，几乎还是个禁区。他把陀氏的宗教归纳为人道宗教和民族宗教，认为需要是陀氏宗教意识产生的根本原因，并论述了宗教意识对陀氏创作的深刻影响。他指出，“陀思妥耶夫斯基的‘原罪’和‘救赎’论的出发点及最后归宿都不是神，而是人。他一生所关心的正是人在现世面前的生活，人的道德的完善。因而在表现人的原罪性的恶时，他又着力挖掘普通人的人性美，展示他们对人的价值和尊严的追求。他的神的形象乃是人的理想化，这理想的‘人’的形象便成了尘世的人的最后归宿，从而在宗教的说教中表现出一种深刻的人道主义倾向”。这段话，就是他对陀氏的宗教意识进行深入研究以后得出的结论。从这篇论文开始，他沿着文化研究的路子对俄苏文学重新进行审视，并且把研究的层面拓得更宽，1997 年出版的《陀思妥耶夫斯基与俄罗斯文化精神》就不仅从宗教层面，而且从文化心理、城市、“西方”形象、精神分析、现代主义、俄罗斯民族精神等多个层面，对陀氏及其创作进行了全面、系统的研究，得到学术界的高度评价。吴元迈先生认为它是一部“别开生面的书”，在陀氏研究中“迈开了新的一步”。

从内容来说，本书中的文章涉及面较宽，它们不仅对普希金、高尔基、帕斯捷尔纳克、肖洛霍夫等俄苏作家作了评述，而且还论及海明威、卡夫卡、沈宝基、叶梦这样的欧美作家和中国作家，以及象征主义、后现代主义等文学思潮，甚至对沙俄时代的书刊审查和苏维埃时代的文学奖也有所议论，这的确是在广阔的文学领域里的一次漫游；从形式来说，则不仅有对话式的长篇论文，也有杂感式的读书随笔。然而不管内容和形式如何，这些文章都一如既往地注重从文化精神、文化心理等方面去进行分析，而且文采斐然，耐人寻味。

写到这里，我不禁想起了云波在他主编的《中西文化导论·引言》里说的一段话：“在这个过于浮躁、一切都变化太快的时代，大家崇尚的是跟着感觉走，潇洒走一回，有多少素心人肯停下匆匆的脚步，在文化的古老的园地里驻足片刻，清茶一杯，聊聊往事?”应该说，这样的素心人还是不少的，至少他本人就是一个。十多年来，他在学术园地里甘于寂寞，默默耕耘，这才有了这一篇篇启人心智而又文笔优美的文章。我深信，今后他还会在这块园地里继续耕耘下去，而且会取得更丰硕的成果。

2001 年 7 月

《丘特切夫诗歌研究》序

我与丘特切夫的初次邂逅，是50年代在大学读书的时候。当时，为了增加自己所学专业的背景知识，我读了瞿秋白的《饿乡纪程》和《赤都心史》。后者收了瞿秋白翻译的两首丘特切夫的诗，一首为《一瞬》，另一首为*Silentium*（寂），作者的名字写作“邱采夫”。诗前有译者写的一个作者简介：“邱采夫（F. I. Tuttcheff），俄国斯拉夫派的诗人，一生行事，没有什么奇迹，可是他的诗才高超欲绝。当代评论家白留莎夫称他继承普希金的伟业。邱采夫的人生观，东方式得厉害，亦饶有深趣。他崇拜自然，一切人造都无价值而有奴性，自然当与人生相融洽；承认真实的存在，只在宇宙的心灵，而不在个性的‘我’。——和那后来流入德俄的印度哲学不约而同。（邱采夫曾屡为驻德外交官，为席勒的好友。）‘自然’对于他一切神秘：爱，欲，浑朴的冲动；所谓‘抽象的思想，都虚讹无象’。”这段话和那两首诗引起了我对丘特切夫的兴趣。遗憾的是，当时找不到更多的资料，对丘特切夫其人也就逐渐淡忘了。

再次与丘特切夫相遇，已是二十多年后的事了。1981年，我们在为漓江出版社翻译《普希金论文学》一书时，把《同时代人回忆普希金谈文学》译出作为附录。其中，萨马林给C. 阿克萨科夫的信和加加林给丘特切夫的信谈到普希金读了丘特切夫的诗“是多么狂喜”，“把它们大大称赞了一番”。普希金决定把这位青年诗人尽快介绍给俄国读者，于是在自己主编的《现代人》杂志上发表了丘特切夫的二十四首诗。为了更准确地理解和把握这两封信，我读了一些俄文的丘诗，算是对丘氏有了较多的了解。

然而，真正对丘特切夫开始有了比较全面的了解，还是80年代后期的事。1987年，85级研究生着手做学位论文的开题报告，思艺提交的选题是《诗与哲学的结晶——试论丘特切夫的哲理抒情诗》。当时，我因国内资料相当匮乏，担心他难以驾驭，劝他换一个题目。但他坚持要做这个题目，并且充满信心。我知道他对丘特切夫有一种特殊的爱，又有扎实的中外文学基础和哲学基础，于是就同意了。论文出来后，我感到相当满意，答辩委员会也给予了很高的评价。

思艺的学位论文逼着我读了不少关于丘氏的资料。从那以后，我与丘特切夫也似乎结下了不解之缘。思艺毕业后，几乎每年都有关于丘氏的新论文发表，而且一篇不漏地寄给我。他调来湘大后，便开始做撰写专著的准备。他四处搜集资料，寻师访友，近一年来更是沉浸在书稿的写作中。由于他对丘特切夫的那种痴迷，周围的人送他一个雅号，索性称他为“丘特切夫”。

与普希金相比，丘特切夫来到我国要稍晚一些，而且命运也要坎坷得多。普氏的作品自1903年首次译成中文出版后，译介工作可谓长盛不衰，并且在30年代、50年代和90年代形成三次高潮。作为自由的歌手（也是爱情的歌手）的普希金，不管是在火热的斗争年代，还是在改革开放的年代，在我国都受到热烈欢迎，这是非常自然的。丘特切夫则不同。自从1922年瞿秋白译出他的两首诗之后，便再也无人问津。直到80年代初期，即相隔约六十年后，他的作品才重新出现在我们的出版物中。在强调阶级斗争的年代，作为爱情、自然和艺术的歌手的丘特切夫，他的诗歌中的哲学沉思和唯美倾向，显然与当时的时代气氛是格格不入的。只有到了改革开放的时期，当文学呈现多元化的局面之后，他的诗歌才开始受到重视。

我们注意到，在短短的十多年里，丘特切夫诗歌的翻译，从最初零星篇章的发表到选集的出版和全集的问世，应该说是很有成绩的，然而研究工作却相对滞后，特别是缺乏一部综合性的学术著作，因而难以令人满意。思艺的《丘特切夫诗歌研究》正好填补了这一空白，它是国内第一部丘特切夫研究专著。

《丘特切夫诗歌研究》是在丰富的前期成果的基础上撰写的。这是作者十多年心血的结晶。在此之前，作者已经发表了十一篇丘诗研究论文，是国内发这类论文最多的人。它们是：《丘特切夫的哲理抒情诗与谢林哲学》《丘特切夫诗歌中的多层次结构》《在诗意的自然中探索人生之谜——丘特切夫对屠格涅夫的影响》《俄罗斯诗心与德意志文化的交融——试论丘特切夫哲理抒情诗的形成》《风景与哲理的结晶——诗人丘特切夫对画家列维坦的影响》《异国文化背景中的丘特切夫》《细腻独特的体察 深刻悲沉的探索——试论丘特切夫的爱情诗》《试论丘特切夫对俄国诗歌的独特贡献》《丘特切夫诗歌的现代意识》《内心的历史 精致的形式——丘特切夫对海涅的借鉴与超越》《在自然中追寻人生出路的诗人——王维与丘特切夫》。这些论文不仅对丘诗本身作了论述，而且在广阔的文化背景，特别是异国文化背景中，探讨了丘诗形成的原因及其所产生的影响。应该说，它们对丘诗的研究已经达到了一定的高度。然而，作者并未对此感到满足，而是给自己提出了新的更高的目标。

丘特切夫是一个具有复杂的生活经历和独特的艺术个性的诗人。一方面，他受到俄国传统文化的熏陶；另一方面，由于他长期住在国外，同外国文化又有着千丝万缕的联系。他的诗歌的内容超越了自己的时代，具有明显的现代性；他的创作手法新颖独特，但有时又未免令人费解。以上种种无疑是丘特切夫研究中的难点。但作者并没有回避它们，而是迎难而上，把难点当作重点，一一去加以攻破。为了阐明丘诗的现代性，作者设置了《丘诗与现代人的困惑》一章，从“自然意识中的矛盾与困惑”“社会意识中的异化与孤独”“死亡意识与生命的悲剧意识”三个方面对丘诗进行解读；为了对丘诗独特的创作手法进行探讨，他具体分析了丘诗的意象艺术、多层次结构、通感手法，并对丘诗的总体特征和流派归属作了论述；为了阐述丘氏和俄国传统文化的关系，他不仅论述了丘氏对茹科夫斯基、普希金和俄国传统诗歌的继承，而且专设一节论述丘氏与东正教的关系；为了说明丘氏与外国文化的关系，作者广泛地探讨了丘氏对古希腊罗马哲学与文学、法国哲学与文学、德国哲学与文学的借鉴，以及与基督教的关系。许多问题学术界并无定论，如丘诗的艺术归属，国内外学术界是有争议的，论者们各执一词，将丘氏或归入浪漫主义，或归入现实主义，或归入象征主义，或归入唯美主义，而本书作者则认为，丘氏是一个兼具多种流派之长的诗人，不能将他的归属简单化。又如丘诗与谢林哲学的关系，苏联学者或否认，或承认，均语焉不详，本书作者则作了详尽的论述。再如丘诗与古希腊罗马文学的关系，苏联学者也未曾深入探讨过，而本书则用了一万二千字的篇幅，就古希腊罗马的哲学观念、艺术观念对丘诗的影响，以及丘诗中古希腊罗马文学典故和意象的运用，作了深入的论述。所有这些，使这部著作成为一部富于创见和具有相当深度和广度的学术专著。

屠格涅夫说："如果要充分评价丘特切夫的话，那读者就应当成为具有一定的精细的理解力和对于较深刻的思想有一定的敏感力的人。紫罗兰的芬芳不会散发到二十步以外的地方，要闻到它的香气就应该去接近它。"（《略谈丘特切夫的诗》）为了闻到丘诗的芬芳，思艺作了多方面的准备。他阅读了大量的哲学、宗教、美学书籍，以提高自己的"理解力"和"敏感力"；他搜集了不少俄文资料，以掌握有关丘诗研究的前沿信息；他长期从事外国文学和比较文学的教学，有广博的外国文学知识，熟练掌握了比较分析方法；他还具有相当扎实的中国文化功底，对古典诗词有一定的研究，曾参与编写《四库大辞典》《毛泽东诗词鉴赏大辞典》等书，并发表过《中国古典诗词中的"渔父梦"》《以词法写叙事诗——试论吴梅村叙事诗的艺术创新》等论文，丘诗研究中随处可见的中西诗歌比较，尤其是丘特切夫与王维的比较，使本书显得更为开阔、厚实，也较好地显示了作者这方面的素养。特别值得一提的是，他本人就是诗人，对诗歌有很强的感悟力。据我所知，他写过三四百首诗，在海内外报刊上发表的诗达百首之多。他还译过三百多首俄语诗，其中丘诗有八十多首，与丘诗风格相近的费特的诗有一百八十多首，在港台及大陆的报刊登载过数十首。他自己的一些诗作也颇有丘诗的风格。《白蛇传》写人与自然的融合，《蒙娜·丽莎》探讨人在宇宙中的位置和生存问题，《失眠夜》《秋夜》等诗是丘诗夜的题材的发展。正因为如此，他才能如此贴近丘诗，充分领略它的芬芳。

思艺曾经写过一首题为《野葡萄》的诗：

不能更紫晶一些了
每一颗都已紫晶得够饱满
每一颗都已紫晶得够圆润
每一颗都已紫晶得够深沉
每一颗都已紫晶得够梦幻

一颗颗野葡萄把山林变成星空
一嘟噜饱满的紫晶
就是大自然一嘟噜美妙的童话
一串串圆润的紫晶
就是大自然一串串动人的传奇

这一份饱满而圆润的成熟啊
这一份亮丽而芬芳的野性啊
如此纤柔圆腻的生命里
竟如此熠熠地紫晶着
大自然的七彩神奇

诗中一颗颗饱满、圆润、深沉、梦幻、成熟、芬芳的“野葡萄”，就是丘特切夫诗歌的象征。如今，这一颗颗“野葡萄”在一位年轻的中国学者的著作中，闪耀着大自然的神奇的光彩，焕发出了新的生命。这也许是丘特切夫生前未曾预料到的吧！

2000 年 2 月

《文学名著精品赏析丛书》序

近年来，各种赏析、导读之类的读物大量出版，可谓汗牛充栋，但真正编得好的却并不太多，有的甚至是粗制滥造之作。究其原因，无非是编选者急功近利，而且本身鉴赏水平不高。

令人欣喜的是，由欧阳友权君主编的《文学名著精品赏析丛书》与上面提到的那种粗制滥造之作迥然不同。这套丛书从编写班子的组织到文字作品的选择，再到各篇作品的赏析，都十分注意一个“精”字。

首先是班子精干。丛书主编欧阳友权君和各分卷主编季水河君、吴建国君、方长安君和曾凡静君都是多年从事美学或中外文学教学和研究的年富力强的教授或博士，他们熟谙中外文学，长于审美评析，丛书各卷由他们分别编写，可谓是各得其所。

其次是选材精当。丛书分为四卷——《中国古代文学卷》《中国现代文学卷》《外国古代文学卷》和《外国现代文学卷》。编写的原则是：从艺术审美的角度，精选那些在历史上产生过深远影响的代表作，对思想内容积极健康、艺术形式精湛完美、审美价值特色鲜明的作品优先入选，至于平庸之作或审美价值不高的作品，则不予收录。总之，编写者强调选编最有影响、最有价值、最有代表性的小说、诗歌、戏剧、散文作品，亦即名家名作，这样就保证了本丛书内容的经典性。

再次是评析精辟。一部选本的质量，虽然要看选材是否精当，更要看评析是否精辟。这是决定它的学术价值的重要条件。本丛书各篇的“导读与赏析”属点评式、感悟式的赏析文字，紧贴原作，见从己出，要言不烦，画龙点睛。欣赏是一种再创造，本丛书各篇的赏析就是一种再创造，但编写者并未把话说尽，而是留有余地，给读者留下了再创造的空间。

总之，拿起这套丛书，你就会置身于一个文学的百花园中，而且有一个导游在前面指引，使你得到极大的美的享受。我相信，读者将会获得与我同样的感受。

2005 年 12 月

《19 世纪欧洲作家笔下的拿破仑》序

在 19 世纪前期的欧洲，恐怕没有比“拿破仑”更响亮的名字了。拿破仑传奇的一生赢得了无数的赞誉，也留下了永久的骂名。在文学界，它也极受人们青睐。对于文学家来说，它是创作的一个重要源泉，是一个说不尽的话题。19 世纪几乎所有主要的欧洲作家都在自己的作品中或多或少地描绘过他，从而形成了文学中的一个重要的主题——拿破仑主题。关于这个主题，我认为是值得学者们认真研究甚至大书特书的。过去，我们偶尔读到过几篇关于某个作家笔下的拿破仑形象的文章，但对 19 世纪欧洲作家的有关描绘进行整合并进行系统研究的著作则尚未见到。宋德发博士的这部著作至少在我国是具有开创意义的。

在这部著作中，作者重点论述了普希金、莱蒙托夫、托尔斯泰、歌德、海涅、拜伦、雨果、夏多布里昂、巴尔扎克、司汤达、密茨凯维奇等十一位作家笔下的拿破仑形象，同时对司各特、雪莱、华兹华斯、贝朗瑞、缪塞、大仲马、陀思妥耶夫斯基、赫尔岑、克雷洛夫、哈代等十位作家的拿破仑书写也作了介绍。上述作家人人堪称大师，几乎个个著作等身，涉及面相当之广，阅读量相当之大，其处理难度是可想而知的。此外，上述作家的身份也相当复杂，其笔下的拿破仑形象自然也相当复杂。褒之者有之，贬之者有之，褒贬兼之者有之，先贬后褒者有之，先褒后贬者有之。但不管怎样复杂，作者通过对文本的细读，以客观、真实、生动的文笔，将上述作家笔下的不同拿破仑形象一一清晰地呈现在读者面前。

不仅如此，作者在论述的过程中还始终具有一种理论的自觉，即不仅阐述欧洲作家们笔下的拿破仑形象，而且探讨了他们塑造拿破仑形象的动机和诗学意义。以普希金为例。作者认为，普希金对拿破仑形象的塑造呈现出三个阶段性的差异，因此，他笔下的拿破仑形象拥有三副不同的面孔：少年时代的普希金出于对祖国的热爱，以一个深受拿破仑入侵之害的“俄国人”的立场来评判拿破仑。因此他在诗歌中使用了一连串的贬义词——“敌人”“魔王”“暴君”“恶徒”“噩梦”“灾祸”“灾星”等。这些判断未免有些偏激，甚至有民族主义之嫌，但却是可以理解的；到第二阶段，即19世纪20年代初期，普希金笔下的拿破仑形象发生了颠覆性的变化，即从“自由的敌人”变成了“自由的化身”。这时，拿破仑不再与俄国为敌，而亚历山大一世却处处与俄国为敌，并将诗人本人流放到南俄，这让普希金认识到真正的“暴君”就在眼前。对俄国现实和沙皇的极度失望迫使普希金寻找新的寄托和希望。他一方面竭力赞美彼得大帝的武功和美德，另一方面则是借助拿破仑形象来宣扬自由；晚些时候，普希金对拿破仑的认识不再像过去那样带有很强的功利性、目的性和现实性，而是进入了历史哲学层面的沉思。“世上奇异的过客”成为普希金笔下新的拿破仑形象。这一时期他对拿破仑形象的塑造更具有一种超脱性，摆脱了恨和爱，有的只是一种心静如水的坦然，一种参透人世宇宙的睿智。他更倾向从哲学、生命的角度，而非历史和国家的角度来省察拿破仑了。对拿破仑态度的变迁折射出普希金从激情到沉静、从沉静到超然物外的思想历程，揭示出他多重和多变的身份：俄国人、历史学家、诗人和哲人。作者正是通过这种深刻的、很有说服力的分析，揭示了普希金的拿破仑主题诗歌的创作动机和诗学意义。对其他作家笔下的拿破仑形象，作者所关注的也不仅是“真”与“假”、“对”与“错”，而是它所传达的诗学价值。

宋德发博士长期从事外国文学和比较文学的教学、研究工作。起初，他在学术研究中比较注意研究范围的专一性和研究对象的前卫性，出版过有关美国当代作家约翰·厄普代克的专著。近年来，他试图让学术研究与教学工作更紧密地联系起来，而要做到这点，他认为应该回归古典文学、直面作品和具有一定的综合性。这部著作就是他在这方面的一个尝试。我认为，它不仅对他个人的普及性教学会有所帮助，而且对同行和读者也是会有所启迪的。

是为序。

2012年

《白溪风情》序

离开故乡已经五十三个年头了。在这半个多世纪里，我回故乡的次数非常有限。然而不管我走到哪里——是漫步在水道纵横的圣彼得堡街头，还是徜徉于风景秀丽的塞纳河两岸，是在温哥华海滨远眺太平洋的滚滚波涛，还是在罗马的竞技场遗址发思古之幽情，故乡在我心中却总是占据着一个头等的位置。回想起来，我这一生大体上可以分为三个时期：从出生到十八岁是在故乡和县城（新化一中）度过的，从十八岁到三十八岁的二十年在武汉学习和工作，从三十八岁到现在的三十三年在湘潭教书。相比较而言，第一个时期最短，但却是最难忘的。

忘不了的首先是故乡的水。在我的童年记忆中，故乡有三条河：第一条河是一条小溪，它好像没有名字，我们管它叫“小河”。它从远处流来，穿镇而过，最后注入白溪。小河由山泉汇成，途中又吸纳了不少泉水，在我家附近的一个大杂院——“老屋”旁边形成一个水潭。这个水潭呈椭圆形，长约六米，宽约三米，它不仅水质清澈，而且有浅水区和深水区。我从四五岁起便在这里学习游泳，这是一个天然的儿童游泳池。第二条河是白溪，我们管它叫“大河”。这也是一个天然的游泳场，八九岁以后我们便开始在这里游泳。大河的水面比小河宽多了，可以大显身手。河边有一个长长的细沙滩，而且河里停靠着不少木排，游累了可以躺在沙滩上或木排上休息。有时我们还钻到木排底下去游（大家管这叫“射排”），甚至比赛谁“射”的排多。当然，这需要很好的潜水能力，否则钻进去就出不来了。第三条河就是资江了。资江江面宽阔，水深流急，家里是不容许去那里游泳的。不过后来我在新化一中读书的时候，老师经常组织全校同学去资江集体游泳。我和一些同学还常常到中流击水，好不惬意！

在故乡的水中，“金殿井”也是忘不了的。这口井位于小河的右岸，就在“金佛殿”旁边。井水清冽甘甜，可以直接饮用，胜过现在的任何瓶装矿泉水。著名的白溪豆腐就是用这口井的水制作的。白溪豆腐鲜滑细嫩，特别可口，除制作工艺精细外，就是水质特佳。我在外五十多年，没有吃到过比白溪豆腐更好的豆腐。

除了故乡的水，忘不了的还有故乡的山，它们也是极有特点的。东云山临江耸立，如一支笔直插云霄，它与鹅羊岭遥遥相望，宛如白溪的两道屏障。现在，更有大熊山国家公园，我虽然没有去过，但它那雄奇的风光早有所闻，不免心向往之。

在我的记忆中，故乡不仅山清水秀，而且它的文化也很有特色。白溪位于资江中游古梅山腹地，古梅山的经济形态为原始渔猎自然经济和农耕渔猎自然经济，所谓“上路梅山张弓挽弩，中路梅山追山赶猎，下路梅山捞鱼摸虾”，就是这种自然经济的写照。古梅山文化也有很多特点：有系统的神、符、演、会和教义，还有许多独特的生活习俗和文化形式，如神话、歌谣、艺术、医术、武术等。近代以来，原有的经济形态被打破，古梅山文化也逐渐与湖湘文化融合，成为湖湘文化的一部分，但古梅山文化的一些习俗仍然保留下来，《白溪风情》一书记载的节日文化、宗教文化、艺术文化、饮食文化和尚武之风便是明显的例子。

旖旎的风光，古老的文化，加以近年来随着经济快速发展而出现的一个个新的景观，构成了白溪独特的风貌。我认为，这一切都是值得大书特书的。汉良先生告诉我，白溪老年科技协会正在编辑一本名为《白溪风情》的书，全书分为古镇今昔、风景名胜、白溪新貌、古今人物、民俗风情、情系家园、传奇故事、艺苑撷英等八篇，约六十余万字，并配有一百多幅彩色照片。我虽然还只知道一些篇目名称，未能得窥全豹，但可以想见，这是一部关于白溪的百科全书式的著作，是一个巨大的文化工程。白溪自古就被誉为诗礼之乡，现在更是活跃着一支庞大的文学创作队伍。前些年，我就经常接到汉良先生寄来的诗文集。《白溪风情》一书的作者队伍就正是以这批作者为骨干组成的。作为一个离乡多年的游子，我期待着《白溪风情》一书早日出版。我相信，它一定会唤起游子们种种美好的回忆，也一定会激励所有的白溪人把家乡建设得更加美好。

是为序。

2009 年

《吃的后现代与后现代的吃》序

近年来，我几乎每年都收到艳兵的一部著作，而今年甚至收到两部。此外，在国内一些重要学术期刊上还经常看到他的论文。这些成果主要集中在两个方面：一是东西方现代主义文学和后现代主义文学研究，一是卡夫卡研究。应该说，他的研究是做得相当深入的，而且产生了广泛的影响。十多年前，乐黛云先生在给他的《东方后现代》一书所作的序中，称他为“平时少露锋芒，做学问锲而不舍类型的年轻人。”诚然，自 1987 年硕士研究生毕业后，他一直在比较文学与世界文学研究领域以锲而不舍的精神默默耕耘，取得了丰硕的成果，所不同的只是从青年步入了中年。

前不久，艳兵在电话中要我为他的一部学术随笔集写个序言。几天后，他就托他的刚刚通过论文答辩的博士生宋德发君给我带来这部书稿。乍看书名《吃的后现代与后现代的吃》，我颇有些诧异，不免产生了一个疑问：难道这是一部谈吃的书？仔细读过书稿之后，方知自己的第一印象是一种误读。在书稿的七十余篇文章中，除了作为书名的《吃的后现代与后现代的吃》一篇谈吃以外，大部分文章仍然谈的是现代主义文学、后现代主义文学和卡夫卡。而这篇谈吃的文章，其实是一篇读书笔记，谈的也是后现代文化。以篇名作为书名，不仅不是误导，而且是再恰当不过的了。

我们通常所说的随笔或散文，有的侧重抒情，有的长于叙事，有的则以说理取胜。艳兵的随笔主要属于后者。他几乎每篇文章都提出一个问题，而这篇文章也就是对这个问题的解答。他是把随笔当作学术论文来写的，不少随笔本来就是从学术论文或学术著作中抽出来的，是其中的精华部分。多年以前，我曾翻译过俄罗斯作家弗·索洛乌欣的随笔集《手掌上的小石子》。他的随笔长短不一，少则几十字，多则上千字。作者最初的意图不过是为写长篇小说储备一些材料，后来有的嵌入了某部作品，有的一组组在刊物上发表。艳兵的随笔也有些类似，只不过索洛乌欣是将随笔嵌入小说，而艳兵是将随笔融入论文。这些随笔思想深邃，充满真知灼见。它们是学术研究的结晶，是一串思想的珍珠。

我们说艳兵的随笔具有很强的学术性，但它们并不像有的学术论文那样佶屈聱牙，索然寡味，而是文采斐然，引人入胜。作者的本意就是将学术研究的精华转化为广大读者喜闻乐见的形式。窃以为，作者的这个目的是达到了的。只要有一定的中外文学功底，读起来就会感到趣味盎然，受益良多。

末了，我想特别提一提最后一组文章，其中前四篇记述了他在教学中运用“柏拉图式”教学法、“超现实主义”教学法、“实际批评”教学法和进行名作赏析的做法与体会，可谓是别开生面。实际上，这就是我们常说的启发式教学法。我想，每个读者，每个教师读了之后，都会觉得深受启发。

2007 年

《东方神韵——东方文学与文化视野下的沈从文研究》序

五一前夕，杨玉珍同志带来一部名为《东方神韵——东方文学与文化视野下的沈从文研究》的书稿，要我写一篇序言。她在高校从事外国文学的教学与研究已有多年，是一位很有成绩的青年学者。看到这部厚厚的书稿，我感到非常高兴。于是便把手头的事都撇在一边，抓紧时间阅读书稿，以完成她的嘱托。

熟悉比较文学的人都知道，这个学科自19世纪下半叶诞生以来，经历了三个发展阶段。一是以影响研究为基本理论特征、以法国学派为主要代表的欧洲阶段。在这个阶段里，研究范围局限于欧洲，这就是人们常说的"欧洲中心论"；二是以平行研究和跨学科研究为基本理论特征、以美国学派为主要代表的北美阶段。在这个阶段里，研究突破了欧洲的范围，但它仍然局限在欧洲和北美之间，只不过"欧洲中心论"变成"欧美中心论"罢了；目前是以跨越东西方异质文化或文明为基本理论特征的新阶段。这种基本理论是中国学者提出来的[①]。杨玉珍同志的《东方神韵——东方文学与文化视野下的沈从文研究》就是比较文学发展第三阶段中国比较文学研究的一个重要实绩。它突破了"欧洲中心论"或"欧美中心论"

---

① 乐黛云：《全球化时代的比较文学——中国视野——在17届国际比较文学年会上的发言》，《中国比较文学》2005年第1期。

的框框，这是书稿的一个重要价值。

书稿的另一个重要价值是在沈从文研究中开辟了一个新的层面。20 世纪 80 年代以来，随着沈从文本体研究的开展，世界语境中的沈从文研究也搞得有声有色。这种比较视野下的研究涉及的外国作家有福克纳、哈代、梅里美、乔治·桑、兰盖、卡拉姆津、屠格涅夫等。对此，吉首大学的杨瑞仁教授曾在《边城与世界——近 20 年国内沈从文与外国文学比较研究述评》[①] 一文中作了详尽的阐述，他本人也写过一本名为《沈从文·福克纳·哈代比较论》的专著，堪称这方面的一部力作。令人遗憾的是，在比较研究的文章中，除个别文章涉及川端康成等作家外，沈从文与东方作家的比较研究则显得比较薄弱。作为沈从文重要研究基地——吉首大学的一名教师，杨玉珍同志向读者奉献出《东方神韵——东方文学与文化视野下的沈从文研究》一书，正好弥补了上述缺陷。正如作者在书稿的《前言》中所说："笔者拟将沈从文置于'东方'视域中，审视其创作个性、创作风格与文学成就，用文化学、美学、比较文学等研究方法对其进行解读，看这个在中国现代文学中风格卓异、个性突出、被论者称为'中国现代罕有其匹的艺术家'，在文学的历史链接上所具有的东方特性和世界意义；并通过将他与东方其他几位著名作家如泰戈尔、川端康成、大江健三郎等的比较研究，审视他与'东方审美化''东方乡土文化''东方宗教文化'的关联互动，在共时与历时的层面凸显东方文学的现代意义和世界性。"应该说，书稿的主旨是非常明确、很有创意的。

书稿分上、中、下三编。上编着重从与民族传统的关系、理想主义倾向、女性形象与自我、生与死等方面对沈从文与泰戈尔、川端康成进行比较；中编主要从原乡追寻的美学建构和以乡土为据点的边缘文化立场对沈从文与大江健三郎进行比较；下编则主要探讨沈从文与佛教和《圣经》的关系。可以看出，书稿主要是对东方国家同质文化的比较研究，但同时也指出了沈氏与三位东方作家的差异，以及沈氏和三位东方作家作为东方文

---

① 《永远的从文——沈从文百年诞辰国际学术论坛文集》（渝秀新出内准字〈2002〉15 号），第 1046—1055 页。

化的代表与西方文化的差异，这是很有价值的。

如果说，过去“发现东方”的主角是西方，那么现在，这种角色正在逐渐转换，即“发现东方”的主角正在由西方变为东方。1985 年，季羡林、杨周翰、李赋宁等老一辈学者曾经把“东方比较文学”作为中国比较文学学会成立大会的七个学术专题之一；二十年后，乐黛云先生又将“关于东方地区文学的研究”作为中国比较文学“又有新的开拓与创获”的专题之一[①]。杨玉珍同志的书稿正是在东方人自己“发现东方”和中国比较文学“又有新的开拓与创获”这一大背景下出现的一个成果。它不仅给了我们很多的启示，而且也给了我们很大的信心。

是为序。

2006 年 5 月 7 日

① 乐黛云：《全球化时代的比较文学——中国视野——在 17 届国际比较文学年会上的发言》，《中国比较文学》2005 年第 1 期。

《俄罗斯社会与文化》序

大凡从二十世纪五六十年代过来的人，心中多少都有那么一点“俄罗斯情结”（或“苏联情绪”）。那奔驰在茫茫雪原上的三驾马车，那遨游在广袤太空的宇宙飞船，那开在田野小河边的红莓花儿，那长在大路两旁的小白桦树，曾使多少人心驰神往，如醉如痴！在那个激情燃烧的年代，俄罗斯的一切都是那么珍贵和亲切。可以说，当时俄罗斯的一切就是时尚。

和大多数人一样，我最初也是通过文艺作品来认识俄罗斯的。一部部小说、一出出电影、一支支歌曲、一幅幅绘画，使我对俄罗斯有了许多感性的印象；后来读了许多文、史、哲方面的著作，对它有了一些理性的认识；再后来有幸去俄罗斯访学和考察，对它又有了一些实际的了解。由于专业的缘故，几十年来，我的工作和生活都是与俄罗斯分不开的。然而，即使如此，我对俄罗斯的了解仍然是非常有限的。在许多方面，只是知其然而不知其所以然；在另外许多方面，甚至还不知其然。常常有这样的情况：当别人向我问及有关俄罗斯的某一具体问题时，比方说，它的国徽的来历；比方说，它的国歌的嬗变，我竟然答不上来，弄得非常尴尬。这时候唯一的办法就是赶紧翻书。王英佳教授编著的《俄罗斯社会与文化》就是我经常翻阅的有关俄罗斯国情的著作之一，它是我的案头必备书。

《俄罗斯社会与文化》从社会与文化两个方面对俄罗斯的国情作了比较全面、系统的介绍，内容十分丰富，材料十分新颖，犹如一部小百科词典，而且书中的文字采用中俄对照的形式，对读者十分有益又十分方便。尤为可贵的是，此次作者在去拉脱维亚工作之前，又根据近年来的变化，对全书做了一次修订，并增加了“武装力量”“选举集团”“远程教育”“服饰”等许多内容，这种精益求精的精神，读者是会十分感谢的。

作为俄罗斯之旅的向导，我相信，《俄罗斯社会与文化》一书必将越来越受到读者的喜爱和欢迎。

2011 年

《外国文学经典作品鉴赏》序

20 世纪 90 年代以来，我国各高校都把加强文化素质教育当作大学教育的一个重要环节，而其中一个重要的方面就是开设各种文化素质课程。我本人就为非汉语言文学专业的学生开过“外国文学名著讲座”课。这门课可以拓宽学生的知识视野，陶冶学生的优美情操，提升学生的文化品位。当时学生们那种全神贯注地听讲和师生之间情感互动的情景，至今仍历历在目。赐林同志在邵阳学院主讲“外国文学”课已有二十多年，主讲校选课“外国文学名著鉴赏”也有八年。他不是为讲课而讲课，而是把它当作一项事业，当作一项教学改革工作来抓。这部《外国文学经典作品鉴赏》书稿，就是他主讲的校选课的讲稿，也是他的教改项目“开设外国文学名著鉴赏讲座，提高非汉语言文学专业学生的审美能力和创新思维能力”的成果，当然，这也是他多年从事外国文学教学与研究的结晶。

目前高校开设的外国文学课，从空间上来说，通常分为欧美文学和亚非文学两部分；从时间上来说，则包括从古埃及文学到 20 世纪末的文学。它是几千年来世界各国人民共同创造的文学遗产。赐林同志从这笔巨大的文学遗产中精选了三十一部优秀作品，其中欧美文学作品二十六部，包括从古希腊时代起各个时期、各个流派最重要的作品；亚非文学作品五部，除《圣经》外，选了印度的《沙恭达罗》和《吉檀迦利》，日本的《源氏物语》和《雪国》。无论是欧美文学部分还是亚非文学部分，所选作品都是很具有代表性的。在对这些作品进行鉴赏时，赐林同志一般先介绍那个时代的文学或作家的生平、创作等背景资料，然后对作品进行思想、艺术分析，说明作品的特点。应该说，这是帮助学生理解作品、欣赏作品的一种行之有效的方法。听完这门课或读完这本书，学生就会对所讲的每部作品有相当的了解，对外国文学史也会有一个清晰的印象。当然，作者的主要目标还不在此，他的更高的目标是“培育爱的精神、启发忏悔精神、激发超越精神和培养合作精神”。对处于社会转型期的中国来说，这个目标具有重大的现实意义，需要所有的外国文学教师、所有的教育工作者乃至全社会付出巨大的努力。

是为序。

2006 年

《美学理论纲要·修订版》序

日前，水河君在电话中告诉我，他的《美学理论纲要》修订版即将付梓，并要我写几句话。我当时颇为犹豫，因为我虽然写过一两篇与美学有点关系的文章，译过一两本与美学有点关系的著作，但它们只涉及美学中的个别问题或局部问题，而关于美学的总体问题，我从未发过言，也自知没有发言权。好在水河君对序言内容未作任何限制，交稿时间又比较宽松，也就只好从命了。

早在1993年9月，即水河君来湘大之后不久，我就承他惠赠《美学理论纲要》一书（第一版）。那是一本学术价值和实用价值兼有的著作。蒋孔阳先生在序言中将该书的主要特点归纳为全面完整、坚持原则（马克思主义的基本原则）、联系实际和旁征博引，可说是深中肯綮，我拜读后也深有同感。正因为它具有上述特点，曾被国内近四十所高校用作教材，其影响之广，可见一斑。

水河君是一位在美学领域不断探索、成绩斐然的学者。来湘大后的十余年间，先后出版了《新闻美学》《多维视野中的文学与美学》《阅读与阐释——中国美学与文艺批评比较研究》和国家社科基金成果《回顾与前瞻：论新中国马克思主义文艺理论研究及其未来走向》等著作，目前他还承担着另一项国家社科基金项目——“马克思主义文学理论与20世纪中国文学理论的变迁”。就在担负着繁重的研究工作（还有繁重的教学工作和行政工作）的同时，他却始终惦记着《美学理论纲要》的修订，并且从十年前起就已着手这项工作。他给自己提出的目标是要有新的变化、新的内容、新的面貌。应该说，这个目标是完全达到了的。关于新的变化，水河君在修订版后记中总结为美的本质界说的完善和深化（将“美是人的本质力量对象化”改为“美是人的本质力量丰富性的多样化显现”）、内容构成的变化（增加了《悲剧与喜剧》一章，以及“自然美的生态观”“艺术与美的不等式”等节）、理论资源的变化（反映了近二十年来美学的新的成果和发展趋势）、篇幅长短的变化（增加了七万多字、改写了六万字）。由于作者已经说得非常详细、具体，我就不再重复。我想强调的是，修订本是站在新世纪第十年这个时代高度对美学理论的观照，它不仅对美学的基本原理作了更全面、更完整、更充分的阐述，而且十分关注当代审美实践，努力回答当代审美实践提出的问题，并对新世纪的美学发展提出了构想。它既是一次扩容，更是一次美容。

“宝剑锋从磨砺出”。世间万事万物（包括某些自然现象），只有经过长期的、反复的、艰苦的磨炼，才能臻于完美。水河君把《美学理论纲要》的修订比作“十年磨一剑”，但又谦虚地认为这“仅是一个时间概念，不包括态度与质量方面的含义”。其实，在这个学术研究早已被边缘化而学风又十分浮躁的时代，用十年的时间去修订一本美学著作，这本身就需要坚韧不拔的毅力和精益求精的精神，唯其如此，呈现在读者面前的这个修订本的面貌才焕然一新。

2010 年

《苏联文学新论》序

前不久，文星大姐托她的外孙带来远泽先生的遗稿《苏联文学新论》。看着这部遗稿，不禁感慨万千，远泽先生的音容笑貌和很多往事立即在眼前浮现出来。

我和远泽先生相识于 20 世纪 70 年代末期。当时我从武汉调回湖南不久，未免感到人地生疏。在一次教材讨论会上我们初次见面，双方都有一种一见如故之感。也许是由于专业相同，还由于性格上某些方面相似，我们谈得非常投机，而且觉得似乎有谈不完的话。此后，我们就经常在一起开会、出差、办刊、编书。我们和易漱泉教授、曹让庭教授一起创建了湖南省外国文学学会，一起筹办了全国性的“普希金、雨果学术讨论会”，一起创办了《外国文学欣赏》杂志。我和他还筹办了在张家界举行的全国性的“七八十年代苏联文学讨论会”。在跟他的交往中，他总是像兄长一样帮助我、照顾我。每次我去长沙办事，他总要留饭留宿，并做彻夜长谈。在专业上我自然也得到他不少帮助。我的一些稿子，他提过很好的意见；他写的稿子，间或也叫我看。有的稿子互相改来改去，最后索性以两人的名义发表。

远泽先生是一位很有造诣的外国文学专家，在俄苏文学研究方面功力犹深。新时期以来，他发表了大量论文，参与多部教材和专著的编写，先后出版了《果戈理》《高尔基研究》《戏剧革新家契诃夫》等个人专著。龚曼群女士在《厚积薄发 宏微兼顾——〈高尔基研究〉编后漫议》一文中，把远泽先生比作一位导游。她说："一位出色的文化研究工作者，也不啻是一位出色的导游。他们领着人们在五光十色、斑驳陆离的民族文化和世界文化的长廊中，或迅疾前行，或缓步登攀，或濯足清流，或流连寺观，不但让人们尽情领略山川名胜风光之美，而且给人们一种新的价值取向和导向，启发人们去思考许多问题。"我觉得，她的比喻和阐释是非常恰当和中肯的。远泽先生的论文和著作就起到了这种导游的作用。

还在远泽先生生前，我就知道他在撰写《苏联文学新论》一书。应该说，这是一个勇敢的决定。我们知道，苏联文学虽然只存在了七十四年，但却几乎和苏联历史一样复杂。要想对它做出客观、公正的评价，其难度是可想而知的。不过，唯其难度很大，其价值也才很大。远泽先生怀着一种历史的责任感和现实的使命感，力图"审慎而不是轻浮的，客观科学的而不是主观臆断的，实事求是的而不是左右偏颇的"对七十四年的苏联文学进行新的审视和评价，这是非常可贵的。晚年他带病撰写书稿，耗费了大量心血。遗憾的是，书稿尚未完成，他就遽然离去。不过，这半部书稿就足以证明远泽先生态度之严谨和才思之敏捷了。今天，书稿在历尽沧桑之后即将付梓，远泽先生可含笑于九泉矣。

2006 年

《外国文学争鸣评述》序

多年以前，在湖南省比较文学学会和外国文学学会联合召开的一次年会上，黎跃进同志建议集体编写《外国文学争鸣评述》一书，并阐述了自己的初步设想，得到与会同志的一致赞同。两会负责人和大部分会员本来就是交叉的（现在两会已合并为“湖南省比较文学与世界文学学会”），很容易进行协调，当即成立了学术组，负责此事和其他学术工作的落实。由于学术组人员的变动和出版迟迟不能落实，此事拖了好几年。现在书稿终于完成，即将付梓，这的确是一件令人欣喜、值得庆贺的事。

争鸣是学术发展的动力，古今中外莫不如此。我国春秋战国时期之所以能够出现那种思想活跃、学术繁荣的局面，一个很重要的原因就是百家并立，互相争辩，这就是我们常说的“百家争鸣”；与我国战国时期相当的古希腊，产生过苏格拉底、柏拉图、亚里士多德等著名学者。他们是具有师生关系的三代人，但学生对于老师并不盲从，而是敢于批判、敢于创新，这也可以说是一种争鸣吧！

在我国，外国文学的争鸣可以追溯到从东汉末年到唐朝中期的佛经的翻译。不过，那时的争论主要是在文体方面，即直译与意译之争。梁启超在《翻译文学与佛典》一文中说：“翻译文体之问题，则直译意译之得失，实为焦点。其在启蒙时代，语义两未娴洽，依文转写而已。若此者吾名之为未熟的直译。稍进，则顺俗晓畅，以期弘通；而于原文是否吻合，不甚厝意。若此者，吾名之为未熟的意译。然初期译本尚希，饥不择食；凡有出品，咸受欢迎。文体得失，未成为学界问题也。及兹业浸盛，新本日出，玉石混淆。于是求真之念骤炽，而尊尚直译之论起。然而矫枉太过，诘鞠为病；复生反动，则意译论转昌。卒乃两者调和，而中外醇化之新文体出焉。此殆凡治译事者所例经之阶级，而佛典文学之发达，亦其显证也。”① 至于真正意义上的外国文学争鸣则是“五四”以后随着外国文学作品的大量翻译才开始的。不过新中国成立以前，对外国作家的研究主要是介绍性的，并没有形成两军对垒的局面。新中国成立初期，“百家争鸣，百花齐放”方针的提出犹如一阵春风，吹暖了中国知识分子的心田。

本书中的文章主要是对二十年来我国外国文学思潮流派、作家作品、文学现象的争鸣作出评述，从争鸣这一侧面总结我国外国文学研究的有关成果，促进我国外国文学与文学理论的深入研究。过去，在专业刊物上偶尔可以看到类似的单篇文章，但集大成地对外国文学的争鸣作出评述，尚无先例，因而具有填补空白的意义。这是它的一个特点，也是它的价值所在。

本书的另一个特点是与教学有着密切的关系。迄今为止，我国翻译的外国文学作品有数千种之多，而没有争论的作品恐怕很难找到几部。对有些作品的评价不仅存在着观点分歧，而且还引起过法律纠纷。所谓“有一千个读者，便有一千个哈姆莱特”，便是这种情况的写照。然而，要想对所有有争论的作品进行评述是不可能的，而必须有所选择。我们看到，书中所评述的作品大多是高等学校外国文学课程重点讲授的作品，亦即名著中的精品。它与湖南省普通高等教育“九五”重点教材《外国文学史》（王田葵教授主编）是配套的，以大于教材的信息量，拓宽学生的视野，在不同观点的争鸣、比较分析中培养学生独立思考的能力和初步的科研能力。因此，它不仅是教师的案头必备书，而且也是学生的重要参考书。

本书还有一个特点，就是注重科学性。本书属于学术文化的范围，而科学性则是学术文化的生命。作者们在介绍争鸣的基本情况，即双方或多方的主要观点、论据、论争、分歧的原因时，都能不存偏见，不带感情，

① 梁启超：《翻译文学与佛典》，见罗新璋编：《翻译论集》，商务印书馆1984年版，第57页。

尽量做到客观、公正。当然，作者们也发表自己的观点，也对该专题研究的发展作出自己的预测，但这一切并非想当然，而是建立在科学分析的基础之上。

总之，这是一本有益的、具有学术价值的书，值得向读者推荐。它也许还可以进一步完善，但无疑会受到学术界的重视。

1998 年

《纤夫的足迹》序

前些时候，冬梅同志和寒英同志告诉我，为了庆祝耀球先生八十华诞，她们这些弟子正在编辑一本文集，收入书中的不仅有耀球先生的《八十回首——我的人生答卷》一文，而且还有弟子们的许多文章，书名叫《纤夫的足迹》，并叫我写几句话。

说起纤夫，脑海里首先浮现的是儿时的印象。我生长在资江边的一个小镇，常常看到纤夫们顶着烈日、赤着身子、光着脚板在河边的卵石或沙滩上匍匐前进，并常常会联想到“农夫心内如汤煮，公子王孙把扇摇”的诗句；后来上了中学，看到了列宾的油画《伏尔加河上的纤夫》，还听到了俄罗斯民歌《伏尔加纤夫曲》。油画中的领队包着头巾，脸上露出善良、坚毅的神情，犹如一位圣徒，纤夫们紧随其后，逆风而行，宛如一座群雕，给我留下了十分难忘的印象，而民歌中“拨开茂密的白桦树，踏开世界不平路”的歌词和它那低沉、雄浑的旋律使我的心灵受到极大的震撼。再后来，我读到了清人龚自珍的《己亥杂诗（其八十三）》：“只筹一缆十夫多，细算千艘渡此河。我亦曾糜太仓粟，夜闻邪许泪滂沱。”又读到了清人邹在衡的《观船艘过闸》一诗，其中有这样几句：“邪许万口呼，共拽一绳直。死力各挣前，前起或后跌。设或一触时，倒若退飞鹢。再拽愈难动，势拗水更逆。”两位清人的诗描写了纤夫的悲苦和艰辛，扣人心弦，催人泪下。然而，不管是现实生活还是文艺作品，纤夫给我的主要印象还是《伏尔加纤夫曲》中那种“齐心合力把纤拉，拉完一把又一把”，亦即清人诗歌中那种“一拽再拽，死力挣前”的精神。

读了眼前的这本文集，我觉得耀球先生和莲心女士正是这样的纤夫。20世纪50年代，他们大学刚毕业，便从大城市奔赴湘乡农村，把自己的青春和最美好的年华献给了教育事业。他们在乡下度过了无数的寒暑，“把学生一批一批送到彼岸”，用耀球先生的话说，就是“饮澧（资）水长大，浇湘水育苗，靠摆渡为生，以背纤终老”。生活是清贫的，工作是艰苦的，但他们却无怨无悔，“知足惜福”，赢得了学生的普遍尊敬。退休移居美国后，他们始终情系桑梓，心怀教育，总想为家乡的教育事业做一点事。他们的这一心愿得到王柏祥伉俪的支持，2004年在湘潭市设立了“王氏基金教育工作者子女学业优良奖”，迄今已成功颁发五届，得到了社会的广泛赞誉。在人生的道路上，他们总是“拉完一把又一把”，每一步都留下了深深的足迹。

收在集子里的同学们的文章，或饱含深情，记述了老师教书育人的动人事迹，或呕心沥血，总结了自己的工作心得。可以看出，他们在各自的工作中都取得了优异的成绩。他们一个个也是纤夫，与耀球伉俪组成了一座纤夫的群雕。在阳光下，这座群雕是如此动人，如此绚丽！作为读者，我要为这座群雕大声喝彩。

2008年

张铁夫著译目录

一、著作与教材

1.《外国文学史》（参著），吉林人民出版社，1981 年。

2.《马雅可夫斯基》（合著），辽宁人民出版社，1983 年。

3.《俄国文学史》（参著），湖南文艺出版社，1986 年。

4.《外国文学 500 题》（参著），辽宁人民出版社，1986 年。

5.《外国文学史纲》（参著），工人出版社，1988 年。

6.《多元文化语境中的文学——中国比较文学学会第四届年会暨国际学术讨论会论文集》（主编），湖南文艺出版社，1994 年。

7.《普希金的生活与创作》，北京燕山出版社，1997 年。

8.《新编比较文学教程》（主编），湖南人民出版社，1997 年。

9.《湖湘文化与世界文学——'99 湖南比较文学与世界文学论坛》（主编），中南工业大学出版社，2000 年。

10.《普希金与中国》（主编），岳麓书社，2000 年。

11.《新编比较文学教程》（第 2 版），湖南人民出版社，2001 年。

12.《群星灿烂的文学——俄罗斯文学论集》，东方出版社，2002 年。

13.《湖湘文化与世界文学》第 2 辑（主编），湖南文艺出版社，2003 年。

14.《普希金新论——文化视域中的俄罗斯诗圣》，中国社会科学出版社，2004 年。

15.《普希金的生活与创作》（修订版），中国社会科学出版社，2004 年。

16.《湖湘文化与世界文学》第 3 辑（主编），湖南文艺出版社，2004 年。

17.《外国文学史》（主编），湖南教育出版社，2005 年。

18.《理想的守望与追寻——张铁夫先生的治学育人之路》，岳麓书社，2008 年。

19.《普希金：经典的传播与阐释》，湘潭大学出版社，2009 年。

20.《新编比较文学教程》（第 3 版），湖南教育出版社，2009 年。

21.《外国文学史》（修订版），湘潭大学出版社，2011 年。

22.《普希金学术史研究》，译林出版社，2013 年。

二、译著

1.《普希金论文学》（合译），漓江出版社，1983 年。

2.《面向秋野》，（苏）康·帕乌斯托夫斯基著，湖南人民出版社，1985 年。

3.《塔里河两岸》（合译），漓江出版社，1985 年。

4.《普希金情人的回忆》，(俄)安·彼·凯恩著，漓江出版社，1992 年。

5.《普希金文集》第七卷（合译），人民文学出版社，1995 年。

6.《罪与罚》，（俄）陀思妥耶夫斯基著，海南国际新闻出版中心，1997 年。

7.《父与子》，（俄）伊凡·屠格涅夫著，海南国际新闻出版中心，1997 年。

8.《俄罗斯的夜莺——普希金书信选》，经济日报出版社，2001 年。

9.《玫瑰——屠格涅夫散文诗集》，湖南文艺出版社，2002 年。

10.《面向秋野》，（苏）康·帕乌斯托夫斯基著，湖南文艺出版社，2008 年。

11.《金蔷薇》，（苏）康·帕乌斯托夫斯基著，湖南文艺出版社，2020 年。

12.《大师的馈赠》，（苏）康·帕乌斯托夫斯基著，湖南文艺出版社，2020 年。

13.《弗拉基米尔州的乡间小路》，（苏）弗·索洛乌欣著，长江文艺出版社，2020 年。

三、作品选编

1.《外国短篇小说选》（上下册，合编），湖南人民出版社，1979 年。

2.《外国戏剧选》（上下册，合编），湖南人民出版社，1980 年。

3.《外国散文选》（合编），湖南人民出版社，1981 年。

4.《外国诗歌选》（合编），湖南人民出版社，1981 年。

5.《外国中短篇小说选》（上下册，合编），湖南人民出版社，1982 年。

6.《外国文学评论选》（上下册，合编），湖南人民出版社，1982 年。

7.《外国文学作品选》（上下册，主编），湖南教育出版社，2005 年。

四、论文

1.《从和平主义到霸权主义——苏修军事题材作品剖析》，《湘潭大学学报（哲学社会科学版）》1978 年第 1 期。

2.《评〈码头上的女人〉》，《湘潭大学学报（哲学社会科学版）》1978 年第 2 期。

3.《论〈阿尔达莫诺夫家的事业〉》，《湘潭大学学报（哲学社会科学版）》1980 年第 1 期。

4.《略论马雅可夫斯基反官僚主义的诗》（张铁夫、王远泽），《湘江文艺》1980 年第 4 期。

5.《论马雅可夫斯基的讽刺喜剧》，（王远泽、张铁夫），《外国文学研究》1980 年第 3 期。

6.《谈谈马雅可夫斯基的讽刺喜剧》，《雨湖文艺》1980 年第 2 期。

7.《托尔斯泰三大长篇的对照艺术》，《湘潭大学学报（社会科学版）》1981 年第 2 期。

8.《普希金文艺思想简论》（张铁夫、黄弗同），《华中师院学报（哲学社会科学版）》1982 年第 6 期；又载《普希金论文学》译本前言。

9.《普密之争的由来及其实质》，《湘潭大学学报（社会科学版）》

1983 年第 4 期。

10.《波兰民族遗产中一颗巨大的钻石——读密茨凯维支的诗剧〈先人祭〉》,《吉首大学学报(社会科学版)》1983 年第 1 期(外国文学专刊)。

11.《密茨凯维支的诗剧〈先人祭〉》,《外国文学名著欣赏》第 5 辑,黑龙江人民出版社,1983 年;又载《外国文学名著导读》上册,百花洲文艺出版社,1996 年。

12.《斯托夫人的〈汤姆叔叔的小屋〉》,《外国文学名著欣赏》第 5 辑,黑龙江人民出版社,1983 年。

13.《俄国感伤主义的代表作〈可怜的丽莎〉》,《外国文学欣赏》1984 年第 2 期。

14.《卢纳察尔斯基和马雅可夫斯基》(陈守成、张铁夫),《广西民族学院学报》1984 年第 1 期。

15.《爱情的珍珠——谈谈裴多菲的爱情诗》,《中外诗坛报》1985 年第 2 期。

16.《〈面向秋野〉翻译余墨》,《万卷》1985 年第 1 期。

17.《〈面向秋野〉——〈金蔷薇〉的姊妹篇》,《湖南日报》1985 年第 12 月 1 日。

18.《苏联五十年代一部具有开拓意义的小说——评索洛乌欣的中篇小说〈弗拉基米尔地区的乡间小路〉》,《湘潭大学学报(社会科学版)》1985 年 S2 期[语言文学论集(一)]。

19.《高尔基自传体三部曲的革新特点——兼与列夫·托尔斯泰的〈童年·少年·青年〉比较》,《湘潭大学学报(社会科学版)》1986 年 S2 期[语言文学论集(二)]。

20.《〈塔里河两岸〉译本前言》,《塔里河两岸》,漓江出版社,1985 年。

21.《普希金与凯恩》,《湘潭大学学报(社会科学版)》1987 年第 1 期。

22.《从"解冻"到第二次"解冻"——苏联当代文艺思潮综述》

（何云波、张铁夫），《理论与创作》1988 年第 1 期。

23.《近年来我国的普希金研究》，《外国文学研究》1988 年第 3 期。

24.《寻根，回到人本身——对当代苏联文学“寻根热”的思考》（何云波、张铁夫），《外国文学研究》1989 年第 3 期。

25.《兴盛与危机——对近代苏联文学的思考》（张铁夫、何云波），《理论与创作》1989 年第 4 期。

26.《普希金〈心愿〉赏析》，《中外爱情诗鉴赏辞典》，江苏教育出版社，1989 年。

27.《普希金〈醒〉赏析》，《中外爱情诗鉴赏辞典》，江苏教育出版社，1989 年。

28.《翻译文学是民族文学的组成部分》，《理论与创作》1990 年第 5 期；又载《面对世界》，贵州人民出版社，1991 年。

29.《普希金诗歌中的〈圣经〉题材》，《湘潭大学学报（社会科学版）》1994 年第 2 期；又载《多元文化语境中的文学——中国比较文学学会第四届年会暨国际学术讨论会论文集》，湖南人民出版社，1994 年；1994 年 8 月在国际比较文学学会第 14 届年会（加拿大埃德蒙德市）上宣读。

30.《普希金在国外的接受》，《外语与翻译》1996 年第 4 期。

31.《俄苏普希金学述评（一）》，《湘潭大学学报（哲学社会科学版）》1997 年第 3 期。

32.《俄苏普希金学述评（二）》，《湘潭大学学报（哲学社会科学版）》1997 年第 4 期。

33.《〈罪与罚〉序》，《罪与罚》，海南国际新闻出版中心，1997 年。

34.《〈父与子〉序》，《父与子》，海南国际新闻出版中心，1997 年。

35.《“各民族和各时代的伟大诗人”——第四届“普希金与世界文化”国际会议综述》，《俄罗斯文艺》1998 年第 1 期；又载《中国比较文学通讯》1997 年第 3 期。

36.《加大改革的力度，建立自己的体系——〈新编比较文学教程〉编写体会》，《高等教育研究》1998 年第 3、4 期合刊。

37.《世纪之交的选择——湖南省比较文学学会关于“如何形成湖南比较文学研究的特色”讨论纪实》（张铁夫、何云波），《湘潭大学学报（哲学社会科学版）》1998 年第 5 期。

38.《〈外国文学史〉序》，《外国文学史》，广西师范大学出版社，1998 年。

39.《〈外国精品赏析丛书〉序》，《文学精品赏析丛书》，中南工业大学出版社，1998 年。

40.《没有艺术的艺术——普希金书信简论》，《俄罗斯文艺》1999 年第 2 期；又载《俄罗斯的夜莺——普希金书信选》译序，经济日报出版社，2001 年。

41.《〈外国文学争鸣评述〉序》，《外国文学争鸣评述》，广西师范大学出版社，1999 年。

42.《“别求新声于异邦”——鲁迅与普希金》，《广东社会科学》1999 年第 6 期。

43. “Переводы и изычение Пушкина в Китае в последние годы.” *Пушкин и мир востока*，Москва：Наука，1999.（《近年来中国普希金作品的翻译与研究》，《普希金与东方世纪》，莫斯科：科学出版社，1999 年）。此文曾在 1997 年 8 月于圣彼得堡市举行的第四届“普希金与世纪文化”国际会议上宣读。

44.《〈丘特切夫诗歌研究〉序》，《丘特切夫诗歌研究》，湖南文艺出版社，2000 年。

45.《〈湖湘文化与世界文学〉序》，《湖湘文化与世界文学》，中南工业大学出版社，2000 年。

46.《20 世纪上半叶普希金在中国的接受》，《湖湘文化与世界文学》，中南工业大学出版社，2000 年；又载《普希金与中国》，岳麓书社，2000 年。

47.《普希金的中国幻想》，《迈向比较文学新阶段——中国比较文学学会第六届年会暨国际学术研讨会论文选》，四川人民出版社，2000 年。

48.《〈东方文学史论〉序》，《东方文学史论》，湖南人民出版社，

2000 年。

49.《普希金“初临中土”的向导——戢翼翚与普希金》,《湘潭大学学报（社会科学版）》2000 年第 5 期。

50.《本色人生 艺术极致》,《中华读书报》2001 年 5 月 9 日第 22 版

51.《〈苏联文学新论〉序》,《苏联文学新论》，内蒙古人民出版社，2006 年。

52.《〈对话：文学视野中的文学〉序》,《对话：文学视野中的文学》，安徽文艺出版社，2003 年。

53.《〈父与子〉导读》,《中外文学名著导读》（高中版），吉林文史出版社，2001 年。

54.《再论普希金的文学人民性思想》,《外国文学评论》2003 年第 1 期。

55.《〈湖湘文化与世界文学〉（第 2 辑）序》,《湖湘文化与世界文学》第 2 辑，湖南文艺出版社，2003 年。

56.《学位论文与学术创新——指导研究生学位论文的一点体会》,《中国比较文学》2004 年第 2 期；又载《中国比较文学教学与研究》，中国文史出版社，2004 年；又载《文学名师谈教学》，湘潭大学出版社，2012 年。

57.《创新：比较文学研究生学位论文指导》，载《湖湘文化与世界文学》第 3 辑，湖南文艺出版社，2004 年。

58.《湖南省比较文学与世界文学学会 2003 年度年会暨学术讨论会开幕词》，载《湖湘文化与世界文学》第 3 辑，湖南文艺出版社，2004 年。

59.《〈外国文学史〉·前言》,《外国文学史》，湖南教育出版社，2005 年。

60.《屠格涅夫》,《外国文学史》，湖南教育出版社，2005 年。

61.《论普希金的文化归属》,《外国文学研究》2006 年第 2 期。

62.《比较文学的新收获》,《文艺报》2006 年 6 月 27 日，第 3 版。

63.《从误读走向理解——百年中国普希金研究回眸》,《跨文化对话》第 20 辑，江苏人民出版社，2006 年。

64.《作为比较文学学者的戈宝权》，《湘潭大学学报（哲学社会科学版）》2007 年第 3 期。

65.《中国普希金研究的回顾与展望——张铁夫教授访谈录》（宋德发、张铁夫），《湘潭大学学报（哲学社会科学版）》2007 年第 5 期。

66.《论普希金的世界性》，《外国文学研究》2007 年第 4 期；又载《比较文学研究》，上海古籍出版社，2009 年。

67.《中国国别文学研究学术史的范本——评陈建华等〈中国俄苏文学研究史论〉》（沈云霞、张铁夫），《外国文学研究》2007 年第 5 期。

68.《戈宝权的〈中外文学因缘〉》，《中外比较文学名著导读》，浙江大学出版社，2006 年。

69.《〈黑桃皇后〉与 19 世纪初俄国社会转型》（张铁夫、杜敏），《湘潭大学学报（哲学社会科学版）》2009 年第 2 期。

70.《普希金生前俄国的普希金评论》，《俄罗斯文艺》2009 年第 2 期。

71.《普希金："一切开端的开端"》，《社会科学报》（上海）2009 年 8 月 27 日第 6 版。

72.《俄国象征派的普希金研究》，《外国文学评论》2010 年第 1 期。

73.《后苏联时代俄国的普希金研究》，《湘潭大学学报（哲学社会科学版）》2010 年第 6 期。

74.《"第一浪潮"俄国侨民学者、作家的普希金研究》，《外语与翻译》2011 年第 1 期；又《燕赵学术》2012 年第 1 期。

75.《谢曼诺夫印象》，《俄罗斯文艺》2012 年第 2 期。

76.《普希金的外曾祖父乡关何处?》，《世界文化》2012 年第 2 期。

77.《〈19 世纪欧洲作家笔下的拿破仑〉序》，《19 世纪欧洲作家笔下的拿破仑》，湘潭大学出版社，2014 年。

78.《桃李满园自芬芳——张铁夫教授访谈录》，《文学名师谈教学》，湘潭大学出版社，2012。

79.《新中国 60 年普希金诗歌研究之考察与分析》（张铁夫、宋德发），《湘潭大学学报（哲学社会科学版）》2014 年第 2 期。

五、散文

1.《峨眉山逗猴记》,《旅游导报》1991 年 3 月 15 日第 3 版。

2.《第一支红梅》,《外国文学研究》1991 年第 1 期。

3.《我记得那美妙的瞬间——普希金与凯恩的情史》,《名人传记》1991 年第 5 期。

4.《弗拉基米尔散记》,《旅游导报》1992 年 2 月 21 日第 3 版。

5.《访“普希金之家”》,《旅游导报》1992 年 4 月 24 日第 3 版。

6.《民警与官员——我在列宁图书馆的一次经历》,《旅游导报》1992 年 7 月 17 日第 3 版。

7.《车过贝加尔湖》,《湖南税务报》1992 年 12 月 2 日第 4 版。

8.《自费生的异国葬礼》,《湖南日报》1992 年 12 月 2 日第 8 版。

9.《不平凡的俄罗斯女人》,《湖南文化报》载 1992 年 12 月 15 日。

10.《巴哈德尔的中国情》,《湖南日报》1992 年 12 月 19 日。

11.《“两个艾丽”的秘密——马雅可夫斯基的女儿访俄》,《苏联文学联刊》1992 年第 6 期。

12.《在普希金的彼得堡》,《苏联文学联刊》1992 年第 3 期。

13.《他战胜了时间与空间——访莫伊卡河畔的“普希金故居博物馆”》,《湖南文学》1992 年第 8 期。

14.《自然之子——谒托尔斯泰墓》,《湖南税务报》1993 年 1 月 13 日第 4 版。

15.《俄罗斯诗歌的太阳从这里升起——访皇村学校博物馆》,《外国文学研究》1993 年第 2 期。

16.《永生的诗人——谒莫斯科普希金纪念碑》,《世纪风》1993 年第 3 期。

17.《托尔斯泰故乡行》,《湖南文学》1993 年第 3 期。

18.《访索洛乌欣》,《图书馆与读者》1993 年 12 月 26 日。

19.《阿尔巴特街漫步》,《走天下报》1995 年 5 月 16 日。

22.《俄罗斯金环》,《湖南旅游报》1995 年 12 月 21 日。

23.《我的普希金情结》,《湖南广播电视报》1988 年 8 月 1 日第 8 版。

24.《人生的钥匙》,《书海导航》1999 年 12 月 1 日。

25.《普希金，我心中永远不落的太阳》,《普希金与我》，人民文学出版社，1999 年。

26.《沿着普希金的足迹》,《湖南文学》1999 年第 3 期。

27.《伊万诺沃散记》,《湘潭大学报》2000 年 10 月 30 日。

28.《访欧随笔》:

《废墟的警示》,《湘潭大学报》2001 年 10 月 18 日；又载《湘潭日报》2001 年 11 月 30 日；又载《大公报·大公园》2002 年 2 月 28 日。

《中西友谊之桥》,《湘潭大学报》2001 年 11 月 10 日；又载《湘潭日报》2001 年 12 月 7 日；又载《大公报·大公园》2002 年 3 月 17 日。

《叹息桥边的叹息》,《湘潭大学报》2001 年 11 月 20 日；又载《湘潭日报》2001 年 12 月 14 日；又载《大公报·大公园》2002 年 5 月 30 日。

《卢浮宫三宝》,《湘潭大学报》2001 年 11 月 20 日；又载《湘潭日报》2001 年 12 月 21 日。

《圣母院情思》,《湘潭大学报》2001 年 10 月 20 日；又载《湘声报》2001 年 11 月 1 日。

29.《欧陆随笔（之一）》,《世界文化》2005 年第 5 期。

30.《欧陆随笔（之二）》,《世界文化》2005 年第 6 期。

31.《欧陆随笔（之三）》,《世界文化》2005 年第 7 期。

32.《莉季娅老师》,《校友通讯》（华师）2004 年；又载《湘潭大学报》2006 年 9 月 10 日；又载《俄罗斯文艺》2008 年第 1 期。

33.《我所认识的彭燕郊先生》,《坚贞的诗路历程》，花城出版社，2007 年；《回望湘大》，湘潭大学出版社，2008 年。

34.《〈文学名著精品赏析〉序》,《文学名著精品赏析》，中南大学出版社，2006 年。

35.《〈外国文学经典作品赏析〉序》,《外国文学经典作品赏析》，北方文艺出版社，2008 年。

36.《〈东方神韵——东方文学与文化视野下的沈从文研究〉序》,《东方神韵——东方文学与文化视野下的沈从文研究》，中国文史出版社，2006 年。

37.《〈吃的后现代与后现代的吃〉序》，《吃的后现代与后现代的吃》，山东文艺出版社，2007 年。

38.《忆彭燕郊先生》，《芙蓉》2011 年第 1 期。

39.《〈美学理论纲要〉修订版序》，《美学理论纲要》，湖南人民出版社，2011 年。

40.《在伊万诺夫访问的日子里》，《回望湘大》，湘潭大学出版社，2008 年。

41.《俄罗斯总统大选与梅普时代——对话俄罗斯文学专家张铁夫教授》，《顶级 TOP》2008 年第 5 期。

六、译文

1.《列宁》（诗，16 行），《学俄文》1960 年 10 月 27 日。

2.《万紫千红的春天一定到来》（诗，15 行），《人民日报》1962 年 3 月 7 日；又载《外国诗歌选》，湖南人民出版社，1981 年；又载《金果小枝》，黑龙江人民出版社，1982 年；并刻于“常德诗墙”。

3.《美国海军陆战队》（诗，28 行），《武汉晚报》1962 年 9 月 13 日。

4.《永不凝固的鲜血》（诗，16 行），《武汉晚报》1962 年 9 月 27 日。

5.《南方的眼睛》（诗，33 行），《武汉晚报》1962 年 10 月 13 日。

6.《无敌的人民》（诗，20 行），《武汉晚报》1962 年 10 月 17 日。

7.《北方和南方》（诗，40 行），《武汉晚报》1962 年 10 月 25 日。

8.《圣地亚哥赞》（诗，33 行），《武汉晚报》1962 年 10 月 29 日。

9.《总有一天》（诗，40 行），《武汉晚报》1962 年 11 月 1 日。

10.《为了自由》（诗，25 行），《湖北日报》1962 年 11 月 8 日。

11.《人民的号召》（诗，51 行），《羊城晚报》1963 年 2 月 8 日。

12.《呐喊》（诗，20 行），《羊城晚报》1963 年 3 月 23 日。

13.《党的呼吸》（诗，16 行），《人民日报》1963 年 6 月 10 日；又载《外国诗歌选》，湖南人民出版社，1981 年。

14.《我的故乡》（诗，40 行），《羊城晚报》1963 年 7 月 16 日。

15.《新非洲》（诗，33 行），《人民日报》1963 年 12 月 5 日。

16.《战士之歌》（诗，32 行），《鸭绿江》1963 年第 4 期。

17.《鳄鱼的眼泪》（童话，800 字），《人民日报》1963 年 5 月 22 日。

18.《骗子和脚夫》（童话，800 字），《人民日报》1963 年 6 月 12 日。

19.《寓言诗三首》（寓言诗，56 行），《湘江文艺》1979 年第 3 期。

20.《寓言诗二首》（寓言诗，61 行），《外国诗歌选》，湖南人民出版社，1981。

21.《火光》（散文诗，600 字），《芙蓉》1980 年第 2 期，又载《外国散文诗选》，春风文艺出版社，1990 年；《中外散文诗鉴赏大观》，漓江出版社，1992 年；又载《我不能沉默》，花城出版社，1998 年；又载《普通话水平测试实施纲要》，商务印书馆，2004；又载《俄罗斯散文百年精选》，中国华侨出版社，2006 年；又载《中国大学生读本》，北京大学出版社，2008 年；又载《基础综合中国语文试卷库》，香港培生教育出版亚洲有限公司，2009 年。

22.《非洲童话三篇》（童话，1985 字），《老马和小马》，湖南人民出版社，1980 年。

23.《经验之谈》（短篇小说，2400 字），《湖南群众文艺》1980 年第 5 期。

24.《机智的年轻人》（童话，800 字），《湖南群众文艺》1980 年第 12 期。

25.《画中狼》（短篇小说，6000 字），《迴声》1980 年第 1 期。

26.《布拉格桥上的收税人》（短篇小说，2200 字），《长江文艺》1980 年第 12 期。

27.《沙弗拉涅克的遗产》（短篇小说，2500 字），《长江文艺》1980 年第 12 期。

28.《水晶墨水瓶与蓝色“日古利”》（短篇小说，7000 字），《俄苏文选》1981 年第 1 期。

29.《一位选民的厄运》（短篇小说，3300 字），《芙蓉》1981 年第

1 期。

30.《财政危机》(短篇小说，1800 字)，《芙蓉》1981 年第 1 期。

31.《散文三题》(散文，1700 字)，《雨湖文艺》1981 年第 2 期。

32.《纽伦堡鸡蛋》(连环画脚本，1000 字)，《科学文艺》1981 年第 1 期。

33.《一出未演成的假戏》(短篇小说，5000 字)，《迴声》1981 年第 1 期。

34.《蓝蜻蜓》(短篇小说，1800 字)，《俄苏文学》1982 年第 3 期。

35.《友谊》(短篇小说，5000 字)，《俄苏文学》1982 年第 3 期。

36.《心脏》(短篇小说，10000 字)，《芙蓉》1982 年第 4 期。

37.《玫瑰花展》(短篇小说，65000 字)，《译林》1982 年第 3 期。

38.《开端》(短篇小说，7500 字)，《花城译作》1981 年第 5 集。

39.《古老的故事》(短篇小说，4500 字)，《花城译作》1983 年第 10 集。

40.《活水》(短篇小说，3000 字)，《外国文选专刊》1983 年第 2 期。

41.《戏剧舞台上的普希金》(散文，10000 字)，《外国文学专刊》1984 年。

42.《同盖达尔在一起的日子》(散文，7500 字)，《苏联文学》1984 年第 3 期。

43.《论短篇小说》(散文，25000 字)，《世界文学》1984 年第 3 期。

44.《〈面向秋野〉(选译)》(散文，23000 字)，《斜雨》(“漓江译丛”第 1 辑)，漓江出版社，1984 年。

45.《烟盒》(短篇小说，5000 字)，《文学月报》1984 年第 9 期。

46.《幻景》(短篇小说，5000 字)，《文学月报》1985 年第 12 期。

47.《平常的故事》(中篇小说，50000 字)，《塔里河两岸》，漓江出版社，1985 年。

48.《咱爹的三个对象》(中篇小说，35000 字)，《塔里河两岸》，漓江出版社，1985 年。

49.《陀思妥耶夫斯基与世界文学》(论文，10000 字)，《娄底师专学报》1985 年第 3 期。

50.《谁的礼物最好》（童话，1500 字），《外国民间爱情故事选》，广西人民出版社，1986 年。

52.《第十五天》（小说节选，6000 字），《当代苏联文学》1987 年第 3 期。

53.《〈手掌上的小石子〉（选译）》（散文，5000 字），《外国文学欣赏》1989 年 1-2 期合刊。

54.《钓鱼》（小说节译，5000 字），《外国文学欣赏》1989 年第 4 期。

55.《随笔选萃》（散文，21000 字），《青年外国文学》（漓江出版社）1989 年第 4 期。

56.《我记得那美妙的瞬间》（诗，16 行），《普希金情人的回忆》，漓江出版社，1992 年。

57.《浪迹天涯的缪斯》（散文，1800 字），《读者》1994 年第 8 期。

58.《弗拉基米尔乡间公路》（小说节译，6000 字），《我不能沉默》，花城出版社，1998 年。

59.《论文学中的人民性》（短论，700 字），《俄罗斯文艺》1999 年第 2 期。

60.《散文的诗意》（散文，10000 字），《明月般的朋友》，百花文艺出版社，2001 年。

61.《面向秋野》（散文，7000 字），《明月般的朋友》，百花文艺出版社，2001 年。

62.《〈普希金与中国〉序二》，《普希金与中国》，岳麓书社，2000 年。

63.《〈弗拉基米尔州的乡间小路〉（选译）》，《世界文学》2006 年第 2 期。

64.《屠格涅夫散文诗五首》，《俄国文学大花园》，湖北教育出版社，2007 年。

编后记

张铁夫先生是蜚声国内外的普希金研究专家，在普希金研究方面成果卓著。因此，特设第一辑“普希金研究”，精选10篇论文，以纪念他的普希金研究。

张铁夫先生还是知名的比较文学学者，在比较文学的学科建设、人才培养、教材建设和中外文学关系研究等方面，做出了突出的贡献。因此特设第二辑“比较文学研究”，精选8篇论文，以纪念他的比较文学研究。

张铁夫先生在“规范化”的学术研究之余，还撰写了不少自由、活泼、轻快的散文（随笔），因此，特设第三辑“散文”，精选22篇散文（随笔），以纪念他的浪漫、多情、风趣。特别是《峨眉山逗猴记》一文，见证了他的少年心和幽默感。

张铁夫先生宽厚、仁慈、包容，他对学界同道和后学的欣赏、关爱和提携是有目共睹、有口皆碑的。因此，特设第四辑“书序”，精选他为同事和学生们的新书撰写的序言14篇，以重温他和同事们的“战友情”，和学生们的“师生情”。

张铁夫先生还是著名的翻译家，他的译作《面向秋野》《金蔷薇》《弗拉基米尔州的乡间小路》《普希金论文学》《俄罗斯的夜莺——普希金书信选》《普希金情人的回忆》《玫瑰——屠格涅夫散文诗集》《父与子》等堪称译界经典。遗憾的是，限于篇幅，未再特设第五部分“译作”展示他的翻译才华和成就。

在编辑“张铁夫文集”的过程中，承蒙博士生邢玲提供俄语翻译和打印方面的支持，特此致谢。

宋德发

2022 年 6 月 11 日